Juventude brutal

Anthony Breznican

Juventude brutal

Tradução de
Renato Marques de Oliveira

pavana

Copyright © 2014 Anthony Breznican
Copyright da tradução © 2015 Tordesilhas

Título original: *Brutal Youth*

Todos os direitos reservados. Nenhuma parte desta edição pode ser utilizada ou reproduzida – em qualquer meio ou forma, seja mecânico ou eletrônico –, nem apropriada ou estocada em sistema de banco de dados, sem a expressa autorização da editora.

O texto deste livro foi fixado conforme o acordo ortográfico vigente no Brasil desde 1º de janeiro de 2009.

EDIÇÃO UTILIZADA PARA ESTA TRADUÇÃO Anthony Breznican, *Brutal Youth*, Nova York, Thomas Dunne Books / St. Martin's Press, 2014.
PREPARAÇÃO Katia Rossini e Cacilda Guerra
REVISÃO Ana Luiza Candido e Giovana Bomentre
PROJETO GRÁFICO Cesar Godoy
CAPA Miriam Lerner
IMAGEM DE CAPA MartiniDry (estátua) e Alexander Tihonov (jovens)/Shutterstock.com
IMPRESSÃO E ACABAMENTO Bartira Gráfica

1ª edição, 2015

Dados Internacionais de Catalogação na Publicação (CIP)
(Câmara Brasileira do Livro, SP, Brasil)

Breznican, Anthony
    Juventude brutal / Anthony Breznican ; tradução Renato Marques. -- São Paulo : Pavana, 2015.

    Título original: Brutal youth.

    ISBN 978-85-7881-285-0

    1. Ficção norte-americana I. Título.

15-02222   CDD-813

Índices para catálogo sistemático:
1. Ficção : Literatura norte-americana 813

2015
Pavana é um selo da Alaúde Editorial Ltda.
Rua Hildebrando Thomaz de Carvalho, 60
04012-120 – São Paulo – SP
www.edicoespavana.com.br

Para Jillo;
para minha flor silvestre,
estas sombras cruéis.

1991

Prólogo

O MENINO NO TELHADO

O menino havia sofrido uma porção de maus-tratos ao longo dos anos, por isso tinha muitos motivos para dar o troco.

Um alçapão de aço no telhado da St. Michael the Archangel High School[*] estremeceu, depois escancarou-se, e o menino saiu rastejando e desabou na superfície granulosa de papel alcatroado, usando um dos pés — que estavam calçados apenas com meias — para desferir um chute e fechar de novo a tampa. Ele vestia somente a calça cinza do uniforme e uma camisa de botões aberta, manchada com filetes de sangue, que não era dele. Uma mochila de lona preta dependurada em um dos ombros balançou para a frente e para trás quando ele, a duras penas, ficou de joelhos. Com o peso do corpo, o menino fez pressão contra a porta de metal fechada, a fim de abafar a gritaria e o pandemônio que se avolumavam sob o alçapão.

Ao lado da portinhola de aço havia um balde no qual fumegava alcatrão, que o zelador tinha usado para calafetar os trechos de telhas soltas por onde gotejava água dentro da escola durante cada temporal de primavera. Encostado ao balde, um esfregão encardido de alcatrão. O menino ajeitou a pesada mochila e pegou o esfregão, encaixando-o entre as alças do alçapão e

---

[*] No sistema educacional dos Estados Unidos, o ensino secundário, ou *high school*, tem quatro séries, e os alunos ingressam nele aos 14 ou 15 anos. Assim, o primeiro ano da *high school* corresponde ao 9º ano do nosso atual Ensino Fundamental. Nos anos 1990, época em que se passa a história deste livro, o ensino secundário brasileiro era chamado de colegial, termo que adotamos nesta tradução. (N. da E.)

travando-o. Depois, rápido como uma flecha, percorreu o telhado plano na direção das fantasmagóricas estátuas de concreto que margeavam a borda.

A fieira de santos em vigília velava pela St. Michael desde sempre, até onde a memória dos vivos conseguia alcançar. Tomé, o cético; José, o pai adotivo; Antônio, o achador das coisas perdidas; Judas Tadeu, patrono das causas impossíveis; Francisco de Assis, o amante da natureza, que segurava um passarinho de concreto na mão esticada e em cuja cabeça de concreto pingara titica de passarinho de verdade. No arco central do parapeito, bem acima da entrada principal da escola, assomava uma estátua ainda maior de um santo guerreiro, o próprio São Miguel, asas abertas e uma espada erguida contra a serpente satânica sendo esmagada a seus pés.

O menino no telhado chamava-se Colin Vickler. Não que isso fosse importante. Aquilo era o fim. Aquilo era o adeus. Não havia mais nenhum lugar onde se esconder. Ele subiu no estreito parapeito, primeiro escorando-se na asa de São Miguel e depois abraçando o torso da estátua enquanto tentava não olhar para baixo, não encarar a queda que lhe estilhaçaria os ossos. Atrás dele, o alçapão de aço tremeu de novo — um estrondo de trovão numa ensolarada tarde de primavera. Ele ouviu gritos vindos das janelas abertas das salas de aula na fachada da escola, abaixo. Mesmo lá em cima, no limite, na margem, ele estava cercado.

O menino debruçou-se sobre São Miguel, pressionando a boca aberta contra o braço da figura de concreto para conter o choro, sentindo o gosto da pedra que, desgastada pela ação das intempéries, estava revestida de uma camada de poeira. A estátua cambaleou, como que para se desvencilhar do menino, e ele caiu de costas enquanto pedaços da base esfarelada tombavam por sobre o parapeito.

De soslaio, ele avistou um pequeno grupo de colegas de classe com roupas de ginástica, parados na escadaria da frente da escola. Os fragmentos de pedra se esparramavam ao redor dos pés dos garotos, que ergueram a cabeça na direção de Colin Vickler, protegendo os olhos contra o sol.

Um deles apontou e disse:

— Ei, acho que é o Clink.

Outro berrou:

— Pula, Clink! — E os demais gargalharam.

Uma voz de menina sobressaiu num ritmo cantado e monótono:

— Cliiii-iiiink!

Vickler pôs-se em pé, todo empertigado, e fulminou-os com o olhar.

Ele deu com os ombros contra São Miguel. Golpeou as costas do santo. Agarrou o braço que empunhava a espada e forçou-o para a frente e para trás, rachando o alicerce. A estátua balançou bruscamente e o cano de metal enferrujado que atravessava sua base se rompeu, libertando a serpente do pé vingador do arcanjo.

São Miguel tombou do parapeito e despencou em espiral rumo à calçada, mergulhando na direção da própria sombra minguante. A estátua espatifou-se contra os degraus de concreto numa explosão crepitante de poeira e pedras, enquanto os alunos de educação física se esquivavam aos saltos para salvar a própria vida, guinchando e atropelando uns aos outros.

Pela primeira vez nesse dia — pela primeira vez em muito tempo — Colin Vickler sorriu.

Enquanto ecoava esse novo alarido, ele cravou os olhos nas ruas à frente, no *shopping center* do outro lado da calçada, nos enxames de casas cada vez mais esparsas e isoladas, nas verdejantes encostas primaveris do vale que ascendia ao longe, na ampla curva do rio Allegheny, uma artéria industrial dobrando-se ao longo de siderúrgicas e mineradoras de cascalho à medida que avançava na direção de Pittsburgh. Na movimentada rua ao lado da escola o tráfego movia-se lentamente, passando pelos postos de gasolina, lanchonetes de *fast-food*, consultórios médicos e outras fachadas de lojas enfileiradas de ponta a ponta no bulevar principal de Tobinsville. Lá de cima, tudo dava a impressão de um vilarejo de brinquedo em algum cenário de linha de trem em miniatura. Diminuto. Irreal. Parecia-lhe inofensivo agora. E ele teve a sensação de ser muito maior que tudo aquilo.

O alçapão balançou de novo, mas o cabo do esfregão resistiu. Vickler observou. Esperou. E nada.

Caminhou trôpego para o santo seguinte, arrastando seu peso atrás de si.

A mochila. Era por causa dela que ele estava ali. Dentro da lona retiniam potes e frascos de vidro espesso, cheios até a boca. A alça da mochila cortava sua mão, mas ele nunca mais se permitiria sair do lado dela de novo, não que isso fizesse diferença agora. Os outros alunos haviam descoberto o que ele guardava dentro da mochila, embora não entendessem. Não eram capazes de entender. Nem ele mesmo entendia, verdade seja dita. Um garoto tinha o direito de guardar alguns segredos, pelo menos os que ele conseguia carregar consigo. Mas esses segredos tinham sido simplesmente tomados dele.

Ele ouviu vozes no estacionamento. Mais alunos da aula de educação física haviam se aglomerado lá embaixo. Seus colegas de classe. *Ex-colegas* de classe, ele supôs.

Um chute. Um chute foi tudo o que bastou e isso surpreendeu Vickler. Um chute foi suficiente para fazer tombar São Francisco, despachando-o de ponta-cabeça parapeito abaixo. Mas essa estátua não propiciou a mesma explosão satisfatória que o anjo havia oferecido. Em vez de cair na calçada, aterrissou de braços erguidos, agora emperrados, num macio canteiro de flores, a cabeça enterrada: o santo padroeiro dos avestruzes. Os estudantes reunidos ao redor do jardim fitaram a estátua perplexos.

Vickler arrastou sua mochila até São Tomé. Sacudiu a cabeça do santo. Potes chacoalharam num estrépito frenético dentro de sua mochila: *clink*. Era assim que o chamavam. Clink.

Três pontapés depois e São Tomé tornou-se uma flecha dardejando rumo ao chão. O santo precipitou-se contra o muro de tijolos ao longo da imponente escadaria e se partiu em dois na altura da cintura. Dessa vez a garotada saiu correndo.

São Barnabé. Décadas de intempéries inclementes já haviam esmigalhado a base dessa estátua. Vickler apenas empurrou-a.

Santo Antônio — três chacoalhões, dois pontapés —, rogai por nós.

Agora Vickler tinha poeira preta nas mãos. A sujeira lambuzou seu rosto quando ele enxugou as lágrimas.

Uma voz de homem urrou abaixo do alçapão do telhado. Vickler girou sobre os calcanhares. O conteúdo de sua mochila tiniu repetidas vezes: *clink*, *clink*. A tampa de aço estremeceu uma vez, depois duas, a cada investida que alguém fazia do outro lado. O cabo do esfregão dobrou-se feito borracha, vergando, começando a rachar. A pancada seguinte fez com que o esfregão se quebrasse com um baque. A extremidade com as cerdas endurecidas de alcatrão separou-se do cabo pontiagudo.

As mãos de Vickler deslizaram mochila adentro e saíram com um pote de vidro lacrado. Preso em meio ao fluido cristalino havia uma criatura inchada: um filhote de tubarão morto e enrodilhado, cujos olhinhos pretos o encaravam. O menino chegou mais perto do alçapão, e sua sombra tocou a borda dele.

A pesada tampa de aço foi levantada. Debaixo dela, brotaram gritos de pânico. Uma mulher vociferou:

— Abra isso agora!

Uma cabeça pequena, branca como uma flor de cravo, emergiu da abertura. Vickler arqueou o braço e arremessou o pote em cheio no rosto do sr. Saducci, o idoso e resmungão zelador da escola.

Saducci soltou um grito estridente. Uma das mãos ergueu-se para proteger o rosto, tarde demais. A outra agarrou a borda do alçapão em busca de apoio. O pote ricocheteou em sua testa e espatifou-se contra a porta de aço, borrifando de formol o rosto do zelador em vias de despencar.

Com os olhos ardendo, o velho tateou o lugar às cegas. A tampa de aço se fechou com violência, esmagando seus dedos. A lamúria de dor do zelador ecoou, depois foi diminuindo de intensidade até dar a impressão de desaparecer ao longe ao passo que novas séries de berros estouravam lá embaixo.

Vickler jogou-se no chão do telhado e com dificuldade rastejou para a frente, puxando a mochila atrás de si. Pegou a ponta afiada do cabo do esfregão e empunhou-a como uma lança.

Mas o alçapão não se moveu. Tampouco os dedos presos do zelador.

As entranhas de Vickler rugiram. Seu cabelo preto ensebado caiu sobre os olhos. Mudou a posição da mochila. *Clink. Clink.* Seus olhos cintilaram.

— Vá em frente! — berrou com a voz embargada. — Pode abrir. Puxe a mão. Eu não vou te machucar!

Um filete de sangue começou a escorrer pelo vinco do alçapão.

Vickler esperou. Ergueu o cabo do esfregão e timidamente cutucou as pontas dos dedos.

Elas rolaram borda afora, dando saltos pela superfície do telhado.

* * *

Cerca de vinte minutos antes de os santos começarem a desabar, outro menino, chamado Peter Davidek, caminhava pelos corredores apinhados da St. Michael, tentando não se sentir microscópico. A pronúncia de seu sobrenome era *Dafi-déque*, que rimava como "dar um cheque" — e ele passara o dia inteiro repetindo isso. Ainda assim a maioria dos professores entendia errado, mesmo depois que ele humildemente os corrigia. A princípio achara que era de propósito, que estavam caçoando dele. Depois o menino se deu conta de que eles simplesmente não davam a mínima, não se importavam a ponto de fazer um ínfimo esforço para se lembrar. Ele não sabia ao certo o que era pior.

Com catorze anos recém-completados e trinta centímetros mais baixo que a maioria dos jovens a sua volta, o aluno do oitavo ano estava perdido, à procura da sala onde deveria estar. Era o dia da visita anual à St. Michael, o evento "escola de portas abertas" para atrair potenciais novos alunos, e os corredores de pedra do colégio católico de segundo grau estavam abarrotados de garotos como ele, pirralhos dos últimos anos do ginásio, tentando abrir caminho entre os brutamontes da St. Michael — rapazes mal-educados que pareciam consistir em pares de ombros embrulhados em paletós de poliéster — e as igualmente intimidantes alunas da escola, meninas cheirosas em tentadores suéteres azul-marinho e saias xadrez.

O coração de Davidek martelava no peito enquanto ele esquadrinhava os números das salas. Deveria estar na aula de química da sra. Apps, sala 11-A, mas tinha se separado de seu grupo. Ali não havia rostos conhecidos. Todos os amigos de Davidek pretendiam, no ano seguinte, estudar na Valley High, a escola pública de segundo grau de New Kensington. Na St. Michael havia somente trezentos e dezesseis alunos, quase nada em comparação com os milhares de matriculados na Valley, onde era mais fácil passar despercebido e onde os estudantes não precisavam usar uniformes idiotas nem ir à igreja o tempo todo, ou ter cada passo vigiado por padres e freiras esquisitos.

Estudar na Valley era uma das poucas coisas em que Davidek e os pais concordavam. Seu pai havia frequentado a St. Michael por um ano, embora não tivesse se formado. Ele quis saber por que razão seu filho estava se dando ao trabalho de visitar aquela escola repleta de moleques mimados e cretinos. Para Davidek, tinha parecido uma boa desculpa para matar um dia normal de aula.

Três rapazes do último ano do colegial passaram por ele no corredor, empurrando-se, trocando socos e brandindo as mochilas feito clavas. Davidek levou uma pancada atrás do joelho e caiu. Sua folha de papel amarfanhada com a programação de aulas do dia esvoaçou-lhe da mão. Uma menina pisou em seu tornozelo, mas por sobre o ombro deu uma olhada de relance para o rapaz atrás dela e pediu desculpas.

— Não tem problema — disse o rapaz, pisando também no tornozelo de Davidek. A diferença é que ele fez isso de propósito.

Pernas moviam-se feito pistões ao redor de Davidek caído no chão. As de alguém surgiram debaixo de seu braço para ajudá-lo a se erguer, e essa mesma pessoa devolveu-lhe a folha de papel antes de desaparecer de novo na multidão.

— Te devo uma — disse Davidek, mas o garoto seguiu em frente, respondendo com um meneio de cabeça. O menino também era visitante, pois estava usando roupas normais e não o uniforme da St. Michael. Davidek não o reconheceu como um de seu grupo, e teria se lembrado dele — esse menino tinha um punhado de cicatrizes no lado esquerdo do rosto, com linhas rosadas ligando a ponta do olho esquerdo ao pescoço.

Portas de armários eram fechadas com força e estrondo, como numa troca de fogos de artilharia. Era o intervalo entre as aulas e todos os estudantes pareciam estar pegando mochilas e sacolas de equipamento esportivo. Alguns carregavam pares de tênis imundos. As aulas de educação física dos alunos do último ano tinham acabado e agora era a vez dos terceiranistas.

Um garoto balofo de cabelo ensebado passou cambaleante por Davidek e, com sua mochila de lona preta, acertou-lhe uma pancada na lateral do corpo. Dentro da mochila, potes de vidro tilintaram. Uma sacola menor, do time de futebol americano Pittsburgh Steelers, balançou no flanco do menino gorduroso.

— Cliiiiiink!! — berrou alguém na multidão. Algumas meninas deram risadinhas. Em pouco tempo o corredor tornou-se uma cacofonia de vozes murmurando, sussurrando e gritando a mesma palavra: *Clink, Clink, Clink*. De repente, ninguém mais se movia. Todo mundo o estava bloqueando.

O menino gorduroso rodopiou.

— Preciso chegar ao meu *armário* — vociferou ele.

— Hã, você pode me ajudar? — Davidek implorava para os rostos em volta, mas todos estavam entretidos demais obstruindo o cada vez mais frustrado Clink. Foi a primeira lição que Davidek aprendeu na escola: quando as pessoas não gostam de você, elas atravancam seu caminho. Quando não dão a mínima para você, elas o deixam seguir seu próprio caminho.

Clink agarrou a ruidosa mochila preta como se fosse um aríete, abrindo caminho aos empurrões e desaparecendo enquanto soava o agudo sinal que anunciava a troca de aulas. Todos os alunos ainda parados no corredor, incluindo Davidek, agora estavam oficialmente atrasados.

Os estudantes ao redor de Davidek se dispersaram, mas ele não tinha a quem seguir. Perdeu de vista o menino, mas rumou na mesma direção. Encontrou uma sala 11 no segundo andar, mas nela havia uma velha freira dando aula de francês — não era a aula de química da sra. Apps.

Numa escadaria vazia, Davidek encontrou um zelador de cabelos brancos levando um balde com alcatrão quente para o telhado por uma escadinha retrátil de aço. O menino estendeu a folha com a programação de aulas e pediu:

— O senhor poderia, por favor, me ajudar a encontrar a sala para a qual eu preciso ir?

O zelador encarou-o de modo penetrante, num olhar que parecia dizer que ele vivia sendo torturado com extrema crueldade pelos alunos daquela escola e agora não estava disposto a propiciar auxílio e conforto ao inimigo. Quando abriu a boca para falar, seu sotaque de Pittsburgh era tão carregado que quase chegava a ser outra língua.

— Mas como é que vou saber pra onde vocês têm que ir?

— Estou procurando a sala 11-A — disse Davidek. — Mas não consigo...

O zelador abanou com impaciência a mão desocupada, contando nos dedos que em breve seriam decepados:

— A, B, C — disse ele. — Três letras, três andares. Está entendendo?

Davidek agradeceu e desceu os degraus. O zelador resmungou e continuou carregando escada acima seu balde de alcatrão de cheiro acre.

Ao pé da escada, o aluno do oitavo ano abriu as portas que davam para o corredor do primeiro andar.

— Perdido? — perguntou uma voz feminina.

Ele se virou e viu uma mulher alta e rechonchuda num longo vestido azul-real que roçava o chão na parte de trás. Ela estava andando de um lado para outro em frente à porta fechada da sala da diretoria da escola, aparentemente esperando para entrar. Ele sorriu para ela, que devolveu o sorriso — sem muita vontade. Ele não era capaz de adivinhar a idade da mulher — alguma coisa entre trinta e cinquenta anos. Era bonita de um jeito triste, esmaecido. Traços outrora delicados haviam ficado moles e arredondados, ligeiramente enrugados, como se o seu rosto tivesse inchado e depois murchado.

— A senhora é professora? — perguntou Davidek. — Eu estou precisando de ajuda para encontrar...

— Eu sou a *orientadora educacional* — disse ela, como se "professora" fosse uma difamação. — Por que você está zanzando pelos corredores?

— Hum, meu nome é Peter Davidek, eu...

— Dafi-*o quê?* — disse ela.

— Dafi-*déque* — ele corrigiu, com voz entrecortada. — Estou no oitavo ano, vim para o dia de visita à escola...

— Não perguntei o seu *nome*. Por que você não está com o seu grupo? — A voz da mulher era aguda e seu tom normal era de irritação. Os olhos dela estreitaram-se, o que, junto com as bochechas gorduchas, fazia com que ela ficasse parecida com um bebê adulto.

— Eu preciso ir para a 11-A, quími...

— Bem ali — disse ela, apontando um dos dedos corredor abaixo. A unha também era pintada de azul-real. — É ali que você *deveria* estar.

Davidek estava prestes a lhe agradecer e esgueirar-se de fininho quando dois meninos saíram do banheiro masculino usando *shorts*, camiseta e tênis. Um homem parrudo — completamente sem pelos, inclusive nas sobrancelhas — surgiu da escada, também de calção e camiseta (mas a camiseta estava ajustada dentro do calção). Em volta do pescoço, ele tinha um apito, que soprou quando jogou para o primeiro menino uma bola de futebol americano e abriu com um empurrão a porta do banheiro.

— Mais dez minutos, rapazes, e todo mundo no campo! — Os meninos com a bola saíram correndo e o professor careca de educação física examinou Davidek de cima a baixo; depois voltou-se para a mulher de azul. — O que está acontecendo *aqui*, sra. Bromine? — perguntou, afagando o queixo sem pelos. *Bromine*. Parecia nome de produto químico.

— Eu também estou tentando descobrir a causa do mistério, sr. Mankowski — suspirou a orientadora educacional.

— Ahhhh... — disse o homem careca, agindo como se a situação fosse séria. — Devo chamar a irmã Maria? — A irmã Maria era a diretora, que naquela manhã tinha dado as boas-vindas a todos os visitantes no auditório da escola. Parecia ser uma pessoa legal. A bem da verdade, Davidek teve *esperança* de que eles a chamassem.

A sra. Bromine meneou a cabeça na direção da porta fechada da sala da diretora.

— Eu já estou esperando a irmã Maria... não que isso importe muito. Como o senhor bem sabe... — disse ela, contraindo os lábios. Com uma verruga do tamanho de uma bolinha de gude no canto direito da boca, sua expressão era como um ponto de exclamação inclinado. Ela voltou-se para Davidek: — Não gostamos de visitantes que desrespeitam as regras da St. Michael, meu jovem. Diga-me o seu nome de novo.

— Peter *Daff*-ah-déque — repetiu o menino pela terceira vez. — E eu não estava...

Uma onda de gargalhadas e um estrondoso e horrorizado "Oh, Deus!" ecoaram do banheiro masculino, atraindo um olhar preocupado do sr. Mankowski.

— Tudo bem — disse a sra. Bromine. — Você pode ir... *desta vez*. Mas se você voltar a ficar desesperadamente perdido nesta simples estrutura de três andares...

— *Parem com isso!* — berrou um menino dentro do banheiro.

Uma nova explosão de risadas, numa algazarra ainda mais barulhenta. Pés arrastaram-se; um vozerio irrompeu. Um menino soltou um grito de agonia. O sr. Mankowski correu e abriu de chofre a porta do banheiro no exato momento em que algo volumoso colidia contra o lado de dentro, o que fez a porta golpear violentamente seu rosto. Ele desabou e um líquido translúcido lhe escorreu do nariz.

A porta do banheiro escancarou-se com um som sibilante e Davidek viu o menino gordurento chamado Clink sair andando de modo bamboleante, os olhos saltando sob mechas desgrenhadas de cabelo. Sua mochila preta, tinindo como um repicar de sinos dissonantes, balançava na frente da barriga como um órgão desentranhado. A calça cinza do uniforme estava desabotoada e havia um borrifo de sangue na camisa branca aberta.

Um menino boquiaberto e com dentes tortos de cavalo saiu feito uma flecha do banheiro, segurando acima da cabeça um potinho de vidro.

— Tome isto aqui de volta, sua aberração do caralho! — urrou Dentes-de-Cavalo, jogando o pote contra a parede, pouco acima do ombro de Clink, e molhando os tijolos com um pútrido líquido amarelo.

Uma nova figura surgiu do banheiro masculino, um menino esguichando sangue e ganindo gritos de pânico enquanto as mãos tocavam delicadamente o corpo plástico de uma caneta esferográfica dependurada na bochecha direita. A ponta da caneta, gotejando fitas de saliva escarlate, estava enfiada entre seus lábios como uma estranha língua de lagarto, batendo contra os dentes enquanto ele gemia pedindo ajuda.

Durante meses, o conteúdo da mochila preta de Colin Vickler tinha sido alvo da curiosidade de todos na St. Michael. As pessoas começaram a reparar no inusitado estrépito mais ou menos no início do ano letivo, mas toda vez que os professores haviam chamado o menino de lado para, à força, revistá-lo, jamais encontraram coisa alguma. Os boatos foram ficando cada vez mais elaborados: era um laboratório portátil de fabricação de metanfetamina, ou talvez ele estivesse contrabandeando produtos químicos para bombas. Vieram à tona teorias doentias: ele carregava a própria urina em potes de vidro, enchendo-os na escola e guardando-os numa prateleira em seu quarto. Mas para que propósito sombrio esse tipo de coisa poderia estar acontecendo? Perversão, paranoia, bruxaria?

Colin "Clink" Vickler não tinha um único amigo sequer na St. Michael, embora já estudasse lá havia três anos. Em seu primeiro ano, ele foi um para-raios para os trotes da escola, uma tradição de noventa e dois anos que consistia em bondosas e agradáveis brincadeiras com os novatos e que a escola tacitamente aprovava como um "divertido" exercício para socializá-los. Na St. Michael os trotes duravam o ano inteiro e Vickler tinha sofrido uma quantidade desproporcional de tormentos; até seus colegas calouros praticavam *bullying* com ele, geralmente para impressionar os próprios opressores.

No segundo ano de Colin na escola, as agressões não pararam. Como um dos piores exemplos, certo dia no banheiro ele caiu na emboscada de um grupo de alunos do último ano, que imobilizaram seus braços e aplicaram-lhe o "cuecão", puxando furiosamente para cima sua cueca por debaixo da calça, rasgando-a e transformando-a numa espécie de "fio dental" enfiado na altura da virilha. Enquanto Colin rolava no chão em agonia, alguém correu até o pátio e hasteou o pedaço arrancado da cueca no mastro. Durante semanas a fio os colegas de classe de Vickler fizeram continência para ele e saudaram-no cantarolando o "Hino de Batalha da República".

Não foram os estudantes mais lindos e em tese mais populares da St. Michael que fizeram isso com Colin, embora estes talvez estivessem por perto, assistindo de camarote e morrendo de rir. Basicamente todo mundo ali ria dele. Os meninos que o atacaram no banheiro eram os alunos mais imprestáveis da escola, os mais sem rumo e sem amigos. As animadoras de torcida, os jogadores de basquete, o pessoal do teatro e os *nerds* viciados em ciências (entre as inúmeras panelinhas da St. Michael) atormentavam a garotada no âmbito de seus próprios círculos, descarregando suas frustrações em versões mais fracas de si mesmos. Às vezes um grupo investia contra o outro, mas isso era raro. Quando uma panelinha precisava de outra para maltratar, todas elas tendiam a voltar suas atenções para o mesmo nicho — o dos perdedores. E acontece que Clink era simplesmente um dos perdedores escolhidos.

Clink chegou ao terceiro ano, mas nem com seu *status* de veterano as provocações e agressões cessaram. O pior eram as meninas que riam dele, meninas que ele achava bonitinhas. E ele tampouco fazia alguma coisa para se ajudar — baixava os olhos, resmungava. Não era inteligente o bastante para devolver os insultos, não era forte o suficiente para revidar. A tortura jamais tinha fim. Jamais teria fim.

A única proteção de Vickler era se esconder.

A St. Michael era um prédio velho e estranho, repleto de corredores estreitos e escadarias em caracol que serpeavam subsolo adentro num silencioso labirinto. Para fugir de seus zombeteiros colegas de classe nos intervalos entre uma aula e outra, Vickler escapulia sorrateiramente para o subporão e buscava refúgio no depósito de ciências, onde lia gibis ou revistas sobre *video games*. Lá, em meio a bicos de Bunsen e toda sorte de frascos de produtos químicos, encontrava prateleiras e prateleiras repletas de recipientes de vidro, cada qual contendo um espécime biológico preservado: insetos, pássaros, cobras, minhocas, lagartos, fetos de porcos, peixes, sapos, camundongos. Os espécimes encaravam com expressão desamparada o menino de cabelo ensebado que se escondia em meio a eles. Na escuridão, Vickler os estudava atentamente. Mesmo as centopeias gigantes tinham uma aparência pesarosa, flutuando sem vida e entrelaçadas umas às outras em seu caldo conservante.

Aqueles seres não tinham como escapar, não tinham futuro, e existiam somente como peculiaridades.

Vickler começou a surrupiar os frascos um a um, levando-os para um lugar no bosque perto de casa, com o intuito de libertar e enterrar as pobres criaturas mortas. Seus pais começaram a desconfiar dessas idas noturnas para a mata, por isso o menino teve que diminuir o ritmo. Sabia que não teria como se explicar. Mas tampouco conseguiu parar. Havia centenas de potes no depósito do porão e ele se comprometeu a tirar todos de lá.

A terra ao redor de suas covas rasas ficou arrasada. As ervas daninhas murchavam até se tornarem cascas e restolhos marrons, à medida que absorviam os produtos químicos conservantes, que eram tóxicos. De modo a evitar que seu cemitério improvisado fosse descoberto, Vickler começou a espalhar os cadáveres ao longo de uma área mais ampla bosque adentro, o que atrasava o avanço de seu trabalho. Por fim, o corpo docente de ciências da St. Michael percebeu que metade de seus espécimes de biologia havia desaparecido. As suspeitas recaíram sobre o zelador, acusado de descartá-los deles de maneira descuidada, e novos foram encomendados da empresa Nebraska Scientific. A campanha de furtos de Colin recomeçou.

Durante todo o tempo, ninguém sabia o que "Clink" realmente carregava dentro da mochila. Até o dia de visitação da "escola aberta".

* * *

As aulas de educação física na St. Michael ocorriam somente em dias de sol. Isso porque a escola já não tinha ginásio, e quando fazia tempo ruim não havia instalações e dependências para a prática esportiva. O velho ginásio tinha sido convertido em igreja da paróquia depois que a capela original fora destruída num incêndio, quatro anos antes. Não havia dinheiro para a reconstrução da igreja, por isso o ginásio fazia as vezes de casa de adoração substituta — a princípio de forma temporária, mas depois em caráter desalentadoramente permanente. Os antigos vestiários tornaram-se sacristia para os padres e coroinhas; assim, antes das aulas de educação física, os alunos trocavam de roupa nos banheiros da escola. Os exercícios de calistenia e as partidas de queimada aconteciam no campo gramado, outrora ocupado pela capela (no inverno, ou quando chovia, os alunos ganhavam créditos de educação física numa pista de boliche nas imediações da escola).

No dia da "escola aberta", enquanto Davidek estava no corredor sob o olhar ameaçador da sra. Bromine, no banheiro masculino um aluno do último ano chamado Richard Mullen arranjou briga com o único menino que era um perdedor maior que ele próprio. O banheiro estava lotado, e Mullen, equilibrado numa perna só, o corpo dobrado num ângulo bizarro, com a calça desabotoada caída ao redor dos tornozelos, tentava puxar a ponta de uma das meias. Cambaleou para trás e desabou, aterrissando sobre o próprio traseiro, o que arrancou ruidosas risadas dos outros garotos — incluindo o horripilante Clink Vickler.

Mullen tinha um único amigo na escola, seu lerdo companheiro com dentes de cavalo Frank Simms, o único menino além de Clink cuja existência era mais patética do que a do próprio Mullen. Uma vez que já ocupava um lugar muito baixo na hierarquia da escola, Mullen não era capaz de suportar o fato de ser alvo das gargalhadas do pária tímido e balofo.

No corredor, o sr. Mankowski soprou seu apito e alertou em alto e bom som:

— Mais dez minutos, rapazes, e todo mundo no campo!

Todos ainda estavam gargalhando quando Mullen se levantou e disse para Clink, já que não poderia dizer para mais ninguém:

— É assim que o seu pai ri quando ele está comendo o seu rabo? — Mullen pontuou a pergunta com um ágil pontapé na mochila de Clink, o que fez com que dois potes de vidro cheios de fluido tombassem e saíssem rolando pelo piso de ladrilhos.

Um garoto bonito e popular na escola, chamado Michael Crawford, ergueu um dos potes na direção da luz, e um morcego frugívoro preservado deslizou dentro do líquido para encarar Crawford e seus amigos — a boca aberta, asas ondulando na água trêmula.

Simms, o Dentes-de-Cavalo, pegou o outro pote.

— Puta merda, esse cara está conservando bichos mortos em salmoura! — anunciou aos berros.

Mullen afastou as camadas de papéis, livros, canetas e lápis na mochila de Clink, revelando uma dúzia de outros jarros. Tirou um dos frascos — um embrião de porco — e ergueu-o.

— Seja lá o que for isto aqui, você vai pro inferno, seu pervertido...

A mente de Vickler ficou entorpecida. Transcorreu uma eternidade. Ele vinha tentando fazer algo de bom, alguma coisa misericordiosa, mas agora via sua coleção com o mesmo horror sentido pelos meninos ao redor. Não havia nada que pudesse fazer, nenhuma explicação que tivesse sentido. Ouviu as palavras "psicopata", "aberração", "nojento", e começou a chorar, acocorado sobre os papéis esparramados e recolhendo-os às cegas.

Mullen esticou o braço para colocar o pote com o espécime bem perto do rosto de Vickler.

— Espere só até as meninas descobrirem o que você fez com o Ga-ga-gaguinho!

Foi nesse momento que a mão de Vickler encontrou a caneta esferográfica.

Antes mesmo de se dar conta do que estava acontecendo, ele começou a golpear o ar e perfurou a bochecha de Mullen como se fosse *marshmallow*.

Mullen soltou um guincho de horror e Clink agarrou-o pela garganta, empurrando-o para trás com fúria cega e fazendo-o chocar-se contra a porta do banheiro masculino no exato instante em que o sr. Mankowski abria a porta do outro lado, esmagando a cavidade nasal do professor, que caiu pesadamente.

Clink empurrou de lado o ensanguentado Mullen, que urrava de dor, e agarrou sua mochila, jogando a alça sobre o ombro enquanto fugia porta afora.

O corredor do primeiro andar da St. Michael bocejou diante de Vickler como uma gigantesca garganta de pedra. Ele mal tinha consciência das figuras a seu redor, dois borrões, um imenso e azul, o outro pequeno e insignificante, parados a poucos metros de distância, e um homem, o sr. Mankowski, que rolava e sofria no chão junto aos armários.

Simms, o Dentes-de-Cavalo, saiu às pressas do banheiro, levantando no ar um pote de vidro no qual flutuava uma tênia e o arremessou na direção de Vickler, que passou correndo por Davidek a toda a velocidade, chegou à escadaria, subiu um andar, depois outro, até que não houvesse mais ninguém perto dele, exceto o zelador de olhar apalermado, parado ao lado da escadinha que levava a um quadrado de céu azul.

Aterrorizado, Vickler começou a subir, pensando que talvez pudesse se esconder, e percebendo tarde demais que estava prendendo a si mesmo numa armadilha.

Com a ajuda involuntária da sra. Bromine, ele logo constatou que também tinha apanhado todos os outros.

Agarrado aos nacos vermelhos dos nós dos dedos, após tê-los perdido, o zelador despencou feito uma pilha de roupa velha e estatelou-se com um estrondo no chão junto à escadaria, guinchando como um porco. Teria despedaçado a coluna, caso o sr. Mankowski, que se debatia com o rosto machucado, não tivesse amortecido sua queda.

A sra. Bromine tentou manter a calma. Deu um passo para trás enquanto os jorros de sangue que saíam das pontas dos dedos do zelador tingiam o chão de carmesim. O professor de educação física estava histérico, choramingando debaixo do zelador, com a clavícula fraturada. Davidek juntou-se à multidão de outros alunos, funcionários e professores que, de olhos arregalados, encarava os dois homens caídos ao pé da escada e balbuciava loucamente.

— Isso vai ser péssimo para as matrículas — Davidek ouviu um dos professores comentar.

A sra. Bromine, que de súbito tomou consciência da plateia, tentou dispersar a aglomeração, mas a multidão era numerosa demais para que alguém conseguisse ir para onde quer que fosse. As pessoas atrás gritavam:

— A irmã Maria está tentando passar! Abram caminho! — E Davidek olhou para o corrimão da escada e viu uma mulher nos degraus de baixo que empurrava a multidão.

Bromine recuou contra a parede. Ela não poderia ser vista presidindo aquele caos.

A alavanca vermelha de um alarme de incêndio estava a seu lado.

— Precisamos *tirar todo mundo daqui* — disse ela, enquanto estendia os dedos na direção da alavanca.

No telhado, Colin Vickler, também conhecido como Clink Vickler, também conhecido na escola primária como Colin Calafrio, dezessete anos, ainda sem carteira de motorista, branquelo, um virgem sem perspectiva de conseguir transar e absolutamente sem amigos, pela primeira vez na vida sentiu-se poderoso enquanto ouvia o uivo elétrico do alarme e assistia à fuga dos colegas de classe, que, em ondas, escapavam aos borbotões pela entrada abobadada da St. Michael.

Eles estavam com medo. Medo dele.

Alguns viravam o rosto para cima, semicerrando os olhos contra a luz do sol, as expressões contraídas em pontos de interrogação no esforço de enxergá-lo. Alguns que tinham testemunhado o que acontecera antes estavam chorando, sem olhar para trás — outros espalhavam a notícia, passando adiante uma propagação de mentiras. Clink vinha assassinando animais, mutilando-os e escondendo os restos em recipientes de vidro. Um dos garotos do vestiário disse que olhara dentro da mochila e vira uma mão humana num dos potes. Alguns alunos do oitavo ano em visita à escola entreouviram um professor afirmar que o menino no telhado havia cortado a garganta do zelador.

A verdade em si já era por demais terrível. Vickler sabia que não desceria do telhado. Era impossível rastejar de volta alçapão abaixo. Não havia como pedir desculpas. Não havia explicação. Ele estava acabado. Fim. Colin Vickler já era. Agora, ele era apenas Clink. Esquisitão. Psicótico. Perigoso.

Mas ele meio que gostou dessa última parte.

O menino abriu a mochila no parapeito e passou os dedos imundos pelas tampas dos potes remanescentes, contando dez. Ergueu um numa das mãos, sopesando-o, olhou para baixo, fitando o estacionamento e examinando seus alvos.

Na fachada, a St. Michael the Archangel High School dava a impressão de ser uma construção capaz de devorar outros prédios. O estilo da tradicional arquitetura gótica do colégio parecia ter se amalgamado a primitivas fortificações de batalha de modo a criar um imponente edifício ao estilo das universidades britânicas, que protuberava da terra como um titã espinhoso e revestido de pedra. No tumulto da fuga, em meio aos outros estudantes, Davidek olhou para o prédio.

— Banque o turista mais tarde, cara. Agora é melhor você cair fora! — disse alguém, empurrando-o para a frente. Era o garoto com a cicatriz no lado esquerdo do rosto, o mesmo que antes o havia ajudado no corredor.

O menino no telhado deixou cair um dos potes na multidão, esmagando uma teia de aranha no para-brisa de um Buick vermelho parado no estacionamento. Davidek e o garoto da cicatriz saíram em disparada, atravessando a batelada de alunos que se dispersou quando o segundo e o terceiro frascos com espécimes científicos explodiram no chão atrás deles.

A sra. Bromine postou-se no centro da evacuação, conduzindo o alvoroço até a rua. Um menino corpulento, arrastando os pés e suando em bicas no uniforme da St. Michael, tomou a frente de Davidek, distribuindo empurrões e bufando a cada passo, como um boi tentando correr escorado sobre as patas traseiras. Uma gravata vermelha fina pairava por cima do ombro do menino gorducho quando um raio de luz riscou o céu e estourou na parte de trás da cabeça dele. O pote de vidro tinha cortado o ar com um som sibilante e o menino gordo fez o mesmo ruído quando caiu de cara no asfalto.

Davidek tentou parar, tentou esticar o braço a fim de agarrar os ombros do menino caído, mas os outros estudantes o empurraram para a frente, sem tempo para salvar ninguém senão a si mesmos. Davidek e o garoto da cicatriz chegaram ao limite do terreno da escola, onde os carros formigavam de um lado a outro na rua, buzinando furiosamente para a horda de estudantes que procurava refúgio atravessando a pista de asfalto.

Foi quando a sra. Bromine começou a gritar:

— Parem! *Parem!*

Por um momento, todo mundo obedeceu.

— *Ninguém... pode sair... das dependências da escola* — disse a mulher, com a multidão girando num redemoinho ao redor dela. Seu volumoso topete loiro estava murchando de tanto suor. — Nada de sair da escola sem uma... uma... autorização por escrito.

Os alunos da St. Michael fitaram a sra. Bromine com olhar apatetado. Começaram a discutir num uníssono dissonante. E então outro pote caiu do telhado e fez com que todos se espalhassem, buscando abrigo atrás dos carros estacionados.

A diretora da escola, irmã Maria Hest, estava entre os confusos e encolhidos de medo. Rastejou em meio à multidão acovardada, exigindo informações.

— O que está acontecendo...? Por que a escola está sendo evacuada? Quem é que está jogando coisas do telhado? — Todos tentavam responder ao mesmo tempo, e como resultado ela não entendia patavina.

A sra. Bromine não falou de imediato. Estava formulando justificativas. Ela se perguntava quem tinha ficado para trás junto com o sr. Mankowski e o sr. Saducci, se é que alguém havia ficado com eles.

Um caminhão de entregas freou bruscamente, soltando fumaça dos pneus e, com um solavanco, parou a centímetros de um grupo de alunos do primeiro ano, que, em desabalada correria, decidira ignorar as regras e fugir para além do perímetro da escola. Enquanto o motorista abafava sua enxurrada de obscenidades com uma barulhenta rajada de buzinadas, Bromine e a irmã Maria viram mais filas de estudantes refugiados afluindo para o outro lado da rua, fora do alcance do menino no telhado.

A orientadora educacional estalou os dedos diante do rosto de dois outros professores.

— Peguem aqueles alunos. Mantenham todos eles dentro da escola! Podemos acabar sendo processados se alguém se machucar nesse trânsito!

Uma menina loira com roupa de ginástica desgarrou-se do grupo e fincou posição no meio da rua, decidida, bem à frente de Bromine. Seu cabelo crespo estava preso em duas tranças que lhe davam um aspecto de louca.

— Você é uma completa idiota do caralho? — vociferou a garota. — E se a gente se machucar *dentro* da escola?

Bromine tomou consciência de que se tornara o centro das atenções e muitos olhares estavam se voltando para ela. Sentiu um aperto na garganta.

— Não use essa linguagem obscena comigo — disse.

A loira ergueu os dois dedos médios para a orientadora educacional.

— Que tal um pouco de linguagem de sinais, então? — retrucou, virando as costas para fugir. Bromine correu feito uma flecha pela rua, agarrando a menina por uma das tranças desalinhadas e arrastando-a de volta para a calçada.

Um punhado de pedras caiu sobre os carros na ponta do estacionamento. Agora o menino no telhado estava atirando enormes pedaços de tijolo quebrado. Bromine enfiou-se atrás do porta-malas de um Plymouth verde, ainda segurando com força o cabelo da loirinha. No outro canto do estacionamento, um grupo de alunos fanfarrões do último ano subiu no capô de um Honda prata, casquinando grosseiros risinhos de zombaria enquanto fingiam disparar projéteis para o céu com rifles invisíveis.

No centro do estacionamento, numa poça de sangue cada vez mais larga, jazia o menino inconsciente que havia aparecido de supetão na frente de Davidek antes de ser atingido na cabeça. Uma vez que todo mundo estava se escondendo, a figura inerte era o alvo mais fácil para o menino no telhado.

Tum. Tum. Como baque de bordoadas, pedaços de grossos de tijolo começaram a cair pesadamente no menino caído de bruços.

Davidek e seu novo amigo com a bochecha cicatrizada estavam agachados ao lado de um jipe, a algumas vagas de distância. Podiam ver vidro misturado com sangue na nuca do menino inconsciente.

— Alguém precisa ajudar o garoto — disse Davidek.

O menino da cicatriz assentiu:

— Sabe de uma coisa, se esse menino não tivesse empurrado a gente pro lado, talvez eu, ou você, é que estaria caído lá com a cabeça rachada... Acha que ele se arriscaria pra salvar *a gente*?

Davidek encolheu os ombros.

— Ele está sangrando demais.

O menino da cicatriz olhou ao redor, em dúvida.

— Não sei se fazer a coisa certa é a melhor maneira de sobreviver neste lugar.

Mas Davidek já estava se movendo cuidadosamente, preparando-se para se lançar na direção do menino ferido.

— Eu poderia ter agarrado aquele garoto maluco no corredor, tentado contê-lo. Mas não fiz isso. Simplesmente saí do caminho dele. Fiquei com medo — ele disse.

— Consciência pesada? — disse o menino da cicatriz, com uma risada. — Você é perfeito pra uma escola católica. — Estendeu uma das mãos. — Escute aqui, valentão, antes que a gente vá pra batalha... meu nome é Noah Stein, a minha família me chama de No. É um apelido esquisito, né?

Davidek concordou, disse que era, sim, e apertou a mão de Noah despreocupadamente.

Uma silhueta monstruosa e esquelética, alta e curvada como um poste de luz, projetou sua longa sombra sobre eles. Era um dos professores, um jovem com um rosto alongado de gárgula.

— Se vocês estão planejando uma distração, meninos, isso seria muito útil — disse ele, caminhando a passos largos na direção da escola sem esperar pela resposta.

— Vai lá, sr. Zimmer! — berrou a menina de tranças amarelas quando a sra. Bromine afrouxou o aperto e ela conseguiu se desvencilhar. Bromine cambaleou para a frente, assistindo seu colega roubar-lhe o crédito por salvar o dia.

O sr. Zimmer tinha sido aluno da St. Michael muitos anos antes, há mais tempo do que ele gostaria de se lembrar. Fora um bom menino, um menino tranquilo, que jamais se metia em encrencas — exceto uma vez. Por conta de suas pernas compridas e braços elásticos, alguns colegas o desafiaram a escalar uma das calhas de bronze no canto superior do prédio da escola. O truque era apoiar-se num dos blocos de tijolos salientes, mas ninguém mais seria capaz de alcançá-los. Ninguém a não ser Andy Zimmer e seus braços e pernas de louva-a-deus.

Subir através do alçapão do telhado era impossível — o zelador tinha provado isso —, mas aquela velha calha era outro caminho de acesso rápido até lá em cima, contanto que Vickler não percebesse até que Zimmer já estivesse no parapeito.

O som de sirenes soou mais alto ao longe. Polícia. Bombeiros. Zimmer não queria pensar no que os policiais fariam se o menino no telhado começasse a derrubar estátuas sobre eles também.

Do outro lado do jipe onde Davidek e Stein estavam protegidos apareceu a cabeça de um menino negro e gorducho.

— Oi, meu nome é Hector. Hector Greenwill — disse ele estendendo a mão, embora nenhum dos outros dois estivesse disposto a sair de seu esconderijo para apertá-la. — Eu também sou um aluno do oitavo ano que veio visitar a escola, como vocês, caras. — Ele vestia calça marrom-clara e estava enfiado num suéter com listras alaranjadas e pretas. — Quando vocês forem entrar em ação, posso ajudar a criar outra distração, tentar atrair a mira dele — propôs.

Stein deu de ombros e disse:

— Perfeito, cara. Você *está mesmo* vestido de alvo.

Greenwill agachou-se, pronto para sair em disparada.

— Só não obriguem ninguém a ter de resgatar *vocês*, beleza? — disse ele, e correu com dificuldade na direção contrária à do sr. Zimmer, rumo ao campo gramado além da escola, onde outrora ficava a igreja incendiada.

— Beleza, herói — disse Stein, pousando uma das mãos nas costas de Davidek. — Vamos fingir que somos os mocinhos da história.

Um par de mãos com afiadas unhas cor de safira agarrou os dois pelos colarinhos.

— Vocês estão perto demais! — rosnou a sra. Bromine, puxando-os para trás. — Desçam para cá! Agora!

Davidek se contorceu, apontando para o amontoado inerte no centro do estacionamento.

— Nós vamos ajudar aquele menino! — Bromine olhou atentamente na direção do corpo desacordado.

— Carl! — vociferou ela. — Carl LeRose! Levante-se daí e venha aqui agora!

O menino permaneceu desobedientemente imóvel. Davidek continuava tentando se desvencilhar, mas Stein estava procurando alguma coisa para distrair a mulher. No mesmo instante, o gorducho de suéter preto e alaranjado agiu: saiu correndo, berrando e sacudindo os braços na direção do campo gramado, atraindo a atenção do menino no telhado, bem como os olhares de todo mundo no estacionamento. Do outro lado do prédio, o sr. Zimmer colocou uma das mãos sobre a outra e começou a escalar metodicamente a calha.

Chegou o momento deles. Stein observou a luta de Davidek em sua tentativa infrutífera de se livrar da orientadora educacional, que insistia em impedir que ele saísse do lugar. Stein esticou o braço e segurou entre as mãos o rosto da mulher de azul, puxou para perto o rosto dela e aplicou-lhe um beijo estalado.

Bromine abriu as mãos.

Livre, Davidek fugiu, os pulmões sorvendo ar enquanto corria feito um raio na direção do menino inconsciente, agarrando-o por um dos braços e puxando-o pelo asfalto. Com o braço esticado, parecia que o menino caído tinha alguma pergunta urgente a fazer para o professor na sala de aula. Metade de um tijolo caiu e abriu uma cratera no capô de um Fusca ao lado deles. Tinham sido avistados de novo.

Davidek ergueu o garoto inconsciente nas costas e saiu com muito custo na direção dos carros que serviam de abrigo, onde agora Stein rolava de um lado para outro no chão, já meio tonto, vítima de uma saraivada de bofetadas de uma furiosa sra. Bromine.

A cabeça do menino pendeu num movimento molenga, como se o pescoço dele fosse um pano de prato. Um dos tênis soltou-se do pé. Seus olhos estavam abertos, voltados para a escola. Ele ergueu um dos braços fracos e apontou:

— Porra... foi o Homem-Aranha... — resmungou.

O sr. Zimmer, cuja ponta da camisa abaixo da cintura estava dependurada no ar, chegara ao topo do prédio, os braços semelhantes a cordas agarrando como ponto de apoio o parapeito de pedra. O menino no telhado ainda não o tinha visto. Em vez disso fitava, em pânico, os caminhões dos bombeiros que encostavam no meio-fio e os carros da polícia entrando com toda a estridência no estacionamento. Agora Hector Greenwill e seu suéter de alvo estavam perto o bastante para serem alvejados.

Clink tinha um último pote e pretendia fazê-lo valer a pena, arremessando-o diretamente na cara do menino gordo. Não havia líquido no pote, que por isso era mais leve, e Clink mirou-o com extremo cuidado. Chacoalhou de leve o frasco, mas nada tilintou dentro. Ergueu no ar o recipiente de vidro, posicionando-o em ângulo. O mundo ficou bastante quieto para o menino no telhado.

Dentro desse último pote não havia coisa alguma. O frasco estava vazio — exceto pela imagem do menino que ele estava mirando, o alvo a ser atingido, que, de suéter de listras pretas e alaranjadas, parecia um exótico abelhão aprisionado.

Clink desatarraxou a tampa de metal do pote. Despejou a coisa nenhuma de lado, e então imaginou que o nada fora capturado pelo vento silencioso e levado para longe. Guardou de novo o pote vazio dentro da mochila e ajeitou a alça em volta do ombro.

Do outro lado da escola, o sr. Zimmer havia se agarrado ao parapeito para chegar ao topo do prédio, e agora lançava-se à frente, braços estendidos, os pés martelando com passos pulsantes e corajosos a superfície granulosa do telhado.

Os olhos de Vickler estavam fechados. Em momento algum ele sequer vira o professor.

Lá embaixo, Davidek embalava o menino ferido, enquanto os paramédicos enxameavam ao redor deles. Alguns carros além, Bromine estava arrastando Stein pela camiseta. E então uma quietude tomou conta da multidão no estacionamento.

Todo mundo olhou para cima e viu Clink deslizar de costas pelo parapeito.

Parte I

A mão ruim

I

Seis meses depois, Davidek se viu novamente no estacionamento da St. Michael, sob um cinzento aguaceiro, olhando para o telhado da escola. Os santos destruídos haviam sido substituídos, reluzindo em meio às estátuas remanescentes feito dentes novos num sorriso decrépito. A água escorria pelas paredes de pedra cor de ferrugem da escola, transformando as janelas das salas de aula em tremeluzentes cascatas de luz.

Era o primeiro dia do novo ano letivo, e Davidek mantinha-se silencioso e imóvel, sua calça cinza, a camisa branca e o paletó azul ficando cada vez mais pesados sob a chuva que caía. Ele mal podia acreditar que estava ali, assim como seus pais não acreditaram *nele* quando voltara para casa depois da visita à St. Michael com histórias de rostos apunhalados, dedos decepados e espécimes animais usados como projéteis.

— Não invente histórias — disse o pai, mostrando-lhe a matéria do jornal local com uma reportagem sobre um zelador que se ferira num acidente, no telhado da St. Michael. — Nenhuma menção ao tal destemido resgate de um garoto caindo do telhado.

— Ele caiu, mas não *chegou ao chão* — alegou Davidek, o que fez o pai resmungar e a mãe suspirar.

A tentativa de Clink de um final medonho fora impedida por sua famigerada mochila preta. Quando tombou do telhado, foi aquela alça que o sr. Zimmer agarrara ao saltar para a frente, dando um bote sobre o menino em queda livre. Os longos e espessos músculos de Zimmer distenderam-se no esforço para segurar no alto o adolescente, que aos berros golpeava os braços do professor, implorando para que o deixasse cair. Desesperado, Zimmer cerrou o punho da mão que estava livre e esmurrou o rosto do menino — um, dois, três socos muito rápidos. A cabeça de Clink cambaleou e por fim despencou para trás; ele perdeu as forças e o professor agarrou um segundo ponto de apoio na camisa do garoto e içou o corpo flácido para a segurança do telhado.

Quando a polícia assumiu o controle da cena, a sra. Bromine ainda estava soltando fogo pelas ventas por conta do beijo que Stein tinha usado como manobra para distraí-la, para que Davidek pudesse se desvencilhar. Ela queria que os dois meninos fossem presos.

— Eles, hã... *beijaram* a senhora — disse o policial em tom de voz monótono, mais aborrecido do que achando graça. — Alguém mais viu isso?

Bromine exigiu ser atendida pelo oficial superior dele.

O tenente que mais tarde foi falar com a bombástica orientadora educacional disse:

— Temos um garoto com o rosto perfurado, um garoto com fratura no crânio, um homem sem dedos, um sujeito com o braço quebrado. E a senhora...?

— Fui vítima de uma agressão sexual! — bradou Bromine, ofendida. O tenente respirou fundo e fechou os olhos. Ele disse que traria o assunto à baila com a diretora, mas a irmã Maria já tinha ouvido as reclamações e também não acreditava nelas.

— Creio que a sra. Bromine esteja sofrendo de uma pontinha de ansiedade — diagnosticou ela.

O tenente assentiu num gesto de cabeça.

— Ela pode entrar na fila — ele suspirou e fingiu escrever alguma coisa em seu bloco de anotações, porque a sra. Bromine estava de olho neles.

O sr. Mankowski foi levado numa maca de resgate que lhe sustentava o pescoço entre dois gigantescos apoios acolchoados vermelhos. O zelador foi levado numa maca com rodinhas, choramingando, esticando o braço na direção de outro paramédico, que carregava, envoltos em uma toalha branca, os dedos do velho.

Depois que o menino inconsciente que Davidek havia resgatado foi levado numa ambulância, o tenente foi falar com o aluno do oitavo ano que tinha ido visitar a escola. Sob o distintivo, ele usava um crachá prateado com seu nome: "Bellows". Queria saber o nome e o endereço de Davidek, mas o menino disse que já tinha dado essas informações a outro policial.

— Não é para o relatório — disse o tenente Bellows. — É para outra pessoa.

— Quem?

O tenente encolheu os ombros.

— Talvez alguém queira lhe mandar um cartão de agradecimento.

Davidek começou a ler o jornal todo dia, sabendo que teria de haver alguma atualização da história, algum prosseguimento, alguma explicação sobre o que havia acontecido. Mas o jornal não publicou uma linha sequer, nem mesmo uma semana depois.

— Acho que vi alguma coisa na CNN — disse Bill Davidek à mesa do jantar. — "Briga no pátio de escola local", certo? — O velho coçou a barba com um risinho de satisfação.

— Para com isso, pai! O cara *pulou do telhado*! Ele quase se matou! — disse Davidek, com as bochechas empanturradas de comida. — Arrancou os dedos de um sujeito...

A mãe de Davidek pousou ruidosamente o garfo e a faca sobre a mesa.

— Pelo amor de Deus, estamos comendo iscas de peixe — disse ela.

A mesa caiu em silêncio. Depois de alguns instantes, June Davidek dirigiu-se ao marido sem levantar os olhos:

— Sabe, dizem que agora, mais do que nunca, uma escola particular cai muito bem no formulário de inscrição para a faculdade. Realmente ajuda um candidato a se destacar. Acabei de ler alguma coisa sobre isso na *Seleções*...

O marido franziu a testa.

— Nós pagamos impostos. E esses impostos financiam a escola pública. Você não entra num supermercado e paga pelas compras só para depois deixar tudo lá e ir comprar de novo em outro supermercado, certo? Então por que pagar pela St. Michael? Porque lá eles usam terninhos e gravatas? Porque acham que são mais espertos do que todo mundo?

A mãe de Davidek ficou em silêncio. Depois arriscou:

— Mas... e se a gente *não* pagasse... — e o pai de Davidek se empertigou, tenso.

— Eu disse que já chega de falar nesse assunto — sentenciou ele.

O filho perguntou:

— Que assunto?

Bill Davidek apontou o garfo para o prato de Peter.

— Coma suas picas de peixe — disse ele, o que fez o filho rir e a esposa abaixar de novo os talheres.

No passado, Bill tinha sido aluno da St. Michael, mas esse era um tema doloroso e espinhoso; ele desistira após dois anos, embora no momento fosse essa a única parte da qual parecia se orgulhar. Fora parar na escola pública somente porque era uma exigência para ser contratado pela siderúrgica Kees-Northson em Brackenridge, que ficava bem perto da St. Michael, logo abaixo do morro. Irritava-o ver a escola todo dia ao sair do trabalho, e irritava-o ainda mais o fato de sua esposa ter um fetiche por aquele lugar.

Ela sempre desejara estudar lá, embora seus pais recusassem (essa era uma das únicas coisas de que Bill gostava a respeito da família da mulher). Quando chegou a hora, June insistiu em matricular na escola o primogênito do casal, Charlie. Charlie era sete anos mais velho que Peter, que se lembrava muito bem dessas brigas, ocasiões em que se refugiava em seu esconderijo, debaixo da mesa de jantar. Ele se lembrava inclusive da frase que a sua mãe usava: "É assim que vamos fazer do nosso filho uma coisa melhor que o pai dele". Bill queixava-se de que estava pagando as mensalidades apenas para que ela pudesse se gabar no clube de carteado. Em parte, tinha razão. "É caro, mas o meu Charles vale a pena", ela costumava dizer às amigas. Perto de outras pessoas, sempre chamava o filho de Charles.

Davidek e Charles não eram próximos, em parte por conta da diferença de idade. As lembranças mais nítidas que ele tinha do irmão mais velho eram de viver sendo insultado, importunado e maltratado por ele. Charlie sempre fora maior e mais forte, de modo que tudo o que precisava fazer era simplesmente deitar-se sobre o caçula, sufocando-o, para vencer qualquer briga. Mais tarde, Davidek descobriu uma infalível estratégia de autodefesa: os Mamilos Roxos, técnica também conhecida como Torção de Tetas, uma manobra de combate de eficácia testada e comprovada que todo irmão mais novo aprende depois de ter sido repetidamente subjugado por um inimigo opressor. Charlie recuava, apalpando a aréola dolorida, amaldiçoando o irmão. "Porra, Peter... Vá se foder!"

No momento, o nome de Charlie era assunto proibido na residência dos Davidek, exceto durante as discussões — e o jantar estava descambando para uma.

— Eu só acho que uma escola particular daria ao Peter uma vantagem — alegou June. — É um investimento no futuro.

O marido sacudiu o polegar na direção da quarta cadeira vazia ao lado da mesa, o lugar onde Charlie costumava se sentar.

— No fim das contas — disse —, aquele lá se mostrou mesmo um belo investimento no futuro, não foi?

Depois da St. Michael, Charlie Davidek tinha passado dois anos se embebedando e fazendo merda na vida. Fora expulso de duas faculdades. Por fim voltara para a casa dos pais e passara um par de anos trabalhando meio período numa empresa de jardinagem e paisagismo, e vivia em constante pé de guerra com os pais. Quando eles finalmente o obrigaram a começar a pagar aluguel e a reembolsá-los por toda a comida que tirava da geladeira, Charlie alistou-se nos fuzileiros navais e mudou-se de Pittsburgh para a base de Camp Pendelton, nos arredores de San Diego. O alistamento fez de Charlie algo de que os Davidek poderiam orgulhar-se de novo.

Mandaram ampliar sua foto militar de modo a poder dependurá-la no centro da escadaria. Ao lado, uma foto de Bill pescando com um Charlie de seis anos de idade, e o retrato de um Charlie carrancudo em seu último ano na St. Michael. June carregava uma versão menor do retrato do filho paramentado no traje militar dentro da carteira, junto com seus cartões de crédito, o que lhe permitia, meio que de propósito, exibi-lo para caixas de banco e balconistas de lojas.

Depois, após um ano de serviço militar, Charlie foi dado como foragido, "ausente sem licença". A família só descobriu que ele havia abandonado seu posto quando alguns homens da agência de recrutamento local visitaram a casa para perguntar se eles tinham tido algum contato com o filho desaparecido. Meses depois chegou uma carta do estado do Arkansas — sem endereço de remetente — em que Charlie informava que arranjara trabalho numa oficina mecânica. Disse que estava bem e pedia que não se preocupassem. Ele não explicava por que razão havia desertado, mas a verdade é que ninguém teve dúvidas. Charlie (e outro sujeito de seu batalhão) tinham fugido no final do verão de 1990, semanas depois que os tanques iraquianos começaram a invadir o Kuait e os americanos começaram a amarrar fitas amarelas nas árvores. Quando o pai de Davidek entregou a carta do filho para os fuzileiros navais, eles se prontificaram a mandar uma cópia pelo correio. "Não se deem ao trabalho", ele dissera. "Nunca mais quero ter notícias daquele covarde."

Agora todas as fotografias de Charlie tinham desaparecido, mesmo as de quando era pequeno. Quando seu nome vinha à tona, geralmente servia como munição para Bill Davidek desancar a escola que sempre detestara.

— Quatro anos na St. Michael. Milhares de dólares jogados no lixo — dizia ele. — Era melhor ter queimado o dinheiro para aquecer a casa.

O filho mais novo, Peter, estava feliz de ir estudar na Valley High com o restante de seus amigos: Chad Junod; Billy Fularz; os gêmeos Peter, Matt e Mark. Aborreceu-se com o fato de sua mãe ter aventado a possibilidade da escola católica. E aborreceu seu pai também:

— Não quero mais falar nisso — ele disse.

June encolheu os ombros. Revirou uma isca de peixe no prato. Bill Davidek meneou a cabeça para o filho, que sorriu quando o pai disse:

— *Ninguém* vai para a St. Michael.

O Texano Grandão mudou isso.

Era fim de julho. Davidek reparou no Porsche prata estacionado na frente de sua casa quando saiu de bicicleta dando a volta pelo quintal. Ninguém na vizinhança tinha um carro daqueles, e se tivesse não o deixaria na rua. Os Davidek moravam numa avenida movimentada que cortava uma parte da cidade conhecida como Parnassus, paralela ao rio Allegheny. Na margem do rio havia uma mineradora de areia e cascalho de onde enormes e pesadíssimos caminhões basculantes saíam, estrondeando avenida abaixo o dia inteiro, despejando pedras, grãos de areia e flocos de pedregulho nos para-brisas e riscando a pintura da lataria dos carros cujos donos eram burros demais para não usar a própria garagem.

Através da janela da sala de estar Davidek viu um homenzarrão envergando um imaculado terno cinza, com uma camisa marfim de colarinho aberto e uma careca bronzeada e orlada por uma coroa de cabelo grisalho. Seus dentes eram enormes, brancos e perfeitos.

Davidek imediatamente pensou nele como O Texano Grandão. Ninguém jamais disse ao menino o verdadeiro nome do visitante, que fez Davidek se lembrar de um daqueles risonhos magnatas entrevistados nas reluzentes revistas de negócios: uma das mãos escorada numa torre de perfuração de petróleo, a outra brandindo ao vento cédulas de cem dólares.

Quando Davidek entrou em casa, O Texano Grandão estava gargalhando e assegurando aos pais dele que eram pessoas inteligentes por tomar uma decisão como aquela, realmente muito inteligentes. O pai de Davidek estava em pé junto à lareira, os braços cruzados, com uma expressão de hesitação. A mãe de Davidek estava sentada no sofá, as mãos meticulosamente dobradas sobre o colo, e no rosto estampava um risinho semelhante ao de alguém que tinha acabado de vencer uma discussão. Por alguma razão, usava seu vestido vermelho curto, o traje de passeio reservado a festas e ocasiões formais. Já o pai de Davidek estava metido num *jeans* sujo e numa camiseta do sindicato vincada como se tivesse acabado de ser tirada de um fundo de gaveta para a ocasião.

A conversa foi interrompida no instante em que viram Peter.

— Este deve ser o menino? Quero dizer, o jovem *homem*! — disse, aos berros O Texano Grandão, esticando um dos braços e engolindo a mão de Davidek com surpreendente delicadeza, como um halterofilista trocando um aperto de mãos com um bebezinho. — Os seus pais falaram com você a meu respeito? — perguntou o desconhecido.

O pai de Davidek cravou os olhos no filho com uma expressão dura e meneou ligeiramente a cabeça, de modo que o menino disse:

— Hã... sim, acho que falaram, sim.

O desconhecido pareceu bastante contente.

— A sua mãe e o seu pai vêm conversando comigo faz algumas semanas, mas são duros na queda e negociar com eles é difícil — disse o homem. — São muito protetores com relação ao filhinho deles... Mas acho que finalmente mudaram de ideia.

O pai de Davidek fitava o chão. A mãe não parava de balançar os pés, como se quisesse dançar. O estranho chegou mais perto do menino e inclinou o corpo, como que para compartilhar um segredo.

— Peter, eu quero que você saiba que aquela escola mudou a minha vida. E mudou a vida do seu pai, embora ele não goste de admitir. — Pousou uma das mãos sobre o ombro de Davidek. — E vai mudar a sua vida também.

Davidek perscrutou os pais em busca de algum sinal do que estava acontecendo. O Texano Grandão inclinou-se para trás e disse:

— Vamos tratar dos detalhes sobre valores mais tarde. Colocar os pingos nos is e tudo o mais, tudo certinho. — Deu um cutucão em Davidek, que riu junto com o homem sem ter certeza exatamente do quê.

Ainda que relutante, o pai de Davidek estendeu a mão, mas o desconhecido surpreendeu-o com um abraço de urso, imobilizando-lhe os braços ao longo do corpo.

— Faz tanto tempo, Billy — disse o Texano Grandão. — Tempo demais.

Momentos depois, o Porsche estava rugindo na direção do pôr do sol. Aiô, Silver, e adeus carro esporte prateado.

— Mas que diabos foi isso? — exigiu saber o menino.

O pai saiu da sala, enquanto a mãe de Davidek dava as explicações.

— Esse homem era da paróquia da St. Michael. Ele acha que você seria um bom aluno lá. — A voz dela ficou mais baixa até se transformar num sussurro. — Ele está telefonando já faz *semanas* — prosseguiu. — É amigo do seu pai.

— Nós não somos *amigos* — protestou Bill Davidek ao entrar de novo na sala a passos pesados.

O menino estreitou os olhos, sem compreender.

— Mas... eu já estou matriculado na Valley. — Seus olhos iam da mãe para o pai e do pai para a mãe. Nenhum dos dois devolveu o olhar.

E foi assim que, no primeiro dia de seu primeiro ano letivo no colegial, Peter Davidek se viu debaixo de chuva na porta da St. Michael.

Ele e a mãe tinham brigado no carro, já dentro do estacionamento. Davidek não apenas se sentia infeliz por estar lá como também sua mãe não havia lhe comprado a gravata vermelha no padrão exigido pelo uniforme obrigatório. Em vez disso, June dera ao filho uma gravata de clipe, que já vinha com um nó dado e que bastava grudar na camisa; para completar, essa gravata era usada, dos tempos em que Charlie estava no ginásio.

— É basicamente a mesma coisa — disse ela.

Não era a mesma coisa. A gravata era curta demais, e volumosa demais, e o pequeno clipe metálico emperrava e ficava saliente no topo, cutucando o pescoço de Davidek. Além disso, a gravata entortava no colarinho, por mais que ele remexesse nela tentando ajeitá-la.

— Por favor, não me faça usar isto.

— Todo mundo na St. Michael usa gravata — respondeu ela, checando o batom no retrovisor. Atrás deles, um ônibus escolar amarelo parou na vaga reservada, e um punhado de meninos e meninas com roupas mais ou menos idênticas desceu arrastando os pés e depois saiu correndo para dentro da escola, alguns abrindo guarda-chuvas, outros erguendo mochilas sobre a cabeça. — Viu só? Os garotos todos estão usando gravata vermelha — disse June.

— Mãe, esta aqui não é igual àquelas.

A mãe apertou um botão, destravando as portas da *minivan*.

— Bom, se você quer uma gravata de adulto, comece a agir como um adulto, e aí a gente vê.

— Mãe... por fa... — disse ele.

— Preciso repetir pra você? Preciso? — Era isso que sempre dizia para encerrar uma discussão. Se ele continuasse brigando, ela simplesmente continuaria dizendo a mesma coisa. Continuaria *repetindo* — não mais seu argumento original, mas a frase: "Preciso repetir isso pra você? Preciso repetir isso pra você?"

Davidek desceu do carro no temporal. Levou a mão ao colarinho, fechou o clipe da gravata, encarou a escola enquanto a mãe manobrava para sair do estacionamento e se preparou para o pior. Entretanto, o pior já estava preparado para ele.

2

Lorelei Paskal acordou antes do despertador naquele primeiro dia do novo ano letivo. Seus olhos arregalaram-se na penumbra e ela ouviu a chuva martelando um ritmo irregular no silêncio. Ainda tinha sete minutos antes de o alarme tocar — um bom presságio. Desceu de um salto da cama.

Os últimos dois anos tinham sido de profunda infelicidade para a menina de quinze anos. Em tese, os últimos anos do ginásio deveriam ser uma época descomplicada — pueril, até. Mas para ela fora um período repleto de amizades desfeitas, solidão, perda, zombarias... Lorelei sabia que isso tudo soava melodramático e insignificante, razão pela qual jamais tocava no assunto. Não que ela ainda tivesse algum amigo em quem confiar, e os adultos nunca estavam dispostos a ouvir as angústias dos jovens. Eles tendem a duvidar que esse tipo de coisa exista.

Do outro lado do quarto às escuras havia um quadro de avisos, abarrotado de fotografias de suas antigas colegas de classe da Burrell Middle School. Estavam sorrindo para ela, muitas com frases engraçadas escritas acima da cabeça, em balõezinhos pintados com líquido corretivo. A maioria daquelas meninas tinha parado de conversar com Lorelei havia muito tempo, mas mesmo assim ela jamais retirara as fotos dali.

Sem acender a luz, Lorelei caminhou descalça até o quadro de avisos. Traços cinzentos do amanhecer espreitaram as venezianas da janela de seu quarto, onde a água escorria, lançando listras sobre as fotos. No chão ao lado da cômoda havia um cesto de lixo metálico amassado de um lado e com um unicórnio pintado do outro. Lorelei ergueu o cesto e posicionou-o debaixo das fotografias; depois arrancou um retrato escolar tirado três anos antes de Allison Ketawan, que tinha sido sua melhor amiga desde o jardim de infância. Lorelei virou a foto nas mãos e leu a dedicatória no verso, escrita com tinta que, segundo constava, tinha cheiro de pêssego.

"Fique numa boa, mas não seja boazinha demais.
Beijinhos e abraços, Amigas para sempre!
AK."

Lorelei sorriu. Depois jogou a foto na lixeira.

A vida em casa nem sempre tinha sido um mar de rosas para Lorelei, mas apesar disso ela sempre se considerara uma menina feliz. Allison tinha sido parte dessa felicidade, como uma irmã em quem ela confiava a cada alegria ou percalço secretos, tornando tudo melhor. Depois, foi como se tudo desmoronasse ao mesmo tempo. O menino errado apaixonou-se por Lorelei, Allison mudou e passou a ser hostil com ela, e logo depois sua mãe sofreu um terrível acidente, o que fez de um lar já infeliz um lugar um pouco mais assustador.

Depois disso as coisas azedaram e Lorelei e a mãe nunca mais se deram muito bem. Sua mãe agia como se a filha e o marido, eternamente desempregado, fossem dois animais de estimação que ela tinha comprado antes de se dar conta de que era alérgica. Para Lorelei era uma ajuda e tanto ter fora da casa amigos que gostavam dela, se preocupavam com ela e a faziam se sentir importante. E sempre tentara fazer a mesma coisa por eles. Quando Allison se apaixonou por Nicholas Barani, o menino mais legal e mais lindo da classe, Lorelei — como toda boa amiga — fez tudo o que podia para ajudar os dois a ficarem juntos. No quadro de avisos havia uma foto de Nicholas em seu uniforme do time de futebol pregada com tachinhas. Lorelei rasgou-a e jogou-a no cesto de lixo também.

Nos círculos sociais da garotada de treze anos, "namorar" era uma complexa rede de protocolos, negociada por amigos do menino e da menina, cujos respectivos séquitos regateavam, argumentavam, enumeravam e discutiam tim-tim por tim-tim todos os detalhes de quanto um gostava do outro, se concordavam em "ficar" um com o outro (o que significava passar tempo juntos na hora do almoço e antes e depois da aula), e — caso o relacionamento continuasse a florescer — se, onde e quando se beijariam. Certo dia, um dos amigos de Nicholas foi falar com Lorelei e comunicou graves notícias: Nicholas tinha concordado em "ficar" com Allison somente porque ela era amiga de Lorelei. Ele na verdade considerava Lorelei a mais linda de todas as meninas. E queria que ela também gostasse dele.

Lorelei ficara lisonjeada e com o coração nas nuvens, exultante com a possibilidade, mas os pais não aceitavam que a menina namorasse, situação que ela informou ao emissário. No quadro de avisos do quarto havia uma foto de Nicholas às gargalhadas com os amigos enquanto brincavam de pirâmide humana no pátio da escola — e nenhum era tão bonito quanto ele. Lorelei jogou a foto na lixeira.

Allison ficara furiosa quando descobriu a traição de Nicholas, mas em vez de colocar o menino na parede para resolver cara a cara a questão e desistir de sua paixonite desiludida, ela decretou que Lorelei era uma falsa, uma mentirosa, uma puta, uma vaca, e numa única tarde aniquilou sete anos de amizade, de noites dormidas na casa uma da outra e de ciúmes e inveja mal disfarçados. Humilhada, Allison iniciara uma implacável campanha de ridicularização: das roupas de Lorelei, de seu cabelo, de sua maquiagem, das músicas que ela ouvia, dos carros que os pais dela dirigiam. Para horror de Lorelei, suas outras amigas aderiram. Elas morriam de medo de que Allison zombasse delas também. Kelli, Danielle, Samantha... Lorelei tinha uma foto do grupo reunido no zoológico, todas com o rosto pintado de tigresa. Jogou a foto no lixo.

As zombarias incessantes deram resultado. Lorelei se isolou, e Nicholas logo esqueceu sua paixão passageira. Ela se tornou desagradável e começou a revidar, apelidando Allison de Gotas de Chocolate, por causa do punhado de verrugas que ela tinha no rosto. O fato é que o nome pegou, e suas oportunistas amigas em comum já não tinham tanta certeza de que lado escolher para garantir a própria segurança. Durante algum tempo, parecia que Lorelei estava reassumindo as rédeas da situação. Começava a ter importância de novo.

E então aconteceu o acidente com a mãe.

* * *

Miranda Paskal trabalhava como gerente de uma loja de ferragens e material de construção, supervisionando as entregas e a disposição de compensados, placas de gesso acartonado e material hidráulico no depósito dos fundos. Na noite em que se acidentou, ela nem deveria estar trabalhando, mas era fevereiro e os carregamentos do fim de semana haviam se atrasado por conta de uma nevasca. Depois chegaram todos de uma só vez. O depósito tornou-se uma ruidosa balbúrdia de caminhões entrando e de empilhadeiras a todo vapor.

Para arrumar tudo no lugar certo em menos tempo, os funcionários começaram a sobrecarregar os mastros das empilhadeiras. Ainda havia uma investigação em andamento para descobrir se Miranda Paskal havia ordenado uma violação das regras ou se os próprios funcionários tinham decidido fazer isso movidos pela pressa. Essa era a razão pela qual a mãe recebera um valor tão baixo de indenização.

Um dos fardos saiu do lugar quando o operador da empilhadeira deu marcha a ré com as forquilhas estendidas, o que fez o veículo tombar para a frente e derrubar duas toneladas de cercas de pvc por cima de Miranda Paskal e de um estoquista de vinte anos de idade, esmagando-o e matando-o na hora, ao passo que Miranda ficara presa debaixo da empilhadeira caída de lado, as rodas ainda girando contra seu braço esticado.

Seis cirurgias depois, as enfermeiras e os médicos tentavam dizer como ela tinha sorte por ainda estar viva. Lorelei jamais esqueceu o olhar de ódio no semblante da mãe toda vez que alguém a lembrava disso durante seu longo período de hospitalização. A menina havia cometido o erro de comentar algo parecido em meio a um dos dias de maior azedume de Miranda, durante a convalescença. Miranda acertara um sopapo em sua boca... munida da prótese. "Nunca mais quero ouvir isso de você", dissera.

Miranda nunca mais voltou a trabalhar, tendo sido aposentada por invalidez permanente, e o pai de Lorelei, que era um desempregado crônico muito antes disso, tornou-se seu enfermeiro perpétuo. Na escola, os professores foram bastante solidários. As colegas fingiram ser, por algum tempo.

Então Allison começou a chamar Lorelei de Peter Pan. Lorelei sequer entendeu o apelido. Por fim as outras meninas começaram a cacarejar: "Como é ser a filha do capitão Gancho?"

Não fazia diferença nenhuma quando Lorelei, mostrando paciência infinita para uma garota da sua idade, tentava explicar: "Gente, é mais um fecho do que um gancho".

No seu último aniversário, Lorelei ficara sentada sozinha na varanda dos fundos, observando um bolo de sorvete do tamanho de uma mala derreter ao sol de primavera. Um punhado de meninas menos hostis havia prometido comparecer à festinha, mas ninguém deu as caras.

Lorelei odiava o que havia acontecido com a sua vida, com os amigos que tivera. Ela sequer tinha culpa. Mas agora havia uma rota de fuga. O colegial seria diferente.

Lorelei queria ser importante, fazer diferença de novo.

A população estudantil da St. Michael era oriunda de dezenas de escolas das cidadezinhas da região, mas a maioria dos colegas de classe de Lorelei ia para a Academy Shadyside, uma escola preparatória para as universidades da Ivy League que ficava mais perto de Pittsburgh. O restante de sua turma da St. Margaret Mary tinha como destino a rede pública. Ninguém que Lorelei conhecia ia estudar na St. Michael.

Foi quando ela começou a implorar para que seus pais a matriculassem lá.

Nesse chuvoso primeiro dia de aula, Lorelei fitou as fotos remanescentes em seu quadro de avisos, depois roçou os dedos por cima delas, empurrando todas para o cesto de lixo. Em uma hora ela tomou banho, empoou o rosto e vestiu o novo uniforme — tudo em quase completo silêncio.

Os pais de Lorelei não acordariam para o primeiro dia de aula da filha. Sua mãe costumava se sentir indisposta no período da manhã, e o pai ficava acordado até tarde e passava boa parte do dia dormindo. Era essa a situação desde o acidente. Tudo bem. Lorelei era boa em fazer as coisas sozinha.

Na quietude da casa, ela admirou-se no espelho de corpo inteiro na porta do armário, alisando as pregas da saia e conferindo se a blusa branca estava perfeitamente enfiada dentro dela. Lorelei recebeu de bom grado a ideia do uniforme, pois muitas vezes se pegava desarmada em meio às batalhas da moda na antiga escola. Na St. Michael, todo mundo usaria a mesma roupa.

Prendeu o cabelo castanho num rabo de cavalo e sorriu para o próprio reflexo, que não devolveu o sorriso sincero que ela esperava. Maturidade e equilíbrio — Lorelei havia passado o verão inteiro praticando isso.

No intervalo entre a antiga vida e essa nova que se apresentava, Lorelei estudara os elementos da popularidade. Como uma antropóloga, ela analisou comédias românticas e filmes sobre a transição da adolescência para a vida adulta, tomando notas sobre o "tropeção bonitinho", momento em que uma linda e charmosa atriz dava uma topada com o pé, desabando ou derrubando uma pilha de pratos dentro do campo de visão do ator principal, que sorria e a segurava ou a ajudava a se levantar. Era uma chance de demonstrar vulnerabilidade e disposição de rir de si mesma. Aparentemente, a estratégia sempre dava certo.

Lorelei treinou tropeções na frente de seu espelho, mas jamais inteiramente satisfeita com sua técnica. E se ela rachasse a testa numa prateleira de livros enquanto tentava dar uma de fofinha? Às vezes parecia que os filmes falsificavam tudo o que diz respeito a relacionamentos amorosos.

Tinha esquadrinhado as principais revistas femininas em busca de orientação, mas todas as matérias giravam em torno apenas de sexo ou de receitas. Por isso Lorelei elaborara a própria lista de diretrizes para se tornar uma pessoa adorada por todos:

1. Seja bonita, mas não linda de cair o queixo (as outras meninas não gostam de sentir inveja).
2. Tire boas notas, mas não dê uma de gênio (as outras pessoas não gostam de se sentir burras).
3. Não seja o palhaço da turma (se tiver de fazer piadas, tente ridicularizar outras pessoas).
4. Sente-se nas primeiras filas da classe (os encrenqueiros é que ficam no fundão).
5. Seja generosa, mas não uma galinha-morta (mostre que boa pessoa você é fazendo amizade com um deficiente físico).

O deficiente físico, além de contar como uma boa ação, também seria um alvo mais fácil para zombarias, o que tiraria Lorelei da alça de mira dos deboches; porém, este último item ela não quis anotar. Parecia cruel. Em vez disso, ela o memorizou.

No espelho, na manhã de seu primeiro dia, Lorelei tentou identificar com precisão os próprios defeitos, absolutamente qualquer coisa que alguém que a visse pela primeira vez pudesse ridicularizar. Concentrou-se no formato das sobrancelhas e reparou que ambas tinham um pequeno arco no centro. Se alguma menina maldosa percebesse, isso poderia arruinar meses de preparação.

Lorelei encontrou um par de pinças de prata no meio da bagunça de produtos de maquiagem, escovas e cremes sobre a cômoda, e escorou-se na lateral do espelho. Ela não tinha muito tempo; o ônibus logo chegaria. Agiu com rapidez. A cada pelo arrancado, brotavam novas lágrimas.

A visão distorcida e o trabalho feito às pressas impediram Lorelei de notar de imediato que uma das sobrancelhas estava visivelmente mais estreita que a outra. *Droga!*

Aparou de novo a sobrancelha mais grossa, mas errou no cálculo mais uma vez, atacando a parte inferior da sobrancelha não a superior. Agora ambas tinham a mesma espessura, mas uma estava mais alta que a outra, tornando seu olhar permanentemente cético.

Desceu as escadas e subiu de novo, zanzou ao redor do quarto, em seguida sentou-se novamente defronte ao espelho. Um lápis de sobrancelha não estava resolvendo o problema, então lavou o rosto e tentou algo arriscado.

Lorelei desfez o rabo de cavalo. Seu cabelo era todo de um só comprimento, mas uma tesourinha de unhas era tudo de que ela precisava para criar uma franja que cobrisse a testa. Depois, enquanto tentava cachear a franja, mais uma vez se deu conta dos perigos de cuidar da aparência às pressas. Cortara curto demais, deixando as sobrancelhas à mostra — e uma franja dolorosamente torta.

Lorelei passou os dez minutos seguintes manejando a tesourinha, cortando fragmentos de cabelo do tamanho de partículas de poeira. Suas mãos tremiam.

Logo ela estava correndo a toda a velocidade pela rua vazia, em meio à chuva nevoenta e fieiras de casas pré-fabricadas idênticas, silenciosas e às escuras. Lorelei dobrou a esquina, passando pelas calorosamente reluzentes vidraças da padaria Mazziotti, onde pretendera deliciar-se com uma rosquinha e uma xícara de chocolate como café da manhã, se tivesse tido tempo. Lorelei correu na direção da esquina do Constitution Boulevard, sacudindo os braços para chamar a atenção do ônibus amarelo-ouro, que já ia saindo. Os freios guincharam e as portas se escancararam com um arquejo, inalando a menina sem fôlego. Lorelei agradeceu ao homem com aspecto de lenhador atrás do volante e se sentou amuada num dos bancos — a primeira fila, é claro, atrás do motorista (somente os desordeiros gravitavam em torno dos bancos do fundo). No enorme espelho retrovisor, notou que a franja molhada havia despencado e agora parecia um gráfico que ilustrava o declínio da atividade econômica. E a franja em nada ajudava a esconder as sobrancelhas bizarramente oblíquas.

    A enferrujada e entorpecida cidadezinha de Arnold ia deslizando do lado de fora da janela chuvosa. Lorelei tentou exibir uma expressão feliz enquanto a turva luz da manhã lançava sombras de água, escorrendo no rosto da menina.

3

Primeira aula do dia: religião.

Lorelei entrou na sala de aula e encontrou um lugar vazio na primeira fila, pousou um caderno e uma caneta sobre a carteira e sentou-se cruzando os tornozelos sob a cadeira.

Atrás dela seus novos colegas de classe arrastavam os pés, e o menino que se sentou na carteira ao lado tinha uma teia de finas cicatrizes rosadas que desciam do canto do olho até a linha do queixo. Mas ainda assim ele era bonitinho. De alguma forma o estrago no rosto fazia com que parecesse forte.

Lorelei lembrou-se imediatamente da regra nº 5 (fazer amizade com um deficiente físico) e achou que essa poderia ser a oportunidade perfeita.

— Posso te perguntar... — começou, aproximando um dedo do próprio olho.

O menino instintivamente tocou a cicatriz.

— Você é cego desse olho? — perguntou ela.

O menino inclinou o corpo, aproximando-se da garota em tom conspiratório.

— Se eu fosse, teria me sentado do outro lado, pra que assim ainda pudesse ver você.

Lorelei soltou um suspiro.

— Entendi. Então você é o cara que paquera todas as meninas da classe?

O menino da cicatriz meneou a cabeça.

— Não — disse ele. — Só as mais bonitas.

O vozerio na sala foi interrompido por um estrondo na porta. A sra. Bromine entrou e manteve a mão cerrada na maçaneta, para o caso de precisar batê-la de novo.

— Bom dia — disse ela, com voz doce.

A mulher caminhou até o palanque ao lado da mesa do professor. Depois de um breve silêncio, disse:

— Vocês não vão me desejar um bom dia? — o que foi seguido por um desconjuntado coro de "Bom di-a, sen-ho-ra Bro-mi-ne". — Bro-*mai*-ne — a professora corrigiu a pronúncia e rabiscou às pressas seu nome na lousa. — Eu sou a orientadora educacional da escola, e também dou essa aula de catecismo católico. Isto aqui não é a igreja, mas é *sobre* a igreja. Espero que vocês se comportem de aco...

Nesse momento ela percebeu o menino da cicatriz e cravou os olhos nele, que por sua vez a fulminou com o olhar. Os lábios com os quais um dia ele dera um beijo zombeteiro na mulher franziram-se.

— Está com algum problema, meu jovem?

Stein olhou atrás de si. Bromine prosseguiu:

— Estou falando com *você*. O que é isso que você tem aí na lateral do rosto? Algum tipo de... *urticária*?

Enquanto todos os olhos da sala de aula penetravam o menino, a professora ajeitou os óculos redondos no estilo Benjamin Franklin e disse:

— Oh, eu sinto muito, não vi que era apenas... bom, como Deus fez você. — Levou a mão à boca para encobrir um sorrisinho e tossiu para limpar a garganta.

— A senhora deveria ter visto o outro cara — disse Stein. — E não foi "Deus".

Os alunos da sala de aula tentaram abafar as risadinhas, mas a sra. Bromine já não estampava no rosto um sorriso dissimulado.

— Não vamos falar fora de hora — disse ela, incapaz de pensar numa réplica melhor.

Um garoto grandalhão de olhos azuis sentado na última fila bufou uma resposta mordaz por ela:

— Isso aí é de quando a sua mãe tentou te abortar?

Bromine fingiu não ouvir o revide. Stein virou-se para encarar o garoto corpulento e mexeu os lábios para dizer, sem som: *Cale a boca, otário*. O garoto, que parecia grande demais para caber na carteira, sentou-se direito e endureceu o olhar: *Vem me fazer calar, babaca*.

— Bom, onde é que eu estava? — disse Bromine. — Ah, sim, esta aula é onde vocês aprendem a diferenciar o certo do errado. Aqui não é um lugar onde vocês se sentam à toa para ficar discutindo o que vocês *acreditam* ser o certo, ou o que *sentem* que é errado. "Acreditar" e "sentir" não são coisas bem-vindas num curso de matemática, tampouco aqui.

Bromine pediu que todos os alunos fossem até uma mesa no fundo da sala e pegassem um livro didático intitulado *Explorando a moderna fé* — ou, como alguns dos exemplares tinham sido vandalizados por antigos estudantes, *Explorando o moderno pé*. Quando os alunos voltaram para suas carteiras, a porta da sala de aula se abriu. Bromine olhou por cima do ombro e avistou o recém-chegado. *Meu bom Deus. O outro também?*

Davidek, com o cabelo e o paletó ainda encharcados pela chuva, entrou nervoso, erguendo no ar — como se fosse um talismã para espantar males — uma folha de papel recém-impressa com horários de aulas e números de salas.

— A secretária se enganou e me deu uma lista do segundo colegial — explicou.

— Com você a culpa é sempre de outra pessoa, não é? — comentou Bromine. Ela cruzou os braços. — Sente-se — disse. — E parabéns.

— Por quê? — quis saber Davidek, caminhando de ombros curvados na direção de uma carteira vazia do outro lado de Lorelei.

— Por receber a primeira advertência — disse ela. — E vai ficar de castigo na escola depois da primeira aula do seu primeiro ano aqui, no seu primeiro minuto dentro da classe. Você deveria entrar para o livro dos recordes.

Davidek afundou na cadeira. Stein inclinou-se para um cumprimento amistoso que Davidek não teve energia para retribuir.

— Você vai precisar de um livro — prosseguiu Bromine. Quando Davidek se levantou, ela vociferou: — Depois você recupera o tempo perdido. Já me distraiu o suficiente. Agora, um por um, cada um de vocês vai dizer o nome. E depois de hoje ninguém pode mudar de lugar. Não consigo me lembrar de quem é quem se ficarem trocando de carteira.

Bromine mal os ouviu dizer seus nomes. Estava concentrada nos dois arruaceiros, a evidência de como as coisas haviam mudado para pior na escola desde os tempos em que ela havia usado o uniforme de aluna da St. Michael.

Quando o menino da cicatriz apresentou-se como Noah Stein, Bromine ergueu as sobrancelhas fininhas e disse:

— Noah, é? Então, cadê a sua arca?

Ela ficou radiante quando a classe inteira riu de seu comentário espirituoso (que tinha sido o motivo pelo qual incentivara as apresentações individuais), mas Stein revidou:

— E onde está o segundo animal que faz par com a senhora? — Era o reflexo de uma vida inteira ouvindo piadinhas idiotas do tipo "Ei, Noah, cadê a sua arca?"

Bromine arregalou os olhos.

— Você acaba de conquistar a segunda detenção.

Stein deu de ombros. Bromine começou a preencher a papeleta de advertência. Sequer se deu ao trabalho de querer saber os nomes do restante dos alunos.

Quando o sinal tocou, Lorelei virou-se para Davidek e lembrou-o de pegar o livro didático na mesa ao fundo da sala. Ele lhe agradeceu, e a menina percebeu que o olhar dele demorou-se um pouco no rosto dela.

A menina levou a palma de uma das mãos à testa, como se quisesse sentir a própria temperatura.

— O que foi? — ela exigiu saber, embora soubesse exatamente do que se tratava. As sobrancelhas desiguais, o cabelo torto.

— *Nada*. É que o seu corte de cabelo é um pouco diferente... Mas diferente é legal — acrescentou Davidek.

Lorelei, com a mão ainda na testa, disse acidamente:

— Você sabe outra coisa que é legal? A sua gravata de clipe.

Na aula de biologia, os alunos sentaram-se ao redor de mesas altas e compridas com tubos de gás conectados à base de bicos de Bunsen. Um cheiro sulfúreo de ovo queimado pairava na sala — o fantasma de experimentos passados. A professora de biologia, a sra. Horgen, distribuiu livros-texto e um maço de folhas com cópias de anotações, pedindo que cada aluno escolhesse um parceiro para o trabalho de laboratório ao longo do semestre.

Davidek esquadrinhou as mesas à procura de um lugar para se sentar e viu Stein conversando com Lorelei; uma vez que recentemente havia ofendido a menina, preferiu acomodar-se numa mesa diferente, ao lado de outra pessoa que ele reconheceu: o gordinho negro, visto pela última vez em seu suéter de listras cor de tangerina desviando-se de projéteis. Davidek disse-lhe:

— Eu me lembro de você daquele dia no estacionamento. Não imaginava que fosse voltar aqui depois de ter sido recebido a tijoladas da primeira vez.

O menino negro pareceu espantado e lisonjeado.

— Era eu, sim, pode crer. Hector Greenwill, mas todo mudo me chama de Green... Você e aquele Noah foram os únicos caras que tentaram ajudar o menino ferido, certo?

Davidek confirmou num gesto de cabeça. Green disse:

— Aquele foi um dia estranho, pode crer... Mas os meus velhos me disseram que aqui seria uma boa escola pra mim. O que eu curto mesmo é música e tal... toco guitarra, e queria aprender sobre coros e arranjos, esse tipo de coisa. A parte chata é que o professor de música da escola se demitiu no verão. Bom, enfim, dizem que em escolas menores como essa a gente recebe mais atenção.

— Isso quando a gente não estiver desviando de tijolos — disse Davidek, mas com um gesto de uma das mãos Green rejeitou o comentário.

— Sinceramente, aquele cara no telhado me deu mais vontade ainda de vir pra cá. Eu me senti bem ajudando aquele professor, como se fizesse parte de alguma coisa, sacou?

Davidek encolheu os ombros.

— O que você acha que aconteceu com o garoto, afinal? O jornal fez parecer que não houve nada.

— Ele provavelmente está em alguma ala psiquiátrica, batendo a cabeça num quarto acolchoado pra doentes mentais — disse Green. — Mas uma coisa eu te digo: aquele cara era *bom de arremesso*. Se o hospício tiver uma equipe de beisebol só de malucos, ele vai ser o craque do time.

Davidek disse:

— É difícil arremessar a bola usando camisa de força.

Green ponderou sobre a questão.

— Se um cara com quatro personalidades chegar à base principal, isso conta como um *grand slam*?

Ambos começaram a rir e então não conseguiram mais parar. O ataque de gargalhadas durou tanto tempo que a sra. Horgen decretou que os dois não poderiam ser parceiros de laboratório e separou-os.

A aula de ciência da computação era ministrada pelo sr. Zimmer, o louva-a-deus humano que tinha escalado a lateral do prédio da escola e salvado o menino no telhado. Ele estava explicando aos alunos da turma que em seu curso eles aprenderiam a formatar os trabalhos do semestre, além de criar planilhas e dominar outros programas.

De trás dos monitores dos computadores, os rostos perplexos dos alunos piscaram para o professor.

— Tudo bem — disse Zimmer. — Então vocês têm na frente de vocês uma tela vazia. Ponham as mãos sobre o teclado e comecem a escrever... pouco importa o quê. Tanto faz se são palavrões ou o Discurso de Gettysburg... quero apenas ter uma noção da capacidade de digitação de vocês. Mas, falando sério, não digitem palavrões. Eu estava só brincando com relação a isso.

Zimmer zanzou pela sala e quando chegou a Green perguntou em voz baixa:

— Você se importaria de dar uma palavrinha comigo no corredor?

Green respondeu com um mudo meneio de cabeça, e os dois saíram da sala e percorreram o corredor até chegarem perto da entrada principal, onde havia duas estantes de madeira envidraçadas repletas de velhos troféus e honrarias e entre elas um enorme crucifixo dependurado na parede. Um padre havia muito tempo falecido, pároco nos tempos em que a irmã Maria era apenas uma aluna da St. Michael, pedira aos alunos da turma de educação artística que pintassem grandes olhos brancos em Jesus, um lembrete nada sutil de que os estudantes estavam sempre sendo vigiados. A figura de Cristo com os olhos severos e alucinados pairava como uma ameaça sobre os ombros do sr. Zimmer, o peito erguido, os braços abertos, como se estivesse afrontando Green e tentando chamá-lo para a briga.

— Eu queria dizer que estou feliz que você tenha decidido estudar aqui — começou Zimmer. — Nunca tive a chance de lhe agradecer por sua intervenção naquele dia, quando saiu correndo. Você daria um excelente *running back*, se a gente tivesse um time de futebol americano.

— Fiquei feliz de poder ajudar — disse Green.

Zimmer assentiu.

— Eu quis conversar com você em particular porque... bom, está na cara que você é um bom menino e estou um pouco preocupado. Talvez sem necessidade, mas há algumas coisas que você precisa saber... Já ouviu muita coisa sobre os rituais de iniciação e trote da St. Michael?

— Mais ou menos — respondeu Green. — É meio como nos filmes, em que os caras de uma fraternidade são espancados e ficam dizendo: "Obrigado, senhor, posso levar mais um pouco de porrada?"

— Bom, a St. Michael não é exatamente como no filme *Clube dos cafajestes* — Zimmer riu. — Mas as coisas podem ficar um pouco violentas. Nem todos nós gostamos disso, mas é uma parte da tradição da escola. Por isso, é difícil dar um basta.

— É só um pouco de diversão, certo? — Green encolheu os ombros. — Um punhado de brincadeiras e provocações?

Zimmer continuou, de maneira cautelosa.

— A St. Michael é um bom lugar, mas... os alunos do último ano sofrem uma enorme pressão. Chega a hora de concorrer a uma vaga na faculdade, e conseguir bolsa é uma dureza. Isso deixa esses alunos um pouco... cruéis. Os nervos ficam à flor da pele, as emoções podem ficar também. O que me incomoda é que, bom, você é diferente dos outros calouros... e isso é uma coisa boa. Mas quando essa coisa de trote começar não quero que ninguém tire proveito dessa diferença. Você entende o que estou querendo dizer?

Green entendia e facilitou as coisas para o professor, que vinha pisando em ovos.

— O senhor acha que eles vão pegar no meu pé porque eu sou o único aluno negro.

Zimmer passou uma das mãos pelo pescoço.

— Já tivemos outros alunos negros na St. Michael... não muitos, infelizmente, mas alguns. Mas agora só há você. A molecada pode dizer coisas idiotas às vezes. Se isso vier a acontecer, saiba que pode me procurar e pedir ajuda, tudo bem?

Green fitou os próprios tênis, depois ergueu os olhos e encarou o professor com grande confiança.

— O senhor também consegue fazer todo mundo parar com as piadas sobre gordos?

Depois que Zimmer saiu do laboratório de informática, durante alguns minutos ouvia-se apenas o som chuvoso de dedos que tamborilavam os teclados, e o ruído da chuva propriamente dita, cujas rajadas ainda fustigavam as janelas arqueadas.

Davidek sentiu uma leve batida no ombro, voltou-se e deu com Noah Stein inclinado ao lado de seu computador.

Stein semicerrou um dos olhos, como se estivesse avaliando uma mercadoria defeituosa.

— Você acredita no sobrenatural? Profecias mediúnicas? Carma, esse tipo de coisa?

Tudo que Davidek conseguiu dizer foi:

— Do que você está falando... fantasmas?

— Não. — O menino da cicatriz achegou-se, com voz abafada e urgente. — Estou falando de esquisitice *das grandes*. Estranhas coincidências. Você não reparou em coisas bizarras acontecendo?

Davidek ponderou sobre a questão.

— Um sujeito grandalhão, gordo e careca da igreja também foi na sua casa e disse aos seus pais pra matricularem você aqui?

Então foi a vez de Stein ficar espantado.

— Nunca conheci nenhum cara grandalhão, gordo e careca, mas hoje tive uma longa conversa com *ela*.

Stein apontou para uma menina da última fila, com cabelo bem curto e extraordinariamente preto; ela sorriu para eles, deixando à mostra um pouco de batom vermelho-escuro grudado nos dentes. A menina sacudiu os dedos no ar, desenhando uma onda e fazendo chacoalhar as fitinhas prateadas amarradas em volta do pulso.

Stein retribuiu o aceno e disse para Davidek:

— O nome dela é Zari, e ela curte todos esses truques de magia, um lance tipo coisa de ciganos. Hoje de manhã, na sala de estudos, ela fez uma leitura de tarô pra mim, virando aquelas cartas assustadoras. Disse "Sinto muito" e me avisou de que vou encarar tempos de solidão pela frente. As palavras exatas que ela usou foram: "Tempos solitários pela frente". Depois, virou mais algumas cartas e disse: "Os seus antigos companheiros não terminarão esta jornada com você". Perguntei o que isso significava, e ela disse que eu não poderia mais contar com a minha namorada nem com os velhos amigos. Bom, eu disse a ela que não tenho namorada nem conheço ninguém nesta escola. *Foi aí* que eu pensei em *você*!

— Por que você pensou em *mim*? — Davidek exigiu saber, ofendido por ser arrastado em direção às aflições metafísicas de outra pessoa.

— Olhe só o que aconteceu com a gente até agora — disse Stein. — A nossa primeira aula foi com aquela professora que a gente irritou... e na mesma hora ela começa a arrumar encrenca. Você acha que isso vai melhorar durante o ano?

— A gente estava fadado a encontrar essa professora de novo — disse Davidek. Depois, sorrindo, acrescentou: — Pelo menos não fui eu que dei um beijo nela.

Stein deu uma piscadela:

— Aprendi aquilo com o Pernalonga.

Davidek encolheu os ombros e recostou-se na cadeira.

— Cartas de tarô...? Esquece isso — aconselhou. — No baralho de tarô a mão é sempre ruim. Essas cartas sempre preveem um futuro de solidão pra todo mundo.

Stein cruzou os braços.

— Então me diga, meu cético amigo... O que você pensaria se as paredes da nossa nova escola parecessem estar sangrando?

Com um gesto largo, como se fosse um apresentador de parque de diversões, Stein apontou para o canto do fundo da sala onde o teto de gesso estava inchando para baixo, numa nebulosa de manchas marrons e vermelhas, e lágrimas rubras escorriam pela parede, em uma lenta carreira até o chão.

4

As quatro escadarias da St. Michael eram como câmaras de um coração feito de tijolos e argamassa, uma em cada canto, bombeando pelo corpo blindado do edifício uma corrente de sangue vital composta de alunos. No andar térreo, passagens de pedra levavam aos níveis do subsolo, como vasos capilares menores, descendo em espiral até o auditório subterrâneo; à biblioteca, silenciosa e solene; e ao refeitório com cheiro de frango frito. Davidek estava parado em pé ao lado de Stein num engarrafamento de estudantes numa das elegantes escadarias de mármore, que se curvavam na direção do céu ao longo de paredes reluzentes de vitrais com imagens de santos.

Todo mundo estava tentando subir a escada a fim de depositar os livros em armários antes de voltar e descer correndo para o almoço. Grupos de ombros uniformizados trocavam cotoveladas e empurrões. Meninos e meninas debruçavam-se sobre o corrimão, tentando enxergar escada acima a causa do bloqueio. No andar térreo, olhando para cima por entre o vão central da escadaria, um grupo de despreocupados alunos do último ano bebericava refrigerante, sorrindo e cutucando-se por conta de alguma piada secreta.

Água vermelha escorria pela parede de tijolos acima.

— Oi, então, há, o que é isso? — perguntou Davidek assim que, espremendo-se, conseguiu passar ao lado do zelador, que tentava limpar a sujeira no patamar entre o segundo e o terceiro andares.

— Estou garimpando ouro, sabichão — disse o zelador, chacoalhando o esfregão no ar com a mão boa. Davidek e Stein olharam para os cotos de dedos da outra mão, que ainda estavam escuros e inchados, não totalmente curados mesmo após tantos meses. O zelador não fez a menor menção de escondê-los. — Querem ver mais de perto?

Davidek meneou a cabeça.

— Não, quer dizer... a gente estava curioso pra saber o que são esses vazamentos. Vimos um no laboratório de informática e...

Aparentemente a notícia despedaçou o coração de Saducci.

— Já está vazando no primeiro andar? — reclamou ele, expelindo saliva. — Jesus, Maria, José. — Bateu com o esfregão numa parte seca da parede, produzindo um ruído semelhante a um tiro no crânio de alguém. — Porcaria de telhado. É só aparecer umas rachadura de nada... Mastiga os tijolos e cospe pra fora de novo. E quem vai ter que consertar? O papai aqui.

Davidek e Stein subiram a escada, deixando para trás o velho zelador; não se sentiam nem um pouco mais aliviados de saber que sua nova escola estava se digerindo de dentro para fora.

No almoço, Lorelei estava muito contente. Já tinha feito amizade com o paquerador patológico Noah Stein, que naquela manhã encontrara uma maneira de se sentar ao lado dela em todas as aulas. Agora era hora de cativar as colegas do sexo feminino.

Os calouros eram os últimos a ser servidos na fila da refeição, e assim que pegou seu prato com bolo de carne e batatas Lorelei achou um lugar numa mesa repleta de meninas, aproximando-se delas de forma semelhante à de um missionário estabelecendo relações com um grupo de selvagens. Lorelei não estava ali para ser mais uma no grupo, mas para liderar.

A menina sentada a seu lado era Zari, a leitora de cartas de tarô, que mais cedo ela tinha visto tentando ganhar a amizade de Stein na sala de estudos, toda simpática, virando suas cartas demoníacas para o garoto.

— Adorei seu batom escuro — disse Lorelei. — Onde foi que você arranjou?

A expressão sonolentamente sarcástica de Zari avivou-se tão logo ela reparou na franja e nas sobrancelhas peculiares de Lorelei. Esta ficou vermelha, mas havia passado a manhã inteira arquitetando uma manobra defensiva.

— Eu sei, eu sei... — disse, passando os dedos de forma despreocupada pelo corte de cabelo desigual. — Estranho, né? Mas a minha cabelereira diz que é a última moda. Simetria é uma coisa tão *antiga*.

Zari retrucou:

— Você está mentindo...

E Lorelei, falando mais rápido do que era capaz de pensar, vociferou:

— É que a tendência ainda não chegou em Pittsburgh.

Zari revirou os olhos.

— *Alguma coisa* precisa chegar em Pittsburgh — disse ela. A princípio Lorelei não se deu conta de que se tratava de uma piada. Depois riu, alto demais. Zari limitou-se a fulminá-la com o olhar.

Se desse uma chance a Lorelei, Zari talvez acabasse descobrindo que ambas tinham muito em comum. Ela também viera de uma escola em que não tinha muitos amigos, embora na St. Michael não visse muitas pessoas com quem *quisesse* fazer amizade. Mas Zari havia gostado do menino da cicatriz, Noah. Gostara da marca no rosto dele, o que significava que ele entendia de dor, e isso o tornava diferente. Além disso, naquela manhã, enquanto ela lia o tarô para ele, o garoto fizera piadinhas engraçadas sobre alguns dos colegas de classe mais feios. Isso queria dizer que Noah não incluía Zari entre eles.

A leitura do tarô tinha sido uma completa besteira. Quando Zari disse a Noah que seus amigos mais próximos não continuariam ao lado dele naquela escola, fora apenas um truque para descobrir se ele já tinha namorada. Ela dissera que na St. Michael ele teria "tempos difíceis" pela frente e se sentiria solitário. Depois, dera a ele seu número de telefone.

Já na aula seguinte, tinha visto Stein todo absorto com Lorelei, uma bonequinha de aparência muito mais convencional. Zari sabia que jamais teria condições de competir com as sobrancelhas vanguardistas de Lorelei e sua esotérica noção de moda.

Olhou para as mesas do outro lado, algumas repletas somente de meninos, e numa delas Stein havia se instalado para almoçar. Ele estava rindo com Davidek, que para Zari era irrelevante, e tagarelando sobre alguma coisa — provavelmente não sobre ela.

Lorelei seguiu o olhar dela.

— Ele é bonitinho, não é?

Os dentes de Zari partiram a pontinha de uma batata frita.

— Hoje cedo eu o ouvi tirando sarro do seu cabelo — disse ela, segurando um risinho quando o sorriso no rosto de Lorelei desabou.

Lorelei espiou por sobre os ombros a mesa do menino. Desta vez o olhar de preocupação não foi causado pelas sobrancelhas irregulares.

Meu Deus, os novatos são pequenos.
A irmã Maria Hest era a diretora da St. Michael fazia quinze anos, e antes disso tinha sido professora ao longo de duas décadas. Durante sua adolescência, o que parecia ter ocorrido fazia séculos, a freira agora sexagenária tinha sido aluna da escola. Como ela se julgava forte e sábia naquela época! Certamente em algum momento um de seus velhos e decrépitos professores também deveria ter passado por ela e se espantado com sua estatura diminuta.

Assim que chegou ao fim o primeiro dia de aula, a irmã Maria postou-se no corredor junto à porta dupla principal, observando a saída dos alunos, e reparou em dois meninos: Davidek e Stein, a dupla da qual a sra. Bromine havia se queixado, ladeando uma linda colega de classe. Davidek estava tagarelando com Lorelei, que o ignorava e preferia trocar olhares com Stein.

A irmã Maria notou que a menina hesitou diante da porta gigantesca, depois tropeçou soltando um gritinho. Tinha parecido quase proposital. Mas por quê? A irmã olhou atrás de si, mas a única outra testemunha era o crucifixo de olhos brancos acima do armário de troféus.

Talvez ela compreendesse melhor se tivesse visto o sorrisinho de alívio estampado no rosto of Lorelei quando tanto Stein como Davidek estenderam a mão para segurá-la.

5

Devemos ter medo...

A irmã Maria girou sobre os calcanhares no corredor vazio como se tivesse ouvido alguém dizer em voz alta tais palavras, mas não havia mais ninguém na escola, é claro. Já fazia tempo que os alunos e professores tinham ido embora. Fora um exaustivo primeiro dia de aula, e ela estava lá sozinha, os olhos fechados, ouvindo o gotejar distante dos muitos vazamentos do prédio. O poço da escada. O banheiro feminino no terceiro andar. A sala de história no segundo andar. E, por fim, o laboratório de informática, o que lhes custaria uma fortuna caso a água atingisse aquelas caríssimas máquinas.

E então ela ouviu essas palavras. *Devemos ter medo... de como é fácil fazer o que é errado, tentando instruir os outros a fazer o que é certo.* Essas palavras que ela ouvira pela primeira vez ainda na adolescência, nesses mesmos corredores. Eram uma espécie de máxima de irmã Victor, a diretora na época em que Maria Hest era aluna na St. Michael, as quais na verdade a tinham inspirado não apenas a entrar para a congregação mas também a seguir a mesma vocação de educadora. As palavras sempre haviam assombrado a irmã Maria, embora ela jamais tivesse compreendido por completo o que sua amiga e mentora queria dizer. *Medo?*

Essa era uma palavra que hoje em dia ela ouvia bastante nesses corredores. Havia outras também: *Trote. Iniciação. Provocações. Abuso. Ridicularização. Tortura. Um pouco de diversão inofensiva.*

A irmã Maria escutara os alunos do quarto ano conversando exultantes, com satisfação quase maligna, sobre a única coisa que parecia empolgá-los para retornar e cursar seu último ano na St. Michael: o ritual de dar as boas-vindas aos calouros, fazendo deles alvo de chacotas.

A coisa já havia começado. No almoço, ela vira um par de jovens parrudos correndo pelos corredores e, feito bolas de demolição, trombando simultaneamente, um de cada lado, em grupos de meninos novatos, cujos braços e pernas voavam em todas as direções como os de insetos esmagados. Localizou esses alunos mais velhos e os repreendeu; por sua vez, os quartanistas sorriram e disseram:

— Ah, qual é, irmã... É a *nossa* vez!

Nossa vez.

Era para ser apenas uma diversão, uma série de brincadeiras. Era nisso que o corpo docente, os pais e a associação de ex-alunos acreditavam, e a razão pela qual a tradição persistia. O trote era considerado um saudável exercício para que os alunos ingressantes criassem laços de amizade, e os estudantes formados, que já haviam passado pelo ritual, julgavam que nenhum que viesse depois deles deveria ser poupado. Verdade seja dita, estava longe de ser uma violação da Convenção de Genebra o fato de durante alguns dias os calouros fazerem as vezes de garçons e garçonetes para a turma do último ano. Algumas pegadinhas... Quem sabe uma ou duas guerras de bolas de neve... o Piquenique do Trote, em que os novatos eram coagidos a tomar parte de uma série de esquetes e canções cujo intuito era confundir as fronteiras entre "participar das risadas" e "ser alvo das risadas".

Quando se tornou diretora, a irmã Maria já tinha visto que as coisas estavam chegando a patamares mais extremos. Talvez fosse simplesmente porque havia um pouco mais de ansiedade — conseguir uma vaga na faculdade, escolher a faculdade *certa* e encontrar um caminho em meio à espartana paisagem de bolsas de estudo, programas de auxílio e financiamento estudantil, crédito educativo e empréstimos para custear o futuro. Era mais fácil sentir medo agora, mais fácil sentir raiva. Enquanto isso, a St. Michael tinha mudado. Ávida pelos dólares das mensalidades, a direção da escola começou a aceitar um número considerável de alunos que haviam sido expulsos de escolas públicas por conta de episódios de violência, drogas, sexo e toda sorte de atos de delinquência, ao passo que o número de pais católicos especialmente devotos também parecia aumentar, abarrotando os corredores com sua prole santarrona (e dolorosamente isolada). O trote era sempre uma válvula de escape, mas esse escape tinha se tornado insuportável. Na visão da irmã Maria, a tradição se transformara numa forma autorizada de *bullying*.

Agora surgia essa nova fome: *Nossa vez...* Como se esses alunos do último ano do colegial tivessem sofrido mais do que os que vieram antes deles. *Nossa vez...*

Pensou no menino no telhado no ano letivo anterior, e nos motivos que o haviam feito surtar. A St. Michael era um lugar que tentava fazer o que era certo, mas, como lembrava a voz de irmã Victor... também desse modo era fácil fazer o que era errado. Estava ficando mais difícil arranjar desculpas para o pessoal da igreja.

A irmã Maria se deteve na entrada lateral do primeiro andar da escola, onde outrora havia um corredor que levava à formidável Capela de São Miguel Arcanjo. Agora a porta de vidro e aço dava vista apenas para um campo gramado.

Durante quase noventa anos, a capela de tijolos vermelhos mantivera-se sobranceira naquele terreno, imponente e majestosa, com um campanário que projetava sobre a vizinhança adjacente uma sombra de relógio de sol. A pequena igreja tinha sido erguida pelas primeiras famílias de imigrantes da cidade — os aceiros, os vidreiros, as esposas, os ferroviários, os pedreiros, pintores, barbeiros... Eles haviam labutado na penúria um século antes para construir a São Miguel Arcanjo, um santuário para suas famílias, um lugar onde seriam realizados os casamentos de seus filhos, os batizados de seus netos e seus próprios funerais.

A intenção era que a capela existisse para sempre, mas, como tanta coisa do tempo em que a irmã Maria era menina, agora ela se fora.

Um incêndio havia destruído tudo pouco antes do amanhecer de um dia de Natal, horas depois de uma lotada Missa do Galo. O fogo começara nos pinheiros de quinze metros que decoravam o altar, e um defeito nos fios do circuito de iluminação foi apontado como a causa oficial. As árvores estavam secas, quebradiças, apenas à espera de alguma centelha para se tornarem duas colunas de chamas, que rapidamente devoraram o interior da igreja.

Mais tarde, na mesma manhã, enquanto a fumaça ainda subia, os paroquianos celebraram uma missa natalina numa capela improvisada no ginásio de basquete da escola. Em seu sermão, proferido da linha de lances livres, o padre Mercedes, guia espiritual da paróquia havia tempos e ele próprio um filho da escola, jurou que dali a um ano a igreja estaria mais uma vez em pé. Isso tinha acontecido quatro anos antes.

Naquele período, o placar e a arquibancada descoberta foram removidos. O palco retrátil, antes usado para as peças teatrais da escola, tornou-se um altar, e um tapete estreito foi pregado sobre as tábuas de pinho do piso da quadra de basquete. Bancos gastos de tanto uso foram trazidos de uma igreja de McKeesport, que estava entre as muitas que haviam encerrado as atividades como parte de uma série de fechamentos e fusões orquestrados pela diocese devido à diminuição da população de fiéis da região. A São Miguel Arcanjo não foi reconstruída, mas tornou-se beneficiária de muitos itens de segunda mão: pias batismais, órgãos de tubos, pavimentos elevados para a galeria do coro e um sortimento de castiçais dourados.

Volta e meia o padre Mercedes explicava para a inquieta congregação que não tinha meios de persuadir o bispo a reconstruir sua igreja incendiada, quando tantas outras estavam sendo obrigadas a fechar as portas.

A igreja no ginásio permaneceu, e foi lá que a irmã Maria terminou a caminhada após o final do expediente.

Descobriu que já não estava sozinha.

Uma figura curvada, vestida toda de preto, estava ajoelhada num dos bancos.

O vulto estava de costas para a irmã Maria, com o rosto erguido para uma estátua de cerâmica do Cristo ressuscitado, peça oriunda de uma das igrejas fechadas, suspenso do teto com os braços estendidos em forma de cruz e uma singular expressão neutra estampada no semblante — menos os estertores da agonia do que o tédio de um operário que recebe salário mínimo ao final de um longo dia: *Não me peça nada, está na minha hora de largar o batente.*

A figura sombria nos bancos olhou para a irmã Maria, um cigarro apagado pendurado entre os lábios. Seus olhos eram dois poços escuros, o cabelo grisalho e ralo estava meticulosamente penteado ao longo do couro cabeludo, ainda que um pouco úmido de suor. Seu rosto tinha uma expressão parecida com a do Cristo impaciente.

— Boa tarde, padre Mercedes — disse ela.

Ele sorriu, e o cigarro voltou-se para cima, na direção do nariz.

— Irmã — disse ele. — Deixe-me adivinhar... Más notícias?

Ela caminhou na direção dele, percorrendo a coxia central da igreja.

— Os tetos estão com vazamento de novo... quatro deles. O senhor já percebeu o problema, suponho?

O cigarro apagado do padre dançou em sua boca quando ele falou:

— Oh, isso e muito mais — ele respondeu.

O religioso ergueu nas mãos um isqueiro Zippo folheado a ouro, acendeu a chama, tocando com ela a ponta do cigarro e exalando no ar um halo de neblina azul. Ela desprezava esse hábito dele, fumar dentro de uma igreja. Fazia isso o tempo todo quando não havia ninguém por perto — ninguém com quem ele se importasse, em todo caso.

O padre Harold Mercedes era apenas sete anos mais velho que ela, mas sempre pareceu muito mais esfarrapado e cansado. Para muitos paroquianos, esse aspecto maroto era um charme. Para os alunos, os maus hábitos faziam dele um espírito inconformista, um colega de rebeldia — o padre que pagava rodadas de cerveja no Bar P&M, que apostava dinheiro nos Steelers, que todo ano passava as férias em Las Vegas e Atlantic City e de vez em quando deixava escapar um palavrão. Os companheiros de pôquer das noites de sexta-feira brincavam com ele: "Ah, é melhor você ir se confessar, padre!" E ele fechava os olhos e dizia: "Eu perdoo a mim mesmo".

Pelas costas do padre, os paroquianos mais velhos chamavam Harold Mercedes de Haroldinho Diamante. A garotada o chamava de Padre Cafetão.

— Vamos precisar de mais dinheiro para reparar os estragos, padre — disse a irmã Maria. Ela citou o tijolo carcomido e o fracasso dos antigos consertos temporários.

Ele continuou fumando e a deixou falar, sem de fato ouvir. Quando ela terminou, ele se levantou do banco e encolheu os ombros.

— Por que me dar ao trabalho de consertar uma escola que daqui a um ano talvez nem sequer exista?

A freira cruzou os braços.

— Não acho isso muito engraçado, padre.

Ele soltou fumaça pelo nariz.

— É porque isso não é uma piada, irmã. Quando eu peço as coisas, quando peço *dinheiro* extra... uma passagem especial do pratinho da coleta, nosso Conselho Paroquial tende a fazer duas perguntas. A primeira é: "Por que estamos mantendo uma escola que causa somente humilhação na paróquia?" E a segunda pergunta é: "Quando vamos finalmente reconstruir nossa igreja incendiada?" A minha resposta a essa segunda pergunta é: "Ainda não temos condições financeiras para isso". E aí a resposta do Conselho Paroquial é repetir a primeira pergunta... Por quê, por quê, por quê... — disse ele, exalando fumaça de novo. — Por que estamos mantendo uma escola que ninguém quer?

Nos doze anos em que servira como pároco, o padre Mercedes tinha mostrado grande habilidade para exercer domínio sobre o conselho, que ele tinha nas mãos. Não precisava da aprovação dos conselheiros para muita coisa, mas sempre os manipulava com facilidade e os induzia a apoiar as causas que bem quisesse.

Os ombros da freira despencaram.

— E enquanto isso devo controlar o clima? — perguntou ela.

— Prefiro que a senhora controle os seus alunos — vociferou o sacerdote em resposta. — O que aconteceu com o fundo de emergência que obtive para a senhora no verão?

A irmã Maria suspirou.

— O senhor sabe bem a resposta para essa pergunta.

O dinheiro tinha sido dissipado pelo Menino no Telhado. Acordos, indenizações, despesas médicas, pagamentos para aliviar a dor e o sofrimento dos funcionários e docentes feridos naquele dia. Dinheiro para financiar bolsas de estudo secretas para os estudantes machucados — secretas de modo a evitar que todos os alunos matriculados entrassem com processos na Justiça alegando trauma psicológico. Por sorte, o garoto que sofrera os ferimentos mais graves — aquele que Davidek e Stein tinham resgatado — vinha de uma família cuja devoção à escola era quase escrava, e que tivera papel fundamental coordenando os arranjos legais que mantiveram tudo em sigilo. Era uma família abastada e influente (que ficou ainda mais rica graças aos pagamentos oferecidos pela escola, é claro), que ajudou a abafar a história no jornal local, resguardando a reputação da escola... mais ou menos. Isso também havia custado uma fortuna.

Somente um dos estudantes envolvidos no incidente não havia retornado, e era o menino com quem a irmã Maria mais havia falhado, e ela sabia disso — o próprio Menino no Telhado. Nesse quesito, o sr. Zimmer fora o responsável por salvar a St. Michael, e não apenas por ter agarrado o garoto em pleno mergulho no ar. Ele havia providenciado para o jovem e sua família algo de que ninguém mais seria capaz. Dera um jeito na feiura da situação de uma vez por todas. O garoto tinha desaparecido. A família dele ficara satisfeita. A St. Michael tocara o barco para a frente.

Mas fora preciso pagar por isso. Pagar rios de dinheiro. E agora a irmã Maria estava pedindo mais dinheiro.

— E então, quantos outros alunos perturbados precisamos incluir no orçamento deste ano? — perguntou o padre Mercedes. Ele apagou o cigarro no pé do banco, depois olhou ao redor, em vão, à procura de um lugar onde jogar a guimba.

— Pensei que talvez, dadas as circunstâncias, a diocese pudesse ponderar e nos oferecer uma pequena... — a irmã Maria começou a dizer.

Mas o padre Mercedes a interrompeu:

— A diocese não vai nos dar *mais* dinheiro nenhum; ela *arrecada* dinheiro. E nós estamos valendo mais dinheiro como imóvel, como propriedade. A senhora gostaria de ver a St. Michael dar lugar a mais um *teatro comunitário* ou a uma lanchonete de *fast-food*? — A brasa morta em sua mão sacudiu-se no ar, perto de seu rosto.

— A escola é a identidade da paróquia — disse a freira, num fiapo de voz.

— Aquele *campo vazio* lá fora é a nossa identidade agora — disse ele. — Trata-se de uma igreja sem igreja. A paróquia que *não conseguiu* se reerguer. — Os olhos dele esquadrinharam a capela do ginásio com desgosto indisfarçado. — Se a senhora quiser manter esta escola, é melhor *forçar* esses alunos a se tornarem algo que valha a pena salvar — disse.

— Francamente, uma porção de paroquianos acredita que a senhora é a pior diretora que já tivemos na história da St. Michael. A senhora gosta da ideia de ser a última, também?

A freira fechou os olhos. O padre estava esperando uma resposta.

— Não — disse ela, por fim.

— Que bom — ele assentiu. — Então vamos ver algumas mudanças por aqui, certo? — Estendeu a mão, que a religiosa, com relutância, apertou. — Cuide disso para mim — disse ele.

Assim que o padre foi embora, o silêncio da escola vazia retornou, aquela grande quietude de depois do horário do expediente que ela outrora achara tranquilizante. Pela primeira vez a irmã Maria sentiu-se perdida lá... E, finalmente, com medo.

Sentou-se no banco, abrindo a mão que acabara de apertar a do padre.

Em sua palma, estava a guimba enegrecida do cigarro dele.

Parte II

Nossa vez

6

— Eu estava morto — disse um menino durante o almoço na mesa dos calouros. — Os caras do último ano prenderam minha gravata no armário e depois trancaram o cadeado!

Davidek não sabia o nome do menino que estava fazendo seu relato de guerra. As aulas tinham começado havia poucas semanas e ele ainda não conhecia todo mundo.

Green conhecia.

— Bom, e aí, o que você fez, Mikey?

— Comecei a berrar pedindo ajuda, e aquela professora de francês apareceu e obrigou os caras a me soltarem — contou o menino para os rostos sérios ao seu redor. — Se aquela freira não tivesse aparecido, eu teria ficado preso lá pra sempre.

Stein, mastigando um biscoito, disse:

— Ou até você descobrir que poderia simplesmente desfazer o nó da gravata em volta do pescoço e tirá-la.

O menino que narrava a história inclinou a cabeça.

— Eu não tinha pensado nisso — disse baixinho.

Os calouros haviam terminado de almoçar, mas ninguém queria deixar a mesa. O refeitório era mais fresco, e mais seguro — ao passo que lá fora, sob o escaldante sol de setembro, os alunos do último ano tinham começado a pôr em prática um ritual da hora do intervalo que consistia em capturar novatos e sacudi-los, pendurados pelos tornozelos, de um lado para outro no estacionamento. Eles gostavam de fazer esses pinos humanos chocarem-se uns contra os outros.

A ansiedade tinha tomado conta dos alunos novatos. Todo mundo sabia dos trotes, mas ninguém sabia ao certo o que fazer a respeito, e ninguém tinha ideia do quanto as coisas poderiam ficar feias.

— O sr. Zimmer disse que se a gente for levando numa boa eles vão se entediar — disse Green. — E não vai durar muito.

— Não, não, dura o ano inteiro — disse outro menino, J. R. Picklin, um autodeclarado artista do grafite que se gabava de grafar as iniciais de seu nome, "JotaErre", quando rabiscava objetos pela cidade. — E no final do ano há uma grande reunião em que eles botam as pessoas em cima do palco e *realmente* fodem com elas.

— O que eles obrigam as pessoas a fazer? — perguntou uma voz miúda. Era uma menina, a única sentada a uma mesa vazia ao lado da mesa lotada de garotos. Era pequenina e anormalmente magra, com um rosto estreito em formato de cunha no qual os olhos ficavam quase que dos lados opostos da cabeça, como os de um peixe. Seu cabelo loiro platinado era cortado em fios retos e curtos e ela respirava através de lábios caídos. Uma pequena cruz dourada lhe pendia do pescoço, como o sininho que as pessoas prendem a um gato.

JotaErre encolheu os ombros para a menina.

— É tipo um piquenique de fim de ano. Meu irmão mais velho falou que eles fazem a gente marchar numa fila na frente da galera, e enquanto isso todo mundo fica cantando e berrando um monte de palavrões na nossa cara e jogando coisas. E a gente é a diversão do dia.

Stein perguntou:

— E daí? Você canta uma música ou sopra uma flautinha e tal...?

— Isso aí não mete medo. Parece uma coisa bem sem graça — disse Davidek.

— É, mas depois abaixam sua calça ou te obrigam a usar calcinha e enfiam formigas na sua camisetas — enfatizou JotaErre. — Meu irmão falou que eles não têm dó nem piedade.

— Não podem fazer nada disso — disse Davidek. — Os professores não *deixariam*.

Mais uma vez a menina com cara de peixe se pronunciou, com voz delicada:

— Fizeram isso com Jesus na crucificação... — Mas a bizarra invocação religiosa serviu apenas para fazer com que todos estremecessem.

— Todos os alunos do último ano sofreram de montão na própria pele quando eram calouros, e eles ficam remoendo isso durante anos. Agora acham que é hora de dar o troco — disse JotaErre. — Meu irmão e os amigos dele foram detonados o ano inteiro. E aí veio o grande final... esse piquenique, que é tão barra-pesada que tem que acontecer num parque fora do recinto da escola, pra que assim a St. Michael não seja processada ou coisa do tipo. Os professores fingem que nem *sabem* de nada.

— Então o que exatamente seu irmão diz que aconteceu? — perguntou Davidek, imaginando o que o próprio irmão, o fuzileiro naval desertor, poderia lhe dizer sobre isso tudo, se estivesse por perto.

— Meu irmão e uns outros caras tomaram um banho de calda de chocolate e chantili, e depois despejaram um punhado de cerejas na cabeça deles. Aqueles psicopatas do último ano transformaram os caras numa *banana split*. Não estou brincando. Todo mundo na plateia ficou arremessando frutas e amendoim e uma porção de coisas neles. — JotaErre cruzou os braços, recostando-se na cadeira. — E quando meu irmão chegou no último ano, podem acreditar que eles e os amigos fizeram exatamente a mesma coisa com os calouros deles. Isso se chama "vingança", velhos.

— Só que os caras que o seu irmão cobriu de calda de chocolate não foram os mesmos que tinham aprontado com ele — observou Stein. — Pra mim, parece que ele ficou *só com a sobremesa*. — Recostou-se, sorrindo com orgulho, esperando elogios por sua esperteza, mas ninguém entendeu.

— Acho que você está muito obcecado com o lance da *banana split* — disse JotaErre.

Stein revirou os olhos.

— Não. Quero dizer que o que o seu irmão fez com aqueles caras não é vingança. Significa só que ele é um babaca, assim como os caras que maltrataram ele sem ter motivo nenhum. Acontece que o carma acertou as contas com ele antes do tempo.

JotaErre olhou-o de soslaio.

— Mas que porra é essa de "carma"? — perguntou.

Stein até pensou em explicar, depois deu de ombros.

— Quando acontecer de você ver o que é, vai saber, velho.

Na cabeceira da mesa, o menino grandalhão de olhos azuis arregalados que sempre se sentava na última fila da sala de aula deu um sonoro suspiro de tédio. Geralmente ele se mantinha em silêncio, a cabeça caída de lado — talvez ouvindo os outros, talvez não. Davidek já tinha ouvido os professores dizerem seu nome algumas vezes. Jim ou Jeff ou algo parecido.

— Sabem de uma coisa... — Os olhos glaciais do menino corpulento brilharam. — Eu sabia que bocetas tinham lábios, mas nunca ouvi dizer que podiam falar tanto — disse ele.

A mesa ficou em silêncio. O garoto de olhos azuis era não apenas um bocado mais alto do que a maior parte dos colegas de classe como também musculoso, e tinha ombros tão largos a ponto de fazer os outros calouros, de braços esqueléticos e cambitos, parecerem desenhos de homens-palito. Os botões de sua camisa pareciam estufados, como se naquela manhã ele tivesse crescido demais para ela, e as mangas dobradas até os cotovelos mal continham os braços gordos como uma píton. Ele fez Davidek pensar em seus antigos bonequinhos articulados: os Comandos em Ação eram de um determinado tamanho e os de *Guerra nas estrelas IV* um pouco menores. Não dava para encaixar um dos soldados dos Comandos em Ação dentro do pequeno assento de um caça *X-wing* de *Guerra nas estrelas*, e agora era assim que Davidek via o menino de olhos azuis: um brinquedo grande demais enfiado à força dentro de um universo de brinquedos de tamanho menor.

— Vocês são um bando de maricas que ficam choramingando e reclamando — disse o menino de olhos azuis. — Mas só estão com medo porque não são capazes de se proteger como...

— Como o quê? — quis saber uma voz masculina atrás dele. Era um garoto mais velho, um aluno do último ano com um risinho largo e rodeado por outros colegas quartanistas que estavam vindo do estacionamento em busca de sua presa ausente. Davidek reconheceu-o pela cicatriz franzida do tamanho de uma moeda de dez centavos no centro da bochecha: era Richard Mullen, o garoto cujo rosto ele vira ser transpassado por uma caneta.

— Então você sabe qual é o segredo da sobrevivência, hein, garotão? — disse Mullen, cutucando com o dedo indicador as costas do menino grandalhão.

Seu amigo com dentes de cavalo, que naquele outro dia saíra correndo do banheiro masculino e arremessara um frasco com uma tênia preservada, lançou-se à frente para fazer pressão.

— Responde pra ele — exigiu Simms, atingindo a cabeça do enorme calouro com uma pancada. — Qual é o seu nome?

O menino de olhos azuis encarou-os com frieza, os músculos de seus largos ombros mexendo-se sob a camisa.

— Meu nome é Smitty — respondeu ele.

— O que aconteceu, Smitty, pra colocarem um garotão deste tamanho como você numa classe de menininhos? — perguntou Mullen. — Você é tipo um retardado ou coisa parecida? Um daqueles dinossauros gordos e burros com cérebro de amendoim? — Os alunos do quarto ano desabaram uns sobre os outros, num ataque de gargalhadas. Grupos de estudantes do segundo ano e outros novatos começaram a zanzar por perto, intrigados com a cena de conflito.

Em menor número, o acuado Smitty ergueu os olhos, incerto. Os outros calouros — aqueles a quem ele acabara de chamar de "bocetas falantes" — também estavam rindo um pouco.

Smitty apontou para a mesa ao lado.

— Já que a gente está fazendo apresentações, qual é o seu nome, magricela? — perguntou ele.

A menina esquelética com cara de peixe sentada sozinha congelou. Apontou para o próprio peito com uma expressão interrogativa.

— Sim, estou falando com você — disse Smitty, redirecionando a atenção dos ameaçadores quartanistas.

— Meu nome é... Sarah — respondeu a menina magrinha com uma voz leitosa e meio abafada.

— Sarah — repetiu Smitty. — Você tem sobrenome?

— Você tem um *primeiro* nome? — vociferou Mullen na direção dele, sentindo que estava deixando escapar seu momento sob os holofotes.

— John — Smitty respondeu, curto e grosso. — John Smith.

— John Smith. Que original — bufou Simms, o amigo de Mullen; mas ninguém achou isso engraçado.

— Mas, Sarah, você é *magrinha* demais! — disse Smitty. — Assim, tipo magra *de doer*. Putz, é como se alguém tivesse arrancado uma fatia de você... de comprido. — Smitty fez da mão uma lâmina, fechou um dos olhos e enquadrou a menina em seu campo de visão. — Porra, é como se você fosse uma fração — disse ele. — Sete oitavos de pessoa, estou certo?

Ele olhou ao redor em busca de apoio, e os garotos mais velhos que um minuto antes o ameaçavam agora meneavam a cabeça, rindo, concordando com a maior sinceridade. Enquanto isso, a menina parecia estar procurando uma maneira de recolher os braços e a cabeça para dentro do corpo.

— Por favor — murmurou ela, numa voz quase baixa demais para ser ouvida. — Por favor, não...

O rosto de Smitty estampou uma expressão suave de falsa preocupação.

— Ei, escute... você não está *doente* ou coisa parecida, está? Tipo... o seu rosto tem esse formato de machadinha por causa de *alguma doença*?

Os dedos da menina enroscaram-se na correntinha com a cruz dourada. Ela balançou a cabeça de um jeito estranho, dizendo não, o que fez Smitty esquivar-se subitamente, jogando o corpo para trás.

— Opa! Cuidado! — exclamou ele. — Olhe pra onde você balança essa coisa! — Os alunos do quarto ano deram gargalhadas ainda mais barulhentas, e no rosto de Smitty irrompeu um sorriso vitorioso, como uma camada de gelo soltando-se de uma encosta de montanha.

Mullen inclinou-se e enfiou um dedo no rosto da menina.

— Este é seu novo nome: Sete-Oitavos, sacou? — Olhou para os amigos. — Sete-Oitavos, certo?

Todos repetiram o nome, morrendo de rir.

— Ei, eu tenho um apelido pra você, também — disse em alto e bom som uma voz vinda da mesa dos alunos do primeiro ano. Era Stein, e todos os olhos fixaram-se nele. Ele deu um tapinha na bochecha, no mesmo lugar da cicatriz enrugada de Mullen. — Que tal Cara de Cu?

Mullen empurrou para o lado algumas cadeiras, para chegar perto dele.

— Porra, do que você me chamou?

Stein deu outro tapinha na própria bochecha.

— Cara de Cu. Gostou? Bonitinho, né?

Simms se pôs na frente do amigo, os dentões da frente escancarados de indignação, e com um violento puxão arrancou Stein da cadeira.

— É melhor você pedir desculpas, seu otário.

Stein jogou o rosto para trás, aturdido pelo mau hálito.

— O que está acontecendo aqui, meninos? — perguntou o sr. Zimmer, surgindo do nada e caminhando em direção à mesa. Simms soltou a camisa de Stein, e os garotos mais velhos começaram a se dispersar para os lados. Estavam repetindo uns para os outros o apelido — não "Sete-Oitavos", mas "Cara de Cu".

Mullen chegou mais perto de Stein.

— É muita cara de pau da sua parte, com uma cicatriz dessas no rosto, e até pior que a minha.

Stein assentiu com a cabeça, os dedos percorrendo os filamentos rosados que se estendiam pelo queixo.

— Pois é — sussurrou, a boca quase colada à orelha de Mullen. — Mas a minha não parece um buraco... *de... cu.*

Mullen empurrou-o — exatamente na direção do sr. Zimmer, que interveio para separá-los, depois de ter afastado para fora do refeitório o grupo de alunos do quarto ano. Stein recostou-se na cadeira, esperando que todos eles debandassem; só então se levantou e saiu carregando a bandeja. Sete-Oitavos tinha sumido sem que ninguém percebesse.

Green encarou Smitty com ferocidade e desprezo.

— É isso que você queria dizer com aquele papo sobre "se proteger"? Pegar no pé de uma menina indefesa?

Os demais calouros resmungaram palavras de concordância. A indignação tardia dos colegas fez reluzir no rosto de Smitty uma expressão de perplexidade.

— Vocês todos eram uns baitas heróis quando estavam morrendo de medo de serem os próximos alvos dos caras. Eu fiz o que tinha que fazer.

— Você tinha que bancar o babaca? — perguntou Green.

Smitty pôs-se de pé, saiu andando e pousou os braços sobre Davidek — não sobre Green.

— Eu gosto deste cara aqui — disse, bagunçando o cabelo de Davidek. — Mantém a boca fechada, fica na dele, é discreto e foge de encrencas. — Ele seguiu em frente, olhando para o teto. — Agora, o outro cara... Stein? Eu tiro o chapéu pra ele, mas não entendo essa coisa camicase. — Encolheu os ombros. — Talvez ele ache que a Sete-Oitavos vai deixar ele enfiar os dedos dele naquele outro lugar estreitinho dela! — Smitty riu da própria piada no refeitório silencioso. — Mas você... — disse ele, sorrindo e fazendo um gesto na direção de Green, como um cantor brega cantando baixinho para um fã na primeira fila: — *Você é o Cara Legal do Caralho*... depois que a poeira já baixou. Isso faz você parecer o herói, enquanto eu saio como o vilão da história, certo? Bom, você e eu somos iguais, Cara Legal — disse ele. — A diferença é que eu não finjo ser durão só pra ganhar moral entre os amigos... Amigos que mais tarde ficarão bastante decepcionados de ver quanto você é "valente", disso tenho certeza.

Green tentou protestar, mas sua voz foi abafada pelo som do sinal de saída da escola.

Smitty, ainda dando uma de cantor brega, piscou e apontou para Green enquanto os outros se levantavam dos bancos.

— Lembrem-se disso, meninos, com um babaca honesto vocês sempre sabem em que terreno estão pisando — disse, levando uma das mãos espalmadas ao coração. — É com os falsos bonzinhos que vocês precisam tomar cuidado.

Virou a palma da mão e soprou um beijinho para Green; em seguida, quando o garoto tentou se levantar do banco, empurrou a mão contra o rosto dele, o que fez o garoto desabar para trás, todo esparramado, aterrissando sobre o próprio traseiro.

Davidek correu para acudir, mas Smitty o impediu.

— Tente ajudar e eu lhe garanto que você vai acabar caído por cima dele — disse Smitty, quase que gentilmente.

Davidek hesitou, olhou para Green e esperou em silêncio enquanto o garoto gorducho se contorcia e se levantava sozinho. Smitty inclinou a aba de um chapéu invisível e saiu assobiando.

7

Durante semanas a fio não choveu, e os vazamentos nas paredes da St. Michael secaram até se transformar em manchas empoeiradas. Os únicos estrondos trovejantes acima da escola vinham do trabalho do zelador com cotos no lugar de dedos arrastando seu balde de metal com alcatrão enquanto tentava calafetar os pontos frágeis do telhado. O mês de setembro foi quente e seco de cabo a rabo, tostando o vale do Allegheny até o rio ficar imóvel e as colinas verdejantes de árvores murcharem feito alface cozida.

Nas reuniões semanais do corpo docente, alguns professores sugeriram a suspensão de parte do código de vestuário para que os alunos pudessem ir à escola sem seus paletós e suéteres (roupas que, em tais temperaturas, os faziam suar em bicas). A irmã Maria estava inclinada a aprovar o afrouxamento das regras, mas a sra. Bromine alegou que os estudantes que se vestiam melhor se comportavam melhor, apresentando um artigo de uma revista de psicologia para corroborar seu argumento. Pensando no alerta do padre Mercedes acerca da disciplina, a irmã decidiu manter intacto o código do uniforme.

Mesmo assim, muitos estudantes iam para a escola sem o paletó e o suéter. A diretora instruiu os professores a não ter tolerância e, já que eles mesmos sofriam tremendamente no calor, poucos demonstravam compaixão. Isso levou a uma enxurrada de detenções punitivas diárias. Mais alunos pediam para sair das abafadas salas de aula e visitar os bebedouros e banheiros e, uma vez que havia mais gente confraternizando nos corredores, surgiam mais conflitos. As temperaturas elevadas acirravam os ânimos, e os socos voavam no ar com mais facilidade, os insultos eram mais cáusticos. O comportamento piorava num índice alarmante.

A escola não tinha sistema de ar-condicionado, mas contava com um ventilador industrial nas janelas salientes de três faces no final do corredor do terceiro andar, que puxava através do prédio uma corrente de ar quente e viciado, substituindo-a — a maior parte dela, pelo menos — pelo ar quente e viciado de fora. O roliço tambor de aço projetava-se do edifício como um motor a jato, e suas hélices imundas tinham se tornado uma ferramenta de diversão para um grupo de alunos do terceiro ano especialmente cruéis, conhecidos como Galera do Ventilador, a qual se reunia todo dia em volta do aparelho antes do início das aulas. Esses alunos descobriram que o ventilador esguichava faíscas e produzia um furioso gemido elétrico quando jogavam um punhado de moedas através da grade de proteção dentro da escura boca giratória da máquina. As moedas lascadas — de um, de dez e de vinte e cinco centavos — voavam de chofre no ar da manhã e tamborilavam suavemente no gramado do terreno vazio da igreja. Dentro do prédio, os gritos de metal faziam com que os professores saíssem rapidamente para o corredor, mas sempre tarde demais para pegar alguém em flagrante.

Liderados por um aluno do terceiro ano chamado James Mortinelli, os membros da Galera do Ventilador passavam as manhãs extorquindo os calouros em busca de moedas, mas quando estavam em falta eles ficavam felizes de jogar através das pás todo tipo de coisa — canetas, prendedores de gravata, deveres de casa de matemática. No corpulento e intimidador calouro Smitty, a gangue encontrou um aliado. Em vez de brigar com a Galera do Ventilador, ele caiu nas graças do bando apontando quais colegas de classe estavam com os bolsos cheios, ou quais meninas guardavam porta-níqueis nas mochilas.

Impressionado pelo modo como Stein tinha enfrentado Smitty, Davidek disse na cara do grandalhão que a seu ver ele estava agindo como um babaca. No dia seguinte, dois comparsas da Galera do Ventilador espremeram o rosto de Davidek contra a grade da máquina enquanto Morti revistava seus bolsos. Morti era atarracado, com sapatos pequenos e mãos miúdas. Aos dezessete anos já tinha entradas no cabelo, o que aumentava ainda mais o tamanho de uma testa que já era tão grande que nela seria possível projetar um filme. Seus olhos eram como duas ameixas afundadas juntas num montinho de massa de pão.

— Meu Deus, mas que porra é essa? Você está recebendo bolsa do governo? — perguntou. — Esta é a terceira vez que pego você sem um puto.

Davidek disse que tinha cinco dólares no bolso da frente do paletó. As lâminas, rodopiando na frente de seu rosto, retalharam as sílabas num *staccato* vibrante.

Morti fez com que Davidek virasse, arrancando-lhe a cédula do bolso e segurando-a bem na frente do rosto do calouro.

— Isto aqui não é um assalto, porra! — disse ele. — A gente quer moedas, seu trouxa.

— *Dinheiro de troco!* — berrou outro garoto no ouvido de Davidek, enchendo o ar com o odor de salgadinhos de queijo.

Mesmo assim Mortinelli ficou com a nota de cinco dólares.

— Vamos pra cantina. Lá eles vão trocar isto pra gente. — E a gangue retirou-se na direção da escada e dos andares inferiores da escola. Antes de sair, Mortinelli estreitou os olhinhos e encarou Davidek, e sua mão diminuta puxou a gravata do calouro. — Sério? De clipe? — perguntou o baixinho terceiranista, entremostrando os dentes, enojado. — Você está no pré-primário ou o quê?

O aluno do terceiro ano arrancou a gravata e jogou-a no ventilador, onde ela grudou na grade como se estivesse magnetizada, agitando-se contra a sucção provocada pela máquina. Enquanto Davidek soltava a gravata da grade, uma voz de menina disse:

— Comece a andar com umas moedas nos bolsos. Aí você vai poder ficar com seus cinco dólares.

Davidek ergueu os olhos, prendendo de novo o clipe no colarinho, e viu uma menina mais velha com uma cabeleira escarlate que caía em cascata de um dos lados do rosto. Estava parada a cinco armários de distância, com uma bolsa aberta aos pés, e puxava para trás o cabelo brilhante a fim de prendê-lo. Ela colocou entre os lábios dois grampos, cujas pontas se voltaram para o céu quando sorriu para Davidek.

— Se você começar a deixar as pessoas te intimidarem, sempre vai ficar à mercê de uns fracassados desse tipo — disse ela, as palavras abafadas por seus lábios semicerrados. Depois de enfiar os grampos no cabelo cor de outono ela afofou-o com os dedos.

— Bom, da próxima vez pode ser que eu empurre Morti pra dentro do ventilador. Quero ver se os outros são mesmo durões quando ele sair espremido do outro lado feito suco de frutas — disse Davidek, com a voz mais aguda do que o habitual para alguém que tentava transparecer valentia.

A garota ruiva estacou na frente dele, avaliando sua expressão de seriedade. Levou uma das mãos à bochecha dele e disse:

— Você é uma gracinha. — Depois disso o sinal tocou e o alvoroço no corredor dobrou de tamanho à medida que os alunos corriam para a sala de estudos; a menina sumiu em meio à multidão, carregando a bolsa. O ponto no rosto dele que fora tocado pela mão dela era como um doce veneno, que ia se dissolvendo no interior da pele.

Uma gracinha.

Melhor do que qualquer outro nome pelo qual ele já havia sido chamado na St. Michael.

Uma semana depois, os alunos do último ano encurralaram um grupo de calouras para um concurso de beleza na hora do almoço. A princípio parecia um tratamento bastante leve, levando-se em conta que os novatos do sexo masculino estavam sendo fisicamente pulverizados todo santo dia. Entretanto, enquanto a cobiçada "menina mais bonita" tinha a honra de ser eleita como Miss St. Michael, os outros títulos distribuídos eram bem menos lisonjeiros: Miss Baranga, Miss Olhos Esbugalhados, Miss Tábua (para as que não tinham peito), Miss Porquinha e Miss Parece-Homem. Aquela que todos chamavam de Sete-Oitavos recebeu o título de Miss Cabeça de Feto, por causa do cabelo absurdamente fino.

Lorelei deixou-se ficar atrás de boa parte das outras calouras que haviam sido selecionadas para o espetáculo no pátio, e manteve a cabeça baixa. Graças a meticulosos cuidados diários, a franja e as sobrancelhas tinham retornado a um estado normal, mas ela ainda estava insegura e constrangida, e quando os ofensivos alunos do último ano ordenaram que se exibisse diante da plateia, Lorelei ficou parada, de tornozelos cruzados, as mãos atrás das costas, olhos cravados no chão.

Eles a chamaram de volta como uma das finalistas do único prêmio que não era cruel, e Lorelei sorriu quando um punhado de outras meninas perfilou-se a seu lado, e sorriu ainda mais à medida que, uma a uma, todas foram perdendo. Os garotos mais velhos assobiaram e urraram na vez de Lorelei, ao passo que as outras alunas do quarto ano limitaram-se a revirar os olhos. Michael Crawford, aluno do último ano que tinha ambliopia num dos olhos mas de resto era elegante e de aparência bem cuidada e que fazia as vezes de moderador improvisado do concurso, foi entrevistar Lorelei, segurando um microfone invisível e falando numa voz rápida de repórter da década de 1920.

— Conte pra gente, minha jovem, qual é a sensação de ser a menina mais linda da classe? — Atrás dele, alguns amigos estavam cantando: "Aqui está ela... A Miss St. Miiii-chael-Uau!"

Lorelei olhou para as garotas que havia derrotado e pareciam insatisfeitas com ela, embora não fosse sua culpa.

— Sinto muito, na verdade não ligo a mínima pra essa história de quem é bonita e quem não é — disse ela, em alto e bom som, para que todos pudessem ouvi-la.

Michael Crawford sorriu, e sua voz retornou ao timbre natural.

— As mais bonitas nunca ligam.

Soou o sinal que anunciava o final do intervalo do almoço, e a multidão se dispersou após o estúpido concurso de beleza. Quando Lorelei juntou-se ao tropel que rumava de volta para as salas de aula, uma mão surgiu diante dela, segurando um punhado de cravos-de-defunto roubados de um santuário da Virgem Maria num dos jardins da escola. Uma voz de menino disse:

— Pra menina mais bonita.

Sorrindo, Lorelei girou sobre os calcanhares, na esperança de que fosse Michael Crawford. Mas era Stein.

— Peguei estas flores pra você — disse ele. — Mas elas têm um cheiro meio esquisito.

Lorelei aceitou as flores, ajeitando uma mecha de cabelo caída sobre o rosto. Deu um sorriso forçado.

— Você é muito gentil. — Olhou para as flores o máximo de tempo que conseguiu, depois fitou de novo o menino. Stein era definitivamente bonitinho, mesmo com aquela estranha cicatriz na bochecha. Ela tinha ouvido falar que ele havia defendido Sete-Oitavos. Lorelei gostou disso, embora a história tivesse gerado o boato de que ele nutria uma paixonite pela loira platinada. Em seu íntimo, Lorelei gostaria que tivesse sido *ela* a ser defendida daquele jeito por Stein, embora nada de ruim lhe houvesse acontecido ainda.

— Eu pensei que talvez a gente pudesse sair qualquer hora dessas... se você quiser — disse Stein.

Mais uma vez Lorelei tirou do rosto uma mecha de cabelo inexistente assim que eles entraram no corredor.

— Como exatamente funciona um encontro pra duas pessoas que não dirigem e não têm grana?

— Como você sabe que eu não sou milionário? — perguntou Stein.

— Porque você rouba flores da Virgem Maria — disse ela.

Stein riu.

— A minha irmã disse que pode levar a gente de carro. Em troca, eu só teria de fazer umas coisas pra ela lá em casa.

— Tudo bem. E aonde a gente iria?

— A gente pode ir ao Parque Riverview, em Tarentum, fazer uma caminhada, e subir nos canhões do memorial de guerra que estão apontados pro rio — respondeu Stein. — Quem sabe a gente consegue fazer um deles voltar a funcionar e declara guerra a New Kensington.

Lorelei meneou a cabeça.

— Por quê? — perguntou Stein.

— Uma porção de razões — ela disse.

— Me dê uma — Stein disse.

Mas a maior parte delas Lorelei não poderia explicar. Toda vez que passava tempo demais com Stein na sala de aula, ela notava certa frieza por parte das outras meninas, especialmente da cartomante de cabelo preto, Zari. Todo mundo achava Stein bonito — esse era o problema — e ela não queria arruinar suas amizades incipientes por conta de uma ciumeira idiota, como da última vez.

— A minha mãe não me deixa namorar. Só depois que eu fizer dezoito anos — disse Lorelei. Essa era uma boa desculpa para dar a Stein.

— Talvez a sua mãe mude de ideia quando ela me conhecer — disse Stein, arqueando as sobrancelhas. — Sou bastante charmoso, sabe?

Lorelei disse não. Stein perguntou de novo o motivo, mas havia limites para as coisas que a garota estava disposta a explicar. Ela não havia contado a ninguém da St. Michael a respeito do acidente de sua mãe no depósito, do fato de ela ter perdido a mão, do seu temperamento por vezes explosivo... Bem, do que poderia ser chamado de dependência cada vez maior e mais séria de automedicação.

A sra. Bromine estava parada junto à porta, observando o fluxo de estudantes que voltavam para dentro do prédio. Quando avistou Lorelei, vociferou:

— Você pegou essas flores nas dependências da escola!?

Stein arrancou os cravos-de-defunto das mãos da garota.

— Fui eu que dei pra ela — disse.

A boca da sra. Bromine se contraiu. Então ela disse que ele poderia ajudar a replantar aqueles canteiros durante sua próxima detenção punitiva.

8

O título extraoficial de Miss St. Michael não fez Lorelei conquistar novos amigos, mas granjeou-lhe alguns novos inimigos.

— Ei, Miss Estados Unidos... Você fuma?

Ela ouviu a pergunta depois do término das aulas, quando passou pelas irmãs Grough — Mary, aluna do último ano, e Theresa, segundanista —, que tinham em comum a mesma testa de Neandertal e ombros largos de zagueiro de futebol americano. Elas sempre ficavam de bobeira nas sombras de um aglomerado de arbustos de teixo perto da saída lateral da escola com outra aluna do último ano, Anne-Marie Thomas, que era suficientemente máscula para ser conhecida pelos outros alunos como A Grough Honorária. Lorelei tinha ouvido algumas histórias sobre elas. A mãe das Grough as proibia de depilar as pernas ("Isso é coisa de puta. Sejam felizes do jeito que Deus fez vocês"). Por isso, elas usavam meias grossas até nos dias de calor mais sufocante e faziam educação física com calça de moletom em vez de *shorts*, para esconder as coxas e panturrilhas hirsutas. Mas precisavam *trocar de roupa* no vestiário, o que sempre suscitava novas rodadas de gritos de escárnio: "Abominável Homem das Neves! Abominável Homem das Neves!"

A expressão carrancuda das irmãs refletia uma vida inteira de tormentos. Anne-Marie Thomas era infeliz por tabela.

Mary Grough acenou, chamando Lorelei para os arbustos, onde estendeu um maço amarfanhado de cigarros, e Lorelei, que sabia que não era legal fumar, mas achou que talvez fosse legal *fingir* que fumava, disse:

— Sim, eu fumo às vezes. Mas agora não estou a fim, obrigada.

Mary virou o maço de ponta-cabeça, para mostrar que estava vazio.

— Não estou pedindo a sua companhia, princesinha da beleza. Preciso é filar uns cigarros.

Lorelei deu um sorrisinho, constrangida.

— Na verdade eu não fumo — disse. — Estava só... brincando.

Anne-Marie avançou para cima dela e com um piparote fez a guimba ainda acesa de seu cigarro voar na caloura, queimando de leve sua blusa branca.

— Está curtindo com a nossa cara, Miss Simpatia? — disse ela, agarrando Lorelei pela gola e empurrando-a para trás.

A cabeça de Lorelei girou, mas ninguém poderia vê-la na clareira entre os altos arbustos.

— Não, eu... eu só...

Anne-Marie abriu o zíper da mochila de Lorelei. A Grough mais jovem, Theresa, deu um passo à frente para vasculhar o conteúdo.

— Nada aqui — informou Theresa à irmã mais velha.

Mary Grough jogou o cigarro no chão e esmagou-o sob uma grossa sola de sapato.

— Vocês, animadoras de torcida metidas e enjoadas, são todas da mesma laia — disse. — Ficam provocando, mas na hora do vamos ver não têm nada pra mostrar, certo? Talvez isso funcione com seus namoradinhos, mas me deixa puta da vida.

Lorelei retrucou:

— Eu não tive a intenção de...

Anne-Marie, porém, sacudiu-a pela manga da blusa mais uma vez.

— A gente não está nem aí pra sua "intenção" — disse a menina mais velha.

Mary Grough acrescentou:

— Tudo o que a gente sabe, docinho, é que você deve um maço pra nós... Um pra cada uma. Quem sabe um pacote inteiro. Dez maços. Sacou?

Lorelei fez beicinho.

— E se eu não der?

Mary Grough abriu e fechou os dedos médio e indicador, num gesto que imitava uma tesoura.

— Sua putinha... eu vou chegar de fininho por trás de você e cortar seu rabo de cavalo pela raiz.

Anne-Marie deu um último empurrão em Lorelei. As três Grough caíram na risada. Arreganhando os dentes, Theresa disse:

— A gente já fez isso antes, sua vaca. E vamos fazer de novo com você, com prazer.

Lorelei misturou-se de novo à torrente de estudantes que rumavam para os ônibus no estacionamento, o coração martelando no peito. Uma das mãos encontrou a ponta do rabo de cavalo e segurou-a junto ao pescoço enquanto ela andava. Rápido.

— *Fodam-se* aquelas chaminés com pelo na bunda — disse Stein no dia seguinte. — *Fodam-se elas. Que vão à merda.* — Esse era o conselho-padrão de Stein para boa parte das ameaças dos alunos mais velhos. — O que eu digo é o seguinte: dê a elas um maço e injete em cada cigarro uma esguichada de desinfetante.

Mas assassinato por produto químico de limpeza doméstica não era uma solução que Lorelei levaria em consideração.

Estavam na aula de computação do sr. Zimmer, aprendendo a formatar os trabalhos acadêmicos do semestre no Word. Davidek, sentado diante de um computador atrás de Lorelei, interrompeu a conversa:

— Talvez você consiga encontrar uma daquelas máquinas automáticas que vendem cigarros. Elas não pedem pra ver a carteira de identidade, certo?

Stein insistiu:

— Eu não daria *coisa nenhuma* pra elas...

Mas para Lorelei essa não era uma opção. Em sua lista de regras, havia feito um adendo mental: *6. Não brigar por nenhum motivo.*

— Nunca tive problemas antes. E não é agora que estou a fim de ter — disse ela, o que fez Stein afastar-se e voltar as atenções para o computador.

— Se você vai fazer o que quer de qualquer jeito, então por que está pedindo ajuda? — perguntou ele.

— Não é por isso que você está com raiva — respondeu Lorelei.

Davidek ficou confuso e disse:

— É mesmo, por que você está com raiva, Stein?

Ninguém respondeu.

Lorelei inclinou-se para chegar mais perto do computador de Stein e cutucou-o no ombro.

— Não fique irritado — disse. — Me ajude a decidir o que fazer a respeito das Grough.

Stein não tirou os olhos da tela.

— Por que você não pede pra sua *mãe*? — sugeriu em voz baixa. — Já que ela se preocupa tanto com quem você anda...

Lorelei afundou na cadeira, os dedos pousados sobre o teclado, mas sem se mover. Atrás dela, Davidek continuava intrigado.

— Sua mãe ajudaria mesmo? — perguntou ele.

Lorelei tinha aprendido sobre os perigos do fumo já em sua primeira aula de educação para a saúde no ginásio, e sempre se preocupara com sua mãe, vendo os espectros de câncer, enfisema e doenças cardíacas flutuando na fumaça branca que ela exalava pela boca e pelo nariz. Agora o estoque de cigarros que a mãe guardava no armário mais alto da cozinha era sua salvação.

Mesmo antes do acidente, quando fumava um maço por dia, Miranda Paskal desprezava os sermões que ouvia sobre seus maus hábitos, mas depois, quando passara a fumar dois maços e meio por dia e começara a subsistir à base de Coca-Cola com rum, mais do que com qualquer outro líquido, a culpa que sentia era algo que, sem erro, suscitava seu mau humor. O rosto macilento da mulher, outrora fino e agora flácido, despencando com o peso adicional decorrente de sua vida sedentária, ficava tenso toda vez que ela julgava sentir alguma reprovação, mesmo que tácita. Os olhos, geralmente turvos e inanimados, chamejavam de volta à vida. Certa vez, quando Lorelei ainda estava no sétimo ano, depois de assistir na escola a uma aula bastante desagradável sobre câncer de tireoide e pulmões enegrecidos, ela cometeu o erro de dizer simplesmente:

— Estou preocupada com quanto a senhora está fumando, mãe.

A mãe ficou furiosa com ela. O pai, assistindo a tudo da cozinha, disse:

— Lorelei, não critique a sua mãe.

Miranda Paskal moveu-se com todo o cuidado para pousar o cigarro aceso no fecho de aço inoxidável fixado ao antebraço protético. Ela sabia que a filha odiava vê-lo sem a mão de látex que se encaixava no fecho. Às vezes, deixava-o desguarnecido de propósito.

Sem que Lorelei dissesse palavra, a indignação da mãe aumentou rapidamente, como uma bola de neve, até se transformar numa avalanche de fúria irracional.

— Tudo nesta casa, cada fio da roupa que você está usando, toda a comida que você e seu pai comem... tudo é pago por isto aqui. Meu acidente. *Minha mão!* — A mãe deu uma estocada, movendo o braço tão rapidamente que se pôde ouvir o som do plástico duro ligando-se à carne.

Lorelei cambaleou para trás, segurando o rosto. Não chorou. Quando chorava, sua mãe sentia-se culpada, mas não chorar serviu apenas para deixar Miranda ainda mais furiosa.

— Uma vida inteira de escolhas erradas... — Isso era algo que Miranda Paskal às vezes dizia em voz alta. Ela se lamentara por ser um fracasso muito tempo antes de tornar-se um. Sempre dizia que seus pais deveriam ter sido mais rígidos com ela, que estavam certos de serem exigentes como tinham sido, mas que não tinham ido longe o bastante. Ela tinha se prendido a um casamento infeliz e precoce com um homem que a engravidara. Planejava não cometer o mesmo erro com a filha. Tal era a fonte de muitas regras arbitrárias e gratuitas: Lorelei estava proibida de namorar e de tirar carteira de habilitação antes de completar dezoito anos. Nada de receber telefonemas depois das oito da noite (embora ninguém telefonasse para a garota).

Depois que se tornara deficiente física, Miranda Paskal passara a ter um sofrimento real para alimentar a autopiedade, o que a havia deixado explosiva. O marido e a filha eram obrigados a andar na ponta dos pés, gravitando com extrema cautela ao redor do mau humor de Miranda, mas o menor descuido — um simples prato caído ou uma resposta mais tímida para alguma pergunta — já era motivo para um tapa no rosto, tanto no do marido como no da filha. Lorelei tentava interferir quando as brigas com o pai descambavam em louças arremessadas ou socos nas costas dele. Ele raramente fazia o mesmo pela filha.

A pior parte era que a mãe invariavelmente batia com o braço que havia perdido, usando a prótese dura como arma. É mais fácil machucar alguém quando você não tem que sentir dor alguma.

Lorelei jamais voltou a pedir que a mãe parasse de fumar. Nunca mencionou a bebedeira, a comilança, o isolamento refletido no fato de se sentar numa casa escura dia após dia, ano após ano.

Na tarde do dia em que foi ameaçada pelas Grough, Lorelei subiu numa cadeira na cozinha e abriu o pequeno armário sobre a geladeira. Dentro havia dois pacotes de cigarros; um ainda lacrado e o outro pela metade. Lorelei pegou a quantidade que, a seu ver, passaria despercebida: dois maços. O cesto de reciclagem ao lado da lixeira estava lotado de latas de cerveja vazias com cheiro de azedo. Quando sua mãe bebia demais, às vezes esquecia quantos cigarros havia consumido. Muitas e muitas vezes Lorelei a havia visto de ressaca, revirando as almofadas do sofá, exigindo saber onde tinham ido parar seus cigarros — ignorando os cinzeiros transbordantes e fedidos na sala de estar e no pátio dos fundos da casa.

Pela primeira vez, Lorelei ficou feliz de ver o cesto de reciclagem tão cheio.

Isso tinha acontecido numa sexta-feira. Na segunda-feira seguinte, Lorelei abriu a mochila e tirou dois maços lacrados — Morley Light.

As irmãs Grough fulminaram Lorelei com o olhar. Estavam no lugar habitual junto à saída lateral após as aulas, ocultas pelos arbustos esfumaçados. Por fim, Mary Grough disse:

— Morley? E Light? Que merda é essa? Eu disse que queria Alpacas!

— Não, você não disse! — rebateu Lorelei aos berros, segurando os pacotes nas mãos estendidas como se estivesse prestes a receber um choque elétrico. — Você disse que queria cigarros. Então aqui estão eles.

— Não venha me dizer o que eu disse! — vociferou Mary, meneando a cabeça para a irmã, Theresa, que deu um passo à frente para arrancar os maços das mãos de Lorelei. — E eu disse que queria um pacote inteiro — acrescentou.

Anne-Marie Thomas prendeu o cabelo de Lorelei entre os dedos roliços, deu um puxão e empurrou a menina na direção da calçada.

— Você tem até a sexta-feira — disse. — Vou segurar nas minhas mãos ou um pacote inteiro ou o seu lindo escalpo.

Depois que Lorelei se afastou às pressas, as Grough entreolharam-se com expressão de espanto. Theresa ergueu entre elas os maços de cigarro fechados — a prova irrefutável do que tinha acabado de acontecer.

Elas ameaçavam uma porção de meninas. Ninguém jamais as havia levado a sério antes.

— A gente pode ajudar de alguma forma? — perguntou Davidek. Agora ele ficava com Lorelei e Stein todas as manhãs, no segundo andar, feliz por manter-se longe da vista da Galera do Ventilador no terceiro andar, onde estavam os armários da sala de estudos. Aos poucos ele caiu nas graças de Lorelei, que já não revirava os olhos toda vez que ele abria a boca.

— Seu pai, ou sua mãe, fuma? — ela perguntou, cheia de esperança. Davidek meneou a cabeça. Ela olhou para Stein, que estava se debatendo com a bagunça dentro de seu armário.

— Você passa muito mais tempo preocupada com as pessoas que te tratam feito lixo, Lorelei — disse Stein com a cabeça enfiada na caixa de metal —, do que com as pessoas que são amigas de verdade.

Ela cruzou os braços.

— Meus amigos me ajudariam em vez de me dar bronca.

— E de que modo dar pra essas meninas o que elas querem vai fazer com que elas parem? — perguntou Stein ainda sem olhar para Lorelei, que resmungou, pegou a mochila e saiu a passos largos corredor afora.

Davidek ficou observando a garota se afastar. Stein, não, mas bem que queria.

9

Na manhã seguinte, Davidek não conseguiu ser rápido o bastante para pegar suas coisas e escapar para o segundo andar. Como resultado, agora seu rosto estava mais uma vez esmagado contra a grade do ventilador. A gravata esvoaçava diante dele no tambor de aço inoxidável, a ponta beliscada pelo barulhento rodopio das pás.

— Está quase lá! — berrou Morti. — Empurrem um pouco mais! — Dois dos meninos maiores jogaram todo o peso do corpo contra as costas de Davidek. Ele sentiu a grade de metal vergar e fechou os olhos, imaginando as barras cedendo e seu rosto mergulhando metal adentro para ser feito em pedaços.

Nesse momento, a gravata ficou presa à grade. Apertou o pescoço de Davidek, mas apenas por um instante, pois o fecho se abriu e o nó se desfez, e o clipe deslizou facilmente através da grade arqueada, batendo com estrépito de um lado para outro num borrão vermelho, antes de ser ejetada do outro lado das pás sibilantes.

Os membros da Galera do Ventilador caíram para trás, gargalhando, urrando e cumprimentando-se com gestos de "toca aqui!", batendo no ar as palmas das mãos abertas. Morti tinha confiscado o porta-níqueis de uma caloura e o esvaziou acima da cabeça de Davidek; as moedas de um, cinco e dez centavos tilintaram contra as pás em agonia metálica enquanto os meninos mais velhos saíam correndo.

Davidek desabou no chão ao lado do ventilador, respirando pesadamente, limpando as linhas de poeira no rosto, cuspindo o punhado de pó preso entre os lábios.

— É você que fica jogando moedas aí dentro? — Ele levantou os olhos e viu a sra. Bromine, com as mãos nos quadris envoltos por uma saia roxa. O sr. Mankowski estava atrás dela, na mesma pose.

— Não, não — disse Davidek, mas ela já tinha sacado o bloco de papeletas de detenção de dentro de uma pasta que carregava.

— Você está sem uniforme — disse a mulher, apontando a caneta para onde costumava haver uma gravata. — Isso vale uma segunda detenção.

Assim que ela terminou de preencher as papeletas, Davidek desceu as escadas, chegou ao primeiro andar e saiu de fininho pela entrada lateral enquanto o sinal começava a tocar. Encontrou a gravata — um pouco rasgada, mas ainda inteira — esvoaçando pelo comprido gramado, açoitada pelo vento na manhã nublada. Estava começando a chover.

Davidek a prendeu de novo no colarinho e entrou no prédio, onde foi mais uma vez recebido pela sra. Bromine. Ela tinha mais duas papeletas de detenção prontas e à espera.

— Por chegar atrasado à aula e por sair da escola sem permissão.

Quando voltou da escola naquela tarde, Davidek encontrou a casa vazia. A mãe tinha saído para fazer compras de novo, mas isso era bom. Em resposta a seus reiterados pedidos, ela prometera comprar-lhe uma gravata de verdade. Ele ouviu a porta da frente se abrindo e correu para encontrar a mãe, que carregava seis sacolas abarrotadas da Guess.

— A senhora comprou? — perguntou.

A mãe soprou uma mecha de cabelo dos olhos.

— Comprei o quê?

Davidek deixou cair as mãos e o queixo e desistiu do tom de alegre acolhida.

— Mãe... a *gravata*!

Ela resmungou:

— Peter, às vezes você parece um disco quebrado...

— Mãe! — disse ele, indignado, incrédulo, enfurecido. — Mãe, a senhora *prometeu*!

— Eu *esqueci*! Desculpe! Preciso repetir isso pra você? Preciso?

Naquela noite, Davidek ficou sentado assistindo à tevê, tentando não dizer coisa nenhuma a ninguém, ensaiando as palavras, esperando para explodir feito uma bomba-relógio. Ele olhou para os sapatos novos — *da Guess* — nos pés da mãe, apoiados no apoio para pernas da poltrona. A fresca blusa branca de gola rulê que ela vestia também era da Guess. Junto à porta da frente havia uma bolsa novinha em folha, *também da Guess*. Davidek fitou todas as coisas ao redor como se quisesse que tudo pegasse fogo.

— Qual é o problema com você hoje? — perguntou o pai.

Davidek disse:

— Adivinhe. A Guess.

— Estou cansada dessa atitude — disse a mãe, marchando para a cozinha em vez de se defender.

— Eu ainda estou indo pra escola com uma gravata de clipe! — Davidek berrou na direção dela. — Peço pra senhora *todo dia*. E os outros alunos tiram sarro de mim... *todo dia*. A senhora foi fazer compras tipo uma seis vezes desde que as aulas começaram!

A mãe voltou correndo para a sala de estar, encarando-o com expressão carrancuda. Ela não tinha defesa e sabia disso.

— Você fica igualzinho ao *seu irmão* quando fala desse jeito — sibilou, apelando para o comentário mais mordaz e ofensivo da casa.

— Eu não tenho nenhuma gravata que você possa usar? — sugeriu o pai de Davidek.

— Pai, os calouros têm que usar gravata vermelha. São as regras. Os alunos do segundo ano têm listras azuis e vermelhas, e os mais velhos usam azul.

— Eu tenho gravatas vermelhas lá no meu armário. Você viu?

Davidek afundou um pouco mais no sofá.

— Sim, elas têm estampas de Papai Noel — disse ele.

O pai aumentou o volume da tevê. Não era capaz de compreender por que essa história toda era tão relevante para o filho.

— Então compre você mesmo a idiota da gravata e pare de choramingar.

— O senhor pode me dar o dinheiro? — pediu Davidek.

O pai disse:

— Não com esse comportamento. Você vai ter de se virar sozinho.

* * *

Na manhã seguinte, Davidek estava contando essa história na escola quando Green disse:

— Então é de tesouros perdidos que você precisa? — Sorriu. — Espere aqui um segundo, eu já volto.

Quando retornou, Green levou Davidek para o lado de fora. Os dois caminharam com cautela, no estilo agente secreto, de modo que ninguém os visse saindo da escola sem permissão. Green ainda não tinha recebido detenções e Davidek já não podia levar mais nenhuma.

Em pouco tempo os dedos de ambos estavam escarafunchando o terreno abaixo do ventilador do terceiro andar, virando uma moeda de um centavo, uma de cinco, duas de dez. Nuvens negras e cinzentas rodopiavam acima enquanto Davidek engatinhava ao longo da grama úmida cor de esmeralda do terreno vazio da igreja, detendo-se para examinar o punhado de moedas que já tinha recolhido.

— Seis dólares e trinta e cinco centavos! — anunciou em voz alta para Green, que estava curvado sob os arbustos de teixo onde as Grough costumavam ficar de bobeira, com o braço estendido vasculhando a terra sob as moitas.

— Até agora só achei moedas de cinco e dez centavos. Talvez uns quatro dólares no total — disse Green.

— Isso deve dar pra comprar algum tipo de gravata normal — disse Davidek. — Foi uma grande ideia, Green. Sério mesmo. Obrigado.

Green continuou esquadrinhando a área debaixo dos arbustos.

— Talvez tenha sido uma ideia melhor do que você pensa — disse ele. Davidek perguntou por quê, e Green respondeu de maneira enigmática: — Naquela hora em que eu saí pela primeira vez, tentei armar um esquema. Vamos ver se dá certo.

Os dois calouros retomaram sua caçada, e já tinham acumulado mais dois dólares em moedas quando o som de gritaria e gargalhadas ensandecidas atraiu seus olhares para a lateral do prédio da escola e para a boca do ventilador industrial três andares acima. Segundos depois, um estrondo surdo foi ficando mais agudo até dar lugar a um zumbido penetrante, e uma rajada de canhão feita de moedas explodiu através da grade do exaustor.

A cada vez mais larga coluna de disquinhos de metal girando e sacudindo espaço afora criou uma pequena galáxia de luz cintilante em meio às escuras nuvens da manhã. Davidek e Green cobriram a cabeça para se proteger da chuva de moedas.

Green estava rindo consigo mesmo. Olhou para Davidek.

— Cara ou coroa? Eu escolho cara!

Como aves de rapina, ambos lançaram-se ao chão para recolher a fortuna caída do céu.

— O que *foi* isso? — perguntou Davidek. — Tem tipo uns vinte baldes de moedas aqui, pelo menos!

Green não conseguiu esconder o orgulho.

— A verdade é que... a ideia de vir aqui eu roubei do nosso amigo, o sr. Smitty. Acontece que ele não está apenas tentando ficar numa boa com a Galera do Ventilador quando dá uma de traíra e denuncia todos os alunos que têm moedas no bolso. Eu vi que depois ele mesmo vem aqui pra pegá-las.

Os meninos estavam usando os antebraços para juntar as enormes pilhas de moedas na calçada.

— O Smitty punha o dinheiro que pegava em dois sacos plásticos e guardava lá no armário dele — prosseguiu Green. — Por isso, antes de trazer você aqui, eu simplesmente fui lá e sugeri ao Morti que ele e os colegas dessem uma olhada.

— Você é um gênio do mal, Hector Greenwill — disse Davidek. — Mas isto aqui é muito dinheiro. Por que a Galera do Ventilador simplesmente não ficou com os sacos cheios de moedas?

Green sentou-se direito, pensando na questão.

— Acho que é porque são uns imbecis.

Davidek disse que Green tinha razão.

— Acha que o Smitty vai descobrir que fomos nós?

— Não sei direito *qual é* a desse cara — disse Green. — Mas lembra daquele discurso dele? Quando falou que as pessoas fazem coisas ruins pra conseguir o que querem, mas que só fazem coisas boas por egoísmo? Bom, talvez ele esteja errado. Talvez, de vez em quando, as pessoas apenas façam... *coisas*. Porque não sabem mais o que fazer. Ou, quem sabe?, seja por pura loucura. Ou sei lá por quê.

Os dois calouros subiram às pressas as escadas, os bolsos das calças e dos paletós abarrotados de moedas, que tilintavam como trenós de Natal.

— De uma coisa ele estava certo — disse Davidek, pousando um braço sobre o ombro do amigo enquanto entrava no prédio da escola. — É melhor não pisar no calo de um cara bonzinho e idealista como você.

Na aula de literatura inglesa, o sr. McClerk fazia uma arrastada e monótona exposição sobre um conto de Edgar Allan Poe em que um sujeito fica matando um gato preto, mas Davidek não estava prestando a menor atenção. Seu plano era não passar nem mais um dia com aquela gravata de clipe ridícula em volta do pescoço.

Na última aula ele tinha que cumprir um horário de tarefas monitoradas na sala de estudos, e imaginou que seria capaz de sair de fininho e dar uma escapada até a loja de departamentos Kaufmann, rua abaixo, e voltar a tempo de pegar o ônibus. Mas para tanto precisaria que algum outro aluno avisasse a sra. Tunns, a monitora que orientava os alunos nas tarefas da sala de estudos, que ele não estava se sentindo bem e fora deitar-se na secretaria. Teria de ser alguém digno de confiança, de modo que a sra. Tunns não se sentisse obrigada a verificar a veracidade da história — isso excluía Stein, e talvez até Green.

— Lorelei... — cochichou Davidek para a carteira à sua frente. A cabeça da menina estava curvada sobre o livro aberto, o cabelo caído em volta do rosto. — Lorelei... Ei... — Ela não respondeu, de modo que ele esticou o corpo e acertou uma violenta pancada no ombro dela; em seguida, deixou-se cair de novo na cadeira.

A garota surpreendeu Davidek, e a todos na sala de aula, com um sobressaltado grito de dor. O sr. McClerk virou-se da lousa para perguntar se ela estava se sentindo bem. Lorelei vacilou, num estremecimento de dor, mas disse que estava tudo certo. Os outros alunos sentados ao redor fulminaram Davidek com o olhar: *Mas que merda você fez?* Ele se perguntou a mesma coisa.

— Lorelei... — murmurou ele, novamente inclinando-se sobre a carteira. — Lorelei, me desculpe. O que foi...?

Ela puxou o cabelo para a frente de modo a bloquear a visão dele e Davidek notou um enorme e escuro hematoma marrom e violeta que se estendia desde o ombro até o pescoço sob o suéter azul.

— Lorelei... O quê...

Ela virou o rosto, fitando-o através do cabelo. Queria que ele parasse de fazer perguntas.

— A minha mãe me pegou — disse ela — roubando os cigarros dela.

No almoço, Davidek achou que Lorelei o estava evitando por ele ter visto os hematomas, mas o fato é que ela não podia se dar ao luxo de se sentar. Lorelei passou todo o intervalo do almoço peregrinando de mesa em mesa em território perigoso, pedindo ajuda nas áreas dos alunos do último ano. Era humilhante. Era terrível. Mas ela estava desesperada e não via outra saída.

Quatro alunos do último ano, bastante desinteressados, ouviram o apelo dela:

— São só alguns maços, e se vocês me arrumarem mais, posso pagar, depois.

Um dos caras meneou a cabeça, como um médico diagnosticando um paciente terminal.

— Se você não fosse caloura... Mas eu não compro cigarros pra criancinhas.

Lorelei seguiu em frente rumo à mesa seguinte, repleta de alunos do segundo e do terceiro ano, entre os quais algumas meninas. Esperava que eles fossem solidários.

— Oi — disse, forçando uma expressão animada nos olhos abatidos —, eu... há... queria saber se vocês poderiam... — explicou a situação com as irmãs Grough. — Vocês do segundo ano sabem como é, certo? Passaram por isso no ano passado...

Um dos garotos a olhou de esguelha, abrindo as pernas.

— E aí, como você está disposta a me pagar? — Bamboleou os quadris na direção dela, e todos os seus amigos caíram na risada. Inclusive as meninas.

Lorelei afastou-se às pressas do grupo, mas correu apenas alguns passos até dar de cara com Davidek.

— Ei, galera, o Gravata de Clipe veio salvar a amiguinha! — disse o Cintura de Mola, e todo mundo caiu de novo na gargalhada. O sujeito estava com tudo, numa maré de sorte.

— Você está dificultando as coisas pra mim — disse Lorelei. — O que você quer?

— Na verdade eu... preciso de sua ajuda. Pra dizer à sra. Tunns que eu estou doente e por isso vou faltar na monitoria na sala de estudos...

Mas Lorelei não estava ouvindo. Diante dos olhos dele ela se afastou, serpenteando pelo refeitório, visitando mais mesas, implorando ajuda, para a diversão dos colegas da St. Michael.

Pouco antes de tocar o sinal da tarde, ela se deteve diante de uma mesa cheia de meninas do último ano, que ficaram observando em silêncio enquanto ela desfiava seu rosário sobre as Grough, sobre os cigarros, sobre sua eterna gratidão a qualquer um que se dispusesse a ajudá-la.

Quando ela terminou, a garota que aparentava ser a líder do grupo — uma menina perfeita chamada Audra Banes, que era pequenina, curvilínea e deslumbrante, o epítome do encanto e beleza que a St. Michael tinha a oferecer — olhou, muda, para as amigas sentadas à mesa.

Lorelei soprou a franja. Ela estendeu a mão.

— Eu devia ter me apresentado primeiro... Meu nome é Lorelei — disse. — Por favor, não sou uma má pessoa...

— Eu sei quem você é — disse Audra, ajustando os óculos de aros pretos, que usava para se cercar de uma aura de *nerd* chique. — Você é aquela fulana que meu namorado elegeu como a Miss St. Michael.

No início da última aula, Davidek escondeu-se no banheiro, esperando que os corredores esvaziassem para que ele pudesse escapulir furtivamente. Green teria de lhe dar cobertura fornecendo um álibi junto à sra. Tunns. Esperava que isso desse certo.

Quando ele saiu no corredor vazio, o peso da mochila parecia mais sólido, como se a gravidade tivesse repentinamente aumentado. O bolso traseiro pendia, abarrotado de moedas.

— O que você está fazendo? — perguntou uma voz atrás dele. Davidek voltou-se para olhar ao mesmo tempo que fabricava uma mentira, mas não era um professor, tampouco a diretora, que o havia pegado em flagrante. Era a menina ruiva do terceiro andar, aquela que havia tocado seu rosto e dito que ele era "uma gracinha".

— Vou matar aula — ele disse.

Ela sorriu.

— Eu também. Cálculo.

A alegria floresceu no coração de Davidek. Mexeu na gravata de clipe, chamando a atenção para ela ao tentar ocultá-la.

— Na verdade, você podia me ajudar. Preciso ir a uma loja.

Aparentemente a ruiva achara engraçado.

— Você vai matar a aula pra fazer... compras? — perguntou. — Deve ser uma coisa importante.

Davidek ergueu a mochila, sentindo o dinheiro dentro dela tilintar em pequenas avalanches quando jogou o peso do corpo de um pé para o outro.

— É — garantiu ele.

Lorelei saiu pela entrada lateral no final do dia e encontrou as Grough em seu lugar habitual atrás dos arbustos.

— Conseguiu o que a gente quer? — perguntou Mary.

Mas antes que Lorelei pudesse responder, Audra Banes, a presidente do grêmio estudantil, a cantora principal do coral, a chefe das animadoras de torcida, a aluna do último ano mais versátil e poderosa e mandachuva da St. Michael surgiu na sombra dos arbustos esfumaçados, com o cabelo perfeito esvoaçando a cada passo assustador.

— O que exatamente vocês querem? — perguntou ela enquanto as Grough recuavam; mas não havia para onde fugir.

Ao redor dos outros arbustos entrou em cena o esquadrão de meninas do último ano comandado por Audra: Allissa Hardawicky, Sandra Burk, Amy Hispioli. As Grough estavam cercadas, atônitas — e apavoradas.

— De agora em diante, vocês não falam com as calouras, vocês não olham para as calouras, e não deixam suas carcaças gordas e fedidas chegarem perto *desta* caloura em particular — disse Audra jogando o braço em volta do ombro de Lorelei e apertando-a junto ao corpo, o que fez latejar de dor o hematoma oculto da menina. Mas, mesmo assim, foi uma sensação boa.

As irmãs Grough deram um passo para trás, como vampiras diante de alho e crucifixos. Audra enfiou o dedo indicador na barriga rechonchuda de Mary.

— A tradição do trote na St. Michael tem a ver com diversão e serve para criar laços de amizade com os novos alunos... Não para ameaçá-los e não para obrigá-los a adquirir produtos viciantes e ilegais, vocês me entenderam?

— Sinto muito — resmungou Mary esquivando-se. As três fortonas sumiram a passos rápidos, e as amigas de Audra seguiram atrás, cantarolando em ritmo gritado e monótono: "Abominável Homem das Neves! Abominável Homem das Neves!"

Lorelei agradeceu a Audra repetidamente, até que a quartanista lhe pediu que parasse. Audra deu uma piscadinha para Lorelei e disse:

— Nós, ganhadoras do Miss St. Michael, precisamos ser amigas e leais umas com a outras, não é mesmo?

Davidek encontrou Lorelei no estacionamento, onde ela estava esperando o pai vir buscá-la. Ele saltou de um jipe dirigido por uma garota ruiva mais velha e correu na sua direção, sorrindo feito doido, o cabelo castanho todo espetado em pequenos ferrões. A gravata de clipe pendia, torta, no colarinho aberto. Ele abriu uma sacola de plástico. Dentro havia um pacote novo em folha de cigarros Alpaca.

Lorelei fitou o pacote. Não se moveu.

— É pra você — disse ele, e estendeu o pacote em sua direção, balançando-o no ar como se ela fosse um animalzinho de estimação tímido que ele queria ver realizando um truque.

Lorelei pôs as mãos na caixa, dando um passo à frente, o rosto junto ao dele. Davidek sentiu o cheiro do *gloss* nos seus lábios, o aroma de fruta do xampu no seu cabelo.

— Por quê? — disse ela.

Ele encolheu os ombros.

— Porque você precisava.

— Você faz ideia de como isto custa caro? — perguntou ela.

Davidek riu, um pouco sem fôlego.

— Agora eu faço.

Ela exigiu saber quanto ele pagara pelo pacote de cigarros, e como tinha encontrado uma loja disposta a vendê-lo para ele.

— Digamos que eu achei o dinheiro. E um anjo da guarda. Claudia, aquela garota ruiva, do jipe. Ela tem dezoito anos! O armário dela fica perto do meu no terceiro andar e ela é muito legal e eu contei a história pra ela e pedi que ela comprasse pra mim. — Ele estava falando rápido demais, empolgado com tudo.

Em silêncio, Lorelei encarou o pacote de cigarros.

— Então vamos lá *dar* pra elas — disse Davidek, puxando a amiga na direção do recanto atrás dos arbustos de teixo. Ela deixou que ele a levasse.

Quando encontraram o local vazio, Lorelei explicou a Davidek o que havia acontecido. Ele pareceu decepcionado, mas também um pouco esperançoso.

— As meninas do último ano ajudaram mesmo você? — perguntou.

— Parece que uma delas ajudou você também — respondeu Lorelei, e Davidek meio que assentiu.

— Acho que sim, pois é. — No fim das contas talvez as coisas não estivessem tão ruins assim.

Lorelei pousou as mãos ao redor das mãos dele, segurando entre elas o pacote de cigarros.

— Então o que a gente faz com isto aqui, agora? — Seus olhares se cruzaram, e um sabia o que o outro estava pensando. As mãos de Davidek fuçaram desajeitadamente a caixa, arrancando a proteção de plástico e abrindo as abas. Ele tirou um maço e abriu-o, tirando um cigarro. O balconista da loja de conveniência tinha jogado fósforos dentro da sacola da compra. O garoto acendeu um.

— Tudo o que eles dizem pra gente sobre cigarros é mentira — disse Davidek, observando a fumaça branca sair flutuando dos lábios de Lorelei.

— Dizem que não é bom. Mas isso aqui é uma delícia. E dizem que a pessoa não fica bonita fumando, mas você está muito bonita, Lorelei. Linda, na verdade...

Ela fitou-o com olhos reluzentes. Ele ficou surpreso ante a própria ousadia. Ela passou o cigarro para Davidek, que deu uma tragada. Quando o cigarro estava quase no fim, Lorelei disse:

— Mas há uma terceira coisa que dizem sobre os cigarros, e que é uma verdade absoluta... — Jogou no chão o cigarro compartilhado, esmagando-o sob o mocassim. — Esse troço mata.

Ela jogou o restante do pacote na sacola de plástico, girando as alças para amarrá-la, depois pressionou o pacote com a palma das mãos.

— Acabo de salvar sua vida. Pelo menos... por uns trinta anos.

Depois disso nenhum deles sabia o que dizer. Ela estendeu a mão e afagou a bochecha dele; os rostos de ambos ficaram bem próximos — o dela sereno, o dele atordoado. Seus lábios estavam a poucos centímetros de distância, e cada vez mais perto.

— Obrigada — disse ela, e fechou os olhos.

Ouviu-se um estrondo de buzina, e Davidek olhou por entre os arbustos e viu seu ônibus saindo do estacionamento da escola e entrando na rua. Nas janelas do ônibus havia um punhado de estudantes pendurados, chamando-o aos berros.

— É você?

A cabeça de Davidek girava para trás e para a frente, entre ela e ônibus. Ele ainda tinha tempo para alcançá-lo, mas... mas...

— Melhor você ir — disse Lorelei.

Davidek saiu correndo e acenou para o ônibus amarelo, que parou na esquina, esperando o sinal vermelho abrir.

— Obrigado por salvar minha vida — disse ele.

Lorelei ficou olhando Davidek ir embora. De alguma maneira ele parecia diferente.

— Obrigada por salvar a minha — disse ela.

10

— Hoje o bicho vai pegar — anunciou o atarracado aluno do segundo ano.
— É melhor você ser um cara esperto, não um valentão. Suma da vista. Não dê motivos pra ninguém.

O nome dele era Carl LeRose. ("Vocês sabem... Carl LeRose?", ele tinha dito, apresentando-se diante do armário de Stein no corredor, e aparentou estar magoado ao constatar que o nome não parecia significar muita coisa para os dois calouros.) Ele era apenas um ano mais velho, mas exalava uma aura de homem de meia-idade nada saudável: parrudo, com ombros curvados e uma pança protuberante que esticava a parte inferior da camisa branca, empurrando para longe do cinto a gravata listrada azul e vermelha. Em seu pulso pendia um relógio que devia ter custado o equivalente a alguns meses de salário da maioria dos moradores do vale. O paletó azul era pequeno demais para ele.

— Você está ameaçando a gente? — perguntou Stein.

LeRose respondeu, lançando perdigotos:

— Não, não... por que eu iria... Vocês não... caras, vocês não *sabem quem eu sou*?

Os calouros entreolharam-se. Já tinham visto LeRose na escola, aqui e ali, sempre à margem das coisas, insignificante demais para ter importância, faminto demais por atenção para ficar na dele. Contudo, era a primeira vez que lhes dirigia a palavra.

LeRose piscou para ambos.

— Mamãe e papai disseram que vocês me reconheceriam.

Stein deu de ombros.

— Acho que *mamãe e papai* superestimaram a popularidade do filhinho deles — disse.

Frustrado, LeRose meneou o rosto balofo, depois dobrou o corpo, exibindo para os dois meninos o topo da cabeça e enfiando dedos roliços na cabeleira coberta por uma espessa camada de gel até deixar à mostra um rasgo de cicatriz branca brilhante, de uns dois centímetros e meio, no formato de uma meia-lua dentada. Stein começou a estalar os dedos desvairadamente, com os olhos arregalados.

— Puta merda! Davidek, é aquele menino do estacionamento! É o menino que teve a cabeça rachada!

LeRose voltou o rosto para o lado.

— Você estava lá? — perguntou ele, e Stein imediatamente sossegou.

— Sim, eu estava lá. Mais ou menos.

— Stein não gosta de beijar e sair contando pra todo mundo — disse Davidek, na expectativa de ouvir uma sonora risada do amigo, mas seu comentário fez com que Stein lhe lançasse um olhar sério.

O rosto de LeRose se iluminou.

— Beijar e sair contando? Você é o... você é o cara que lascou uma beijoca na Bromine? Ouvi o boato, mas... aconteceu de verdade?

Stein meneou a cabeça e disse:

— Não, aquilo não... aquilo não aconteceu. — *O truque para se safar de uma situação sem ser punido,* Stein explicou para Davidek mais tarde, *é saber que se gabar é o mesmo que confessar.*

O rosto de LeRose murchou de decepção. Ele olhou para Davidek a fim de detectar o que era verdade e o que não era. Davidek seguiu a deixa de Stein.

— Que nada, lenda urbana, cara. Sinto muito. — Ele estendeu a mão e o aluno do segundo ano a apertou. — Bom te conhecer — disse Davidek. — Acho que daquela vez a gente não se conheceu *de verdade.*

LeRose assentiu, num gesto solene de cabeça.

— Eu teria vindo me apresentar antes, mas papai disse que eu deveria esperar algumas semanas pra falar com vocês.

— O seu pai te diz com quem você pode falar? — perguntou Stein, crispando o rosto.

— *Não*! — rebateu LeRose. — Ele quer que eu ajude você, mas... não pega bem pra um aluno do segundo ano fazer amizade logo de cara com um novato, sabe? — LeRose baixou a voz e chegou mais perto. — Por isso, guardem segredo sobre o que eu estou dizendo a vocês, beleza? — disse, incluindo Stein na confidência com relutância. — Os alunos do último ano estão planejando algum *esquema*... Não sei como vai acontecer, mas as coisas estão ficando tensas por aqui. Tem muita gente se metendo em encrenca, levando bronca e tal. Coisas estúpidas, sabem? Só de segurar na mão da namorada o cara já recebe uma detenção. Dá pra acreditar nisso?

— É criminoso — disse Stein.

— Cara, hoje em dia tudo o que a gente faz está sob marcação cerrada. Então, beleza... todos aqueles empurrõezinhos no corredor e tal? Vão ficar muito piores. Fiquem na sua. Conselho de quem sabe do que está falando.

— Até que ponto esse negócio todo de iniciação piora ao longo do ano? — perguntou Davidek.

LeRose moveu os ombros encolhidos.

— O negócio pode ficar feio, não vou mentir... mas ninguém morre. Posso ser os olhos e ouvidos de vocês, combinado? Só não digam a ninguém que sou eu a sua fonte de informações.

Com isso LeRose fez menção de sair de fininho, mas Davidek esticou o braço e agarrou-o pela manga da camisa.

— Posso perguntar mais uma coisa... sobre aquele dia? O menino no telhado... — disse.

Stein revirou os olhos.

LeRose disse:

— Sim?

— O que aconteceu com aquele cara?

— Tomara que agora ele seja a mulherzinha de alguém na cadeia — disse LeRose. — Mas provavelmente está só fazendo alguma porcaria de "psicoterapia", ou coisa do tipo, tomando remédio e enxergando borboletas em borrões de tinta o dia inteiro.

— Então por que a história saiu toda amenizada e pela metade no jornal? — quis saber Davidek.

O rosto de LeRose era uma mistura de embaraço e orgulho.

— Isso foi coisa do meu pai — contou. — O papai tem influência, sabe? Ele é unha e carne com a polícia, é assim com a igreja, e muito amigo do editor do jornal da cidade também. Uma história como aquela era ruim pra escola. Por isso o papai... *deu um jeito*. — Os dedos gordos de LeRose tremularam no ar como num truque de mágica. — O papai adora a escola... É uma daquelas coisas do tipo "dias de glória", acho.

— Buraco da glória? — perguntou Stein.

Mas antes que o novo amigo conseguisse registrar o comentário, Davidek disse:

— Obrigado por nos avisar, Carl.

LeRose meneou de leve a cabeça e se afastou.

— Lembrem-se, sejam discretos hoje. Meu conselho: mantenham a calma, aceitem numa boa as brincadeiras... e tentem colaborar e ser legais.

— Isso vai funcionar? — perguntou Davidek.

— Comigo funcionou — disse LeRose, desaparecendo no meio da multidão de outros estudantes. — E eu sou alguém que vale a pena conhecer, certo?

O alerta de LeRose tornou-se realidade naquela tarde.

A inquietação vinha se avolumando entre os alunos mais velhos. Michael Crawford, o bonitão do último ano que tinha organizado o concurso de Miss St. Michael, começou a espalhar entre os amigos o boato de que na hora do almoço haveria uma distribuição de "castigos" entre os calouros para aliviar um pouco o estresse. Pois é, os professores estavam enchendo o saco, mas que tipo de legado a oprimida turma do último ano deixaria se ninguém fizesse a maldita *iniciação*?

Audra Banes pretendia supervisionar pessoalmente o trote que eles haviam planejado. Na condição de presidente do grêmio estudantil, ela não queria que as coisas saíssem do controle, e tinha sido alertada pela irmã Maria de que os decanos da igreja estavam bastante atentos a comportamentos anômalos. Qualquer atitude extravagante ou de mau gosto se refletiria com péssimas consequências aos representantes de classe quando chegasse a hora de escrever cartas de recomendação para as faculdades. Além disso, Crawford era seu namorado e tinha assegurado que não havia motivo nenhum de preocupação. Ela confiava nele... e era excelente para julgar o caráter das pessoas.

Audra instruiu Lorelei a dizer aos calouros que não entrassem em pânico, que nada de ruim aconteceria.

— Vai ser divertido — disse Audra.

E Lorelei acreditou nela.

— Eles estão só tentando enganar a gente. Por que a gente deveria dar ouvidos a você? — perguntou Zari, uma das muitas colegas de classe que Lorelei tentou convencer a ignorar os boatos dos que semeavam o medo e a se arriscar a deixar a segurança do refeitório, indo para o estacionamento durante o intervalo. Para Zari, estava difícil esconder o ressentimento em relação a Lorelei. Com toda a atenção que a menina recebia dos alunos mais populares do último ano e dos outros garotos da classe, por que ainda ficava de gracinha com Stein? Zari estava pronta para partir para o ataque e seduzi-lo, se ao menos aquela patricinha de sobrancelhas estranhas saísse do caminho.

— Pelo que me disseram, é só um grande jogo. E quem me garantiu isso foi a Audra Banes, que é a representante do último ano e também minha amiga — respondeu Lorelei, revelando mais orgulho do que pretendia.

— Parece que você é um deles — disse Zari. Mas os outros calouros confiavam em Lorelei, de modo que ela também confiou.

No estacionamento durante o intervalo para o almoço, Michael Crawford abriu seu sorrisinho de apresentador de programa de auditório e declarou no megafone da namorada-animadora de torcida:

— Boa tarde, senhoras e senhores, e bem-vindos à competição O Melhor do Show da St. Michael!

Os garotos mais velhos, que estavam a par do que iria acontecer, aplaudiram e ergueram no ar os punhos cerrados fazendo sons de latidos — *au! au!* —, enquanto o restante da escola fechou o cerco em volta dos calouros como o diafragma de uma máquina fotográfica.

Stein abriu caminho e chegou perto de Davidek e Green, que tinham saído do refeitório apenas para fazer a vontade de Lorelei.

— Caras, você estão vendo ela? — perguntou Stein. Mas Lorelei estava do outro lado, com Audra e os outros alunos do último ano, fora do grupo de calouros cercados.

— Vocês! — berrou Michael Crawford, apontando para Davidek, Green e Stein. Davidek recuou, mas Green deu um passo à frente, voluntariamente. Stein tentou puxá-lo para trás, mas Green sorriu, sem medo, enquanto ia sendo levado para o meio da multidão, que vaiava e urrava.

Crawford acertou um tapa nas costas carnudas de Green e perguntou no megafone:

— Então, que tipo de cachorro você é?

Green apenas riu; depois, inclinou-se no bocal do megafone e declarou:

— Eu sou um cachorro *com tesão*! — Embora sua pele fosse escura como café, ele enrubesceu, e a multidão riu junto com ele.

— E que som faz um cachorro com tesão? — perguntou Crawford, e Green soltou um longo e agudo uivo. Quando terminou, os alunos do último ano ergueram os braços dele no ar, como se fosse um pugilista que acabara de vencer uma luta.

— Não parece tão ruim — disse Davidek para Stein, que ainda não estava convencido.

Foi quando Richard Mullen, também conhecido como Cara de Cu, e seu amigo Frank Simms entraram em ação.

Nas últimas semanas, o apelido que Stein inventara para Mullen havia ficado popular, dissipando boa parte da simpatia angariada por ele como uma das principais vítimas do Menino no Telhado. Após Mullen ser chamado pelo insolente calouro de Cara de Cu — sem repercussão — sua fama como sobrevivente tinha se tornado alvo de risos. Ele sabia o estrago que um apelido ruim, quando pegava, era capaz de fazer. As pessoas sempre chamaram Simms, seu melhor amigo, de Boca de Areia, por causa dos dentes de cavalo, cada vez mais podres e de cor amarronzada. Eram uma dupla de dar dó, Cara de Cu e Boca de Areia — os alunos mais insignificantes do último ano, o que significava que tinham muita coisa a provar.

Mullen e Simms agarraram um par de calouros — o aspirante a artista do grafite JotaErre Picklin e um gordinho com o rosto redondo como uma lua cheia chamado Justin Teemo — e ordenaram que um cheirasse o traseiro do outro. Audra teve um chilique quando viu essa cena, e deu ordens a Crawford para que interviesse quando um bando de enraivecidos alunos do último ano juntou forças para empurrar JotaErre e Teemo um contra o outro.

Outros garotos mais velhos começaram a agarrar novatos a esmo e ordenar que executassem truques. Se gostassem do calouro, o comando era "Coce atrás da orelha" ou "Aperte as mãos e fale"; quando não iam com a cara do novato, era "Role!" no asfalto arenoso, ou "Vá buscar!", e atiravam para o outro lado do estacionamento alguma carteira ou bolsa roubada.

Algumas meninas do último ano tinham trazido biscoitos do refeitório e estavam obrigando as calouras a se ajoelhar e implorar por eles. Recusando-se a obedecer, Sete-Oitavos abraçou o próprio corpo, enquanto as meninas mais velhas fizeram pressão sobre seus ombros até que ficasse de joelhos. Começaram a esfregar uma maçaroca de biscoitos contra seus lábios cerrados e quando Sete-Oitavos finalmente abriu a boca uma das alunas do último ano enfiou, em vez de um biscoito, um pedaço de giz. Sem saber, Sete-Oitavos esmagou-o entre os dentes e dobrou o corpo, cuspindo fios leitosos de saliva.

Uma vez que os organizadores estavam distraídos se digladiando, a coisa descambou para um vale-tudo, um salve-se-quem-puder. Stein percebeu que Smitty, o menino de olhos azuis, começou a abrir uma rota de fuga em meio à multidão, e ele e Davidek seguiram atrás.

Smitty era corpulento o bastante para avançar aos trancos, distribuindo empurrões, mas Davidek e Stein foram interceptados na beira da turba por um trio de alunos do último ano — dois caras grandalhões, jogadores de basquete —, Alexander Prager e Dan Strebovich, escudados por seu amigo atarracado, um sujeito chamado Bilbo Tomch, que era o auxiliar técnico honorário do time (um título pomposo para "o menino da toalha"). Ele era um garoto do tipo *Caverna do dragão*, sempre lendo livros de feitiçaria e capa-e-espada, e realmente parecia um *hobbit* gorducho ao lado dos companheiros esguios e atléticos.

Prager e Strebovich bloquearam a escapada de Stein e Davidek, ao passo que Bilbo informou-os de que sua presença estava sendo solicitada no desfile de

O Melhor do Show. Em meio à multidão, uma fila de calouros estava sendo obrigada a rastejar de um lado a outro, de quatro, com as gravatas viradas para trás, manuseadas pelos mais velhos como coleiras. Os que resistiam eram arrastados pelo asfalto, agarrando o nó da gravata para não serem estrangulados.

Prager disse:

— Puta merda, olha só isto! — E bateu a gravata de clipe contra o rosto do calouro. — Achei que você fosse um *mito*, Menino do Clipe!

Bilbo dava pulinhos de um lado para outro, agitado, aumentando ainda mais sua aparência de duende, enquanto Prager continuava batendo com a gravata no rosto de Davidek, perguntando:

— Como é que a gente vai prender uma coleira em você, hein? Como é que a gente vai fazer isso com o Bebezinho de Clipe, hein? Hein?

— Preciso buscar o Crawford e os outros. Eles precisam ver isso — disse Bilbo, e saiu correndo, enquanto Prager e Strebovich ficaram vigiando os dois calouros cativos.

Stein se moveu até ficar na frente de Davidek, protegendo-o, e achegou-se para conferenciar com o amigo.

— Pegue isto, e me dê a sua — disse Stein, desabotoando o colarinho da camisa e tirando sua gravata por cima da cabeça. Entregou-a na surdina a Davidek e arrancou a gravata de clipe, fixando-a na gola da própria camisa.

— Agora ajeite aí — disse Stein, e Davidek começou a prender e endireitar no próprio pescoço a gravata do amigo.

— Ei, o que vocês...? — berrou Prager, e Strebovich agarrou Stein pelos ombros. — Beleza, Cara Cortada — disse Strebovich, olhando com desprezo para a gravata de clipe. — Então agora *é você* a bichinha?

— Que nada — disse Stein —, este é o apelido que seus coleguinhas do time de basquete deram pro seu pau. — Strebovich ficou de boca escancarada quando os braços de Stein voaram pelo ares e acertaram-lhe uma pancada no peito, jogando-o para trás, mas não muito longe. Com o punho cerrado Strebovich desferiu-lhe um golpe no rosto, derrubando-o no chão, e Prager começou a chutá-lo. Davidek tentou mergulhar por cima do amigo para protegê-lo, mas àquela altura o estacionamento estava fervilhando de professores.

O sr. Mankowski enfiou-se entre Davidek e Stein e os dois alunos do último ano, agora reforçados por Bilbo e uma falange de amigos, todos soltando fogo pelas ventas, um empurrando o outro para a frente, sem de fato se importar com a presença do professor careca no meio deles.

Davidek puxou Stein, que saiu com a boca sangrando e ajeitando a nova gravata de clipe, com um grotesco sorriso vermelho.

— Já chega, garotos — disse Mankowski, mas Strebovich aproximou-se dele, olhando não para o professor, mas por sobre a linha de seu carnudo couro cabeludo e cravando os olhos nos dois calouros.

O professor recuou. Os meninos mais velhos começaram a rir dele, sem medo, e Mankowski berrou:

— Não ousem me desrespeitar. Não *ousem*!

Isso fez com que os alunos mais velhos parassem — mas somente porque a estridente reprimenda do sr. Mankowski fora dirigida não a eles, mas, em vez disso, diretamente ao rosto de Davidek e Stein.

— Vocês querem arruinar uma diversão inocente e incomodar os alunos do último ano? — disse Mankowski para os dois perplexos calouros. — Vocês me dão nojo. E agora venham comigo...

Enquanto o professor os conduzia, Davidek supôs que se tratava de um estratagema, que Mankowski havia percebido aquela pulsação de fúria dos meninos mais velhos, sabia que não seria capaz de refreá-los e astuciosamente arquitetara uma manobra para salvar todo mundo. Mas, mesmo ao chegar perto da entrada da escola, Mankowski não diminuiu a força com que arrastava pelos colarinhos os dois meninos.

— Vocês *vão* me respeitar — repetia ele, como uma criancinha ficando sem fôlego depois de um acesso de raiva e de choro. — Vocês *vão*...

Mankowski ainda poderia soltá-los nesse ponto, mas isso seria admitir que tinha sentido medo, que tinha se acovardado, e provavelmente não era a primeira vez que o professor deixava isso acontecer quando confrontado pelos alunos mais velhos e mais briguentos da St. Michael. A fúria que Mankowski dirigiu a Davidek e Stein tinha que se tornar real, para que ele não precisasse se sentir envergonhado. Às vezes, somente uma mentira pode redimir aquilo que uma pessoa não suporta ver perdoado.

Bromine estava parada junto à porta principal quando Mankowski lhe entregou os calouros que aprisionara.

— Estes dois começaram tudo — disse o professor, num tom de voz cheio de orgulho. — E fui *eu* quem os pegou.

— Bom trabalho — disse ela em tom glacial, olhando para onde os outros professores estavam separando um grupo maior de alunos, enroscados numa tremenda balbúrdia. Bromine dispensou os meninos com um aceno rápido: uma semana de suspensão, com atividades dentro da escola, para os nossos dois encrenqueiros favoritos.

Davidek e Stein foram os únicos a receber essa punição.

11

Chegou a segunda-feira. Davidek e Stein cumpriram seu período de suspensão juntos na solidão da biblioteca da escola, uma tumba subterrânea com teto abobadado do qual pendiam cachos de globos brancos presos a correntes de latão. Sentaram-se de frente um para o outro, em lados opostos de uma mesa de leitura do tamanho de uma mesa de banquete, ladeados por pilhas de livros para esconder seus sussurros. Ajudava o fato de que a idosa irmã Antonia, que os monitorou ao longo de boa parte da semana porque dava apenas quatro aulas de francês, era quase surda. Ela ficou sentada à mesa da bibliotecária, lendo uma revista *Newsweek*, sem jamais virar as páginas.

— Acha que ela morreu? — perguntou Stein a certa altura. Nesse momento a irmã Antonia soltou um profundo suspiro.

— Talvez esteja dormindo de olhos abertos. — Davidek encolheu os ombros.

Stein sorriu.

— *Isto sim* é uma coisa que ela podia ensinar pra gente. — Ele ainda estava usando a gravata de clipe, o que fazia Davidek sentir vergonha toda vez que olhava para ela. Por fim ele começou a desfazer o nó da gravata que Stein lhe dera.

— Acho que é hora de você pegar isso de volta...

Stein esticou uma das mãos, como um guarda de trânsito.

— Pode ir parando por aí.

— Estou agradecido, mas... sabe... eu podia ter resolvido o problema — disse Davidek.

— Eu sei. Mas eu vi você resolvendo, e resolvendo, e *resolvendo o problema* durante semanas a fio. E sei que você disse que a sua mãe vive esquecendo, mas chega uma hora em que você não deve ter de resolver um problema sozinho. Somos amigos, e um amigo às vezes leva o tiro por você. Sabe onde aprendi isso?

Davidek meneou a cabeça.

— Com um certo cara que comprou um pacote de cigarros pra Lorelei em vez de uma gravata novinha pra si mesmo.

Davidek não imaginava que Stein estivesse a par disso. Não soube direito o que dizer.

Stein deslizou na cadeira, como se a conversa começasse a entediá-lo.

— Bom, eu tenho em casa duas ou três gravatas vermelhas que poderia usar, mas *escolhi* usar esta. Aqui todo mundo usa gravata, por isso os filhos da puta da St. Michael procuram alguém com uma que seja um pouquinho diferente e tentam matar o cara enforcado com ela. E por quê? Porque transformar alguém num forasteiro faz com que eles se sintam parte de algo. Odeiam o que é diferente porque é tudo igual pra caralho.

— Mas... e quanto ao Green? — perguntou Davidek. — O Green é *negro*. Isso é bastante diferente. Eles parecem gostar dele numa boa.

Stein fez uma careta.

— Isso é porque ser intolerante saiu de moda. Todo mundo quer espancar um calouro, mas ninguém quer ser um *racista* escroto. Claro que todos vão mostrar quanto são maravilhosamente tolerantes e sem preconceitos puxando o saco do Green. Além disso, ele joga o jogo deles. Você viu como ele se comportou lá, curtindo a palhaçada, uivando feito um lobo.

— Ele estava se divertindo — argumentou Davidek. — Não vi ninguém pegando no pé dele. Achei que parecia estar fazendo amigos.

— Que palavra você acha que esses "amigos" vão usar pra se referir ao Green no exato segundo em que se irritarem com ele? Vou te dar uma dica: começa com *m*, e não é *menino*, nem *maestro*, nem *marreco*.

— Isso é totalmente errado — disse Davidek.

— Não estou dizendo que seja certo — respondeu Stein. — Mas vai ser um jeito de magoar o Green quando eles quiserem. É disso que eu estou falando, Davidek. *Desculpas*. Pode ser o modo como a pessoa fala, a cor da pele, ou a cor da cueca, ou uma gravata de clipe em volta do pescoço. Os cuzões vão sempre encontrar um motivo pra foder a pessoa. Por isso eu estou usando com orgulho a sua gravata de clipe. Deixe que eles mexam comigo. Na minha opinião, esta gravata é um detector de babacas.

No dia seguinte, os meninos se viram sobrecarregados de livros e papéis — uma batelada de tarefas inúteis das aulas para frustrar seu confinamento. Fizeram o dever com extrema preguiça, ou pelo menos Davidek o fez.

— Sabe, Stein, antes eu nunca tinha odiado escola nenhuma. Nunca fui desse tipo de aluno. Mas odeio *esta* escola. Detesto cada minuto que passo aqui.

Stein coçou a longa cicatriz junto ao olho.

— Não diga isso — aconselhou em voz baixa e séria, desprovida de seu costumeiro tom fanfarrão. — Este lugar aqui é injusto, mas todos os lugares são. A vida é assim em toda parte. Mas se eu não tivesse vindo pra esta escola, não teria conhecido você. E nós somos melhores amigos...

— Do que você está *falando*? Você resiste e luta mais do que qualquer um! — Davidek exclamou tão alto que a irmã Antonia, sentada do outro lado, pediu silêncio.

Os dois meninos encurvaram-se atrás das pilhas de livros.

— Não estou dizendo pra não revidar — sussurrou Stein. — Estou dizendo pra que, quando forem agressivos com você, agradeça a Deus porque simplesmente te deram motivo pra mandar ver e ser agressivo também, e é divertido sair por aí detonando! — Folheou as páginas de um caderno. — Esta é a sua escola, Davidek. A sua vida, o seu lugar no mundo... um punhado de páginas em branco. Você tem que preenchê-las com o que quiser. Por isso eles dizem: "Faça toda a lição de casa, você está suspenso". Mas o que eu faço? — Stein deslizou o caderno para o outro lado da mesa, e Davidek examinou as páginas em que o amigo estivera rabiscando a manhã inteira.

Era uma coleção de caricaturas grosseiras: Bromine comendo um prato de fezes, Bromine tendo relações sexuais com uma girafa, Bromine cortando o pênis de Mankowski com uma tesoura.

— O seu problema — disse Stein — é que você não sabe ser feliz com sua infelicidade.

— Então você ficou bravo com a história dos cigarros? — Era o terceiro dia da suspensão, e Davidek tinha demorado um bom tempo para fazer a pergunta.

— É, mais ou menos — disse Stein. — Só que bravo comigo mesmo. Eu devia ter feito algo do tipo.

Isso fez Davidek desembuchar algo que havia tempos vinha ensaiando dizer:

— Então, o que exatamente está rolando entre você e a Lorelei?

Stein levantou os olhos para fitar o amigo.

— Acho que eu chamaria de destino — disse ele. — Parece o tipo de coisa que tinha que acontecer, como se tudo tivesse sido planejado de antemão. É assim que eu me senti quando vi a Lorelei. Ela é perfeita pra mim, como se fôssemos peças de um quebra-cabeça. É tipo destino.

Davidek riu.

— Beleza, Darth Vader — disse ele, sugando ar e falando com uma voz gutural. — Junte-se a mim, Lorelei. É o seu *dessss-ti-nooo!*

Mas Stein não estava rindo.

— Talvez pareça bobeira, mas... pra mim não é. Quando estou com ela, ela me faz sentir que todas as coisas ruins ao nosso redor não são tão ruins assim. O mundo ainda é uma merda, mas é melhor com ela nele. Naqueles primeiros dias de aula ela me perguntou se eu conhecia algum aluno deficiente físico. Queria ajudar alguém. Ela é uma pessoa de bom coração. Fácil de amar.

— Amar, Stein? Cara, vocês ainda não foram nem ao cinema juntos. Acha mesmo que "ama" essa garota?

Stein olhou para ele com uma expressão vazia no rosto.

— Você não?

A perna de Davidek bamboleou sob a mesa.

— Não... — disse ele. — Quer dizer, ela é legal e tudo o mais. Mas somos apenas amigos. Estou de olho em outra. Claudia.

Stein assentiu.

— Certo. A ruiva bonitona do último ano.

— É. Eu sei que é muito difícil, uma chance em um milhão, mas...

— Um cara tem que ter ambição — disse Stein, curto e grosso. — Boa sorte. Não existe ninguém melhor do que você, se ela for inteligente o bastante pra perceber isso.

Nesse dia os meninos permaneceram em silêncio a maior parte do tempo. O sr. Mankowski foi substituir a irmã Antonia, por isso já não era tão fácil conversar. Davidek continuou olhando de soslaio para a gravata de clipe presa ao colarinho de Stein. No silêncio da biblioteca, ele decidiu que, daquele momento em diante, Lorelei seria a garota de Stein, e fim de papo. Ele jamais interferiria — por mais piegas que Stein ficasse com suas teorias sentimentais sobre destino, peças de quebra-cabeça de encaixe perfeito e amor verdadeiro.

Davidek sentiu um pouco de tristeza por desistir de sua paixonite, especialmente antes que ela sequer tivesse começado, mas havia nesse sacrifício algo que o fez sentir-se bem, sentir que estava agindo da maneira correta. Supôs que era isso que Stein tinha querido dizer com aquela frase sobre ser feliz com a própria infelicidade.

No quarto dia de suspensão, Stein disse para Davidek:

— Sabe de uma coisa, a gente já convive faz dois meses, e você nunca me convidou pra ir na sua casa.

Davidek não soube ao certo o que responder, de modo que disse a verdade.

— Nem *eu* gosto da minha casa. A verdade é que lá não é legal. E a minha mãe... ela não é muito boa quando o assunto é me buscar de carro e levar meus amigos pra lá e pra cá. — Davidek contou sobre o irmão, a vergonha secreta da família, e descreveu a mãe e o pai como "pessoas que você não chamaria de felizes, pra começo de conversa".

— Às vezes a gente tem que encontrar a própria família — Stein disse.

— Você quer dizer dedurar o meu irmão pra ganhar a recompensa? — brincou Davidek, e Stein deu uma risada tão ruidosa que a irmã Antonia ouviu e mais uma vez pediu silêncio.

Horas depois, no mesmo dia, enquanto estavam almoçando — novamente na solidão da biblioteca —, Stein disse:

— Sabe, você nunca me perguntou sobre a minha história.

— Qual é a sua história?

Stein riu.

— Você não está nem aí pra saber a minha história, senão já teria perguntado. Mas tem algo que você quer saber. E até agora não teve coragem de perguntar.

Enquanto abocanhava um sanduíche de queijo quente, Davidek disse:

— O que eu quero saber?

— Vá em frente e pergunte — disse Stein, arrastando um dos dedos do olho até a bochecha, percorrendo a marca rosada. — Todo mundo quer saber, mas ninguém nunca pergunta.

— Talvez achem que é falta de educação — disse Davidek.

— Falta de educação seria dizer: "Eca! Meu Deus! Essa cicatriz é horrorosa! Que criatura desfigurada, coitada, que o Senhor tenha misericórdia de sua alma". Mas não é uma grosseria perguntar como foi que eu a consegui.

— Tudo bem... então, como foi que você arranjou essa cicatriz?

— Aconteceu no Acampamento Bíblico de Férias — disse Stein. — Foi no Texas, quatro anos atrás, antes de a minha família se mudar pra cá. Você é mandado pra lá e passa duas semanas convivendo com percevejos, aranhas e mosquitos enquanto um punhado de orientadores e monitores fracassados ficam dizendo como *Jesus* sofreu, pregado na cruz e tal, vagando no deserto. Era pra ser legal, mas não era. Eles te dão um monte de sermões de merda sem parar, sobre a hora de comer, a hora de fazer algum artesanato besta e a hora de ir pra cama. "Não entre naquela parte da floresta, não responda." Todo mundo fica de saco cheio. Tem milhões de outras crianças no acampamento, e todos são uns idiotas. Cada tropa tem seu próprio espaço, mas de vez em quando todos se juntam pra cantar e nas cerimônias religiosas de domingo.

"Enfim, havia uma rivalidade entre nós e os garotos de Fort Worth, que tinham começado a rixa cobrindo nossas barracas de papel higiênico; por isso a gente voltou lá no dia seguinte, quando eles estavam todos no lago, e roubou o estoque inteiro de papel higiênico dos banheiros deles e queimou numa fogueira."

Ele riu.

— Os caras tiveram que sair implorando pras outras tropas, porque não tinham com o que limpar a bunda!

"Daí os caras de Fort Worth deram o troco jogando uma saraivada de pedras no nosso grupo quando a gente estava lá, todos inofensivamente sentados em volta da fogueira de papel higiênico, contando histórias de fantasmas. Malditas pedras! Dá pra acreditar? Podiam ter matado a gente.

"Na noite seguinte, chegamos na surdina com pistolas de água e começamos a borrifar os caras de Fort Worth enquanto eles preparavam o jantar. Eles simplesmente vieram andando na nossa direção, rindo."

Stein prosseguiu:

— "É só água", um deles disse para os outros. Então eu saí de trás das moitas, fui na direção desse cara e acertei ele em cheio bem na cara com a arma de água. "Espere só até você sentir o gostinho da água", eu disse.

Davidek contraiu o rosto.

— Então, como era o gosto?

Stein deu de ombros.

— Sei lá. Nunca bebi mijo. — Recostou-se na cadeira, exibindo um sorrisinho malicioso. — Bom... eles ficaram putos da vida. E esse cara da tropa de Fort Worth, que era um completo babaca, veio pra cima de mim. Coberto de urina, com unhas e dentes à mostra, correndo a toda a velocidade. Aí dei um passo pro lado e fiz ele tropeçar. *Pum!* Ele desabou no chão numa grande nuvem de poeira. Só que... foi burrice da minha parte, porque ele caiu perto da fogueira. Foi quando esse cara, esse otário, agarrou a ponta de um tronco em brasa da fogueira e me acertou uma porrada com ele. *Pá!* Bem na lateral do rosto. Bom, acho que ele venceu esse *round*. Alguns dos outros garotos disseram que quando eu caí deu pra ver fios da minha pele no tronco, feito plástico derretido. Então foi isso que aconteceu.

Stein bateu os nós dos dedos na cicatriz.

— Agora tudo está bem melhor. Mas fui expulso do acampamento pra sempre... Não estou dizendo que aquele negócio de água-mijo foi a coisa *certa* a fazer, mas pelo menos urina sai com água. Eu estou preso a isto aqui pelo resto da vida.

Davidek não sabia o que dizer.

Stein apenas encolheu os ombros.

— Já que você me contou sobre a sua família, imaginei que devia te contar a história da marca.

Mas Davidek estranhou o fato de Stein não falar da própria família, e ficou curioso para saber o motivo.

No último dia choveu e os meninos foram temporariamente liberados da biblioteca para ajudar o sr. Saducci na limpeza dos vazamentos vermelhos do corredor do terceiro andar.

Dependuraram os paletós em cabides no banheiro masculino, depois dobraram as mangas das camisas brancas e abriram bem o colarinho para começar a trabalhar. O sr. Saducci ficava repetindo que eles eram lerdos, mas ficou contente com a ajuda, e igualmente contente por poder dizer a uma dupla de vagabundos o que fazer e vê-los obedecendo, em vez de simplesmente rindo e ignorando-o.

Uma voz estrondosa rompeu o silêncio no corredor atrás deles.

— Então vocês dois são os grandes encrenqueiros?

Davidek e Stein viraram-se e deram com o padre Mercedes, vestido num largo e esvoaçante sobretudo preto, saindo da escada e caminhando a passos largos na direção deles, os olhos protegidos pela aba de um chapéu Borsalino cor de carvão.

— Woody, eu gostaria de um momento a sós com os meninos, se você não se importa — disse o padre. Ele ergueu o chapéu escuro e passou a palma da mão pelo cabelo, puxando para trás os fios grisalhos e úmidos.

O zelador crispou o rosto e apontou para o teto gotejante.

— Temos trabalho aqui. O senhor não pode falar com eles mais tarde, padre?

Os olhos estreitos do padre sugeriram que não.

— Eles vão estar aqui à sua espera quando você voltar — disse ele, e Saducci olhou para os dois meninos e saiu andando, resmungando de si para si e abrindo a porta da escada com um puxão exageradamente forte. Para o religioso, teria sido fácil convidar Stein e Davidek para uma reunião privada numa sala de aula vazia, mas, assim como o zelador, Mercedes era o tipo de homem que gostava de ver outras pessoas obedecendo a ordens.

O padre sorriu para os dois meninos, um sorriso de tubarão.

— Ouvi dizer que vocês são os dois agitadores que começaram toda a balbúrdia semana passada... — Ele diminuiu a intensidade da voz, encarando ambos atentamente. — Mas quando eu olho pra vocês, bom, eu acho isso... difícil de acreditar.

Todo o maquinário dentro do peito de Davidek estava trabalhando no dobro da velocidade normal, de modo que tudo o que conseguiu fazer foi ficar parado, agarrado ao cabo do esfregão, de olhos arregalados. Stein deu um passo à frente e declarou:

— A gente não fez *nada*, eles é que atormentaram a gente.

O padre abriu um meio sorriso, até certo ponto fascinado. Abaixou-se com as mãos pousadas sobre os joelhos e estampou no rosto uma expressão séria.

— Por favor, me contem... — disse ele.

Os meninos, principalmente Stein, relataram exatamente o que havia acontecido durante o agora infame fiasco do Dia da Coleira de Cachorro da St. Michael, e o padre Mercedes ouviu com uma espécie de deleite. Eles não conseguiam entender por que razão o sacerdote estava gostando tanto da história, a não ser que talvez fosse simplesmente um sujeito legal e achasse os dois engraçados. Isso fez com que imediatamente gostassem dele.

— Se o que vocês estão dizendo é verdade, meus caros, vocês foram feitos de bodes expiatórios — disse o padre assim que eles terminaram. — Quem é o responsável pela punição desta semana?

Os meninos entreolharam-se.

— O sr. Mankowski, eu acho — disse Stein.

Davidek também arriscou uma resposta:

— E a sra. Bromine.

— A irmã Maria também? — sugeriu o padre. Os meninos assentiram com a cabeça, e isso o fez sorrir. — Vocês dois têm alguma testemunha de caráter? — perguntou. — Talvez eu conheça os padres da família de vocês. A que igrejas vocês pertencem?

— Eu sou da São João — respondeu Davidek.

— Em Natrona? — perguntou o padre.

— Não — disse Davidek. — Lá em New Kensington.

— Ah, padre Higgins. — Mercedes meneou a cabeça. — E você? — Olhou para Stein.

— Primeira Evangélica, perto do cinema em Sarver — respondeu Stein.

O padre Mercedes fez uma careta.

— É uma igreja protestante — disse.

— Minha família é evangélica, na verdade — disse Stein.

O padre perguntou:

— Então o que você está fazendo numa escola católica?

— Bom, o que eu estou fazendo numa igreja evangélica com um nome como Noah Stein? — respondeu o menino, com um sorriso ainda mais largo. — E o que eu estava fazendo num *bar-mitzvá* dois anos atrás com uma irmã evangélica e um pai ateu?

— *Bar... mitzvá*? — repetiu o padre, como se fosse uma piada que ele não entendera.

— A minha mãe, ela sempre quis que a gente conhecesse de perto a nossa herança judaica... a herança judaica do meu *pai*. Ela nasceu numa família luterana.

— Então o que você é exatamente? — perguntou o sacerdote num tom que sugeria que a seu ver ele estava definitivamente ouvindo uma porção de disparates. Davidek também teve essa sensação.

— Minha família é todo tipo de coisa, padre — disse Stein. Em seu rosto havia uma expressão de firmeza e seriedade, e em hipótese alguma ele estava brincando. — A minha mãe, ela... Acho que ela se preocupava muito. Aprendemos muita coisa sobre várias religiões, acho que como uma apólice de seguro. Ela acreditava em anjos, no Paraíso, em Deus... mas também tinha muitas dúvidas no coração. Nenhum de nós sabe o que nos espera do outro lado, mas... a minha mãe, eu acho, queria tomar todas as precauções necessárias.

O padre não sabia como responder. O bom humor parecia ter se esvaído dele.

— Não tente me fazer de palhaço, garoto — disse, apontando o dedo indicador no rosto dos meninos. Em volta do dedo havia um grosso anel de ouro encimado por um gordo rubi, rodeado por algo que se assemelhava a diamantes.

Os dois calouros recuaram um pouco, e o padre olhou para o teto gotejante, que havia criado uma fina poça na qual os três estavam. Ergueu um sapato, depois o outro, e encontrou um local mais seco onde pisar.

— Isso é tudo, por enquanto — disse. — É melhor vocês retornarem ao trabalho e enxugarem essa imundície.

Saiu andando, deixando atrás de si um rastro de pegadas úmidas, e os meninos ouviram o estalido dos lustrosos sapatos pretos que desciam a escada.

— Acha que ele ainda está do nosso lado? — perguntou Stein depois que o estrépito dos passos desapareceu ao longe.

— Depende. Aquilo tudo que você contou era verdade? Sobre todas as religiões a que você pertence e tal?

Stein disse que era.

Davidek riu.

— Cara, eu gostaria de conhecer sua mãe. Ela parece bem maluca. — E depois, percebendo que a frase soara mal, emendou: — Quer dizer... ela parece ser esquisita, mas esquisita-*legal*.

— Eu sei — disse Stein. — Eu sei o que você diz dizer... Acho que você ia gostar dela.

E voltaram a esfregar o chão, esperando que Saducci voltasse. Mas depois de alguns minutos Stein parou de repente.

— Davidek, eu devia ter te falado logo de cara... A minha mãe não está mais entre nós. Ela morreu. — Davidek começou a balbuciar um atabalhoado pedido de desculpas, mas Stein o interrompeu. — Eu sei que você não teve intenção de dizer algo ruim. E foi por isso que eu não quis falar nada.

Davidek perguntou:

— Quando...?

E Stein disse apenas:

— Faz um tempo.

Em seguida, ambos retomaram o trabalho, e Davidek compreendeu. Era tudo o que seu amigo queria contar a respeito, embora tivesse ficado evidente que havia mais a ser dito.

12

Na reunião mensal do corpo docente da escola, os professores se sentaram à mesma mesa de mogno lustroso em que Davidek e Stein haviam passado a semana anterior, e mantinham os olhos baixos enquanto o padre Mercedes andava vagarosamente ao redor da mesa.

O padre estava repreendendo severamente os professores por conta do tumulto ocorrido no estacionamento uma semana antes, um incidente que ele definiu como "a difamação infiltrando-se na instituição", insistindo em que alguma coisa precisava "ser feita imediatamente". A irmã Maria explicou que o incidente da semana anterior fora apenas uma algazarra e não parecia uma catástrofe de grandes proporções. O padre disse que percepções como aquela "eram exatamente o problema".

— Temos um câncer na St. Michael — disse ele. — Quem vai extirpá-lo? E não venham me dizer que tudo foi culpa daqueles dois meninos que vocês suspenderam. Falei pessoalmente com eles, e está evidente que são bobos demais para se defenderem da responsabilidade.

A sra. Bromine começou a falar em voz mais alta.

— Eles *estavam* causando problemas, padre Mercedes, eu posso *assegurar*.

O sr. Mankowski soergueu-se da cadeira, ávido para reivindicar o crédito no episódio das coleiras, mas o padre Mercedes fez caretas e gestos com a mãos para silenciar os dois, como se fossem crianças resmungonas.

— O que estou dizendo é que é culpa da *irmã Maria* que nós não tenhamos mais trinta alunos suspensos juntamente com aqueles dois — disse o padre, e fez uma pausa para que sua declaração fosse assimilada.

O sr. Zimmer olhou para irmã Maria, que, do outro lado da mesa, estava de olhos baixos e mãos crispadas. Ele continuou tentando chamar a atenção dela, instigá-la para que reagisse, mas ela não levantou os olhos, embora soubesse que ele estava lá. *Especialmente* porque sabia que ele estava lá.

Zimmer conhecia a irmã Maria desde seus tempos de estudante na St. Michael, fazia mais de uma década e meia, quando ele era um varapau solitário com enormes lavouras de espinhas vermelhas devorando as bochechas e ela era uma professora de matemática que ainda não estava sobrecarregada pela responsabilidade de ser diretora e em cuja cabeça via-se apenas um leve indício dos fios grisalhos e crespos que agora dominavam por completo sua cabeleira. Ela sabia que os outros alunos podiam ser cruéis com Zimmer — seu apelido era Señor Gárgula (a alcunha havia surgido na aula de espanhol) —, mas se admirava com o modo como ele aceitava as zombarias com uma espécie de bravura resignada; nunca se irritava, nunca revidava. Ela tinha a sensação de que em sua própria casa ele não recebia muito amor, mas que, mesmo assim, conseguira tornar-se um jovem amável e gentil, que mesmo na adolescência parecia entender que o tempo o livraria daquele lugar de mau humor e impertinência e algum dia recompensaria sua generosidade.

Assim que se tornou diretora, ela fora a responsável — havia dez anos — pela contratação de Zimmer, recém-saído da faculdade, e foi uma alegria ver seu jovem amigo voltar para a St. Michael na condição de professor, embora certa vez tivesse lhe confessado seu receio de ter cometido um erro. Talvez ele pudesse ter direcionado a carreira para algo mais grandioso, em vez de retornar a um lugar que o havia tratado com tanta frieza. Mas ele estava feliz de voltar para casa.

A irmã Maria sempre o havia protegido. Se ela não defendesse a si mesma, o sr. Zimmer faria isso por ela.

— Os *fatos* são os seguintes — concluía o padre Mercedes —, estou exigindo que o Conselho Paroquial investigue essa história de "briga de cachorro" ou seja lá o que tenha acontecido... e quaisquer outros episódios violentos que venham a ocorrer. Se encontrarmos um padrão recorrente de falha de liderança aqui, eu lhes asseguro que a St. Michael the Archangel High School será *fechada* no final deste ano.

* * *

Após a reunião os outros professores saíram às pressas para se lamuriar e se afligir com a ameaça do padre Mercedes, mas Zimmer deixou-se ficar na biblioteca e, assim que todos foram embora, pousou uma de suas enormes mãos de garra sobre o ombro do padre.

— Padre, eu estava pensando com os meus botões... O senhor já ouviu a história de como a irmã Maria foi escolhida para ser diretora?

O padre fitou a mão, mas não o professor a quem ela pertencia.

Zimmer disse com voz suave:

— Faz muito tempo, alguns anos antes de o senhor assumir a paróquia. Pouca gente sabe dessa história, mas havia um garoto, um bom aluno; não era brilhante, mas também nunca era reprovado. Ele não era popular. Não era bom em esportes, mas era um bom garoto.

"Em matéria de notas, tirava uma porção de As, e tinha um par de Bs, mas apenas um C–. Um dia, quando esse garoto estava no segundo ano, o pai dele começou a ficar fanático. Passou a *insistir* que o filho tivesse notas *perfeitas*: 'Quero só As, senão vou tirar você dessa escola cara.'"

Agora, o padre estava olhando para o professor, cuja mão continuava pousada sobre seu ombro.

— Então o menino estudou com afinco, fez alguns créditos extras e, que surpresa!, logo estava tirando um A atrás do outro. E aí o pai disse para o menino: "Você não está fazendo nenhuma atividade extracurricular. Que tipo de escola se concentra em notas?" De modo que o menino entrou para a comissão do anuário e se ofereceu para trabalhar como voluntário, ajudando a organizar o baile de formatura. Então o pai dele disse: "Qualquer um pode fazer isso". De modo que o menino se envolveu com basquete, mas o pai dele disse: "Esse time aí só perde. Qual é o sentido disso?"

— Qual é o sentido *dessa história*? — perguntou o padre Mercedes.

As bochechas salpicadas de furinhos de Zimmer esticaram-se para trás num sorriso triste.

— O sentido é que o pai do garoto estava estabelecendo padrões impossíveis. Mas... por quê? Acontece que o velho tinha perdido o emprego, mas ninguém sabia. A família passava por problemas financeiros, mas o pai estava com medo de contar para a esposa e o filho. Ele *queria* que o menino fracassasse porque as mensalidades o estavam comendo vivo, e tudo o que ele queria era uma desculpa para tirar o filho da St. Michael.

O padre disse:

— Seja lá o que o senhor está tentando me dizer...

Zimmer o interrompeu.

— Não tinha nada a ver com dinheiro. Ele poderia ter tirado o filho a qualquer momento. Era *orgulho*.

Houve um instante de silêncio, e Zimmer esperou que o interlocutor reagisse. Uma vez que o padre se manteve em silêncio, o sr. Zimmer suspirou:

— Então, essas ameaças sobre investigar a escola... fechar as portas. Por que estou com a sensação de que o senhor está *tentando* nos fazer fracassar, padre?

Com um puxão, o padre retirou do ombro a mão de Zimmer.

— Posso assegurar que não se trata disso.

Zimmer assentiu.

— Sabe de uma coisa? No fim das contas a verdade veio à tona... com relação ao pai desempregado, quero dizer. A esposa descobriu que o marido não estava trabalhando. Em todo o caso, tiveram que tirar o menino da escola. O senhor sabe o que a irmã Maria fez, o que levou a irmã Victor a indicá-la como sua sucessora? Ela convenceu um grupo de paroquianos a conceder uma bolsa de estudos ao menino. — Zimmer gargalhou. — Ele terminou sem problema nenhum seus dois últimos anos. Formou-se perto dos melhores da turma. Só As e Bs.

— Que lindo! — disse o padre Mercedes.

Zimmer inclinou a cabeça.

— O pai não foi à cerimônia de formatura. O que me diz disso?

— Pode parar de me acusar com metáforas, sr. Zimmer? — disse o padre. — A minha intenção aqui é pura. A St. Michael simplesmente deve começar a funcionar de uma maneira que esteja em conformidade com valores cristãos básicos.

Zimmer deu de ombros.

— Tudo bem, padre. Sem ressentimentos.

Ambos trocaram um forte aperto de mãos. Ambos estavam sorrindo, mas nem um nem outro exibia um sorriso sincero.

Depois da reunião, Mercedes caminhou do lado de fora da escola, onde os ventos de outono açoitaram seu sobretudo e fizeram esvoaçar seus ralos cabelos brancos. Seus pés o levaram ao longo dos limites do estacionamento até que se deteve na extremidade do terreno vazio da igreja e olhou para trás, por cima do gramado verde-esmeralda, na direção da escola, uma figura solitária com uma mochila numa das mãos e um cigarro na outra.

O padre Harold Mercedes não se considerava um homem afetuoso, mas sabia que não era cruel. Não desejava o sofrimento alheio, tampouco pretendia atormentar quem não merecia. Mas tinha decidido havia mais de um ano — fora *forçado* a decidir — que a paróquia de São Miguel Arcanjo já não podia manter uma escola de segundo grau como parte de suas operações normais.

A pergunta que ele temia acima de qualquer outra era a mais óbvia: por quê?

Nenhum deles entenderia. Porque ninguém o conhecia de verdade. Nenhum deles.

O pessoal da igreja sabia seu nome, é claro, conhecia sua história; com uma dúzia de anos no currículo, ele era o padre mais antigo na paróquia, o que estava em atividade havia mais tempo. As pessoas sabiam que era a igreja da sua infância, que ele tinha sido aluno da escola décadas antes, sabiam qual era a data de seu aniversário, sabiam que ele era dono de um cachorro que morrera fazia três anos, o que o deixara muito triste, e algumas pessoas até conheceram seus pais, embora já tivessem falecido quase vinte anos antes.

O pessoal da São Miguel Arcanjo sabia de muitos fatos menores, mas fatos não constituem uma pessoa. Não sabiam o que se passava no coração dele, não sabiam o que ele pensava, o que ele sentia, qual era sua filosofia, sua ambição. E muito menos as pressões que enfrentava.

Pressão, a questão era essa. Deixar que Andrew Zimmer o abordasse no corredor a fim de recitar histórias lacrimosas para fazê-lo sentir-se culpado. Deixar a irmã Maria estampar um sorriso no rosto a cada ato degenerado que ocorria nos corredores da escola. Deixar que o chamassem de vilão. Eles não entendiam as forças que convergiam de todos os lados. Após o incêndio da igreja, a paróquia de São Miguel Arcanjo tinha contraído pesados empréstimos, a taxas de juros escorchantes, depois que a indenização do seguro fora contestada e rendera menos que o esperado. Enquanto isso, a diocese havia aumentado todas as exigências de custeio, e as paróquias que não tinham condições de pagar as quantias adequadas para a manutenção das igrejas foram dissolvidas, anexadas e fundidas em paróquias regionais mais fortes, que tinham meios de garantir o sustento financeiro. A diocese estava pregando tábuas nas janelas das igrejas do tamanho da Capela de São Miguel Arcanjo em toda Pittsburgh, canibalizando todos os bens e ativos que ainda havia de sobra.

Se ela sucumbisse, vítima da fraqueza, o que os contadores da diocese encontrariam em seus balancetes financeiros?

Encontrariam os pecados do padre Mercedes.

Todo mundo no vale sabia que sua família era abastada, mas somente porque o pai dele havia mentido, alegando que eram parentes distantes da família alemã da área de engenharia automobilística, e ainda grandes acionistas. Sim, a Mercedes-Benz, gabavam-se eles (sem mencionar o fato de que por volta de 1910, mais de uma década antes de o padre nascer, seu pai simplesmente havia mudado o sobrenome da família, Marcedi, de sonoridade italiana demais).

A mentira sobre sua herança ajudava a explicar a paixão do padre Mercedes por carros, relógios, joias e viagens — luxos que ele não teria a menor condição de bancar como humilde padre de paróquia. Os fiéis da igreja supunham que herdara uma imensa fortuna pessoal, e o padre incentivava as pessoas a acreditar nisso.

Entretanto, nunca havia dinheiro suficiente nos cofres da igreja. Vendas de bolos, eventos beneficentes, doações *in memoriam* de testamentos e últimas vontades. Para onde tinha ido o dinheiro? O padre Mercedes se tornara muito bom em fornecer desculpas. *Há novas cadeiras de rodas no átrio! Gastamos mais do que se imagina em eletricidade e água! O conserto de um órgão de tubos não fica barato...*

Mas esses não eram os verdadeiros motivos pelos quais a igreja definhava em dívidas perpétuas. O verdadeiro motivo, do qual ninguém tinha conhecimento... era bastante simples.

O padre Mercedes vinha roubando.

Tecnicamente não era roubo, é claro; ele estava pegando emprestado. E sempre devolvia. Sempre. Exceto quando não devolvia. Ou quando não tinha como devolver.

Toda semana o pratinho da coleta seguia diretamente para ele, mas nem todos os envelopes meticulosamente lacrados e os maços de cédulas soltas eram registrados nos livros contábeis da igreja. Padre Mercedes tinha se devotado a Deus, à Santa Igreja Romana, dedicara-se a servir ao povo de sua paróquia nos dias mais iluminados e mais sombrios. Fizera voto de castidade, empenhara sua independência, sua liberdade — sua vida. Em troca, não merecia alguns prazeres mundanos? Ele dirigia um belo automóvel, mas não passava de um Benz. O paroquiano que o havia atazanado por conta dos reparos na caldeira de calefação era um advogado que dirigia um Porsche prata. Já um padre tinha que ir de um lugar a outro de bicicleta, como o ascético padre Henne da São João, que pedalava feito um bobo pelos bairros pobres da baixada de Natrona? E daí se ele tivesse filé-mignon na geladeira? Na maior parte das noites comia sozinho — tinha que ser pão e água também?

Enquanto isso, os paroquianos tinham se transformado em inveterados resmungões: quando a paróquia iria finalmente reconstruir sua igreja e sair daquele ginásio horroroso?

O padre Mercedes havia pecado... como pecam todos os homens. E alguns dos pecados ele não admitia, sequer para si mesmo, que eram tremendamente graves. Mas não fizera mal a ninguém. *Isso* ele não tinha feito. Mas fizera coisas abomináveis.

O pior defeito do padre Mercedes ele havia aprendido com o pai — o vício da jogatina; uma excitação corria em suas veias feito fluido de isqueiro, a adrenalina de *vencer*. Corridas de cavalos na pista Meadows, no condado de Washington. Algumas centenas ou milhares de dólares apostados nos Steelers, no Bar Crow, no centro de New Kensington, ou simplesmente um joguinho na loteria ilegal nas pequenas barbearias defronte à sede do departamento de água e esgoto. Férias de magnata em Atlantic City, Las Vegas... Nas épocas de vacas gordas, o padre Mercedes era um mau perdedor, e maus perdedores continuam tentando e tentando, e é assim que se convencem de que são vencedores.

Perdera uma fortuna que não lhe pertencia. Agora já não fazia isso, mas tinha acontecido. E no momento em que não conseguiu mais reembolsar o dinheiro que havia tomado por empréstimo, acobertou o desvio com uma única medida drástica e vergonhosa. Mas pretendia consertar isso também. Um homem era passível de pecar, mas também poderia ser absolvido. Se ele transformasse a escola, que *custava* dinheiro, em outra coisa, como uma clínica, casa de repouso ou asilo, que *fizesse* dinheiro, talvez conseguisse estancar os infortúnios de sua paróquia, as mazelas que ele mesmo criara por meio das próprias fraquezas. Ele tinha que fazer as pessoas odiarem a escola. Desse modo, elas desejariam que a St. Michael fechasse as portas. Mas primeiro ele teria de tirar do caminho a protetora da escola, a ingênua e covarde irmã Maria, aquela que realmente havia permitido que a instituição se deteriorasse até virar uma chaga, uma vergonha.

Quando chegasse ao final de seus dias, o padre Hal Mercedes pretendia encarar seu criador e dizer: *Sim, eu pequei, cometi pecados terríveis. Mas endireitei as coisas...*

Foda-se Andrew Zimmer, o professor sabichão. E fodam-se as insinuações dele.

O padre Mercedes ficou lá parado, sozinho, fitando a grama verde e áspera do campo da igreja, que parecia um grande vazio, um vácuo escancarando a boca num bocejo, ávido para engoli-lo.

Ele levou o cigarro aos lábios e deu uma tragada profunda, mas a brasa já se apagara havia muito tempo.

Parte III

Hannah

13

Um dia depois de o padre Mercedes proferir suas ameaças, a irmã Maria instituiu o Programa Irmão-Irmã.

— A tradição do trote pode continuar — disse ela para uma assembleia de estudantes reunida no Salão Palisade. — Mas os alunos do último ano não podem mais aterrorizar indiscriminadamente os calouros. Cada aluno do último ano tem quatro semanas para escolher um calouro e adotá-lo como irmão mais novo, ou irmã mais nova, e isso vai durar até o dia do Piquenique do Trote. Vocês podem se divertir, e brincadeiras de bom gosto são aceitáveis, mas de agora em diante, serão mentores, não apenas *ator*ment*ad*ores. — Depois de alguns resmungos iniciais, os alunos mais velhos aparentemente aceitaram a nova regra, embora a irmã Maria tivesse se preocupado ao entreouvir alguns deles se referirem ao código como o novo "Programa Senhor e Escravo".

Após a reunião, o sr. Zimmer se mostrou cético acerca da capacidade da administração da escola de conter a agitação entre os alunos transformando os calouros em "animaizinhos de estimação".

— A ideia é transformar potenciais abusadores em protetores — alegou a irmã Maria. — Uma coisa é um grupo grande de alunos do último ano pegando no pé de grandes grupos de calouros, mas se eles puderem se enxergar uns aos outros como indivíduos...

— Temos algum dispositivo de segurança, à prova de falhas, para o caso de um quartanista particularmente cruel escolher um calouro particularmente fraco como saco de pancadas pessoal? — perguntou Zimmer.

— Aí nós interferimos — disse ela. — Mas nesse ínterim, pelo menos ele terá apenas *um* saco de pancadas.

Carl LeRose estava furioso. Puxou Davidek e Stein para uma das escadas que levavam ao refeitório e ficou deslizando os pés de um lado para outro, como alguém tentando aprender a dançar.

— Caras, qual é a de vocês? — vociferou. — Vocês não têm *cérebro*? O padre Mercedes disse ao Conselho Paroquial que vocês dois contaram pra ele toda a história sobre a briga no estacionamento. Daí ele fez os membros do conselho ligarem pros pais e os instruiu a interrogar os filhos sobre o que realmente aconteceu. Outro dia, os professores levaram a maior bronca. O meu pai faz parte do conselho. Ele está puto da vida.

— Foda-se o seu pai — disse Stein, e a indignação transpareceu no rosto de LeRose.

— Quando os professores começarem a pegar ainda mais pesado com a gente, todo mundo vai botar a culpa em *vocês* dois, seus otários.

— É, mas eles não podem fazer nada de ruim com a gente se a gente for o "irmãozinho" de alguém, certo? — disse Davidek.

Le Rose roeu uma unha.

— Beleza, espertinho. Que tal se vocês acabarem virando os irmãozinhos caçulas da Hannah Kraut? É o que vai acontecer se todos os alunos do último ano boicotarem vocês.

— Quem é Hannah Kraut? — perguntou Davidek.

LeRose fechou os olhos, como numa prece, pedindo por paciência.

— Vocês nunca ouviram ninguém falar da Hannah Kraut?

— Não estamos na lista de "preciso conhecer" de ninguém — disse Stein.

LeRose passou os dedos gorduchos pelo rosto.

— Digamos que se vocês pegarem um mentor que der uma surra em vocês todo santo dia, a vida vai ser ruim pelos próximos meses. Mas se vocês acabarem nas mãos da Hannah... meu Deus, nem sei o que dizer. A vida de vocês vai ser um horror *permanente*.

Stein perguntou:

— Ela é uma daquelas garotas com jeitão de Abominável Homem das Neves que ficaram enchendo o saco da Lorelei por causa de cigarros?

— Ela não, *há*, anda em grupos — disse LeRose. — Ela é ninguém, sabem? Ela é *nada*. Ela é um *vácuo*. Ela é a porra da *antimatéria*. Vocês entendem o que eu digo?

Davidek assentiu, condescendente, embora não fizesse a menor ideia. Stein foi mais direto:

— Que bela poesia, gorducho. Será que dá pra traduzir de que diabos você está falando?

LeRose olhou ao redor, nervoso.

— Tem uma coisa que a Hannah faz... Ela escuta às escondidas a conversa dos outros. É uma intrometida. Uma bisbilhoteira. — O aluno do segundo ano abaixou a voz, como se ela pudesse estar ouvindo naquele exato momento. — Faz isso há muitos anos. Você está lá falando com seus amigos, ou sua namorada, ou coisa do tipo, e de repente percebe que ela estava à espreita o tempo todo, xeretando a conversa inteira.

— Ah, *eu* sei de quem você está falando — disse Stein, estalando os dedos. — Ela estava naquele filme *O predador*, com Arnold Schwarzenegger, certo? Fica invisível, se pendura em árvores. E ri daquele jeito... *muaah, ahh, ahh, ahh...*

LeRose semicerrou os olhos.

— Vamos ver se você vai rir quando ela falar com um grupo de amigos seus e simplesmente deixar escapar algum terrível segredo sobre você. Ela já fez isso antes. É por isso que com a Hannah ninguém mexe... as pessoas a evitam. E se ela está por perto ninguém conversa sobre nada importante. Porra, tem gente da sala dela que não diz nem mesmo "que horas são" quando a Hannah Kraut está na área.

A expressão sabichona no rosto de Stein se diluiu um pouco, o que deixou Davidek nervoso.

— Este é o último ano dela aqui — prosseguiu LeRose. — Todo mundo está apavorado com o que ela vai fazer agora que está dando um "foda-se" eterno pra este lugar. Vocês estão preocupados com a possibilidade de serem atormentados por algum grandalhão? Imaginem só se a Hannah passar o resto do ano espalhando uma porção de histórias doentias e estúpidas sobre vocês. E tanto faz se o que ela contar for verdade ou não. Quando vocês chegarem ao último ano, até as crianças do ginásio que vêm visitar a escola vão estar tirando sarro de vocês.

— Então, como ela é? — perguntou Davidek. — Como a gente faz pra evitá-la?

— Sei lá... Ela é um *metamorfo* do caralho. Está sempre mudando o cabelo e tal. Não tem um único amigo nesta escola, então nem sei dizer com quem ela anda. Mas tem uma coisa sobre ela. — LeRose balançou a cabeça, como se nem mesmo ele acreditasse nessa parte. — Ela tem um olho azul e um verde — disse ele, em meio a uma risadinha nervosa. — Eu não estou brincando. Porra, ela é uma *cria do inferno*, caras.

LeRose estava certo em relação a quase tudo, mas errado sobre uma única coisa: Hannah não era *completamente* desprovida de amigos na St. Michael. A misteriosa e odiada garota tinha, sim, *um* confidente, embora LeRose não soubesse disso. Ninguém sabia.

O sr. Zimmer havia reparado nela de imediato, desde quando era apenas uma caloura de joelhos salientes e ondas eletrostáticas de cabelo preto caindo em cascata ao redor da cabeça. Os outros novatos diziam que ela parecia uma decoração de Dia das Bruxas, o primeiro de muitos insultos. Enquanto absorviam a própria cota de tormentos infligidos pelos alunos do último ano, os demais novatos descontavam em Hannah, que aceitava isso com mansidão e humildade, como se isso confirmasse em si mesma a existência de algo feio de que ela sempre havia desconfiado. Como se ela merecesse.

Zimmer admirava a graciosidade da menina, ao mesmo tempo que, secretamente, ansiava vê-la desferindo um soco de surpresa naqueles imbecis. Uma década de experiência no magistério havia ensinado a ele que não era possível proteger para sempre um aluno vulnerável, mas era possível oferecer a própria amizade. Zimmer tentou falar com Hannah a respeito de passatempos, algo que ela não tinha, e sobre livros, filmes ou músicas de que ela gostava, mas a bem da verdade ela não estava interessada em nada disso. "Parece que viver não faz muito a sua cabeça", ele fez piada com ela certa vez, porém imediatamente se arrependeu dessas palavras. Mas o fato é que a brincadeira suscitou um meio sorriso, e os olhos sorumbáticos dela até brilharam um pouco. Foi só então que o sr. Zimmer reparou naquele estranho defeito, se é que se poderia chamar assim — um olho era azul e o outro era verde. "É genético", ela dissera. "E nem tão raro. Você ficaria surpreso."

Justamente quando as coisas, pelo menos em teoria, deveriam melhorar para Hannah Kraut, elas ficaram muito piores. No final de seu primeiro ano na escola, durante o Piquenique do Trote, ela tinha sido poupada dos rituais de humilhação a que foram submetidos os outros calouros. Um veterano chamado Cliff Onasik, um drogadão sorridente e alegre, acabou ficando "encarregado" de Hannah quando os veteranos dividiram os calouros para o "*show* de talentos" do piquenique, o evento que todos os novatos passavam o ano inteiro temendo. Enquanto os colegas de classe de Hannah eram obrigados a desfilar até o palco do parque como alvos de zombarias — num dos casos, na condição literal de alvo, pois cinco calouros foram alvejados por ataques de ovos e tomates arremessados pela plateia —, nem Hannah nem Onasik foram encontrados quando chegou a vez dela de subir ao palco.

Ninguém fora capaz de imaginar o que havia acontecido até que um boato começou a circular, bem mais aviltante do que as piadinhas sobre o estilo de corte de cabelo de Hannah. Somente quando ela estava no segundo ano é que a campanha de ridicularização chegou a um nível de intensidade tão forte que até um professor conseguiria detectar. Zimmer montou a história juntando fragmentos de conversas ouvidas ao acaso, embora não soubesse ao certo se acreditava nela. Isso não importava. A garotada acreditava.

— Ei, Hannah, como foi o concurso de engolir salsicha? — perguntavam-lhe nos corredores.

Hannah parecia não entender do que eles estavam falando, embora com o passar do tempo a zombaria tivesse ficado muito mais direta.

— Afinal de contas, quanto tempo o Cliffy Onasik manteve você presa antes de te soltar? — perguntou Bilbo Tomch um dia, na fila do almoço (semanas antes ele a convidara para sair, mas ela tinha recusado. Bilbo não encarou com cavalheirismo a rejeição).

— Ela não estava presa, cara, ela estava chupando a minhoca dele! — disse em meio a gargalhadas um dos amigos de Bilbo, talvez Prager, e os meninos cumprimentaram-se com um "toca aqui". Quando o sr. Zimmer se aproximou para perguntar qual era o problema, Hannah saiu andando de cabeça baixa.

Não fazia sentido nenhum, pensou Zimmer. Por que ela faria *aquilo* em vez de simplesmente subir no palco para encenar uma das *performances* idiotas e debochadas de canto e dança que todos os outros alunos faziam no Piquenique do Trote? Cliffy Onasik já não estava na escola para confirmar ou negar a história. De acordo com o boato que corria à boca pequena, Hannah não tinha sido forçada a nada — ela é que havia se oferecido.

Para Zimmer era insuportável pensar no nome pelo qual os alunos a chamavam nos corredores e salas da escola, diretamente na cara dela, sussurrando-o quando passavam a seu lado. Zimmer tinha distribuído pelo menos duas dúzias de detenções punitivas, mas nem isso fora capaz de dar fim àquilo. Os alunos do último ano instruíam os novos calouros, que eram ingênuos e medrosos demais para ter algum discernimento, a chegar perto de Hannah, berrar o palavrão e sair correndo. Zimmer sequer podia pensar na palavra sem sentir as mandíbulas se retesarem:

Puta.

                              Puta.

                                                                Puta.

A pobre menina de cabeleira preta. A coitada que mal conseguia olhar as pessoas nos olhos e que só era capaz de responder com um murmúrio às perguntas que lhe faziam. Era esse o nome que ela carregava consigo pelos corredores, por conta de um torpe boato de cunho sexual do qual jamais se livraria.

Puta.

Zimmer jamais lhe perguntara se era verdade. Ele não dava a mínima, e no fim das contas não queria saber. Como qualquer escola de segundo grau, a St. Michael também tinha seu quinhão de garotas com má fama e de comportamento sexual desregrado, a maioria meninas tristes e solitárias que preenchiam o vácuo de autoestima com a atenção de garotos desprezíveis como Cliffy. Tudo o que Zimmer podia fazer era tentar ser bondoso com Hannah e protegê-la sempre que pudesse, o que não acontecia com frequência suficiente. Hannah se sentira grata pela ajuda, e entre ambos floresceu uma amizade. Ela começou a solicitar sessões de tutoria após o horário normal das aulas, mesmo sobre matérias que Zimmer não lecionava. Por ele, tudo bem. Gostava de Hannah, e sabia qual era a sensação de ser ela.

Nos tempos de estudante de Zimmer, a irmã Maria tinha sido uma de suas únicas amigas, e em muitos sentidos ainda era. Às vezes, após as aulas, os dois iam ao restaurante Capri, rua abaixo, dividiam uma *pizza* e uma jarra de cerveja, e no verão iam juntos a Pittsburgh para ver um filme ou um dos jogos do time de beisebol Pirates. Não fazia muito tempo que a irmã Maria havia perguntado por que razão ele não encontrava uma boa garota para acompanhá-lo nesses programas. Zimmer odiara a pergunta. Se a resposta não era óbvia, ele não queria dizê-la com todas as letras, em alto e bom som.

— Acho que elas não estão interessadas — respondeu, mas a irmã Maria disse que duvidava disso. — Ora, irmã, eu não consigo sair nem com garotas cegas — disse Zimmer, passando a mão pelas bochechas bexigosas. — Em braile, este rosto diz: "Perigo. Mantenha distância".

Zimmer tinha se acostumado à solidão, o que Stein talvez tivesse definido como ser feliz com sua infelicidade. Ele fora uma criança enfermiça, propensa a problemas nos olhos e nos pulmões, por causa de uma desordem genética chamada síndrome de Marfan. A síndrome também era responsável por sua aparência alongada e por braços e pernas compridos. Embora Andy Zimmer tivesse crescido e se tornado um homem alto, seu pai ainda pensava nele como um fracote.

O pai e a mãe — ambos fumantes inveterados, que se alimentavam mal e tinham personalidades bastante estressadas — haviam morrido quando Zimmer cursava a faculdade, com apenas dois anos de diferença um do outro. A casa da família agora era apenas sua. Ele usava a velha prataria dos pais, suas louças, toalhas e roupas de cama. O televisor era novo; o sofá, não. O pequeno Subaru branco da mãe fora o último carro dela e o primeiro dele.

Zimmer convivia diariamente com os fantasmas dos pais, mas era bem mais fácil sentir falta deles do que conviver com eles. Os dois tinham sido duros com seu filho quieto e estudioso — e ao contrário da irmã Maria, as perguntas que eles faziam sobre garotas não podiam ser rebatidas com piadas. O pai, um policial fracassado que encontrava trabalho esporádico como segurança particular depois que o alcoolismo lhe custara o emprego, simplesmente supunha que o filho era homossexual, e depois que ele morreu a mãe de Zimmer decidira por fim fazer a pergunta de maneira direta, o que, Zimmer sabia, era muito doloroso para ela. E foi doloroso para ele também, por isso Zimmer tinha esperança de que, se lhe desse uma resposta curta e grossa, ela jamais repetiria a pergunta:

— Não, mamãe, sou apenas feio.

Na primavera e no verão, muitas e muitas vezes os alunos viam o sr. Zimmer no velho Cemitério São José, nos arrabaldes da cidade, onde as lojas e estacionamentos de Natrona Heights davam lugar a terras de cultivo agrícola. Ele ia até lá para cortar a grama em volta dos túmulos dos pais porque recentemente a São José tinha sido fechada pela diocese, e já não havia ninguém para cuidar da manutenção dos lotes, exceto as famílias das pessoas lá enterradas. Para Zimmer não se tratava de uma incumbência triste. Ele gostava de ficar por ali — os passarinhos chilreando nos altos arbustos ao redor das sepulturas malcuidadas, o cheiro de grama recém-cortada e o modo como ela manchava de verde seus tênis. Era um lugar tranquilo, e acima de tudo ele gostava de conversar com a mãe e o pai livremente, sobre todo e qualquer assunto. E agora eles ouviam sem importuná-lo, ou julgá-lo.

— Sabia que chamam você de Ladrão de Túmulos? — Hannah perguntou certa vez.

— Esta é nova — disse Zimmer. Ele sabia que Hannah era boa em se tornar muito pequena e passar despercebida, o que fazia dela uma excelente espiã. — No colegial costumavam me chamar de Esqueleto. Deviam achar que um cemitério era o meu hábitat natural.

— Achei que te chamavam de Señor Gárgula — disse ela.

Zimmer suspirou.

— Isso foi basicamente nas aulas de espanhol. — Hannah riu disso, o que arrancou um sorriso dele também. Que a meninada o chamasse de apelidos. Que professor conseguiria escapar *desse* destino? Para Zimmer, Hannah era um lembrete de como era bom conversar com os vivos. Esperava fazer o mesmo por ela.

* * *

Os anos seguintes foram cruéis para Hannah. E após cada período particularmente difícil, ela aparecia na escola com uma cor diferente de cabelo — loiro, preto, castanho —, como se esperasse passar incólume, sem ser reconhecida. O rosto pequeno e rechonchudo era sempre o mesmo, aflito, sofrido, acossado pelo palavrão, por aquele horrível apelido. O palavrão que Zimmer não suportava ouvir nem repetir.

Então, uma coisa estranha aconteceu perto do final do terceiro ano de Hannah: a coisa toda parou. As provocações, as alcunhas, os nomes feios, o tormento, tudo simplesmente parou. Quando Hannah zanzava pelos corredores, os outros estudantes saíam do caminho dela, como se uma pulsação negativa os empurrasse para longe. Zimmer não fazia ideia do que acontecera, mas duvidava de que da noite para o dia todo mundo tivesse desenvolvido uma alma. Hannah havia feito alguma coisa. De alguma maneira ela os havia assustado. Hannah os havia *forçado* a parar.

Certa vez ele lhe perguntou o que havia mudado.

— Não faço ideia — respondeu ela. Mas a mentira ficou evidente naquele par de olhos desiguais.

No último dia daquele ano letivo, quando os pisos da escola tinham sido encerados, as lousas limpas e os livros didáticos guardados para o verão, Hannah encontrou Zimmer desligando os computadores em sua sala de aula vazia.

— Vim me despedir — disse ela, e em sua mão havia uma folha de papel dobrada em três — e te entregar isto aqui.

Zimmer abriu a folha de papel, sorrindo para ela. Já havia recebido aquele tipo de carta antes. "Obrigado, sr. Zimmer. O senhor realmente me inspirou. *Et cetera, et cetera, et cetera.*" Eram todas iguais, e inestimáveis também. Ele guardava todas.

Mas naquela folha de papel dobrada havia apenas três palavras. "Não fique bravo".

Quando o sr. Zimmer ergueu os olhos, Hannah Kraut deu um passo adiante e pousou a mão na bochecha cheia de crateras do professor. Ela ficou na ponta dos pés e encaixou os lábios abertos sobre os lábios dele.

* * *

Quando ele a viu de novo, outro verão havia se passado, e era o início do quarto e último ano de Hannah na escola. Ele não havia contado a ninguém sobre o beijo, nem para irmã Maria; tampouco para seus pais, que agora eram muito bons em guardar segredos.

Zimmer sabia que não tinha feito nada de errado, mas mesmo assim se sentia culpado. No momento em que Hannah o beijara ele havia se afastado dela, cravando os olhos ao redor da sala, mas sem olhar diretamente para ela. No entanto, o que poderia fazer? Denunciá-la? Mandá-la para aconselhamento psicológico? Conturbar ainda mais a vida já tão difícil da garota, logo agora que as coisas estavam mudando para ela?

— Hannah... eu... você *realmente* não devia ter feito isso.

— Eu sei — disse Hannah. E ao sair da sala ela olhou para trás mais uma vez. — E sei que o senhor tem que dizer isso.

Naquele verão, Hannah havia passado por outra metamorfose — profunda, radical, adorável. Tingira o cabelo de novo, mas agora sua cabeleira estava lisa e caía delicadamente sobre os ombros, e uma temporada de exercícios pesados havia transformado sua silhueta outrora canhestra e atarracada em um corpo esguio, flexível e cheio de graça feminina. Seu rosto estava mais sereno, já não existia mais a expressão carrancuda e furiosa. Parecia de fato uma pessoa diferente, e Zimmer quase não a reconheceu.

Hannah supunha que eles retomariam normalmente suas sessões de estudo e tutoria após o horário normal das aulas, mas Zimmer disse que não poderia.

— É por causa do bilhete? — perguntou ela.

Ele respondeu à intimidade da linguagem em código hanniano, fingindo ignorância.

— Bilhete? Não. Não, é que agora assumi alguns compromissos noturnos que não posso cancelar. Estou trabalhando quase toda noite num projeto especial para a escola. — Ele odiou o tom misterioso; fazia seu pretexto parecer uma mentira. — Eu gostaria de poder te contar, mas... é meio que uma coisa confidencial.

— Agente secreto — Hannah abriu um sorrisinho malicioso. Não acreditava nele. Mas tanto fazia.

Hannah sacou uma máquina fotográfica descartável.

— O senhor se importa? — ela perguntou — Para comemorar o primeiro dia do meu último ano?

Zimmer olhou para a porta aberta que dava para o corredor.

— Claro que não — respondeu.

Ele inclinou o corpo até a borda da escrivaninha e Hannah se aproximou, espremendo-se junto do professor, na ponta dos pés, e colando o rosto ao dele.

— Um dia a gente vai olhar pra esta foto e achar estranho ela ter sido tirada tanto tempo atrás — ela disse, segurando a câmera a um braço de distância. Sua cabeça estava apoiada no ombro de Zimmer. Nada de *flash*; ouviu-se apenas o clique do obturador.

Ambos sorriram, mas o sr. Zimmer estava um pouco constrangido.

Não que alguém fosse achar isso fora do comum.

14

— É um diário — disse Green, em pé na aula de biologia, enquanto amarrava em volta da cintura um avental cinza fosco. — É por causa disso que a tal de Hannah deixa todo mundo morrendo de medo.

Ele e Davidek estavam ao lado da pia de aço inoxidável nos fundos da sala, jogando copinhos de gelatina de uva liquefeita e fatias de abacaxi dentro do triturador de lixo. A sra. Horgen estava ensinando a turma sobre o complexo enzima-substrato, em que a fruta ácida dissolve as células de colágeno na gelatina. O experimento era também delicioso, nisso a classe inteira concordou.

Davidek ficou agradecido a Green pela notícia. Desde que LeRose o alertara pela primeira vez sobre Hannah Kraut, os boatos sobre aquela que, ao que se dizia, era o mais perigoso dos mentores do último ano haviam se espalhado a conta-gotas na classe dos novatos, e informações sobre ela eram tão escassas quanto valiosas. Nem todo mundo conhecia tão bem um veterano do quarto ano para obter esse tipo de informação, mas Green tinha amigos nos altos escalões.

— Ela vem mantendo um diário ou coisa do tipo, ao longo de todos esses anos — segredou Green. — Dizem que tem um caderno inteiro recheado de coisas escritas e que são constrangedoras e comprometem todo mundo. E é por isso que ninguém mexe com ela. Os caras — os caras eram os alunos do último ano com quem Green tinha feito amizade — dizem que ela vem soltando insinuações, dando a entender que vai fazer o calouro dela ler tudo em voz alta no dia do Piquenique do Trote.

— Mas o que isso vai provar? — perguntou Davidek.

Green deu de ombros.

— Tudo o que sei é que no final do ano ela vai dar o fora daqui, mas nós temos mais três anos pela frente — disse. — Se ela vai tacar fogo no inferno, eu não quero ser o fósforo.

Davidek sabia que Green tinha muito menos motivos de preocupação do que ele. Alguém inofensivo o escolheria como irmãozinho. Caíra nas graças dos veteranos por ser um sujeito boa-praça, e por conta disso os alunos mais velhos pegavam menos no pé dele. Às vezes, Green chegava até a se oferecer voluntariamente para os trotes.

Certa tarde, um grupo de alunos do último ano estava obrigando uma porção de meninos calouros a marchar em formação pelos corredores, cantando antigas canções de labuta dos escravos — a favorita era "Swing low, sweet chariot", que os novatos entoavam arremedando vozes de barítono.

— Ei, caras, por que vocês não me escolheram? — ele perguntou a Michael Crawford, que liderava o punhado de calouros cativos.

Crawford olhou para os amigos, que não entenderam patavina.

— Sabe essa música que eles estão cantando, "Swing low, sweet chariot"? É o que chamam de *negro spiritual* — explicou Green. — É um tipo de canção que os negros cantavam enquanto colhiam algodão ou trabalhavam em grupo na época da escravidão.

— Ai, saco... — resmungou Bilbo, dando a impressão de que preferia morrer a ter aquela conversa. — Não tem nada a ver com negros coisa nenhuma. É uma música do Eric Clapton. Eu tenho o CD do meu pai pra provar!

Green ficou todo animado.

— Eric Clapton? Está brincando comigo? — Crawford, Bilbo e os outros veteranos ficaram com medo, como se tivessem acidentalmente inflamado uma guerra racial de um homem só com a minoria solitária da escola. Demorou um segundo para perceberem que Green não estava zangado; ele estava empolgado. — O meu pai tem esse disco também! — exclamou ele. — E aprendi a tocar alguns acordes dessa música ouvindo a versão de Clapton.

Os veteranos olharam para o garoto, boquiabertos.

— Sabe... *guitarra*? — E dedilhou o ar. — Passei por uma intensa fase Clapton no verão do ano passado. Adoro essa versão de "Chariot", tem uma pegada meio *reggae*.

Os veteranos estavam perplexos.

— Entãããão, não é uma coisa racista obrigar a galera a cantar a música... certo? — perguntou Prager. Os calouros perfilados atrás dele estavam de olhos arregalados, esperando para ver qual seria o final da história.

Green deu de ombros.

— É só cantoria. Vocês não estão tratando esses caras como escravos, certo?

— Não! — respondeu Crawford. — Não, não, não. Não. — Os calouros atrás dele compartilharam sutis expressões de dúvida.

— É uma boa canção — disse Green. — Por isso vocês têm que cantar direito. Como Clapton fez. É uma velha canção de trabalho, mas merece algum respeito.

Um pouco de cor rosada retornou ao rosto empalidecido e suarento de Bilbo.

— Eu sou meio que vidrado em guitarra também, sabe? — disse ele a Green. — Bom, estou tentando aprender... *estava* tentando.

Green olhou para os cantores calouros, que estavam em silêncio, ainda aguardando novas instruções.

— Vocês estão cantando como se fosse uma tortura. Vocês têm que cantar com *doçura*. O nome da música é "*Sweet* chariot", sabem? Não a transformem numa canção fúnebre. — E Green caminhou entre os colegas de classe e cantou um trecho da estrofe e mostrou qual era a harmonia. Sua voz não era perfeita, mas ele alcançou notas de verdade, ao contrário do estilo monótono dos outros meninos. No fim das contas, eles ficaram tão bons que Green passou a semana inteira ajudando a organizar os trotes de marchas e cantorias. Até alguns alunos do último ano se juntaram ao coro.

— Só não me deixem de fora da próxima vez — Green pediu a Bilbo. — Se vocês gostam de música, talvez a gente possa fazer um som juntos qualquer hora. Estou sempre procurando gente pra tocar comigo. — Strebovich deu um passo à frente e disse a Green que costumava tocar bateria, e Prager disse que ele também sempre quisera aprender a tocar guitarra.

— Você curte *rap*? — perguntou Prager.

Green deu de ombros.

— Na verdade, o que eu mais curto é guitarra — esclareceu. — Estou numa fase nostálgica. Muita coisa dos anos 1970. Gosto de Pearl Jam também, e Tom Waits. Conhece?

— Sabe de quem eu gosto? — disse Bilbo, ansioso. — Hendrix.

Green meneou a cabeça.

— Hendrix é Deus.

— E, hã, aquele cara, o B. B. King — acrescentou Prager.

Green disse:

— B. B. King também é Deus.

Strebovich estalou os dedos, tentando se lembrar de alguma coisa solta no cérebro.

— Qual é aquele outro, hã... neg... hã, cara, numa banda de *rock*... hã, qual é o nome? Living Colour.

Green fez uma ligeira careta.

— Caras, eu gosto de músicos brancos também. The Who, The Doors, Pink Floyd, Dylan. U2. Neil Young...

Os veteranos fitaram Green com cara de tacho.

— E que tal Prince? — perguntou Prager, esperançoso.

Green revirou os olhos.

— É. Pode crer — disse.

Pouco tempo depois eles estavam se reunindo nos finais de semana, e Green foi recebido de braços abertos no misterioso grupo de veteranos que se juntava todo dia ao pé da escadaria sul, bebendo Coca-Cola no espaço aberto e rindo das piadas internas. Davidek não fazia a menor ideia de por que eles ficavam de bobeira naquele lugar.

Certa vez ele perguntou, mas isso fez Green sugar o ar entre os dentes.

— Quer saber? Eu posso te contar uma porção de coisas, mas isso... Não posso. Os caras me matariam.

Green era um dos dois únicos calouros cujo nome os alunos do último ano cogitaram para figurar como membros honorários dos veteranos. A outra era Lorelei.

Nas semanas que se seguiram depois que Davidek e Stein tinham sido liberados da suspensão, Lorelei passara a maior parte de seu tempo com Audra Banes, que — depois de salvá-la das Grough — já havia anunciado que a escolhera como sua irmãzinha, embora os formulários de adesão ao programa ainda fossem demorar mais de um mês para começar a circular. Lorelei fora acolhida no círculo social de meninas do segundo, do terceiro e do quarto anos que idolatravam Banes, a presidente do grêmio estudantil (isso quando não estavam secretamente tirando sarro de suas pernas grossas e seus óculos de armação preta de estilo deliberadamente *nerd*).

Durante o almoço, quando Lorelei visitava as mesas dos calouros, era como um deputado visitando seu distrito eleitoral, renovando a confiança de seus correligionários e assegurando que eles nada tinham a temer a respeito da iniciativa Irmão-Irmã, e desfrutando a adoração que a maior parte dos colegas de classe lhe devotava. A única pessoa que não a reverenciava era Zari, ainda ressentida com o excesso de atenção que Lorelei recebia de Stein.

Numa tarde do final de outubro, enquanto lá fora uma violenta ventania erguia as folhas e as transformava numa chuvarada cor de fogo, ela se sentou ao lado de Zari na sala de estudos e perguntou:

— Você ainda tem aquelas cartas de cartomante?

Sua colega de classe magricela e de cabelo preto ergueu bruscamente a cabeça, fazendo balançarem os compridos brincos.

— Cartas *de tarô* — corrigiu Zari.

— Tarô, certo, certo — disse Lorelei, acrescentando aos sussurros: — As cartas podem, tipo, me ajudar a saber o que fazer sobre um menino?

— Que menino? Stein? — quis saber Zari, em alto e bom som.

Lorelei olhou ao redor, na direção de onde os meninos estavam sentados. Eles não tinham escutado.

— Não — respondeu ela. — Peter Davidek. Acho ele... bonitinho.

Zari abriu a bolsa e começou a embaralhar as cartas. No íntimo, seu coração executava uma dancinha feliz. A primeira carta mostrava um jovem casal sob um arco florido; a segunda era a de um homem morto, deitado no chão, com dez espadas enfiadas nas costas.

— Isso não pode ser bom — disse Lorelei, e Zari pediu silêncio.

— Não — replicou Zari, pensando por um momento. — Isso significa que sem dúvida nenhuma você deve mergulhar de cabeça.

* * *

No dia seguinte, Lorelei perguntou a Davidek se ele iria ao baile do Dia das Bruxas. Não pediu que ele fosse com ela, não perguntou se ele dançaria com ela nem nada do tipo, apenas:

— Você vai?

E Davidek, que estava na expectativa de ir, disse que não iria.

— Na verdade eu não ligo muito para bailes, danças e merdas do tipo — disse ele, embora quisesse dizer sim. Contudo, tinha tomado uma decisão: Stein estava apaixonado por Lorelei; portanto ele não ficaria mais no caminho.

— O que anda acontecendo com você ultimamente? — perguntou Lorelei.

Davidek não respondeu; apenas passou por ela na escada vazia e continuou descendo até desaparecer de vista.

Mais tarde, no mesmo dia, Stein não apenas convidou Lorelei para ir junto com ele ao baile do Dia das Bruxas como também sugeriu que os dois usassem fantasias combinando. Ele queria ir de Casanova e esperava que ela fosse vestida como a mulher por quem Casanova estava apaixonado. Porém, ainda magoada pela postura de Davidek, a garota deu a Stein uma resposta igualmente curta e grossa:

— Não sei nem se eu vou.

Quando finalmente chegou a data da festa de Dia das Bruxas, nenhum deles foi.

Era início de novembro, e Lorelei estava saindo pela porta dupla da frente da escola quando ouviu uma voz atrás de si:

— Posso te acompanhar até lá fora? — Era Stein, encostado às estantes de troféus, sob a estátua do Jesus de olhos arregalados. — Achei que talvez a gente pudesse conversar.

Estudantes apressados passavam roçando por Lorelei, abrindo e fechando a porta principal a caminho das respectivas caronas que os levariam para casa. O pai dela deveria estar lá, tamborilando o volante com os dedos.

— Por que você quer conversar? — perguntou ela.

Stein encolheu os ombros.

— Sei lá. Porque sim.

Lorelei riu dele.

— *Porque sim*? A resposta que você dá é "porque sim"?

O rosto de Stein ficou sério.

— Porque... eu não sei. Achei que éramos amigos, mas agora parece que você prefere ficar sozinha a maior parte do tempo.

Lorelei ajeitou o peso da mochila sobre o ombro. *Sozinha*.

— Eu nunca disse que queria isso — afirmou ela.

Eles saíram pela entrada lateral, de modo que o pai de Lorelei não a visse. Ele ficaria irritado com o fato de a filha deixá-lo esperando, mas *esperaria* — ao contrário da mãe dela —, pelo menos durante algum tempo.

Lorelei e Stein desceram a rua defronte à residência paroquial e o convento das freiras, os muros de tijolos vermelhos da St. Michael erguendo-se por trás desses edifícios. Ao redor das árvores que ladeavam a rua caía uma cascata de folhas de outono, como brasas de cor de rubi chispando de uma fogueira. Stein estendeu o braço para segurar a mão de Lorelei, mas ela rechaçou o gesto.

— Eu gosto de você, Noah, mas você simplesmente não entende, né? — disse ela. — Você é uma gracinha. Mas somos apenas *amigos*, tudo bem?

Stein sorriu e abriu os braços.

— Mas eu *sou* uma gracinha?

Lorelei deu mais alguns passos e então olhou para trás. O vento brincou com o cabelo curto dele; a gravata de clipe estava um pouco torta. Ele enfiou as mãos nos bolsos do paletó.

— Te devo um pedido de desculpas — disse ele. — Quando você precisou de ajuda, com as Grough e os cigarros, não ofereci grande coisa. Foi mal da minha parte. Eu sou um merda. E sinto muito.

— Por que se importa tanto comigo? — quis saber Lorelei, retomando a caminhada. — Tem outras garotas que gostam de você, que te dariam uns amassos sem pestanejar. Talvez fariam até *mais* do que só dar uns amassos.

Stein a alcançou e disse:

— Porque... bom, *porque sim*.

Lorelei riu.

— Esta resposta de novo... Parece que você tem cinco anos. A minha mãe não me deixa namorar, Stein — disse ela. — E ponto final.

— E daí? — Ele deu de ombros. — Nada de jantares à luz de velas, acho. Mas isso não quer dizer que a gente não possa *meio que* namorar, aqui na escola.

Lorelei baixou a cabeça. Isso era exatamente o que ela esperava de Davidek, antes de ele começar a ser um babaca.

Eles estavam na parte de trás do ginásio-igreja, atravessando o gramado ao longo dos arbustos de pinheiros e ramos nus de azaleia. Mais uma volta e teriam retornado ao estacionamento da St. Michael. Stein interrompeu novamente a caminhada. Não havia mais ninguém por perto, e ele queria que a situação continuasse assim, apenas por um pouco mais de tempo.

— Os outros calouros estão sempre falando dos velhos amigos deles, das antigas escolas, da antiga vida, quando estavam no oitavo ano e ocupavam o topo da cadeia alimentar, e não eram apenas peões, como aqui na St. Michael. Mas eu nunca ouvi você mencionar nada disso, nada sobre sua antiga vida. Como pode?

Lorelei estava ficando impaciente.

— Você também não fala sobre nada disso — disse ela.

— Isso mesmo — concordou ele. — E isso me faz pensar que nós dois viemos de lugares em que na verdade não gostavam de ter a gente por perto. Meu palpite é que você sabe o que é sofrer, Lorelei. E acho que ninguém pode ser realmente feliz a menos que saiba o que é... *não ser* feliz. É por isso que eu gosto de você. É por isso que estou meio que... apaixonado por você.

Apaixonado? Jesus. Lorelei começou a andar de novo, mais rápido. Mas dessa vez Stein não a seguiu.

Lorelei voltou-se para ele.

— Você acha que pode simplesmente sair falando assim por aí? — A voz dela ecoou ao longo da parede de tijolos do ginásio-igreja.

Stein aspirou o ar, jogou o pescoço para trás e cravou os olhos nos galhos das árvores, dizendo:

— A única coisa que eu queria ouvir alguém me dizer é: "Aconteça o que acontecer, eu *nunca* vou abandonar você". — Baixou os olhos de novo e seu olhar encontrou o de Lorelei. — Por isso estou dizendo isso pra você.

— Você é um idiota — disse Lorelei, e recomeçou a caminhar. Stein encarou o chão, mais uma vez enfiando as mãos nos bolsos do paletó.

Um instante depois Lorelei investiu com tudo para cima dele, jogando a mochila no chão, o rosto tomado de fúria. Stein começou a balbuciar outro pedido de desculpas, mas ela o empurrou contra a parede da igreja e pressionou a boca contra a sua, suave e profundamente, até que ambos perderam o fôlego.

Ela recuou. Esticou uma das mãos para agarrar a alça da mochila, enquanto a outra roçava os próprios lábios, como se para se assegurar de que ainda estavam lá.

O semblante de Stein era uma confusão só.

— Por que você fez *isso*? — perguntou ele.

Enquanto contornava o canto da igreja e desaparecia, tudo o que Lorelei disse foi:

— Porque sim.

15

Stein não se esforçava muito para fazer as pessoas gostarem dele.

Nunca fora um sujeito do tipo boa-praça, disposto a colaborar, e resistia até às mais inofensivas brincadeiras e pegadinhas dos veteranos, como as cretinas cantorias de corredor graças às quais Green se tornara tão popular. No início, a atitude rebelde de Stein levou os alunos mais velhos a lhe dedicarem um tratamento ainda mais brutal, e quanto mais eles tentavam fazê-lo sofrer, mais Stein os rechaçava. A incansável combatividade dele obteve êxito no que diz respeito a levar boa parte dos mais velhos a evitá-lo. Ele era tão chato que não valia a pena, embora todos os alunos do último ano estivessem ávidos para que alguém desse um jeito de colocar aquele mala hostil no devido lugar. Há sempre os párias, perdedores perpétuos com muita coisa para provar e que ousam fazer o que outros não têm coragem, desesperados para construir uma reputação.

E foi assim que se cruzaram os caminhos de Stein, Cara de Cu e Boca de Areia.

Mullen, que outrora havia fuçado a misteriosa mochila de Clink e acabou com uma caneta enfiada no rosto para se lembrar do fato, vinha esperando havia semanas para se vingar de Stein por ter lhe atribuído aquele desagradável apelidozinho. A explosão estelar de cicatrizes brancas na bochecha de Mullen tinha sarado, mas agora era seu orgulho que estava ferido. Boca de Areia Simms era seu zeloso puxa-saco, e fazia questão de lembrá-lo de que torturar Stein os transformaria em heróis aos olhos dos colegas veteranos. Eles precisavam de alguma coisa para elevar sua condição de parasitas oportunistas e repulsivos.

A vida em geral jamais tinha sido boa para Mullen. A renda de sua família era escassa, mal dava para bancar as mensalidades da escola, mas os pais estavam convencidos de que uma educação na rede privada garantiria ao filho uma vaga numa faculdade decente. O pai havia trabalhado numa rede atacadista de produtos agrícolas e recebia pensão por invalidez; estava sendo submetido a quimioterapia, para tratar um câncer de tireoide supostamente causado pela prolongada exposição aos pesticidas que eram vendidos na loja. Havia planos de entrar com um processo judicial, caso os médicos conseguissem provar a relação entre uma coisa e outra — um belo plano de aposentadoria, se o velho vivesse o suficiente para vê-lo com os próprios olhos.

Frank "Boca de Areia" Simms vivia em meio a uma situação financeira igualmente desesperadora. Seus pais eram católicos tradicionalistas que moravam ao longo do riacho Bull Creek, numa casa acanhada cuja pintura estava descascando feito caspa — embora seu pai trabalhasse como pintor de paredes. Proporcionar ao único filho uma educação calcada nos ensinamentos de Cristo era um luxo que a família conseguia se dar, abrindo mão de pagar um plano de saúde. O senão eram os dentes terrivelmente mal-ajambrados do filho, que estavam adquirindo uma coloração amarronzada por conta de alguma doença bucal — não diagnosticada, é claro.

Simms era o tipo de sujeito que Mullen teria adorado torturar, se pelo menos fosse capaz de fazer outros amigos. Toda vez que ele olhava para o seu enorme sorriso, com aqueles dentes revestidos de tártaro, e ouvia sua risada de jumento, sentia um ódio secreto do único companheiro.

Desde que os dois iniciaram seu último ano na escola, Simms vinha amolando Mullen sobre uma estratégia para entrar no esquema dos trotes aos calouros.

— Cara, a gente precisa arranjar alguma coisa realmente boa para fazer com eles. *Boa* pra caralho, sacou?

Mullen concordava, mas o apelido Cara de Cu o intimidara. Mullen já não tinha certeza de que conseguiria *arranjar* para si um calouro escravo quando começassem a circular as fichas de adesão do Programa Irmão-Irmã. O número de calouros correspondia à metade do contingente de alunos do último ano, por isso alguns veteranos teriam de compartilhar os novatos. Outros talvez acabassem ficando totalmente de fora.

— Vamos formar uma dupla e escolher um juntos, certo? — disse Simms. — Desse jeito a gente não vai ficar *sem nada*, certo?

Relutante, Mullen concordou, mais uma vez infeliz de constatar que seu destino estava atrelado ao de Simms.

Na semana do Dia de Ação de Graças, a turma do último ano introduziu uma nova tarefa de trote para os calouros: a Tarefa do Mordomo, em que os novatos, tanto os meninos como as meninas, eram obrigados a atuar como servos dos veteranos durante o almoço. Teriam de carregar bandejas de comida, lustrar as cadeiras do refeitório antes de os veteranos se sentarem e limpar tudo depois que os mais velhos terminassem de comer. A brincadeira contou até com a bênção da irmã Maria, para quem se tratava de uma maneira inofensiva de iniciar os recém-chegados, a qual talvez proporcionasse laços de amizade entre os calouros — o que, afinal de contas, era toda a justificativa para o ritual de trote da St. Michael.

Davidek passou o tempo todo tentando avistar Hannah Kraut, apenas para dar uma olhada no temível monstro. Mas LeRose disse que ela sempre saía da escola para almoçar, um privilégio que era conferido aos veteranos, mas não aos calouros.

— Tanto faz também, ninguém tem a menor vontade de comer com ela — disse LeRose.

Enquanto os meninos do último ano se comportavam como homens das cavernas, propositalmente derrubando refrigerante e esparramando comida sobre a mesa, e testando a paciência de caras como Smitty, deixando cair os talheres e obrigando-o a buscar novos garfos e colheres, as meninas eram mais ordeiras e gentis, embora igualmente exigentes. Lorelei, trabalhando ao lado de Zari e Sete-Oitavos, chegou a ouvir alguns bem-educados "por favor" e "obrigada" enquanto servia Audra e suas amigas.

Somente um calouro se recusou a participar da Tarefa do Mordomo.

Stein se manteve sentado sozinho à mesa dos calouros, esperando que seus amigos terminassem o trabalho e se juntassem a ele. Encarou com um sorriso os veteranos que, aos berros, ordenavam que se levantasse para ajudar. Mas ninguém teve ânimo para lidar com a infinita chatice e teimosia de Noah Stein, até que Cara de Cu e Boca de Areia se aproximaram lentamente da figura solitária na área dos calouros.

— Escute aqui, seu merda — sussurrou Mullen, inclinando-se por sobre o ombro de Stein até colar os lábios na orelha dele. — Você vai se levantar, vai entrar na fila da comida e vai trazer o almoço pra mim e pro meu amigo Frank, aqui.

Simms abriu a bocarra.

— De pé, bichinha — exigiu.

Os alunos do segundo e do terceiro ano nas mesas ao redor ficaram em silêncio, de olho no confronto. Stein estava extraordinariamente absorto no sanduíche de geleia com pasta de amendoim que mordiscava em pequenos nacos, enquanto Mullen e Simms se entreolhavam, sem saber o que fazer. Então Mullen agarrou um garfo de metal na bandeja de Stein e o enfiou sob a axila esquerda do calouro, enquanto Simms erguia Stein da cadeira. Mullen enfiou o garfo com mais força, empurrando Stein na direção do balcão do refeitório.

— Vocês venceram, caras — disse Stein, recuando assustado, enquanto esfregava o flanco. Olhou para seus colegas de classe, que faziam as vezes de criadas e mordomos para os estudantes mais velhos. — Tudo o que vocês tinham a fazer era me pedir *com educação* — disse.

Mullen e Simms trocaram um breve e surpreso olhar. Então Mullen recolocou o garfo sobre a mesa. Stein pediu-lhes o dinheiro, e Mullen disse:

— É por sua conta.

— Vocês é que mandam — concordou Stein. Agarrou duas bandejas azul-celeste e aguardou sua vez na fila da comida; pegou duas porções de carne assada com arroz e molho, duas cumbucas de creme de milho e dois potinhos com cubos de uma tremelicante gelatina verde. O menino pagou tudo com um punhado de cédulas amarfanhadas, esvaziando a carteira.

Stein segurou uma bandeja em cada mão, erguendo-as na altura do ombro enquanto ziguezagueava em meio ao refeitório lotado na direção das mesas dos veteranos.

— Aqui! — berrou Simms, acenando de uma das últimas filas. Estatelado ao lado do amigo, Mullen gabava-se para os outros caras da mesa sobre como eles tinham feito aquele calouro com cicatriz na cara e metido a besta se borrar de medo.

— Ele está até pagando o nosso almoço! — anunciou Simms.

— É verdade — disse Stein, em pé atrás deles, ainda segurando no alto as bandejas. — Mas, pensando bem, caras, talvez fosse melhor vocês pagarem essa conta.

No instante em que Mullen e Simms se viraram para olhar, Stein girou as mãos, deixando cair sobre a cabeça deles os pratos cheios de carne e molho. Mullen soltou um berro, usando desajeitadamente as mãos para tirar dos olhos o creme de milho fumegante, enquanto Simms, com um quadrado de gelatina sobre o cabelo, levantou-se de um salto da mesa, estapeando para longe do colo a escaldante carne assada.

Stein não saiu correndo. Ficou imóvel, empertigado, firme e forte, saboreando a agonia de ambos. Quando Simms o agarrou pela camisa e o jogou contra a mesa, um grupo de professores, encabeçado pelo sr. Zimmer, já estava a postos para apartar a briga.

— Ele derrubou comida *pelando* em cima de nós! — gritou Mullen numa voz estridente. De seus ombros saía fumaça do molho fumegante, ao passo que da camisa branca escorria um líquido marrom.

Stein inventou uma nervosa explicação que era também um pedido de desculpas.

— Não, não! — berrou. — Eu estava apenas dizendo que não achava certo eles me obrigarem a pagar o almoço e aquele cara — apontou para Mullen — afastou a cadeira e me fez perder o equilíbrio!

— Mentiroso filho da puta! — berrou Mullen, partindo para cima do calouro.

— Veja como fala, Richard — disse Zimmer, contendo-o sem muito esforço. — Garotos, vocês realmente o obrigaram a pagar o almoço de vocês?

— Mullen e Simms emudeceram. Os outros meninos sentados à mesa tinham acabado de ouvi-los contando vantagem sobre isso.

Zimmer coçou o rosto, olhou em volta e viu o círculo de enraivecidos veteranos rodeando o solitário calouro, que aparentemente estava pedindo desculpas. A sra. Tunns e a sra. Horgen estavam lá, mantendo a paz, juntamente com o sr. Mankowski, que, como sempre, parecia inseguro. Bromine, por sorte, já tinha voltado para sua sala de aula.

Zimmer pensou no padre Mercedes, que estava à procura de desculpas para atacar o trabalho de irmã Maria como diretora da escola. O incidente serviria apenas para alimentar essas críticas, se ele permitisse. Mas um acidente era só um acidente, afinal de contas.

— Você estão num estado lamentável, mas estão *machucados*? — perguntou Zimmer, e Mullen e Simms o encararam.

— Entrou molho no meu ouvido — disse Mullen, e alguns estudantes ao redor começaram a rir.

— Por que não sobem e vão ao banheiro se limpar?

— E o que acontece *com ele*? Nada? — vociferou Simms.

Zimmer voltou-se para Stein.

— Talvez todos aqui precisem pedir desculpas uns aos outros — disse, e obrigou os três meninos a trocarem um aperto de mãos. A mão de Stein voltou lambuzada de molho de carne.

— Esta história não acaba aqui — rosnou Mullen, que acompanhou Simms escada acima para encontrar água morna e toalhas de papel. Uma tímida onda de gargalhadas abafadas seguiu a retirada dos dois refeitório afora, acompanhada de um insistente murmúrio: "Caaaaara de Cu…"

A Tarefa do Mordomo deveria durar uma semana, mas daquele momento em diante foi cancelada. Os alunos do último ano ficaram furiosos com o fato de o comportamento de Stein arruinar a brincadeira, embora alguns temessem que outros calouros imitassem seu exemplo caso eles continuassem. Ninguém queria acabar como Cara de Cu e Boca de Areia, envergando o próprio almoço em cima do corpo a título de roupa pelo resto do dia.

16

Era como se o rosto de LeRose estivesse cheio de vinho tinto.

— Jesus, vocês dois não conseguem dar um tempo? *Cristo!* — exclamou o segundanista, andando de um lado para outro na frente de Davidek e Stein, num dos intervalos entre as aulas. — Estou arriscando minha pele pra ajudar vocês. Porra, se o papai não tivesse me feito prometer que ia ajudar vocês, eu juro...

— Você e o seu *papai*... — disse Stein, revirando os olhos.

— Qual é, Stein? — disse Davidek. — Ele está cuidando da gente. Quem mais está fazendo isso?

— Eu cuido de mim mesmo — alegou Stein.

— Seus idiotas, será que vocês não veem? — disse o rechonchudo segundanista. — Este é o momento em que os veteranos começam a perder o interesse em toda a merda da iniciação. Só que em vez disso vocês estão deixando os caras ainda mais putos da vida. Eles estão infelizes. O padre Mercedes está de saco cheio, comendo o rabo da irmã Maria, e ela está comendo o rabo dos alunos.

— E você está comendo seu próprio rabo — disse Stein.

O rosto de LeRose adquiriu uma tonalidade mais escura de vermelho.

— Nós vamos descontar diretamente em vocês. Não só nos calouros em geral... *em vocês dois, caras.*

— *Nós?* — quis saber Davidek.

LeRose meneou a cabeça.

— *Eles.*

— Por mim, eles que vão para o inferno — disse Stein.

LeRose insistiu:

— Eles vão fazer da vida de vocês um inferno.

— Não estou dizendo que você tem que fazer amizade com os alunos do último ano. Mas precisa transformar todos os veteranos em inimigos? — perguntou Lorelei.

— Quem precisa deles? Contanto que eu tenha você — disse Stein, com um sorriso torto. Desde o beijo atrás da igreja, os dois vinham passando juntos os intervalos do almoço num local isolado junto ao muro que separava o terreno da escola do convento das freiras e da casa paroquial. Dar uns amassos em Stein atrás da escola enquanto o vento fazia voar as folhas em espiral facilitou as coisas para Lorelei no sentido de esquecer Davidek — e propiciou uma oportunidade de argumentar e tentar convencer seu namorado.

— Lembre-se da Hannah — alertou Lorelei.

— Hannah, Hannah... — Stein retrucou. — Você está parecendo o Davidek. Ela é só um bicho-papão que eles estão usando pra deixar a gente com medo. "Seja bonzinho, senão a Hannah vai te pegar!" — Stein retorceu as mãos deixando-as em forma de garras. Lorelei esticou o braço e enlaçou seus dedos nos dele. — Você está tentando mudar de assunto — disse ele, dando um beijo estalado nos lábios dela.

— Eu só quero que você sossegue — disse ela, puxando para perto de si o rosto do garoto.

Eles achavam que vinham se esgueirando às escondidas sem serem observados, mas pelo menos um aluno da St. Michael tinha reparado nessas escapadas diárias. Zari não precisava do dom da clarividência para saber o que os dois estavam fazendo, mas não sabia exatamente que atitude poderia tomar a respeito. Não havia respostas a serem encontradas em seu velho e gasto baralho de tarô.

Meninas como Lorelei viviam no futuro, projetando anos à frente de si para mapear o arco de sua vida, da faculdade à carreira, depois ao casamento e aos filhos. Outras, como Zari, se fixavam nos desejos mais básicos do presente: apenas um menino de quem gostar, o qual talvez retribuísse o sentimento.

Toda pessoa um dia confronta as mais loucas aspirações com a realidade. São os pequenos sonhadores, como Zari, que mais sofrem o baque de abandonar suas esperanças.

Três dias depois, JotaErre Picklin e outro calouro, chamado Charlie Karsimen, foram jogados dentro da lixeira. Os veteranos que fizeram isso fecharam e aferrolharam a tampa, de modo que os dois tiveram que ficar lá por cerca de meia hora, até que outros alunos escutaram os murros e os gritos pedindo ajuda.

Um grupo de calouras, incluindo Zari, teve seus estojos de maquiagem confiscados por algumas veteranas durante a troca de roupa no vestiário para as aulas de educação física, e foram forçadas a sair na quadra com o rosto pintado como prostitutas palhaças.

Não era segredo nenhum. Os alunos do último ano estavam aterrorizando os calouros de maneira mais acintosa, como vingança pelo que Stein havia feito com Mullen e Simms. O comportamento dele *não* podia ser tolerado, e os veteranos *não* podiam permitir que sua conduta se alastrasse. Mas o menino da cicatriz jamais sofreu represália nenhuma. Era uma manobra tática por parte dos veteranos, com o intuito de fazer com que os colegas de classe de Stein se voltassem contra ele, um por um, até que ele ficasse isolado. E a estratégia estava funcionando.

Davidek foi poupado de ataques somente graças aos esforços de Green e LeRose, que fizeram um tremendo *lobby*, o qual, contudo, não seria capaz de resistir por muito tempo, e Audra pediu a Lorelei que reconsiderasse suas amizades.

Em seguida Audra sorriu, um sorriso maternal.

— Claro que já estou planejando escolher você como minha irmã mais nova, mas certamente eu ficaria numa situação melhor aos olhos dos outros veteranos se você não andasse por aí com aquela... peste.

Lorelei se viu dilacerada entre a vontade de se encher de alegria e de cair no choro. Ela seria protegida, mas o menino que lhe havia prometido a mesma coisa talvez não fosse — e ele estava se tornando um risco para ela.

— Não pense que ser minha irmãzinha significa que vou pegar leve com você no Piquenique do Trote — alertou Audra em tom de galhofa. — Digamos apenas que é melhor você ir desenferrujando seus talentos no estilo Motown.

A maioria dos calouros temia que os ataques dos alunos do último ano ficassem ainda piores, de modo que jamais acusavam ninguém, embora os pais das vítimas não tivessem problemas em telefonar para o padre Mercedes com a intenção de reclamar. O sacerdote continuava aterrorizando o Conselho Paroquial com notícias de que nenhum aluno responsável por levar a cabo aquelas perigosas traquinagens tinha sido pego em flagrante, tampouco punido.

— Os senhores acreditam que a irmã Maria seja capaz de dar um basta nisso? — perguntava ele.

À medida que os professores ficavam mais atentos, um grupo de alunos do quarto, do terceiro e do segundo ano decidiu que era necessário um gesto grandioso — visando diretamente a fonte do problema. Stein precisava ser punido, juntamente com todo e qualquer calouro metido a valentão.

Certo dia, no estacionamento da escola e já perto do encerramento das aulas, uma aluna do último ano anunciou aos berros, com uma sinistra alegria:

— Montinho!

Davidek estava saindo por uma das entradas laterais acompanhado de Stein e um grupo de outros calouros quando avistou a horda de alunos do último ano que se lançavam num ataque para cima deles. As fraldas das camisas dos veteranos esvoaçavam e as mochilas balançavam, traçando arcos esmagadores enquanto eles corriam aos gritos na direção dos novatos. Smitty estava poucos metros à frente e voltou os frios olhos azuis para Stein, como se estivesse cogitando a ideia de derrubá-lo para que os veteranos caíssem sobre o amigo enquanto ele fugia em disparada.

Não teve que fazer isso. Stein jogou sua mochila no chão e disse:

— Que se dane, vou encarar esses babacas.

Smitty, que sabia que não havia escapatória, retesou os ombros e seus olhos flamejaram no instante em que, com um movimento pendular, uma mochila colidiu contra seu maxilar, levando o grandalhão a nocaute. Mortinelli, o menino de testa larga que liderava a Galera do Ventilador, caiu por cima dos ombros de Smitty, enquanto dois de seus comparsas agarravam suas pernas escoiceadoras. Davidek mergulhou no chão quando Michael Crawford e seus amigos fecharam o cerco, e acabou sendo soterrado pela pilha de corpos que se amontoaram por cima dele feito um sufocante bate-estacas. Um grupo de meninas veteranas berrava: "*Montinho! Montinho*!" como um bando de animadoras de torcida psicóticas.

Ofegante, Davidek olhou através do emaranhado de pernas e braços e viu três meninos mais velhos — Bilbo, Prager e Strebovich — cercarem Stein; eles se lançaram à frente e esmurraram Stein no rosto e nas costas, jogando-o no chão e, à base de pontapés, fizeram-no rolar de um lado para outro.

Nesse meio-tempo, Mortinelli e outros membros da Galera do Ventilador ainda se empoleiravam por cima de Smitty, que tinha se levantado de novo e sacudia os braços para se desvencilhar deles, como King Kong tentando quebrar as correntes.

Os caras que esmagavam Davidek estavam ficando entediados com a falta de resistência do calouro; assim, começaram a se desgarrar e se juntar à pequena multidão que rodeava Smitty, o único ainda disposto a lutar. Eram onze contra um. Smitty ergueu um dedo, apontou na direção de Davidek, que àquela altura estava espremido contra o muro, tentando encontrar uma brecha para livrar Stein do ataque de chutes, e, com voz rouca e cuspindo perdigotos, disse:

— Me deixem em paz. Vamos pegar *ele* agora.

Davidek saiu correndo.

Smitty se lançou atrás de seu colega calouro, liderando o bando de veteranos que momentos antes o estava pulverizando. Eles se esquivaram por entre as vagas dos carros, ziguezagueando entre os veículos estacionados e as testemunhas oculares que assistiam à briga. Atrás deles, os agressores de Stein tinham se juntado à perseguição, e Stein se pôs de pé, cambaleante, sacudindo os braços contra o nada, como um homem acossado por um enxame de abelhas.

Davidek entrou feito um raio no ônibus escolar, e nesse momento Smitty e os outros perseguidores estacaram, como vampiros na soleira da porta de uma igreja. A motorista, uma mulher durona de aparência coriácea, cabelo cor de palha e voz de cinzeiro, ordenou que se afastassem da maldita porta.

No ônibus, os outros estudantes estavam torcendo — mas para os caras do lado de fora. Quando Davidek passou de fininho e se sentou num assento vazio, eles o receberam com ruidosos cacarejos.

Lá fora, Smitty abriu um risinho malicioso enquanto andava de um lado para outro, ladeado por seus novos amigos veteranos.

— Então fizeram de você a cadelinha deles, hein? — perguntou Davidek, a voz abafada pela janela de vidro entre eles.

Smitty soltou uma gargalhada e aproximou o rosto da janela, a ponto de embaçar o vidro.

— É melhor ficar no topo do monte, eu acho.

— E fazer *bullying* com gente que está na mesma situação que você? — retrucou Davidek.

O sorriso de Smitty ficou ainda mais largo enquanto ele se afastava, os braços erguidos num dar de ombros que dizia *o-que-é-que-se-pode-fazer?*

— Todo mundo faz *bullying* com alguém — disse ele.

Atrás de Davidek, uma veterana de olhar sinistro e cabelo preto como piche disse, com desprezo na voz:

— Veadinho.

O calouro a encarou, com os olhos semicerrados.

— O que é que *você* está olhando? — ela quis saber.

Davidek meneou a cabeça.

— Nada.

Os olhos dela eram ambos da mesma cor.

Smitty voltou para pegar a mochila e viu Stein se afastando do local onde havia sido espancado, seu paletó rasgado no ombro, a gravata de clipe arrancada e dependurada no punho da mão direita. No rosto dele havia cascalho preto grudado, e na testa um par de arranhões sangrando. Ele se sentou no meio-fio à espera da irmã, que chegaria para buscá-lo.

Smitty avultou diante dele, as mangas da camisa branca enroladas, a fim de exibir os braços protuberantes.

— Você tem certeza de que dá conta de acabar com todas as brigas que começa?

— Tenho — respondeu Stein, limpando a boca. — Então você é um *deles* agora?

Smitty encolheu os ombros.

— Acho que sim.

Stein assentiu.

— Então vou acabar com você também.

17

Na véspera dos feriados de Ação de Graças, as aulas eram sempre suspensas para o Jogo do Peru, partida de futebol americano realizada anualmente no campo da igreja em que um time formado por alunos do quarto e do terceiro ano enfrentava um selecionado do segundo e do primeiro ano. A disputa não fazia parte do ritual de trote, mas naquele ano as hostilidades haviam contaminado tudo. Mankowski e Zimmer eram os árbitros e tinham sido instruídos a expulsar qualquer um que ficasse violento demais. A irmã Maria em pessoa estava assistindo na lateral do campo, juntamente com boa parte dos funcionários e professores da escola. O padre Mercedes não compareceu ao evento, mas a sra. Bromine estava presente, e pretendia fazer um detalhado relatório para ele.

Davidek era péssimo em esportes, especialmente futebol americano, mas se apresentou para jogar porque LeRose disse que seria uma boa maneira de fazer amizade. Green alertou Stein para não ir, pois tinha ouvido dizer que havia gente ansiosa por uma desculpa para "acidentalmente" arrebentá-lo de encontro ao chão semicongelado. Stein disse que se os veteranos queriam briga talvez ele aparecesse, mas na manhã do jogo não deu as caras na escola.

Havia pelo menos duas centenas de espectadores na beira do campo, sob um céu fibroso que fazia do sol um turvo dólar de prata. LeRose assistiu ao jogo empoleirado no capô de seu Mustang; ele tinha acabado de tirar a carteira de habilitação naquele fim de semana, e estava usando um agasalho esportivo de náilon amarelo, com o emblema do time de futebol americano Pittsburgh Steelers costurado nas costas.

Davidek tinha trocado de roupa e agora vestia uma calça de moletom cinza e uma camiseta azul com o lema em latim "SEMPER FI" ("sempre fiel"), que um dia seu irmão lhe havia mandado. Davidek gostava de usá-la, lembrar-se de Charlie, embora isso aborrecesse seus pais, que diziam que a camiseta servia apenas para chamar a atenção para o covarde que ele era. Mas ninguém na St. Michael jamais havia mencionado o irmão de Davidek, o que o fazia sentir pena de Charlie. O mundo esquece rápido demais, e depois esquece que esqueceu.

Davidek passou a maior parte do tempo na linha lateral do campo, na reserva. Smitty estava a seu lado, coçando a bochecha. Rompendo o silêncio, Davidek perguntou:

— E então, agora que você está andando com os caras mais velhos, conhece a Hannah Kraut?

Em momento algum Smitty tirou os olhos azuis do campo, mas alguma coisa neles se intensificou.

— Por que você está perguntando sobre ela pra *mim*?

Davidek respondeu:

— Estou perguntando pra todo mundo.

Smitty fitou toda a extensão do campo.

— Não me pergunte de novo.

— Eu só queria dizer que...

Smitty agarrou-o pelo pescoço, com força.

— Não me pergunte de novo.

E Davidek obedeceu.

Enquanto o jogo acontecia dentro de campo, outro drama se desenrolava entre os espectadores. Encostada à grade espelhada da reluzente picape 4Runner preta do namorado, Michael Crawford, Audra Banes estava enterrada numa parca marrom, ao lado de suas amigas Amy Hispioli, Sandra Burk e Allissa Hardawicky, e gritava palavras de apoio para Crawford, que, jogando, sujava a roupa de lama e tufos de grama, atuando como *quarterback* do time que sempre ganhava essa partida. Audra não percebeu que Zari, a garota de cabelo preto e joias chamativas, tinha se posicionado ao lado dela.

Os olhos de Zari estavam fitos do outro lado do campo, não no jogo em si, mas no trio de figuras em pé na lateral oposta: Mary Grough; a irmãzinha dela, Theresa; e a amiga Anne-Marie Thomas. Elas, por sua vez, estavam de olho em Zari.

— Cadê a Lorelei? — perguntou Zari, o que causou em Audra um ligeiro sobressalto.

Audra puxou para trás o capuz da parca.

— Oh, meu Deus. Não vi você aí...

— Eu sou a Zari — apresentou-se. — Amiga da Lorelei. Lembra?

— A Lorelei está lá — disse Audra, apontando para a extremidade do campo, onde havia uma mesa montada com copos e um *cooler* de água. — Eu a incumbi de manter os meninos hidratados.

— Ah, beleza — disse Zari. Depois de um momento, ela perguntou: — Aquele ali é o seu namorado? — Crawford tinha acabado de fazer um passe espetacular e estava esmurrando as costas dos colegas de time, o suor escorrendo do cabelo.

— É, ele vai precisar de um banho — disse Audra, e Zari riu alto. Alto demais.

Do outro lado do campo, as irmãs Grough pareciam urubus à espera de que alguém caísse morto. Zari queria apenas que elas parassem de encará-la.

— A Lorelei tem razão a respeito dele — disse Zari. — Ele é bonitinho.

Audra demorou um pouco para responder. Antes de falar ela se deparou com o sorriso de Zari.

— Ele *é* bonitinho — afirmou Audra, com orgulho.

Zari esperou. Fora isso que as Grough a tinham instruído a fazer: "Espere. Não vá se afobar e começar a tagarelar. Ganhe a simpatia dela, faça ela falar. Sacou?"

— A Lorelei acha que ele é bonito *mesmo*. Uma gracinha. Ela só fala disso. A gente fica tipo "Cara, não dá pra você falar de outro assunto?" — disse Zari, gargalhando, o que fez o sorriso de Audra amarelar um pouco. — Aposto que você também fica de saco cheio disso, certo? É só blá-blá-blá! — Simulou um gesto de queixa com a mão.

— Na verdade, a Lorelei nunca menciona meu namorado — disse Audra.

— Com certeza o Crawford vai ficar lisonjeado também.

Zari suspirou.

— Não se ele ficar sabendo das outras coisas que ela disse! Ou talvez ele *saiba*! — A menina de cabelo preto riu de novo, mas Audra não.

Audra puxou Zari de lado, para longe das outras amigas.

— Que... *outras* coisas?

Esse era o gancho. As irmãs Grough haviam dito: "Vá batendo papo com ela, numa boa... E então, do nada, ela vai querer saber mais. E aí você diz..."

— Nada — disse Zari, com uma expressão solene. — Eu só queria dizer... sabe, os detalhes e tal, de como ela gosta dele. Não é nada. Eu sinto muito, não queria...

Audra pousou uma das mãos sobre o ombro de Zari e olhou para a fileira onde Lorelei estava distribuindo copos de água.

— O que mais ela anda dizendo sobre o Michael?

Zari fingiu estar aflita.

— Olha, eu queria te contar, porque, embora eu seja amiga da Lorelei, não acho legal o que ela está fazendo. É que... simplesmente não é certo.

Audra colou o rosto ao de Zari e, num fiapo de voz, perguntou:

— O que exatamente ela está fazendo *que não é certo*?

Zari hesitou novamente, como as irmãs Grough a haviam instruído.

— No começo achei que era só uma paixonite, mas depois... depois que ele a elegeu como a Miss St. Michael naquele concurso de beleza idiota, e depois que ela começou a ficar de gracinha com ele enquanto banca a sua *amiga*... Ela diz que quer fazer coisas com ele, sabe? Coisas que ela diz que você *não quer* fazer por ele. Ou não sabe fazer.

— Como ela sabe *o que* eu sei e *o que* eu não sei fazer por ele? — perguntou Audra, embora não quisesse ouvir a resposta à pergunta.

— Se isso faz você se sentir melhor, acho que ele nem repara nela.

— Ele *não* repara nela — vociferou Audra. — Ele tem a mim. — Depois, recuperando a compostura: — Isso é bizarro demais.

Zari implorou.

— *Por favor*, não conte pra ela, *por favor*.

Audra agarrou o cotovelo dela e disse:

— Vamos lá falar com a Lorelei agora. Isso não está me cheirando nada bem.

Zari fincou os calcanhares no chão quando a presidente do grêmio estudantil a puxou pelo braço.

— Se a Lorelei souber que você ouviu isso de mim, não vou conseguir descobrir mais nada.

Audra afrouxou o aperto no braço de Zari e caminhou de volta até a picape 4Runner, cobrindo a cabeça com o capuz da parca. Zari permaneceu onde estava pelo restante do jogo, mas teve a cautela de não chegar perto de onde as Grough estavam. Elas a haviam orientado a evitar contato visual até depois da partida. Mais tarde, quando ninguém estava prestando atenção, Zari entrou, na surdina, no velho Ford Taurus de Anne-Marie.

— Está feito — disse a caloura. — Agora é só vocês darem um jeito de me escolher na semana que vem como prometeram. E se fizerem alguma coisa horrível comigo, juro que vou dedurar vocês.

— E aí? Acha que ela acreditou em você? — perguntou Mary.

— Provavelmente — respondeu Zari. — Não sei ler mentes.

Terminada a partida, Audra e as amigas entraram no carro de Crawford, que mais parecia um tanque de guerra, para celebrar a vitória no Restaurante Kings, do outro lado do rio em New Kensington. Lorelei estava prestes a embarcar na 4Runner quando Audra fez sinal para que Amy Hispioli fechasse a porta.

— Ah, desculpe, Lorelei — disse Audra, abaixando o vidro da janela do passageiro. — Você pode ligar pra sua mãe vir te buscar?

Naquele dia, quando Lorelei saiu de casa rumo à escola, a mãe estava desmaiada de bêbada no sofá, e um cigarro queimava no fecho da prótese.

— Ela não está em casa hoje — alegou Lorelei. — Você disse que me daria uma carona.

Isso não fez diferença alguma para Audra.

— Beleza. Bom, a gente se vê mais tarde... — E depois acrescentou: — Ei... Você conhece uma garota chamada Zari? Ela é sua amiga?

Lorelei assentiu com a cabeça, ainda tentando esconder sua acachapante decepção.

— É, sim, ela é legal. Um pouco esquisita, mas sim... ela é legal... Por quê?

— É que ela estava por aí de bobeira durante o jogo. Algumas das outras meninas estão pensando qual caloura vão escolher na semana que vem. Se você diz que ela é legal...

— Sim, sim. Ela é bacana.

Audra assentiu, como se isso concluísse as coisas.

— Feliz Dia de Ação de Graças — disse Lorelei, quando a picape saiu cantando os pneus, mas seu anjo da guarda já tinha fechado o vidro da janela.

18

— Ok, isso é péssimo — disse Green. Os meninos estavam juntos na biblioteca. Era a segunda-feira logo após os feriados de Ação de Graças, e o formulário de adesão ao Programa Irmão-Irmã tinha sido afixado na sala de aula da professora de história, a sra. Arnarelli.

Metade dos calouros já havia sido selecionada. Green fora escolhido por Bilbo, Zari havia sido a opção de Mary Grough, e meia dúzia de outros também foram escolhidos por alunos do último ano com quem tinham feito amizade. Os veteranos à procura de alguém para odiar estavam demorando mais tempo para escolher.

Todo mundo havia sido proibido de escolher Stein e Davidek, os veteranos da St. Michael estavam deixando os dois como isca para Hannah Kraut. Essa era a má notícia de Green.

— Sinto muito — disse ele a Davidek. — Tentei convencer alguns dos caras do Bilbo a te escolher, mas eles todos se lembram de que você foi um pentelho durante aquele Dia da Coleira de Cachorro... E o fato de você sair correndo e se esconder naquele ônibus também não ajudou exatamente a conquistar o respeito de ninguém.

Merda.

Davidek perguntou a Green se ele fazia alguma ideia do que estava escrito no tal diário de segredos.

— Há apenas rumores vagos — disse Green. — Bilbo e os caras acham que ela sabe de alguma menina do último ano... ninguém tem certeza de quem é... que já fez abortos. São "abortos", no plural. E aparentemente alguns alunos do segundo ano estão preocupados, achando que ela sabe que no verão passado eles arrombaram uns carros pra roubar os aparelhos de som. E ouvi por acaso a conversa de umas meninas: diziam que a Hannah sabe de um aluno do terceiro ano, um cara do *terceiro* ano, que anda tirando fotos secretas de outros meninos do time do basquete peladões no vestiário.

— Como ela pode *saber* de uma coisa dessas? — perguntou Davidek.

Stein estava olhando para um livro sobre tortura medieval e agindo como se não desse a mínima para a conversa dos dois.

— Ela quer fazer alguém ler isso no Piquenique do Trote? — perguntou ele distraidamente. — Putz, acho que vou me oferecer como voluntário. Eu adoraria enfiar isso goela abaixo dos veteranos.

— Tem mais coisa em jogo do que só os veteranos do último ano — disse Green. — Boa sorte no ano que vem, e no ano seguinte... e depois no ano seguinte... na hora de encarar todos os alunos do segundo e do terceiro ano que você vai humilhar.

— Besteira. Os professores nunca vão deixar quem quer que seja ler coisas assim — disse Stein. — Se alguém tentar, na mesma hora eles cortam o microfone.

Green balançou as bochechas gorduchas.

— Eles não podem, lembra? Não é um evento oficial da escola. No Piquenique do Trote tem gente que sobe lá no palco e faz todo tipo de coisa maluca que deixa a escola louca da vida. Os professores não têm o poder de interromper nada.

Em tom zombeteiro, Stein disse:

— Se você está tão preocupado, é só se recusar a ler se ela escolher você. Manda ela pegar o tal diário e enfiar no rabo.

— E se ela souber de alguma coisa sobre *você*? — perguntou Green.

Davidek sorriu. Pela primeira vez, a ameaça pareceu deixar de existir.

— Porra, *nós* nunca fizemos aborto! Tem alguma coisa pra saber sobre a gente?

Green encolheu os ombros. Stein folheava as páginas do livro sobre tortura.

— Sobre mim, tem algumas — disse ele.

* * *

Davidek concluiu que se encontrasse Hannah Kraut primeiro, não seria encontrado por ela.

Se ele conseguisse identificá-la, poderia evitá-la. Se soubesse onde ela iria almoçar, em que corredor ficava seu armário, os horários de suas aulas, teoricamente seria capaz de ficar fora do caminho dela. E se ela não *o* conhecesse, não teria como escolhê-lo. Porém, mesmo depois de três dias esquadrinhando os corredores e salas de aula, em momento algum ele viu uma garota com olhos de cores diferentes.

Nas estantes da biblioteca, Davidek, Green e Stein encontraram um anuário do ano anterior com uma foto granulada em preto e branco de Hannah Kraut, e no mesmo instante ele reconheceu o cabelo loiro e crespo dela. No dia em que o Menino no Telhado havia bombardeado todo mundo no estacionamento, ela era a garota que a sra. Bromine agarrara pela trança enquanto a garotada corria rua afora. Entretanto, os três calouros não puderam obter nenhuma informação acerca do rosto dela: a foto tinha sido raspada e agora via-se apenas o áspero papel branco abaixo.

Davidek encontrou três outros exemplares do anuário na estante. Em todos, o rosto tinha sido completamente raspado; eles acharam outras menções ao nome dela nos livros. Nenhuma imagem permanecia intacta. Localizaram também os anuários dos anos de Hannah como caloura e segundanista, mas já sabiam o que encontrariam. Todas as fotos do rosto dela haviam sido raspadas.

— Sei que todo mundo a odeia, mas quem faria uma coisa dessas? — perguntou Davidek.

Green descobriu a resposta dias depois, quando perguntou aos colegas veteranos da turma que se reunia ao pé da escada.

— *Ela* fez isso — disse Green, mostrando-lhes um exemplar do anuário do terceiro ano de Bilbo. — No começo do ano, todo mundo passou de mão em mão o anuário de cada um, pedindo que os outros assinassem. Foi isso que a Hannah fez com todos. — Assim como nos outros anuários, o rosto de Hannah Kraut havia sido raspado em todas as fotos. Sob seu retrato desfigurado ela escrevera em letras garrafais: "Vocês não conseguiriam lembrar de mim se tentassem".

Lorelei estava entrando em pânico.

— Audra, Audra! — chamou, correndo atrás da presidente do grêmio estudantil pelo corredor lotado.

Audra ajeitou os óculos de armação preta, como se a menina em seu encalço estivesse fora de foco.

— Siiim...? — respondeu, a voz como um silvo de ar saindo de um pneu furado.

Lorelei mal conseguiu falar. Seus lábios se moveram, e os olhos ficaram rasos d'água enquanto ela tentava pronunciar as palavras.

— Já faz uma semana, e tenho sido bastante paciente, mas acabo de ver o formulário de inscrição do Irmão-Irmã e...

— E... — disse Audra, cruzando os braços por sobre os livros.

— Lá diz que você escolheu o Justin Teemo. O Justin Teemo?

Audra encolheu os ombros.

— Michael... meu *namorado*, me disse que ele é um menino legal. Vamos fazer as outras meninas vestirem saias *poodle* e cantar "My guy" pra ele em cima do palco.

— Você disse que me escolheria — sussurrou Lorelei, incapaz de refrear as lágrimas que lhe escorriam pelas bochechas. — Por favor. *Por favor*, volte atrás... ou será que você não pode fazer outra pessoa me escolher?

Audra revirou os olhos e saiu andando.

— Eu sei quem eu *espero* que escolha você.

Davidek encontrou Lorelei abraçada a Stein numa escadaria vazia. Os dois estavam sob a janela com o vitral de São Francisco de Assis, que segurava um passarinho no dedo estendido e mantinha a paz entre as ovelhas e coelhos e patos e lobos. Davidek não conseguiu ver o rosto de Lorelei, enterrado no ombro de Stein.

O corpo dela se contorcia nos braços do menino.

— A culpa é sua... a culpa é sua... — ela murmurava e o apertava num gesto que parecia menos um abraço do que um esforço para infligir dor. Quando ela, por fim, se desvencilhou, a pele sob os olhos estava inchada e roxa e úmida. — Eles me odeiam por sua causa — disse ela. — Eu *sabia*! Eu te *avisei*!

Stein estava tentando descobrir quem, o quê e como aquilo acontecera. Mas Lorelei não estava interessada em fazê-lo entender. Quando ele tentou puxá-la para perto de novo, ela vociferou:

— Fique longe de mim, porra!

O rosto de Stein era uma máscara de horror e aflição. Incapaz de continuar olhando para a cena, Davidek recuou e desceu os degraus sem que eles percebessem.

Na manhã seguinte, Stein encontrou Davidek junto a seu armário. Por toda a escola já corria o boato de que a ligação de Lorelei com Stein havia envenenado o relacionamento dela com Audra, que por sua vez permitiu que a história prosseguisse, em vez de admitir que estava com medo de que uma caloura tentasse roubar seu namorado.

— Você tem sido um bom amigo esse tempo todo. Nunca se afastou de mim, nem mesmo quando isso teria feito de você um herói local — disse Stein a Davidek, com a voz desprovida daquele habitual entusiasmo que prenunciava perigo.

Davidek tentou fazer piada.

— Eu te mantenho por perto porque você me faz parecer *o* cara.

Stein não riu.

— Você é *o* cara — disse. — Você tem amigos. Você tem o Green pra te contar as coisas, e o LeRose pra te dar dicas e conselhos. Você tem amigos até entre os caras do último ano... Aquela menina ruiva, qual é mesmo o nome dela...? A Claudia, que te ajudou com os cigarros. Por que você não vai falar com ela? Peça pra ela escolher você.

— A verdade é que eu não a conheço tão bem assim — disse Davidek.

— Bom, então vá lá e *a conheça* melhor. Não quero que você se preocupe com quem vai acabar ficando comigo, porque sinceramente não estou nem aí — disse Stein. — Eu e você somos irmãos, aconteça o que acontecer.

Irmãos.

— Obrigado, Stein — agradeceu Davidek. Ele queria dizer mais coisas, mas apenas repetiu: — Obrigado, Stein.

Na manhã seguinte, Davidek encontrou Claudia no corredor do terceiro andar, ajoelhada junto ao armário e separando uma pilha de papéis soltos.

— Ei, como vai, Homem de Marlboro? — perguntou ela, fechando o zíper da mochila *jeans* e dependurando-a no ombro enquanto se punha em pé. — Já faz um tempinho que não te vejo. E que fim levou aquela história dos cigarros, afinal?

— Foi tudo bem — Davidek deu uma resposta capenga e pouco convincente, tentando pensar numa maneira de pedir o que queria. Viu-se distraído pelas claras sardas no peito dela, descendo pela curva dos seios até a ponta do sutiã verde, cujo contorno ele podia enxergar através da blusa do uniforme.

— No segundo andar?

Davidek voltou de chofre para a realidade.

— O quê?

— Eu perguntei como vai a vida no segundo andar. É lá que fica seu armário, certo?

Sem pensar muito, Davidek perguntou:

— Então, eu posso ser o seu calouro?

A garota riu, os fios de cabelo cor de fogo errantes caindo sobre o rosto.

— Você é ousado, não!? Eu achava que os veteranos é que deviam escolher, em vez de ouvir propostas de calouros voluntários.

Davidek tentou explicar, mas não conseguiu. Tentou respirar, mas isso também não funcionou.

— Eu sinto muito, na verdade... estou um pouco desesperado, então... eu... me desculpe, eu vou embora.

— Relaxa — disse a garota, colocando uma das mãos sobre o ombro dele para acalmá-lo. — Então, tudo que você quer é que *eu* me registre como sua irmã mais velha.

Davidek assentiu, o sangue pulsando nas maçãs do rosto.

— O meu próprio calourinho — disse a garota. — Pra ser sincera, eu estava mesmo pensando em te escolher. Você é um fofo. O que fez por sua amiga naquela história dos cigarros, aquilo foi... fofo.

Davidek ficou radiante, delirante de alívio.

— Cara, *obrigado*, Claudia. Eu estava com medo de que outros veteranos iriam...

— Claudia? — perguntou a garota. Davidek piscou, surpreso. Um sorriso nervoso e constrangido surgiu em seu rosto, e ela retirou a franja caída da testa e esfregou o pescoço. — Certo... quem te disse esse nome fui eu, não é?

Davidek confirmou num gesto de cabeça, perplexo.

— É, foi quando você... — Os olhos dele se cravaram nos dela, que tremeluziam e sorriam nos cantos. Um era azul, o outro era verde.

— Eu estava meio esquisita aquele dia — disse ela. — Não sou muito popular por aqui com algumas pessoas e... bom, eu estava te testando quando você me pediu ajuda. Pra ver se você sabia que eu estava enganando você, ou se... bom, me desculpe por aquilo.

Estendeu a mão para apertar a dele, gesto que Davidek aceitou, alheado.

— Meu nome é Hannah Kraut — disse ela. — O seu é Peter, certo? Peter...?

— Davidek — disse ele, num tom de voz semelhante a um sussurro numa outra dimensão.

A ruiva meneou a cabeça e, sorrindo, repetiu para si mesma: "Peter Davidek". Se naquele instante ele tivesse sido capaz de pensar de maneira racional, teria adorado o modo como as palavras soavam nos lábios dela.

— Você parece tão sério... — disse Hannah. — Tem mais alguma coisa que queira dizer?

A mão de Davidek deslizou da mão dela. Ele a deixou pender e, até onde pôde perceber, ela desabou no chão.

— Você mudou o cabelo — disse ele.

Parte IV

Inverno

19

Sete-Oitavos sabia que todo mundo a chamava de Sete-Oitavos. O apelido já não era segredo para mais ninguém. As pessoas o diziam bem na cara dela, como se já não fosse um insulto, como se fosse simplesmente o nome da menina. Algumas pessoas talvez sequer *soubessem* o verdadeiro nome dela.

Sarah Matusch fazia força para não se deixar incomodar com isso. Em sua antiga escola os colegas a chamavam de Cara de Mamão-Macho, expressão que, para sua consternação, constava do dicionário e queria dizer "rosto fino e comprido". Sarah era até capaz de conviver com o apelido contanto que tivesse sido criado por imbecis, mas não quando até o dicionário parecia insultá-la também.

Seus pais eram católicos fundamentalistas, antigos membros da paróquia de São Miguel Arcanjo que haviam se conhecido no colegial quando ainda eram ambos calouros, e Sarah e o irmão mais novo, Clarence, foram educados para adorar não apenas o Pai, o Filho e o Espírito Santo, mas também o padre Hal Mercedes e o papa João Paulo II — nessa ordem. (O papa perdeu pontos por não revogar as mudanças liberais promulgadas pelo Concílio Vaticano II.) O padre Mercedes conhecia muito bem a família Matusch. Ele os considerava fanáticos e os achava enfadonhos.

Eram pessoas rígidas e desprovidas de senso de humor, cega e patologicamente devotadas ao que julgavam ser os ensinamentos "tradicionais" da Igreja Católica Apostólica Romana. Odiavam, por exemplo, o fato de agora a missa ser celebrada em inglês e não em latim, embora tal mudança tivesse sido implementada havia quase trinta anos. Horrorizada, a família Matusch também foi se queixar com o padre sobre os livros didáticos de biologia de Sarah, ao descobrir que o Vaticano aceitara fazia muito tempo a evolução como um fenômeno científico legítimo.

Todo sábado, durante as confissões semanais da família, a mãe desfiava uma cansativa lenga-lenga sobre sua frustração com a liderança em Roma, a liderança em Washington e os defeitos das outras mães e esposas que ela conhecia. Quando chegava a vez do marido, ele se limitava a resmungar um conciso pedido de desculpas por suas blasfêmias ou por dar uns tabefes nos filhos — fim da confissão. O menino, Clarence, tinha apenas onze anos, mas era o membro da família com os delitos mais perturbadores a confessar. Ele reclamava da sensação de isolamento e rejeição na casa dos pais e admitia ter cogitado várias vezes a ideia de atear fogo nela, embora tal devaneio o fizesse sentir vergonha e raiva de si mesmo. O padre Mercedes tentou alertar os pais do menino sobre a questão, mas o que realmente os inquietava era a possibilidade de Mercedes quebrar o selo da confissão, o voto de sigilo de acordo com o qual um padre jamais pode revelar o que ouve durante o sacramento. O sacerdote sugeriu meramente que levassem o menino a um psiquiatra, a fim de discutir seus problemas de agressividade. "Se um dia eu pegá-lo brincando com fósforos, ele vai ver um doutor, sim... Mas não um que trata da cabeça", dissera o sr. Matusch.

Embora tratassem o padre Mercedes como um semideus na maior parte das situações, o pároco sentia apenas desprezo pela família Matusch. Mercedes, que extraía enorme prazer da opulência e dos riscos da vida, aborrecia-se com a intolerância dos Matusch em relação a ela. Eles eram a ala extremista da paróquia, e Sarah era sua cria lerda e obtusa, um caso perdido. O padre Mercedes teria pena de Sarah se ela não tornasse tão monótonas suas sessões semanais no confessionário.

A confissão de Sarah era sempre a mais demorada da família, um rosário de lamúrias sobre sua vida solitária na St. Michael e a agonia de ser chamada de Sete-Oitavos, enquanto o padre ansiava por um cigarro e tentava não suspirar nem tamborilar com os dedos na treliça que os separava. Nos tempos que corriam, ninguém que ia se confessar tinha algo interessante a dizer. O padre Mercedes sentia saudades daqueles seus primeiros anos de sacerdócio, quando as pessoas ainda temiam por suas almas imortais a ponto de pedir perdão por todo tipo de disparate e maluquice. Ele sentia falta das jovens solteiras que narravam em minúcias seus pensamentos e atos impuros. Eram bons tempos.

Ele sempre achara que Sarah "Sete-Oitavos" Matusch precisava realmente de uma dose de pecado *de verdade* na vida. Ela confessava coisas como ficar olhando tempo demais para fotos de homens sem camisa, na seção de roupas íntimas do catálogo da JCPenney, e ter vontade de assistir a um dos filmes das *Tartarugas ninja*.

O padre gostaria apenas que a menina fosse mais popular na escola. Talvez assim ela pudesse ajudá-lo a reunir a munição de que necessitava para desmascarar a irmã Maria e a falácia da velha e nobre St. Michael the Archangel High School.

Foi então que ele teve uma ideia.

— Quem são as pessoas que estão lhe causando esse sofrimento, Sarah? — perguntou.

— Basicamente os meninos da minha classe — respondeu ela. — E as meninas também. Todo mundo, menos a minha amiga Linnie. Mas eles tiram sarro dela porque ela é gorda. Na verdade ela é *bem* gordona mesmo.

Uma espécie de energia irritadiça estava se avolumando dentro do padre.

— Por favor, seja mais específica, Sarah. Quem é que mais aborrece você com esses apelidos ofensivos?

Ela ergueu a voz.

— Uma porção de gente, padre. Tem um cara, um tal de Smitty, que tira muito sarro de mim. Só que às vezes... eu quase nem ligo, porque ele é bonitinho. — Seguiu-se um pesado silêncio. — Pelo menos ele fala comigo. Mesmo que seja só pra me zoar.

Smitty. O padre ponderou. Perguntou-lhe o nome completo do menino e disse que verificaria isso com a secretaria da escola.

— Sarah, como penitência para esta semana, não vou incumbir você de rezar nenhuma ave-maria e nenhum pai-nosso. Nada de orações. Quero apenas que você faça uma coisa para mim. Entendeu?

Através da treliça, ele pôde ver que no rosto de peixe dela os lábios se contraíram.

— Tipo o quê, padre?

— Quero que preste atenção nos meninos e meninas que te chamam desses apelidos horrorosos. Observe-os. Veja as coisas que eles fazem e ouça as coisas que eles dizem. É capaz de fazer isso?

Ela demorou algum tempo para responder.

— O senhor quer que eu seja mais parecida com eles?

O padre balançou a cabeça para a frente e para trás, refletindo.

— Quero que você faça o que for preciso para se aproximar deles; depois, que volte aqui para me contar o que aprendeu.

— O senhor quer que eu faça fofoca?

O padre riu.

— Sarah, esses meninos e meninas não são como você. Eles não vêm aqui se confessar e pedir perdão pelos pecados que cometem. Quero que você confesse por eles. Quero que use sua postura de aluna realmente decente da St. Michael para me contar coisas que a diretora e os professores da escola não conseguem ver com os próprios olhos. Juntos, poderemos ajudar a purificar este nosso templo. Promete que vai fazer isso?

— S-sim, padre — disse ela, e depois perguntou: — Posso fazer também algumas orações como parte da penitência? Assim eu me sinto melhor.

Como quiser, Sete-Oitavos, pensou o padre. *À vontade.*

O padre Mercedes estava familiarizado com pecados, embora preferisse manter os seus próprios em sigilo. Houve ocasiões de pânico e dúvida profundos em que ele cogitou a ideia de desabafar e aliviar a alma com algum colega solidário, mas sabia que qualquer padre responsável não o absolveria pura e simplesmente; como penitência, ele teria de se entregar. Essa era uma regra básica da prática da confissão para qualquer ministro que ouvisse a revelação de um crime. O pároco seria perdoado por Deus, mas somente se revelasse publicamente sua roubalheira, sua jogatina e sua ganância, e se pedisse misericórdia. Em vez disso ele preferia fazer as coisas direito.

Se fosse capaz de eliminar a escola, conseguiria livrar a paróquia de um elevadíssimo ônus no orçamento e ao mesmo tempo converteria aquela estrutura vazia num gerador de receitas — uma casa de repouso para os idosos (de preferência, abastados) da paróquia de São Miguel Arcanjo. Esse dinheiro caído dos céus ajudaria a equilibrar o grosseiro desarranjo de seus livros contábeis, e era aí que ele encontraria sua absolvição — não em algum obscuro ritual bizantino. A confissão era para as Sete-Oitavos do mundo, os supersticiosos, os fracos de espírito.

Mas primeiro a escola tinha que sumir do mapa, e já que a St. Michael sempre tinha sido uma fonte de orgulho para a paróquia, o padre Mercedes teria de mudar essa percepção. Sete-Oitavos era uma peça fundamental para fazer isso acontecer, ainda que, sem dúvida, até chegar a essa condição ela tivesse demorado um bocado.

"E quanto aos outros meninos e meninas da escola?", perguntava o padre todo sábado. "Como estão tratando você? Lembre-se: pedi para você ficar de olho para mim..." Desde que ele incumbira a menina dessa missão, no início do outono, o progresso havia sido nulo.

Atuando como espiã, ela propiciava ao padre uma dose ínfima de escândalos e muita reclamação repetitiva acerca de seu apelido, do uso que seus colegas de classe faziam de palavrões e outros pecadilhos tão triviais que ele se via punindo a menina com quantidades desnecessárias, e malignas, de penitência. Começou com cinquenta pai-nossos e cinquenta ave-marias. Na semana seguinte, uma vez que ela ainda não fora capaz de oferecer nenhuma informação secreta proveitosa, a penitência dobrou. Sarah passava horas ajoelhada, murmurando orações.

Painossoqueestaisnoscéussantificadosejaovossonome.

Ela recitava a oração tantas vezes e com tanta frequência que depois de algum tempo as palavras perdiam todo o significado e sua mente se tornava uma mixórdia de sílabas que, feito um aspirador de pó, limpava sua consciência. Os pais dela, é claro, sentiam-se gratos ao padre por inspirar na filha tamanha devoção, embora em seu íntimo se perguntassem que pecados ela teria cometido para merecer punição tão severa.

Assim que caiu a primeira neve, num sábado de dezembro, Sarah entrou no confessionário com os olhos vidrados e os lábios se movendo sem produzir som:

Painossoqueestaisnoscéussantificadosejaovossonomevenhaanósovossoreino.
Hesitante, a menina se pôs de joelhos.

— Perdoe-me, padre... Perdoe-me, pois eu pequei... — começou ela.

O padre levou uma das mãos à treliça.

— Sarah, Sarah — disse ele, sentindo sinceras pontadas de pesar. — Vamos parar com essas orações todas. Apenas me diga o que eu preciso saber sobre os alunos da St. Michael.

— É um lugar pecaminoso — disse a menina.

— Pecaminoso — repetiu ele. *Claro. Tanto faz.* — Sim. O que você sabe de pecaminoso?

A menina era apenas um fantasma do outro lado da treliça do confessionário, e a paciência do padre era curta. Ele desfiou uma série de exemplos, como se lesse uma lista de compras: Que menina está dormindo com que menino? Quem usa drogas? Quem está colando nas provas? Onde se pode encontrar...?

Sete-Oitavos começou a chorar, minúsculas lágrimas escorrendo por seu rosto bizarramente estreito.

— Eu posso contar ao senhor — disse ela. — Mas, por favor, pare com essas *orações*, por favor. Elas ficam na minha cabeça. Não *vão embora* nunca...

— Sim, Sarah — disse ele, numa voz baixa e meiga, tranquilizadora. — Claro. Você pode parar com elas. Estou dizendo que você pode parar.

Mas primeiro...

— Tem uma garota — disse Sete-Oitavos. — E dizem que ela tem um diário...

20

— É um belo truque, tocar fogo em si mesmo desse jeito — disse Green, pousando uma mão sobre o ombro de Davidek, num gesto de consolo. Stein estava encostado à máquina automática de salgadinhos atrás deles, revirando os olhos. Ele tinha sido a primeira pessoa a ficar sabendo que Davidek se oferecera voluntariamente para ser o calouro de Hannah. Green e LeRose foram, respectivamente, a segunda e a terceira.

LeRose estava andando de um lado para outro, inflando e desinflando as bochechas enquanto expelia o ar.

— Meu Deus, nunca achei veria ver um cara comer *o próprio rabo*.

— Acho que o seu pai está escondendo o segredo de alguns dos truques dele — rebateu Stein. Desde que levara um fora de Lorelei, ele vinha se comportando como um babaca, ainda mais desagradável do que o habitual.

Davidek levou as mãos ao rosto.

— *Caras*... por favor.

— Desculpe — disse Stein, num raro pedido de desculpas. — Eu estava só de gozação.

LeRose mostrou-lhe o dedo médio e se virou de novo para Davidek.

— Por que fui perder meu tempo tomando conta de vocês? — perguntou ele. — Só queria ter sabido antes que você ia dar uma de camicase.

Eu também, pensou Davidek. Só Stein sabia que tinha sido um acidente, e aconselhara Davidek a fingir, agindo como se tivesse sido uma escolha deliberada.

— Melhor ser um cara durão do que um imbecil — ele dissera. Então era isso que Davidek estava fazendo.

— Talvez ela fique com pena de você — disse Green, tentando ver o lado bom da situação. — Talvez fique contente com o fato de você não ter medo dela, como todo mundo.

LeRose esfregou a cicatriz da parte de trás da cabeça, que sempre coçava quando ele ficava nervoso.

— Continuem dizendo isso pra vocês mesmas, meninas.

Por ora Davidek era intocável. Os veteranos recuaram assim que Hannah escreveu o nome dele ao lado do seu no formulário de adesão ao Programa Irmão-Irmã, como se ele tivesse contraído uma doença incurável — e possivelmente contagiosa. Contudo, de certa maneira eles ficaram aliviados.

Enquanto os veteranos todos estavam tentando empurrar Stein na direção de Hannah, a expectativa era submeter aquele arruaceiro a uma tortura hedionda, mas quando começaram a circular os boatos sobre o diário de Hannah e os planos dela de espalhar seu conteúdo para todo mundo, os alunos do último ano tiveram a impressão de que eles é que eram os alvos da tal tortura hedionda. Stein talvez até se oferecesse para participar de bom grado de uma coisa dessas. De repente, colocar alguém, quem quer que fosse, no caminho de Hannah lhes pareceu uma ideia horrível, mas multidões nunca foram muito boas na hora de ponderar sobre consequências imprevistas.

Quando Davidek se ofereceu como voluntário para ser o "irmãozinho" de Hannah, LeRose e Green convenceram seus amigos do último ano de que esse era o melhor resultado possível. Davidek não era um babaca como Stein, e poderia ser persuadido a ficar de olhos abertos para eles. Além disso, ele não parecia ter medo de Hannah, o que talvez a desarmasse. O melhor para todos era ser legal com ele, pelo menos por enquanto, e não dançar sapateado no terreno minado.

— Sabia que todos nós achávamos que a Hannah seria a pior coisa que podia acontecer com um calouro? Está começando a parecer que ela é a *melhor* coisa... pelo menos pra você — disse-lhe Green. — É uma chance de você mostrar quem você é.

— Isso significa que vai ter de conversar um pouco mais com ela — disse LeRose. — E manter a gente informado.

Davidek ainda não via Hannah com muita frequência. Ninguém a via, a não ser nas aulas. Ela se mantinha distante de todos, deslizando de sala em sala sem se demorar nos corredores. Hannah havia aperfeiçoado a noção de ações furtivas.

Como ela saía da escola todos os dias para almoçar, em uma dessas ocasiões Davidek a esperou do lado de fora, no início do intervalo, e a abordou no momento em que a garota caminhava até o carro, carregando um punhado de manuais preparatórios para o exame de admissão na universidade.

— Vai fazer o teste em breve? — perguntou ele, de um jeito um pouco animado demais. Percebeu que ela havia detectado um motivo oculto.

— Vou, sim, no próximo sábado, lá em Freeport — respondeu Hannah. Sob os olhos dela acumulavam-se círculos escuros de sono perdido, e raízes de cor clara apontavam em meio ao emaranhado da cabeleira cor de fogo.

— Depois que você fizer a prova, acho que pode voltar a pegar no meu pé — sugeriu ele, em tom jocoso.

— Nunca peguei no seu pé — respondeu ela.

— Eu sei... eu só quis dizer, tipo... disseram que você tinha planejado uma coisa bem maldosa pra primavera. No tal Piquenique do Trote...

Hannah deixou os livros caírem no banco do passageiro de seu jipe.

— Você ouviu todas essas coisas e mesmo assim me escolheu. Fico eternamente grata.

Davidek friccionou o sapato contra o chão.

— Pra dizer a verdade, eu não sabia que você era você... "Claudia".

— Acredite ou não, na verdade aquilo me deixou feliz — Hanna ponderou. — Você estava correndo da Hannah ruim, mas talvez tenha encontrado a Hannah boazinha.

O rosto de Davidek se iluminou.

— Então toda essa merda sobre um tal diário e segredos constrangedores e obrigar seu calouro a ler o conteúdo no Piquenique do Trote... nada disso é verdade?

Hannah deslizou pelo banco do motorista e ligou o motor do jipe, que cuspiu uma fumaça azul no ar congelado.

— Ah, é verdade, sim — disse ela, fechando com força a porta. — Nós vamos apavorar este lugar, vamos botar pra quebrar, você e eu.

Davidek caminhou até a janela do carro.

— Você acha que existe alguma chance de a gente... *não*... fazer isso?

Ela desligou o motor e abaixou o vidro da janela.

— Você é uma gracinha, Peter, mas entende por que todo mundo nesta escola está infeliz pra caralho?

Ele encolheu os ombros.

— Acho que é porque passam por maus bocados...

— Maus bocados — repetiu ela. — Na verdade, é porque a igreja está botando pressão no padre Mercedes, e ele está acabando com a raça da irmã Maria, e ela está pegando pesado com os professores, e os professores estão desforrando nos alunos, que estão se detonando uns aos outros. Todo mundo está puto da vida e quer se vingar em cima de alguém, mas este sistema todo tem uma única regra: você não pode machucar alguém que é capaz de revidar e te machucar também. Por isso a irmã Maria não pode se livrar do padre Mercedes, os professores não podem mandar a irmã Maria à merda e os alunos não podem nocautear os professores. Eles precisam descontar em outra pessoa. É aí que eu e você entramos. Nós estamos na parte mais baixa da pirâmide. Ou pelo menos estávamos.

— Talvez a coisa certa a fazer aqui seja simplesmente... oferecer a outra face. Sabe? — sugeriu Davidek. — Ser bonzinho e ver se as pessoas...

Hannah desceu de um salto do jipe e ergueu o punho para desferir um murro no rosto de Davidek. Ele se encolheu, recuando, e ela acertou-o no ombro, duas vezes.

— Dois socos por ter se esquivado — disse ela, voltando para trás do volante. — Você viu o que aconteceu aqui — acrescentou, mais uma vez fechando com força a porta. — Você achou que eu ia te nocautear, por isso recuou. É isso que a gente está fazendo neste exato momento com o tal diário. Só que no fim das contas nós vamos *mesmo* botar todo mundo a nocaute. *Pra valer*. Lembra que eu disse que estávamos na parte de baixo da pirâmide? Bom, temos a chance de fazer essa merda toda desmoronar.

O jipe rugiu.

— Agora, dê um passo para trás, Peter, e ofereça a outra face na calçada — aconselhou ela, soprando-lhe um beijo. — Não quero atropelar você.

Depois de algumas semanas, a sra. Arnarelli retirou da parede o formulário de adesão ao Programa Irmão-Irmã. Sentiu pena de Lorelei, que todo santo dia passava por lá para ver se o seu nome tinha sido escrito por alguém. Havia uma porção de veteranos que ainda não haviam se atrelado a nenhum calouro, mas ninguém estava interessado nela. Audra tinha não apenas se recusado a escolher Lorelei como dera ordens para que ninguém mais a protegesse.

— Deixem que a Galera do Ventilador a empurre contra as pás — brincou Allissa Hardawicky, amiga de Audra.

Stein era o único outro calouro que ainda não havia sido selecionado. Ninguém o escolhera porque ninguém era capaz de imaginar o que fazer com aquele mala sem alça brigão. Ele não dava a mínima; estava agonizando de uma maneira que ninguém conseguia perceber, sofrendo por Lorelei — que se recusava a falar com ele.

— Ela não me deixa nem mesmo pedir desculpas pelo que fiz, seja lá o que tenha sido. Eu achava que tínhamos uma ligação e que um compreendia as coisas do outro sem nem precisar falar sobre elas. Eu preciso dela.

Davidek supôs que Stein precisava simplesmente de *alguém*, e instigou o amigo dizendo coisas como:

— Isto não é nenhum romance cósmico. É o primeiro ano do colegial.

— Você não sabe o que é perder alguém que você ama — disse Stein, e Davidek resistiu ao impulso de lhe dizer quanto ele estava errado. Ambos passavam os dias sentindo falta da mesma garota.

À medida que o Natal se aproximava, as primeiras noites de inverno pareciam lâminas de machado, cortando e encurtando os dias. Todas as árvores eram esqueletos marrons, eletrificados a cada manhã com uma geada azul. Na St. Michael, ninguém ousava ficar do lado de fora do prédio no intervalo do almoço. Os alunos do último ano ou saíam para algum outro lugar ou ficavam amontoados no refeitório, fofocando e ameaçando-se uns aos outros. Os calouros não tinham escolha. Estavam presos.

Lorelei jamais conseguia encontrar um lugar onde sentar. Depois de ter sido abandonada por Audra, ela tentou voltar para sua antiga mesa, sentando-se ao lado de Zari e das outras meninas, perguntando se alguém tinha conseguido fazer o trabalho que dava créditos extras para a disciplina de língua espanhola. Não demorou muito para que chegasse um punhado de veteranos, mentores de algumas das meninas da mesa. Eles cochicharam brevemente com suas calouras, de olho em Lorelei. Uma a uma as calouras foram limpando a boca e agarrando a bandeja, obedecendo às ordens de procurar outro lugar.

Uma vez que a proteção de Audra já não existia, as irmãs Grough voltaram a importunar Lorelei. Anne-Marie Thomas roubou o trabalho de espanhol da novata — a tradução de um trecho de *Dom Quixote*, incumbência do meio do semestre — e passou-o para as mãos da pequena Theresa Grough, que correu para o banheiro e jogou o texto na privada. Lorelei conseguiu resgatá-lo, mas as dez páginas escritas à mão estavam imprestáveis, a tinta azul escorrendo e ilegível. Ela tentou entregá-lo assim mesmo, mas a sra. Tunns não aceitou.

— Conheço o truque de entregar o trabalho arruinado e ilegível e depois dizer que o cachorro comeu o caderno — alegou a professora.

Em duas ocasiões as Grough se aproximaram na surdina com tesouras e cortaram um cacho de cabelo de Lorelei.

— Você não ficou sabendo? Simetria é uma coisa tão ultrapassada... — elas riram. Para se proteger, Lorelei caminhava pelos corredores com o braço livre formando um laço por cima da cabeça. As pessoas começaram a imitar seu jeito de andar.

No último dia de aula, antes do recesso para as festas natalinas, na hora do almoço, ela deslizou a bandeja de comida sobre uma mesa repleta de meninos. Nenhum deles estava com Stein, mas com outros garotos, colegas de sua classe. Ela deduziu que era menos provável que eles se importassem com quem a estava evitando, mas nenhum veterano sequer teve que se dar ao trabalho de visitar a mesa. Minutos depois os meninos se levantaram e foram se espremer com amigos em outras mesas, deixando-a sozinha.

Somente uma pessoa ficou para trás e permaneceu onde estava.

Smitty, o garoto de olhos azuis, era muito mais alto e corpulento que os outros calouros. Seu rosto tinha um aspecto cinzelado, com bochechas cavadas e aqueles olhos pálidos. Em seu rosto calmo e no jeito vagaroso de falar, havia algo que ela achava hipnótico.

— Ouvi dizer que você gosta de caras mais velhos. É verdade? — perguntou ele. O boato de que ela andava de olho no namorado de Audra corria de boca em boca, mas Lorelei ainda não sabia disso.

Lorelei encarou o prato intocado de *pizza*.

— Não gosto de ninguém — disse ela.

Smitty deslizou no banco para se sentar de frente para ela, e seu peso fez a ponta da mesa tombar um pouco.

— E se eu te disser que *sou* mais velho... — disse ele, os olhos azuis abrasando o corpo dela, o que a fez se contorcer.

Lorelei se levantou da mesa.

— E se eu disser que você ainda tem muito que crescer?

Smitty gargalhou e deu um ruidoso soco na mesa, o que fez a bandeja e os talheres darem um salto.

— Sabe do que mais eles chamam você? — perguntou ele enquanto Lorelei se afastava. — Hannah Dois!

Ela já tinha ouvido isso antes. Variações do apelido já haviam chegado aos seus ouvidos, em sussurros mal disfarçados: "Hannah Dois". "Pequena Kraut". "Puta: O Retorno".

Lorelei já havia enfrentado esse tipo de isolamento antes. Havia sentido sua vida cuidadosamente arquitetada desmoronar. Mas não podia permitir que acontecesse de novo.

Deveria haver algum aluno do último ano que a protegesse, que soubesse qual era a sensação de ser excluído, tratado com crueldade. Os olhos de Lorelei ficaram rasos d'água. Ela os enxugou com a manga do suéter. *Pare com isso*, pensou ela, e obedeceu.

Audra tinha sido uma descoberta acidental, mas, enquanto caminhava pelos espaços entre as mesas, Lorelei sabia exatamente o que estava procurando. As vozes se erguiam ao redor, veteranos por todos os lados.

Ela não demorou muito para encontrar aquilo de que precisava.

21

Os boletins escolares do primeiro semestre foram entregues pouco antes dos feriados de final de ano, e por causa das notas desanimadoras de Davidek o Natal foi uma época infeliz na casa dele.

— Como foi que você tirou F em religião? — quis saber a mãe. — Francamente. Explique isso... Preciso repetir a pergunta de novo?

Davidek disse que sua professora o odiava, e o pai perguntou se todos os outros professores também o detestavam. O menino tinha tirado D em álgebra e biologia, C+ em língua e literatura inglesa, C em francês e educação física, e — seus melhores resultados — B em história e ciência da computação.

— Você passa tanto tempo naquela escola com todas as suas detenções, achei que aprendesse alguma coisa sem querer — disse o pai.

O problema de Davidek com o desempenho na escola vinha do fato de ele se martirizar demais com Hannah Kraut, que era o único assunto que o consumia. E nisso ele não estava sozinho.

Durante todo o Advento, o padre Mercedes vinha meditando sobre os boatos acerca do diário de Hannah Kraut, mas não tinha discutido o diário em nenhuma de suas avaliações semanais das deficiências disciplinares da irmã Maria. Ele ainda não obtivera de Sete-Oitavos informações suficientes, e por causa disso prescreveu a ela uma nova rodada de penitências, quatro rosários toda manhã, quatro toda noite, mas nada de rezar durante o horário de aulas. Nesse período ela deveria *escutar*.

Se o tal diário existia, documentando crimes verdadeiros e atos de libertinagem praticados nos corredores da St. Michael, seria bom para a causa do religioso que esses constrangimentos fossem revelados publicamente. Mas o padre Mercedes se viu atormentado por uma pergunta: e se o diário contivesse suspeitas sobre *ele*? O religioso não fazia ideia se uma adolescente perderia seu tempo com fofocas sobre o pároco, mas não podia correr o risco de que boatos tolos se transformassem em questões sérias.

Nas primeiras semanas nevadas de janeiro, ele decidiu procurar a ajuda de alguma figura com papel de autoridade na St. Michael que não fosse *leal* à irmã Maria. Alguém próximo dos estudantes, mas que desconfiasse deles. Alguém suficientemente inteligente para coletar informações, mas não esperto o bastante para descobrir os motivos do padre.

— Sra. Bromine! — disse ele, cumprimentando a orientadora educacional junto à porta. — Recebo tão poucas visitas suas! Como vai o seu ano-novo até agora?

— Duas semanas já foram —respondeu ela. — Faltam mais cinquenta!

— Se Deus quiser. — Ele sorriu, abrindo a porta externa para que ela entrasse, caminhando sobre o gelo que estalava na varanda da frente.

Comeram fatias de sanduíche de presunto na cozinha do padre, embora a sra. Bromine preferisse se sentar à antiga mesa de nogueira da refinada sala de jantar da residência paroquial, rodeada por aqueles deslumbrantes armários repletos de vidrarias e relíquias sacras. Comparada à elegância daqueles adornos, a mesa de fórmica e as lâmpadas fluorescentes da cozinha eram uma frustração.

— Somos pessoas de ideias parecidas, sra. Bromine — disse o padre Mercedes. — Consigo perceber isso.

Ela mastigou seu sanduíche de presunto.

— Como assim, padre?

— No passado a senhora me procurou com preocupações — explicou o padre — sobre o... hã... déficit de liderança da escola. Agora eu a procuro, como colega que também acredita que a vigilância é necessária. A St. Michael parece estar infestada de alunos que, todos sabemos, são encrenqueiros, propensos à desobediência...

— Nós do corpo docente os chamamos de punheteiros — disse a sra. Bromine. — Eu vivo de olho neles, padre. Vigio mesmo. Tenho inclusive uma lista dos imprestáveis... posso mostrar ao senhor.

— Uma menina chamada Hannah Kraut está nessa lista? — o padre perguntou.

A sra. Bromine confirmou num gesto de cabeça, mastigando rapidamente um bocado para poder contar tudo ao padre, que se recostou na cadeira.

— Quero que a senhora fique atenta a ela. Esses tipos autodestrutivos... às vezes, quando caem ladeira abaixo, podem machucar outras pessoas.

A orientadora educacional assentiu, ainda mastigando, e o padre sorriu de novo.

— Diga-me uma coisa, que fim levaram aqueles dois meninos que estavam atormentando a senhora? — perguntou ele. — O caladão e o menino sacerdote que eu conheci.

— Menino sacerdote? — ela quis saber, limpando a boca.

O padre resmungou.

— Aquele com cicatriz no rosto. Ele estava tagarelando sobre as muitas religiões que a família dele professou ao longo do tempo. Para a senhora deve ser interessante ensinar religião para o único budista judeu evangélico numa escola católica.

Ele riu, mas Bromine não.

— Ele é um mentiroso ímpio — disse ela. — Um dia, hei de provar isso.

Bromine desejou apenas que o padre Mercedes lhe tivesse contado isso antes. De bom grado ela teria feito o merdinha em pedaços, em nome do pároco.

A chance de Bromine chegou quando Stein novamente se manifestou com insolência no meio de uma de suas aulas — dessa vez o tema eram religiões comparadas.

— Desculpe, mas as testemunhas de Jeová são diferentes dos mórmons — disse ele. — São religiões diferentes.

Bromine parou de escrever na lousa no meio da palavra "mórmon".

— Eu não disse que eram idênticas. Eu disse que eram *afins* — esclareceu. — Em ambas as religiões as pessoas saem evangelizando de porta em porta. — Ela ofereceu o giz. — Você gostaria de dar a aula?

Stein se remexeu na cadeira.

— É que... meus pais foram testemunhas de Jeová, mas apenas durante um tempo.

Alguns estudantes caíram na risada. Somente Davidek sabia que Stein não estava fazendo piada.

— Isso foi antes de eu nascer — prosseguiu ele. — No nosso porão ainda temos alguns exemplares da revista *A Sentinela*, que aqueles caras distribuem. Meus pais conheceram alguns missionários em Seattle quando moravam lá. O meu pai disse que a minha mãe teria continuado estudando, mas quando descobriu que eles estavam falando sério sobre proibir festas de Dia das Bruxas e de aniversário, foi o fim pra ela.

— Você está me dizendo que seus pais são politeístas? — perguntou Bromine, embora o resto da classe não fizesse ideia do que essa palavra queria dizer. — *Pagãos*? — insistiu ela, encenando para a sala.

Stein meneou a cabeça.

— Meu pai é ateu. Minha irmã é evangélica. Ela quer que a gente seja crente, mas... como eu disse, meu pai é ateu agora.

Bromine bufou.

— A sua mãe é o quê? Duende? — O sarcasmo sem graça arrancou da classe uma risada, a primeira de Bromine em muito tempo. Ela sentiu um enorme prazer.

Davidek relaxou numa postura desleixada na cadeira, sorrindo. Bromine já era. Ela não fazia ideia de que a mãe de Stein havia morrido. Que fizesse comentários maldosos à vontade. Quando ele soltasse a bomba, ela se dissolveria no chão como a bruxa de *O mágico de Oz*.

— A minha mãe estava sempre procurando alguma coisa em que acreditar — disse Stein. — Ela estudava hinduísmo, budismo... Quando a gente morava em Los Angeles, ela se envolveu um pouco com cientologia. Nós nos mudamos para a Flórida, e ela me pôs pra estudar judaísmo, porque os pais do meu pai são judeus. Ela queria fazer um *bar-mitzvá* pra mim.

— Acho que você está mentindo — disse Bromine, pegando um pouco pesado demais. — Ninguém vai mentir para mim na minha sala de aula.

Stein ficou surpreso.

— Não estou mentindo.

A professora caminhou em silêncio até uma prateleira nos fundos da sala abarrotada de textos religiosos, incluindo uma dúzia de versões da Bíblia, um exemplar do Livro dos Mórmons, três do Corão e uma edição em brochura de *Quando coisas ruins acontecem às pessoas boas*.

— Estou segurando nas mãos o livro da escritura judaica; você sabe me dizer o que é? — perguntou ela, escondendo o volume atrás das costas.

Stein encolheu os ombros.

— Sinto muito, nós, judeus, perdemos nossos poderes de adivinhação assim que somos circuncidados.

O rosto de Bromine se afogueou.

— Um judeu de verdade saberia a resposta.

— Há uma porção de textos judaicos — disse Stein, e arriscou um palpite: — O Talmude.

Agitadíssima, Bromine recolocou o Talmude na prateleira.

— Então qual é exatamente a sua religião agora?

— A minha irmã é a única que é religiosa — disse Stein. — Ela é evangélica, cristã renascida. Como a minha mãe.

Que *morreu*!, berrou a mente de Davidek. *É só você dizer*. Destrua *ela*. Mas Stein não fez isso.

— *Renascida*... — Bromine torceu o nariz. — Isso é para as pessoas que estragaram tudo da primeira vez? Eu gostaria de conversar com sua mãe e ver se tudo isso é verdade.

— A senhora poderia — disse Stein. — Se não fosse por um pequeno detalhe.

O sorriso de Davidek mordeu a ponta do lápis. *Lá vem...*

— E que detalhe é esse, sr. Stein? — perguntou Bromine.

— Ela simplesmente citaria Provérbios 12:23 para a senhora.

Os outros alunos começaram as folhear loucamente as páginas de suas Bíblias até parar no versículo correto. Eles sabiam que não deveriam rir, e por causa disso foi impossível evitar um ataque de gargalhadas. Os risinhos abafados dos rostos escondidos atrás dos livros aprumados deram lugar a uma avalanche.

— O que diz, Lorelei? — quis saber a sra. Bromine.

Lorelei suspirou e leu:

— "O homem prudente encobre o conhecimento, mas o coração dos tolos proclama sua ignorância."

Foi o fim da discussão. Bromine voltou para sua escrivaninha e começou a preencher papeletas de detenção: duas para Stein, por "dar respostas malcriadas" e "mentir", e uma para todos os alunos da classe que tinham dado risadas com ele.

Davidek, pela primeira vez, não estava entre eles.

Nesse dia o pai de Stein foi buscá-lo na escola. Geralmente quem fazia isso era sua irmã, Margie, que de manhã trabalhava na loja Sears e à noite cursava faculdade de enfermagem; mas alguns canos haviam se rompido no complexo de condomínios onde Larry Stein estava trabalhando, e por isso ele e os outros eletricistas ganharam a tarde de folga. Dessa vez ele se ofereceu para buscar Noah, na expectativa de passar um pouco de tempo com o filho, mas no começo o menino não se mostrou muito disposto a conversar.

Ah, tudo bem. Larry não fora capaz de fazer o menino tagarelar, então ligou o rádio e cantarolou junto com os Eagles sobre a importância de pegar leve.

A picape de trabalho serpeou ao longo da estradinha rural que ziguezagueava na direção da casinha da família no distrito de Sarver. Rajadas de neve fustigavam o para-brisa enquanto os limpadores trabalhavam no mesmo compasso da música. O pai de Stein continuou cantando até que o filho disse, olhando pela janela:

— Hoje uma professora me perguntou sobre a mamãe.

Durante alguns minutos, ambos ficaram em silêncio. Então o pai desligou o rádio e esticou o braço para sacudir o joelho do menino.

— Estávamos na aula de religião e a professora discutiu comigo sobre, sabe, todas as religiões e as coisas em que a mamãe envolvia a gente — contou Stein.

— A sua mãe gostava de acreditar nas coisas — disse o pai. — Tudo o que ela conseguia... Caramba, ela acreditava num fracassado como *eu* a ponto de aceitar casar comigo.

Larry Stein passou os dedos na aliança de casamento, que ainda usava. Ele queria dar um fim àquela conversa, mas não podia. Não devia.

— Se você acha que esta é uma daquelas fases pelas quais você já passou, talvez a gente possa consultar um médico de novo — disse ele. — Posso falar com a Margie a respeito disso e...

— Os médicos sempre querem conversar — disse Stein. — Eu não gosto nem de *pensar* no que aconteceu.

O pai disse:

— Então não pense... pense em outras épocas. Não no fim.

O menino olhou pela janela. Larry não sabia o que dizer, de modo que ficou em silêncio.

O acesso para a casinha de madeira subia em espiral desde uma estradinha rural margeada por uma confusão de pinheiros, que a ocultavam dos olhos dos vizinhos distantes. Larry girou a chave no contato e fitou os flocos de neve que se assentavam e se dissolviam no para-brisa quente. O rosto do filho ainda estava voltado na direção do vidro da janela, os olhos fechados. Larry fez menção de estender o braço para tocá-lo, depois desistiu. Escutou os suaves roncos do menino.

Às vezes, Noah parecia tão desamparado... O pai mal podia acreditar no sofrimento que ele tinha lhe causado.

Larry estava trabalhando em Cocoa Beach, Flórida, quando aconteceu. Tinha sido uma época de vacas gordas para os eletricistas, graças a um surto de empreendimentos imobiliários. Sol, diversão e areia... parecia um ótimo lugar para uma família fixar residência, depois de anos pulando de cidade em cidade ao redor do país, ao sabor dos empregos esporádicos e das mudanças de humor de Daphne Stein, cuja inquietação era capaz de causar mais devastação do que seu marido viúvo gostava de se lembrar.

Numa noite de sexta-feira, Larry parou no Bar Mai Tiki, no píer de Cocoa Beach, para beber com alguns caras de sua equipe de trabalho. O vento morno do oceano havia entrado pelas janelas da mesma picape que ele ainda dirigia através da neve da Pensilvânia. A diferença é que naquela época o veículo era mais reluzente, mais robusto, mais confiável. E Larry também.

Ele vinha evitando o apartamento. Tinha sido um período ruim para Daphne, e quando os dois não estavam em pé de guerra ele estava tentando refrear o choro dela, como um menino tentando tapar com uma rolha o vazamento de uma represa. A vida inteira de Larry fora dedicada à esposa, preocupando-se com ela, consolando-a, dissuadindo-as das angústias que haviam despejado escuridão em todos os pensamentos que ela tinha. Nada disso fazia sentido, muito menos para ele. Larry sentiu que merecia alguns drinques com outros caras de *jeans* e camisa de flanela, contando piadas sujas e comendo com os olhos as jovens surfistas da praia.

Margie cursava o último ano do colegial e já devia estar em casa. Daphne era melhor quando apenas os filhos estavam por perto. As emoções dela ficavam mais estáveis ao redor de Noah, o seu Menino da Arca. Noah estava com dez anos.

Naquela ocasião, Larry Stein voltara tarde da noite para casa, um braço pendurado para fora da janela, flutuando na corrente da brisa morna do oceano; entrou com o carro em sua rua e viu semblantes perplexos em roupões e pijamas zanzando pelo asfalto morno, as altas palmeiras que circundavam a esquina pulsando com uma luz vermelha e branca, as nuvens baixas no céu matizadas por uma artificial incandescência alaranjada. Hipnotizado, deu uma guinada brusca para desviar de uma ambulância que tinha aparecido à sua frente. Água negra jorrava por valetas e bombeiros frenéticos lidavam às pressas com emaranhados de mangueiras túrgidas. Em segundo plano, o prédio de Larry tossia fumaça de carvão em direção ao céu.

A esposa dele estava em meio àquela fumaça. Sua esposa. "Minha linda Daphne...", ele dissera em voz alta e fechara os olhos contra a nevasca da Pensilvânia.

A filha não voltara para casa. Depois do treino de animadora de torcida na escola, ela tinha ido para a casa de uma amiga, para escreverem juntas os ensaios que deveriam ser anexados aos formulários de inscrição da faculdade. Mas Noah estava no apartamento. Tinha ficado lá dentro, encurralado, assim como Daphne. Os homens conseguiram salvar o menino de Larry Stein, mas não sua esposa. Ela, não.

Depois vieram as acusações... e era apenas até aí que Larry se permitia lembrar.

À medida que foi ficando mais velho, o filho inventou maneiras de explicar as queimaduras no rosto, expediente graças ao qual não precisava contar a verdade. Larry tinha ouvido inúmeras vezes a história fictícia da briga na fogueira do acampamento.

Depois de vários anos, as questões legais foram resolvidas e a família começou a procurar um novo lugar para recomeçar. Margie assumiu as rédeas e fez tudo acontecer. Larry jamais tinha visto a filha chorar, e Margie não tolerava choro, nem do pai nem de Noah. Embora tivesse dezoito anos, ela se tornara a mãe de ambos. Tomou as providências da mudança para a Pensilvânia ao mesmo tempo que se matriculou na faculdade de enfermagem da Universidade de Pittsburgh. Tinha ajudado o pai a encontrar um emprego fixo — chegara até a preencher boa parte da papelada do sindicato — e conseguiu fazê-lo deixar de depender tanto da bebida para abafar as coisas em que não queria pensar. Ela havia passado incontáveis noites em claro, acalentando o irmãozinho enquanto o menino choramingava no sono.

Foi Margie quem sugeriu a St. Michael.

Na primavera do ano anterior, a vice-diretora da escola de primeiro grau do distrito de Sarver escrevera uma carta à diretoria de ensino, recomendando que Noah Stein não fosse aceito na escola pública de segundo grau. "A bem da verdade, ele não apenas briga com seus colegas de classe como *trava uma guerra* com eles", dizia a carta da vice-diretora.

A cada semana surgia um novo hematoma, um olho roxo, marcas de dentes no antebraço do menino. Certa vez ele mostrara a Margie um naco de pele vermelha sob as unhas — que pertencia a um menino que fizera uma piada do tipo "Sua mãe é muito gorda" às custas dele. Berrando feito um animal, Noah partiu para o ataque, e a professora teve que arrancá-lo de cima do outro menino. A direção da escola não entendeu a reação exagerada, e o pai de Stein preferiu não explicar, limitando-se apenas a dizer que o filho era sensível com relação à mãe, já falecida.

A rixa mais famosa de Stein no pátio da escola envolvera Jim Franklin, o líder de um grupo de meninos de doze anos que inventou uma canção sobre

Stein roubando a melodia e parodiando a letra de "I got my mind set on you", de George Harrison. Eles cantarolavam pelos corredores: "*I got my face... set... on...* fire! *I got my face... set on* fire!"*

Uma aula de educação física terminou com Stein e Franklin engalfinhados no chão. Algumas meninas disseram que fora Stein quem tinha começado a briga, mas Franklin, que era mais forte, acertou os golpes mais violentos, espancando Stein como se fosse uma fronha vazia. Stein, no dia seguinte, na hora do almoço, cuspiu na comida de Franklin — e depois no rosto dele. Foi jogado no chão e surrado com tanta vontade pelo garoto maior que sequer conseguiu caminhar.

No terceiro dia, assim que acabaram as aulas, Stein espreitou Franklin no caminho de casa e surpreendeu-o com um pontapé nas costas. Franklin desabou nos degraus de concreto da varanda, machucando as costelas. Foi para cima de Stein e o estrangulou até os olhos do adversário ficarem esbugalhados. Uma mulher que passava por ali empurrando um carrinho de bebê impediu Franklin de matá-lo.

Depois disso ambos os meninos foram convocados para comparecer, acompanhados dos pais, à diretoria de ensino, onde receberam um ultimato: ou paravam de brigar ou seriam expulsos. Franklin disse que pararia. Stein não concordou. "Só vou parar quando todo mundo parar de cantar aquela música."

No dia seguinte, um coro irrompeu na hora do almoço. Stein atracou-se com Franklin na escada e acertou três murros nos testículos dele. Franklin urrou de dor e caiu no choro. Sequer chegou ao refeitório. Stein foi expulso imediatamente.

A escola particular era a única opção disponível para eles, embora as mensalidades acarretassem um fardo terrível para a família. Mas Margie considerou uma bênção. "Ele jamais pararia" dissera ela.

Seu pai sabia que isso era verdade.

* * *

---

* No original, *set fire*: incendiar. Referência ao rosto queimado de Stein. (N. do T.)

Tum tum tum.

Larry abriu os olhos. Uma camada de neve branca cobria o para-brisa. Dentro da picape o ar estava congelante.

— Papai? — disse uma voz de mulher.

Ele abaixou o vidro da janela, derrubando no chão uma porção de gelo. Noah ainda estava dormindo, enrodilhado junto à porta do banco do passageiro. Margie, que era atarracada e estava embrulhada numa grossa parca de vinil com o capuz levantado em volta do cabelo cacheado, ficou plantada do lado de fora do carro, segurando algumas sacolas de supermercado.

— O que está acontecendo, pai?

Larry bocejou.

— Acho que a gente pegou no sono, falando dos velhos tempos...

Ela se afastou da janela, torcendo os lábios. "Velhos tempos" era um assunto que Margie Stein preferia evitar.

— É melhor vocês entrarem agora. Vou fazer o jantar. — Ela arrastou casa adentro o pai e o irmão sonolentos e enquanto cozinhava discursou sobre os perigos da hipotermia. Larry estava de costas para Margie, fazendo caretas para arrancar do filho uma risada, mas o menino estava de cabeça baixa, sem olhar para ele.

22

— Você vai ao bailinho do Dia dos Namorados?

Stein simplesmente piscou, surpreso. Ele estava olhando para Lorelei, mas fazia um mês que ela não falava com ele.

— Eu, hã, acho que vou — respondeu ele.

Lorelei sorriu, quase com tristeza. Apertou com mais força os livros contra o peito.

— Eu vou — disse ela. — Talvez te veja lá. — E saiu andando.

Davidek não sabia ao certo como explicar.

— Ela já foi escolhida por algum veterano?

— Eu não fui — disse Stein. — E eles tiraram o formulário de inscrição do Irmão-Irmã. Talvez ela tenha percebido que a coisa não era aquele bicho de sete cabeças todo. — Nem mesmo Green e LeRose sabiam direito, embora LeRose achasse que as Grough haviam tentado escolher Lorelei e tivessem sido avisadas de que ela já fora selecionada por outra pessoa.

Stein mal podia controlar o entusiasmo. Pela primeira vez em muito tempo não conseguiu parar de sorrir.

Na noite do bailinho, uma nevasca súbita cobriu as estradas e campos e prédios do vale com trinta centímetros de brancura congelada. Não ventava, e os gordos flocos de neve caíam em linha reta, suavemente, como pequenas mariposas mortas. Os faróis cortavam a turva parede de neve que descia enquanto os carros pulsantes de música iam entrando no estacionamento da escola. Agasalhados com grossos casacos, cachecóis e gorros de tricô, meninos e meninas se amontoavam para caminhar pesadamente em meio à nevasca, abrindo caminho até o Salão Palisade, que havia sido enfeitado para a ocasião com bexigas vermelhas em formato de coração.

Na porta, algumas meninas do terceiro ano vendiam cravos para arrecadar dinheiro para a festa de formatura. Aos berros, algumas pessoas pediam ao DJ, que tinha vinte anos e estava posicionado no pequeno palco, que tocasse "Do me!", de Bell Div DeVoe. Ele trocou a música para "Roll with it", de Steve Winwood, mas ninguém dançou.

Do lado de fora, a sra. Bromine estava sozinha, protegendo-se do ar congelante entrouxada nos degraus da escada da frente da escola. Ela não tremia. Seu casaco preto comprido que ia até o tornozelo dava-lhe o aspecto de uma sombra em contraste com a neve. A sra. Bromine havia sugerido que o evento fosse cancelado por conta da tempestade de neve, mas a irmã Maria se recusara a lhe dar ouvidos — como sempre.

Bromine observou outra onda de estudantes descer de uma *van* e se dirigir rumo à escola, às gargalhadas, talvez rindo dela. Ela conhecia muito bem aquele som, já o tinha ouvido várias vezes.

Era estranho enfrentar hostilidade dos grupinhos dos quais ela outrora havia sido líder. Ano após ano Bromine via o próprio rosto envelhecer, via fios grisalhos esgueirando-se do cabelo, via o corpo engrossar e diminuir, ao passo que os alunos todos permaneciam viçosos, lindos e imortais.

A sra. Bromine tinha subido aqueles mesmos degraus fazia exatamente dezenove anos, antes que qualquer aluno atual da St. Michael tivesse nascido. Naquela época, Gretchen Bromine era de uma perfeição deslumbrante, uma beldade adolescente de pele macia com um corpo esguio e gracioso que se encaixava com firmeza em todos os lugares certos do uniforme escolar. Todos os meninos da St. Michael a desejavam, embora, na maioria, se sentissem intimidados demais até para chegar perto dela. Bromine gostava que fosse assim. Os meninos encrenqueiros da escola ficavam babando quando ela passava pelo corredor e ela se deliciava em lhes negar atenção.

Na noite do baile do Dia dos Namorados de 1968, a menina de dezessete anos tinha subido aqueles degraus com as pernas de fora, tremendo de frio no vestido vermelho "maçã do amor" e num casaquinho de pele de raposa que havia sido de sua mãe, as panturrilhas retesadas em um par de saltos altos brancos, péssimos para andar na neve, mas excelentes para dançar. Chegara com algumas amigas, mas estava à espera de Sam Kudznicki, o capitão do time de basquete da escola e presidente do grêmio estudantil, que pedira para ser seu acompanhante no baile.

Depois de levá-la até a pista de dança coberta de bexigas e passar a noite deslizando com ela ao som de canções românticas, Sam se mostrou tão nojento quanto os outros garotos que Bromine ignorava; ele a beijava com ímpeto exagerado quando os professores não estavam de olho, seus dedos fuçavam a borda do sutiã, ele a abraçava com força e pressionava o pênis ereto contra o quadril dela. Assim que saíram do baile, propôs que entrassem no carro e procurassem algum lugar onde estacionar, e ela respondeu estapeando-o no rosto com força não apenas uma vez, mas uma dúzia, e enquanto cambaleava para trás na neve o garoto a chamou de puta e lhe disse que se virasse sozinha para achar outro meio de voltar para casa.

Se naquela época soubesse que sua vida adulta seria tão solitária, que ela passaria tanto tempo sem ser notada nem tocada, talvez tivesse deixado aqueles meninos como ele irem um pouco mais longe...

Davidek e Stein estavam entre os últimos alunos a chegar ao baile. Eles entraram, pisando nas achatadas pegadas na neve deixadas pelos estudantes que haviam chegado antes dos dois.

Ambos não perceberam que Bromine estava de olho neles. Ela se fundia às outras figuras de pedra eternamente enfileiradas junto às paredes da escola.

Os pais de Davidek tinham concordado em levar os meninos de carro para o baile, e o pai de Stein se incumbiu de buscá-los, mas quando a noite do evento chegou a mãe de Davidek se recusou a ir para onde quer que fosse na neve.

— É noite de sexta — disse o pai dele simplesmente, como se o fim de semana abolisse todas as responsabilidades de pais e mães.

June Davidek aumentou o volume do televisor para abafar os protestos do filho.

— Eu não vou sair de carro por aí em estradas traiçoeiras só pra você poder *dançar* — alegou ela.

— A senhora prometeu que me levaria! — rebateu ele. Isso fazia pouca diferença.

— Eu disse que não — insistiu ela, recorrendo à velha, irritante e provocativa pergunta: — *Preciso repetir isso pra você?*

Quando a surrada picape branca pertencente ao pai de Stein parou na frente da casa de Davidek, eles já estavam uma hora atrasados.

— Sinto muito que meus pais tenham mudado de ideia, sr. Stein — disse Davidek assim que deslizou para dentro da cabine escura.

Larry Stein apenas encolheu os ombros.

— As estradas estão ruins, mas a gente chega lá. — Foi tudo o que disse.

— Me desculpe mesmo — repetiu Davidek.

Stein estava furioso. Lorelei parecia estar passando por uma completa reviravolta, deixando para trás seu antigo retraimento e mau humor, e agora ele estava lhe dando um chá de cadeira.

— Esta é minha única chance de passar algum tempo com ela fora da escola. Ela não pode namorar. Só pode falar ao telefone escondida. Ir ao baile é a *única* coisa que os pais deixam ela fazer. Agradeça à sua mãe por mim.

— Me desculpe — disse Davidek pela terceira vez, virando-se para a janela, mais envergonhado do que nunca.

Stein ficou matutando em silêncio, fitando a nuca do amigo. Deu um tapa na perna de Davidek.

— Escute. Não é nada de mais. É bom deixá-la esperando. Longe dos olhos, perto do coração, certo? — Ele riu e colocou um braço em volta do ombro de Davidek, sacudindo-o até fazer o amigo sorrir. Larry Stein era um chofer silencioso, mas também estava sorrindo.

Dentro da aconchegante caverna formada pelo Salão Palisade, Lorelei Paskal estava esperando perto da entrada. Assim que Stein passou pela porta ela se achegou a ele, e Davidek disse:

— Vou pegar uns biscoitos. — E se afastou de fininho para dar privacidade aos dois.

Quando ficaram sozinhos, Stein fechou os braços num abraço em volta dos ombros de Lorelei.

— Senti sua falta — disse ele.

Lorelei crispou o rosto.

— Desde hoje à tarde?

Com delicadeza, ele a abraçou com mais força, sentindo a bochecha morna dela contra seu pescoço frio.

— Faz muito mais tempo que isso, e você sabe.

Quando Lorelei se desvencilhou, ele admirou o volumoso casaco esportivo pendurado sobre os ombros dela.

— Visual interessante — disse ele.

— É o sr. Mankowski. Ele me fez usar isso — disse ela, mostrando a língua. Ela espiou por cima do ombro de Stein para se assegurar de que as meninas que vendiam cravos ali perto não estavam olhando, e então desabotoou o casaco para mostrar o *jeans* justo de cintura baixa e a blusa rendada branca bordada com um espectro de flores que terminava pouco acima do umbigo, que parecia um pequeno redemoinho numa suave curva de creme.

— Vesti um suéter bem grande para sair de casa, mas não consegui passar por Mankowski. Minha roupa não era "escola católica" suficiente para ele — disse a garota, fazendo um gesto na direção do homem careca em pé no meio da pista de dança, policiando o clima de romance. — A pior parte é que tem o cheiro dele.

— Você fez uma jaqueta velha e embolorada ficar muito sensual — disse Stein. Ela nada respondeu, mas o encarou de forma penetrante durante um bom tempo.

Eu gosto de verdade de você, Noah Stein, ela pensou, *não importa o que aconteça agora.*

Ele levou o braço às costas da jaqueta e os dois caminharam para a pista de dança, onde os alunos que até então requebravam estavam diminuindo o ritmo para um *rock* balada — a banda Cinderella cantando "Don't know what you got (till it's gone)". Lorelei e Stein posicionaram os braços em lugares confortáveis e começaram a dançar. Ele encostou o rosto no de Lorelei, sentindo o aroma adocicado do *spray* de cabelo e do perfume e da maquiagem dela.

Pelo resto da noite nenhum dos dois saiu da pista de dança.

Mais tarde Stein percebeu que dois rostos conhecidos os encaravam em meio ao jardim de pessoas que ninguém havia tirado para dançar: Cara de Cu e Boca de Areia. Lorelei se virou quando ele os provocou:

— Ei, meninas, por que vocês duas não dançam juntinhas? Formam um lindo par.

Lorelei murmurou:

— Por favor, não...

Stein olhou para ela, depois de novo para os veteranos, que lhe mostraram o dedo médio e se afastaram.

Davidek passou a maior parte da noite ao lado de Green, que passou a maior parte da noite dando uma aula sobre a história da música recente, tomando por base as canções aleatórias que o DJ ia tocando. Davidek aprendeu tudo sobre o movimento New Wave e a primeira música cujo videoclipe foi exibido na MTV (dizia alguma coisa sobre o rádio ter matado alguém). Uma canção da banda The Police fez com que Green palestrasse sobre *reggae* e *rock fusion*, e no final ele fez uma dancinha de robô e cantou em *staccato* a letra de "Don't stand so close to me".

Bom conselho, pensou Davidek. Quase no fim do baile, Hannah Kraut surpreendeu todo mundo simplesmente por ter dado as caras.

— Você viu o sr. Zimmer? — perguntou ela a Davidek. — Achei que ele estaria aqui hoje dando uma de vigia.

— Acho que ouvi alguns pais dizendo que o carro dele ficou preso na neve — respondeu Davidek. A notícia pareceu ter deixado Hannah decepcionada.

Mais tarde ele a viu num canto entretida numa intensa conversa com ninguém mais, ninguém menos que Smitty, logo ele. Smitty parecia nervoso, como se não quisesse ser visto com ela.

Ei, se ela deixa Smitty *irritado, não pode ser tão ruim assim*, pensou Davidek.

* * *

Stein e Lorelei estavam cara a cara, os lábios quase se tocando, trocando olhares. Sinéad O'Connor cantava uma música sobre jantar num restaurante chique, e a mão de Stein deslizou para dentro da gigantesca jaqueta do sr. Mankowski até que as pontas dos dedos roçaram a pele firme e nua da cintura de Lorelei, escondida na sombra do manto.

— Eu só queria te beijar de novo — disse Stein. — Do mesmo jeito que a gente se beijou do lado de fora da igreja.

Os olhos de Lorelei se recusavam a encontrar os dele. Seus corpos se moviam com a música. O toque dele a deixava sem fôlego.

— Vamos devagar... — disse ela, abaixando a mão para refrear a carícia de Stein. — Talvez se...

Mas antes que ela conseguisse terminar a frase ele fez com que seus lábios tocassem os dela.

Nesse momento, a sra. Bromine separou os dois.

A orientadora educacional havia passado a última hora zanzando pela pista de dança, colocando bexigas entre meninos e meninas que, a seu ver, estavam dançando com excesso de intimidade.

— Abram espaço para o Espírito Santo — disse ela curta e grossa, enfiando uma bexiga entre Stein e Lorelei.

Stein sorriu para a sra. Bromine e respondeu puxando Lorelei para perto de si, num movimento tão brusco que a fina bolha de borracha cor-de-rosa se achatou e depois estourou. Ele se virou para a orientadora educacional:

— Algo me diz que nenhum garoto jamais enfiou nem bexiga nem coisa nenhuma no meio da senhora.

Lorelei cobriu a boca e deu um passo para trás, mas durante um longo momento a sra. Bromine ficou em silêncio.

— O que você acabou de me dizer? — perguntou ela.

Stein inclinou o corpo para a frente, erguendo a voz para se fazer ouvir por cima da música.

— Nada, a senhora deve estar ouvindo coi...

Mas antes que ele concluísse a fala, a sra. Bromine lhe agarrou o pulso, dobrando o braço dele para trás. As unhas dela se enterraram na pele dele. Lágrimas borraram os olhos da mulher, tremeluzindo sob as luzes rodopiantes do globo espelhado do DJ.

— O que você disse para mim? — perguntou ela, num fiapo de voz. Stein tentou soltar o braço, mas ela continuou torcendo-o, repetindo: — O que... você... disse?

A música continuava tocando, mas todo mundo ao redor deles tinha parado de dançar.

23

Davidek estava parado na escadaria externa que levava ao estacionamento. Ele tinha saído à procura de Hannah e Smitty, mas ambos haviam desaparecido na neve, juntos talvez; ele não sabia. O pai de Stein já estava esperando no estacionamento, em pé na frente dos faróis do carro, na companhia de outros pais, cantando velhas canções dos próprios tempos de festinhas do colegial.

Muitos estudantes já estavam indo embora. Mullen e Simms passaram estabanados por ele; pareciam tontos e exalavam um cheiro desagradável de colônia Kmart. Ele estava observando os dois se afastarem quando sentiu uma mão pousar sobre seu ombro. Lorelei.

— Oi — cumprimentou Davidek.

Ela estava vestindo o volumoso suéter que havia escondido no armário, no andar de cima.

— Oi digo eu — devolveu ela.

Davidek deu dois tapinhas ao longo do corpo porque não sabia o que fazer com as mãos.

— Então... legal que você e Stein estejam juntos de novo.

— Ele acabou de falar uma coisa desaforada pra Bromine de novo — disse ela. — Legal da parte dele me arrastar mais uma vez pra encrenca, logo assim de cara. Desta vez eu não fiquei por perto pra ver.

— Ele gosta muito de você, de verdade.

— Você dançou com alguém? — Lorelei quis saber.

— Não sei dançar. — Davidek encolheu os ombros. — Vim só pra curtir.

Lorelei assentiu, ainda parada ali, embora nem um nem outro tivesse o que dizer.

— Aposto que se você quisesse, conseguiria dançar — comentou ela, e começou a subir a escada. No topo, ela se voltou. — Quero que você saiba... o jeito como as coisas estão acontecendo... não é o que eu queria.

Do pé da escada, Davidek olhou para ela.

— Está tudo bem — disse ele. — Fico feliz que as coisas estejam assim. Falo sério. — E era verdade.

Um olhar aflito cruzou o rosto da garota, como se houvesse alguma coisa que ele não entendia, ou que não fosse capaz de entender. Quando Lorelei se foi, Davidek continuou encarando o espaço vazio que ela havia deixado.

O sr. Mankowski envolveu com as mãos o pulso de Bromine.

— Gretchen. Gretchen, está tudo bem. — Ele fez com que Bromine afrouxasse o aperto em Stein, e ela soltou o menino em direção à multidão de rostos que estava olhando para ela, *reparando* nela.

Mankowski levou a orientadora educacional para o corredor atrás do palco, e assim que os dois saíram de vista as lágrimas que se acumulavam nos olhos dela começaram a escorrer rosto abaixo. O coração de Bromine estava acelerado, martelando de terror por causa do que ela tinha acabado de fazer. O que ela *quase* tinha feito.

— Esses merdinhas às vezes passam dos limites — disse Mankowski. — Não deixe que ele te faça perder a cabeça. — Mankowski tentou envolvê-la com um abraço, mas seu ombro não funcionava muito bem desde que ele o deslocara durante o incidente com o Menino no Telhado.

Bromine fechou os olhos e imaginou que o desajeitado abraço era de alguma outra pessoa, um daqueles meninos que costumavam ter vontade de beijá-la, não o tipo de garoto que fazia isso só como piada e depois caía na gargalhada e saía contando mentiras a respeito.

* * *

Assim que se viu livre de Bromine, Stein não ficou esperando que algum outro adulto atuando como vigia na festa o agarrasse para submetê-lo a um novo interrogatório. Correu diretamente para a saída, onde encontrou Davidek sozinho junto às escadas.

— Você viu a Lorelei?

Davidek apontou para cima, num gesto preguiçoso.

— Foi embora.

Stein chutou um cesto de lixo reciclável azul repleto de latas de refrigerante vazias, cujo conteúdo tilintou e se esparramou no pé da escada de concreto. Na lateral do cesto lia-se: "FUNDO DE ARRECADAÇÃO PARA A FORMATURA".

Davidek o levantou e começou a recolher as latinhas.

— Sabe, você tem mais três anos aqui com a Lorelei — disse ele. — Não precisa dar uma de Romeu e Julieta só porque uma noite terminou mal.

Stein bufou.

— Até que, pra um cara que passou a noite sozinho ao lado do lixo, você sabe uma porção de coisas sobre histórias de amor.

Os dois entraram na picape de Larry Stein e voltaram para casa em silêncio. Na metade do caminho, no acesso à Ponte de Tarentum, havia uma fila de carros parados de quase dois quilômetros, e algumas radiopatrulhas passaram às pressas, seguidas por uma ambulância.

Larry olhou para os garotos.

— Quer dormir lá em casa hoje, Pete? Posso dar a volta aqui, e te levo embora amanhã cedo.

Quando voltaram para a casinha branca no bosque, o telefone estava tocando na cozinha às escuras. Larry atendeu, e passou o telefone para o filho.

— Oi... — disse a voz de Lorelei, que parecia exausta.

— É ela — sussurrou Stein para Davidek.

— Quem? — perguntou Davidek.

— *Ela* — entoou o pai de Stein da cozinha, fazendo a mão adejar junto ao peito.

— Achei que você não podia telefonar da sua casa — Stein sussurrou no bocal do telefone enquanto esticava o fio até seu quarto e fechava a porta.

Lorelei explicou que pegara carona com alguns amigos e que agora estavam no restaurante Eat'n Park, onde pararam para comer batatas fritas. Ela estava ligando de um telefone público e tinha apenas alguns minutos.

— Com quem você foi? — perguntou Stein, sabendo que ela não se dava muito bem com nenhuma garota da classe. — E por que você me largou lá? — Stein começou a fazer um discurso sobre Bromine, sobre como ele estava de saco cheio do fato de a professora viver arranjando briga com ele, e sobre como dessa vez ela realmente parecera a um passo de perder as estribeiras...

— Eu te amo — Lorelei o interrompeu. — Liguei pra te dizer isso. Estava com medo de dizer pessoalmente, acho. Eu te amo.

Todos os pensamentos na cabeça de Stein se evaporaram. Do outro lado da linha, Lorelei respirou fundo.

— É que eu... só quero ir devagar. Tudo bem?

— Tudo bem — disse ele. *Tudo bem, sim, o que você quiser.*

Ela ficou em silêncio. Depois, numa voz miúda, quase um sussurro:

— Gostei de beijar você. — Ouviu-se um som abafado, uma barulheira junto ao telefone dela. Por fim Lorelei disse: — E você é bonito.

— Concordo — disse ele. E, uma vez que ela não riu, acrescentou: — E *arrogante*.

Houve uma pausa.

— Então a gente vai sair junto de novo? — perguntou ela.

— Nós dois?

— Talvez com o Davidek ou mais alguém? — disse ela. Mais uma vez ouviu-se uma agitação no outro lado da linha; ela estava cobrindo o telefone e dizendo alguma coisa.

— Tem mais alguém aí? — perguntou Stein.

Lorelei respondeu:

— Tem, é que... preciso ir agora.

— Mas — Stein ouviu o clique do outro lado da linha, mas depois disso continuou segurando o fone junto ao rosto por um bom tempo.

Na sala, Davidek, sentado ao lado do pai de Stein, assistia a uma reprise de fim de noite de um seriado cômico sobre uma família que vivia com um alienígena espertalhão. Com os olhos lacrimejantes e turvos, e tropeçando por estar sem as lentes de contato, Margie, a irmã de Stein, saiu do quarto para pedir que, por favor, abaixassem o volume daquela porcaria, porque o fundo sonoro de risadas estava lhe causando dor de cabeça. Agora que o telefone estava desocupado, Davidek se levantou para avisar os pais que passaria a noite na casa do amigo. Quando Stein se sentou no sofá, seu pai percebeu o largo sorriso em seu rosto.

— Bem, *alguém* está feliz por assistir a *Alf, o ETeimoso* — disse ele.

Dentro do restaurante Eat'n Park, grupos de casais idosos vestindo coloridos trajes típicos de quadrilha estavam infernizando as garçonetes, pedindo mais café descafeinado, ao passo que adolescentes da escola pública faziam uma algazarra e arruinavam o bufê de salada. Não havia mais ninguém da St. Michael por perto. *Graças a Deus*, pensou Lorelei.

Ela estava sentada no corredor de vidro entre o saguão do restaurante e a saída, onde ficavam o telefone público e a máquina de cigarros. Assim que desligou o telefone, girou sobre os calcanhares e berrou:

— Seus idiotas! Vocês ficam me mandando dizer que ele é bonito? Ele podia ter *escutado* vocês!

Mullen e Simms, os velhos Cara de Cu e Boca de Areia, estavam escorados em lados opostos da máquina de cigarros. Simms deu de ombros.

— Eu falei em voz baixa.

— Mas é porque eu tapei o fone! — exclamou Lorelei.

— A gente fez o que tinha que fazer — alegou Mullen. — Agora vamos cair fora daqui antes que alguém veja a gente junto.

Levaram Lorelei para fora e ela se enfiou no banco da frente do Plymouth Volare 1982 de Mullen, uma lata velha cor de mato conhecida pelos outros estudantes como a Máquina do Amor Verde-Ervilha. Mullen se ajeitou atrás do volante e Simms se acomodou no banco traseiro, mordiscando um *cookie* de carinha risonha comprado na padaria do restaurante.

— Quer um pedaço? — perguntou ele, oferecendo a Lorelei a metade do biscoito com os dois olhinhos.

Lorelei não podia culpar ninguém além de si mesma por essa situação. Havia procurado os dois como protetores no refeitório, naquele dia pouco antes do Natal. Estava desesperada, e eles prometeram dar um jeito para que os outros a deixassem em paz. Tudo o que ela precisava fazer era retribuir ajudando-os também. Eles queriam machucar Stein. Para valer. Mas tudo bem com isso. Naquele momento, ela também queria.

Naquele momento.

Ela sequer sabia ao certo qual era o plano. Mullen e Simms queriam que ela ficasse com Stein tempo suficiente apenas para humilhá-lo, talvez simplesmente dando um pé na bunda dele de novo. Os dois queriam acabar com ele de verdade, atingi-lo de uma maneira que doesse mais do que um chute ou um murro. Devastando o intocável Stein, eles provariam seu valor para os outros veteranos — e Lorelei faria a mesma coisa.

Lá na pista de dança, sentindo as pontas dos dedos de Stein roçarem sua cintura, a garota começou a ter dúvidas sobre o que estava fazendo. Mas depois Stein tinha irritado Bromine pela milésima vez, quase arrastando Lorelei para a confusão também.

Talvez o filho da puta merecesse isso.

No carro, enquanto a levavam para casa, Simms disse, do banco de trás:

— Tem certeza de que não quer vir aqui comigo? Gostei desta sua blusa. Você tem uma barriguinha linda.

Lorelei espremeu o rosto contra o vidro frio da janela do passageiro e sentiu a pele formigar. Disse a Mullen:

— Se o seu amigo nojento der em cima de mim de novo, vou vomitar no seu carro.

Mullen riu. Protegê-la daquele idiota era fácil. Protegê-la dos outros veteranos...? Isso era algo que ele não podia prometer, embora aparentemente ela não soubesse disso. Naqueles trinta dias desde que Lorelei os havia procurado, os dois meninos só conseguiram assegurar um pouco de paz depois de argumentar com Audra e ameaçar as irmãs Grough. Eles não tinham a intenção de manter tal situação para sempre. Assim que acabassem de usar Lorelei, ela ficaria sozinha. Ninguém na escola gostava de Stein, mas também não gostavam dela. Que a vaca e o otário se destruíssem um ao outro.

— Chega de paquerar a Lorelei, Simms. Ela é proibida — disse Mullen, abrindo um risinho malicioso no brilho azul das luzes do painel. — Lembre-se: ela é nossa irmãzinha, seu tarado.

24

Havia uma lista circulando. Nada escrito, somente boatos de nomes; pessoas que Hannah Kraut estava selecionando para dar um tratamento especial em seu caderninho. LeRose ouvira dizer que seu nome estava na lista. E uma porção de outras pessoas também ouvira a mesma coisa. Ninguém sabia se a relação de nomes ia mudando à medida que a notícia de sua existência passava de sala em sala, coletando novos da mesma forma como as abelhas coletam pólen. Ninguém queria falar sobre os motivos pelos quais estaria na lista, mas todo mundo estava ávido para teorizar por que outros poderiam estar.

Após um longo período de trégua e diminuição das tensões, Hannah mais uma vez se viu no papel de objeto de ódio aberto e declarado. Numa de suas raras aparições na hora do almoço, ela estava sentada a uma mesa vazia no centro do cavernoso refeitório verde-limão, uma das mãos ocasionalmente levando à boca uma batata frita, a outra folheando uma edição em brochura de *O teste do ácido do refresco elétrico*, de Tom Wolfe.

— Puuuuuuuuuuuuuuuuuuttttttttaaaaa!!!!

O grito veio de longe, o urro de algum parasita anônimo que escondeu o rosto antes que alguém pudesse avistá-lo. Davidek achou que tinha vindo da seção dos alunos do terceiro ano.

Hannah ergueu os olhos do livro e se virou na direção do berro. Depois, de outra ponta do refeitório, uma voz de menina vociferou a palavra em alto e bom som, como um espirro:

— *Puta!!!*

JotaErre Picklin e Charlie Karsimen, dois calouros doidos demais para achar que deveriam se esconder, tentaram entrar na onda e imitar os outros entoando "Pu-ta! Pu-ta!", e batendo na mesa.

Agora Davidek podia ouvir a palavra murmurada por outras vozes, um burburinho baixo rodopiando em torno do refeitório... *putaputaputa*, sublinhado por risadinhas mal disfarçadas.

Davidek viu o instante em que sua bela veterana ruiva se levantou, pousou um dos sapatos sobre a cadeira e então subiu na mesa, seus olhos de cores diferentes fitando atentamente o refeitório.

— Vocês acham que não estou vendo vocês — disse ela, com voz suave. — Acham que estão escondidos.

Sua voz silenciou os murmúrios como uma faca talhando uma garganta.

Ela apontou na direção dos alunos do terceiro ano, na direção de um sujeito de pescoço grosso e rosto bonito típico de menino norte-americano, perpetuamente estragado por um risinho malicioso.

— John Hannidy — disse ela.

Hannidy protestou, aos brados:

— Eu não falei nada!

Ela cravou os olhos em outro menino sentado à mesa dele, o que tinha gritado a palavra ofensiva.

Se Hannah percebeu o protesto, não deu a mínima.

— Vá em frente e minta, mas eu sei o que você fez, Seringa. Achou que as pessoas que sabiam mentiriam por você? Você achou, John?

Hannah se virou na direção das mesas dos alunos do último ano, onde havia se originado o espirro "puta!!".

— Nora Dalmolin — anunciou Hannah, e a menina se virou para a melhor amiga, Beth Weitz, perguntando que diabos Hannah estava fazendo. — Beth Weitz — disse Hannah, ainda apontando. Ela se deixou ficar assim antes de se virar mais uma vez. Tudo o que fez foi enunciar em voz alta os nomes.

Mas Beth e Nora, em pânico, começaram a balbuciar entre si, numa voz estridente, como dois golfinhos tentando usar a lábia para escapar de uma rede de pesca.

— Quem quer ser o próximo? — perguntou Hannah, abrindo bem os braços para os rostos que a encaravam. — Quem quer ser escolhido?

A sra. Bromine entrou a passos largos durante o discurso de Hannah, flanqueada pelo sr. Mankowski e pela sra. Tunns. Os três se aproximaram com cautela, sem saber ao certo o que estava acontecendo.

LeRose se levantou da mesa e, com mechas de cabelo caindo sobre o rosto, berrou:

— A gente não tem que aceitar isso. Se todos nós ficarmos juntos, podemos acabar com a raça dela. Não...

— Carl LeRose — disse Hannah, calando-o. — Como vai o papai?

LeRose afundou de novo no banco, as mandíbulas cerradas, suor transbordando da testa.

— Você não tem permissão pra falar nada sobre meu pai — argumentou LeRose, numa voz insípida.

— Hannah Kraut, desça dessa mesa imediatamente! — ordenou a sra. Bromine, olhando para os colegas professores em busca de uma justificativa. — É... perigoso.

Ainda com os braços estendidos, Hannah meneou a cabeça uma vez. Porém, antes de descer, ela esquadrinhou novamente todos os rostos do refeitório.

— TODO. MUNDO. CADA. UM. DE. VOCÊS — disse ela. — Não ousem duvidar disso.

Ninguém sabia ao certo o que ela queria dizer, mas ninguém abriu a boca. Hannah saiu do recinto emudecido com uma inconfundível sensação de triunfo.

Que eles me odeiem, mas em silêncio.

Se era possível tornar-se mais radioativa, Hannah conseguiu. As pessoas fugiam dela, escafediam-se das portas quando ela passava e não ousavam falar quando estava por perto; basicamente por medo de que Hannah imaginasse que estavam falando sobre ela, mesmo que não estivessem.

Os alunos da St. Michael concentraram sua infelicidade em Davidek. Queriam apenas a ajuda dele, mas nesse gesto de estender a mão havia ameaça.

— Davidek, o que você acha que a Hannah quis dizer quando mencionou o meu pai? — perguntou LeRose, aproximando-se dele em silêncio na fila do almoço no dia seguinte. LeRose estava com um olhar caído e tristonho e se ofereceu para pagar o almoço de Davidek se eles pudessem se sentar juntos para conversar. Davidek disse que o outro não precisava pagar, mas desistiu de se opor quando o veterano abriu a carteira para a moça do caixa, revelando um generoso filão de cédulas verdes como estratos de carvão numa encosta de montanha.

Acharam uma mesa vazia, mas não demorou muito para que Green e Stein aparecessem e se sentassem com eles. A essa altura nenhum deles ia com a cara do outro, mas ambos gostavam de Davidek.

— Esta é uma conversa particular — disse LeRose.

Stein rebateu:

— Vocês podem ter suas conversas particulares em outro lugar. Esta é uma mesa de calouros.

— Está tudo bem, LeRose. Esses caras são amigos. Você pode confiar neles — argumentou Davidek.

— Além do mais, depois ele vai contar pra gente tudo o que você disser — acrescentou Green.

LeRose estendeu os braços abertos sobre a mesa, ponderando as palavras.

— Você sabe que o meu pai é um figurão, certo?

Davidek mastigou.

— É o que você vive dizendo...

— Bom, ele é *mesmo* um figurão.

Com cautela, Green perguntou:

— Ele não é diretor de uma funerária?

— Que medo — disse Stein. — Cadáveres e tudo o mais?

— Ele é membro do Conselho Municipal — esclareceu LeRose. — E membro do Conselho Paroquial. Tem apartamentos e imóveis comerciais em todo esse vale, e sim... também somos donos da funerária LeRose, que meu pai herdou de um tio. Nós não nos envolvemos com os corpos, pra sua informação. Entendido?

— Vocês não se envolvem? — quis saber Stein. — Então o lance entre vocês e os cadáveres é mais uma coisa do tipo aventura de uma noite só.

LeRose perguntou abruptamente:

— A Hannah escreveu alguma coisa sobre o meu pai naquele *caderninho* dela?

— Como é que eu vou saber? — perguntou Davidek.

— Bom, ela te mostrou alguma coisa? Ou te contou alguma coisa a respeito? As pessoas já viram vocês dois conversando, e não parece que você está exatamente disposto a enfrentar a Hannah nem nada do tipo.

— O que ele deveria fazer? — exigiu saber Stein. — Encher o saco dela, como você fez ontem?

LeRose manteve os olhos cravados em Davidek.

— Você é o calouro dela, mas pode usar essa posição pra cuidar dos seus amigos. Proteger a gente.

Davidek sentiu um nó na garganta.

— Mesmo que você não brigue com ela, conte pra gente o que ela tem nas mãos — disse LeRose. — Provavelmente, é um monte de mentiras, mas eu quero saber. Todos nós... *nós* queremos saber. Pra nos preparamos.

— Mas o que há pra saber sobre seu pai? — perguntou Green. — Por que ele se importaria com o que uma menina do colegial pensa dele?

— Nada. Nadinha mesmo — respondeu LeRose, recostando-se na cadeira. — Mas, como acontece com todo homem de negócios bem-sucedido, as pessoas gostam de espalhar mentiras sobre ele.

— Tipo o quê? — perguntou Davidek.

— Prefiro não dizer...

— Duvido que a Hannah sequer saiba quem ele é — disse Davidek. — Olha, o seu velho é só mais um zé-ninguém, como todos os nossos pais.

— Um zé-ninguém? — O aluno do segundo ano riu. Carl LeRose não era o tipo de pessoa capaz de controlar uma emoção como o orgulho. — O meu pai é um homem bom e trabalhador e sempre fez a coisa certa — disse ele. — Mas a coisa *certa* e a coisa *legal*... nem sempre são a mesma coisa. Ele tem alguns inimigos.

— O seu pai? O membro do Conselho da Igreja? Agora ele é dom Corleone? — perguntou Stein. — Eu gosto de você, LeRose, mas francamente...

O pescoço carnudo de LeRose inchou contra o colarinho da camisa.

— Vocês querem dar risada? Então me deixem contar sobre um cara, patrulheiro da polícia de Tarentum. Alguns anos atrás, eles receberam um telefonema... o alarme de uma casa tinha disparado. Naquela área ocorrem muitos crimes desde que... — ele lançou um olhar de soslaio quase imperceptível na direção de Green — desde que uma porção de pessoas *mais pobres* começou a se mudar pra lá.

— *Eu* moro em Tarentum. Lá sempre viveram famílias *mais pobres*, não é? — disse Green.

LeRose o ignorou.

— Isso aconteceu faz cinco anos. O alarme da casa disparou, e o policial apareceu. Tinha um cara no jardim da frente. Estava escuro, as luzes da casa estavam apagadas, o cara estava nas sombras. Sacudindo os braços. O policial foi o primeiro a chegar, mas ouviu sirenes ao longe. O reforço estava a caminho, mas ainda não havia chegado. Ele disse: "Mãos pra cima, deite no chão!" O cara continuou andando na direção dele, por isso o policial repetiu a ordem, mas o cara não parou. Por fim o policial sacou a arma. *Agora*, de repente o cara estava a fim de cooperar, mas quando o policial foi algemá-lo ele começou a entrar em pânico de novo e "Que porra está acontecendo aqui?" e essa merda toda. O cara começou a se debater. O policial sacou a arma de novo. "Pare!" Mas o sujeito não parou. Então, de repente, *pum!* A arma disparou, e o tiro pegou do lado da cabeça do bandido.

LeRose fez uma pausa, de modo a dar tempo para que os meninos ao redor absorvessem a história.

Davidek disse:

— Vai dizer pra gente que o policial atirou na cabeça do seu pai, e é por isso que hoje você é rico?

Green e Stein soltaram uma sonora gargalhada.

— Não, seu burro — disse LeRose, cuja pausa dramática fora arruinada. — O meu pai não estava nem perto de lá. O lance é o seguinte: o cara em quem o policial atirou era o dono da casa. Ele tinha voltado de férias, sua esposa abriu a porta, entrou com as crianças, e depois ele voltou para tirar as malas do carro... e esqueceu de desligar o alarme.

"Então, quando o policial chegou, o cara estava apenas tentando explicar que era alarme falso, certo? E quando ele começou a ser preso, surtou, não obedeceu às ordens, e *por isso* foi baleado."

— Mas o que isso tem a ver com seu pai? — perguntou Green. — Ou com o caderninho da Hannah?

— Bom, vocês podem imaginar... O policial se ferrou, certo? Carreira destruída? Errado. Em primeiro lugar, o cara não morreu, mas teve parte do crânio removida. Uma pequena lesão cerebral e a cabeça ligeiramente desfigurada. Aí é que o meu pai entra em cena. A situação não era ruim apenas para o policial, que por coincidência era amigo do meu pai... ele tem uma porção de amigos na polícia, mas custaria uma fortuna para os cofres da cidade. O meu pai falou com o chefe da polícia e deu ao departamento acesso a seus melhores advogados particulares. O dono da casa que foi baleado já tinha sido preso algumas vezes por dirigir embriagado, e uma acusação de agressão no passado. Não era nenhum santo. Trabalhava como gerente de uma loja de sapatos em Lower Burrell, num *shopping center* do qual meu pai era sócio. Então o meu pai bolou um plano: os policiais acusariam o sujeito que levou um tiro. Conduta desordeira. Resistência à prisão. Assim que saísse do hospital, o cara iria direto pra cadeia. Depois os advogados procuraram, e encontraram, algumas irregularidades no contrato de aluguel assinado pelo dono da loja de sapatos. O valor do aluguel ia aumentar. O senhor não tem condições de manter a loja funcionando aqui? Ah, sinto muito. Talvez o senhor precise mandar embora alguns funcionários...

"Assim, o homem viu a ameaça de prisão pairando no horizonte, ia perder o emprego, e a pilha de despesas médicas e honorários dos advogados ficando cada vez maior... A esposa do cara decide aceitar um acordo. O processo judicial contra a prefeitura saiu baratinho, nenhuma acusação foi feita contra o policial. A vítima respondeu por uma infração leve de conduta desordeira: sentença suspensa. A prefeitura arcou com as despesas médicas, e o valor do aluguel da loja de sapatos voltou ao normal. A família não continuou morando lá. Mudou-se para outro lugar. O policial... Bellows era o nome dele... *ficou*, e foi promovido. Agora ele é capitão do departamento. E tudo por causa do meu pai."

— Quando é que o seu pai vai ganhar o Prêmio Nobel? — perguntou Davidek.

LeRose se levantou da mesa.

— Eu gosto de você, Dav, mas às vezes você não entende. O sentido da história é o seguinte: é importante ter *amigos*. Quando você não tem amigos, acaba perdendo seu emprego na porra de uma loja de sapatos. Sacou? Tem outras histórias sobre o meu pai... coisas que eu não gostaria exatamente que uma multidão ficasse sabendo... Por isso, confira com a Hannah, beleza? Veja o que ela tem nas mãos. E me conte. Eu ficaria agradecido. — Estendeu a mão para Davidek. — Tudo bem, meu amigo?

25

Bilbo agarrou a manga da camisa de Davidek quando ele subiu os degraus. O habitual grupinho de alunos do terceiro ano estava de bobeira na base da escada, e junto com eles estava Green, que em geral não conversava muito com Davidek quando seus amigos mais velhos estavam por perto. Como sempre, bebericavam Coca-Cola e davam gargalhadas no vão livre ao pé da escada.

— A gente quer saber uma coisa — disse Bilbo. Seu rosto estampava a mesma expressão cheia de esperança exibida por LeRose uma semana antes. Davidek quase conseguiu prever as palavras antes mesmo que saíssem da boca de Bilbo. Nos últimos tempos ele as vinha ouvindo com muita frequência: *A Hannah não sabe...*

— ... sobre o estoque de pornografia escondido na biblioteca, sabe? — perguntou Bilbo.

Essa era nova. Davidek não fazia ideia.

Ele também não sabia se Hannah sabia sobre quem era o cara do terceiro ano que vinha vendendo "drogas de estupro" por debaixo do pano. Todo mundo que fazia essa pergunta tinha certeza de que sabia quem era, embora todos acreditassem que era outra pessoa.

E ele não sabia do boato sobre dois caras do segundo ano que faziam parte da equipe de golfe e haviam sido flagrados num fim de semana dando uns amassos atrás da loja de artigos esportivos. Dan Foster e Pat Trombolla se atrapalharam inteiramente na hora de explicar a razão pela qual trouxeram esse assunto à tona, alegando que estavam perguntando em nome dos tais meninos, não que os beijoqueiros fossem eles dois, é claro.

Davidek alegava ignorância, e essa era a verdade. Mas depois que as pessoas o abordavam com suas perguntas, tendiam a se tornar agressivas, temendo que ele desse alguma nova dica a Hannah. Aparentemente Davidek fazia novos inimigos toda vez que alguém lhe pedia para ser seu amigo.

Bilbo era a única pessoa franca e que não fazia rodeios.

— Aquele acervo de pornografia já estava lá desde quando eu era calouro — disse ele. — Porra, algumas daquelas revistas velhas provavelmente estão lá desde que o *meu pai* era calouro... É importante que continuem lá... em nome da tradição.

O discurso de Bilbo parecia quase patriótico. Davidek declarou sua solidariedade.

Enquanto se afastava, o calouro voltou-se para o refúgio junto à escada e perguntou:

— Caras, por que vocês ficam aqui parados de bobeira bebendo refrigerante? Por que aqui?

Um largo sorriso surgiu no rosto de Green.

— Cara, isso é segredo... — disse ele, e jogou a cabeça para trás e tomou um longo gole.

Com um tapa, um dos veteranos derrubou a latinha das mãos dele.

— Não é pra dar nenhuma pista, otário — disse Prager.

Green lançou um olhar desamparado de Davidek para seu próprio reflexo na poça esmaecida do refrigerante derramado.

— Desculpe — disse ele.

Davidek estava mais uma vez esperando na neve junto ao jipe de Hannah. A garota afastou a franja dos olhos enquanto tirava da bolsa as chaves do carro.

— Eles estão enchendo *o seu* saco por causa do diário, né?

— Estão perguntando — respondeu ele.

— Perguntando ou te ameaçando?

Davidek hesitou.

— Qual das duas coisas *você* está fazendo?

Quando sorria de verdade, Hannah Kraut esboçava apenas um meio sorriso, como se um lado de seu rosto não fosse capaz de se livrar de sua infelicidade. Era assim que ela sorria agora.

— Você é um fofo — disse Hannah, bagunçando o cabelo dele. — Você é um bom menino, Peterzinho... e até agora peguei leve com você. Ler essa coisa no final do ano não vai ser pedir muito. Não se preocupe com isso.

O coração de Davidek martelava dentro do peito.

— As pessoas vão me odiar! — disse ele.

Hannah deslizou para o banco do motorista do jipe, e um pensamento lhe ocorreu.

— Você vai sentir a tentação de reconfortar as pessoas na escola, dizer que elas não estão incluídas na minha pequena "história secreta". Você vai querer fazer com que elas se sintam melhor. Mas quando ficar claro que isso não é verdade, quando elas descobrirem que estão lá... vai pegar mal pra você. Elas vão achar que você mentiu pra elas.

— Algumas dessas pessoas são meus amigos — argumentou Davidek, e Hannah fechou os olhos.

— Ninguém é seu amigo nesta escola — disse ela. — Absolutamente ninguém. Todo mundo de quem você acha que gosta vai te decepcionar. No fim, vão te machucar.

— Você também? — ele quis saber.

Hannah apenas o encarou. Depois apareceu de novo o meio sorriso.

— Euzinha? Eu não seria capaz de machucar uma mosca.

O olhos de John Hannidy latejavam nas órbitas. Seu sorrisinho tipicamente norte-americano era um rosnado, e porções da cabeleira preta lhe caíam por cima dos olhos. O aluno do terceiro ano tinha uma pequena bandeira dos Estados Unidos presa por um alfinete à lapela do paletó azul, pouco abaixo de um broche de ouro da Sociedade do Nome Sagrado. Ambos os adornos deram solavancos para cima e para baixo quando ele empurrou Davidek violentamente contra seu armário.

— Por que ela disse o meu nome? — perguntou Hannidy. — Por que ela apontou pra mim? O que ela vai fazer? — Antes de se tornar suficientemente forte para erguer as pessoas do chão e sacudi-las de um lado para outro, Hannidy tinha sido conhecido pelo apelido Seringa. Algumas pessoas achavam que ele fora bebê de proveta, porque seus pais aparentavam ser seus avós. Outros diziam que seu pênis era tão fino que cabia dentro de uma seringa. Em todo caso, Hannidy não queria que a alcunha retornasse.

O amigo de Hannidy, o gorducho Raymond Lee, um menino baixinho e de aspecto gelatinoso com pescoço grosso de leão-marinho, tentava refreá-lo. Ambos atuavam juntos no grêmio estudantil e tinham planos para que Hannidy fosse eleito presidente no ano seguinte. Raymond não estava preocupado com apelidos — sua preocupação era se Hannah sabia que ele vinha desviando dinheiro do fundo para as atividades estudantis, que era gerenciado pelo grêmio. Hannidy, como sempre, concentrava-se apenas na baboseira.

Assim que os terceiranistas soltaram Davidek, Green já estava esperando para ajudá-lo.

— Talvez seja hora de procurar alguém novo pra pedir ajuda.

Ambos estavam parados na frente da porta da sala do sr. Zimmer quando Davidek disse:

— É *isso*? Sua ideia de me ajudar é *contar*?

Green tirou a mão da maçaneta.

— Muito tempo atrás — revelou ele — o sr. Zimmer me disse que eu poderia procurá-lo e pedir ajuda caso tivesse problemas com os alunos do último ano. Você pode confiar nele.

O sr. Zimmer estava supervisionando uma sessão de estudos dirigidos, e sua sala estava repleta de alunos de diversos anos diferentes, a maioria trabalhando em projetos para a vindoura celebração do Dia Internacional na escola, uma tarde com comidas estrangeiras, dioramas de aspecto capenga e encenações de pequenos esquetes teatrais apresentados no palco pelas turmas de línguas estrangeiras.

— Oi, Green! — exclamou o professor magricela, levantando-se da escrivaninha. — O que posso fazer por vocês, garotos? — Deu um tapinha no ombro de Green, e Davidek sentiu uma pontada de inveja pelo fato de não ser amigo do professor.

— Precisamos de ajuda com uma coisa — disse Green. — E é meio *sério*.

— *Muito* sério — enfatizou Davidek.

Zimmer olhou de um menino para o outro.

— *Muito* sério. Tudo bem. Bom, vamos conversar.

— Aqui, não — disse Davidek, espiando os veteranos da turma de espanhol, que estavam discutindo se a cena da morte de Gonzaga, em *Hamlet*, era complicada demais para ser traduzida a tempo para o Dia Internacional. Mullen e Simms estavam entre os inimigos.

— Ali, então... — disse Zimmer, e caminhou com os dois na direção da escrivaninha.

Davidek se sentiu aliviado por ver apenas calouros sentados por perto. Ele estava a salvo.

— O senhor conhece Hannah Kraut, certo, sr. Zimmer? — perguntou ele.

O professor o encarou com um olhar firme. Depois que Davidek explicou sobre o diário e os planos de Hannah de fazer com que o calouro dela — ele próprio — lesse o conteúdo no Piquenique do Trote, tudo que o sr. Zimmer tinha a dizer era:

— Hannah foi muito maltratada aqui.

— Não por mim — disse Davidek.

Zimmer inclinou a cabeça na direção dos meninos mais velhos nos fundos da sala.

— Por eles — disse. — Ela não é o monstro que você acha que é.

— Então por que está fazendo isso com um calouro que nunca fez nada de ruim pra ela? — quis saber Green.

— O senhor pode falar com ela? — perguntou Davidek. — Fazer com que desista?

Zimmer refletiu sobre o assunto; depois assentiu.

— Um dia, quando vocês dois forem veteranos, calouros desesperados vão tremer à sua sombra. Quando esse dia chegar, lembrem-se do que sentiram ao vir aqui me pedir esse favor. Tudo bem?

Davidek e Green estavam a caminho da porta quando o professor chamou:

— Mais uma coisa...

Os dois se detiveram, e o sr. Zimmer esperou até que caminhassem de volta.

— Eu estava aqui pensando com meus botões. Ela diz alguma coisa sobre os professores no tal caderninho?

Davidek pensou bem antes de responder. Não fazia a menor ideia. Mas talvez fosse uma boa coisa se o sr. Zimmer e os demais professores se dedicassem com afinco a impedir que o caderninho viesse a público.

— Sim — disse Davidek. — Professores. O diretor. O padre Mercedes. Ela sabe de podres sobre todo mundo.

Depois que os dois foram embora, Zimmer olhou para o lugar onde um dia Hannah havia ficado na ponta dos pés e, de supetão, lhe roubara um beijo.

Na frente da escrivaninha do professor, Sete-Oitavos estava sentada imóvel feito uma estátua atrás da tela de seu computador. Enquanto conversavam com o sr. Zimmer, Davidek e Green não haviam notado a presença dela. Ninguém nunca notava.

Após as aulas, ela sentiu uma formidável onda de orgulho enquanto caminhava até a residência paroquial e batia à porta do padre Mercedes.

— O senhor estava certo, padre — anunciou Sete-Oitavos. — Aquela menina *vai mesmo* tentar atingir o senhor.

No dia seguinte, a irmã Maria sentou-se atrás de sua escrivaninha com o padre Mercedes em pé atrás dela, enquanto a sra. Bromine andava de um lado para outro na pequena sala da diretoria. O padre disse que recentemente ficara sabendo da existência do diário de Hannah, e julgava que a irmã Maria precisava tomar medidas imediatas para assegurar que aquela jovem irresponsável não maculasse desnecessariamente a reputação de boas pessoas da comunidade da São Miguel Arcanjo.

Hannah Kraut manteve as mãos dobradas sobre o colo enquanto a interrogavam. Disse que não sabia do que eles estavam falando e continuou repetindo isso por quase uma hora, período em que foi indagada, repreendida, ameaçada...

— Eu gostaria de saber agora onde exatamente estão guardadas essas informações que você compilou — exigiu o padre Mercedes.

Instalou-se o silêncio. Hannah abriu a boca, depois voltou a fechá-la.

— Eu só posso repetir a mesma coisa de novo — disse por fim. — Não existe diário nem caderno nem nada disso.

— Hannah... — A irmã Maria gemeu. — Podemos, por favor, parar com os joguinhos aqui? — Hannah percebia que a freira não estava nem um pouco entusiasmada com aquilo. Mas o padre estava furioso, e a sra. Bromine parecia alegre.

— Onde foi que o senhor e as senhoras ouviram falar dessas coisas, afinal? — perguntou Hannah. — Saibam que os boatos quase nunca são verdadeiros. — Ela exibiu um breve meio sorriso. — Não que eu me mantenha informada sobre esse tipo de coisa.

A sra. Bromine bateu com força a palma da mão sobre a escrivaninha da diretora.

— Eu estava lá quando você subiu na mesa no refeitório, ameaçando as pessoas. O que foi aquilo?

Hannah arqueou as sobrancelhas.

— Eu estava apontando as pessoas que me chamaram de um nome nojento. Por que *a senhora* simplesmente ficou lá parada, assistindo? Poderia ter me ajudado.

O padre entrelaçou as mãos.

— Lamento muito ver que as coisas chegaram a esse ponto. — Era verdade. Ele esperava que o caderninho da menina trabalhasse a seu favor como um belo tapa na cara da St. Michael, prova de que era melhor amputar a escola do que salvá-la. Mas simplesmente não podia correr o risco de ver seu nome listado entre as pessoas implicadas.

— Quem exatamente está me acusando de possuir esse caderninho? — perguntou Hannah.

— Professores — disse o padre Mercedes, sem querer revelar sua verdadeira fonte. Nem mesmo a irmã Maria e tampouco a sra. Bromine sabiam da existência de sua informante caloura.

Professores?, pensou Hannah.

Os lábios da sra. Bromine fizeram um beicinho e esboçaram um ligeiro sorriso.

— Aquela palavra que eles usaram para chamar você, Hannah. Ela faz referência a uma coisa, não é? Você tem a reputação de ser, digamos, *liberal* com os favores que presta. Não é verdade? — Os olhos da orientadora educacional brilhavam. Eles diziam *puta*.

— Talvez a senhora queira nos colocar a par da história dela, sra. Bromine? — pediu o padre.

— Já basta — interveio a irmã Maria.

A sra. Bromine a ignorou, arrolando minuciosamente todos os velhos boatos e difamações. Durante a maior parte do relato a diretora afastou o olhar, mas Hannah, não. No final, a menina disse apenas:

— Nada disso é verdade.

— Você vai tentar uma vaga na Universidade Estadual da Pensilvânia, certo? — perguntou Bromine. — Quem vai escrever a sua carta de recomendação? O sr. Zimmer?

Hannah não respondeu.

— Já chega — disse a irmã Maria.

— Sabe de uma coisa, não seria a primeira vez que uma carta é anulada — prosseguiu Bromine. — Até uma universidade estadual pode recusar um estudante se a St. Michael emitir um alerta adequado.

— Eu disse que já chega. *Chega!* — berrou a freira, erguendo-se da escrivaninha.

O padre Mercedes finalmente mostrou ter notado a presença da freira.

— Por que "já chega" se estamos tentando impor um pouco de disciplina por aqui?

A diretora se voltou para Hannah.

— Você está dispensada — disse. — Por enquanto.

Quando Hannah estava saindo, Bromine aproximou-se da porta, fechando-a até que restasse espaço apenas para o rosto de ambas.

— Nós vamos descobrir sobre esse caderninho... com ou *sem* a sua ajuda.

— Vão lamentar se fizerem isso — disse Hannah.

Bromine sorriu de modo malicioso quando a porta da sala da diretora se fechou com um clique. Do outro lado da sala a voz abafada do padre Mercedes soou:

— Não passa de uma aluna em frangalhos, irmã Maria.

26

Um dia depois, Hannah estava ajoelhada no corredor, tirando seus tênis de ginástica do fundo do armário. Um par de pernas compridas numa calça cáqui passou ao lado dela.

— Pronta para marcar trezentos pontos no boliche hoje? — perguntou Zimmer.

Desde que o incêndio na igreja obrigara a escola a transformar o ginásio em capela, a direção da St. Michael tinha feito um acordo com a pista de boliche de um *shopping center* das imediações, situado a uma curta distância, que os alunos percorriam a pé, mesmo na neve; as duas horas derrubando pinos bastavam para cumprir as exigências da secretaria estadual de educação a respeito da atividade física obrigatória nos meses de inverno.

— Talvez você possa ir andando comigo até a pista hoje, Hannah — propôs Zimmer. — Acho que precisamos conversar. — O desengonçado professor se agachou, e Hannah fitou o rosto do homem, as meias-luas enodoadas sob os olhos dele, os dentes compridos transparecendo no sorriso. De bonito ele não tinha nada, mas mesmo assim ela ainda queria puxá-lo para perto de si.

Do lado de fora, a classe seguia à frente de Hannah e do sr. Zimmer numa estreita coluna encabeçada pelo sr. Mankowski, acelerando o passo através do estacionamento congelado do *shopping center*. Com o capuz cobrindo a cabeça como a sotaina de um monge, Hannah passou com o sr. Zimmer pelas fachadas das lojas — a CardVark, de cartões comemorativos, a livraria Little Professor Book Nook, a ponta de estoque de tecidos Jo-Ann, uma loja de música cristã chamada Música Cristã.

— Sobre o que você quer conversar? — perguntou ela, certa de que já sabia a resposta. Quem a havia dedurado para Bromine, a irmã Maria e o padre Mercedes? "Professores", o padre tinha dito. Hannah achava que na verdade fora apenas um professor.

Zimmer franziu a testa.

— Eu somente ouvi umas coisas, Hannah. Sobre um... diário?

— O que é que tem?

— É assim que você fez todo mundo parar de pegar no seu pé, não é? Juntando os piores segredos de todos para jogar na cara deles. Na verdade é meio engenhoso. Minha pequena Madame Defarge, sempre sentada, esperando, escutando... Mas talvez seja hora de deixar isso para lá.

Antes que você perca mais alguma coisa.

Hannah fechou os olhos de modo que não precisasse olhar para ele. Pensou na visita que fizera à sala da diretora — a sra. Bromine rente ao rosto dela, detalhando para o padre Mercedes e a irmã Maria todas as velhas histórias de horror sobre Hannah, a "puta".

— Sabe como eles me trataram, sr. Zimmer? Sabe as coisas que disseram a meu respeito?

— Sim, mas essa garotada nova não é a mesma que te tratou mal — respondeu Zimmer, supondo que Hannah estava falando dos estudantes que haviam feito *bullying* com ela ao longo de todos aqueles anos. — Por favor, não desforre nos calouros inocentes que jamais fizeram coisa alguma para machucar você.

Hannah estacou.

— Espere. Do que estamos falando aqui?

O professor observou o restante da turma de educação física seguir adiante.

— Estamos falando de você, Hannah — disse ele, chutando o gelo na calçada. — Aquele calouro apavorado que foi me pedir ajuda... você devia tê-lo visto. Devia tê-lo visto. Ele não é tão diferente assim do que você já foi um dia.

Aquele calouro apavorado... Ela não achava que Davidek seria audacioso o bastante para alertar a direção da escola. O menino era cheio de surpresas.

Zimmer pousou o braço em volta do ombro de Hannah. E fez com que ela retomasse a caminhada.

— Sabe de uma coisa? De todos os alunos que já vi na St. Michael, você é de quem mais gosto — disse. — E é a única que eu queria que nunca tivesse vindo para cá.

Ela ergueu os olhos para o rosto deteriorado e cicatrizado de Zimmer. Agora compreendia: a fonte de informação de Bromine tinha sido Zimmer, e Davidek havia começado a coisa toda. Depois de anos se isolando, ela tinha esquecido: somente as pessoas em quem mais confiamos podem nos machucar para valer.

Os dois pararam em frente às portas de vaivém de vidro do boliche, que arrotavam o cheiro oleoso das pistas de madeira, sapatos alugados e *pizza* queimada por lâmpadas fluorescentes. Alguns veteranos estavam lá dentro jogando numa máquina de fliperama junto ao *jukebox* — o que na St. Michael era o equivalente a créditos extras na aula de educação física.

— Estou surpresa que Davidek tenha esperado tanto tempo pra começar a pedir ajuda — disse Hannah.

Zimmer encolheu os ombros.

— Ele parecia pensar que uma porção de gente já sabia.

— Uma porção — concordou ela, curta e grossa. — Mas ninguém mais foi correndo procurar os professores...

— Até que as coisas foram longe demais — lembrou o professor, e Hannah cerrou os punhos dentro das mangas do casaco.

— O senhor gosta de tirar as pessoas do sufoco, não é, sr. Zimmer? — *Todo mundo menos eu*, pensou ela. *Comigo o senhor não tentou entender. Não desta vez.*

O professor abriu a porta para a aluna.

— Gosto de pensar que eu vejo o melhor nas pessoas — disse ele. — Inclusive em você. — Os dentes brancos de Hannah estavam pressionados e visíveis entre os lábios macios e vermelho-pêssego. Zimmer achou que ela estava sorrindo para ele. Mas não estava.

Ela estava tentando não odiá-lo.

Certo dia, no final de fevereiro, o sol fez uma aparição-relâmpago, transformando a branca paisagem de inverno em uma gigantesca raspadinha. Depois da aula, um jipe conhecido parou na frente de Davidek, que a duras penas atravessava a pé a neve derretida do estacionamento a caminho do ônibus.

— Ei, menininho, quer uma carona? — perguntou Hannah, olhando por cima dos óculos escuros.

— Hum, quem sabe da próxima vez — disse Davidek contornando o jipe, mas Hannah ligou o motor e bloqueou novamente a passagem dele.

— Eu fui podre com você, me desculpe — disse ela. — Por que não entra no carro? Eu gostaria de começar de novo, se a gente puder.

Davidek estava cansado e irritado. Na última aula do dia levara uma bronca da vetusta irmã Antonia porque era o único aluno da turma de francês que não havia se oferecido para trazer um prato típico para os festejos do Dia Internacional, embora ainda faltassem mais de três semanas para o evento. No jipe, Hannah estava com um elástico preso entre os dentes e puxando a cabeleira escarlate para trás num rabo de cavalo. Ele olhou para ela e para o ônibus, e depois abriu a porta do jipe, cujas rodas traseiras lançaram no ar um borrifo de gelo cinza quando o carro arrancou rua afora.

Hannah estava animadíssima, alegre e tagarela como Davidek jamais a vira.

— Preciso escolher um vestido para o baile de formatura. Quer vir comigo até a loja e me ajudar?

Davidek fez a mesma careta de alguém descobrindo que o leite havia azedado.

— Isso não é uma coisa meio *de menininha*?

— Quero uma opinião masculina — disse ela, e cutucou o ombro dele. — Você é homem, não é? *Não é?*

Ele admitiu que era, sim, era homem, mas não do tipo que gostava de sair para comprar vestidos. O entusiasmo de Hannah minguou.

— Beleza — disse ela. — Eu te levo pra casa. *Chato.*

Desceram a rua Butler com as janelas abaixadas e a brisa morna fazendo esvoaçar seu cabelo e a St. Michael ficando cada vez menor ao longe.

— Lembra de quando você me viu pela primeira vez e achou que eu era outra pessoa? — perguntou ela. — Imagine a minha surpresa quando você também se revelou uma pessoa diferente da que eu tinha imaginado.

Davidek encolheu os ombros.

— Beleza.

Ela parou no sinal vermelho e abaixou os óculos.

— Não achei que você era do tipo que sairia correndo pra pedir ajuda pra irmã Maria, pra sra. Bromine e pro sr. Zimmer.

Davidek inclinou-se para a frente no seu banco.

— Eu não fiz isso. — Ele era um péssimo mentiroso. — Bom, não fui procurar a sra. Bromine, ou...

— Está tudo bem — disse Hannah. — Não estou *brava* com você. Andei pensando nisso e... você está certo. Eu te coloquei numa situação péssima.

O coração de Davidek bateu mais forte.

— Espere. Então você *não* vai me fazer ler aquela coisa no piquenique?

— Ah, não — disse ela. — Você vai ler, sim. Isso não vai mudar.

Merda. Davidek olhou pela janela traseira do jipe. Poderia saltar agora e voltar a pé para a escola, mas seu ônibus já teria ido embora.

Porra. Aquilo tinha que acabar. E essa era uma boa hora para tomar uma posição.

— Hannah, você tem que saber que eu nunca vou ler aquelas coisas. Não estou nem aí pro que você diz ou faz. Não vou ser o seu escudo, não farei seu trabalho sujo pra dar um jeito de todo mundo me odiar pelos próximos quatro anos só pra que você sinta um gostinho de vingança da porcaria desse ritual de trote idiota. Eu simplesmente *não* vou fazer isso. E ponto final.

O jipe rumava na direção da grande extensão azul da Ponte de Tarentum, que ligava os dois lados do vale do Allegheny, mas fez a volta em vez de cruzar a ponte e entrar em New Kensington, onde Davidek morava.

— Pra onde a gente está indo? — perguntou ele.

— Vamos ver se consigo fazer você mudar de ideia — disse Hannah.

Sacolejando, o jipe desceu uma rampa que os levou a uma rua estreita sob a ponte e ao longo do rio. Fileiras de decrépitas casas pré-fabricadas idênticas se estendiam rua abaixo, silenciosas como túmulos. Hannah entrou numa pista debaixo da ponte, que por sua vez desembocava numa ladeira que dava acesso ao rio congelado — plataforma de onde saíam barcos na primavera e no verão.

Hannah parou o jipe ao lado da colossal coluna de concreto da ponte, escondendo o veículo de tudo menos do rio, dentro do qual embaralhavam-se e se dissolviam feito açúcar as placas de gelo quebrado que flutuavam na direção de Pittsburgh. Bem acima deles, a envergadura da ponte bloqueava o sol e reverberava o estrondo do tráfego invisível.

Hannah desligou o motor do jipe e deslizou uma perna por baixo da saia xadrez de modo a ficar um pouco mais alta.

— Você tem algum segredo? — perguntou ela, tirando os óculos escuros e jogando-os sobre o painel.

Davidek gargalhou.

— O quê? Você vai me chantagear?

— Estava pensando nisso — disse ela.

A coluna de concreto da ponte fez um estrondo ao lado do jipe — um comboio de caminhões transportando enormes rolos de aço da siderúrgica Kees-Northson, provavelmente. O ruído abafou a risada de Davidek.

— Você está me dizendo que não tem segredo nenhum? — perguntou Hannah, rindo junto com ele sem nenhum motivo aparente.

A incredulidade de Davidek era irrefreável.

— Ah, não, eu tenho um monte! — disse ele. — Vejamos... acho que você já sabe do meu aborto. Meus *seis* abortos. O que mais...? Ah, eu matei JFK. E o Elvis. E sou um astro pornô e atuo com o nome de sr. Virilha. Todos os esqueletos no meu armário são seus reféns, Hannah!

Distraída, Hannah passava os dedos na saia num gesto à toa, sem olhar para Davidek.

— O que me diz do seu irmão, que fugiu do alistamento?

Isso fez Davidek dar uma gargalhada.

— Na verdade ele foi dado como foragido, "ausente sem licença". Já estava alistado. Não tem nada a ver com alistamento.

— Você não fica constrangido?

— Este assunto é bom pra irritar minha mãe e meu pai. Eles passam a vida tentando se esconder disso. Eu tenho imunidade contra a vergonha familiar... uma das vantagens de ser o filho para quem não dão a mínima.

A coluna da ponte ao lado do jipe gemeu quando outro veículo pesado passou devagar por sobre ela. As mãos de Hannah voltaram para a saia, puxando novamente o tecido, ajeitando-o na altura das coxas.

— Quando você era pequeno, mexeu com alguma menina? Tipo uma colega da sua classe? Dizem que os meninos sempre pegam no pé de quem eles gostam, pra chamar a atenção...

Ela segurou uma das mãos de Davidek e a colocou sobre o joelho à mostra. E chegou mais perto, a ponto de Davidek poder sentir o cheiro de sabonete no pescoço dela.

— É, sabe... — disse ele, estendendo a mão na direção da maçaneta da porta. — Fingir que está dando em cima de mim, isso vai funcionar. Valeu.

Hannah olhou fixamente através do para-brisa, para o rio vazio, a margem distante.

— Quer ouvir um dos meus segredos, Peter? Às vezes, quando uma garota pede a um menino que vá olhar vestidos com ela, na verdade ela não quer que ele olhe pros *vestidos*.

Os olhos de cores diferentes dela encontraram os dele no instante em que uma de suas mãos foi até a blusa e desabotoou um dos botões. Depois outro. Depois todos. Davidek tentou dizer alguma coisa, mas não conseguiu ir além da primeira sílaba de uma palavra qualquer.

— Eu gostei muito do jeito que você olhou pra mim... — disse Hannah. — Quando achou que eu era outra pessoa. — Abriu a blusa e inclinou o corpo para a frente. Seu hálito recendia a balinha de cereja. — Gosto do jeito como está me olhando agora também.

Empurrou Davidek para trás e o beijou, a língua tateando a dele, os dedos entrelaçando os dele, pressionando a mão do menino contra suas coxas mornas.

Era impossível dizer a duração do beijo. Tempo e espaço deixaram de existir enquanto o cérebro de Davidek pelejava para memorizar cada cheiro, cada toque, cada som. Ele já tinha beijado uma garota antes, mas somente uma vez — Tara Frank, por quem ele tivera uma intensa paixonite no oitavo ano. Ela havia concordado em beijá-lo na festa de Natal da classe. Um beijinho debaixo do visco. Tinha sido incrível. E nem um pouco parecido com isso.

Hannah se desvencilhou, deslizando de volta para junto da porta do motorista. Ofegante, Davidek perguntou:

— Qual é o problema?

— Nenhum — disse ela, em cujo rosto reluziu um sorrisinho maligno enquanto as pontas dos seus dedos roçavam a parte de cima dos seios. — Estamos sozinhos.

Hannah ainda estava sentada sobre a perna esquerda, mas esticou a perna direita e usou a alavanca de câmbio entre os bancos para tirar os tênis de lona brancos. Encostou os artelhos contra o peito de Davidek, empurrando-o para trás.

Ele disse:

— Desculpe. Não tenho muita experiência.

Hannah enfiou uma adaga no coração dele.

— Eu sei. Mas tudo bem. — Ela arqueou as costas e estufou o peito no ar, as mãos tateando a parte de trás do sutiã.

— Hannah...! — Nervoso, Davidek virou a cabeça na direção das janelas do carro.

— Sim...? — disse ela, parte êxtase, parte aborrecimento, no momento em que o fecho do sutiã se soltou.

— Hannah, eu... — Ele parou de falar e ficou assistindo Hannah torcer e puxar os braços por dentro das mangas da blusa, um de cada vez, remexendo-se toda enquanto retirava o sutiã sem tirar a blusa. Com uma das mãos ela ofereceu o sutiã a Davidek — um modelo simples, rendado, bojo tamanho B. Com a outra, fechou a blusa do uniforme, e através do tecido fino Davidek pôde ver a ameaça de todas as fantasias que ele era capaz de imaginar.

— Pegue. — Ela ria, sacudindo o sutiã, e ele obedeceu, segurando-o como se fosse uma cobra a ponto de picá-lo.

O pé descalço dela deslizou para o colo dele e Davidek deu um pulo de susto.

— Você está de pau duro — disse ela. — Mas não está pensando nela agora, está?

Davidek se contorceu:

— Quem?

— Aquela menina pra quem a gente comprou cigarros.

— Vamos só... pra algum lugar.

— A gente *está* em algum lugar — disse ela.

— Algum lugar onde a gente esteja sozinho.

— Você está sozinho.

— A gente está ao ar livre, Hannah...

Embaixo do banco, ela pegou um tubinho de *gloss* labial e começou a passar uma grossa camada brilhante na boca.

— Você sabe o que dizem a meu respeito, certo? As histórias que contam...? Davidek meneou a cabeça.

— Nem todos os boatos são falsos — disse ela. — Você acha que sou uma menina má?

— *Não* — disse Davidek, enfático.

— Você está sempre me dizendo "não" — disse ela.

O pé dela roçou mais uma vez o pênis ereto dele.

— Você gostaria de *me* deixar excitada? — Hannah soltou a blusa, deixando-a completamente aberta.

A brisa fria do rio congelado começou a se infiltrar no jipe, mas mesmo assim gotículas de suor alfinetaram todo o corpo de Davidek.

— As coisas que eu gosto de fazer... — disse ela — não são aquelas de que outras meninas gostam. São *safadas*.

Ela inclinou o corpo para a frente, pegando o sutiã caído, e começou a lambuzar a boca de Davidek com um beijo molhado. Ele apalpou os seios de Hannah, mas ela agarrou-lhe as mãos, empurrou as alças do sutiã por cima dos braços de Davidek e deslizou a peça sobre o peito dele. O garoto recuou, o rosto reluzindo de *gloss* cintilante.

— Mas o qu...?

Ela caiu para trás, mordendo o dedo indicador de forma sedutora.

— Peter... — ela disse, e Davidek perdeu a fala.

O sutiã estava esticando de um lado a outro sobre seu peito, fazendo com que a gravata se amontoasse contra o queixo brilhante. Ele estava com aspecto insano, mas não deu a mínima. Ele *estava* insano.

— Você pode me mostrar? — perguntou ela, erguendo um pouco a saia para revelar uma nesga da calcinha branca.

— Mostrar o quê? — gaguejou Davidek.

— Me mostrar... *você* — disse Hannah.

Davidek se ajoelhou no banco, avultando-se sobre ela, as alças soltas do sutiã dependuradas em volta dos ombros enquanto abria o zíper. No momento em que enfiou a mão dentro da calça para libertar o pênis, Hannah disse:

— Peter, olha pra mim.

Ele obedeceu.

Ela estava segurando uma câmera fotográfica descartável amarela.

Nada de *flash*. Apenas um clique.

— Essa vai pra capa do anuário — disse ela, adiantando o filme.

A câmera fez outro clique, e Davidek se lançou numa estocada na direção de Hannah, com uma das mãos ainda enfiada dentro da calça. Perdeu o equilíbrio e desabou sobre o volante, apertando a buzina, e Hannah lhe acertou uma joelhada no flanco, chutando-o de volta para o banco do passageiro. Ele libertou a mão, o zíper aberto, na cueca branca uma saliência projetando-se como uma língua zombeteira.

Ela bateu outra foto, avançando o filme para o fotograma seguinte o mais rápido que podia. Atrapalhado, ele se esforçava para arrancar o sutiã do peito.

— Ah, muito bom — ela disse. — Foto de ação!

Quando mais uma vez Davidek tentou agarrar a câmera, Hannah por fim o tocou onde ele queria o tempo todo — mas com um ágil soco.

Davidek desmoronou, desenhando um pequeno círculo de dor com a boca ainda lambuzada de *gloss* labial de segunda mão.

— Não tente fazer isso de novo — alertou ela, guardando a câmera em um local seguro debaixo do banco. Começou a abotoar a blusa ao passo que o calouro, ainda segurando a virilha machucada, tateou a maçaneta da porta e tombou sobre o chão coberto de neve.

Hannah ajeitou os espelhos e ligou o jipe.

— Você consegue achar sozinho o caminho pra casa, certo? Eu sei que é longe, mas... Você sabe como é. — Hannah esticou o braço e jogou a mochila dele porta afora, fechando-a depois. E trancando-a.

Arfando, Davidek conseguiu aspirar ar suficiente para dizer:

— Vá se foder.

— Quase — gargalhou ela. — Mas não aconteceu... Olha só o que *vai* acontecer. Vamos manter o meu plano de trote. Você vai ler o diário quando eu *mandar* você ler o diário. Sacou? Chega de dar uma de bebezinho chorão e correr pra pedir a ajuda da Bromine ou do Zimmer ou dos seus pais ou sei lá de quem. A não ser que queira sair na capa da próxima edição da revista *Playgirl*.

Com as pernas bambas, Davidek lançou um olhar furioso na direção dela.

— Vou esconder a câmera e mais tarde te devolvo o filme... sem revelar — disse ela, colocando os óculos escuros. — Mas prometo: você vai ver aquelas lindas fotos pregadas em todos os armários da escola se esquecer. Portanto, *não* esqueça.

— Esquecer o quê? — perguntou ele, franzindo a testa e com o olhar carrancudo.

Ela sorriu. Aquele meio sorriso. Seu verdadeiro sorriso.

— Agora você *tem* um segredo.

27

— Por que ele matou o albatroz?

Davidek estava olhando fixamente pela janela. Não notou que o sr. McClerk se aproximara e agora estava plantado na frente dele, segurando o livro aberto, e só ouviu a pergunta do professor de literatura quando ele a repetiu pela segunda vez. A essa altura, os outros alunos já estavam rindo.

— Sr. Davidek, por que ele matou a ave?

A mente de Davidek ainda estava num jipe sob a Ponte de Tarentum. A única coisa em que ele conseguiu pensar para dizer foi:

— Quem?

Com uma das mãos, o sr. McClerk fechou violentamente o livro, produzindo um estalo.

— O protagonista de *A balada do velho marinheiro*, de Coleridge. O senhor não leu o poema no fim de semana?

— Claro que li. — Não tinha lido.

— Então, por favor, diga-me por que ele matou a ave.

Davidek olhou para Stein, que encolheu os ombros. Ele também não tinha lido.

— Hum... — fez Davidek. — Por que a ave era malvada?

O sr. McClerk tirou os óculos e enxugou a testa com a manga do paletó.

— Sr. Davidek, raramente digo que uma interpretação de um texto literário está errada por completo... mas essa sua resposta é muito, muito *idiota*.

Davidek sugou o lábio superior e fitou a escrivaninha. Do outro lado da sala, Sete-Oitavos ergueu a mão.

— Ele matou a ave porque ela era um símbolo de Jesus Cristo. — Davidek estremeceu por não ter pensado nisso. Tudo sempre era um símbolo de Jesus Cristo para o sr. McClerk.

O professor de literatura confirmou essa ideia apontando triunfantemente seus óculos para Sete-Oitavos.

— Sim, isso é *uma* resposta. Mas há algo mais? Algo universal para todos nós e que motivaria a autodestruição?

Ninguém respondeu, de modo que ele caminhou até a lousa e escreveu: "O demônio da perversidade".

— Sr. Davidek, lembra-se de nossa leitura de Poe no último outono?

Davidek achava que já tinha lido a história, mas nesse exato momento só era capaz de se lembrar de uma coisa, e esta envolvia uma câmera fotográfica descartável amarela.

— Hum, sim — respondeu.

O sr. McClerk recolocou os óculos.

— Então, por favor, refresque a nossa memória acerca das leituras de "O gato preto" e "O coração delator". O que Poe queria dizer com a expressão "o demônio da perversidade"?

Davidek respirou fundo.

Stein ainda estava rindo durante o horário de almoço enquanto imitava a resposta de Davidek.

— É tipo *um anãozinho pervertido?* — imitou ele, escorando-se em Lorelei, que também estava tendo um ataque de riso.

Eles estavam no estacionamento, embora Davidek tivesse esquecido seu casaco de inverno e agora, vestindo apenas o paletó, estivesse congelando.

— Eu não consegui me lembrar! — disse ele, entregando-se ao frio. — Achei que talvez o tal demônio fosse o cara que acabou enterrado debaixo do assoalho.

Março tinha chegado de chofre ao vale, e o tempo estava esquizofrênico: ensolarado num dia, frio de rachar no outro. Os narcisos e tulipas dos jardins da escola foram enganados. Ludibriados pelo sol primaveril, colocavam a cabeça para fora da terra apenas para serem mordiscados pela geada.

Nos dias cálidos, quando os estudantes que não tinham saído da escola para comer se reuniam de novo no estacionamento, Stein e Lorelei ficavam dentro da cantina no porão. Nos dias de frio penetrante, quando todo mundo se amontoava dentro da escola, eles se embrulhavam nas roupas de inverno e ficavam de bobeira do lado de fora. Davidek não havia contado a eles sobre Hannah e o jipe. Implorava a Deus que ninguém jamais descobrisse sobre o ocorrido, nem mesmo os amigos. Especialmente os amigos.

Para Davidek, estava ficando mais difícil passar tempo com Stein e Lorelei. Às vezes ele se sentia mais solitário na companhia dos dois do que quando estava sozinho. Mesmo empacotados em seus pesados agasalhos, os namorados não conseguiam tirar as mãos um do outro. Estavam sempre se encostando, ou se cutucando, ou executando uma espécie de dança imóvel, com as mãos dele nos quadris dela ou os braços dela sobre os ombros dele. Coberta de neve, a estátua da Virgem Maria olhava para eles com as mãos estendidas, como se perguntasse "Que merda é essa?", e Davidek tinha a mesma sensação.

Alguma coisa se moveu na janela de uma das salas de aula do andar de cima e Davidek ergueu os olhos no instante em que Mullen e Simms se afastavam às pressas do vidro.

Lorelei também notou os dois, mas antes que Davidek pudesse dizer qualquer coisa ela exclamou:

— Minhas mãos estão geladas! — E as apertou contra as bochechas de Stein.

— Agora as minhas bochechas estão geladas! — disse Stein, e Lorelei se inclinou e beijou o rosto dele, um lado de cada vez.

— Agora diz pra ela que a sua virilha está gelada! — brincou Davidek, e Stein agarrou um naco de gelo da Virgem Maria e arremessou contra ele.

— Sai daqui, seu anãozinho pervertido...

— A gente tem que tomar cuidado — disse Lorelei. Ela não tinha permissão para ter longas conversas telefônicas com meninos, mas depois que a mãe ia dormir — ou desmaiava de bêbada — e o pai afundava numa maratona de filmes na tevê a cabo madrugada adentro, regada a um pacote de seis latinhas de cerveja, ela levava sorrateiramente o telefone sem fio para o quarto e ligava para Stein. Ainda era um risco que não gostava de correr. Lorelei ficava impressionada com o fato de a família de Stein não se incomodar com essas ligações à meia-noite, mas o pai e a irmã do rapaz pararam de atender quando o telefone tocava tão tarde. Sabiam que era para Noah. A namorada secreta dele.

Ela telefonava para ele apenas algumas vezes por semana, embora ele quisesse conversar todo dia e às vezes chegasse a ligar para a casa de Lorelei contra a vontade dela, o que deixava a mãe da menina desconfiada.

— São apenas umas perguntas sobre a lição de casa — Lorelei explicava aos pais. — Ele é o meu parceiro de estudos na aula de biologia.

— Talvez seja melhor eu ligar pra mãe dele e dizer que ele precisa começar a fazer a lição mais cedo — ameaçou Miranda Paskal.

Lorelei a demoveu da ideia:

— A mãe dele morreu.

— Morreu? — A mãe de Lorelei não gostou de saber de uma tragédia que sobrepujava a sua própria. — Como isso aconteceu?

— Não sei — disse Lorelei, o que era verdade.

Stein não era muito bom de papo em suas conversas de fim de noite. Basicamente, ele dizia apenas quanto gostaria que Lorelei estivesse deitada a seu lado na cama, e não tão distante, separada por quilômetros de linha telefônica. Ai de Lorelei se a mãe pegasse a extensão e ouvisse um garoto dizendo coisas desse tipo para a filha.

— Só quando estou perto de você é que eu suporto ser eu mesmo — dizia Stein. Lorelei não gostava de ouvir isso, por diversas razões. Mas a seu modo essa lisonja era agradável. Quanto mais tempo ela passava fingindo gostar de Stein, mais de fato gostava.

Eles ainda saíam às escondidas para dar uns amassos na escola, embora aquele espaço ao longo da residência paroquial e as cercas vivas do convento estivessem cobertos de neve. "Vamos achar um lugar mais quente", ela tinha sugerido, e ambos começaram a matar aulas para encontrar esconderijos nas muitas escadas de porões e corredores da St. Michael. Lorelei achava que beijar

Stein usando de fingimento seria esquisito, mas ele beijava muito bem — não era agressivo, nem babão, do jeito que ela imaginava que outros meninos seriam. Era delicado e cuidadoso — para variar.

Às vezes os dois ficavam apenas sentados na escada, olhando um para o outro, as pernas esticadas e entrançadas em cima de um degrau. Ele falava de coisas estranhas, tais como se era possível amar alguém sem conhecer os piores segredos da pessoa. Às vezes Stein se tornava melancólico, mas ela via isso como o típico mau humor adolescente, e quando Stein ficava estranho demais ela o beijava de novo e ele voltava ao normal.

Mesmo depois que tudo estivesse acabado, ela jamais saberia ao certo o que realmente sentia por Noah Stein. Nos últimos tempos, Lorelei se perguntava se as únicas pessoas que ela estava enganando eram Mullen e Simms.

A vida na St. Michael havia enfim se tornado o que ela queria. Em Stein, ela tinha um namorado, e em Davidek ela tinha um melhor amigo — mais ou menos —, alguém em quem ela podia confiar, que se importava com ela a ponto de socorrê-la em caso de apuros. As outras calouras já não se opunham a que Lorelei se sentasse à mesa delas de vez em quando, e até Audra Banes e suas outras conhecidas da turma das veteranas já não tentavam atacá-la com tanto afinco; no fim das contas ficaram com certa pena de Lorelei quando correu a notícia de que ela tinha sido escolhida como irmãzinha por Cara de Cu e Boca de Areia.

Talvez Lorelei pudesse escapar da armadilha em que havia caído. Bastava contar a verdade a Stein, alertá-lo sobre o que Mullen e Simms estavam planejando, e ele poderia protegê-la de todos os eventuais efeitos colaterais e consequências.

De jeito nenhum a mãe de Lorelei deixaria a filha sair para um encontro com um menino, mas ela teve permissão para se reunir com Stein na Biblioteca do Povo, em New Kensington — que ficava longe da casa de Stein; a irmã dele teria de dirigir bastante, mas para Lorelei era uma distância curta, que poderia percorrer a pé. Ambos estavam traduzindo um trecho de *Dom Quixote* para o Dia Internacional, marcado para a semana seguinte ao feriado da Páscoa. Dos calouros, ainda às voltas com os aspectos rudimentares de suas novas aulas de língua estrangeira, exigia-se apenas que escrevessem trabalhos para o festival e levassem um prato para o grande almoço coletivo. Davidek vinha trabalhando num texto sobre o pão francês e seus métodos de fabricação, o que o isolou ainda mais de Stein e Lorelei, alunos da turma de espanhol.

— Acho essa história triste. Ele está tão perdido... — disse Lorelei enquanto copiava passagens de uma tradução inglesa do romance, deixando erros suficientes para parecer que eles mesmos haviam traduzido.

Stein discordou dela:

— Ele está vendo o que ele quer ver... e isso o deixa feliz. Ele está esquecendo as coisas ruins do passado.

— São as coisas ruins que fazem a gente ser o que a gente é — disse ela.

Stein ficou em silêncio.

— Você acredita mesmo nisso?

Lorelei olhou para ele, sorrindo.

— Não sei... Eu estava só puxando assunto.

Havia algo que Stein queria contar a ela. Algo que ele já vinha esperando fazia muito tempo para contar a alguém. Nas janelas panorâmicas da biblioteca, enegrecidas pela noite, o reflexo de Stein falou enquanto o de Lorelei ouviu, e nenhum dos dois se moveu até ele terminar de falar.

Mullen e Simms tinham perdido.

A derrota era terreno conhecido, de modo que eles já deveriam esperar por ela. Lorelei vinha tratando a ambos com indiferença fazia semanas quando eles a pressionavam exigindo informações, e ambos eram impotentes para mudar esse estado de coisas. Ninguém respeitava Cara de Cu e Boca de Areia, e quando Lorelei passou a ignorá-los ninguém se surpreendeu com o fato de que os dois não eram capazes de controlar sequer uma caloura.

As nada notáveis carreiras de Richard Mullen e Frank Simms na St. Michael estavam chegando a um final fracassado e nada auspicioso. Seriam ejetados dali com um diploma e a menor média de notas possível. Ninguém se lembraria deles, exceto talvez de que Mullen era o cara que tivera uma caneta enfiada no rosto. Simms seria apenas um zé-ninguém de cujo nome ninguém se recordaria. Se eles realmente queriam humilhar Stein, talvez devessem ter pensado mais e elaborado melhor seu plano.

Agora estava tudo acabado. Eles sabiam disso.

Assim, pouco antes do feriado da Páscoa, quando Mullen e Simms ouviram dizer que sua "irmãzinha" caloura estava à procura deles, já sabiam o que estava por vir. A Grande Bronca, quando até Lorelei Paskal, outrora uma das alunas mais indefesas da St. Michael, os mandaria à merda.

Naquela noite, após a confissão de Stein na biblioteca, quando Lorelei se separou da companhia dele na rua, ela sussurrou "Eu te amo", depois de lhe dar um beijo de despedida. Dessa vez estava sendo sincera. Mesmo mais tarde ainda acreditava nisso, embora tenha servido apenas para tornar o resto mais incompreensível, até para ela.

Lorelei saiu perguntando sobre Mullen e Simms, mas como resposta recebeu apenas ombros encolhidos. Nos intervalos entre as aulas ela passou em silêncio pelos corredores lotados de alunos tagarelas — procurando. Ninguém falou com ela, mas tudo bem. Talvez isso viesse a mudar.

Quando encontrou os dois ao lado da máquina automática de salgadinhos, eles estavam prontos para o fim.

O que Lorelei de fato disse, ela disse de livre e espontânea vontade. Sem coerção. Sem medo. Consciente. Se isso a deixava desconcertada, talvez ela não quisesse saber o verdadeiro motivo. Mais fácil acreditar que simplesmente não fazia sentido.

Lorelei lhes perguntou:

— Vocês gostariam de saber como ele *realmente* conseguiu aquela cicatriz no rosto?

Parte V

La verdad y nada

28

A irmã Maria se posicionou no palco no Salão Palisade e anunciou para os estudantes reunidos:

— *Buenos dias. Bonjour. Willkommen.* E *bem-vindos* ao Dia Internacional da St. Michael!

Houve uma acanhada salva de palmas, e depois as centenas de estudantes sentados e envergando uniformes escolares ignoraram o restante do discurso da freira sobre a longeva tradição daquele evento na St. Michael, blá-blá-blá. A garotada queria apenas comer de graça.

Os calouros já haviam entregado seus trabalhos. Davidek tirou C+ por seu texto sobre o pão francês; Lorelei e Stein obtiveram A– pelo plágio de trechos traduzidos de *Dom Quixote*. Os festejos do dia pertenciam aos veteranos, e cada classe tinha tarefas distintas.

Todo mundo levou algum tipo de comida, mas os alunos do segundo ano foram os responsáveis por fornecer os pratos principais da festa, prevista para durar a tarde inteira. LeRose contou vantagem, gabando-se aos quatro ventos de ter injetado em suas *chimichangas* doses alarmantes de um picante molho de pimenta vietnamita capaz de explodir intestinos.

— Cara, experimenta pra você ver. Vai cagar um jato de labareda azul!

Mas esse papo de vendedor foi péssimo. As tortilhas de sua suculenta pegadinha ficaram abandonadas, coagulando num canto do comprido bufê, intocadas, enquanto os estudantes devoravam os crepes e baguetes das turmas de francês, o chucrute e as salsichas trazidos pelos alunos de alemão e um caminhão de espaguete preparado por um grupo de veteranos que cursava uma turma especial de latim de nível universitário.

Os alunos do terceiro ano ficaram incumbidos da decoração do Salão Palisade, que consistia basicamente em séries de cartazes sobre pintura impressionista francesa ou imagens de autoestradas alemãs — as *autobahns* —, mas havia, como sempre, alguns estudantes mais ousados, que tentaram construir miniaturas de galeões espanhóis com peças de Lego e uma Torre Eiffel de palitos de pirulito.

Já os alunos do último ano encarregaram-se de oferecer o entretenimento do evento, escrevendo, dirigindo e encenando pequenos esquetes no palco do auditório, com a preocupação de dar às cenas um ar de pantomima, representando através de gestos, expressões faciais e movimentos, de modo que todo mundo fosse capaz de entender a ação em língua estrangeira. Entre uma e outra cena teatral havia números de canto e dança. Os francófilos *sempre* cantavam ao som de um velho disco — *Aux Champs-Élysées* —, fazendo sincronização labial e girando sombrinhas — e os professores sempre demonstravam surpresa quando eram puxados para cima do palco pelos alunos para dançar com eles.

O dia estava permeado por uma incomum sensação de alegria. Davidek riu junto com alguns veteranos quando o sr. Mankowski entrou em cena vestindo uma camisa branca bufante e uma calça de couro na altura do joelho, verde-esmeralda, típico de dançarino da Oktoberfest; e Mankowski também riu com eles, rodopiando e dando um tapinha nas pernas cobertas por meias até os joelhos, entendendo e fazendo parte da piada uma vez na vida.

Zari zanzava pelos cantos do salão tirando fotos para o anuário, tarefa que foi obrigada a assumir por conta da pressão de suas mentoras, as Grough, que lhe deram instruções específicas sobre quem *não* fotografar. Ela não deu a mínima e clicou quem e o que bem quis.

Hannah Kraut era uma das alunas de francês e antes do número *Aux Champs-Élysées* sentou-se numa das pontas do palco com os pés cruzados para um lado, a saia de cancã, azul e felpuda, caída como uma gigantesca flor predadora que sufocava um par de pernas. Ela viu Davidek e deu uma piscadela para ele.

— Ei, modelo da *Playgirl*. — disse ela, o que o fez desviar o olhar.

— Vamos, Stein, vamos sentar lá no fundo — disse Davidek, serpeando em meio à multidão.

— Preciso encontrar a Lorelei primeiro... — alegou Stein.

Ele a avistou no corredor que levava aos bastidores, onde os veteranos da turma de espanhol estavam se reunindo para sua apresentação. Parecia estar discutindo com Mullen, que segurava nas mãos uma *piñata* no formato de avião.

— Porra, se aquele cara estiver enchendo o saco da Lorelei, vou arrebentar a *piñata* no meio da cara dele — disse Stein, e Davidek segurou-o enquanto a garota abria caminho em meio à multidão e caminhava na direção deles.

— Não estou me sentindo bem. Você pode me levar lá pra cima?

— Qual é o problema? — perguntou Stein.

Ela meneou a cabeça, frustrada, como se ele não estivesse ouvindo.

— Não me *sinto* bem. Você pode me levar lá pra cima?

— Claro, claro...

Mas a sra. Bromine estava de olho nos dois e deu um passo à frente no exato instante em que a mão de Lorelei deslizou em direção à de Stein.

— É proibido se tocar dentro da escola! — vociferou Bromine.

— Ela está passando mal — disse Stein. — Vou levá-la lá pra cima...

— Você é o enfermeiro da escola agora? — disse Bromine. — Eu cuido disso.

Davidek pousou uma das mãos sobre o ombro de Stein.

— Vamos lá, cara.

Bromine acertou uma palmada nos dedos dele, com certa força.

— Nada de toque, sr. Davidek — disse ela, já saindo com Lorelei.

A professora de espanhol, sra. Tunns, estava amuada por ter mais uma vez de acompanhar o terrível número de dança da irmã Antonia, e fez questão de apressar os alunos de francês para que saíssem logo do palco enquanto fitava com olhar carrancudo os lerdos alunos de espanhol, que lentamente arrastavam seus acessórios cênicos. Naquele ano o *show* da turma de espanhol tinha sido preparado na última hora, e ela estava preocupada com a possibilidade de caos e fiasco. Se dependesse dela, seria encenada uma tradução da cena da "Morte de Gonzaga", de *Hamlet*, mas alguns de seus alunos mais preguiçosos e desanimados, Mullen e o amigo Simms, tinham convencido os colegas a fazer um esquete cômico idiota, uma palhaçada cujo objetivo pretendia ser de interesse público.

No palco o cenário estava montado de modo a se parecer com um cômodo, com uma mesa, cadeiras e uma cama. Em cima de uma cadeira colocaram um protuberante saco branco com um bico plástico de tamanho descomunal preso na ponta. "Pegamento loco", lia-se no rótulo, em letras garrafais e desenhadas à mão.

— O que significa aquilo? — perguntou Davidek, perscrutando por sobre as cabeças do lugar onde eles estavam sentados, no meio da plateia.

— Hã... *loco* quer dizer maluco. Não sei o significa a outra palavra — comentou Stein.

— Acho que significa "cola". É Cola Maluca — disse LeRose em voz alta, acomodado na fileira atrás deles.

— Rá-rá-rá — disse Davidek, sem graça. — Hi-lá-rio.

A professora de espanhol empunhou o microfone no centro do palco e passou a mão pela cabeça caprina, alisando eventuais fios soltos.

— Os alunos do último ano da turma de espanhol da St. Michael gostariam de apresentar um serviço de interesse público. *Parada, gota y rodillo*, ou seja, "Parar, cair e rolar". O esquete será apresentado com uma tradução.

Tão logo a sra. Tunns saiu de cena, os atores marcharam em formação palco adentro, conduzidos por uma menina que usava um xale e uma enorme peruca marrom que parecia uma porção de pequenos animais costurados uns sobre os outros. Atrás dela, vinha o mal-afamado e repulsivo Mark Carney, uma figura desprezível e escrota que raramente tomava banho e achava que abaixar a calça para soltar peidos em festas era uma boa maneira de impressionar as meninas. Agora ali estava ele, diante da escola inteira, chupando o polegar e vestindo um pijama do ursinho Puff esticado ao máximo em seu corpanzil. Mostrou a língua para a plateia, dobrou o corpo, apontou para o próprio traseiro e perguntou:

— Onde fica o alçapão desta coisa? Preciso fazer cocô!

A fala suscitou uma furiosa onda de gargalhadas da multidão, mas fez com que a sra. Tunns, postada na lateral do palco, abanasse o dedo na direção dele, vociferando:

— *Non español!*

— É esquisito — disse Davidek. — Os veteranos lá em cima do palco fazendo o tipo de idiotice que nós todos estamos morrendo de medo de fazer no Piquenique do Trote. E todo mundo adora.

Stein dando de ombros, disse:

— É diferente quando você escolhe bancar o idiota.

Os tradutores do espetáculo caminharam até o palanque: Cara de Cu Mullen e uma menina parruda e de aparência irritadiça chamada Beth Bartolski, ambos usando um sombreiro de aniversário do restaurante Chi-Chi. Ao lado deles, o menininho interpretado por Carney desabou sobre um travesseiro e se cobriu com um cobertor.

— *¡Mamasita! ¡Mamasita!* — chamou, aos berros, pela atriz com a peruca e o xale, que se sentou ao lado dele, tricotando.

— Mamãe, Mamãe! — Mullen traduziu do palanque, encarando a plateia com um sorriso de satisfação nos lábios.

— *¿Sí, mi hijo?* — respondeu a menina que interpretava a mãe.

— Sim, meu filho — Beth Bartolski traduziu com voz monótona.

Carney, de joelhos, arrastou-se, cambaleante, para a frente — *seu* modo de interpretar uma criança pequena.

— *No soy sonoliento* — disse ele.

— É hora de dormir, mas não estou com sono — ecoou Mullen em inglês.

— Você tem energia demais. Tem que estar na cama antes que o seu pai volte para casa — disse a mamãe, e o garoto começou a choramingar e se jogar de um lado para outro em cima do palco, num surto cômico.

— *¡Déjeme acabar mi piñata!* — gritou o menino.

— Eu quero terminar de fazer a minha *piñata*!

A menina que fazia o papel da mãe fingiu olhar para a plateia em busca de conselhos sobre qual a melhor maneira de educar o filho.

— Deixe ele brincar! — berrou uma garota, seguida por uma salva de palmas.

— Dê umas palmadas nele! — gritou outra voz, agora merecendo uma saraivada de aplausos ainda mais vigorosos.

— Isso é meio que hilário — sussurrou Davidek por sobre o ombro para LeRose, que assentiu entusiasticamente. Com um movimento de cotovelo, Davidek conseguiu arrancar um sorriso de Stein, que estava sentado em silêncio.

— É, é engraçado — concordou Stein.

No palco, a mãe concordou em deixar o menino terminar sua *piñata* em formato de avião. A bizarra personagem homem-criança de Carney agarrou o falso e gigantesco tubo de cola e o ergueu, triunfante, sobre a cabeça enquanto a multidão ia ao delírio. A mãe alertou-o, em espanhol:

— Tome cuidado! Essa cola é bastante inflamável e muito perigosa.

Então, enquanto Carney continuava cabriolando com a cola e a *piñata*, a menina que interpretava a mãe deitou-se na cama de mentira e fechou os olhos.

— Oh, estou tão cansada de cuidar desse monstrinho! — exclamou.

Carney sussurrou para a plateia:

— Esta *piñata* precisa de mais cola!

Então ele soprou, bufou e apertou o tubo de cartolina até seu rosto ficar avermelhado, o tempo todo clamando em voz alta:

— *¡Más pegamento!*

A plateia começou a entoar junto com ele:

— Mais cola! Mais cola!

Até que acabou a cola do menino.

— *¡No más! ¡No más!* — ele gritou, e começou a andar em volta do palco à procura de mais cola; abriu a gaveta de uma penteadeira e encontrou uma caixa de fósforos de desenho animado feita de cartolina e papel de artesanato vermelho.

A boca de Carney se abriu ligeiramente, formando um "o" diabólico, e ele ergueu as sobrancelhas, lançando um olhar de relance para a plateia, que assistia aos uivos e urrou quando ele ergueu no ar um dos palitos de fósforo e o esfregou no chão, toque que criou uma imaginária trilha de cola inflamável.

Uma rajada de vento arremessou no ar uma lufada de fragmentos plásticos alaranjados e vermelhos. Foi um excelente efeito especial para representar o fogo — criação de Simms —, que consistia em um ventilador de janela abastecido de confete vermelho e escondido atrás da cama.

De joelhos, Carney arrastou-se para trás quando dois alunos vestindo macacões alaranjados decorados com fitas vermelhas, amarelas e alaranjadas surgiram no palco, correndo na direção dele.

— *Arre!* — berrou um deles, jogando um punhado de confetes vermelhos em Carney, que estapeou o rosto com ambas as mãos e soltou um ganido de aflição.

— Oh, não! — traduziu Mullen, com olhos cintilantes que esquadrinhavam a plateia. — A cola está no meu rosto! Estou pegando fogo!

— ¡*Fuego! ¡Fuego!* — cacarejaram os homens-labaredas enquanto sacudiam o menino para a frente e para trás. Nesse exato momento soou uma sirene, e meninos e meninas vestidos de bombeiros entraram em cena às pressas, jogando baldes de confete azul para simular água. Ergueram o menino para resgatá-lo, mas ele recuou, aos berros de ¡*Mamasita! ¡Mamasita!*.

A mãe acordou de seu sono bem a tempo de ser atacada pelos estudantes que representavam os homens-labaredas:

— ¡*Estoy muriendo! ¿Dónde está usted, mi hijo?* — ela berrou.

— Estou morrendo — traduziu Beth Bartolski, sem a menor emoção ou modulação na voz. — Meu filho! Por quê? Por quê?

Os bombeiros iniciaram uma desajeitada luta de kung fu coreografada com os homens-labaredas, e tudo terminou com borrifos reais de extintor de incêndio, que cobriram o palco com uma nuvem branca pairando sobre o chão. Quando o ar ficou limpo, os personagens vestidos de chamas estavam amontoados uns sobre os outros, gemendo como capangas de história em quadrinhos que levaram uma surra violenta a ponto de desmaiar.

O menininho, personagem de Carney, estava sentado à beira do palco, esfregando os olhos e chorando aos soluços, todo melodramático. Agora, metade de seu rosto estava pintada com marca-texto vermelho para indicar queimaduras. Uma menina bombeira foi até ele carregando um esqueleto de plástico de Dia das Bruxas, do tipo que brilha no escuro.

— A sua *mamasita es muerta*! — declarou ela, sacudindo pesarosamente o esqueleto na frente do menino, que o abraçou e berrou — BUÁ! BUÁ! BUÁ! BUÁ! — enquanto os bombeiros meneavam a cabeça (inexplicavelmente, de uma das órbitas oculares do esqueleto insinuava-se uma cobra de borracha).

— Que isto sirva de alerta para todo mundo... — traduziu Mullen, e então todos os atores em cima do palco disseram em uníssono:

— ¡*No juegan con el fuego, o usted será quemado!*

— Não brinque com fogo, ou você acabará se queimando!

* * *

Os astros e as estrelas da turma de espanhol revezaram-se na hora de fazer reverências em agradecimento à plateia, que delirava, sob uma chuva de palmas e gritos. Carney voltou à cena carregando o esqueleto para uma mesura. Davidek olhou para Stein, que não estava aplaudindo nem nada; mantinha-se apenas sentado imóvel, encarando o palco com expressão vazia no rosto. Na coxia, uma aliviada sra. Tunns cumprimentava Mullen e Simms pela autoria do espetáculo, orgulhosa com o fato de, pela primeira vez na vida, seus dois alunos mais relapsos terem feito algo digno de nota.

Stein levantou-se da poltrona sem ouvir coisa alguma do que se passava ao redor, e certamente não percebeu que Davidek repetia seu nome inúmeras vezes.

Abriu caminho em meio à multidão, na direção da coxia. Davidek tentou ir atrás dele, mas Stein estava indo rápido demais, empurrando as pessoas e acelerando cada vez mais o passo.

Mullen e Simms espiavam a plateia e trocavam cochichos. Quando perceberam, Stein já estava diante deles.

— E aí, isso trouxe à tona alguma lembrança, seu piromaníaco filho da puta? — perguntou Mullen.

Simms foi ainda menos delicado.

— E então, quando encontraram a sua mamãe, ela estava Extra Crocante ou Receita Original?

Stein arremessou o punho contra os dentes de coelho de Simms, o que fez o veterano cambalear por cima da sra. Tunns, ambos por fim desabando. Mullen abanou os braços para proteger o rosto, de modo que Stein acertou-lhe um pontapé nos testículos, obrigando-o a cair de joelhos, e em seguida desferiu-lhe um chute no meio do peito. No instante em que a sra. Tunns começava a sair, engatinhando, de debaixo de Simms, que uivava de dor e cujos dentes esverdeados estavam tingidos de vermelho, Mullen caiu por cima dela também.

— Pelo amor de Deus, alguém o segure! — guinchou a sra. Tunns, e nesse momento os alunos, professores e até alguns pais e mães que haviam comparecido para ajudar na festa saíram todos ao mesmo tempo de seu estado de torpor.

Stein pairou como uma ameaça diante dos veteranos caídos, seus ombros formando um ângulo reto em relação aos painéis baratos do teto suspenso do salão, respirando pesadamente, faminto por mais. Vultos indistintos ergueram-se atrás dele, avançando a duras penas, como se estivessem atravessando águas barrentas. O calouro não se virou para encarar as pessoas e não resistiu quando elas investiram contra ele, braços florescendo em volta de seu corpo, engolindo-o, arrastando-o.

29

Lorelei ouviu da secretaria o desenrolar das apresentações do Dia Internacional: a rouquenha música francesa, os aplausos mornos, os abafados balbucios em língua estrangeira e as risadas que se erguiam, passando através das endurecidas artérias do porão da St. Michael até chegar à ensolarada ala da administração, na parte da frente da escola.

Depois de fingir um mal-estar lá embaixo, Lorelei foi arrastada pela sra. Bromine até o sofá ao lado da secretária da escola, a sra. Corde, uma mulher alta e parruda com cabelo cor de cenoura, que datilografava utilizando apenas os dedos indicadores, martelando-os contra cada uma das teclas como se estivesse jogando uma partida de Acerte a Toupeira.

Bromine saiu e deixou a porta aberta, e os sons do Dia Internacional continuaram flutuando desde o porão. Lorelei escutou a abafada apresentação da peça em espanhol feita pela sra. Tunns e se esforçou para ouvir; depois fez força para não ouvir. Escutou aplausos quando o esquete terminou, e houve um breve momento de silêncio.

Depois... uma explosão.

Sentada à máquina de datilografar, a sra. Corde empertigou-se e aguçou os ouvidos, como uma criatura da floresta detectando um perigo distante. Voltou-se para Lorelei, como se para verificar a comoção, e o som ficou mais alto, cada vez mais próximo, um trovão de movimento.

— Isso faz parte do *show*? — perguntou a secretária.

A inércia de Lorelei se evaporou. Ela se ergueu de um salto do sofá quando as portas duplas se abriram com estrépito no corredor e o que parecia ser um animal feroz composto de muitos corpos estrondeou contra uma fileira de armários. Pés andavam a passos rápidos e rangiam nos azulejos, e vozes berravam instruções desesperadas e contraditórias à medida que o estardalhaço ia ficando mais próximo.

Lorelei fechou a porta da sala e pressionou o dedo contra o botão de latão no centro da maçaneta, mas o clique da fechadura pareceu inútil enquanto braços, pernas e rostos batiam com toda a força contra a estreita janela da porta, como corpos rodopiando nas águas de uma enxurrada. Com seu ridículo *lederhosen* e um chapeuzinho verde berrante, o sr. Mankowski orbitava em torno da confusão, vociferando ordens para os meninos uniformizados, todos agarrados à figura que se debatia: Noah Stein, com pelo menos três meninos pendurados em cada braço, imobilizando-os enquanto seu pescoço afogueado se retesava e se contorcia como um punhado de fios de chicote de alcaçuz, prontos para estalar.

Stein finalmente viu Lorelei quando seus agressores o empurraram contra a porta da sala. Os olhos dele demoraram-se nela, profundos poços de mágoa e interrogação, entrecruzados pelos arames embutidos no vidro. Depois os olhos se fecharam e assim permaneceram, como que para preservar uma imagem dela que lhe escaparia caso os abrisse de novo.

A Lorelei que ele conhecia era um fantasma, gradualmente surgindo e desaparecendo da vista. Logo ali, do outro lado da porta, mas perdida para sempre. A mil por hora, sua mente agitada fez um acordo com o universo: devolvesse a menina que ele sabia que amava e ele abriria mão de cada beijo, cada toque, cada palavra, cada imagem dela. O universo poderia tomá-la dele, mas que pelo menos permitisse que ela continuasse existindo em algum lugar e que tudo não tivesse passado de um truque sujo.

As pontas dos dedos de Lorelei roçaram a maçaneta da porta, mas a sra. Corde agarrou o braço dela.

— Você está doida? Não o deixe entrar. Estamos *a salvo* aqui dentro.

Quando os olhos de Stein se abriram de novo, Lorelei estava recuando, encarando-o fixamente, pronta para absorver todo o ódio que ele fosse capaz de vomitar em cima dela, mas a menina não exalava um pingo de piedade, o menor remorso, e isso o deixou paralisado. Ele abriu a boca para dizer o nome dela, mas não conseguiu.

Stein foi puxado para longe da porta, e a estranha que se parecia com Lorelei ficou pequena na janela, e Stein fechou os olhos de novo, ainda tentando preservar os fugazes resquícios daquela garota no primeiro dia de aula, aquela caloura de franja torta, sobrancelhas oblíquas e um coração enorme e despedaçado, que ele achara que combinava perfeitamente com o que havia restado de seu próprio coração.

A boca do padre Mercedes não parava de se retorcer enquanto a irmã Maria tentava explicar o que tinha acontecido — de novo. O padre ergueu o dedo para ela.

— Chega, já ouvi o bastante.

Ele abriu a porta do laboratório de química e espiou lá dentro. Mullen estava sentado num canto da sala, e Simms estava sentado do outro lado. Ambos os meninos pareciam assustados, e Simms arreganhou um sorriso para o padre, que respondeu fechando novamente a porta. Mais adiante no corredor, na sala de aula de espanhol, Stein estava sentado à escrivaninha com a cabeça afundada no ninho formado por seus braços cruzados. Um dos olhos, injetado de veias vermelhas, se abriu quando o padre pigarreou.

O padre Mercedes voltou para o corredor e fechou a porta, depois fitou a freira, com ar de expectativa.

— Então ele é um pequeno piromaníaco matricida, é isso? Tenho certeza de que o Conselho Paroquial vai ficar empolgadíssimo.

— O que aconteceu foi um acidente, mas... os fatos básicos são verdade. Acabo de falar com o pai dele — disse a irmã Maria.

— E suponho que foi uma coincidência que essas duas figuras tenham decidido fazer uma paródia da triste história — disse o padre brandindo um cigarro apagado, como se fosse uma varinha de condão, na direção da sala onde estavam Mullen e Simms.

— Eles têm um... histórico de *beligerância* com o menino — respondeu a irmã Maria. — Nós achamos que a menina lhes contou a história. Eles são os veteranos mentores dela, e é possível que a tenham ameaçado. Ou talvez ela tenha brigado com o menino...

— E *ela* alega...?

— Ainda não disse uma palavra.

O padre coçou o rosto.

— A senhora não consegue fazer uma menina de quinze anos responder a suas perguntas?

Como a freira se manteve calada, ele ajeitou o cigarro entre os lábios e o acendeu.

— Mais uma bela bagunça, irmã... uma beleza... Agora, como a senhora pretende lidar com esse dramalhão?

— Detenção para todo mundo. Uma semana de suspensão para Stein. O que eles fizeram foi terrível, mas ele apelou para a violência.

O padre encarou a mulher e bufou, a fumaça subindo de seu sorriso tênue e incrédulo.

Na defensiva, a irmã Maria disse:

— E como nota do projeto de teatro eles vão ficar com D–.

O religioso beliscou a parte superior do nariz e a brasa do cigarro ardeu mais forte.

— A comunidade da São Miguel Arcanjo ficará contente ao ouvir que a punição que eles receberam foi a menor nota possível para aprovação. Mais uma sólida razão para mantermos esta ilustre instituição em pleno funcionamento.

— Em toda escola há brigas, padre. Nesta, temos uma porção de alunos decentes, e eles nada tiveram a ver co...

— E eles *sofrem*, irmã — disse o padre, afastando-se dela. — Enquanto isso a senhora inventa desculpas para os piores.

Já havia escurecido quando Stein voltou para casa. Larry Stein foi buscá-lo na escola, e aceitou os pedidos de desculpa dos pais dos outros dois meninos, que estavam à sua espera. Stein fora instruído a se desculpar com Mullen e Simms, mas se recusou, apesar das ameaças e das tentativas de convencimento do pai e da diretora.

Quando chegaram em casa, o jantar de Margie estava posto e esperando por eles, frio. O pai de Stein não gritou, tampouco fez qualquer pergunta, mas Margie fez, primeiro martelando o irmão com as costumeiras variações de "Por quê?". Depois o pai a levou para a varanda e fechou a porta. Suas vozes abafadas se elevaram, e Stein sentou-se em silêncio à mesa da cozinha. Ele não conseguia entender o que estavam dizendo, mas não tentou com afinco. Margie chorou um pouco. Quando voltaram para dentro, a irmã esquentou a comida, e os três comeram em silêncio.

— Eu sinto muito — disse Noah Stein, num fiapo de voz.

Margie baixou os talheres, mas não ergueu os olhos enquanto mastigava. Seu pai fez o mesmo, depois, perguntou:

— Por qual parte?

— Eu não sei — disse o menino.

Margie levantou-se da mesa, levou o prato para a pia, percorreu o corredor até seu quarto e fechou a porta.

O pai de Stein ficou quieto de novo, procurando palavras de conforto. E não encontrou nenhuma. Tudo o que conseguiu foi evocar o nome da esposa: *Daphne... Daphne*.

Em Larry Stein não havia nenhum desejo de vingança pelo acidente que o filho causara. Entretanto, naqueles anos seguintes, quando ele ainda era apenas um menino e os pesadelos o assolavam, acompanhados de lágrimas ruidosas na calada da noite, ele muitas vezes fazia questão de não se apressar em consolá-lo. Uma parte dele queria que o filho jamais esquecesse por completo a dor que tinha infligido. Aquela voz miúda agarrou-se à mente de Larry, enterrada bem lá no fundo, mas ainda viva. O pai tinha até um nome para essa sensação. Uma expressão que certa vez havia ouvira numa canção: a "criança raivosa". Era como se uma parte dele não fosse adulta, racional.

Agora, a trágica história de sua família havia sido redescoberta, seis anos depois, e isso trouxe à tona aquele mesmo sentimento. Inclemente. Animalesco. Odioso.

Larry e Daphne jamais tinham passado mais de quatro anos numa mesma parte do país. Quando engataram seu romance, tinham dezenove anos e eram ambos desistentes da Universidade de San Antonio; foram morar em Seattle por um par de anos; depois começaram a ziguezaguear pelos Estados Unidos: Tucson, Aspen, Galveston, Boston, Los Angeles...

As constantes mudanças de cidade eram apenas uma fuga, uma distração para a mente inquieta de Daphne, que tendia a sair do controle ruminando fantasmas. Os médicos tinham diagnosticado isso como uma ligeira depressão pós-parto depois do nascimento de Margie, mas com o passar dos anos os períodos ruins foram se agravando. O nascimento de Noah aparentemente estabilizara Daphne. Perto do filhinho recém-nascido ela voltava a ser a velha Daphne, radiante, apaixonada, impetuosa, irritadiça, durona e cheia de uma energia quase patológica. Porém, quando a família fixou residência na Flórida, as angústias dela tinham voltado, mais ferozes do que nunca, com os medos mais intensos e irracionais. Raramente Larry conseguia arranjar um emprego que oferecesse plano de saúde, e por isso médicos, hospitais e medicamentos eram sempre os últimos recursos. As variações de humor de Daphne eram tão abruptas e drásticas, uma montanha-russa, que Larry nunca sabia ao certo que versão da esposa ele encontraria. Invariavelmente, tentava nem voltar para casa.

E fora assim na noite em que ela morreu. Margie, a filha adolescente, estava na casa de uma amiga; os vizinhos ouviram o menino de nove anos berrando dentro do apartamento cheio de fumaça. Arrombaram a porta e o tiraram de lá. Mas não sua esposa. Eles sequer a ouviram, sequer sabiam que ela estava em casa. Larry não ficou surpreso. Naquela manhã, Daphne estava num estado de ânimo soturno, e ele deixara dois sedativos sobre o balcão da cozinha (os outros, carregava consigo). Mas os dois comprimidos foram suficientes para derrubá-la, e ela dormiu profundamente. Quando o incêndio que o filho causou enquanto fuçava na cola epóxi de aeromodelismo por fim a atingiu, Daphne provavelmente nem chegou a percebê-lo. Em todo caso, essa era a esperança do marido.

O comandante do corpo de bombeiros e a polícia lamentaram o descuido do menino. Esse tipo de coisa não acontecia com muita frequência, mas acontecia — uma criança que provoca um incêndio e acaba matando um membro da família. Embora não tivesse ido para a prisão, desde muito pequeno Noah precisava cumprir a determinação do juizado de menores, que ordenara acompanhamento psicológico e medicação, o que Larry não tinha condições de custear indefinidamente. Se isso significava que as emoções do menino de vez em quando o puniam, bem... talvez não fosse a pior coisa do mundo.

Mas essa era a *criança raivosa* falando.

Às vezes, tarde da noite, Larry sentava-se sozinho, trancado no quarto, a tampa de metal da urna de sua esposa pousada ao lado enquanto ele peneirava entre os dedos o pó cinzento. Na verdade, era areia, não cinzas. *Pesada*. Mais tarde ele descobriu que os restos de uma cremação não são as cinzas, mas fragmentos pulverizados dos ossos que restaram. Trata-se basicamente da única coisa que o fogo não quis.

Sentado à mesa da cozinha, Larry pensou nisso, o pedido de desculpas do menino, por tudo e por nada, pairando no silêncio. Ele se levantou e colocou o prato por cima do prato de Margie na pia, depois beijou o filho na cabeça, afagando com o polegar o lado queimado do rosto do menino.

— Bons sonhos, garotão — disse o pai, e tentou ignorar a parte de si mesmo que desejava o contrário.

30

O corpo de Lorelei jazia de bruços sob a mesa da cozinha. Ao lado dela havia uma cadeira tombada, e pouco além o plugue de um televisor de doze polegadas despedaçado, caído de ponta-cabeça junto à porta do porão, com uma pequena tempestade de relâmpagos chamejando nas profundezas de suas entranhas elétricas.

Um cheiro penetrante de fumaça subira até o teto, mas não havia ninguém em pé para respirá-lo. Logo o odor faria disparar um agudo grasnido do detector de fumaça da cozinha, e a estridente sirene digital abriria os olhos de Lorelei.

Um filete de molho de espaguete sangrava parede abaixo. Uma dúzia de pequenos frascos — páprica, tomilho, coentro, pimenta-de-caiena — estava espalhada pelo linóleo, em meio a um campo de batalha de estilhaços de madeira de balsa de um agora destruído porta-temperos que Lorelei havia construído no acampamento de verão, quatro anos antes. Os restos de um telefone amarelo e achatado pendiam do espaldar de uma cadeira, com um alto-falante em miniatura caído do bocal rachado como um globo ocular arrancado.

Sem ninguém para fechá-la, a torneira da pia esguichava um jorro constante e cristalino ralo abaixo.

Lorelei tentou se levantar, mas alguma coisa pesada em suas costas irradiou pela espinha a dor de algo se contraindo. Levou a mão às costas e tateou o local, procurando se livrar do peso, que, contudo, estava sob sua pele — um vergão espesso e retangular. Três, na verdade, todos no formato daquele fone achatado. Ela demorou um bom tempo para, com esforço, pôr-se em pé.

Lorelei não tinha visto Stein após o fiasco do Dia Internacional. Ele e Mullen e Simms haviam sido removidos para salas separadas, e ela fora embora sem tomar parte do grande e forçado pedido de desculpas, uma vez que ninguém foi capaz de provar qual era seu envolvimento. "Eu não sei", limitou-se a isso a resposta de Lorelei, quando lhe perguntaram o porquê. Ela ficou se perguntando o que diria se um dia Stein lhe fizesse a mesma pergunta.

No carro, a caminho de casa, o pai sacudiu os joelhos dela. Pressionou um dos nós dos dedos contra os lábios e dardejou os olhos em todas as direções, mas não olhou para a filha — irrequieto como um viciado em drogas que sente falta de sua dose.

— Como você pôde fazer uma coisa dessas, Lorelei? — quis saber. — Com você mesma... comigo... como pôde ser tão burra?

Lorelei cravou os olhos no pai, que mantinha apontado para a rua o rosto fino e por barbear.

— Não temos que contar a ela. O senhor pode me deixar de castigo. Tirar a tevê por um mês. Um ano. Tanto faz. Ela não tem que saber de nada. Não temos que envolvê-la.

Os olhos derrotados do pai vergaram-se de piedade, mas ainda assim ele não encarou a filha.

— Quem você acha que atendeu o telefone quando eles ligaram?

Quando chegaram em casa, o pai de Lorelei entrou às pressas na cozinha. Já eram cinco e meia e ele estava atrasado para começar a preparar o jantar.

Lorelei largou a mochila num canto junto à porta da frente. A nuca da mãe estava no centro do sofá, um ninho de cabelo alaranjado desbotado que outrora havia saído de dentro de uma caixa em cujo rótulo lia-se: "vermelho-cobre". Na televisão, um advogado de barba grisalha estava brandindo o dedo no ar e jurando que se você se tivesse se ferido num acidente automobilístico, ele não cobrava nenhum tipo de *honorário*, a menos que conseguisse dinheiro para *você*. A mão protética da mãe ergueu-se do sofá com um cigarro na garra cromada. Ela tragou uma nuvem de fumaça; depois a exalou enquanto baixava a garra de novo.

— Como foi a escola hoje? — a voz da mãe quis saber.

— Hum, tudo bem... — respondeu Lorelei, e seguiu o pai cozinha adentro.

Demorou alguns minutos, mas afinal a mãe se levantou do sofá e apareceu na cozinha atrás de Lorelei, tragando uma última vez seu cigarro antes de soltá-lo da garra para dentro da pia, onde a guimba morreu com um chiado. Na outra mão, a de carne e osso, ela carregava um gigantesco e suado copo de plástico do filme *Uma cilada para Roger Rabbit*, brinde do McDonald's, cheio de gelo e rum Captain Morgan.

— Não me venha com essa merda de "tudo bem" — disse a mãe, bloqueando a luz da cozinha ao se avultar diante da filha. — Explique a encrenca que você arranjou naquela escola hoje.

Lorelei começou a balbuciar. Disse que havia sido uma discussão de nada, um mal-entendido do qual ela não tinha culpa nenhuma. Um garoto da escola, um cara... ele tinha surtado. Ficara furioso com ela.

Quando ela terminou, a água no fogão estava fervendo. O pai da menina jogou dentro da panela um gordo punhado de espaguete.

— Conversei com uma mulher muito simpática da escola... a sra. Bromine, a orientadora educacional de lá — disse a mãe de Lorelei, coçando o couro cabeludo. Ela pousou o copo do Roger Rabbit sobre a mesa da cozinha. — Chegamos à conclusão de que esse tal garoto é o mesmo que você vinha dizendo que era seu "parceiro de estudos". — Ela fez um gesto de aspas com os dedos e a garra. — Outros alunos viram você e esse tal garoto saindo juntos de fininho, esgueirando-se pela escola, mesmo durante o horário de aula. Matando aula. — Ela estalou a língua e se virou para o marido. — Você acha que eles estavam escapulindo para *estudar*, Tom?

Tom Paskal estava amarrando atrás das costas as pontas de um avental.

— Eu assaria um pouco de pão de alho, mas acabou o pão — ele disse. A seu lado, o molho do espaguete, sem supervisão, estava crepitando e espirrando dentro da panela, salpicando a parte de cima do fogão, toda branca.

A mãe de Lorelei cambaleou e chegou bem perto do rosto da filha, fazendo com que a menina recuasse alguns centímetros.

— A sra. Bromine fez algumas perguntas bastante interessantes: por que estou pagando *milhares* de dólares em mensalidades para que a minha filha passe os dias dando uma de puta com um *delinquente de merda* da classe dela?

— Eu não estava, mamãe... Meu Deus...

— E por que minha filha está andando escondida com dois *outros* depravados, ainda *mais velhos*, ao mesmo tempo? O que exatamente minha filha fez para que esses três degenerados decidam entrar em guerra por ela?

— Mamãe, isso não é...

A mãe de Lorelei agarrou a menina pela frente da blusa.

— Não *minta* para mim. Eu perdi *tudo*... tanta coisa foi *tirada de mim*... e você continua *tirando*, Lorelei. — Lágrimas começaram a escorrer dos olhos remelentos da mulher enquanto ela batia com a garra repetidamente no rosto da menina para pontuar suas palavras. — Você está me matando... *me matando*, Lorelei. E para você isso é uma *piada*.

Lorelei se desvencilhou da mãe.

— Na verdade, o que está matando a senhora é fumar feito uma chaminé e os copos de um litro cheios de bebida — disse ela. — *Eu* sou apenas a pessoa em quem a senhora desconta.

A princípio a mãe não esboçou reação. Depois, com o braço protético, desferiu um tapa no rosto da filha.

A adolescente desabou, batendo as costas no balcão da cozinha e derrubando o copo de plástico do Roger Rabbit cheio de birita sobre uma pilha de correspondências — envelopes ainda fechados com contas vencidas e cobranças. Miranda caiu por cima da filha, enganchando a bochecha da menina com a garra de aço rombuda, prendendo-a feito um peixe fisgado, enquanto a menina choramingava.

— Achei que tinha aprendido a lição quando te peguei roubando meus cigarros. Mas você é bem lerda para aprender as coisas, não é?

O pai de Lorelei derrubou a colher de pau no chão e começou a dar puxões na esposa, como um cachorrinho encoxando um hipopótamo.

— Pare com isso, Lorelei! — ele berrava, como se a filha estivesse no controle da situação. — Pode ir parando com isso agora!

— Você *ainda* está roubando de mim, me *implorando* para te mandar para aquela escola. Gastando o *meu* dinheiro... para dar uma de *puta*... — a mãe sibilou.

Lorelei começou a chorar. O gancho cromado puxou-lhe a bochecha, deixando à mostra uma quantidade esquelética de dentes.

— Aquela professora sabe — disseram os lábios rachados da mãe, pairando sobre os olhos de Lorelei. — Agora todo mundo *sabe* que tipo de menina você é... O que *faz* com aqueles moleques com quem anda, feito uma cadela no cio. E você quer continuar *mentindo*...?

— Eu *não sou*... — A garota salivou, espremendo os olhos para lutar contra as lágrimas, as mãos pairando delicadamente em volta da prótese da mãe, desesperada para afastar a garra, mas com medo de que com isso ela levasse junto sua mandíbula.

Com a outra mão, Miranda Paskal deu um violento puxão na saia da garota, os dedos agarrando o elástico da sua calcinha.

— Vamos provar isso, então — disse a mãe, bafejando o hálito azedo de bêbada no rosto dela. — Vamos ver se você está mentindo. Vamos ver se está *intacta*... Daí saberemos o que aqueles moleques tiraram de você... ou o que você deu para eles.

A boca esticada de Lorelei gemeu quando ela fez força e, na marra, tirou a garra de dentro da boca, dando um coice na mãe e arremessando-a do outro lado da cozinha.

Miranda caiu esparramada, de costas, em cima do marido, que desabou de encontro à porta da despensa, destruindo o porta-temperos; os frascos se espalharam com estrépito ao redor deles como peças de um tabuleiro de xadrez emborcado. A mulher pisou num cilindro de páprica, cambaleou para a frente e tombou, ao passo que sua prótese, em busca de apoio, chicoteou o balcão, enganchando e arrancando da tomada o pequeno televisor, que explodiu no chão num arroto de vidro.

Lorelei sentou-se direito, arfando. Seus olhos dardejaram em volta da cozinha — ela deu um bote e em direção ao telefone e o pegou, chorando, e conseguiu discar nove e um antes de a mãe dar um puxão no fio pendente e espiralado feito um rabo de porco, e o fone desapareceu das mãos da menina como num passe de mágica.

O pai dela havia batido as costas na pia, abrindo a torneira.

— Vai! — ordenou ele, apontando o dedo na direção da sala. — Agora!
— Ele estava prestes a fazer o mesmo.

Lorelei virou-se para correr, mas a mãe já estava em pé, cambaleante, balançando o telefone caído na mão como se fosse uma clava. Em um momento o fone achatado em formato de banana era um objeto sem peso, girando no ar sob o minúsculo sol da luz da cozinha. Um instante depois, estava se despedaçando contra a nuca de Lorelei.

Quando a garota desmoronou junto ao fogão, seu ombro bateu no cabo da panela, catapultando um filete de molho marinara contra o papel de parede floral. Ela deslizou no piso, as pernas abertas, ofuscada demais pelas lascas de luz branca da parte de trás da cabeça para sentir os ardentes salpicos de molho no ombro e no pescoço. A mãe golpeou o fone rachado em suas costas mais três vezes; a cada pancada, um pesado *plaft*. Os braços de Lorelei a arrastaram para o abrigo da mesa, e a última coisa que ela viu antes de desmaiar foi o fone atingindo o canto de uma cadeira e se desintegrando num nó de fios multicoloridos e fragmentos de plástico.

Depois disso, o mundo se desvaneceu numa mancha.

Lorelei não sabia quanto tempo ficara esparramada sob a mesa. Talvez minutos, talvez horas. Quando abriu os olhos, o cômodo estava silencioso, exceto pela água jorrando da torneira.

A porta da cozinha estava aberta para a noite, e o pai dela não estava em parte alguma da casa. Lorelei desligou os queimadores do fogão e subiu as escadas.

Encontrou a mãe desmaiada no chão ao lado da cama, uma mancha de saliva e sangue do lábio cortado penetrando o tapete esfarrapado. Lorelei tentou erguê-la, mas não conseguiu. Ela desenroscou a surrada prótese do antebraço da mãe, como se estivesse tirando do coldre uma arma que ainda corria o risco de disparar, e colocou-a ao lado da mulher adormecida, como um ursinho de pelúcia. Quando sua mãe acordava, detestava ter de procurar o braço.

Depois Lorelei pegou um cobertor da cama e cobriu a mãe, ajeitando-o em volta dos seus pés, que estavam manchados de molho de tomate.

Desceu novamente as escadas e caminhou até o comprido armário junto ao porão, retirando dele uma vassoura e um cesto de lixo. Inclinou-se para começar a varrer a bagunça, tomando cuidado para que a dor nas costas espancadas não lhe transparecesse no rosto, embora não houvesse ninguém lá para reparar nisso.

31

Stein retornou à St. Michael numa segunda-feira tempestuosa.

Sua semana de suspensão transcorrera em silêncio. Stein passara boa parte desse tempo no porão, fuçando nos halteres do pai, ou sentado no quarto, com as luzes apagadas. Toda vez que o pai ou a irmã apareciam para dar uma olhada nele, o menino fingia estar dormindo.

Na manhã em que voltou para a escola, Noah acordou ao som de uma chuva pesada e cinzenta, que tamborilava na janela como se estivesse tentando arranhar o vidro até conseguir entrar. No carro a caminho da St. Michael, seu pai foi cantando junto com o rádio uma música idiota sobre um cara que era *sexy* demais para isso e para aquilo. "*Eu sou... sexy demais pra minha jaqueta... sexy demais pra minha caneta... sexy demais pro meu cachorro... sexy demais pro meu gorro*". Ele cutucou a perna do filho, tentando fazê-lo dar risada.

— Parece um pouco com dr. Seuss, não é?

Mas Noah Stein continuou olhando fixamente para a frente, em silêncio, apertando a mochila contra o colo com força.

Quando entraram no estacionamento da escola, a picape parou com um gemido dos freios, e os limpadores do para-brisa trabalharam em velocidade triplicada para dar conta de expulsar a água da chuvarada.

— Tente ter um bom dia — disse ele ao filho. Pareceu-lhe que deveria dizer algo mais. Noah ficou um bom tempo encarando o painel do carro, depois olhou para o pai.

— O senhor é um bom pai — disse ele, e beijou o homem no rosto.

A tempestade tinha escurecido o céu como se fosse o início da manhã, e extensas nuvens roxas e negras giravam no céu, despejando sobre a terra ondas de chuva branca. Finas quedas d'água caíam em cascata na fachada de tijolos da escola, ondeando sobre as vidraças.

Enquanto manobrava o carro para sair do estacionamento, Larry Stein olhou para trás e viu o filho caminhando sozinho na direção da entrada da escola. Nessa mesma noite, Larry Stein cairia de joelhos, chorando de soluçar, banhado na estéril luz do saguão do hospital do vale do Allegheny, abraçado aos joelhos de Margie, e pensaria naquele momento em que vira Noah pelo retrovisor como a última e desperdiçada chance de salvar o filho.

Quando Stein se aproximou da St. Michael, avistou um vulto sombrio que espreitava debaixo do beiral ao lado da porta de entrada da escola.

Era Davidek, sem casaco, as mãos enfiadas debaixo dos braços para se aquecer, a camisa branca molhada do aguaceiro; seus sapatos chapinharam quando ele deu um passo à frente e agarrou o braço de Stein.

— Venha. Vamos sair daqui — disse Davidek.

Stein não saiu do lugar.

— Você está sem uniforme, Davidek — ele disse, esboçando um ligeiro sorriso. — Qual é, esqueceu de sair da chuva?

Davidek já não estava mais representando o papel do irmão mais velho. Deu chutes nos redemoinhos fractais de óleo no asfalto molhado porque não conseguia olhar o amigo nos olhos.

— Você não deve entrar, Stein. Eles estão... esperando você.

— O Mullen e o Simms? — perguntou Stein.

— E todos os outros também — disse Davidek, puxando de novo o braço do amigo. Alguma coisa sólida remexeu dentro da mochila de Stein.

— E a Lorelei? Ela está bem?

Davidek escancarou a boca, meneando a cabeça.

— Porra, ninguém dá a mínima pra ela, seu babaca. Ela é a *causa* disso tudo!

— Ela está aqui hoje? — quis saber Stein, cheio de esperança.

Davidek caminhou a passos largos na rua.

— Quer saber de uma coisa? *Não*, não está. Ela não vem aqui desde... desde... porra...! *Caralho!* — Ele passou as mãos pelo cabelo molhado. — Cara, me escuta *só desta vez*. Hoje a gente vai matar a aula.

Stein ergueu os olhos na direção do brilho tremeluzente das janelas cascateantes da St. Michael. Quando os baixou de novo, o seu rosto pingava regatos de água.

— Não posso fugir — disse ele. — E outra, não há mais pra onde correr.

— A gente pode ir pra pista de boliche no *shopping*, pelo amor de Deus — propôs Davidek. — Quem se importa? Vamos passar o dia na Dollar Store comendo doce do Dia das Bruxas de dois anos atrás.

Stein levou uma das mãos à maçaneta da porta.

— E amanhã? — perguntou ele. — Devo pedir transferência pra Highlands? Eu já fui expulso de lá. Meu pai deve se mudar com a gente pra outra cidade? E o que acontece quando eles descobrirem lá?

Uma luz dourada vinda do interior da escola se espalhou pelo rosto de Davidek quando a porta se abriu.

— Durante muito tempo eu vivi com essa coisa... — disse Stein. — Mas depois de hoje, chega, nunca mais terei de fazer isso.

Uma cálida rajada de ar seco engoliu Stein, e Davidek deixou-se ficar na escuridão da gelada manhã.

— Porra — disse ele para ninguém, e seguiu o amigo escola adentro.

De cabeça baixa, Stein avançou pelo corredor, seguido bem de perto por um carrancudo Davidek, que encarava fixamente os curiosos que, cochichando entre si, observavam o menino que um dia havia ateado fogo à própria mãe.

Na escadaria norte, multidões de estudantes estavam afluindo degraus abaixo, num tumulto alegre, enquanto um fluido arenoso escorria de três andares acima. O ombro de Davidek roçou a lateral da parede e ficou coberto da viscosidade do farelo de tijolo.

— Os vazamentos estão piorando. A coisa não estava tão ruim assim quando fui lá fora — disse ele.

Enquanto ambos abriam caminho à força tentando subir a escada em meio à aglomeração de estudantes que desciam, as luzes oscilaram até apagarem de vez. Outro calouro, um menino inofensivo de rosto redondo como uma lua cheia chamado Justin Teemo trombou em cheio contra Stein, quase derrubando-o para trás. Ele tinha sido empurrado por Morti e a Galera do Ventilador.

— Olha só a cara do sujeito que trombou em você! — cacarejou Morti, mas Teemo se escafedeu às pressas, com uma das mãos na bochecha, como se não quisesse ser reconhecido por Stein.

Quando as luzes bruxulearam até se acenderem de novo, outra figura apareceu atrás de Davidek e Stein. Era Smitty, que parou quando eles pararam e começou a se mover de novo quando fizeram o mesmo.

Davidek o tinha visto mais cedo com Hannah perto do banheiro masculino, conversando da mesma maneira desajeitada e glacial que ele havia presenciado no bailinho do Dia dos Namorados. Smitty não parecia feliz de ser encurralado por Hannah. Mas, pensando bem, quem é que gostava disso?

— Você também está metido nessa? — vociferou Davidek. Ele ouviu cochichos passando pela escada abarrotada: "Aqui... O Stein... Ele está aqui...".

Mark Henson, um calouro magricela que nunca tivera muito papo com Davidek e Stein, estava parado pouco à frente deles, dando a impressão de estar prestes a fazer xixi na calça. Em sua bochecha havia uma espessa risca de batom vermelho, e dois alunos do terceiro ano — John "Seringa" Hannidy e sua feiosa e rabugenta namorada, Janey Brucedik — agarraram o trêmulo novato pelos ombros e o fizeram rodopiar para encarar Stein, de modo que a grande marca vermelha ficasse visível.

As luzes oscilaram de novo, brevemente. Quase todos os rostos ao redor deles tinham essa grossa marca vermelha nas bochechas. Os que ainda não tinham estavam passando de mão em mão canetas marca-texto vermelhas e riscando às pressas o próprio rosto com as falsas cicatrizes. O cheiro de gasolina das canetas flutuou como uma brisa através da abafadiça e sufocante umidade da escadaria.

Stein fitou cada um dos rostos no corredor à sua frente; todo mundo estava sorrindo, ou gargalhando. Davidek ainda estava atrás dele, enfurecendo-se e empurrando as pessoas, mandando-as à merda, distribuindo ombradas para abrir uma rota de fuga.

— Sabe o que a sua mãe diria se estivesse aqui hoje? — arrojou-se uma voz vinda de um dos degraus acima. Davidek ergueu os olhos e viu um grupo de zombeteiros do segundo ano às gargalhadas.

— *Ssssssss...* — O silvo em resposta veio de todos os rostos ao redor, abafando momentaneamente o ruído da chuva. Um punhado de alunos começou a saracotear como *bacon* numa frigideira.

SSssssss! SSSSSsssss!!!

Davidek lançou-se escada acima puxando Stein, cujos olhos fitavam o nada e cuja voz estava monocórdica e oca.

— Onde você disse que eles estavam? — perguntou Stein.

— Quem? — quis saber Davidek.

— O Mullen e o Simms.

Davidek meneou a cabeça.

— Não estou à procura *deles*, Stein. Estou tentando achar a porra de algum professor!

Encontraram todos eles no terceiro andar — entrando em pânico.

O frio penetrava os pés de Davidek e Stein quando chegaram ao terceiro andar. Uma camada de dois centímetros e meio de água avermelhada corria em volta de seus sapatos.

— Já para baixo! — vociferou Bromine para os adolescentes dispersos no corredor, os olhos da mulher doidos de sobressalto. — Isto é uma *e-mer-gên--cia!* — Ela arrastou a última palavra como se ninguém com quem ela estava berrando entendesse inglês.

Atrás dela, um naco de gesso se soltou do teto, desabando no chão, seguido de uma cauda de cometa formada pela água.

Pelo menos cinco pontos de vazamento estavam borrifando água rósea dos tetos arqueados do corredor. O chão era um rio raso em ambas as direções.

A irmã Maria estava parada em pé no meio da confusão, afofando a blusa encharcada de modo a impedir que o material transparente colasse em seu sutiã. Emaranhados de cabelo cinza-chumbo lhe cobriam os olhos enquanto ela tentava distribuir ordens para uma brigada de baldes formada por professores. Basicamente, ela se lamuriava:

— Eu disse a eles que precisávamos refazer o teto inteiro, não apenas esses consertinhos e remendos.

Ninguém lhe dava ouvidos. O sr. Mankowski, o sr. McClerk, a srta. Marisol, da turma de álgebra, e a sra. Tunns, professora de espanhol e latim, estavam carregando cestos de lixo tentando recolher o maior volume possível de água antes que chegasse ao chão, como participantes de uma estranha gincana televisiva.

Davidek tentou avisá-los sobre os alunos com as cicatrizes no rosto e pedir para que dessem um basta naquilo, mas ninguém lhe deu ouvidos.

Havia alunos por toda parte, alguns ávidos para provar seu valor e ajudar, outros simplesmente adorando a visão daquele caos fruto da ira de Deus. Zari acompanhava tudo à margem, seus barulhentos penduricalhos balançando enquanto ela apontava sua câmera para o esforço de recuperação a serviço do anuário, entupindo o corredor de *flashes*.

O sr. Zimmer, Audra Banes e meia dúzia de outros alunos estavam na outra ponta do corredor tentando construir um dique à base de pacotes retangulares de toalhas de papel, flotilhas de papel higiênico embrulhado em plástico e pilhas de roupas descartadas que a sra. Horgen e a sra. Arnarelli trouxeram da caixa de doações da igreja São Vicente de Paula.

Nada disso funcionava. Poças profundas formavam-se atrás das barreiras de absorção e depois facilmente transbordavam pelos lados.

— Vocês dois aí — disse o sr. Zimmer, erguendo o dedo na direção de Davidek e Stein. — Ou vocês vêm aqui ajudar ou desçam.

Os dois calouros passaram às pressas por eles. Todos os alunos viraram o rosto para observá-los — em todos eles, a marca vermelha.

De volta à escada, a inundação do terceiro andar estava entornando pelas laterais do corredor, um jorro de água escarlate. Encostado ao mosaico de vitral, fitando a catarata interna, estava Smitty, os olhos azuis reluzindo.

— Sai fora — disse Davidek, que passou conduzindo Stein.

Smitty arqueou o corpo numa mesura, estendendo o braço.

— Primeiro os *gays* — disse ele. Em sua bochecha via-se uma leve e desbotada mancha avermelhada, mas não a pintura de uma cicatriz vermelho-sangue como a dos outros. Parecia que alguém a havia limpado.

A luta contra a inundação terminou em derrota quando a escola perdeu o controle de todo o andar superior. A água jorrou aos borbotões pelo segundo andar, depois chegou ao primeiro e logo estava se avolumando nos depósitos, almoxarifados e porões. Nesse dia as aulas foram canceladas, situação que provavelmente se prolongaria por um bom tempo.

As centenas de alunos amontoaram-se no refeitório para aguardar os ônibus, pais ou outros meios de evacuação. Os professores que não estavam ocupados às voltas com o trabalho no pântano dos andares de cima escoltavam estudantes até o convento de modo que eles pudessem telefonar para casa e convocar as respectivas caronas.

Os alunos que dirigiam o próprio carro receberam permissão para ir embora imediatamente, mas muitos ficaram na escola, em grande parte para saborear o tormento de Stein. As canetas marca-texto vermelhas ainda circulavam de mão em mão, acrescentando cicatrizes aos rostos dos alunos, nos quais se viam sorrisos arreganhados.

Davidek e Stein sentaram-se juntos. Stein ainda estava carregando sua pesada mochila, mas os pertences de Davidek tinham ficado no andar de cima.

Carl LeRose apareceu para convidar Davidek a se juntar a ele à mesa dos alunos do terceiro ano.

— Vamos lá — disse ele, sussurrando para que Stein não pudesse ouvi-lo. — As pessoas já estão irritadas com o fato de você não ter peito pra enfrentar a Hannah. Não precisa ficar grudado nesse cara...

— Vou ficar — disse Davidek.

Antes que LeRose fosse embora, Davidek agarrou-o pela gravata e depois, delicadamente, virou de lado a cabeça do colega mais velho. Não havia marca nenhuma.

— Qual é, eu não faria isso... — disse LeRose, puxando e endireitando a gravata.

— *Ssssss!!!!* — Ouviu-se o som simultâneo vindo das mesas do refeitório lotado. Michael Crawford estava em pé sobre uma das cadeiras, conduzindo o silvo geral, em uníssono.

Hannah parou e se ajoelhou ao lado de Davidek, pousando uma das mãos sobre o joelho dele.

— Eu vim de carro, por isso estou liberada pra ir embora. Posso te dar uma carona — disse ela. — Pro seu amigo também.

— Cai fora — disse Stein, sem olhar para ela.

Davidek achegou-se a Hannah, para que somente ela pudesse ouvi-lo.

— Acho que não vou mais pegar "caronas" com você.

Hannah encolheu os ombros. No rosto dela também não havia cicatriz, o que Davidek ficou feliz de constatar, embora tivesse detectado vestígios de tinta vermelha nos dedos da garota quando ela lhe soprara um beijo.

— Como quiser, modelo da *Playgirl* — disse ela.

Carney, o aspirante a atração de circo de horrores que havia interpretado o piromaníaco na peça em espanhol, chegou todo saltitante à solitária mesa de Stein e Davidek, agitando no ar um pimenteiro sem tampa.

— Por meio deste ritual espalho aos quatro ventos as cinzas da mãe desse babaca deformado — disse Carney, em cuja bochecha esquerda estava pintada uma cicatriz vermelha no formato da América do Sul. Erguendo bem alto o pimenteiro, Carney despejou os restos de pimenta sobre a cabeça de Stein. Fragmentos pulverizados do condimento deslizaram pelo cabelo e pelos ombros dele.

Zari se aproximou com sua câmera a serviço do anuário.

— Diga "xis" — pediu ela, e tirou sua foto.

Stein simplesmente ficou lá sentado, indiferente, fitando Mullen e Simms, que estavam do outro lado do refeitório, observando Stein observá-los. Embora tivessem ido para a escola na Máquina do Amor Verde-Ervilha de Mullen e, portanto, pudessem ir embora no momento em que bem quisessem, ambos estavam tentando saborear a devastação que haviam ajudado a criar. Quando tudo isso chegasse ao fim, a esperança deles era de que se tornariam heróis, os caras que subjugaram aquele calouro imbecil, o incendiário da própria mãe. Estranhamente, porém, os dois não tinham sido incluídos no plano de distribuir todas aquelas canetas marca-texto vermelhas. Claro que, no fim das contas, receberiam o devido crédito. Pelo menos era o que esperavam.

Os ônibus finalmente estavam chegando, e a irmã Antonia usou o interfone da cantineira da escola para anunciar as rotas enquanto um grande êxodo de alunos se reunia e começava a avançar devagar na direção da escada que levava do refeitório à chuva copiosa e à ventania.

— Vou ficar com você até você ligar pro seu pai ou pra sua irmã, beleza? — Davidek se ofereceu, mas Stein já estava longe de seu assento. Os olhos dele ainda se detinham em Mullen e Simms, que se encontravam entre os mais próximos das portas. Stein foi atrás deles, a pesada mochila balançando ao lado do corpo. Algo dentro dela emitia um som baixo, oco e metálico.

Davidek tentou segui-lo, mas ficou atolado em meio à multidão enquanto Stein abria caminho na direção da apinhada escadaria exterior. Ele colocou as mãos em concha em torno da boca e berrou:

— Espere!

Mas o amigo já tinha desaparecido.

Uma mão pousou sobre seu ombro.

— Ei, cara, posso ajudar? — quis saber Green.

Do lado de fora da escola, os adolescentes se esparramaram na direção dos respectivos ônibus, cobrindo a cabeça com paletós, jaquetas e mochilas. Sob o pálido aguaceiro da tempestade o mundo tinha um acetinado matiz marrom e cinza. Mullen correu rumo ao carro e diminuiu o passo para tirar as chaves do bolso do paletó, enquanto Simms hesitava diante de uma poça funda — até a altura do calcanhar — que se avolumava do lado do banco do passageiro da Máquina do Amor Verde-Ervilha.

Stein tinha ouvido a voz de Davidek chamando-o, mas agora era tarde demais para parar. Seus pés chutavam regatos de água da espessura de dedos, ziguezagueando entre carros estacionados e topando com colegas de classe. Sem interromper o passo, ele estendeu o braço e abriu o zíper da mochila.

Mullen remexia as chaves do carro quando Simms se plantou a seu lado.

— Vou entrar pela sua porta — disse ele.

Os pés de Stein chapinhavam golfadas de água para trás. Da mochila, ele tirou uma grossa barra de metal de cerca de trinta centímetros de comprimento, rosqueada nas duas extremidades, com uma parte corrugada no centro em torno da qual ele fechou o punho. Era a haste de um dos halteres do conjunto de pesos que o pai guardava no porão, cobertos por uma camada de ferrugem.

Stein derrubou a mochila, deixando à mostra alguns lápis pendurados e o livro de biologia aberto sob a chuva.

Ele acertaria Mullen primeiro. Era melhor golpear o mais lerdo: Simms; depois, já que ele provavelmente só perceberia o que estava acontecendo quando os próprios dentes bolorentos estivessem espalhados no estacionamento com nacos carnudos de gengiva ainda grudados neles. Àquela altura, Mullen já estaria caído de joelhos, estatelado no chão, com uma cratera aberta na parte de trás do crânio.

— Ela foi a única pra quem contei — disse Stein baixinho, a chuva escorrendo nos lábios.

Mullen e Simms viraram-se ao ouvir o som da voz de Stein, cujo braço brandiu no ar a barra cromada, que arremessou um filete de água num arco enquanto deslizava na direção dos olhos surpresos de Mullen.

Nesse instante um colosso escuro explodiu contra a cortina prateada de chuva e colidiu contra as costas de Stein, suprimindo o ar dos seus pulmões e flexionando sua espinha para trás. Os pés de Stein flutuaram no ar e o chão deslizou de lado sob eles. Logo depois ele derrapou no asfalto molhado e áspero, tombando de um lado para outro até parar numa das vagas de estacionamento vazias.

Stein arfou e ergueu os olhos para fitar o céu roxo e negro quando o monstro gigantesco que o tinha esmagado surgiu diante dele.

Smitty.

O calouro grandalhão e briguento avultou diante do caído Stein, exalando vapor, as mãos nos quadris, tentando decidir o que fazer a seguir.

Enquanto Davidek corria na direção deles, Mullen e Simms entraram às pressas no carro.

— Isso é o melhor que você pode fazer, veadinho? — berrou Simms para a figura imóvel de Stein quando o carro saiu cantando pneus e sumiu.

Davidek empurrou o peito de Smitty, e a sensação foi de que estava empurrando um tronco de árvore. Smitty sorriu e deu um peteleco em Davidek, que desabou no chão, encharcado, e ficou com o traseiro todo ensopado.

— Fiz um favor pro seu amigo maluco, sua bichinha... você devia me agradecer.

— Você atacou ele por trás, de surpresa, seu babaca — disse Davidek. — Eu vi.

— Você viu isto aqui também? — perguntou Smitty erguendo do asfalto a barra cromada.

A irmã Maria e a meia dúzia de professores remanescentes estavam saindo às pressas do refeitório, alertados por Green a respeito do potencial problema. Fizeram um círculo em volta de Stein, cujos olhos estavam abertos para a chuva, a nuca mergulhada numa poça cor de chocolate.

Sem que ninguém visse, Smitty arremessou a barra cromada para o céu, e ela desapareceu no telhado, bem ao lado dos braços estendidos de São Tomás de Aquino.

Davidek cravou os olhos nele.

— De nada — disse Smitty.

— Não achei que você fosse um cara do bem.

Smitty olhou para um jipe no canto do estacionamento e para a diminuta figura atrás do para-brisa, observando-o. Ele encolheu os ombros e se afastou.

— Eu não sou.

32

Ao redor os alunos interrompiam sua retirada para os ônibus, perguntando-se: *O que aconteceu? Quem viu? O que nós perdemos?*

— Todo mundo que ainda estiver aqui nos próximos cinco minutos vai voltar ao terceiro andar e passar um rodo. Agora, continuem andando! — berrou a irmã Maria na chuva, e os curiosos aceleraram o passo para entrar nos ônibus que esperavam em fila.

Fora uma falsa ameaça: a escola estava vazia, evacuada por ordem dos advogados da diocese. Os corredores principais e salas de aula ainda estavam inundados, e nenhum aluno ou professor tinha permissão para entrar de novo enquanto um inspetor predial do condado não verificasse a integridade estrutural do edifício. O sr. Saducci já havia trancado a porta da frente. A St. Michael estava às escuras. E assim ficaria por algum tempo.

Stein pôs-se de pé, água suja escorrendo-lhe dos braços e do rosto. Não disse uma palavra sequer a ninguém e arrastou-se penosamente de volta à escola, dando a volta e rumando para a entrada lateral, ignorando os chamados da irmã Maria.

— Por favor, vá buscar seu amigo — disse ela a Davidek. — Não tenho tempo para isso hoje.

Davidek abriu os braços.

— A senhora também não teve tempo para notar que a escola inteira estava tirando sarro dele? — vociferou. Ao ver o rosto intrigado da freira, Davidek, furioso, arranhou um risco na própria bochecha molhada. — As marcas vermelhas? — ele disse.

A irmã Maria estreitou os olhos. Em meio a todo o caos, sim, ela tinha visto as cicatrizes pintadas. Mas seria função dela resolver todos os problemas vinte e quatro horas por dia?

— Há coisas piores na vida do que um pouco de provocação — disse, ignorando quanto a St. Michael agora estava perto de algo *muito* pior.

Davidek zanzou na tempestade, recolhendo do chão a mochila abandonada do amigo e caçando os papéis espalhados pelo vento. Quando terminou, o último punhado de alunos que ainda esperava carona estava amontoado com a irmã Maria sob os toldos na entrada do ginásio-igreja. Os últimos professores estavam entrado em seus carros e indo embora.

— Pare de enrolar e, por favor, vá buscá-lo — pediu aos brados a diretora, e Davidek refez o caminho na direção da escola, aborrecido.

— O meu ônibus acabou de ir embora, só pra senhora saber... ainda precisamos ligar pro pai dele... e pros meus. Se a senhora tiver "tempo" pra isso.

— *Eu* vou dar carona para vocês — disse a irmã Maria. — Apenas traga-o aqui.

Quando Davidek dobrou a esquina do prédio e sumiu da vista da freira, mostrou o dedo médio para ela. Abriu a porta lateral, e uma escuridão infinita alargou-se diante dele. Com a água da chuva pingando do cabelo ensopado para o rosto, ele entrou.

— Stein! — berrou. Não houve resposta, exceto seu próprio eco e milhares de gotas que caíam dos pisos superiores, tiquetaqueando em poças distantes como uma coleção de relógios fora de hora.

Davidek deixou a mochila encharcada junto à porta e tateou a parede, encontrando uma série de interruptores que sua mão aberta apertou e despertou de cima a baixo. Nada.

Ao longe, ouviu-se um arrastar de pés seguido do estrondo de uma porta que se fechou com violência. Davidek começou a andar na direção do ruído, uma das mãos roçando a parede de armários, espiando através da estreita janela de cada sala de aula ao longo do caminho. Por algumas das janelas dava para ver o estacionamento. Somente dois alunos ainda aguardavam carona sob o beiral do ginásio-igreja, acompanhados pela irmã Maria. Ele se perguntou se ambos teriam cicatrizes pintadas no rosto.

Uma explosão longínqua de vidro se espatifando rompeu o silêncio, martelando ecos corredor afora. Davidek correu na direção do som, passou pela primeira estante de troféus e chegou ao banheiro, de onde, um milhão de anos antes, um estudante desesperado chamado Colin "Clink" Vickler saíra para se tornar o infame Menino no Telhado.

Uma sombra espreitava na luz sob a porta.

Davidek disse:

— Todo mundo foi embora, Stein... posso entrar?

Não houve resposta. Davidek abriu a porta e espiou.

As janelas opacas lançavam uma claridade turva e cinzenta por todo o banheiro verde-limão, deixando aquele cenário inteiro em branco e preto. Stein estava sentado no chão recostado ao aquecedor, na sombra sob a janela, com os joelhos erguidos, a cabeça abaixada e os braços enfiados debaixo das abas do paletó azul.

A gravata de clipe vermelha pendia feito uma língua de uma das pias do banheiro, e no espelho acima dela havia uma trama de rachaduras e uma confusão de fragmentos de vidro espalhados pelo chão, cada um revelando um diminuto reflexo dos dois meninos.

— Você quebrou isso com o punho? — perguntou Davidek. Stein não respondeu, de modo que ele chegou mais perto. — Você podia ter se machucado.

Stein ergueu a cabeça e esboçou um sorriso, fazendo cair alguns fragmentos de cascalho do estacionamento ainda grudados nas maçãs do rosto.

— Quebrei — disse ele, tombando a cabeça na direção das trilhas de manchas vermelhas ao lado da pia, como punhados reluzentes de olhos de aranha.

— Mas você está bem? — perguntou Davidek.

Stein confirmou, num gesto de cabeça, dobrando-se ainda mais. Abaixou a cabeça de novo.

— Preciso te contar o que aconteceu — disse Stein, num tom de voz seco e dolorido como se tivesse engolido poeira.

— Eu vi — disse Davidek. — Uma parte de mim gostaria de ver você arrebentando aqueles caras, mas talvez seja melhor que não tenha feito isso. Tipo assim... merda, cara. Acho que se você tivesse nocauteado os dois receberia bem mais do que uma detenção na escola.

O rosto de Stein parecia sofrido.

— Não é sobre isso. Preciso te contar sobre a minha mãe. Sobre o que aconteceu com ela.

Davidek suspirou e deslizou contra uma das portas dos reservados do banheiro.

— Vi a mesma peça que todo mundo viu. Você não precisa me contar.

— *Não* — disse Stein, e sua voz soou mais alta, mais forte. — O que eu contei pra Lorelei e o que ela contou pra todo mundo... não é a verdade verdadeira. Eu quis contar pra Lorelei, mas eu... nunca contei pra ninguém o que realmente aconteceu. Nem pra minha irmã. Nem pro meu pai... mas quero contar pra você, tudo bem? Eu tenho que contar.

Davidek recostou a cabeça. Na verdade ele *não* queria ouvir, mas Stein não parou de falar. Então, Davidek ouviu.

— *Houve* de fato um incêndio — disse Stein. — E fui eu que pus fogo no apartamento. Mas *não foi* acidental. — Ele ergueu os olhos. Seu rosto estava cinza e vazio. O rosto de um velho à luz baça. — Eu causei o incêndio de propósito, Davidek.

Stein observou atentamente o amigo em busca de uma reação, e Davidek fechou os olhos para que ele não visse nenhuma.

— Mas não matei minha mãe — disse Stein. — Ela já tinha feito isso por conta própria.

Davidek engoliu em seco e abriu os olhos. Stein ainda estava abraçado a si mesmo sob o paletó, como alguém morrendo de frio. Volveu os olhos na direção de Davidek, os quais não passavam de órbitas escuras nas sombras.

— Este é o segredo que ninguém sabe... ninguém até agora. Ninguém a não ser você.

Stein explicou que a mãe havia tentado algumas vezes, mas os médicos acreditavam que tinham sido apenas pedidos de ajuda, para chamar a atenção.

— Quando a pessoa corta os pulsos, é aquela sangueira, mas as veias fecham na mesma hora. Eles disseram que as pessoas que querem mesmo acabar com tudo cortam os antebraços *na vertical* e não na horizontal. Enfim, depois disso passamos a não ter mais facas nem giletes em casa. Foi aí que o meu pai deixou a barba dele crescer. — Stein sorriu de leve para si mesmo. — E as pernas da Margie ficaram peludas.

Stein se remexeu, fechou os olhos.

— Daí, um dia, quando eu tinha nove anos, voltei a pé da escola pra casa, sozinho. Em geral minha mãe me buscava, mas às vezes ela não ia, especialmente quando estava com problemas... os pensamentos ruins dela. Vamos dizer apenas que eu tinha uma chave e sabia o caminho de casa.

Stein encostou a cabeça no aquecedor. Ficou um bom tempo sem falar, tanto que Davidek achou que talvez tivesse adormecido.

Então Stein disse:

— O prédio em que a gente morava era uma porcaria. O zelador tinha um pote de plástico com um pó branco que ele nos dava para salpicar atrás da geladeira e no armário, pra matar formigas e baratas. Ácido bórico... eu ainda me lembro disso. Escrito em letras grandes e vermelhas. Bom, entrei em casa, mas não vi minha mãe. Então... eu estava procurando biscoitos quando encontrei o pote vazio em cima do balcão, ao lado de um pouco de água derramada e um copo com uma crosta do pó. O corpo dela estava caído no chão ao lado do sofá. Havia vômito *por toda parte*. Os olhos dela estavam abertos. Ela estava usando um roupão branco, mas nenhuma roupa de baixo. Eu a cobri com o cobertor da minha cama. — Stein abriu os olhos e até sorriu um pouco. — Um que tinha um desenho dos Transformers.

A garganta de Davidek estava apertada.

— Ela deixou um bilhete?

Stein fez que sim com a cabeça.

— Foi a primeira coisa em que botei fogo. Não lembro o que ela escreveu. Era uma porção de coisas, tudo rabiscado... Basicamente, ela pedia desculpas. "Sinto muito, sinto muito, sinto muito..." Várias e várias vezes. Tentei abraçá-la, mas o corpo dela estava gelado. E duro. Parecia um móvel. Comecei a chorar, pedindo que ela acordasse. Mas eu tinha nove anos... não era burro.

Stein olhou para Davidek.

— Eu te disse que a minha mãe tinha o costume de ir a todo tipo de igreja, não disse?

Davidek assentiu. Stein olhou de novo para o chão.

— Eu me lembro de um dos ministros da igreja conversando com o meu pai sobre os problemas da minha mãe... depois que ela já tinha sido internada algumas vezes. O ministro disse que nós tínhamos que tomar muito cuidado, porque se a minha mãe se matasse ela não poderia entrar no Céu. Você acha que isso é verdade?

Davidek não respondeu. Nem poderia. Mais uma vez, Stein ficou um bom tempo em silêncio.

— Por isso eu ateei fogo — disse Stein por fim, como se ele mesmo estivesse ouvindo essa notícia pela primeira vez. — Achei... que talvez... de algum jeito eu pudesse *esconder* o que ela tinha feito, esconder tão bem que nem Deus saberia.

Davidek estava em pé agora. Não conseguia mais aguentar.

— Você tem que contar pro seu pai. Tem que dizer às pessoas que não foi sua culpa.

— O que eu achava é que *nunca teria* de explicar coisa nenhuma — disse Stein. — Eu me deitei ao lado da minha mãe depois de passar aquela cola do aviãozinho pelo corpo dela inteiro e no sofá e nas cortinas. Eu queria *ir com* ela. Não estava com medo. Tinha mais medo desses sentimentos martelando dentro de mim... essa tristeza, e raiva, e confusão, e loucura. Era assim, como uma coisa... *berrando* dentro da minha cabeça. Eu só queria que sumisse. — Agora havia lágrimas graúdas nos olhos de Stein, mas ele não as estava deixando cair. — Você entende? *Ainda* quero que suma...

— Eu entendo também — disse Davidek. — Mas você sobreviveu por alguma razão...

Stein olhou para o amigo com se ele estivesse deixando de perceber um aspecto bem mais importante da história.

— Aquela porra de cobertor dos Transformers me salvou. Quando queimei a cola, ele não pegou fogo... *derreteu*. Em cheio no meu rosto. Eu não estava com medo de morrer, mas de sentir dor sim, e doeu *muito*... achei que fosse acabar logo, mas de repente eu estava berrando, correndo e tentando apagar a tapas as chamas da minha pele. Nem sei direito o que aconteceu depois. Havia fumaça por toda parte. Eles me encontraram desmaiado perto da porta. Os vizinhos arrombaram a porta, que bateu na minha cabeça. Nem viram a minha mãe. As chamas estavam fortes demais. Fiquei contente com isso. No fim, foi tudo um horrível acidente, causado por uma criança burra de dar dó...

— A sua mãe estava doente — disse Davidek, escolhendo cuidadosamente as palavras. — Não foi culpa sua. Nem dela. Você era só uma criança. E viu algo que nenhuma criança deveria ver. Foi um erro, só isso.

Stein meneou a cabeça devagar, como se isso pouco importasse agora.

— Ela merece ir pro Céu, eu acho. Por mais bobo que isso possa parecer. Espero que ela esteja lá. Ela nunca machucou ninguém... — Sua voz estava tão baixa que era difícil ouvir. — Mas *eu já* machuquei... E teria machucado aqueles caras hoje. Tudo por causa de uma garota. — Ele bufou uma gargalhada, mas poderia ter sido um acesso de tosse. — Pra quem eu não pude nem... contar a verdade.

— Você pode contar a verdade pra todo mundo agora — disse Davidek. — Já passou da hora.

Stein olhou para o amigo, os braços ainda espremidos sob o paletó. Falou num fiapo de voz, um sussurro.

— Conte a eles pra mim... tudo bem?

Davidek virou os olhos.

— Qual é, cara? — disse, estendendo a mão, mas as pernas de Stein deslizaram no chão. Havia algo debaixo dele, uma escuridão que se alastrava.

— Ah, merda! — disse Davidek. — Porra.

Ele soltou Stein, cujas mãos caíram do paletó e tombaram pesadamente no ladrilho, espirrando grandes salpicos escarlate. Na barriga, a camisa branca, antes escondida sob os braços cruzados e o paletó escuro, estava encharcada de sangue, que vertia na parte de cima da calça cáqui.

Davidek tentou manter fechados os cortes nos pulsos do amigo, mas não conseguiu. Os talhos eram compridas riscas irregulares que se estendiam até os antebraços de Stein, reluzindo com pontinhos de vidro do espelho estilhaçado.

Davidek não percebeu que estava se movendo. Em sua mente, continuava enraizado junto à porta, e não aninhando junto ao peito o amigo, não observando os braços do garoto se debaterem contra o pescoço e o rosto enquanto ele o arrastava, pedindo ajuda aos berros.

O banheiro ficou distante no corredor às escuras. Um instante depois ele estava sob a chuva. Alguém o estava chacoalhando, agarrando seu queixo e virando seu rosto. Em silêncio e com olhar apatetado, ele encarou fixamente a irmã Maria, cujos olhos incharam como se um punho gigantesco a estivesse espremendo.

— Fique aqui! — berrou ela. — Fique aqui!

Pouco depois a freira apareceu na frente dele dirigindo um carro pequeno cor de vinho. Pelo vidro da janela Davidek viu Stein esparramado no banco traseiro, seu sangue lambuzando o estofado cinza. "Sinto muito... sinto muito... sinto muito", alguém estava dizendo. Talvez Stein. Talvez Davidek. Talvez ambos.

Então o carro se foi e Davidek ficou sozinho. Permaneceu de pé, parado na chuva, fitando o rumo para onde seu amigo estava sendo levado, durante tanto tempo que a água que caía e penetrava suas roupas encharcadas de sangue deixou-o limpo.

33

Era meia-noite quando a chuva arrefeceu, batendo em retirada em filamentos através de um céu sem lua. O carrinho vermelho da freira rasgou a névoa na rua defronte ao convento e parou com um solavanco, com uma das rodas empoleirada no meio-fio. A freira saiu e fechou a porta do carro sem fazer barulho, cruzando os braços sobre uma blusa que naquela manhã tinha sido branca, mas agora vicejava de manchas marrom-escuro, como um jardim de flores mortas.

Atrás do convento, o monólito apagado da escola erguia-se como um quadrado escuro em meio à miríade de estrelas além. A irmã Maria olhou para a residência paroquial. A casa do padre Mercedes também estava às escuras, e ela a fitou em silêncio.

Uma janela em formato de cruz na porta da frente da casa projetava no chão uma sombra em T; a irmã Maria entrou e se esgueirou escada acima, tomando cuidado para não pisar nos degraus que, ela sabia, rangeriam. Sentia-se boba, como uma adolescente entrando de fininho em casa depois do horário em que deveria ter voltado.

Em vez de acender a luz, a religiosa foi tateando ao longo da parede do corredor. A colega com quem dividia a casa, a irmã Antonia, estava dormindo em seu quarto, enfiada debaixo das cobertas. Sua cabeleira grisalha, geralmente escondida por um hábito negro, estava esparramada sobre o travesseiro, e sua mão agarrava um rosário, como um cadáver exposto num velório. A imagem a encheu de tristeza. Outrora o convento abrigava sete freiras, mas um dia, provavelmente muito em breve, ela ficaria sozinha ali.

Em seu próprio quarto, a irmã Maria acendeu o pequeno abajur, e os lençóis de tom pastel esticados com esmero sobre a cama a seduziram a deslizar entre eles e fechar os olhos. Quando ela tirou a blusa arruinada, partículas de sangue seco caíram dos botões no piso de madeira. Ela se olhou no espelho da penteadeira. O espelho não era seu — tudo na casa pertencia às Irmãs de São José. O espelho já estava lá quando ela chegara e permaneceria depois que ela se fosse. Somente o reflexo era dela — uma velha, a pele manchada e cinzenta. Apavorada.

Era isso que ela era, embora sua fé lhe tivesse ensinado que o corpo era apenas temporário. Uma espécie de aluguel. A alma era a única coisa que de fato possuíamos. A irmã Maria se ajoelhou, o assoalho rangendo no mesmo compasso que suas juntas, e rezou agradecendo a Deus pelo fato de o menino ter sobrevivido.

Mas o trabalho dela não tinha terminado, e pediu a Deus ajuda com isso também.

A freira atravessou de novo o gramado úmido do jardim da frente, agora embrulhada num suéter limpo e quente sob um grosso casaco preto. Passou debaixo dos pinheiros que margeavam a casa do padre e subiu os degraus, bateu na porta e esperou. Depois apertou a campainha e esperou mais um pouco. Passos pesados e resmungos de queixa desceram a escada do lado de dentro. O padre Mercedes abriu a porta remexendo a faixa do roupão. A freira o conhecia havia muito, muito tempo, mas nunca antes tinha visto suas pernas brancas e esqueléticas.

— Acordei o senhor? — perguntou ela. Uma pergunta idiota.

O padre fez um muxoxo e disparou sua própria pergunta:

— Onde diabos a senhora esteve?

A irmã Maria sentiu a pulsação acelerar, pensando: *É isso que os alunos culpados sentem quando vão falar comigo na sala da diretoria e tentam mentir para se livrar de encrencas.*

— Tivemos uma terrível tragédia hoje — disse ela, e esperou para ver o que ele diria a seguir.

— Eu diria que sim — afirmou o padre. Ele estava tentando fixar a vista na escuridão da varanda, mas tinha esquecido os óculos no segundo andar.

— O senhor... entrou lá para ver? — perguntou a freira, rezando para que ele não tivesse feito isso.

O padre resmungou:

— Passei o dia inteiro em Pittsburgh, na conferência bianual do bispo, explicando por que este ano a nossa paróquia não será capaz de contribuir com a meta orçamentária estipulada no ano passado pelo Fundo de Adiantamento do Vaticano. A senhora sabia que...

— O senhor *entrou* lá... quando voltou? — A voz dela saiu miúda, esperançosa.

O padre balançou a cabeça.

— Saducci disse que eu precisaria de um traje de mergulho. E eu estava cansado, irmã. Em todo caso, não posso consertar todas as suas trapalhadas — disse ele. — Amanhã verei os estragos. Se for preciso.

A irmã Maria conteve um grito de aleluia.

— Obrigada, padre. Eu queria apenas saber se o senhor estava devidamente informado.

O padre começou a fechar a porta e ela achou que era o fim da conversa, mas ele a abriu de novo para uma última observação.

— E onde a senhora esteve o dia todo? Saducci e a sra. Corde passaram a tarde no escritório da igreja marcando reuniões com empreiteiros para amanhã. Sem a senhora. Certifique-se de que estará disponível para reunir-se com eles.

— Estarei, padre — disse ela. — É que tive que gerenciar uma pequena crise hoje. O menino Stein. — Parte dela queria contar tudo imediatamente. Confessar tudo.

— O que ele tem a ver com isso? — perguntou o padre.

A irmã Maria recuou. Ergueu uma das mãos, tirando-a do casaco.

— Nada, padre. Conversaremos amanhã — disse, esboçando um ligeiro sorriso. — Não há necessidade de incomodá-lo com preocupações agora à noite.

A freira desceu até o jardim e caminhou a passos rápidos ao longo da lateral de sua casa, onde esperou até que as luzes da residência paroquial se apagassem de novo. Então saiu em direção à escola.

* * *

Ela fizera uma promessa no hospital, mas até agora não sabia ao certo se seria capaz de cumpri-la.

Enfermeiras e auxiliares de enfermagem enxamearam-se em volta do menino e bateram em retirada para a emergência empurrando a maca branca com o corpo, que parecia um boneco repulsivo, todo encolhido, imóvel. A irmã Maria tinha se ajoelhado ao lado das máquinas de venda automática de salgadinhos e refrigerantes, rezando de memória o rosário, e no início da contagem do terceiro grupo de ave-marias o pai do menino entrou de chofre na sala de espera. A freira desmanchou-se em pedidos de desculpas, implorou perdão. Quando a irmã do menino chegou, todos se deram as mãos e rezaram mais um pouco.

Os médicos entravam e saíam. Não disseram nenhuma palavra de alívio, não fizeram previsões e, certamente, nenhuma promessa. Dois policiais chegaram horas depois. A irmã Maria repetiu o que sabia e respondeu às perguntas deles.

— Ele mesmo se feriu, foi isso? Havia alguém com ele?

A irmã Maria pensou no menino. Davidek.

— Não — mentiu. — Não havia mais ninguém.

A polícia falou com a família, repassando o histórico do menino, sua mãe, o incêndio, seus problemas na escola. Um psiquiatra foi chamado para conversar com a família sobre o estado mental do garoto.

Quando os policiais terminaram, a freira caminhou com eles do lado de fora do hospital.

— Isso vai acompanhar o menino, não vai? — perguntou ela. — Todos os amigos da escola, outras pessoas na cidade... Quanto tempo ele tem até o relatório de vocês vir a público e a história sair nos jornais?

Os policiais pareciam ter ficado constrangidos. Entreolharam-se, e o equipamento acoplado aos seus cintos retiniu, desassossegado. Um deles disse:

— De fato temos que preencher um relatório, é a lei.

E o outro disse:

— É claro, temos muito trabalho a fazer. — A freira não entendeu a insinuação. Ele sorriu para ela. — A senhora compreende, né, irmã? Temos uma porção de *outros* trabalhos a fazer. Crimes de verdade. Essas tragédias pessoais... esses relatórios vão para a parte de baixo da lista. Às vezes permanecem lá ou são arquivados no lugar errado. A menos que alguma coisa horrenda aconteça.

O parceiro dele disse:

— Isso não seria necessariamente pecado, seria, irmã?

— Não — respondeu ela, e estendeu as mãos para tocar o rosto de ambos os homens. — Isso é misericórdia.

Dentro da sala de emergência, ela reencontrou o pai e a irmã do menino. Eles queriam rezar mais um pouco, mas a freira tinha outros assuntos a discutir com os dois. Se Noah Stein sobrevivesse, havia uma coisa que ela podia fazer para tornar a vida dele mais fácil.

A irmã Maria encontrou tudo o que precisava no depósito do zelador, que, em meio ao pandemônio durante a inundação, o sr. Saducci tinha deixado destrancado. Isso era bom. Isso significava que qualquer pessoa — até um aluno — poderia ter surrupiado aqueles itens.

No banheiro dos meninos havia mais sangue no chão do que ela esperava. Sua lanterna não revelou tudo de imediato, o que provavelmente foi melhor. Ela poderia ter desistido logo de cara, subjugada pela comoção. Mas tinha feito uma promessa. Era hora de cumpri-la.

Posicionou a lanterna na borda da janela e pendurou o casaco num gancho dentro do terceiro reservado; depois enrolou as mangas do suéter.

O pé de cabra do depósito do zelador era quase do tamanho de um taco de golfe, e tão grosso e pesado que a irmã Maria mal conseguia erguê-lo. Ela se perguntou como Saducci usava a alavanca, tão enferrujada e coberta de teias de aranha que ela deduziu que ele não a usava. A freira levantou o pé de cabra por cima da cabeça e deixou a gravidade cuidar do resto.

O gancho de aço sólido mordeu o espesso lábio branco da pia e a despedaçou, espirrando calhaus esmigalhados de porcelana como uma mandíbula estilhaçada, esguichando uma cristalina baba de água. Ela se virou para a parede oposta e dessa vez ergueu o pé de cabra ainda mais alto, virando o rosto para o lado enquanto os frágeis braços golpeavam o gancho contra o primeiro urinol, despedaçando-o em grossos nacos branco-gelo.

Martelou a ferramenta contra a alça da descarga um par de vezes, o que fez transbordar para o chão uma cascata de água da privada, inundando o banheiro e dissolvendo a grossa trilha de sangue que emporcalhava os azulejos e que rodopiou numa larga galáxia marrom que acabou engolida pelo ralo de latão embutido no piso.

A irmã Maria fechou os olhos e usou a ponta rombuda do gancho para esmagar o vidro remanescente do espelho que Stein havia esmurrado. Talvez isso fosse o bastante, mas alguma coisa dentro dela a impedia de parar. Aplicando pancadas, ela amassou os reservados de metal em volta das privadas, rachando discos arredondados de tinta de seis décadas de espessura. Pôs abaixo o dispensador de toalhas de papel, depois golpeou o dispensador de sabonete líquido como se fosse uma bola de beisebol, arrebentando-o numa pluma de gosma rósea.

Quando a irmã Maria por fim parou, seus pulmões arfavam furiosamente, o cabelo grisalho caía-lhe sobre os olhos e havia gotas de suor no rosto e nas costas. Ela apoiou-se no pé de cabra como uma bengala, flexionando os dedos dormentes das mãos. Uma dor a irritava e lhe arranhava a garganta. Ela não percebeu que estivera gritando.

Já era o bastante. Deixou o pé de cabra na vertical, encostado num dos vasos sanitários. *É assim que um vândalo o abandonaria*, imaginou.

No armário do zelador, ela encontrou também uma caixa com latas de *sprays* de tinta de diferentes cores, embora o preto parecesse mais apropriado. Tirou a lata do bolso do grosso casaco e mirou a lanterna na direção da parede com o urinol despedaçado.

Mantenha a simplicidade, pensou. *Use algo comum.*

A inscrição "vá se foder" apareceu no ladrilho verde em linhas compridas das quais escorria tinta. Ela segurou o bico do *spray* tão rente à parede que gotas pretas ricochetearam e mancharam seus dedos.

A irmã Maria deu um passo para trás, admirando as letras de forma.

— "Vá... se foder" — leu em voz alta.

Era a primeira vez na vida que ela dizia tais palavras. E sentiu nojo — tinham um gosto amargo em sua boca.

Voltou-se para a parede oposta, com a pia quebrada e o espelho destruído. Precisava de algo diferente ali. De que outra maneira um adolescente de quinze anos enlouquecido desencadearia sua fúria contra a escola? Atacaria as pessoas que o haviam levado a esse estado, mas a irmã Maria sabia que não podia escolher estudantes específicos, por mais que merecessem. Ela ergueu a lata de *spray* e leu em voz alta cada uma das letras que ela havia escrito:

— Esse... Tê... Eme... I...

A irmã Maria recuou para esquadrinhar com a lanterna as palavras: "St. Michael".

Então borrifou um ponto depois do *T*. O garoto deveria estar furioso, mas não precisava ser idiota.

E agora? *St. Michael... Vá à merda*? Mansinho demais.

Tinha de parecer obra de um jovem, não de uma freira velha e atarantada. Todo mundo precisava acreditar na história — um adolescente com histórico de problemas de comportamento tinha descambado para a violência e no processo havia destruído um banheiro e se cortado (acidentalmente), e agora fora suspenso. A história poderia até ter alguns buracos, mas se sustentaria. Ela precisava apenas fazer com que parecesse autêntica.

— St. Michael... pé no saco — disse ela, e ergueu o bico do *spray* para começar a escrever as palavras, mas hesitou. O que exatamente é um pé no saco? O que a expressão significava, afinal? A religiosa pensou em outros ditos antigos com a palavra "saco": farinha do mesmo saco, saco vazio não para em pé, saco sem fundo, puxar o saco.

Pênis, ocorreu à irmã Maria. Ótimo, ela tinha deixado a palavra vir à mente. Mas *pênis* era clínico demais.

Piroca? Essa era boa. *Piroca* — ela acrescentou mentalmente a palavra à sua lista de eufemismos, mas parecia um pouco arcaico. *Cacete* ou *pinto* pareciam... o quê? Muito juvenis?

A freira se afligiu com a questão por mais tempo do que seria prudente.

Caralho. Essa era boa, certo? *Caralho*.

Mas não. Um aluno poderia usar essa palavra, mas ela não. Luxuriosa demais.

Caralho. Ela tentou esquecê-la, mas a palavra teimava em se insinuar.

— Pau — disse ela, e então percebeu o que deveria escrever. A diretora fez mentalmente uma rápida oração de agradecimento. Estranho oferecer um pai-nosso por uma palavra como essa...

"Pau no cu da St. Michael" surgiu na parede.

Assim que a irmã Maria terminou de desenhar a letra L, o braço que segurava a latinha caiu ao lado do corpo, o dedo ainda pressionando o botão do *spray*, que sibilou névoa negra para dentro do nada até que finalmente deslizou de sua mão trêmula.

A porta do banheiro estava aberta e havia uma sombra parada lá, observando a freira.

Cambaleando para trás, a irmã Maria chutou a latinha para longe, enquanto agarrava a lanterna no beiral da janela. Da escuridão, a brancura de um rosto fitou-a quando ela fez incidir a luz naquela direção.

A religiosa encostou-se no aquecedor, levando uma das mãos ao coração, que martelava no peito. *Obrigada, Deus, obrigada, oh, Deus, oh, Deus, oh, Deus.*

Peter Davidek deu um passo à frente na direção da luz fraca, com aspecto doentio, o rosto empalidecido, o cabelo emplastrado e desgrenhado. O paletó azul-marinho dependurado sobre os ombros parecia grande demais.

— Que diabos você está fazendo aqui? — perguntou a diretora, tomada de alívio pelo fato de ter sido descoberta pela única pessoa da St. Michael que ela precisava incluir na mentira.

Davidek olhou para as paredes e para as imprecações em tinta preta e escorrida pichadas nelas.

— Acho que eu poderia fazer a mesma pergunta pra senhora — disse ele.

As casas de Tarentum eram apenas janelas cintilantes suspensas na névoa enquanto o carro da irmã Maria deslizava na escuridão. Toda vez que o carro passava sob o cone de luz de um poste de iluminação, os olhos de Davidek eram atraídos para o banco de trás, onde riscas de sangue estavam incrustadas no estofado cinza.

— Então... ele está vivo — disse a freira, na esperança de ver algum sinal de alegria no menino. — Devemos ficar gratos por isso.

— Foi muito grave?

Ela não queria responder. Não queria deixá-lo triste. Mas não queria mentir.

— Você sabe o que viu — disse ela.

Cada pergunta do menino parecia demorar uma eternidade para chegar.

— Ele vai ficar bem?

A irmã Maria sabia que se ela e o tal menino Davidek iriam enganar outras pessoas, precisavam ser honestos um com o outro. Assim, ela não respondeu a essa pergunta.

— Você salvou a vida do seu amigo — disse ela. — Mas agora precisamos protegê-lo mais um pouco. Ninguém sabe disso a não ser nós dois. Eu gostaria que as coisas continuassem assim.

Davidek manteve o rosto virado para o nada, para além do vidro da janela.

— Aposto que sim — disse ele.

A irmã Maria desacelerou até parar num sinal vermelho, na Ponte de Tarentum. À direita ficava a rampa que dava acesso ao local onde Hannah havia levado Davidek até a pequena armadilha com a câmera descartável.

— O estrago no banheiro foi uma camuflagem — disse a freira. — Será melhor para ele ter se afastado da escola por esse motivo, em vez de... — Ela não concluiu o pensamento. A luz do semáforo mudou para verde e o carro voltou a se movimentar. — Todos nós merecemos deixar para trás nossos erros. Talvez uma segunda chance? Isso vai protegê-lo se...

— Se ele viver? — interrompeu Davidek.

— Se ele voltar — completou a freira.

Davidek baixou a cabeça.

— Ele não vai voltar. Não pra St. Michael.

— Isso talvez seja verdade — concordou a diretora. — Mas ele vai estar em algum lugar. E essa história não tem que acompanhá-lo.

— E quanto às pessoas que causaram isso? — quis saber Davidek. — Mullen e Simms? Smitty? *Lorelei*? A senhora age como se estivesse fazendo um favor ao Stein, mas nada acontece com eles. Eles não precisam nem sentir culpa. A senhora diz: "Oh, estou protegendo Stein..." Mas está protegendo eles também.

Os dedos da freira se retesaram no volante.

— Machucar essas pessoas ajudaria o seu amigo?

Davidek afundou no banco. Ele não estava usando cinto de segurança.

— Passe pela Valley High, depois siga em frente e atravesse o cruzamento no sentido de Parnassus — instruiu. Assim que passaram por um posto de gasolina e uma videolocadora, Davidek apontou para a direita e ela entrou na rua onde ele morava.

Todas as janelas da casa estavam iluminadas. A freira estacionou na esquina e olhou para o relógio do painel. Marcava 1h53.

— Como você vai explicar seu sumiço para seus pais?

— Eles só vão querer gritar, e não fazer perguntas — disse ele. — Vou dizer que eu estava de bobeira com o Stein e não liguei porque não queria voltar pra casa. Isso é verdade, né?

— Peter, posso contar com você para relatar a história que combinamos?

Davidek desceu do carro e esticou o braço para pegar algo que tinha deixado no banco: uma gravata de clipe vermelha.

— Todo mundo sabe que a escola está desmoronando — disse ele. — A última coisa que a senhora precisa é de um garoto tentando se matar, certo?

A freira se inclinou para a frente, de modo que ele pudesse ver o rosto dela à luz interna do carro.

— Se você é amigo do Stein, vai guardar o segredo dele.

Davidek fechou a porta, depois se virou e cutucou o vidro da janela.

— Tá, eu vou ficar quieto — disse ele. — Mas lembre-se de uma coisa: o segredo é *da senhora*. — Ele olhou para baixo e fitou a gravata de clipe nas mãos. — O Stein não estava mais guardando segredos.

34

O padre acomodou-se no assento acolchoado à cabeceira da mesa principal da biblioteca. A luz do sol da tarde penetrava pelas janelas do porão. O palavrório na sala cavernosa emudeceu. O corpo docente inteiro estava presente e os professores ocupavam suas cadeiras ao redor da mesa, ouvindo, todos de cara fechada.

— Deixarei que a irmã Maria explique a situação — disse o padre Mercedes. — Ela é a responsável.

A irmã Maria começou a falar o que todo mundo já sabia por meio de fofocas: o menino Stein tinha voltado para a escola durante a evacuação e causara uma devastação. Agora ele estava suspenso — por tempo indeterminado.

— São eventos inesperados, uma triste reviravolta nos fatos — disse a freira. — Mas é melhor assim.

A escola ficara fechada durante uma semana e essa era a primeira reunião dos professores desde a inundação. Ninguém sabia se devia se comportar de modo comemorativo ou grave. A sra. Arnarelli sussurrou para Zimmer que era melhor que não estendessem o calendário letivo — ela e o marido já tinham comprado passagens não reembolsáveis para Las Vegas para o início de junho.

Assim que a irmã Maria terminou, o padre levantou-se da cadeira.

— Os senhores e as senhoras distribuem uma porção de notas nesta escola, mas agora é hora de receberem notas. — Começou a caminhar a passos lentos, acariciando com a mão o espaldar de cada cadeira atrás da qual ia passando. — Falei com o Conselho Paroquial acerca de um novo plano: a partir de hoje e até o dia da formatura, vamos encher a St. Michael de monitores da paróquia. São pessoas comuns, cidadãos preocupados, homens e mulheres da paróquia que supervisionarão em primeira mão os problemas de comportamento desta escola. Passarão o resto do ano documentando-os, e quando terminarem o trabalho descobriremos se a St. Michael the Archangel High School foi aprovada ou reprovada.

Os professores todos se remexeram, inquietos.

— O que acontece se o conselho decidir que fomos reprovados? — perguntou a jovem srta. Marisol, professora de álgebra e trigonometria do primeiro ano.

O padre cravou os olhos nela com uma expressão de tédio.

— Bem, a escola fecha as portas.

O padre permaneceu parado por um bom tempo e deixou que o palavrório dos professores em polvorosa se avolumasse; depois berrou por cima do vozerio:

— Não quero ver nenhum rosto surpreso! Os senhores e senhoras sabem disso. Falam a respeito em particular. Os pais cobram, e os senhores e senhoras dizem: "Eu sei, estamos tentando..." Isso já não serve de nada. Não para os jovens que estudam aqui. Não para os paroquianos, que continuam pagando por erros que os senhores e senhoras cometem.

Ele prosseguiu a vagarosa caminhada ao redor da mesa.

— Mais um ano se passará em que me perguntarão inúmeras e inúmeras vezes: "Quando é que reconstruiremos a igreja que ruiu?" Depois de todos os eventos para angariar recursos, todas as doações, todos os cafés da manhã regados a panquecas e todas as vendas de doces e solicitações. Depois de arrecadar uma dinheirama que é *quase* o bastante para começar a edificar um alicerce, sou obrigado a dizer: "Sinto muito. Demos o pouco que tínhamos... para consertar *a escola*". Mas neste momento "a escola" é sinônimo de "constrangimento".

O padre espalmou as mãos sobre a mesa comprida e seu turvo reflexo no verniz incidiu nele.

— Neste exato momento os senhores e senhoras estão pensando: Não sou *eu*... eu faço o meu *melhor*... eu nunca falto, dou as aulas, corrijo as provas e tarefas... *eu* dou um duro danado e fico até tarde e me sacrifico... *eu* faço um bom trabalho. E talvez façam mesmo. — O padre encolheu os ombros. — Mas se os senhores e as senhoras não são os culpados, quem é? — Deixou a pergunta no ar. Ninguém abriu a boca. Em torno da mesa a maior parte das cabeças estava baixa, numa atitude envergonhada. Somente Bromine mantinha o rosto erguido, trocando olhares com o padre Mercedes, tentando mandar-lhe mensagens telepáticas de apoio.

O padre fitou a irmã Maria, sentada em silêncio numa cadeira do outro lado da mesa.

— Acredito que *a senhora* é quem merece levar a culpa, irmã Maria. Já lhe disse isso numa conversa reservada. Agora, lamentavelmente, estou dizendo em público. A sua liderança tem sido um desastre, não há como negar. Brigas, escândalos e agora vandalismo. Entretanto, ainda assim a senhora vem com a mão estendida.

A irmã Maria não revidou. Essa era uma pequena dança que eles executavam. O padre Mercedes passaria uma descompostura nela na frente da equipe, culpando-a pelos problemas da escola, e ela o deixaria fazer isso. Ao fim e ao cabo, ele tinha que providenciar a verba necessária para consertar os danos causados pela inundação e pelo banheiro vandalizado. Era apenas com isso que ela se importava. Ele podia ameaçá-la à vontade. Nos últimos tempos ela havia encarado coisa pior.

— Vamos ouvir os senhores e senhoras, os professores — disse o padre Mercedes. — Eu gostaria de escutar o que pensam sobre o que há de errado com esta escola.

Outro longo silêncio varreu a biblioteca. A sra. Bromine ergueu a mão num gesto afetado, mas o sr. Zimmer deslizou a cadeira para trás e se ergueu antes que ela pudesse abrir a boca.

— Fico feliz que o senhor tenha trazido esse tema à tona, padre — disse Zimmer. — A responsabilidade é um bom tópico para a discussão. Não gosto da ideia de "culpa", isso me parece infantil e improdutivo, mas foi a palavra que o senhor usou, por isso eu também a usarei. — Zimmer abriu os braços para o padre. — Creio que o culpado é o senhor, padre.

Os músculos coletivos do corpo docente se retesaram e a expressão no rosto do padre mudou de intriga para o mais intenso tédio.

— Adorável, sr. Zimmer. De qualquer maneira, exponha sua queixa depois. Acredito que a sra. Bromine tem algo a dizer primeiro...

Zimmer não se deixou interromper.

— O senhor atribui a culpa à irmã Maria, mas agora já faz tempo, padre, que está claro para todo mundo sentado ao redor desta mesa que o senhor não está interessado em ajudar a escola.

Irritada, a sra. Bromine se descontrolou e, lançando perdigotos, disparou:

— Para *mim* não está claro. O senhor não fala em nome de todos os membros deste corpo docente.

— Falo em nome da verdade — rebateu Zimmer. — Por algum tempo pensei que o senhor queria apenas se livrar da irmã Maria — continuou o professor enquanto o padre deslizava na cadeira, suspirando pesadamente. — Mas agora creio que este é apenas um primeiro passo. Tirá-la do caminho. Aí então o senhor poderá tirar a St. Michael do caminho. Certo? Mas o que não consigo entender é: por quê?

— Absurdo — comentou o padre Mercedes, forçando um sorriso.

— O senhor pediu a todos os presentes que pensem no que há de errado com este lugar. Mas o que eu penso é o seguinte: quando há um problema, quem perde seu tempo e se dá ao trabalho de dizer "Podemos fazer isso. Podemos consertar as coisas..." é a irmã Maria. Não o senhor.

O pároco fechou os olhos e disse.

— Já chega.

Mas Zimmer continuou falando.

— Quem dá conselhos e orientação a todos os professores sentados ao redor desta mesa sobre questões pessoais que nada têm a ver com trabalho? Não citarei nomes... não se preocupem..., mas quando o casamento está em crise, quando há um parente idoso doente ou à beira da morte, ou quando a simples pressão cotidiana de dar aulas se torna esmagadora demais, quem é que passa horas conversando sobre isso na própria sala? Quem é que fica até altas horas *todo dia* nesta escola cuidando da papelada à noite, porque durante o dia precisa supervisionar os corredores, tudo porque um padre andou dizendo que a escola é um refúgio de delinquentes e casos perdidos?

Um silêncio rastejou lentamente pela mesa da reunião. Zimmer se sentiu profundamente mal por estar em pé diante de todos aqueles olhos cravados nele.

— O senhor sabe que isso é verdade — disse Zimmer com uma hesitante aspereza na voz. — O senhor pode culpar a irmã Maria pelo fato de não termos condições financeiras de reconstruir a igreja, mas não foi ela quem pôs fogo na igreja. O senhor pode instruir os paroquianos a culpar Deus neste caso. Ou talvez possa dizer para culparem o padre, que não seguiu as determinações do seguro.

— Peça desculpas — exigiu Mercedes subitamente.

As mãos de Zimmer lutaram para não tremer. Sua boca parecia um chumaço de algodão. Ele havia passado da conta, ultrapassado um limite. Mas era tarde demais para voltar atrás.

— Peça desculpas para mim — repetiu o padre Mercedes. — Peça desculpas ou, que Deus me ajude, vai se arrepender.

Zimmer esquadrinhou os rostos ao redor.

— A irmã Maria não causou o incêndio e tampouco causou a inundação. Ela passou o ano inteiro alertando o senhor de que precisávamos de uma reforma ampla e profissional. Telhado, paredes, teto... e o senhor se recusou, não foi, padre? O senhor poderia ter gastado alguns milhares de dólares numa reforma permanente, mas em vez disso estamos gastando dez vezes mais porque a *sua* decisão foi ignorá-la... e isso piorou muito as coisas. Não sei o porquê dessa postura igreja *versus* escola. Não existe vida sem uma próxima geração, padre. Os jovens que estamos educando, eles *são* a St. Michael.

— Jovens que destroem banheiros — vociferou o padre Mercedes. Ele estava olhando para a irmã Maria agora e seus olhos gritavam de desprezo pelo fato de ela não silenciar seu funcionário.

— É, jovens que destroem banheiros — concordou Zimmer. Suas pernas estavam bambas, de modo que ele se sentou de novo. — Talvez esses jovens sejam mais importantes até do que os bonzinhos que se sentam na primeira fila e tentam responder a todas as perguntas.

O padre revirou os olhos.

— Eu gostaria que o senhor fosse um dos nossos alunos aqui — disse Zimmer. — O senhor está agindo como quem pratica *bullying*, padre. Talvez lhe fizesse bem a humanidade que a irmã Maria tenta ensinar.

Ninguém na sala sequer respirava.

O padre Mercedes levantou-se da cadeira.

— Pensei que seria possível conversar com os senhores e as senhoras como adultos. Claramente, eu estava enganado. — Vestiu o casaco e ajeitou o chapéu, depois pegou a valise e caminhou até a porta. — Os monitores começarão a trabalhar logo no primeiro dia em que as aulas forem reiniciadas. Estejam preparados.

Já fora da biblioteca, no saguão, foi abordado pela sra. Bromine, que correu para alcançá-lo; o peito da mulher arfava e as pernas retiniam corredor afora.

— Padre, padre! — ela chamou. — Padre, sinto muito pelo que aconteceu lá... Sinto muito...

O olhar do padre estava glacial. Ele deu uma batidinha no maço de cigarros e não parou de andar.

— Padre, o senhor sabe que eu adoraria ver a irmã Maria retirada do cargo, mais do que qualquer outra coisa. Mas... essas pessoas, esses monitores... o senhor não quer *de verdade* que eles fechem a escola? Quero dizer, o senhor *não quer*, certo? É só uma coisa para deixar todo mundo assustado?

O padre diminuiu o passo até parar de vez. Quase sentiu pena daquela mulher tão perdida.

— Posso fazer alguma coisa para ajudar? — ela quis saber.

O padre refletiu sobre a pergunta.

— Estou bastante preocupado com o sr. Zimmer — disse ele. — Talvez a senhora possa me avisar se ele demonstrar algum outro comportamento errático.

Ela meneou a cabeça, entusiasticamente.

— Ele é esquisito, e doido. Quer ser um dos alunos, não um dos adultos. O senhor conhece o tipo, padre. Estou contente que a paróquia vai mobilizar gente para ficar de olho em nós. Eles verão por si sós.

— Excelente. — O padre voltou a andar.

Bromine disse em voz alta:

— Mas apenas por precaução, eu gostaria de sugerir o cancelamento do Piquenique do Trote. São grandes demais as chances de dar errado. E com a Hannah Kraut planejando aquela coisinha doentia dela...

O padre se deteve de novo, mas não se virou. O Piquenique do Trote saindo do controle? Isso seria perfeito para ele. Contanto que Hannah não o atacasse, por que não deixar que ela entrasse em cena e demonstrasse ser um exemplo do pior que a St. Michael tinha a oferecer? Ele precisava apenas tomar as providências para que uma porção de monitores estivesse lá para ver. E também tinha que se certificar de que ele mesmo não seria um dos alvos.

Mas era aí que estava a cilada. A aposta. Por sorte ele levava jeito para calcular as probabilidades. Sorriu.

— Não se preocupe. Eu diria que as chances são de... *sete-oitavos*... a favor de as coisas saírem exatamente como nós esperamos.

Pousou uma das mãos sobre o ombro da sra. Bromine, que também sorriu, embora não fizesse a menor ideia do que ele estava falando.

35

Começou com olhares. Era essa a lembrança que Lorelei tinha de anos antes, quando todos os amigos se afastaram dela. Quando ela tinha sentido sua existência minguar até a insignificância. Quando se tornara a estranha, a odiada. Quando ela parou de ter importância. Ninguém lhe dizia uma palavra sequer. Apenas a encaravam.

Lorelei tinha bem poucos amigos na St. Michael, e sua expectativa era a de que não havia sobrado nenhum agora que retornava à escola pela primeira vez desde o Dia Internacional, desde que traíra o menino que sem um pingo de vergonha se devotava a ela.

De certa maneira, talvez ela sempre soubesse que isso aconteceria, e podia ser até que houvesse incitado isso. Uma parte perversa de Lorelei sabia que sua mãe, seus antigos amigos, seus novos inimigos tinham razão — ela era desprezível. No fundo, em seu âmago. Ela era uma merdinha rasa.

E foi essa a atitude que ela adotou duas semanas depois que a inundação fechou a escola, andando a passos largos pelo corredor da recém-reaberta St. Michael com o queixo erguido, os lindos e ondulados cachos castanhos esvoaçando nas costas, os quadris que eram uma tentação a cada passada de sua saia xadrez azul e amarela. Lorelei estampou no rosto um ligeiro sorriso, que se recusou a deixar desaparecer por mais que estivesse aterrorizada.

Era seu sorriso de "vão se foder".

Os que a desprezavam desviaram o olhar, voltando-se para dentro de si mesmos, encarando o chão enquanto ela passava. Ocupavam-se com livros e papéis, arrumando os armários ou examinando casacos, todos plenamente cientes da presença dela. Quando ela passava, as pessoas interrompiam as conversas e olhavam para o outro lado, pelo menos até onde a visão periférica lhes permitia.

Os sapatos de Lorelei estalavam nos bolsões de silêncio que ela criara.

Havia gente estranha no corredor. Adultos desconhecidos. Ela entreouviu outros alunos chamando-os de "monitores", paroquianos que estavam ali para fazer relatórios e informar tudo o que vissem ao Conselho Paroquial. Andavam em duplas e eram na maioria casais idosos que não tinham coisa melhor a fazer além de se oferecer como voluntários para atuar como policiais de corredor. Não repreendiam, tampouco coibiam o mau comportamento. Estavam ali para observar, não para impingir a lei. Violações do uniforme ou toques inapropriados, como namorados beijando as namoradas encostados aos armários, resultavam simplesmente numa anotação feita numa caderneta. Os monitores não instruíam os retardatários a se apressar para as aulas, tampouco ordenavam aos alunos bagunceiros que sossegassem. Apenas observavam. E tomavam notas. E trocavam ideias em sussurros solenes. Eles observaram os outros estudantes observando Lorelei, e ela supôs que deviam ter se perguntado: *Quem é essa garota? O que ela fez?* Talvez até alguém lhes contasse, e então eles poderiam escrever nos pequenos blocos de anotações.

Lorelei tirou do armário os livros que usaria naquela manhã. A área ao seu redor estava deserta. Ela pegou a mochila e ajeitou o suéter, apertando-o contra o corpo. A multidão se abria à sua passagem.

Ninguém disse uma palavra enquanto ela estava por perto, só depois que se foi.

Os rapazes do último ano estavam de bobeira em sua área habitual sob a escada do corredor norte quando o velho amigo de Bilbo, Alexander Prager, o astro do time de basquete da escola (e um dos brutamontes que encurralaram Stein e Davidek no Dia da Coleira de Cachorro) lançou uma piada:

— Beleza, caras, então... qual é a única menina da escola que você *não* quer que foda você?

Os outros caras encolheram os ombros, esperando a frase-clímax. Green, o único calouro do grupo, deixou escorregar sua latinha de Coca-Cola e limpou a boca para disfarçar um arroto.

— Lorelei! — declarou Prager, de maneira anticlimática. Houve algumas risadinhas abafadas e o menino se sentiu obrigado a acrescentar um pós-escrito: — Porque quando *ela* te fode, te fode *pra valer*. — Ele salientou isso sacudindo o punho no ar, o que suscitou mais algumas risadas corteses.

Depois de um minuto, Bilbo disse:

— Aquele Stein era um babaca de mão cheia, mas eu gostaria de saber o que ele fez pra deixar a Lorelei tão puta da vida. Bancar a dedo-duro e contar pra todo mundo que o cara matou a própria mãe...? Meu Deus, que frieza. Ela queria que ele *sentisse* na pele.

Um dos outros rapazes, Dan Strebovich, disse:

— Ela fodeu o cara com vontade.

Green bebericou sua Coca-Cola.

— Alguém perguntou pro Mullen ou pro Simms por que ela fez isso? Eles ajudaram, vocês sabem...

Prager meneou a cabeça.

— São dois burros, dois paus-mandados. Eles adorariam que a gente achasse que foi ideia deles. — Disso todo mundo riu de verdade. Cara de Cu e Boca de Areia, arquitetos da vingança. *Rá, rá.*

Então um grupo de meninas do terceiro ano surgiu na escada e, em perfeita sincronia, todos os rapazes tomaram goles de seus refrigerantes.

Lorelei jamais deu explicações a ninguém, quem quer que fosse. Não sabia ao certo nem se ela mesma entendia.

Algumas das outras meninas mais velhas, nenhuma delas amiga, nenhuma delas alguém com quem ela sequer tivesse conversado antes, de vez em quando passavam por ela e perguntavam: "E aí? Qual foi a história? O que ele fez?" E Lorelei respondia sempre a mesma coisa:

— Nada.

"Você pode me dizer", insistiam as meninas. "Confiança total. Não vou contar pra ninguém. Mas eu tenho que saber."

— Não tem nada pra saber — alegava Lorelei. Nesse ponto, as conversas azedavam. Lorelei sabia que era capaz de forjar uma mentira das mais elaboradas, um conto de vingança justificada a fim de transformar uma ou duas daquelas enxeridas em aliadas, coisa de que ela precisava enormemente... mas nunca fez isso.

As garotas sempre iam embora contrariadas. Uma delas disse:

— Só porque você agiu como uma vaca com o seu namorado não significa que tem que ser uma vaca com todo mundo.

Mais tarde, uma amiga dessa menina a alertou:

— Se eu fosse você, não diria esse tipo de coisa pra Lorelei. Você viu o que ela fez com o cara que foi *legal* com ela.

No terceiro andar ainda havia forros de plástico pendendo do teto e faixas brancas e recentes de cimento reluziam entre os tijolos. O pesado trabalho de reconstrução tinha sido concluído a toque de caixa no alvoroço das duas semanas de aulas canceladas. A chuva arrefeceu, o que foi uma bênção porque o terraço estava em um processo rápido, mas sujo, de pavimentação. Isso levaria pelo menos mais uma semana de trabalho, e no verão seria necessária mais uma boa dose de trabalho minucioso e completo. Nesse meio-tempo, à noite, uma equipe de pedreiros foi mobilizada para reforçar as paredes e o teto rachados. Enquanto eles não terminassem, os alunos teriam de transitar entre o andaime e os pedaços de lona.

Foi lá que Lorelei se viu frente a frente com Davidek pela primeira vez desde aquela tarde no Salão Palisade. Depois de as aulas terem sido retomadas, ela já o vira de longe, quase sempre encurvado sobre a carteira, melancólico, isolado de todo mundo, até de seu outro amigo, Green.

Davidek a evitava o máximo possível, mas certa manhã em meio à obra no corredor do andar superior, eles se viram em lados opostos de um embaçado lençol protetor de plástico.

— Oi — disse ela, hesitante.

O rosto de Davidek estava ilegível atrás do plástico opaco. Ela esperou que ele passasse para o outro lado, mas em vez de se mover para mais perto dela ele recuou, e seu rosto foi desaparecendo.

Lorelei pensou no garoto que certa ocasião gastara até o último centavo para lhe comprar uma caixa de cigarros e impedir que se machucasse.

— Adeus — disse ela para o espaço vazio.

Desde que Audra Banes passou a acreditar que Lorelei estava tentando roubar seu namorado, a caloura de cabelo às vezes engraçado era tema proibido. Até que numa sexta-feira a própria Audra trouxe o nome de Lorelei à tona enquanto jantava com as amigas na lanchonete Wendy's depois de uma reunião do grêmio estudantil.

— Então, por que *vocês* acham que ela fez isso?

As meninas ao redor fingiram ignorância.

Audra mordeu uma batata frita.

— Ela era completamente sozinha, mas aí começa a andar com esse outro cara esquisito, o Noah Stein. Daí ela corta a garganta dele. Na frente de todo mundo. Então... por quê?

Havia diversas teorias, a maioria das quais já vinha circulando fazia semanas. Todos à mesa estavam esperando apenas que Audra desse oportunidade para começarem a conversar. Alguém sugeriu que Lorelei estava tentando cair nas graças dos alunos do último ano que odiavam Stein.

— Então por que ela não está se gabando disso? — perguntou Audra.

Allissa Hardawicky ergueu as palmas das mãos.

— O Cara de Cu e aquele outro fulano estão dizendo que obrigaram a Lorelei a fazer isso. Eles ameaçaram ela.

— Que baixaria — disse Audra. — Não acredito que esses caras estão orgulhosos de atormentar uma caloura. Fracotes.

— E quanto ao boato de que a Lorelei se ofereceu *voluntariamente* pra ser a caloura deles? Que ela *implorou* pra eles serem os mentores dela? — perguntou Sandy Burk, a melhor amiga e conselheira de Audra. — Escolheu os dois porque eles estavam em pé de guerra com o namorado dela.

— Ele deve ter feito alguma coisa pra ela. Machucou a Lorelei de algum jeito — sugeriu Allissa.

Audra meneou a cabeça.

— Que maquiavélico. A menina tem água gelada nas veias — disse ela, e mordeu outra batata frita.

Aula de educação física. A primavera aqueceu o vale, que mergulhara num calor úmido, e as árvores mal tinham acabado de mostrar viçosos botões verdes de flor.

Já não havia mais necessidade de realizar as aulas de educação física na pista de boliche. O sr. Mankowski e o sr. Zimmer organizaram atividades ao ar livre no campo da velha igreja, que depois das pesadas chuvas adquiriu a consistência de um pudim de chocolate sob a grama. Numa das pontas do terreno os meninos brincavam na lama jogando futebol americano, enquanto as meninas se mexiam nas pontas dos pés no barro em torno da rede de vôlei, deixando a bola cair de chapa na sujeira se a cortada exigisse mais que uma ligeira inclinação do corpo. Mesmo assim muitas delas escorregavam e desabavam algumas vezes, embebendo-se feito pincéis da lama borrada de argila. Os novos monitores da escola insistiam em perguntar ao sr. Mankowski se era necessário ou apropriado que os alunos tivessem aula naquelas condições, e depois anotaram nas cadernetas a resposta manhosa e defensiva, o tempo todo mantendo os pés firmes no asfalto seco do estacionamento.

Depois da aula, diante do banheiro, que agora estava fechado devido ao ato de vandalismo de Stein, havia uma fila de calouras aguardando sua vez de usar as pias. Lorelei era a última. Ela tinha se vestido em silêncio no canto no início da aula, mas agora, no final, estava cansada e desleixada, e tirou a camiseta e os *shorts* encardidos e jogou-os no chão, como todas as outras garotas.

Não parou para pensar no que estava fazendo.

Enquanto isso, a turma seguinte — as meninas do segundo ano — também tinha entrado no banheiro para começar a trocar de roupa para as atividades ao ar livre, grasnando protestos contra as enlameadas condições.

Foi a segundanista Theresa Grough, a irmã mais nova da abrutalhada Mary, a primeira a notar as marcas nas costas de Lorelei.

O rosto dela estava refletido no espelho, a boca aberta, por cima do ombro de Lorelei, que não percebeu para onde a menina estava olhando, mas esperou um comentário cruel.

Entretanto, o insulto não veio. Theresa se afastou. Agora ela estava cochichando num canto e as outras garotas também começaram a encarar a caloura. Lorelei não dava a mínima para o que estavam falando. Era apenas mais uma ofensa. Estava ficando acostumada.

Mas não era isso que as meninas estavam fazendo.

Fazia três semanas desde a briga na casa de Lorelei. Substituíram o telefone despedaçado, limparam as manchas do molho de espaguete. Nem ela, nem o pai, nem a mãe faziam qualquer menção ao episódio.

Mas a ferida ainda não havia cicatrizado.

A própria Lorelei não conseguia ver as marcas, de modo que não sabia que ainda estavam lá: gigantescos hematomas vertendo da coluna e florescendo ao longo dela em nuvens roxas e amarelas, como uma gorda fumaça tóxica.

Lorelei caminhou de volta para pegar a mochila, tentando ignorar os olhares. Deslizou a blusa em volta do corpo, abotoando-a rapidamente; depois vestiu a saia e calçou os tênis, saindo porta afora com a mochila pendurada numa das mãos. Pela primeira vez as outras permaneceram em silêncio depois que ela se foi.

— Como assim, "o que eu acho"? Eu acho uma besteira — disse Davidek.
— Mas é isso que as pessoas estão dizendo — afirmou LeRose. — Todas as meninas da minha classe. Elas disseram que viram as marcas nas costas dela. Todo mundo está dizendo que o Stein deve ter feito isso com a Lorelei pouco antes de ela dar com a língua nos dentes.

Eles estavam junto do ventilador industrial do terceiro andar, que era barulhento o suficiente para manter a conversa em particular.

— Você tem certeza de que saberia se isso fosse verdade ou não?

Davidek deslizou os dedos pelo cabelo.

— *Sim*, porra, eu saberia, e você também deveria saber, seu babaca. — O corpo parrudo de LeRose se contorceu quando Davidek bateu o dedo contra o peito dele. — Lembra quando você estava lá estatelado, com a cara no chão, no estacionamento? Porra, quem você acha que te salvou?

— Você — respondeu LeRose, baixinho.

— Sim, bom, e quanto ao Stein? Você acha que ele simplesmente ficou lá parado? Se ele não tivesse...

Davidek engoliu as palavras. Pensou no infame beijo, em Stein agarrando o rosto da sra. Bromine entre as palmas das mãos e lascando-lhe uma beijoca molhada. Stein nunca quis que ninguém mais soubesse que era verdade. "Isso se chama se safar de uma situação sem ser punido", ele tinha dito.

— Vamos dizer que o Stein fez a parte dele pra ajudar a te arrastar de lá e salvar tua pele, entendeu?

— Beleza — disse LeRose, sem realmente acreditar nisso.

— Beleza uma ova — insistiu Davidek. — A Lorelei é uma mentirosa e está tentando dar uma de mártir feminista do caralho, do tipo eu-sou-mulher-ouçam-o-meu-rugido, mas ele nunca encostou o dedo nela. Tudo que ele fez foi falar umas merdas pomposas sobre *quanto a amava*, e que eles dois *tinham sido feitos um pro outro* e...

— Conversei com uma porção de meninas da sua classe que viram os hematomas — disse LeRose.

Davidek fechou os olhos. Ele tentava gostar de LeRose, mas às vezes...

— O Stein nunca machucou a Lorelei. Nunca.

E então lhe veio à mente uma lembrança. Lorelei, depois de roubar os cigarros da mãe, dizendo que fora pega em flagrante... e as marcas nos braços dela.

— O pai e a mãe da Lorelei fizeram dela um saco de pancadas — disse Davidek. — Provavelmente foram eles dessa vez também.

LeRose contraiu o queixo, com ar cético.

— Ela é uma *mentirosa*, seu otário — protestou Davidek. — Para de me olhar desse jeito.

— Bom, estou só te contando o que as pessoas estão dizendo — alegou LeRose; depois, encarou-o com os olhos semicerrados e perguntou: — Você está usando a gravata de clipe dele agora?

Davidek levou a mão até a gravata vermelha enganchada na garganta.

— Não — respondeu. — É minha.

— Está ridículo — disse LeRose abrindo a porta de acesso à escada.

A mão de Davidek pegou as abas do paletó, fechando-as por sobre a gravata o máximo que podia.

— Quem liga pro que você pensa? — disse ele. Mas LeRose já tinha ido embora.

— O que vocês estão fazendo, meninas? — Era Michael Crawford, de pé ao lado da mesa do almoço onde a namorada, Audra, e seu grupo de amigas do grêmio estudantil estavam acotoveladas às voltas com fatias de *pizza*.

— Estamos conversando — disse Audra.

— Sobre...

Ela fez um gesto de cabeça na direção de Lorelei, sem dizer o nome dela.

— Ah, sim — disse Crawford, exibindo seu sorriso de modelo de catálogo de loja de departamentos. — A única menina da escola por quem nenhum cara quer ser fodido! — Ele soltou uma risadinha abafada, mas Audra apertou os lábios, enojada. As outras garotas pareciam ter ficado apavoradas, temendo pela integridade física de Michael.

— Essa piada é antiga. E não tem mais graça — rosnou Audra. — Se um dia você encostasse a mão em mim eu faria a mesma coisa com você...

Michael Crawford deu um longo e demorado passo para trás.

— *Uuuuuuuhhh* — fez ele. — Do que... você está falando?

Minutos depois, Crawford caminhou até uma mesa solitária, onde Mullen e Simms estavam debruçados sobre uma revista de carros, demorando-se nas fotos de modelos de biquíni deitadas sobre os capôs. Agora Crawford se fazia acompanhar de alguns amigos — reforços.

— Ei, Cara de Cu — disse Crawford, e Mullen e Simms ergueram os olhos, embora apenas um deles tivesse sido chamado. — A Audra queria que eu perguntasse uma coisa pra vocês.

Mullen e Simms entreolharam-se com expressão embasbacada. Michael Crawford perguntou:

— Seus bundões, vocês sabiam que a Lorelei estava sendo espancada por aquele moleque?

No rosto de Mullen estampou-se um sorriso confuso e nervoso enquanto seus olhos deslizaram na direção de Simms. Crawford ergueu a ponta da mesa, derrubando o almoço no colo dos dois bundas-moles, que se levantaram, atabalhoados e em pânico, dos assentos.

— Certo, vocês são os gênios que bolaram o esquema todo, beleza — disse Crawford, pegando em seguida um saquinho fechado de *pretzels* da bandeja de Mullen e saindo para dividir as rosquinhas com os amigos.

No mesmo refeitório, um dia depois, Lorelei estava sentada sozinha, como de hábito.

De repente, uma menina de sua classe sentou-se na outra ponta da mesa. E depois mais duas meninas. Depois uma multidão; por fim, a mesa ficou lotada. Isso deixou Lorelei nervosa.

No fim das contas, ela ouviria fragmentos de boatos de que Stein a havia maltratado, mas as histórias nunca seriam completas, não com todos os detalhes que se espalharam escola afora pelas costas dela. Lorelei jamais teria a oportunidade de negar de fato os rumores. O que provavelmente teria feito.

Zari sentou-se no banco ao lado dela e começou a manusear um baralho de cartas de tarô sobre sua bandeja.

— Alguém já leu o tarô pra você?

Lorelei fitou a primeira carta que Zari tirou: uma agourenta imagem de um bando de corvos alçando voo de uma árvore morta.

— Essa parece ruim...

— Não — disse Zari hesitante, e pensou em como poderia fazer aquilo parecer reconfortante. — Estes corvos estão juntos. Viajam num único grupo, como se fossem um só. A carta do corvo é um sinal de amizade.

Enquanto exibia o restante das cartas, o olhar de Zari vagueou na direção do pescoço de Lorelei, tentando espiar por sob a gola, ver os hematomas sobre os quais a escola inteira estava cochichando. Se as coisas entre ela e Stein tivessem tomado um rumo diferente, ela imaginava, agora aquelas marcas estariam espalhadas em suas próprias costas.

Lorelei olhou ao redor da mesa. Todas as outras meninas estavam de olhos cravados nela — mais uma vez. Porém, agora estavam sorrindo. Com doçura. Com sinceridade. Aquele foi o momento de ressurreição de Lorelei.

Começou com olhares.

Parte VI

Juras e formaturas

36

Davidek estava sonhando.

O chão arenoso parecia oco sob seus pés. Ele estava em pé no meio de um terraço plano, na cobertura da St. Michael, cercado pelas baixas paredes de tijolos do parapeito. O céu parecia quase radioativo em seu resplendor.

O menino maluco do telhado estava lá, mas Davidek podia apenas sentir sua presença, não vê-lo. Davidek não parava de girar sobre os calcanhares, mas o menino estava sempre atrás dele. De repente as estátuas dos santos, perfiladas em seus postos de vigília ao longo da borda do muro, começaram a se voltar em sua direção. Elas disseram a Davidek que pouco importava o fato de ele não conseguir enxergar o Menino no Telhado; ele estava lá, e fazendo o que precisava ser feito. Davidek apenas pôde ouvi-lo.

O menino maluco e invisível gritava repetidamente: "Pula". E a cada grito um dos santos de pedra saltava por cima da borda do muro e mergulhava prédio abaixo, feito bala de um rifle. Havia pessoas lá embaixo. Davidek não conseguia vê-las, mas podia ouvi-las berrando. Os santos, transformados em bombas de mergulho, estavam se despedaçando em cima dos alunos, estilhaçando-os em nuvens de pedras e ossos.

Davidek continuava tentando chegar mais perto da borda. Queria ver a coisa acontecendo, queria testemunhar, vê-los sendo destruídos. Mas a estátua de São José levou a mão ao peito de Davidek. *Há outro jeito de descer*, disse a figura, sem falar. Davidek olhou para o rosto de concreto imóvel da estátua e a empurrou.

E nesse momento ele acordou.

* * *

Ele estava de castigo desde o dia da inundação, o dia em que Stein tinha rasgado o próprio corpo, a noite em que só voltara para casa depois da meia-noite. É claro que seus pais exigiram saber onde diabos ele estava exatamente, mas ficaram exasperados quando a reação de Davidek foi apenas dar de ombros, sentar-se e ouvir a gritaria. Por fim, eles se cansaram. Depois, quando tomaram ciência das notícias sobre vandalismo na escola, exigiram saber se o filho estava envolvido.

— É lá que você estava? — perguntou a mãe aos berros, tremendo de fúria, o rosto contorcido e vermelho.

Como Davidek não respondeu, seu pai o empurrou.

— Preciso repetir pra você? — disse a mãe.

Meu Deus, aquela maldita frase irritante.

Foi aí que Davidek desistiu. Era sempre nesse momento que ele entregava os pontos.

Davidek alegou que não fizera coisa nenhuma.

— Podem perguntar pra irmã Maria — disse ele aos pais.

E eles perguntaram. A freira disse:

— Seu filho não fez coisa nenhuma.

Isso os surpreendeu. Estavam preparados para incinerar seu segundo filho, mas a irmã Maria disse que o garoto só havia perdido o ônibus porque estava tentando refrear o outro menino, Stein. Ela explicou que o levara pessoalmente de carro para casa quando o encontrou tarde da noite, tentando tudo o que podia para limpar o rastro de destruição. Davidek ficou impressionado ao constatar quanto a freira sabia mentir.

— Sem Peter, posso lhes assegurar do fundo do coração que as coisas teriam sido muito piores. — Os olhos dela encontraram os do calouro. Essas foram as únicas palavras sinceras que disse durante toda a reunião com os pais do menino.

Mesmo assim eles o puseram de castigo. Por não ter contado a história inteira. Tudo bem... Ele não tinha mesmo para onde ir. Green estava ocupado tentando montar uma bandinha com seus amigos do último ano. LeRose só sabia importuná-lo, querendo saber alguma novidade sobre o diário secreto de Hannah. Quando Hannah aparecia, o único assunto sobre o qual ela queria falar era o baile de formatura, que estava próximo — como se ele se importasse.

Os pais de Davidek também cortaram a tevê, o que foi especialmente ruim durante as duas semanas que ele passou preso em casa isolado de todo mundo quando as aulas foram canceladas para o conserto do teto desmoronado. Às vezes, Davidek trancava a porta do quarto, arrastava-se para debaixo das cobertas e enterrava o rosto num travesseiro, onde podia chorar rios de lágrimas sem que ninguém o ouvisse. Isso fazia sua cabeça inchar de tanta pressão, e de vez em quando seus olhos coçavam. Às vezes ele simplesmente pegava no sono desse jeito e acordava na manhã seguinte com as mesmas roupas que usara no dia anterior.

À noite, quando os pais de Davidek dormiam, ele começou a escapulir de fininho para o porão, onde havia um velho telefone perto das máquinas de lavar. O quarto dos pais ficava escada acima e de lá eles não conseguiam ouvi-lo. Toda noite, Davidek telefonava para o Hospital Geral de Allegheny, tentando saber notícias sobre o estado de Stein. Como não fazia parte da família dele, as enfermeiras da ala onde o menino estava internado não revelavam muita coisa. Davidek pensou em mentir, talvez dizer que era irmão de Stein, mas provavelmente as enfermeiras já sabiam se Stein tinha ou não um irmão, e talvez o hospital rastreasse as ligações. Davidek não fazia ideia.

A resposta padrão das enfermeiras era suficiente. "Não posso dizer nada sobre esse paciente." Isso não significava que Stein estava melhorando, mas pelo menos que ainda estava recebendo tratamento. Pelo menos ele *estava*, ponto.

Quando as aulas voltaram ao normal, Davidek visitava a sala da irmã Maria toda manhã, tentando descobrir mais informações sobre a situação do amigo, mas a freira era evasiva:

— Ah, sabe... — dizia ela — na verdade este não é o melhor momento.

Nunca era o melhor momento. Logo ele se deu conta de que a irmã Maria não lhe contaria mais coisas; percebeu que a freira ainda não tinha certeza se podia confiar nele, embora ele já soubesse o suficiente a ponto de ser perigoso para ela.

— Às vezes você tem que manter um segredo não admitindo que *há* um segredo — ela disse. — E o seu amigo não estuda mais aqui. Ele está suspenso por tempo indeterminado. Então, as pessoas achariam estranho se eu mantivesse os velhos amigos dele informados e atualizados.

Davidek achava que merecia mais consideração da religiosa após a noite que ambos haviam compartilhado.

Suspenso por tempo indeterminado. O que isso significava?

O sr. Mankowski ainda lia o nome de Stein toda manhã durante a chamada. O sr. Mankowski dizia "Stein, Noah..." e esperava a resposta que, ele sabia, jamais viria. Depois anotava a ausência do menino. No terceiro dia em que isso aconteceu, Davidek disse em voz alta:

— Ele não está aqui, e o senhor sabe.

— Perguntei alguma coisa a *você*? — quis saber Mankowski.

Davidek respondeu:

— Não. O senhor está desempenhando um papel constrangedor. Ele foi embora, não é o homem *invisível*. — E depois disso Davidek é quem foi embora, despachado para a sala de irmã Maria por ter cometido "abuso verbal" contra o professor.

A freira suspirou quando o viu.

— Isso tem que parar — disse ela. Mas não parou.

No decorrer do mês seguinte, Davidek andou pelos corredores com o coração eriçado de ódio.

Mullen e Simms estavam junto ao chafariz, e Davidek queria esmagar a cabeça dos dois contra os muros de pedra.

— Filhos da puta — ele sussurrava.

E um deles retrucava:

— Ah, é?

Quando via Lorelei Paskal, Davidek queria urrar na cara dela, mas seus nervos sempre ficavam em frangalhos quando ela estava por perto. Vê-la era insuportável, porque ela ainda parecia a mesma garota que ele conhecera, a mesma com quem havia dividido um cigarro às escondidas numa outra vida. Ela tinha jogado fora o restante da caixa. "Acabo de salvar a sua vida", ela dissera. E ela o teria beijado se ele não tivesse hesitado. Se não tivesse sido tímido, e medroso.

Acima de tudo, Davidek estava cansado de ver Smitty, cansado de seus olhos de gelo e seu sorriso de navalha. Davidek espremeu-se em meio ao corredor apinhado e deu um empurrão com o ombro no menino grandalhão. Smitty não estava esperando uma pancada e perdeu o equilíbrio, colidindo contra algumas meninas do segundo ano.

— Tome cuidado por onde anda — disse Davidek.

Perplexo, o menino maior observou-o se afastando.

— Que tal "me desculpe", seu babaca? — berrou Smitty.

Davidek se virou, ainda em movimento, e disse:

— Me desculpe, seu babaca.

Uma dupla de monitores da paróquia percebeu isso e começou a traçar garatujas nas cadernetas.

Nesse dia, após o término das aulas, Hannah emboscou-se ao lado do ônibus de Davidek e o deteve de surpresa.

— Eu gostaria que você parasse de arrumar briga com o Smitty.

Davidek encolheu os ombros.

— Ou senão vai acontecer o quê? Você vai imprimir alguma foto? E por que você se preocupa com o Smitty? Ele já é bem grandinho.

Quando Davidek tentou ir embora, ela o agarrou pelo braço.

— Qual é o seu problema? Por que arranjar encrenca com ele? Você já não tem gente suficiente pra te encher de porrada?

Impaciente, Davidek olhou de soslaio para ela.

— Naquele dia da tempestade... Porra, ele derrubou o Stein pelas costas. *Pelas costas*. Sem motivo nenhum. O Stein já tinha passado por muita merda naquele dia. Ele não precisava *daquilo*.

— O Smitty tinha motivos.

— Tanto faz... — disse Davidek, e se desvencilhou.

— Ô, modelo da *Playgirl*, o Stein ia fazer uma coisa da qual ele se arrependeria! — berrou Hannah. — Estava na cara. Mullen e Simms são duas bestas, mas não mereciam o que ele...

Davidek deu as costas para ela.

— Eles mereciam *coisa pior*. E você nem estava por perto. Do que você sabe, porra?

— Eu sabia antes mesmo de ele entrar na escola naquele dia. Todas aquelas pessoas com cicatrizes vermelhas... Claro que iria atrás de quem causou aquilo. Na verdade, achei que talvez fosse atrás da namoradinha dele também. Vamos encarar os fatos: o seu amigo era um doido varrido. Desculpe. E o Smitty disse que ele te mostrou a barra de aço.

Davidek não respondeu. Hannah disse:

— E se ele tivesse atirado neles ou esfaqueado os dois ou coisa do tipo?

— Ele não tinha uma arma de fogo — respondeu Davidek, irritado pela insinuação.

—Mas *podia* ter. Então tudo bem, beleza, ele tinha uma barra de aço. E o Smitty a tomou dele. Onde o seu amigo estaria agora se aqueles dois fracassados tivessem desabado com morte cerebral lá no estacionamento?

— Sei lá. Não pode ser muito pior de onde ele está agora.

— Que seja — gargalhou Hannah. — O seu amigo nervosinho com a história triste dele, destrói alguns banheiros e é expulso. Pelo menos ele está esperando o ano letivo terminar na casa dele e não na cadeia, certo?

Ela caminhou a passos rápidos na direção de seu jipe, depois girou e disse:

— O Smitty tinha motivos para ir atrás dele. O motivo sou *eu*, beleza? Fui eu que achei que alguma coisa ruim podia acontecer e *mandei* o Smitty ficar de olho em você e no Stein, seguir ele durante o dia inteiro. Dar um jeito pra que não acontecesse nada que depois não pudesse *des*acontecer, entendeu? O Smitty fez a você *e* ao seu amigo maluco um favor. Então tente lhe agradecer em vez de encher o saco dele sem necessidade, beleza?

Aos berros, o motorista do ônibus perguntou a Davidek:

— Vai ou fica, meu chapa?

Davidek ajeitou a mochila no ombro e perguntou:

— Então quer dizer que o Smitty faz tudo o que você manda? E por que ele faria uma coisa *dessas*?

O vento brincou no cabelo cor de fogo de Hannah.

— Porque eu sei o segredo *dele* também.

Hannah estava virando a chave no contato do jipe quando Davidek abriu a porta e entrou.

— Obrigado — disse ele.

— Por quê?

— Por ficar de olho no Stein quando eu não estava — disse ele. O ônibus escolar amarelo passou na frente do para-brisa do jipe. — E por me dar uma carona pra casa — acrescentou Davidek. — Nada de desvios desta vez.

— Você vai ao baile de formatura por mim? — perguntou Hannah enquanto os bairros de Natrona Heights passavam ao lado do jipe.

Em tom infeliz, Davidek perguntou:

— Por que, você precisa de um acompanhante?

Ela riu, tirando do rosto mechas de cabelo soltas.

— Eu levaria você, modelo da *Playgirl*. Levaria mesmo. Mas calouros não podem ser acompanhantes. Porém, você pode se oferecer pra ajudar... na decoração, na limpeza e tal. Muitos alunos do primeiro, do segundo e do terceiro ano fazem isso.

— Não estou interessado — disse Davidek.

— Então vá lá só pra me ver. Tem uma pequena área pra fotos e um tapete vermelho e tudo o mais... Geralmente vão muitos pais, mas alguns calouros aparecem também. Eu estarei completamente sozinha, então seria legal ver um rosto amigo. Talvez você possa tirar umas fotos minhas toda embonecada no meu vestido — disse ela, formando com os dedos uma caixinha invisível e erguendo-a até o rosto, depois clicando o obturador da câmera inexistente.

Davidek deu de ombros.

— Se eu disser que não, você vai correndo direto pro estúdio de revelação pra encomendar cópias em tamanho grande do seu truquezinho debaixo da ponte?

Hannah cravou os olhos nele.

— Não. Não vou fazer isso. O baile de formatura é só se você quiser, Peter.

Davidek assentiu.

— Tudo bem — ele disse, sem saber direito se estava falando sério.

37

No dia seguinte, na aula de biologia, Davidek perguntou a Green se ele planejava ir ao baile de formatura.

— Claro — respondeu Green, feliz com o fato de Davidek estar disposto a conversar de novo. — Onde mais posso ver o Bilbo Tomch de *smoking*?

Davidek disse:

— Você vai pra trabalhar? Tipo naquele negócio de voluntário... ou vai só pra se divertir?

Green meneou a cabeça.

— Vou trabalhar como voluntário na cozinha, mas também tirar umas fotos pros caras. O meu pai tem uma câmera das boas. Além disso, a minha mãe disse que eu deveria ir. Falou que as garotas gostam de caras interessados em bailes de formatura e coisas do tipo.

Davidek disse que talvez fosse também. Só para ver.

— Vamos revezar as caronas?

Green pensou por um instante e depois disse:

— Claro. A minha mãe pode ir te buscar na sua casa, e depois a sua mãe ou seu pai vai buscar a gente. — Green ficou em silêncio; depois acrescentou: — Os caras viram você no jipe com a Hannah Kraut ontem, perto do ônibus.

— Ah, é? — disse Davidek.

— É — respondeu Green, remexendo nos dedos. — Então a gente ficou querendo saber em que pé estão as coisas entre você e ela. De agora em diante vai fazer tudo que ela mandar?

— Ela é a minha veterana — disse Davidek. — Você faz o que os *seus* veteranos mandarem. É assim que as coisas funcionam.

— É, mas a Hannah... — a voz de Green foi minguando. — Talvez seja melhor fazer *dela* a sua única e grande inimiga em vez de transformar todo mundo num milhão de inimigos. Todos os outros alunos estão cagando nas calças, tentando imaginar que tipo de estupidez aprontaram nos últimos três anos que pode vir à tona naquele caderninho dela, no Dia do Trote. E com esses velhotes, esses monitores, andando pra lá e pra cá, de olho na gente feito águias... os professores estão indo à loucura também. A questão é: a Hannah é uma vaca traiçoeira, cara. E você tem que decidir de que lado você está.

— Do lado dela ou do resto da escola?

Green apontou um dedo na direção dele.

— Do lado dela ou do *seu* lado.

Davidek pensou na pequena câmera descartável de Hannah, mas sua mente se desgarrou também para outras coisas que ele vira durante aqueles momentos no jipe, os olhares de relance debaixo da saia dela e entre os botões da blusa, a maciez das pernas quando ela colocara a mão dele sobre sua coxa.

— Com certeza não estou do lado daquela vaca traiçoeira — ele garantiu a Green, que pousou a mão sobre seu ombro.

— Eu sabia que você não estaria, meu chapa. Os caras também vão ficar contentes de saber disso. Sabe, eles não são tão ruins. Acho que você gostaria deles. E se os caras acreditarem que você está do lado deles, serão bem mais legais.

— Sensacional... — disse Davidek sem um pingo de entusiasmo. *Os caras...*

Toda manhã, o sr. Mankowski ainda lia o nome de Stein na lista de chamada. E toda manhã Davidek se perguntava se esse seria o dia em que seu amigo voltaria. Ele continuava ligando para o hospital toda noite, mas nunca conseguia descobrir nada.

Mais cedo ou mais tarde Stein ficaria melhor. E então ajudaria Davidek a decidir o que fazer com relação aos caras, a Hannah e tudo o mais.

Mas isso nunca aconteceu.

* * *

A sexta-feira seguinte terminou cedo para que pudesse durar até tarde.

Essa era a tradição da St. Michael antes da noite do baile de formatura: as aulas eram interrompidas na hora do almoço para que os alunos voltassem às pressas para casa, a fim de se prepararem nos melhores e mais glamorosos trajes de gala que tivessem condições de alugar. Nunca em suas jovens vidas teriam estado tão elegantes — até o dia de seu casamento ou possivelmente, segundo a piada os professores sobre os alunos menos bonitos, o dia do próprio enterro.

O baile de formatura acontecia todo ano no mesmo local, o Restaurante Veltri's, uma caixa de vidro e aço em meio à íngreme escarpa no alto da colina Coxcomb, com vista para as cidades de Springdale e Cheswick, bem como para a chaminé branca e laranja da usina termoelétrica Duquesne, do tamanho de um foguete, que vomitava fumaça de carvão no pôr do sol alaranjado.

As primeiras pessoas a chegar ao baile foram os voluntários do primeiro, segundo e terceiro anos, depois a multidão de pais e amigos *paparazzi* — pais e avós e tios e tias excessivamente ávidos e irmãos mais novos carrancudos, todos disparando tempestades de *flashes* sobre os casais adolescentes que, envergando trajes formais, começavam a percorrer o tapete vermelho (doado gentilmente pela rede de lojas Depósito de Tapetes Prizzant's, como atestava um cartaz posicionado ao lado da passarela). Os formandos sorriam e acenavam para os pais fascinados, que os viam o tempo todo, mas agora agiam como se estivessem vendo Tom Cruise e Nicole Kidman.

Havia pouquíssimos calouros reunidos na linha das fotos, a maioria composta de meninas empolgadas que assobiavam e aplaudiam os amigos e depois, esnobes, apontavam para quem dentre elas tinha copiado os estilos de penteado sugeridos pela revista *Prom Time* em vez da mais chique e mais respeitada *Spring Fling*.

A escola tentou acrescentar um toque de classe ao evento incumbindo o sr. Mankowski de se plantar junto à entrada e anunciar, por meio de um microfone ligado a um pequeno amplificador a seus pés, os nomes de cada casal que chegava. Ele estava fazendo um péssimo trabalho, e algumas pessoas achavam que de propósito, mas isso não era verdade. Tentava fazer o melhor que podia. Era daltônico, e por isso todo vestido era descrito como "claro" ou "escuro". Ademais, tinha dificuldade para se lembrar do nome dos alunos.

Estendendo-se na área adjacente ao restaurante havia um estacionamento de cascalho que se esmigalhava nas extremidades e dava lugar a terra dura e grama. Densos grupos de árvores margeavam o terreno e balançavam à pulsação muda da música que vinha de dentro do restaurante. Estacionada ao longo das árvores, nas sombras, distante dos outros veículos, Hannah estava sentada no jipe, observando a festiva fila de colegas de classe que iam entrando. Usava uma jaqueta *jeans* sobre os ombros nus, e cintilantes camadas de *chiffon* rosa enfunavam-se ao redor de seu baixo-ventre, como se a tivessem afundado numa pilha de algodão-doce.

Como estava desacompanhada, Hannah preferiu esperar até que todos os outros tivessem entrado, de modo que Mankowski não anunciasse sua condição de solitária. Além disso, ela não tinha visto o carro do sr. Zimmer no estacionamento e não queria entrar na festa sem ter com quem conversar.

Na verdade, o sr. Zimmer era o único motivo de ela estar ali. Sua esperança era terminar o ano com uma lembrança feliz. Uma dança com a pessoa que ela amava. Mesmo que aos olhos de todos parecesse apenas uma aluna solitária dançando com um professor solidário...

Zimmer chegou nos últimos lampejos do pôr do sol, e ele e Mankowski ficaram parados junto à porta, fitando o horizonte sobre a escarpa como dois velhos marinheiros avaliando uma frente de tempestade. Trocaram algumas palavras; depois Zimmer inclinou a cabeça e desapareceu restaurante adentro, sem perceber Hannah estacionada ao longe. Ainda assim, ela esperou. Davidek não tinha chegado, e ele prometera tirar uma foto registrando o momento da entrada dela. A mãe e o pai da menina não compareceriam. Ela pedira que não viessem. Não queria que ninguém na multidão lhes contasse coisa alguma a respeito dela.

Hannah não estava com pressa para entrar. Entre os colegas de classe, ela era tão bem-vinda quanto um desastre fatal de carro. Antes que a noite chegasse ao fim, entretanto, seria legal posar para uma boa foto que a mostrasse sorrindo, bonita em seu vestido novo, que comprara depois de economizar o próprio dinheiro.

O sol se pôs em seu berço atrás das colinas. Hannah Kraut esperou mais um pouco, perguntando-se onde poderia estar seu pequeno calouro.

Antes de sair para o baile, Davidek estava no porão colocando uma camisa na máquina de lavar quando pegou o velho telefone que ficava na parede ao lado da secadora e fez uma de suas ligações rotineiras para o hospital. Sabia o número de cor e ouviu com paciência a mensagem introdutória gravada que brilhantemente o aconselhava a, em caso de estar diante de uma emergência efetiva, discar 911. Davidek apertou os quatro dígitos do ramal do posto de enfermagem do andar de Stein.

Uma voz masculina atendeu — antes sempre tinha sido uma voz de mulher — e o homem disse "Alô?", em vez da habitual frase "Allegheny, quinto andar, posto dois".

Davidek disse:

— Estou ligando para saber de Noah Stein.

A voz masculina disse:

— Há... — e ouviu-se um farfalhar de papéis. — Você é da família?

Davidek decidiu aproveitar-se da confusão do homem e arriscar a sorte.

— Sou primo dele. Como ele está?

Mais barulho de papéis remexidos. O homem suspirou e demorou um bom tempo para responder.

— O paciente *se foi*.

— Foi pra onde? — perguntou Davidek.

— Ele se foi... Ele simplesmente... eu não sei. Ele se foi. Olha, sou apenas um assistente. A enfermeira me pediu pra vigiar o telefone...

— Quero falar com uma enfermeira — disse Davidek.

Ele esperou um bocado. Ouviu vozes deliberando do outro lado da linha, e por fim uma voz de mulher disse:

— Sinto muito. A família pediu para não dizermos nada. — E então desligou.

Imediatamente Davidek telefonou para a casa de Stein. Nos últimos tempos ele já não fazia isso com frequência. A linha vivia ocupada o tempo todo. Também dessa vez a ligação não se completou.

Davidek bateu com força o telefone. Quando girou o corpo junto à fornalha, sua mãe estava parada nos degraus do porão.

— Você estava ligando pra alguém?

Davidek respondeu:

— Não... Sim, mas é que eu só...

A mãe apontou o dedo na direção dele.

— Você ainda está de castigo... E isso significa "nada de telefone", entendeu?

— Sim, mas é que... — balbuciou Davidek. Ele subiu abruptamente as escadas, tentando inventar uma mentira. — É que o baile de formatura é hoje à noite — disse ele, sem convicção.

— "De castigo" significa nada de baile de formatura — disse ela.

— Mãe... — disse Davidek, com a voz trêmula. *Ele se foi*. Foi o que o funcionário do hospital tinha dito. — É norma da escola. Os calouros *têm* que ir. Eu tenho que trabalhar como voluntário. Não é que eu *queira* ir... O papai já sabe...

— O seu pai vai te levar de carro? — perguntou a mãe, agarrando o braço dele.

Davidek esclareceu:

— Não, ele vai buscar a gente. É o que eu estava tentando dizer pra senhora. Eu estava ligando pro meu amigo, o Green. A mãe dele vai levar a gente.

A mãe de Davidek meneou a cabeça.

— Tem sempre uma exceção pra você, não é mesmo?

Davidek puxou o braço e se desvencilhou. Olhou de esguelha para o telefone.

— Preciso me aprontar — resmungou para o chão, e a mãe abriu caminho.

— Certamente, meu príncipe — ronronou Jane Davidek, dobrando o corpo numa mesura e estendendo uma das mãos escada acima.

Havia um telefone sem fio no quarto dos pais de Davidek. Ele esperou que a mãe afrouxasse a vigilância; então, agarrou o aparelho, saiu de fininho e foi para o espaço entre sua casa e a do vizinho.

O sol já havia quase desaparecido sobre as colinas. Silhuetas de pássaros chilreavam no céu enquanto voavam em círculos ao redor das chaminés.

Davidek ajoelhou-se no gramado que começava a escassear; seus polegares dançaram sobre o teclado do telefone. A linha começou a chamar, e a voz de Hector Greenwill atendeu.

— Escute, Green, preciso te pedir um favor, tudo bem?

— Tuuuuuudo bem — Green respondeu com um tom de voz titubeante.

— A sua mãe pode vir aqui mais cedo... tipo, agora... e dar uma carona pra gente até a casa do Stein?

Green resmungou:

— A casa do Stein? Achei que a gente ia te buscar pra ir ao baile de formatura.

— A gente só precisa fazer isso primeiro — respondeu Davidek. — Eu juro, é *muito* importante, e prometo que te explico mais tarde... bom, o máximo que eu puder.

— Então, *o que* você está pedindo?

Davidek disse de novo, e Green repetiu.

— Então a minha mãe e eu devemos sair da *nossa* casa em Brackenridge, atravessar a ponte inteirinha até a *sua* casa e depois refazer todo o caminho até aqui de novo pra ir até a floresta onde o *Stein* mora? E você não pode me contar o motivo?

— Green, escuta...

— E depois? A gente *volta de novo* pela ponte na direção do *seu* lado da cidade e vai até o Veltri's pra formatura? Cara, a gente vai chegar com duas horas de atraso!

— Esquece o baile, Green. Eu só preciso que você me dê uma carona pra casa do Stein. E a gente precisa fazer isso agora.

Green riu a contragosto.

— O Bilbo e alguns dos caras disseram que talvez eu possa ajudar um pouco o DJ, sabe? Eles disseram que conhecem o cara.

— Green, você pode ir pra formatura depois, mas preciso desse favor. O Stein precisa de nós.

— O Stein não estuda mais na nossa escola — rebateu Green, curto e grosso.

— Você não sabe a história toda...

— Você está tentando dar um jeito de entrar com ele escondido no baile? Davidek, o cara é um lixo. *Esquece* esse cara.

— O Stein era seu amigo — rebateu Davidek.

Green contou uma novidade para Davidek:

— Não, não era. Ele era *seu* amigo, e eu só engolia o Stein, e ele me enchia o saco o tempo inteiro pelo fato de eu andar com os alunos do último ano. Mas quer saber? Os veteranos eram legais comigo. Ele não era.

— Olha, ele não tinha a intenção de... é que você era...

— Davidek...

— Você estava fazendo tudo que eles mandavam você fazer. O favoritinho deles. Enquanto o resto de nós sofria na mão dos caras...

— Davidek...

— Faça isso, *tudo bem*?

— Davidek.

— *O quê?* — berrou o menino.

Green informou sua decisão:

— Eu *não* vou fazer isso!

— Pelo menos peça pra sua mãe. Você nem *pediu* pra ela!

— Eu não quero... eu quero ir pra forma...

Davidek berrou:

— Foda-se! Foda-se a formatura! — E Green ficou em silêncio de novo. — Que belo *amigo* de merda que você é, Green. Se você não vai fazer isso pelo Stein, então faça por *mim*.

— Eu não vou fazer nada — disse Green. — Eu quero ir na *formatura*. E ver os meus *amigos*. E ficar numa boa com eles.

Davidek arfava, procurando as palavras, com os lábios trêmulos, a pele contraída na mandíbula. Seus batimentos cardíacos aceleraram rapidamente e rugiam em seus ouvidos.

— Porra, Green — disse ele. — Seus *amigos*. Você acha que tem *amigos*? Quer saber o que esses amigos falam a seu respeito quando você não está por perto? A palavra que eles usam pra se referir a você?

Green suspirou do outro lado da linha.

— Que palavra é essa, Davidek?

— Você sabe qual. Você não ouviu, mas *sabe*.

— Não. Não, eu não sei. Então me esclareça.

A verdade é que Davidek nunca tinha ouvido ninguém dizer isso sobre Green, mas a parte furiosa dele, a parte magoada e desesperada, não arredava pé. Ele queria machucar Green. Queria machucá-lo o máximo que pudesse, queria que Green sentisse a dor que ele próprio estava sentindo.

— Eles são legais com você porque têm medo de não ser — sibilou Davidek. — E você é burro demais pra perceber. Um *burro* do caralho que não sabe quem é seu amigo *de verdade*.

— Que nem você? — soou a voz desafinada, estridente. — Porque agora você está realmente mostrando isso. Qual é a palavra, Davidek?

— Adivinha, Green. Arrisque um palpite, porra!

— Por que você não diz? Parece que você quer dizer.

— Vá se foder, Green.

— Diga! Você praticamente já disse. Ou é covarde demais pra falar?

As palavras explodiram dele, como um *spray* de veneno.

— *Macaco*, Green. É isso que você quer ouvir? É disso que eles te chamam, seu puxa-saco de veteranos de merda. Está feliz?

Green ficou em silêncio do outro lado da linha. Davidek mal conseguia ouvir sua respiração.

— Eu sempre te defendi, Green. Eu sempre disse que você *não era*.

Mas Green não respondeu a isso.

— Green, eu não estava... Green! Qual é, eu *sinto muito*. Eu só... eu preciso da sua ajuda, Green. *Green*...!

Davidek continuou falando, implorando, continuou pedindo desculpas, dizendo que sentia muito, embora soubesse que o amigo já tinha desligado. Por fim ele simplesmente afastou o telefone do rosto e olhou para o aparelho, como se este tivesse acabado de mordê-lo. O céu havia esmaecido para azul-escuro, e o brilho verde-pálido do teclado do telefone era a única luz entre as casas agora.

Um dia Stein havia feito uma previsão sobre Green: "Que palavra você acha que esses 'amigos' vão usar pra se referir ao Green no exato segundo em que se irritarem com ele? Vou te dar uma dica: começa com m, e não é *manco* nem *mole* nem *maçante*". Davidek sentiu um aperto no coração por saber que ele era a pessoa que fizera a profecia se tornar realidade.

Um estridente zumbido do sinal de ocupado grasnava do telefone e uma insistente voz eletrônica dizia: "Se você quiser fazer uma ligação, por favor desligue e tente de novo". Davidek arremessou o telefone contra os blocos de concreto da base da casa, e o aparelho se despedaçou e caiu em silêncio no meio das altas ervas daninhas. Quando ele se abaixou para resgatar os pedaços, abriu a mão e estapeou o chão. Depois, bateu de novo. E de novo. E de novo, até sua pele se romper.

Bill Davidek diminuiu o volume da tevê — estava assistindo a um filme do detetive Columbo.

— Qual é o problema? — perguntou à esposa, que estava parada na arcada, encarando-o de braços cruzados.

Ela fez um beicinho de desdém.

— O Peter disse que mais tarde você vai buscá-lo naquela besteira de baile de formatura a que, segundo consta, ele *tem* que ir. A gente *tem* mesmo que deixá-lo ir? A escola *realmente* faz os novatos *trabalharem* lá?

Bill Davidek deu de ombros.

— Não fiquei tempo suficiente na St. Michael pra chegar ao baile de formatura.

— Não posso acreditar que ele nem *me* pediu — disse ela. — Isso é porque ele sabia que eu diria não. Você pega leve demais com ele.

— Jesus Cristo... — disse Bill Davidek.

Eles ouviram a porta dos fundos se abrir na cozinha, e da sala de estar June chamou o filho.

— Peter, venha cá. Precisamos discutir esse negócio de baile de formatura.

Não houve resposta.

— Peter! Venha cá! — insistiu a mãe. — Preciso repet...

Davidek surgiu na luz do corredor da cozinha, e sua mãe perdeu a fala. Os olhos do menino estavam vermelhos e os lábios, inchados. Seu aspecto era viscoso e a pele pálida parecia um sabonete usado.

— Preciso de um favor. Uma carona — disse Davidek. — Preciso que o senhor me leve até a casa do meu amigo. Por favor.

A mãe dele zombou:

— Casa do seu amigo agora? — perguntou. — Nós estamos te dizendo, você não vai a lugar nenhum. Nem ao baile de formatura e muito menos a um encontro com seu coleguinha de brincadeiras...

Davidek virou-se para o pai, como se a mãe não existisse.

— Papai, o senhor pode me levar? Preciso sair agora. — O pai aumentou o volume da tevê.

— Acho que você está confuso sobre como as coisas funcionam por aqui — disse a mãe de Davidek. — A gente te diz como as coisas vão ser, e é melhor você começar a ouvir, senhor...

Davidek voltou de novo para a cozinha. Eles ouviram o barulhento jato da torneira na pia de aço inoxidável.

— Volte aqui quando estou falando com você! — berrou a mãe. Ela cruzou os braços e disse para o marido: — Você vai deixar seu filho tratar a gente desse jeito?

June virou-se na direção do corredor da cozinha e gritou: "Peter!", mas o filho não respondeu. O pai e a mãe ficaram de ouvidos atentos, mas a única resposta era o silvo furioso e constante da torneira.

— Peter! Venha cá! — disse o pai com voz exausta.

June avistou gotas de sangue no ladrilho da cozinha e caminhou na direção delas.

— Mas que diabos está havendo? Você se cortou? — perguntou ela aos brados.

Bill Davidek diminuiu o volume da televisão, irritado.

— Qual é o problema agora? — quis saber.

June entrou na cozinha, que estava vazia. A pia, abarrotada de louças, estava começando a transbordar. Bill Davidek apareceu atrás da esposa, que com um tapa virou a torneira para fechá-la. Ele olhou na direção da porta dos fundos escancarada.

— Quando ele voltar, vai se arrepender.

Empurrando o marido, June abriu passagem.

— Diabos me levem se ele acha que pode fazer o que quer. Vou atrás daquele merdinha.

Ela estendeu a mão para pegar as chaves do carro, que geralmente ficavam penduradas numa plaquinha de madeira ao lado do forno onde se lia: "CHAVES DO REINO". A placa tinham uma imagem de Jesus batendo um papo com algumas ovelhas.

Mas as chaves do carro dela tinham desaparecido. As do marido também.

Bill Davidek caminhou até a porta da frente e olhou para fora. Sua picape ainda estava lá, *graças a Deus*. A esposa apareceu ao lado dele.

— Cadê a minha maldita *minivan*? — perguntou ela.

38

Davidek abraçou o volante da Aerostar da mãe enquanto o impetuoso cenário o atacava. Ele jamais havia controlado um veículo motorizado antes, ainda que, quando pequeno, como toda criança, tivesse fantasiado sobre isso toda vez que sentava no banco do motorista, com a ignição desligada e o volante travado.

Mas quando girou a chave roubada no contato na garagem de casa não estava preparado para a fluidez da pilotagem real. A cada curva as rodas debaixo dele pareciam se mover para o lado, como se os pneus estivessem tentando se libertar e depois o casco do restante do veículo cambaleasse aos solavancos para agarrá-los de volta. Os postes de iluminação brancos da rua tremeluziam à medida que ele pilotava o carro silencioso rua abaixo, ganhando velocidade enquanto imaginava o pai e mãe em desabalada e furiosa perseguição atrás dele.

Com uma guinada brusca ele saiu de seu bairro e pegou uma estrada de quatro pistas conhecida como Atalho, que ganhara esse nome porque se desenrolava numa espiral desde o distrito comercial no centro de New Kensington até a Ponte de Tarentum e a principal via expressa que levava a Pittsburgh. Não era lugar para aprender a dirigir, especialmente em aulas de direção sem instrutor. Na verdade, o terror de guiar amainou os outros terrores de Davidek — de chegar à casa de Stein e do que poderia encontrar lá.

Davidek caprichou demais numa curva e a *minivan* serpeou loucamente estrada abaixo. Permanecer numa única pista parecia restrito demais para ele. O Atalho passava por dentro de um trecho de floresta que se abria numa interseção com um punhado de condomínios de um lado e do outro um *shopping* com um restaurante Kings Family e uma imobiliária, em cuja placa conviviam dois erros de ortografia.

> "HOJE, TORTA DE MAÇÃ COM CARAMÉLO
> HIPOTECA! 5% DE DISCONTO"

O semáforo, que se aproximava rapidamente, dependurado sobre a estrada, não permaneceu verde, e Davidek percebeu o vermelho tarde demais, segurando com firmeza o volante e afundando com força o pé nos freios, o que produziu um medonho e agudo guincho. A *minivan* expeliu rajadas de fumaça azul e Davidek imaginou os pneus esticando-se para trás na estrada feito manteiga derretida quando por fim o carro parou com um solavanco.

Davidek deu batidinhas no volante, tentando não olhar para os outros motoristas, e depois de várias décadas o semáforo pareceu ter mudado novamente para verde. Ele pisou de leve no acelerador e passou devagar pelo supermercado Giant Eagle, seguindo em frente rumo à gigantesca língua de aço e concreto da Ponte de Tarentum.

A longa e retilínea faixa azul reluzindo ao largo da superfície do rio bocejou à frente dele — quatro pistas de puro terror, levando a infinitos mergulhos de esquecimento aquoso. Ali o tráfego era mais temerário — carros, ônibus e caminhões ziguezagueando ao redor dele como num *slalom*. Acionando as buzinas por causa da lentidão de Davidek...

Enquanto dirigia lá em cima, ele ficou imaginando, distraído, se havia algum casal trocando carícias dentro do carro naquele mesmo local escondido sob a ponte onde, certa vez, Hannah o seduzira de maneira tão fria e tão deliciosa.

Hannah retocou a maquiagem.

Perscrutou o retrovisor do jipe e abriu uma fresta da porta para que a luz interna do carro se acendesse. Não tinha o hábito de usar maquiagem com frequência, de modo que sua esperança era de que tudo estivesse no lugar certo. Quando terminou, a porta do jipe se escancarou, revelando para o mundo a Hannah de *chiffon* rosa, como se fosse um docinho de *marshmallow* de Páscoa. Por causa do asfalto rachado, era difícil caminhar de salto alto. Ela se equilibrou desajeitada, os dedos deslizando sobre o cabelo vermelho que lhe caía em cachos sobre os ombros. Jogou a jaqueta *jeans* dentro do jipe e bateu a porta com força; depois alisou os rufos do vestido e se acalmou.

A multidão de familiares e amigos havia guardado suas câmeras e estava começando a debandar. O sr. Mankowski ainda não havia enrolado o fio de seu microfone quando avistou Hannah. O homem careca pigarreou e anunciou:

— Aqui está Hannah Kraut, linda num vestido de cor clara. — Ele lhe sorriu e não salientou para os que ainda estavam por perto e podiam ouvir o fato de ela ter vindo sozinha, o que a fez retribuir o sorriso.

Do lado de dentro, o martelar da música inchava contra as paredes do Restaurante Veltri's como a pulsação de um coração gigante, que se clarificou instantaneamente quando as portas de vidro se escancaram, revelando um mar de estudantes em trajes formais serpeando em meio a um hábitat quase elegante de samambaias e colunas espelhadas, mais dispostos a comer do que a dançar, apesar das melhores intenções (e do frenético *show* de luzes) do DJ. Já havia adolescentes à mesa de Hannah observando o trabalho de alguns dos calouros voluntários, que ajudavam o *staff* do restaurante a distribuir pratos de comida.

Junto à parede dos fundos do salão estava a comprida mesa dos professores e acompanhantes, mas Hannah não viu o sr. Zimmer. Um instante depois, ouviu sua voz atrás dela.

— Achei que você tinha me dado o bolo — disse ele, surpreendendo-a com um leve tapinha no ombro. Ele abriu um sorriso em seu terno cinza-claro.

— Muito elegante pra quem se orgulha de ser deselegante — disse ela.

Ele franziu a testa, com ar galhofeiro.

— *Disso* eu não me orgulho.

Os olhos de Hannah ficaram rasos d'água quando ele enlaçou os braços nos dela e a conduziu ao salão.

— Obrigada — a garota agradeceu num sussurro, mas ele não entendeu o porquê. Depois, tentando demonstrar naturalidade, ela cutucou com o pequeno punho o ombro dele. — Dance comigo mais tarde, tudo bem?

— Certo — disse ele, as mãos nos bolsos.

— Promete?

O sr. Zimmer sorriu e fez que sim com a cabeça de maneira mais enfática, do modo como os estudantes fazem quando estão prometendo, após três advertências, nunca mais entregar os trabalhos fora do prazo. Ela viu que ele estava pouco à vontade.

— O senhor não quer... — disse.

Zimmer riu:

— Hã, vai ser *estranho* — disse ele unindo as mãos espalmadas. — Mas nada de gracinhas, combinado? — Ele imaginou que seria capaz de dar um jeito para que a coisa fosse divertida para os outros; poderia dar a entender que ela estava dançando com ele apenas como uma forma de piada, porque, afinal, quem mais dançaria com um idiota como ele? Zimmer queria dizer não, mas foi esmagado pela dor de Hannah, que era tão carente e sem amigos. Ele já sentira isso na pele, já estivera no lugar dela. Queria que ela fosse feliz.

— Espere só para ver os meus passos — disse, movendo os braços em exagerados gestos robóticos. — Você vai se arrepender pelo resto da vida de dançar comigo.

Os olhos de Hannah começaram a lacrimejar de novo, e ela encostou a cabeça inclinada contra o peito dele. O sr. Zimmer ergueu o queixo dela.

— Estou brincando, Hannah — disse, tentando arrancar um sorriso da menina. — Não danço *tão* mal assim.

Davidek estacionou o carro todo torto na rua defronte ao convento. O motor estava estalando quando ele atravessou o gramado.

Ele decidiu não ir primeiro à casa de Stein. Talvez estivesse com medo. De qualquer forma, só sabia chegar até lá se o ponto de partida fosse a própria escola, e antes de fazer o que quer que fosse queria ver a irmã Maria. Ela deveria ter contado que Stein não estava mais no hospital. A essa altura, poderia lhe dizer se Stein estava melhor ou... ele não queria pensar na alternativa. Stein tinha que estar melhor.

Davidek esmurrou a porta do convento. Sua expectativa era ouvir a qualquer minuto as sirenes da polícia em seu encalço. Sua mãe certamente estaria mais do que disposta a entregar o filho. O pai provavelmente quisesse apenas voltar para casa e assistir tevê. Davidek sentiu um arrepio de empolgação diante do pensamento de que seus pais não faziam ideia de onde ele estava ou do motivo de ter sumido — ou de como fazê-lo voltar. *Eles* que se sentissem impotentes agora.

Bateu mais uma vez à porta do convento e uma minúscula cabeça apareceu na janela de treliça. O rosto de ameixa seca da irmã Antonia perguntou quem era.

— Irmã, é... Peter Davidek, eu sou aluno da escola...

— *Quem?*

— Peter Davidek... eu sou aluno. — Ele repetiu em voz mais alta. — *Eu sou aluno.*

Os olhos da freira fitaram o menino sem reconhecê-lo.

— Aqui é um convento de freiras — disse ela.

— Estou procurando a irmã Maria — ele explicou. — Preciso perguntar uma coisa pra ela. É algo importante. Eu vim de longe e preciso falar com e...

O rosto encarquilhado desapareceu. Davidek cogitou bater de novo, mas a irmã Antonia retornou.

— Tenho um pedaço de papel e um lápis — disse ela através do vidro. — Diga-me seu nome de novo e soletre para mim. Soletre *direito*.

— Estou procurando a irmã Maria — disse ele.

— Eu já *te disse* — insistiu a freira, embora não tivesse dito. — A irmã Maria *não está aqui.*

O baile de formatura, pensou Davidek. *É claro.*

Ele soletrou seu nome, mas teve que repetir três vezes para que a irmã Antonia conseguisse terminar de rabiscá-lo. Então ela bateu de leve o lápis contra o vidro e disse:

— Agora eu tenho seu *nome*. Se você me incomodar de novo, vou contar para a polícia!

— Ligue pra irmã Maria. É uma emergência! — disse Davidek, e correu de volta para a *minivan*. Através da cruz, os olhos da velha freira observaram o carro partir.

No canto ao lado da escola, ao longo da ponta do campo onde outrora erguia-se a igreja, Davidek parou para pensar. Se virasse à esquerda, voltaria pelo mesmo caminho de onde tinha vindo. Se optasse pelo outro lado, rumaria para a casa de Stein.

Ficou lá sentado durante alguns minutos, então girou o volante. Lembrou-se até de dar o sinal de seta.

39

A sra. Bromine não era oficialmente um dos monitores da paróquia, mas mesmo assim se ofereceu para atuar como monitora, colocando à disposição seus serviços de observadora na noite do baile de formatura. Tomar notas era um trabalho que a encantava. Em seus tempos de estudante na St. Michael, ela sempre fora excelente em matéria de anotar com exatidão o que lhe era dito, e como professora havia esperado durante anos a fio pela chance de dizer com franqueza o que pensava. Agora ela poderia fazer ambas as coisas.

A orientadora educacional jamais gostara de festas de formatura, mesmo quando era jovem. Seu par no baile do último ano do colegial, Billy Fredickson, tinha tentado enfiar a mão sob o vestido dela, no carro, na volta para casa. Ela não deixara. Agora, perguntava-se quais dos meninos tentariam fazer a mesma coisa naquela noite e quais meninas permitiriam. As formaturas a que ela comparecia como dama de companhia pareciam cada vez mais corrompidas a cada ano. Tão logo terminava o jantar, sentia nojo ao ver como as gravatas-borboletas eram arrancadas, as fraldas das camisas se soltavam para fora das calças e as faixas de cetim ficavam tortas. As meninas chutavam para debaixo das mesas os saltos altos e dançavam com os pés imundos. Ela se perguntava o que mais elas tirariam quando fossem embora do baile.

Enquanto os outros monitores patrulhavam o salão, fazendo uma ou outra anotação, a sra. Bromine sentou-se sozinha a uma das mesas abandonadas e preencheu as páginas de seu bloquinho de estenografia, ao mesmo tempo que tentava bloquear a música ensurdecedora.

Muitas de suas observações eram triviais, insignificantes:

19h — Aluno do sexo masculino (JAY FRAMALSKI) pisa na bainha do vestido de moça (cabelo preto curto, vestido verde — possível convidada de fora) no momento em que entra no salão. Ela grita a palavra começada com M em alto e bom som, para que todos ouçam.

e

19h35 — O jantar é servido ao estilo bufê. O DJ (profissional?) anuncia a ordem das mesas a serem servidas. Ele diz: "Apreciem sua refeição, depois venham mexer a BUNDA na pista de dança". "Bunda" = linguagem inapropriada.

Outras anotações nada continham de má conduta ou delito, embora ela tentasse fazer com que parecessem transgressões:

20h01 — A diretora (IRMÃ MARIA HEST) parada junto à comida, observando a multidão, conversando com alunos. Aluno do último ano (MICHAEL CRAWFORD) passa a tocar a diretora de maneira inapropriada = agarra sua mão, dança zombeteiramente com ela, depois a solta. A diretora dá gargalhadas (isso reforça a FALTA de autoridade!!!).

Bromine reparou que Hannah (descrita em seu bloco de anotações como "conhecida aluna-problema") fora falar com o sr. Zimmer às 20h10, às 21h15 e às 21h55, e escreveu "INSÓLITO", com letras maiúsculas, ao lado de cada uma das marcações de horário.

Entre uma coisa e outra, havia diversas preocupações menores:

20h35 — A refeição é grátis para os monitores, mas o frango está cru.

e

21h08 — Um colega monitor, o sr. August Shristmeyer (grafia?) me informa que voluntários do primeiro, segundo e terceiro anos foram vistos atrás da escola FUMANDO.

Depois que observou uma quarta interação "suspeita" entre Hannah e Zimmer, a orientadora educacional foi falar diretamente com a menina e perguntou se podia ajudá-la em alguma coisa.

22h — A menina Kraut é muito grosseira. Eu a abordei para falar sobre a natureza das conversas com Zimmer. Ela me disse Vá se F-!!!!!!

22h10 — Abordei o colega professor (Zimmer) a fim de indagar sobre o comportamento da menina Kraut. Ele diz que não é "nada". Continua me evitando. NOTA: este é o motivo pelo qual Zimmer é problemático para a escola. E esta noite está provando isso mais uma vez — NÃO COOPERA.

22h18 — Zimmer vem falar comigo e pede desculpas (ele me VIU escrevendo no bloco de anotações, aposto!). Diz que a menina Kraut está tendo problemas, nada sério. Diz que a formatura está sendo "um fardo pesado" para ela. Pede que eu NÃO ESCREVA ISSO!! (Que pena!!!)

Por volta das dez e meia, Bromine deu pela ausência da irmã Maria na mesa das acompanhantes. A sra. Tunns disse que a diretora fora chamada por um garçom para atender a um telefonema.

— Quem era? — Bromine quis saber.

A mestra de espanhol encolheu os ombros. Bebericou de sua taça de vinho tinto.

— *Eleanor, isso é álcool?* — Bromine estava horrorizada.

A sra. Tunns revirou os olhos.

— Você quer me dar um cartão vermelho?

Bromine bufou e imediatamente escreveu sobre o incidente em seu bloco de anotações, seguido das palavras "PÉSSIMO EXEMPLO".

A ligação que a irmã Maria recebeu fora feita pela irmã Antonia.

— Sinto muito ter de incomodá-la, mas é uma emergência — desculpou-se a anciã professora de francês depois que um dos garçons pediu que a irmã Maria fosse atender na sala da gerência. — Veio um menino aqui procurá-la.

A irmã Maria não fazia ideia de quem poderia ser. A freira anciã recitou o nome que havia anotado: Peter Daffodil.

— O que ele queria? — perguntou a diretora, mas a irmã Antonia não sabia.

— O menino disse que você saberia do que se trata.

— Você pode colocá-lo na linha?

A irmã Antonia explicou que o menino havia ido embora fazia mais de uma hora.

— Então por que você está me ligando? — perguntou a diretora.

A irmã Antonia esclareceu:

— Porque o convento recebeu outro telefonema a respeito desse menino, de uma... — ela leu um pedaço de papel amassado ao lado do fone — de uma tal Margie Stein. Ela pediu que eu ligasse para você porque o menino está fora de casa, deixando a família preocupada. Eu perguntei quem e ela disse esse mesmo nome: *Daffodil* alguma coisa.

A irmã Maria fechou os olhos. A irmã Antonia disse:

— A mulher queria que você viesse imediatamente. Ela disse a mesma coisa que o menino disse: "Ela vai saber o porquê". Você está entendendo alguma coisa disso?

A irmã Maria não gostava de contar mentiras, nem mesmo pequenas. Mas vinha acumulando uma porção delas recentemente.

— Não — disse ela. — Não faço ideia.

— Quem era no telefone? — perguntou a sra. Bromine quando a irmã Maria se aproximou da chapelaria do restaurante.

A freira abriu um sorriso doce.

— Nada importante. Apenas a irmã Antonia. Acabou o leite, vou comprar mais no caminho de volta para casa.

A sra. Bromine escreveu algo no bloco de anotações. A irmã Maria olhou de relance por cima do grosso braço da mulher para dar uma espiada.

— A senhora escreveu: "recusa-se a explicar a ausência". Mas eu *acabei* de explicar.

A orientadora educacional clicou a caneta.

— Reconheço uma mentira quando ouço uma.

A irmã Maria suspirou.

— Tenha uma boa noite, sra. Bromine — disse ela, e se virou na direção da chapelaria.

Nesse momento ela deu de cara com outro monitor da paróquia, o sr. Harrison Bellamy — um homem baixinho e calvo com óculos sem aros e uma elegante gravata cinza. Era advogado, um dos maiores especialistas em divórcio do vale.

— A senhora está indo embora? — perguntou ele.

A freira sorriu. Repetiu a mentira sobre comprar leite para a irmã Antonia.

— A coitadinha tem dificuldade para dormir se não tomar uma xícara quente antes de ir para a cama — explicou ela. — Na verdade, eu estava acabando de dizer isso à sra. Bromine...

O sr. Bellamy assentiu. Seus óculos sem aros tornaram-se orbes brancas; depois, olhos humanos de novo, quando sobre eles incidiu a luz acima de sua cabeça.

— Então a diretora está indo embora da formatura da escola — consultou o relógio —, *uma hora e meia* antes de a festa terminar?

— Para comprar leite... — acrescentou a sra. Bromine.

A irmã Maria podia avistar seu pesado casaco azul-marinho e o cachecol vermelho dependurados nos cabides atrás dos monitores.

— Creio que estes moços e moças sobreviverão sem mim na traiçoeira terra de ninguém do restaurante da família Veltri, sr. Bellamy — disse a freira.

Bellamy ergueu a caneta e o bloquinho de anotações e começou a escrever.

— Irmã, francamente. Estou entristecido. *Entristecido*. Tenho sido um dos seus defensores no Conselho Paroquial e, para ser sincero... nós não somos muitos. — O homem continuou a escrever, olhando depois para ela.

Os olhos prateados de Bellamy refletiram novamente a luz.

— Estão pensando seriamente em fechar a escola, irmã, é uma possibilidade real... e vendo a senhora, a figura de posição mais elevada da St. Michael, ir embora de um evento que pode acabar ficando volátil...

— Volátil?

— Volátil, irmã — ecoou a sra. Bromine. — Em tese, o baile de formatura do segundo grau deve ser uma diversão, mas sabemos no que se transformou nesta época em que vivemos.

O sr. Bellamy traçou um retrato mais direto:

— É uma noite de bebedeira, drogas, sexo antes do casamento, acidentes de carro, brigas. Meninas dando à luz no banheiro e abandonando os bebês em lixeiras e mictórios...

A freira revirou os olhos e tentou escapar dos dois.

— Vou checar as lixeiras lá fora — disse ela. — O senhor e a senhora podem dar uma olhada nos mictórios.

Bellamy segurou-a pelo braço.

— Julguei que a senhora levava a sério seu trabalho como supervisora de adolescentes — disse ele. Por cima do ombro, a irmã Maria viu a sra. Bromine tentando não sorrir.

Alguém precisava ir até a casa de Noah Stein imediatamente, mas a irmã Maria sabia que não poderia ser ela. Não com aquele escrutínio todo.

A religiosa recuou.

— Sabem de uma coisa? Creio que perdi a cabeça. Esta música alta e tudo mais... estou doida para cair na cama.

Bellamy sorriu, inquieto.

— Todos nós estamos, irmã...

— Sim — disse ela, assentindo. — Sim, creio que exagerei um pouco. Mas é melhor ficar mais algum tempo. O senhor tem razão.

— Até acabar — disse Bellamy.

— Sim, sim — concordou a freira, recuando até a pista de dança. — Sim, claro. Obrigada, sr. Bellamy.

Quando os dois interlocutores sumiram de vista, a irmã Maria arfou como alguém que acabara de escapar da morte por sufocamento e começou a procurar a única pessoa capaz de ajudá-la.

Do outro lado da pista de dança, o sr. Zimmer conseguia ver que Hannah o fitava, a cabeça pequena projetando-se de uma grande pluma cor-de-rosa, bebericando um copo de Coca-Cola. As imagens refletidas na magnífica bancada de janelas de frente para o rio eram fantasmas turvos dos casais que se moviam em câmera lenta na pista de dança de parquete. A canção era "Wonderful tonight", de Eric Clapton, uma das favoritas de Green. O calouro havia terminado seu trabalho na cozinha e estava junto ao DJ, examinando sua coleção de discos com Bilbo e Strebovich.

Zimmer se levantara e agora estava a caminho de aceitar os insistentes pedidos de uma dança quando uma mão fina e magra tocou seu ombro.

A irmã Maria pairou atrás dele. Ela sussurrou, embora a música estivesse alta o bastante para mascarar suas palavras. Não poderia dizer nada com os monitores vigiando tão de perto. Zimmer inclinou a cabeça e os ombros para ouvi-la.

— Preciso lhe contar uma coisa... — disse a freira. — E tenho um favor para lhe pedir.

Demorou mais tempo do que ela gostaria para explicar a situação: os cortes profundos nos pulsos de Noah Stein, seu amigo Davidek, o hospital, e o que ela fizera no banheiro para esconder a coisa toda. Zimmer tinha na cabeça uma enxurrada de perguntas para lhe fazer, mas a diretora não podia permitir muitas.

— O menino Davidek está lá agora... na casa deles... posso explicar melhor tudo isso... mas *mais tarde*...

O sr. Zimmer fechou os olhos e cobriu com a mão um dos lados do rosto.

— Conheço esses dois meninos... — disse ele. — Mas se esse garoto está na casa deles causando confusão, talvez devêssemos simplesmente ligar para a polícia. Ou entrar em contato com os pais de Davidek...

— *Andrew*... — disse a irmã Maria, exausta. — Tentei manter a coisa em segredo ao máximo... inclusive do menino Davidek. E talvez isso tudo tenha sido um erro... dos grandes. Mas agora já fiz. E penso que no fim das contas as coisas ainda podem dar certo. Eu iria pessoalmente, mas isso suscitaria perguntas por parte dos monitores.

Ela enfiou um bilhete na mão de Zimmer.

— Anotei o endereço. Não é difícil encontrar a casa. Acho que você vai reconhecer o caminho... — Ela começou a descrever a rota para ele, mas o sr. Zimmer segurou sua mão.

O homem em pé na frente dela já não era o sr. Zimmer, o membro do corpo docente da St. Michael. Era Andy Zimmer, o aluno de dezesseis anos, magricela e desengonçado de dar dó, da aula de geometria de décadas antes. O rosto dele tinha uma expressão solene. Ela sabia que era o fim da grande mentira. Zimmer lhe diria que bastava, que a história toda tinha que parar, que ela havia ido longe demais. Ele lhe pediria que admitisse a verdade, por mais dolorosa, por mais destrutiva que fosse. Seria uma limpeza, uma purificação — e ela precisava disso.

Se Zimmer lhe tivesse dito tais coisas ela se sentiria orgulhosa, pela honestidade dele, sua integridade, sua responsabilidade. Mas ele não disse.

Mesmo assim, ela sentiu orgulho dele.

— Sei o caminho, irmã. Eu cuido disso... — Os dedos estreitos de Zimmer dobraram o bilhete e colocaram o papel no bolso do paletó. — Mas posso ir daqui a um minuto? É que prometi uma dança, sabe...

A freira ergueu a cabeça, franzindo a testa. *Dança?*

— Preciso que você vá *agora*.

Ela virou propositalmente as costas para evitar olhar para Zimmer no momento em que ele saísse.

O professor levou uma das mãos à porta de saída e olhou para trás, para o salão banhado num rodopio de luzes. Avistou Hannah do outro lado. Ela o estava fitando o tempo todo.

Adeus, Hannah, pensou. *Não vai ser esta noite. Mas algum dia. No dia do seu casamento, talvez, serei um dos rostos no fundo, um dos homens sortudos que dançarão com você, e nesse dia celebraremos ocasiões mais felizes que a de hoje.*

Enquanto abria caminho porta afora, ergueu uma das mãos para acenar, mas Hannah desviou o olhar.

40

Davidek pilotava a *minivan* ao longo da estradinha rural às escuras enquanto sua mente se esforçava para se lembrar do caminho e identificar pontos de referência das poucas vezes em que, como passageiro, havia percorrido aquela rota. A trama de brilho sulfuroso do vale do Allegheny flutuava ao longe na escuridão à medida que o carro avançava mais e mais colinas adentro, como uma galáxia distante à deriva contra o vácuo. A estrada serpeava ao longo do trajeto de um riacho que corria de um lado a outro sob pontes pequenas e enferrujadas, e os novos e verdes botões de flor bamboleavam nus acima do facho dos faróis.

A última vez que vira a casa de Stein, ela estava enterrada na neve. Agora a pequena estrutura branca parecia exposta na encosta que se estendia bosque abaixo. Havia dois carros estacionados na entrada de cascalho — a picape do pai de Stein e o velho e mal conservado Honda da irmã. Mais adiante na estrada vazia, as longínquas casas dos vizinhos não passavam de manchas de luz entre os galhos da floresta.

Por um longo tempo Davidek ficou apenas observando do outro lado da estrada. A *minivan* da mãe estava parada toda torta no acostamento, quase encostada nos galhos baixos de um pinheiro que balançavam ao vento, como se afagassem o veículo feito um bichano adormecido. O motor esfriava e soltava estalos, mas as mãos do menino continuavam agarradas com firmeza no volante, como se ele temesse que o carro pudesse rugir e voltar à vida por conta própria.

Davidek atravessou a tira de estrada vazia e se esgueirou furtivamente na direção da parte de trás da casa. Tudo o que ele queria era ver Stein, nem que fosse de relance, de longe. Que o sr. Mankowski dissesse o nome dele na hora da chamada ao longo dos três anos seguintes. Tudo o que ele queria era saber se o amigo estava *em algum lugar*.

Mantendo-se no limite das árvores, Davidek espiou a cozinha pela porta de correr de vidro da varanda dos fundos. Sob uma luminária amarronzada havia uma mesa de jantar atravancada de correspondências fechadas e jornais ainda não lidos. Na pia, uma pilha de louças sujas ameaçava desmoronar, semelhante a uma avalanche, a cada gota de água da torneira. O telefone na parede estava pendurado fora do gancho, motivo pelo qual as ligações não se completavam.

Do lado de dentro ele ouviu as vozes abafadas de um homem e uma mulher que discutiam, depois o rugido de alguma outra máquina — um aspirador de pó. Davidek não conseguia ver a sala de estar, tampouco os quartos dos fundos, de modo que deu a volta na casa, caminhando até o outro lado, na direção do quarto de Stein, e se animou ao constatar que as luzes estavam acesas, embora a janela ficasse muito acima do quintal em declive para que fosse possível enxergar lá dentro. Ali o uivo do aspirador ficava mais alto, e o menino saltou, pulou e tentou se empoleirar em um galho fino de um corniso a fim de espiar o quarto, desesperado por um vislumbre, um lampejo de prova concreta de que seu amigo estava bem.

De seu ângulo baixo, tudo o que ele conseguia ver com nitidez era o clarão da luz do teto e as partes mais altas das paredes. Nas prateleiras de Stein já não havia revistas em quadrinhos, tampouco as edições antigas da *Sports Illustrated* ou os velhos brinquedos. Restava apenas um cartaz em sépia de um Clint Eastwood de olhos semicerrados cruzando sobre o peito duas armas monstruosas do filme *Josey Wales – O fora da lei*.

Davidek deixou-se cair de volta no chão. Por alguma razão, isso o fez pensar na folha de papel com a programação de aulas que havia caído de sua mão no corredor naquela tarde da "escola aberta" em que uma multidão de alunos do oitavo ano visitara a St. Michael, e no estranho menino com cicatriz no rosto que pegara o papel e o ajudara a se levantar do chão enquanto um aglomerado de gente empurrava e atropelava de todos os lados. A mente de Davidek voltava no tempo e se aferrava a toda e qualquer lembrança que ele fosse capaz de encontrar, para manter Stein real, para fazê-lo parecer *ali*.

Toda essa tentativa de ser sorrateiro seria mais fácil se Stein estivesse com ele.

Ele sabia o que o amigo teria sugerido: provocação direta, sem rodeios. Stein não teria dado a volta na casa caminhando na ponta dos pés, subindo em pequenas árvores. Ele teria esmurrado a porta da frente e exigido respostas.

Davidek arrastou os pés nos degraus da varanda da frente, o que fez desprender um pouco da tinta acinzentada ainda agarrada à madeira desgastada e amolecida pela ação das botas. Conseguia ver através das cortinas finas da janela da frente, e o som do aspirador de pó do quarto foi interrompido. Na sala de estar uma tevê estava ligada em alto volume num filme de guerra ao qual Davidek havia assistido anos antes, em que comunistas invadem os Estados Unidos e cabe a um punhado de garotos do colegial expulsá-los.

A irmã de Stein apareceu na sala, segurando numa das mãos um saco de lixo flácido.

— Papai...? Papaaaaai! O que aconteceu com o meu programa? — perguntou ela, levando os punhos aos quadris de tamanho considerável. Ela cravou os olhos no pai de Stein, esparramado no sofá, fora da vista de Davidek, pouco abaixo do nível da janela.

Em resposta, ele rosnou o nome dela — Margie — e esticou o braço para a frente na direção da mesinha de centro, e sua mão desajeitada derrubou duas latas de cerveja vazias dentro de um cinzeiro abarrotado ao chegar um instante tarde demais ao controle remoto. Margie Stein já o havia arrebatado, apertando o botão do canal por cima do ombro dele e mudando para uma estação cristã a cabo, em que um ministro de cabelo branco e o rosto devoto, voltado para Deus substituiu um soldado russo que acabara de levar diversas flechadas na espinha.

— Eu estava assistindo àquilo — resmungou o pai de Stein.

— Não — respondeu Margie, enfiando o controle remoto no bolso. — Não, papai, eu estava assistindo a *isto*, e o senhor mudou.

— Você estava no outro quarto! — alegou ele, as palavras saindo engroladas, minando sua indignação. — *Limpando*...

— Certo — disse ela com frieza. — Até que o senhor se sinta capaz de pelo menos uma vez na vida me *ajudar*, tenho o direito de assistir ao que eu quiser.

— Você *não* está assistindo — disse o pai.

Margie espremeu os olhos de frustração.

— Eu estava *escutando*!

Cambaleante, o pai de Stein pôs-se de pé.

— Bom, não vou ficar aqui ouvindo sermão de vocês dois.

Não parecia o homem de quem Davidek se lembrava, o sujeito esperto, afável e alegre que fora de carro buscar os meninos no bailinho do Dia dos Namorados, aceitando com a maior gentileza do mundo a tarefa da qual sua mãe havia se esquivado. Agora o pai de Stein parecia um pirralho chato e mal-educado preso na pele flácida de um homem que definhava. E estava bêbado como um gambá.

Margie não retrucou. Ela tinha ficado paralisada. A boca frouxa do saco de lixo no chão tinha caído para o lado enquanto ela olhava fixamente para a janela fechada por cortinas.

— Quem está aí? — perguntou a moça dando um violento puxão nas cortinas. O rosto dela estava arredondado e vermelho, espesso como o de uma matrona, de um jeito que a fazia parecer muito mais velha do que seus vinte e poucos anos. — Quem diabos é *você*? — vociferou ela através do vidro.

Davidek já a havia conhecido pessoalmente, naquela mesma casa.

— Sou eu. Sou amigo do Noah, lembra? — gaguejou. — Vim aqui pra ver ele.

Margie fechou a cara. E fechou de novo as cortinas.

— Vou te dar cinco minutos — disse a silhueta dela. — Depois vou ligar pra polícia.

Davidek espalmou a mão contra o vidro e tentou espiar dentro da casa.

— Eu sou amigo dele. Só quero saber o que aconteceu com ele! Quero só saber se ele está bem!

— *Bem...* — zombou Margie do corredor. — Tenho certeza de que isso é uma grande piada. Você está com amigos te esperando lá no carro, ou coisa do tipo? Ganhou a aposta? Ou algum desafio, sei lá? Tanto faz... Apenas *suma* daqui. *Agora*.

— Por favor... o hospital disse que ele não estava mais lá — persistiu Davidek. — Eu tenho ligado. Ninguém me diz nada. Eu só queria saber ele está bem. E... quando ele vai voltar?

Margie avançou um pouco e enfiou a cabeça de novo na janela.

— Ele não estava em hospital nenhum. Ele simplesmente vandalizou o lugar, e por isso foi expulso. Vocês da St. Michael estão empenhados e determinados a inventar boatos sobre ele. Não podem deixar meu irmão em paz?

— *Eu sei* que ele se machucou! — berrou Davidek. — Eu vi seu irmão todo cortado. Eu *vi*. Ele estava conversando comigo. Carreguei ele até a irmã Maria e o carro!

— Mas de que merda... — disse Margie, estreitando os olhos. — A irmã Maria nunca disse uma palavra sequer a seu respeito.

Davidek sustentou o olhar; então Margie pousou uma das mãos sobre o rosto. Ela tinha revelado a mentira.

— É isso. Chega — disse ela, entrando de supetão na cozinha. — Vou chamar a polícia. — Devolveu o fone ao gancho, reconectando a linha, depois retirou-o de novo e começou a discar.

— Não, Margie... não dê atenção a isso — disse o pai, ainda parado em pé no meio da sala de estar.

— Não vou ser incomodada na nossa própria casa! — disse ela.

— Nada de *polícia* — disse o pai, seguindo-a cozinha adentro. Ele assomou ao lado dela. Margie hesitou e a seguir desligou o telefone.

Davidek observou a cena através da cortina: o homem desgrenhado abraçou a filha. Os dois ficaram abraçados durante um bom tempo; o menino do lado de fora, momentaneamente esquecido. Por fim Margie se desvencilhou e berrou na direção da frente da casa:

— Não *sei* o que você acha que sabe, mas o quer que tenha acontecido com o meu irmão, seja lá o que o colocou no lugar onde ele está... foi um *acidente*, nada mais que isso.

— Como assim? O que você quer dizer com "o lugar onde ele está"? Ele não está aqui?

Ninguém respondeu.

— Ele está *aqui*? — insistiu Davidek, mais alto dessa vez. Pensou na mãe, *preciso repetir pra você?* — Eu juro que não vou contar nada pra ninguém... só preciso *saber...* — implorou.

A porta da frente se escancarou e o pai de Stein surgiu. Uma camada cinza de sujeira cobria seu rosto, e os olhos vermelhos assentavam-se em bolsas de pele inchada. Davidek aproximou-se, acreditando ser um convite, mas o homem não se moveu. Entreolhando-se, ambos se esforçaram para reconhecer um no outro algo de muito tempo antes.

— Você... — disse o homem, por fim. — O bailinho do Dia dos Namorados...

Davidek confirmou num gesto de cabeça. O pai de Stein fez o mesmo; então agarrou Davidek pela camiseta e o puxou para a frente.

— Então onde você estava quando o meu filho *precisou* de um amigo?

Davidek ergueu as mãos num gesto de rendição.

— Por favor, eu tenho ligado, mas ninguém atende...

O pai de Stein empurrou o menino para trás, na direção da varanda.

— A gente deixa o telefone fora do gancho — murmurou ele. — Já estamos cansados dos trotes que vocês, moleques, passam na gente.

Margie se espremeu ao lado do pai.

— Você acha que é engraçado ficar ouvindo alguém fazer aquele maldito barulho de chiado de coisa fritando...? Eles queriam aterrorizar o meu irmão... tudo bem. Talvez ele tenha merecido. Mas ela era minha *mãe*. — Margie cobriu a boca, e seu pai bêbado a envolveu com os braços.

— Eu telefonei pra cá porque estou *preocupado* com ele — insistiu Davidek, irritado e cansado de se explicar. — Ele é meu amigo...

No corredor atrás do pai de Stein, Davidek avistou uma fieira de caixas de papelão no chão. Duas estavam cheias de roupas de Stein, lavadas e dobradas. Em outra havia bichos de pelúcia, cartazes enrolados e outras bugigangas tiradas do quarto do amigo — tudo pronto para ser despachado... ou doado.

Davidek olhou para o saco de lixo branco que Margie tinha deixado cair no chão. Pela boca saíam cadernos espiral em meio a desenhos amarrotados, embalagens de chocolate e uma miscelânea de outras coisas. Quando se levantou do chão, ele viu o caderno de religião de Stein na pilha. Uma caricatura da sra. Bromine — olhos ensandecidos, chifres demoníacos e um forcado — adornava a capa, e as bordas amassadas e rasgadas de velhas provas da escola escapavam do meio do caderno. Davidek apontou para as folhas de papel:

— O que vocês estão fazendo? A gente guarda nossas avaliações como prova caso a sra. Bromine queira ferrar a gente nas notas trimestrais, como ela fez da última vez... o Stein *precisa* disso!

Margie e o pai trocaram um olhar indeciso, e de repente, as palavras de Davidek lhe pareceram uma tolice. Havia uma verdade óbvia e flagrante que ele estava deixando escapar.

— *Onde ele está?* — o garoto exigiu saber, e o rosto de Margie se crispou, numa tentativa de avaliar com precisão se a ingenuidade dele era real ou somente um esforço para ludibriá-los.

Ela voltou para a cozinha e pegou novamente o telefone.

— Eu já disse que não quero saber de polícia! — o pai gritou por cima do ombro.

— Eu sei — disse ela em tom orgulhoso, como uma criança contente consigo mesma exibindo uma recém-descoberta habilidade de contar até dez ou amarrar o cadarço dos sapatos. — Vou ligar para a freira.

Entre o momento em que a irmã Antonia transmitiu a mensagem e a irmã Maria tomou providências na festa de formatura para que Zimmer saísse em disparada de carro, passando por três cidadezinhas, até chegar à casa de Stein, quase uma hora havia transcorrido.

Davidek continuava bombardeando o pai e a irmã de Stein com perguntas, enfurecendo-se à medida que eles teimavam em ignorá-lo, dentro da casa trancada. Então foi invadido por uma sensação de pânico. Se pudesse, ele, Stein, teria falado dele para sua família. Teria contado ao pai e à irmã sobre o amigo que ajudara a resgatá-lo quando estava ferido... *Ou talvez Stein não confie neles*, pensou. Ou talvez Stein agora culpasse Davidek, tanto quanto culpava os outros.

Deu a volta na casa e foi para a lateral do quintal, dessa vez subindo mais alto no corniso, de modo a ter uma visão mais direta e completa do quarto de Stein, com a cama nua e as gavetas dos armários abertas e vazias.

— Vocês não podem jogar as coisas fora só porque ele está doente! — berrou Davidek. Voltou para a varanda e esmurrou mais um pouco a porta. — Stein...! Stein, é o Davidek! Se você estiver aí, saia aqui fora!

O pai de Stein coçou a cabeça e espiou pela janela da sala.

— Você está falando com ninguém — disse ele.

— Eu quero ver o meu amigo! — disse o menino.

Com seus olhos de tomate cozido, o velho apenas o encarou e fechou as cortinas de novo.

Por fim os faróis do barulhento compacto de Zimmer banharam de luz a casa de Stein. O professor embicou o carro na entrada de cascalho e estacionou.

— Peter, venha aqui embaixo, por favor — chamou, de junto do meio-fio. — A irmã Maria me mandou aqui. Quero apenas falar com você.

— Venha aqui em cima o senhor — rebateu o menino.

Zimmer não se moveu.

— O que você quer com essa gente, Peter?

Os olhos de Davidek cintilaram.

— Só quero ver se o meu amigo pode sair aqui pra brincar.

A sombra alta subiu o quintal e se deteve ao pé da escada da varanda. Pela janela, Margie espiou o desconhecido.

— A gente ligou para a irmã — disse ela. — Você *não* é a irmã.

— Eu gostaria que você viesse comigo, Peter — disse Zimmer com toda a calma do mundo. — Sei que há muitas coisas para as quais você quer explicações, mas venha até o meu carro e espere lá. Deixe-me falar com eles, depois eu volto e falo com você.

A porta da frente se abriu e Margie enfiou o rosto para fora.

— Cadê a freira? — quis saber.

— Cadê o Stein? — Davidek retrucou.

Zimmer subiu a escadinha da varanda, os degraus de madeira rangendo sob seu peso.

— A irmã Maria virá depois. Hoje está acontecendo o baile de formatura da escola. Creio que ela foi obrigada a ficar lá. E me pediu que viesse no seu lugar.

— Bem, ela nos conhece, ela nos tranquilizou. E nos assegurou de que a melhor coisa é que todo mundo *deixe o meu irmão em paz*. Nada de telefonemas, nem visitas...

Zimmer ergueu as palmas das mãos para ela, como se estivesse tentando fazê-la abaixar uma arma.

— Meu nome é Andrew Zimmer. Sou professor de ciência da computação e educação física na escola. Tudo bem se eu entrar?

Margie assentiu, depois apontou para Davidek.

— Ele não.

Zimmer concordou e eles entraram na casa.

Davidek tentou escutar às escondidas pelas janelas, mas eles não conversaram por muito tempo. Zimmer saiu pela porta da frente e envolveu o menino com um braço firme, guiando-o na direção da escada.

— Vamos embora para casa, Peter.

— Quero saber do Stein.

Zimmer suspirou.

— Expliquei a eles que, sim, você era amigo do Noah, e que, sim, você tentou ajudar, e que a irmã Maria confia em você. Mas o seu comportamento de hoje... bem, vamos embora agora... conversaremos sobre isso depois.

Davidek disse:

— Não vou sair daqui a menos que o senhor me conte *agora*.

Zimmer olhou para Margie, cujo rosto registrava desgosto, depois fitou de novo Davidek.

— O corpo dele está se recuperando agora, Peter. Os médicos estão cuidando bem dele. Curaram os cortes, já o estabilizaram, mas ele ainda não está forte. Perdeu muito sangue. E algumas coisas que se quebram numa pessoa não podem ser consertadas apenas com medicina. Você entende?

— Não fale comigo desse jeito, como se eu fosse burro — protestou Davidek.

Zimmer assentiu e suas palavras seguintes foram um tapa na cara.

— Você não é burro. Você é apenas um idiota. Vir aqui e berrar na porta da casa destas pessoas? Isso não ajuda em nada. O seu amigo está gravemente doente. Ele ainda não é totalmente o Stein que conhecemos, nem mesmo quando está *acordado,* o que não ocorre com tanta frequência. Mas há pessoas cuidando dele. Longe daqui. E você não pode continuar atormentando o pai e a irmã dele. Não pode ficar pedindo mais...

Davidek sentiu os cantos dos olhos se dobrando, a visão cada vez mais distante. A náusea tomou conta dele.

— *Onde* ele está? — perguntou.

— Em um hospital, e é fora do estado. Isso é tudo o que você precisa saber. Você não pode vê-lo. Nem mesmo a família vai ficar com Stein, pelo menos por um tempo. Estão mandando para lá as roupas e algumas coisas pessoais dele. Se ele se recuperar bem, e se você pedir desculpas pelo que fez esta noite, talvez no futuro, talvez um dia, eles... — Não terminou a frase. Não podia fazer nenhum tipo de promessa.

Enquanto caminhavam na direção do carro, o menino se voltou e olhou mais uma vez para a varanda, de onde a irmã de Stein o fuzilava com os olhos.

— Vocês não tinham que esvaziar o quarto dele. Como se ele nunca tivesse existido. — Ele pensava no próprio irmão, o babaca "ausente sem licença", o desertor cujas decisões estúpidas haviam resultado em seu apagamento do mundo.

Margie cruzou os braços. Seu rosto estava endurecido.

— Meu irmãozinho é uma longa lista de lembranças ruins que gostaríamos de deixar guardadas por um tempo. Não me diga que isso é errado.

— Isso *é* errado — disse Davidek, rumando de novo na direção da casa. — São as coisas dele, e o Stein era uma pessoa boa. Talvez eu não o conhecesse tão bem quanto você, mas disso eu *tenho certeza*.

— O meu irmão é um *fardo* volátil e perigoso — disse ela. — Ele é muito instável, muito triste... e tem uma porção de motivos para sentir tristeza. E graças ao que Noah fez *consigo mesmo*, os cuidados médicos de que ele precisa agora... o *custo*... *eu* não tenho mais dinheiro para bancar a minha faculdade de enfermagem. Não podemos pagar por ambas as coisas. — Ela meneou a cabeça, as lágrimas escorrendo pelo rosto. — Então, nos últimos dias eu me tornei oficialmente alguém que desistiu dos estudos. E talvez eu tivesse sido uma *boa* enfermeira... Talvez pudesse ter *ajudado* as pessoas...

O pai dela arrastou os pés para a frente e a envolveu com o braço, puxando-a para junto de si. Margie soltou uma fungada aquosa.

— Ele levou a minha *mãe*. Ele leva *tudo* embora — disse ela. — E continua levando...

Davidek pensou no que Stein lhe dissera, enquanto jazia lá, com os braços ensanguentados enfiados no paletó, pensou no segredo que o amigo não queria que morresse com ele: uma confissão... Davidek sabia quanto Margie era devotada à última religião a que sua mãe havia se aferrado, na esperança de que a mente dela se endireitasse. Ele se perguntou se ela ainda achava que os suicidas não iam para o Céu.

Zimmer começou a puxar Davidek, mas o menino se recusava a ir embora. Queria falar mais. Precisava dizer quanto eles estavam errados com relação a Stein.

Ele queria contar a Margie e ao seu pai que o incêndio havia sido a tentativa desesperada por parte de um menino apavorado de proteger sua família, de se manter em conformidade com a montanha-russa da busca religiosa da família, proteger a mãe do sofrimento que, ele julgava, poderia acompanhá-la em outra vida. Mesmo agora, tantos anos depois, Stein ainda deixava que a irmã e o pai pensassem o pior a seu respeito, em vez de saberem a verdade.

Davidek lembrou do amigo naquela primeira tarde, quando ambos eram apenas visitantes na St. Michael. Stein dera aquele beijo maluco nos lábios da sra. Bromine, paralisando-a, ao passo que Davidek saíra correndo feito um raio na direção do desmaiado LeRose...

Quando os veteranos atacaram como chacais, infligindo novos tormentos a Davidek, o Menino da Gravata de Clipe, Stein desabotoou o colarinho da própria camisa, tirou a gravata e a entregou a Davidek: "Pegue isto, e me dê a sua".

Stein dava um passo adiante para ficar na linha de tiro e ser alvejado pelas balas direcionadas a outras pessoas. Absorvia o pior que o mundo jogava nas pessoas de quem ele gostava. Talvez isso fizesse dele uma pessoa louca, ou esquisita. Davidek não conhecia mais ninguém que fosse assim.

Mas que importância isso teria para a irmã dele agora?

Enquanto vivesse, Stein pretendia guardar o segredo sobre sua mãe. E, uma vez que Stein ainda estava vivo, Davidek faria o mesmo.

— Quando vocês falarem com ele — pediu —, digam que estou usando a gravata de clipe dele, ok? Digam a ele que...

Davidek não conseguiu decifrar a expressão no rosto do pai e da irmã de Stein, e tanto fazia. Já não precisava que eles entendessem.

Zimmer levou Davidek embora, e o garoto afundou-se todo encolhido no banco do passageiro do pequeno carro do professor. A *minivan* roubada desapareceu na escuridão. A noite ainda reservava para Davidek uma boa quantidade de problemas pela frente.

Zimmer perguntou como chegar na casa do menino, e Davidek respondeu.

— Você acha que conseguiu o que queria? — perguntou o professor. Davidek resmungou um "sim", como se essa fosse a pergunta mais enfadonha do mundo.

Zimmer aproveitou o longo percurso de carro para repreendê-lo com um sermão:

— A irmã Maria está correndo um risco enorme ao confiar em você. — Blá-blá-blá... — Há muita gente que usaria isso para prejudicar a St. Michael. Você nos decepcionou.

Davidek disse sim inúmeras vezes, olhando pela janela.

De novo em casa, o menino entrou pela porta da frente e já estava quase chegando ao quarto quando a mãe o agarrou no corredor da escada e, aos berros, feito uma gaivota agitada, chamou o marido:

— Bill! Bill! Bill!

O pai de Davidek saiu de seu quarto, encurralando o filho.

A mãe acertou um tapa no rosto do menino. Quando ele ergueu os olhos de novo, recebeu uma segunda bofetada.

— Como você ousa? — disse ela. — Como você *ousa*?

Eles não perguntaram a Davidek aonde ele tinha ido, ou por que havia roubado a *minivan*, ou onde o carro estava agora. Isso tudo viria depois, e Davidek inventou todas a mentiras que precisou inventar — disse que estava tentando fugir, que ficara apavorado, deixara o carro em alguma estrada aleatória e pegara carona de volta para casa. Tanto fazia se acreditassem ou não. Isso era tudo o que ouviriam dele.

Davidek já não precisava que seus pais o entendessem.

41

A noite sussurrava em volta de Hannah Kraut.

Ela estava sentada numa aresta de rocha que se projetava sobre a borda, uma saliência escondida na escuridão atrás do restaurante, longe do zumbido das luzes do estacionamento e do barulho da limpeza em andamento dentro do recinto. Seu vestido bufante amontoava-se ao redor dela. Era uma nódoa cor-de-rosa em meio às sombras azul-escuras.

A única luz ali eram os ocasionais lampejos dos funcionários entrando e saindo da porta dos fundos da cozinha. Ela podia ouvir os outros participantes do baile de formatura indo embora, acelerando os carros e mandando para o ar espirais de fumaça que flutuariam sobre o vale do rio como uma pequena procissão de espíritos.

Da cozinha saíram dois voluntários, alunos do segundo ano, carregando uma ruidosa pilha de pratos sujos que arrastaram até as rochas e começaram a arremessar, um a um, por cima do despenhadeiro, gargalhando toda vez que ouviam o estrépito da louça estilhaçando ao longe. Ambos cumprimentaram Hannah com um indiferente e superficial "E aí?", nem um pouco envergonhados de sua atitude. Um dos rapazes fingia estar numa competição de tiro ao prato, ao passo que o outro explicou a Hannah que a lava-louça grande do restaurante estava lotada, de modo que os pratos tinham que desaparecer, caso contrário ambos seriam obrigados a esperar até o final do ciclo da lavagem da carga de louça dentro da máquina.

Hannah ouviu, meneando a cabeça, abrindo um ligeiro sorriso. Então o atirador disse:

— Você não vai contar pra ninguém, vai? Não vai escrever isso naquele... hã, tal de caderninho, certo? E ler no Piquenique do Trote?

Ele estava tentando parecer simpático e engraçado de um jeito boboca, mas era evidente que estava preocupado. Hannah disse:

— Talvez seja melhor vocês irem embora agora, então. — E ambos obedeceram. Rapidamente.

Quando o sr. Zimmer deixara o restaurante, Hannah sabia que ele não voltaria, que ela não conseguiria sua dança, mas mesmo assim se obrigara a esperar, para o caso de ele reaparecer. Claro que ele não reapareceu.

Sozinha agora, Hannah abriu a bolsa, que combinava com a cor de algodão-doce do vestido. A única coisa enfiada dentro dela era uma pequena fotografia emoldurada, que ela mesma havia tirado no começo do ano, abraçada ao sr. Zimmer enquanto sua outra mão segurava a câmera a um braço de distância. Sua intenção era entregar a foto ao professor naquela noite.

Hannah ouviu passos atrás dela e enfiou de novo o retrato dentro da bolsa.

Um menina pequena avançou até a base das rochas, olhando para ela.

— Meu nome é Sarah — disse, embora fosse mais conhecida, tanto por Hannah como por todo mundo, como Sete-Oitavos.

Hannah alisava com a mão a bainha do vestido.

— O que você quer?

A menina escalou engatinhando as pedras ao lado dela, usando o uniforme dos alunos voluntários da formatura: calça azul e camisa polo branca. No topo, Sete-Oitavos ficou pasma ao ver as luzes do vale e não disse uma palavra, mas seus lábios moviam-se suavemente. Hannah mal conseguiu distinguir um sussurro. Ela estava rezando o pai-nosso para si mesma.

Hannah cogitou enxotá-la, mas pensou no apelido da menina — Sete-Oitavos — e se conteve. Na escala dos apelidos, era melhor que Puta, mas alguma coisa no bizarro rosto de peixe da menina, um estranho claro-escuro de luz e trevas naquelas sombras, fez com que sentisse uma rara pontada de misericórdia.

— Você está triste — disse a caloura. — Posso ver.

— É só amor adolescente e dor de cotovelo e essas coisas que a gente escuta em músicas ruins — disse Hannah. — Você também vai sentir isso quando ficar mais velha. Merda adolescente. Nada de mais. Fico feliz de estar deixando tudo isso pra trás.

Um sorriso tímido apareceu na boca em forma de bico de Sete-Oitavos. Merda. Ela não dizia coisas como essa.

— Vi você sentada aqui sozinha. E vi você sentada sozinha lá dentro também — disse Sete-Oitavos.

Hannah começou a se perguntar quanto a menina saberia a respeito da famigerada Hannah Kraut, o flagelo do último ano, a guardiã de segredos hediondos, a puta covarde e vaca chantagista.

— Talvez eu quisesse ficar sozinha — disse ela.

A menina riu.

— Não... você é a Hannah Kraut. Você é aquela de quem todo mundo tira sarro pelas costas.

Às vezes, quando a pessoa está se sentindo na pior, uma punhalada extra de dor já nem machuca mais. A desesperança é um grande anestésico. Por isso Hannah riu.

— Bom, ninguém faz isso na minha cara, não é mesmo? Já é alguma coisa.

A menina mais nova cerrou a mandíbula de tesoura.

— Eles fazem isso na *minha* cara — disse ela num fiapo de voz. — Eles dizem isso *sobre* a minha cara. — Ela olhou de soslaio para Hannah. — Mas você é linda. Eles deviam falar sobre quanto você é maravilhosa, mas em vez disso ficam falando que te odeiam.

— Melhor ser odiada em segredo que ser odiada abertamente — disse Hannah. — Pelo menos eles pararam de me *incomodar*. Dei um basta nisso tudo.

— Você sabe os segredos de todos eles, não é? É por isso que te deixam em paz... e aí você deixa todos eles em paz. — A menina deslizou para mais perto de Hannah. — Eu também quero saber como fazer as pessoas pararem.

Hannah fitou o rio lá embaixo. Talvez seus problemas estivessem chegando ao fim na St. Michael, mas os daquela menina estavam apenas começando.

— Quer saber de uma coisa, Sarah...? Me diga *quem* está incomodando você, e talvez eu possa ajudar...

A menina demorou um bocado para responder. Hannah achou que era capaz de deduzir a resposta: provavelmente Smitty, que tinha inventado a alcunha Sete-Oitavos e ainda se gabava disso. Ou talvez fosse uma daquelas vacas do primeiro ano, como a tal de Lorelei. Ou as irmãs Grough, aqueles porcos-do-mato.

Sete-Oitavos a surpreendeu. Ela disse:

— Você pode me ajudar a parar o padre Mercedes?

As sobrancelhas de Hannah transformaram-se em duas pequenas setas apontadas para o nariz.

— *O que...* exatamente... ele fez pra você? — perguntou ela, esperando pelo pior.

Sete-Oitavos cravou os olhos nas luzes da cidade do outro lado do vale.

— Ele me faz rezar — disse ela, suas palavras começando a fluir de modo incontrolável. — *Muito*... eu gosto de rezar, mas minha mãe e meu pai me obrigam a me confessar todo sábado com o meu irmão Clarence, e a confissão é uma coisa boa, mas não posso rezar do jeito que o padre Mercedes quer, o tempo todo, a toda hora... As orações ficam grudadas na minha cabeça... Você entende o que eu digo? Elas se repetem por conta própria e eu não consigo fazer com que parem, não consigo desligar, nem se eu *quiser* que parem. Isso é pecado e ninguém deve querer *não* rezar. — Ela se interrompeu, e sua mente agitada foi invadida por uma oração tranquilizadora:

Avemariacheiadegraçaosenhoréconvoscobenditasoisvós...

Os olhos de inseto da menina arregalaram-se; seu queixo tremia.

— Você pode me dizer alguma coisa sobre o padre, por favor? Alguma coisa pra machucá-lo? Você tem alguma coisa sobre ele no seu diário?

Hannah ficou um bom tempo com a cabeça baixa. Vasculhou a memória, com sinceridade... e em vão.

— Eu gostaria de saber, Sarah — disse ela, por fim. — Mas sinto muito. Nunca prestei muita atenção nele.

Sarah se afastou dela.

— Tem certeza...? *Por favor?*

Hannah disse:

— Escute, se eu soubesse, eu diria. Pelo que você me contou, ele é um babaca... mas na verdade isso não faz com que ele se destaque na multidão aqui.

Com voz miúda, a menina perguntou:

— Se souber de alguma coisa, você me conta?

Hannah ergueu dois dedos no ar.

— Palavra de escoteira.

A caloura encolheu os joelhos junto ao queixo. Depois de alguns instantes, ela disse:

— Então... quem é o menino que deixou *você* triste hoje?

Hannah gargalhou.

— Ninguém me deixa triste... eu estou é puta da vida.

Mais uma vez Sete-Oitavos deu uma risadinha ao ouvir o palavrão.

— Então, quem deixou você irritada? Quem fez você vir aqui pra ficar sentada sozinha?

Hannah balançou a cabeça. Na escuridão, Sete-Oitavos estava olhando para a bolsa de Hannah, na qual podia ver a parte de cima do retrato emoldurado. Ela inclinou ligeiramente a cabeça, examinando os rostos no breu. Hannah sequer percebeu.

A menina arriscou:

— Você sabe de alguma coisa que é capaz de machucar *ele*?

— Ele quem? — perguntou Hannah, que só então notou que a outra estava fitando a foto. O sorriso triste de Hannah se desvaneceu. — Talvez você precise cuidar da sua própria vida.

Sete-Oitavos abriu um risinho feroz e olhou de novo para a bolsa.

— Então você odeia ele, mas não quer *machucá-lo*... — O cérebro dela calculou isso em silêncio, temporariamente bloqueando o constante ruído de orações ao fundo.

Hannah puxou a bolsa para perto da cintura, escondendo a fotografia. Ela podia adivinhar o que Sarah estava pensando agora, e foi tentada a deixar a menina imaginar o que bem quisesse. Por que não permitir que um boato sórdido se espalhasse? É fácil odiar quem não retribui nosso amor.

Mas na verdade Hannah não queria isso.

Ela chegou bem perto da caloura, perto o suficiente para beijá-la.

— Tire esses pensamentos do seu craniozinho esquisito, Sete-Oitavos. Isso é *pecado*, porra...

A menina se levantou abruptamente e, sob o olhar atento de Hannah, desceu às pressas as pedras e caminhou a passos rápidos de volta ao restaurante. Ser má sempre fazia Hannah se sentir um pouco melhor.

A porta do passageiro se abriu e a luz interna do carro do padre Mercedes se acendeu. Depois a porta se fechou e o veículo ficou às escuras de novo, exceto pela minúscula brasa alaranjada do cigarro do religioso. Ele deu a partida e saiu do estacionamento do restaurante. Era tarde. Estava esperando havia muito tempo.

O padre olhou para a menina encolhida no assento ao lado dele.

— E então, o que ela disse?

Sete-Oitavos respondeu sem levantar os olhos. Tentava nunca olhar para o padre Mercedes. Era mais fácil fazer as coisas que ele pedia se não tivesse de encará-lo — se pudesse fingir que as reuniões de ambos eram confissões, naquela salinha acanhada, com um biombo entre eles.

— Fiz o melhor que pude, padre — disse ela. — Mas o senhor não precisa se preocupar. Ela disse que não sabe de nada sobre o senhor, e tentei de tudo para ela me contar. Tentei enganá-la.

O padre disse:

— Você tem certeza de que ela está dizendo a verdade? Ela não tem nada contra mim?

Sete-Oitavos disse:

— Só que o senhor era um... *três pontinhos*.

O padre revirou os olhos.

— Apenas diga a palavra.

— Ela chamou o senhor de ba-ba-ca — disse a menina, como se fossem três palavras. Então ela se persignou e pensou numa rápida ave-maria para se purificar.

O padre Mercedes riu, depois tossiu, exalando fumaça pelo nariz enquanto sorria. Se isso fosse verdade, que tremendo alívio. Que Hannah lesse à vontade seus rabiscos nocivos na frente de todos no Piquenique do Trote e flagelasse o mundo — já que nada podia atingi-lo.

Ele prendeu o cigarro no canto do sorriso e o deixou lá, dependurado, enquanto levava Sete-Oitavos de volta para casa. *Era isso. Ele estava a salvo.*

Tinha sido abençoado por esse tipo de alívio uma vez, quando o perigo de ser descoberto chegara ao auge e os anêmicos balancetes financeiros da São Miguel Arcanjo quase desmascararam seus pequenos crimes.

Aos olhos de todo mundo, o incêndio da igreja tinha parecido uma tragédia, mas daquelas cinzas nascera uma grande desordem, e seus delitos, sua ladroeira crônica, foram obscurecidos por uma perda muito maior. A indenização paga pela seguradora, embora não tivesse sido suficiente para a reconstrução da igreja, tinha ajudado a esconder o dinheiro que ele havia subtraído. Agora, ele precisava fazer novas correções, fechar a escola, erguer de novo a capela de São Miguel Arcanjo no mesmo local onde um dia ela havia ardido.

Essa bênção, a liberdade de não ter suas más ações expostas naquele estranho diário da menina, era o primeiro passo. Agora ele punha fé nisso. Deus estava mais uma vez alerta, guardando o padre Mercedes. Ele se perguntava qual seria a próxima bênção.

Ela veio imediatamente.

O pároco inalou a fumaça do cigarro, uma tragada profunda e penetrante, sentindo-se cheio de vida. Isso fez Sete-Oitavos virar o rosto para a porta e pedir permissão para abrir um pouco o vidro da janela. Ela odiava a fumaça. Imaginava que fosse o cheiro do inferno, e agora o fedor ficaria impregnado em seu cabelo quando ela estivesse tentando pegar no sono à noite.

Sarah "Sete-Oitavos" Matusch desprezava o padre Mercedes com todas as forças, do fundo do coração. Sabia que ele era cruel e manipulador, e aquela parte do que ela dissera a Hannah não era mentira. Mas às vezes ansiamos pelo amor das pessoas que tememos detestar.

— Talvez o senhor queira saber de outra coisa... — disse a menina, com voz suave.

— E o que é? — o sacerdote resmungou.

O brilho do painel do carro lançava sombras lúgubres nos ângulos do rosto de Sete-Oitavos.

— Acho que o sr. Zimmer está transando com Hannah Kraut.

Parte VII

O outro caminho para baixo

42

Peter Davidek estava em pé junto à janela da sala de aula, as mãos enfiadas nos bolsos, o paletó puxado para trás dos lados do corpo, a gravata de clipe vermelha presa com firmeza no colarinho. O céu da manhã era de um azul tropical, e uma brisa aromatizada com um toque de grama recém-cortada se ergueu e agitou a franja de seu cabelo. Logo ao lado do *shopping center* de Tobinsville, ele avistou os insetos amarelos que são as escavadeiras deslocando pilhas de borralho cinza da siderúrgica Kees-Northson, e ondas verdes de colinas vicejantes e arborizadas flutuavam além do rio, rolando adiante na direção de qualquer-outro-lugar-menos-aqui.

O sr. Mankowski estava fazendo a chamada mais uma vez.

— Dahnzer, Missy — disse ele.

Uma menina com corpo em formato de pera com dois lápis no lugar das pernas respondeu:

— Presente.

O professor careca lançou um olhar firme para as costas de Davidek e disse:

— Davidek, Peter... — Uma vez que Peter não respondeu de imediato, ele repetiu, mais alto.

Davidek respondeu:

— Aqui.

Mankowski seguiu adiante, nome após nome, e quando chegou a "Stein, Noah", fez uma pausa, como sempre fazia, e ficou decepcionado com o fato de Davidek não o estar encarando. O professor repetiu o nome mais uma vez, apenas para infernizá-lo.

— Stein, Noah. — Mas Davidek não respondeu.

Mankowski franziu a boca, depois fez uma marcação à caneta na lista e seguiu em frente.

Hannah viu Davidek no refeitório, uma rara aparição da garota de impopularidade radioativa no local.

— Você não deu as caras no baile de formatura, modelo da *Playgirl*.

Davidek segurava uma bandeja de almoço vazia.

— Tive problemas pra arranjar carona.

Ela fez uma careta.

— Você não ia com aquele gordo da sua classe? Eu vi ele lá, junto com o Bilbo e os amigos dele...

Davidek disse:

— Pois é... bom, isso aí deu errado.

— O que aconteceu? Eu fiquei esperando e...

Davidek encolheu os ombros.

— O esquema *deu errado*. Por isso você pode me ameaçar ou, sei lá, e vou dizer: "Sinto muito, Hannah, me desculpe... não foi minha culpa. Por favor, não!" E aí você ou vai fazer alguma coisa comigo ou não vai.

Hannah inclinou a cabeça, fitando-o de cima a baixo. Ela quase pareceu estar magoada. Quase. Depois o sentimento passou e ela disse:

— Está menstruado, modelo da *Playgirl*?

Durante o horário de estudos na biblioteca, Carl LeRose andou a passos lentos, os dedos enfiados nas páginas de um decrépito exemplar de *Biologia avançada*, livro todo inchado por conta da ação da água, reflexo dos estragos causados pela inundação.

— Dá uma olhada — sussurrou o segundanista, debruçando-se sobre a capa. — Aqui tem uma foto de uma mina pelada.

Davidek folheou as páginas e se encolheu de susto.

— Ela é velha — disse. — E o que é isso na pele dela?

— Hum, algum tipo de urticária — disse LeRose, esquadrinhando a legenda: — Varíola.

Davidek fechou o livro de novo e LeRose levou um dos braços às costas dele e lhe deu um chacoalhão.

— Eu vim aqui pra animar você. Nesses últimos dias todo mundo está falando de você. A coisa do trote está se aproximando. Eles precisam saber... você vai ajudar a gente a pegar a Hannah, ou é uma bichinha bunda-mole covarde? — Ele ergueu uma sobrancelha. Davidek parecia entediado.

LeRose acomodou-se na cadeira vazia ao seu lado (ao redor de Davidek todas as cadeiras ficavam vazias).

— A Hannah sabe alguma coisa sobre você também, não sabe? — sussurrou ele. — Como sobre o resto de nós.

— Não — disse Davidek. — Acontece que eu não passo de uma bichinha bunda-mole covarde.

LeRose meneou a cabeça.

— Entendi. Você está sentindo um pouco da pressão... tudo bem. Mas estou vindo aqui como amigo. E talvez os caras desta escola não estejam te tratando tão bem porque não sabem se podem confiar em você. Vou sair por aí falando bem de você. Só preciso que em troca você mostre um pouco de boa vontade.

— Caras, vocês simplesmente negariam o que a Hannah escreveu; então, quem se importa pro que ela me obrigar a dizer?

LeRose tamborilou a mesa.

— *Mesmo assim* eu ainda não quero que ela diga... Eu poderia me sentar aqui e dizer que a sua mãe é uma puta, e que diferença isso faria? Só que mesmo assim você não ia gostar de ouvir, certo? Do mesmo jeito que eu não quero ouvir a Hannah falando de mim ou do meu papai.

Davidek se recostou na cadeira.

— Eu provavelmente já disse isto pra você... mas o seu *papai* realmente se importa com o que uma adolescente qualquer diz a respeito dele?

LeRose bateu um dos dedos rechonchudos feito salsichas no peito de Davidek.

— O meu pai tem o caráter absolutamente limpo, mas ele vai ao piquenique com outros monitores da paróquia, e alguns dos velhos amigos dos tempos de escola vão se juntar a ele. Talvez a minha mãe venha também... Então, eu ficaria muito agradecido se você puder me ajudar a impedir que a Hannah Kraut jogue um monte de merda em cima dele... sacou?

Davidek passeou os olhos ao redor da biblioteca. Havia uma porção de gente de olho neles.

— Bom, se o seu papai é tão fã da escola assim, ele sabe que no Dia do Trote eu não tenho muita opção. Tenho que fazer o que os meus veteranos mandarem.

— Aparentemente não estou sendo ouvido — disse LeRose, meneando a cabeça com paciência. — Você salvou a minha pele uma vez, por isso quero te ajudar. Sei que a Hannah está aterrorizando você, mas você precisa pensar em todas as *novas* Hannah Kraut que está criando pra si mesmo se não tiver coragem de enfrentá-la feito homem. Você tem mais três anos na St. Michael. Cada pessoa que você deixar a Hannah machucar vai se lembrar disso. E quando chegar a hora todos vão ficar felizes de te dar o troco.

LeRose inclinou a cabeça calmamente, com olhos arregalados e pesados de austeridade adolescente.

— Eles pegaram pesado e descontaram no seu amigo, não foi? Você também quer acabar como o Stein?

Davidek cerrou as mandíbulas, com expressão muito séria.

— Então o que eu devo fazer?

LeRose achegou-se a ele.

— Veja, temos um plano. Mas precisamos da sua ajuda — disse ele. — Se você não pode resistir abertamente à Hannah, talvez possa ajudar o restante de nós em segredo.

Davidek ergueu as mãos no ar.

— Ok. Beleza. *Como*?

— Ajude a gente a parar a Hannah pra você. *Fisicamente*, porra!

Antes de continuar, LeRose fez Davidek prometer que se manteria em silêncio.

— Alguns dos caras do terceiro ano, John Hannidy, Raymond Lee, Janey Brucedik, tiveram a ideia de usar *intervenção militar*, se isso for preciso. Igualzinho à Operação Tempestade no Deserto. Só que esta é a Tempestade da Puta. — O segundanista corpulento resfolegou ao dizer o termo. — Agora, também já tem um punhado de gente do último ano nessa junto com a gente. O Prager e o Strebovich me disseram que estão dispostos a encher a Hannah de porrada, se for necessário. Eles são como o seu amigo Stein... não estão nem aí de bater numa menina.

Davidek semicerrou os olhos, e LeRose prosseguiu:

— A gente vai atacar na manhã do piquenique. Antes que ela chegue ao parque, vamos agarrar aquela vaca e virar ela de ponta-cabeça e chacoalhar até aparecer o tal diário. Então vamos destruir o maldito diário. Ninguém no piquenique está por dentro de nada. Você sai ileso. Até onde ela sabe, você não teve nada a ver com isso. Mas secretamente você vai estar ajudando a gente.

— Mais uma vez: como?

— A gente precisa que você descubra o que ela tem. Não os segredos em si e tal, mas como são essas anotações dela: uma pasta, um fichário, um punhado de rascunhos amarrotados do tipo que um cara doido numa cabana escreveria? Fotos, rabiscos... *Seja lá o que for*. Qualquer coisa que ela vai enfiar na sua mão na hora de te empurrar pra cima do palco. A gente quer ter certeza de pegar tudo o que ela tiver. Nada de surpresas.

Davidek disse:

— Não faço ideia do que ela tem.

— Então descubra — disse LeRose, pondo-se em pé. — Vai ser bom pra você.

— E se ela disser pra alguém que foi atacada por uma gangue? — perguntou Davidek. — E se ela chamar a polícia ou algo do tipo?

LeRose gargalhou e virou os olhos.

— Eu te adoro, cara, mas você é um sujeito burro. Lembra? Meu pai *conhece* a polícia. A polícia deve pra ele. E de todo modo os policiais não iam gostar do que a Hannah está a fim de fazer. Então, deixe ela reclamar à vontade. A essa altura o diário já estará nas nossas mãos.

— E se ela contar pros professores?

LeRose disse:

— Olha, tem outra coisa que você ainda não entendeu. As pessoas responsáveis pela escola não estão nem aí pra essas merdas da Hannah. Não com esses monitores paroquianos por perto. O que elas querem é ter um lugar pra trabalhar no ano que vem, porra! Entendeu? — LeRose bagunçou o cabelo de Davidek. — Você se preocupa demais. Isso vai funcionar. E você vai querer me beijar. Porque todo mundo vai adorar quando esta merda chegar ao fim.

Davidek refletiu. Seria bom sentir-se protegido. Ter alguém para cuidar dele. Durante meses a fio essa questão o vinha martirizando. Agora finalmente tinha uma saída.

— Tudo bem — disse Davidek.

LeRose bagunçou de novo o cabelo dele e beijou-o no topo da testa.

43

Uma semana se passou, mas Davidek não havia obtido nenhuma informação útil.

Todos pareciam dispostos a lhe dar algum tempo, uma vez que LeRose assegurou que Davidek estava do lado deles, mas outros não tinham tanta certeza. Bilbo e sua Galera da Escadaria estavam no lugar de sempre, tomando Coca-Cola, contando piadas e encarando o grande vazio do poço da escada, que se estendia três andares acima deles, quando a conversa passou a girar em torno de Davidek. Bilbo mencionou que Green e ele eram amigos.

Isso despertou o interesse de Michael Crawford, que quase odiava o modo como Bilbo, Alex Prager e Dan Strebovich tinham transformado Green num bichinho de estimação, um coleguinha favorito. Aquele calouro negro e balofo, melhor amigo dos veteranos? Que idiotice. Mas adoravam Green. Fazer o quê?

— Mas você e esse tal Peter Davidek são muito amigos? — perguntou ele.

Green franziu o rosto, como se o seu refrigerante tivesse acabado de virar leite azedo.

— Eu e ele não somos mais o que eu chamaria de amigos, caras.

— Mas ele é um cara legal, certo? — quis saber Bilbo.

Green meneou a cabeça.

— Na verdade, ele é um merda — disse.

Isso acendeu um fogo em Crawford. Fazia meses que o ressentimento vinha se avolumando dentro do veterano bonitão e vistoso à medida que seu último ano na escola avançava aos trancos e barrancos rumo ao nada. O time de basquete que ele capitaneava era uma porcaria. Ele se formaria sem nenhuma distinção ou destaque, na porção intermediária da classe, ao passo que a oradora da turma provavelmente seria a namorada, Audra Banes, que estava começando a se cansar dele — tanto quanto o próprio Crawford estava cansado de si mesmo. Ele odiava as coxas cada vez mais grossas dela, e só porque ela era a representante da classe não significava que tinha que usar aqueles malditos óculos de aros pretos para parecer mais inteligente. Ela era a capitã da equipe de animadoras de torcida, *pelo amor de Deus.* Que tal mostrar um pouco de sexo e safadeza?

Ainda assim ele não queria perdê-la, embora isso estivesse fadado a acontecer quando, no outono, ela se mudasse para Rhode Island para estudar na Universidade Brown. Já ele ficaria muito mais perto de casa: cursaria a St. Vincent's, em Latrobe, no meio do mato, além de Pittsburgh. Não conseguira entrar na Brown.

Crawford sempre tinha sido o menino mais inteligente da classe, o mais charmoso, o líder. Agora, entretanto, era invadido pela sensação de que já não tinha controle sobre coisa nenhuma. O lance com Hannah parecia uma chance de salvar sua reputação.

— Então, você acha que a gente pode confiar nesse tal Davidek... ou não? — perguntou.

Green apenas encolheu os ombros e voltou a bebericar sua Coca-Cola.

— Eu não confiaria.

Depois de mais uma semana sem novidades, os alertas de Crawford sobre Davidek começaram a espalhar preocupação e perigo. Certa manhã, John Hannidy encurralou Davidek no corredor, enquanto seu amigo Raymond Lee torceu o braço do calouro atrás das costas.

— Você prometeu que ajudaria a gente, mas estamos começando a te achar um mentiroso do caralho — disse Lee, arrastando as palavras.

A namorada de Hannidy, Janey Brucedik, cruzou os braços sobre o peito esquelético ao passar atrás deles, de olhos atentos à aproximação dos monitores paroquianos e suas cadernetas onipresentes.

— Acho que ele é uma bichinha bunda-mole, medrosa demais — disse ela.

— Caras, por que vocês simplesmente não expulsam a Hannah do piquenique? — perguntou a boca esmagada de Davidek quando seus lábios sentiram o gosto metálico do armário. — Ou por que não cortam o microfone quando for a vez dela de falar?

— A gente já pensou nisso, gênio! — disse Janey.

— Você quer contar pra ela? — perguntou Hannidy.

— Ninguém quis entrar nessa linha de fogo sozinho — acrescentou Raymond.

Claro, essa era a razão pela qual eles tinham que parar Hannah como uma escola, um coletivo — dezenas de alunos, não apenas eles três. Hannah não seria capaz de se vingar de todo mundo. Mas primeiro precisavam que Davidek fizesse a parte dele e lhes contasse sobre aquilo que estavam procurando.

— Por que vocês não contam *pra mim* do que vocês têm medo que ela saiba? — zombou Davidek.

Os três membros do grêmio estudantil, que, quando estavam no terceiro ano, haviam passado doze meses acobertando irregularidades na verba destinada às atividades dos estudantes — fundo do qual eles vinham desviando dinheiro —, trocaram um olhar preocupado. Então Hannidy acertou um soco na barriga de Davidek.

Outros veteranos tentaram conquistá-lo com gentilezas.

Alguns dias depois de Davidek ter sido maltratado por Hannidy, dois outros alunos do terceiro ano, Will Framalski e John Jay, foram falar com ele, para perguntar se Hannah sabia de seu pequeno esquema de venda de maconha. Secretamente, temiam também que ela soubesse que ambos vinham abastecendo Alexander Prager, outrora o maior pontuador do time de basquete da escola, de esteroides anabolizantes (as drogas tinham deixado o rapaz não apenas absurdamente musculoso, mas afeito à violência). Seu inchaço à base de "bomba" era uma das razões para a temporada de derrotas do time, uma vez que o aumento da massa muscular, que ajudava muito no beisebol e no futebol americano, servia apenas para deixá-lo mais lento na quadra de basquete, onde a velocidade era mais preciosa que o volume dos músculos. Os traficantes esperavam apenas que a formatura viesse antes que Prager percebesse isso.

Framalski enfiou um saquinho plástico nas mãos de Davidek. Dentro havia três cigarrinhos de maconha bem apertados.

— É um presente — disse ele. — Só dê um jeito pra que a Hannah não diga nada a nosso respeito.

— Você ajuda a gente, a gente abastece você. Beleza? — acrescentou John Jay.

Temendo ser preso em flagrante, Davidek jogou os baseados numa privada do banheiro do segundo andar e apertou a descarga.

Alguns dias se passaram sem que Davidek tivesse falado com Hannah uma única vez. Faltavam duas semanas para o piquenique e todos os alunos o atormentavam, todos eles perdendo a paciência com suas desculpas. Até que certa tarde, durante a aula de religião, a porta se abriu e a animalesca Mary Grough enfiou o rosto sala adentro.

— Sra. Bromine, a direção me pediu para vir aqui buscar Peter Davidek.

Bromine olhou para o menino, sentado calmamente na última fila, alisando com os dedos sua gravata de clipe.

— Bem... vamos indo! — disse Bromine.

Davidek saiu da sala e Mary fechou a porta atrás dele. No corredor havia um grupo de outros alunos do primeiro, segundo e terceiro anos, todos em silêncio: Bilbo e seus amigos da escada, Streb e Prager. Morti e sua Galera do Ventilador. Carl LeRose com Hannidy, Janey e o protuberante Raymond, que vivia "segurando vela". Mary Grough tomou seu lugar ao lado da irmã e da amiga Anne-Marie Thomas. Audra Banes estava no centro do grupo, ladeada pela própria panelinha: Allissa Hardawicky, Amy Hispioli e Sandy Burk. Michael Crawford arrastava os pés no ladrilho, sozinho e carrancudo, perto dos fundos.

Audra levou a mão à porta do outro lado do corredor e a abriu.

— Por favor, entre — disse ela. E Davidek obedeceu.

Era a sala de inglês do sr. McClerk, mas agora não haveria aula e as luzes estavam apagadas. Nos fundos havia um recanto atrás de uma fileira de prateleiras de livros, e uma comprida mesa com um par de computadores, que faziam as vezes de escritório da redação do anuário da escola. Faltando apenas duas semanas para a formatura, o livro tinha ido para a gráfica fazia dois dias, e a versão impressa ficaria pronta bem em cima da hora. Os restos da frenética reunião de fechamento do anuário ainda estavam espalhados em lascas de páginas de leiaute e fotos descartadas.

Numa das cadeiras ao lado da mesa estava sentada a irmã Maria. Audra fechou a porta, deixando somente os três dentro da sala.

A irmã Maria pediu a Davidek que se sentasse.

— Somos amigos, sr. Davidek?

Davidek se remexeu na cadeira. Não sabia ao certo o que dizer ou não na frente de Audra.

— O comitê de boas-vindas no corredor vai me espancar se eu disser que não somos?

— Eu queria que você visse quantos de seus colegas de classe estão preocupados com o seu plano de atrapalhar o Piquenique do Trote — disse a irmã Maria.

Davidek endireitou-se na cadeira.

— *Meu* plano? Foi a senhora quem teve a brilhante ideia do Irmão-Irmã.

— Muito bem, o plano da sua *veterana* — a freira se corrigiu. — De usar *você*. E a sua incapacidade de resistir a ela. Isso é algo que não pode ser permitido. Não tenho o controle efetivo sobre esse piquenique, mas o que vier a acontecer lá se reflete em mim e nesta escola. E estamos num período de extrema volatilidade na St. Michael... como você bem sabe.

— Talvez a senhora deva falar com a Hannah, então — disse Davidek.

— Já falei — disse a freira num tom de voz severo e formal. — Mas não consegui convencê-la a ceder. E fui incapaz também de persuadir o padre Mercedes a cancelar o piquenique.

— Ele poderia *fazer* isso? — perguntou Davidek.

A irmã Maria respondeu sem responder.

— Ele disse que os alunos da escola devem saber como se comportar de maneira civilizada em um evento público, e acredita que o Piquenique do Trote provará isso, de uma forma ou de outra.

— Ele tem razão — disse Davidek.

A irmã Maria cerrou o punho. Ela tinha sido muito mais simpática e amigável dois meses antes, quando estava destruindo banheiros.

— Sei que você é um menino que sempre coopera, Peter. Então, por que não está ajudando Audra e os outros alunos a resolver esse problema?

— A senhora sabe pelo menos o que eles estão planejando fazer? — perguntou Davidek. — Querem espancar a Hannah e tomar dela... — Mas a freira ergueu uma das mãos para silenciá-lo.

— *Ninguém* quer machucar a Hannah — disse ela. — Já me asseguraram. E, em circunstâncias normais, eu não permitiria nada disso. Mas acontece que acredito que os alunos da St. Michael farão a coisa certa.

Davidek deu uma gargalhada debochada. A freira disse:

— Talvez você não dê risada quando vir isto...

Ela esparramou sobre a mesa um punhado de fotografias, como se fossem cartas de um baralho. Eram retratos de vinte por vinte e cinco centímetros, em papel brilhante de alta qualidade, instantâneos dos alunos tirados por Zari no dia da inundação. Dezenas. Todos de rostos conhecidos, cada sorriso acompanhado por uma falsa cicatriz vermelha.

— A comissão do anuário queria publicar algumas destas fotos — disse a irmã Maria. — Audra descobriu e nós os obrigamos a desistir.

Do outro lado da sala, Audra disse:

— Fizemos isso como um favor a você. Uma recompensa por nos ajudar.

Os dedos de Davidek peneiraram as imagens; depois, examinaram com atenção um dos retratos em particular.

— Tem certeza de que não é porque você pintou uma cicatriz no seu rosto também?

Audra abriu a boca.

— N... não — disse ela, mas hesitou, depois deu um passo à frente e arrancou a foto da mão dele.

Ela não estava nem aí. Mas Davidek obteve a resposta que estava procurando.

A irmã Maria estendeu o braço e pousou a mão sobre a de Davidek.

— Por favor — disse ela, os olhos duros como aço. — Você, mais do que ninguém, sabe o sofrimento que é causado quando as dores mais profundas de uma pessoa são expostas em forma de piada.

Davidek recostou-se na cadeira, ainda esquadrinhando as imagens diante de si. Seus olhos encontraram os da freira, depois se desviaram.

Naquele dia, depois de encerradas as aulas, um dos santos de vigília no teto da St. Michael veria Davidek parado no estacionamento, tentando ser discreto enquanto aguardava a veterana de cabelo vermelho e fino e com olhos de cores diferentes. Ele a abordou, os dois conversaram brevemente; depois entraram no jipe dela e foram embora.

Na tarde seguinte, Davidek encontrou-se com Audra e LeRose no Salão Palisade vazio.

— É uma compilação de anotações, num fichário azul. Umas trinta páginas — disse ele.

Audra quis saber sobre as fotografias. No último verão, Michael Crawford havia pedido para tirar algumas fotos da namorada quando os dois tomavam sol à beira da piscina. Os pais de Audra não estavam em casa. Ela e Michael tinham bebido. Talvez a garota tivesse tirado a parte de baixo do biquíni, talvez não. A parte de cima certamente ela havia tirado. Ela sabia que terminaria o namoro em breve, por isso recentemente perguntara a Crawford que fim tinham levado as fotos. Ele alegou que havia perdido o filme. Ou ele estava mentindo ou alguma outra pessoa estava de posse das tais fotografias.

— *Não* tem fotografia nenhuma — disse Davidek. — E as páginas do fichário, as originais, são as únicas que ela tem. Eu acho. Ela não queria que ninguém descobrisse cópias extras e ficasse sabendo o que vinha planejando. Ela fala muito do "elemento surpresa".

— Que vaca — disse LeRose.

Audra pousou uma das suas mãos perfumadas no ombro de Davidek, acariciando sua nuca.

— Você é incrível, Peter — disse ela. — Estou falando sério.

— Então isso vai *funcionar*, certo? — perguntou LeRose.

Davidek correspondeu aos sorrisos largos e idiotas estampados no rosto de ambos.

— Espero que sim! — respondeu.

No jipe com Hannah, na tarde da véspera, Davidek estava cheio de perguntas. Ela já havia revelado as fotos dele? Levaria a câmera descartável ao piquenique para entregá-la a ele, depois que ele fizesse o que ela mandasse? Como poderia saber com certeza que era a mesma, a menos que ele próprio revelasse as imagens?

— Por que de repente você ficou todo curioso? — perguntou ela. — É só você não me contrariar que vai ficar tudo bem.

— Eu não vou contrariar você, Hannah — disse ele. — Apenas quero saber o que mais você tem. — Depois de alguns instantes, acrescentou: — Então esse seu caderno, esse diário... é escrito à mão? Você tem cópias?

— Está no meu computador — disse ela. — Vou imprimir na manhã do piquenique. Ainda estou acrescentando coisas. Mais do que isso não posso contar. O elemento surpresa, e tal...

— Quantas páginas tem? — perguntou ele.

Hannah disse:

— Algumas... mas você não vai ler *Guerra e paz* lá em cima do palco. São anotações curtas, rápidas e suculentas. É como a lista do Papai Noel... só que tudo safadeza. Coloquei as coisas mais picantes primeiro, porque é capaz que acabem tirando você logo de lá.

— Mas você *pode* fazer cópias?

— Acho que sim. Por quê? Quer um suvenir?

O vento soprou no rosto de Davidek.

— Eles vão tentar te impedir — disse ele, baixinho.

O bairro ia passando ao lado do carro, uma sucessão de casas impecáveis e lindos gramados verdes e bem aparados. Botões frescos de petúnias azuis e vermelhas floresciam nos jardins. Hannah perguntou:

— Do que você está falando?

Davidek citou os nomes de todas as pessoas que ele sabia que estavam envolvidas: Audra, Hannidy, Grough, Bilbo, e até LeRose e a irmã Maria.

— Querem que eu descubra coisas sobre seu diário: o que tem nele, mais especificamente a descrição física... se você tem mais cópias. Coisas desse tipo. Estão planejando aprontar uma armadilha pra roubá-lo antes que você consiga chegar ao piquenique. Por isso você tem que me escutar, tudo bem?

Hannah parecia estar achando divertido. Davidek supôs que ela simplesmente não acreditava nele. E disse:

— Me dê uma cópia extra do diário esta semana, pra que assim eu mesmo o leve pro piquenique.

Hannah abaixou os óculos escuros.

— *Dar* uma cópia pra você? — Ela riu e afagou de leve o joelho dele.

— Você não entende? Agora eu *quero* que isso aconteça — disse ele, afastando a mão dela. — Porra, eu quero *machucar* todos eles pra valer... tanto quanto você. Mantenha uma cópia com você, tudo bem... mas eles vão tentar tomá-la. Então me dê uma cópia de segurança. É só isso que estou dizendo.

No sinal vermelho seguinte, Hannah cravou longamente o olhar entre os olhos dele, como se estivesse tentando detectar uma mentira.

— Ok, modelo da *Playgirl* — disse ela. — Vou confiar em você.

Davidek olhou de novo pela janela do carro.

— Só me faça um favor. Dê um jeito pra que haja alguma coisa sobre a Lorelei. Algo bem horrível. No topo da lista.

Mais uma semana se passou e chegou o dia do Piquenique do Trote.

Mas em momento algum Hannah entregou a Davidek uma cópia do diário.

44

Eram 5h38 da manhã de sábado. Dia do Trote, e Hannah Kraut acordou na hora habitual, pouco antes do raiar do dia. O restante do mundo permanecia em silêncio.

A casa da menina era gigantesca — a maior do prestigioso condomínio de classe alta de Roman Oaks, repleto de propriedades palacianas, garagens para quatro carros, piscinas infinitas com bordas de mármore e quintais com estufas. Esse oásis de opulência era rodeado por densas florestas e glebas ondulantes de terra cultivada. O pai de Hannah, executivo do ramo farmacêutico, construíra atrás um pequeno campo de golfe para a prática de tacadas de curto alcance, e sua mãe havia convertido a casa de hóspedes em estúdio, onde dava aulas de pintura a óleo e de vitral. A casa da família Kraut ocupava dois lotes no final de uma rua sem saída e tinha sete quartos — o que era muita coisa, considerando que os únicos moradores eram Hannah, a mãe e o pai, e o fantasma da irmã caçula.

Morta, Claudia Kraut ainda ocupava mais espaço que todos eles, oito anos após seu enterro. Dois dos quartos continuavam devotados à memória da menina, que havia morrido poucas semanas depois do aniversário de quatro anos, quando Hannah tinha nove. O quarto de Claudia era um monumento à sua breve existência, com lençóis, fronhas e um edredom da Moranguinho ainda adornando a cama, as gavetas dos armários repletas de suas roupas e, a um canto, uma cuidadosamente arrumada pirâmide de bichinhos de pelúcia. O cômodo ao lado era um verdadeiro memorial: grossas pastas de plástico contendo informações do seguro de saúde e despesas médicas, enfileiradas em prateleiras como volumes de uma enciclopédia; suportes de medicação intravenosa e bolsas de gotejamento vazias que outrora haviam preenchido as veias da menina; a pequena cama de aço inoxidável de hospital, que os pais sempre pretenderam doar para alguma criança necessitada (intenção que, entretanto, nunca concretizaram) e uma coleção de perucas em miniatura que Claudia ganhara para usar quando os tratamentos contra a leucemia começaram a fazer o cabelo dela esfarelar feito fios de açúcar caramelizado.

Hannah tinha cinco anos quando Claudia Kraut nascera, e adorava a irmãzinha como a uma boneca favorita. Quando adoeceu, Claudia lutou valentemente, mas definhou sobre a cama, chorando até ficar rouca, os músculos do corpinho enrolando-se sobre si mesmos como papel velho. Teria sido mais fácil para todos se a morte dela tivesse sido algo chocante e rápido: por acidente de carro, ou afogamento. Em vez disso, Claudia passara por um sofrimento sem fim, e sua família sofrera também.

Quem mais sentiu o baque foi Hannah, que reagiu com ataques de fúria em vez de lágrimas quando a irmãzinha por fim perdeu a batalha por sua curta e dolorosa vida. Hannah nunca fora do tipo chorona.

Claudia já havia morrido fazia mais de um ano quando, numa tarde de verão, então com dez anos, Hannah viu alguns meninos do bairro amontoados em volta de um toco de árvore apodrecido no limite do bosque. Eram três garotos, todos colegas seus da escola. Estavam passando de mão em mão uma lupa de aço e posicionando a lente num ângulo que projetasse *lasers* da escaldante luz do sol nas costas de besouros, centopeias, formigas e aranhas que rastejavam ao longo da musgosa metrópole de insetos. Ela ouviu um deles gritar, incentivando o outro: "Acerta a *radiação* neles, John!"

Essa era uma palavra que ela conhecia bem, embora não fizesse ideia do que significasse.

Hannah observou os insetos fugirem do raio de luz, sentindo-se aquecidos (no começo), depois histéricos e desesperados. Debaixo de curtos fios de fumaça, eles se sacudiam e rolavam, escoiceando em vão enquanto as pernas se inflamavam feito pavios de vela. A garota pensou ter ouvido minúsculos gritos, mas era apenas o silvo do vapor superaquecido saindo dos apertados sulcos e suturas de seus exoesqueletos. Por mais que lutassem, não havia remédio, seu destino era inexorável. Ela já tinha visto isso antes.

A Hannah de dez anos de idade não pediu aos garotos que parassem. Acertou com uma das mãos o rosto de um deles, o maior dos três, derrubando-o no chão. Um dos outros a empurrou, e com seu tênis cor-de-rosa e branco Hannah acertou-lhe um chute nos testículos. O terceiro menino agarrou-a aplicando-lhe uma gravata, e ela mordeu-lhe o braço, não apenas para se desvencilhar do agressor, mas com a intenção de arrancar um naco grande de seu pulso.

O menino mordido e o outro que segurava a virilha saíram correndo na direção da calçada, mas John, o maior dos três e que Hannah empurrara com um safanão no rosto, levantou-se e se lançou sobre ela, dando estocadas com os ombros, ameaçador. Ela sequer piscou.

John seguiu os amigos e atirou em Hannah a lente de aumento, que a atingiu no peito e aterrissou numa fenda do toco, onde a menina a deixou e onde ainda enferrujava até os dias atuais.

Daquela vez, lágrimas lhe vieram aos olhos. Hannah voltou correndo para casa, aos prantos e berros, balbuciando incoerentes pedidos de ajuda, enquanto a mãe tentava desvairadamente encontrar no corpo da filha algum machucado.

— Não eu, *eles* — disse Hannah. — A gente precisa consertar eles! Eles estão com radiação!

— Quem? — perguntou a mãe, e Hannah abriu os punhos para revelar um punhado de insetos enegrecidos e quebradiços.

Se tivesse sobrevivido, Claudia estaria agora no primeiro ano do colegial. À medida que ia ficando mais velha, Hannah imaginava a irmã mais nova fazendo a mesma coisa. Mas Claudia seria muito diferente de Hannah. Claudia exigia e fazia jus ao amor, atraía-o para si com a mesma facilidade com que o oceano puxa a areia da praia. Ela transbordava de amigos, ao passo que Hannah não tinha amigo nenhum.

Claudia seria uma dançarina, uma poeta, uma aluna que só tiraria notas máximas. Ganharia todos os prêmios nos projetos de ciências, aprenderia a falar francês. Seria atleta — talvez maratonista, ou nadadora. Sempre em forma e elegante e com energia para dar e vender.

Hannah jamais tinha sido negligenciada. Os pais haviam comprado aquela casa descomunal porque tinham a intenção de enchê-la de crianças, mas quando Claudia adoeceu e por fim sucumbiu à doença, direcionaram para Hannah todo o amor que traziam dentro deles. Sentiram na pele uma perda extraordinária, mas tentavam dar à filha uma vida normal. Eles a ajudavam nos deveres de casa, compareciam a todas as reuniões da escola e a deixavam de castigo quando suas notas pioravam, como fazem os bons pais. Compraram o jipe de presente para Hannah quando ela completou dezesseis anos e no ano anterior, a pedido da filha, construíram no porão uma pequena sala de ginástica para ela.

Entretanto, nada do que o pai e a mãe faziam era capaz de diluir em Hannah a sensação de que a filha errada havia morrido. Claudia teria recebido todo esse amor — toda essa bondade — e o ampliaria. Ela os teria compartilhado com outras pessoas. Hannah sentia que fizera exatamente o contrário.

Hannah jamais havia convidado uma amiga para pernoitar em seu quarto e tampouco frequentara a casa de quem quer que fosse. Quando era pequena, desistiu do grupo das bandeirantes sem motivo aparente. Gostava de jogar basquete sozinha na garagem de casa, mas num time era um desastre. E então veio o colegial e a promessa de recomeço, o que foi um fiasco equivalente à espetacular explosão de uma bomba diretamente em seu rosto.

Tinham lhe dado o apelido de Puta, mas mesmo agora Hannah ainda era uma virgem que nunca havia sequer dado uns amassos em algum menino, apesar do que dissera a Davidek naquele dia debaixo da ponte. Essa imagem remontava a Cliffy Onasik, o garoto drogado do último ano que havia escolhido a menina de cabelo crespo como sua caloura no dia do Piquenique do Trote, e que sumira com ela no meio do mato em vez de conduzi-la ao palco. Mas Cliffy só tinha feito isso porque não via necessidade nenhuma de atormentá-la — quando calouro, havia sido insultado e maltratado com a mesma inclemência e por isso odiava os rituais de trote.

Ele estava assistindo, enojado, ao *show* de talentos: duas meninas foram obrigadas a participar de uma competição para ver quem conseguia comer mais *marshmallow*. A perdedora, horrorizada, recebeu uma torta na cara, e suas lágrimas riscaram nítidos filetes no creme batido que lhe grudara no rosto quando Cliffy cutucou Hannah e ambos entraram na floresta e percorreram a trilha ao longo do espinhaço. Lá embaixo ficava o rio, e do outro lado do abismo havia infinitas colinas frondosas. Cliffy tinha um maço de cigarros com um tubo de papel encaroçado, dobrado e retorcido. "É um baseado", disse ele, enfiando o cigarro entre os lábios e acendendo-o. Jogou no rosto da menina uma fedida nuvem de maconha de baixa qualidade, passando-lhe o baseado em seguida.

No rio abaixo, uma barcaça — abarrotada de cascalho, uma carga tão pesada que suas laterais pareciam estar a apenas poucos centímetros acima da água — gemia ao longo da correnteza.

Quando Hannah voltou para a escola, uma semana antes do recesso de verão, algumas colegas de classe, também calouras, foram falar com ela para perguntar se "aquilo" era verdade.

— É verdade *o quê*? — ela perguntou.

— Sobre você e o Cliffy Onasik — disse Mary Grough, à época trinta centímetros mais baixa e com o corpo que lembrava um hidrante.

Hannah achou que elas deviam estar se referindo ao fato de ter fumado o baseado.

— Eu não queria — disse ela, o que serviu apenas para aguçar o interesse das outras. Quando percebeu que estavam falando de algo mais sórdido, negou enfaticamente, mas àquela altura ninguém dava a mínima para suas negativas. Os boatos se espalharam em velocidade vertiginosa. Hannah não se sentiu obrigada a confirmar, tampouco a negar, coisa alguma.

O "Me deixem em paz" de Hannah tornou-se "Vão se foder". Os sussurros de "É verdade?" perderam o ponto de interrogação e tornaram-se simplesmente "*É* verdade". O boato impregnara a atmosfera da escola ao longo de todo o verão. Quem mais se deliciou com a história foram duas amigas de Audra Banes — Amy Hispioli e Sandy Burk —, não por acaso aquelas que tinham sido forçadas a participar da humilhante competição de comilança de *marshmallow*. Elas estavam ávidas para que as pessoas falassem sobre *alguma outra* coisa que tivesse acontecido naquele dia — qualquer outra coisa.

Cliffy desapareceu do vale naquele verão; mudou-se para a Geórgia, onde foi morar com um primo. Durante anos, toda vez que a história de Hannah era recontada, pouca gente se lembrava do nome dele. Ele era apenas "o veterano dela, algum babaca".

Os anos seguintes foram um inferno na terra para Hannah e, se não fosse pelo sr. Zimmer, ela tinha certeza de que teria pedido para ser transferida da St. Michael. Mas havia também outro motivo para Hannah ter permanecido. Uma razão mais sombria, mais incômoda: ela achava que merecia aquilo.

Isso nunca teria acontecido com Claudia. Ela tinha a graciosidade de lidar com os fatos da maneira adequada, sabia conquistar as pessoas. Hannah apenas piorava as coisas à base de coices e repúdios movidos pela fúria, aprofundando as hostilidades entre seus colegas de classe. Ela contra-atacava lançando mão de todo e qualquer fato constrangedor que pudesse, por mais degradante que fosse, o que a levou a ser alvo de novos boatos: Hannah Kraut *sabia* coisas sobre outras pessoas. Coisas secretas. Sobre todo mundo.

Mas esse era um boato que Hannah adorava. Sentia prazer em ver as pessoas em pânico simplesmente por se sentar perto delas no almoço. E começou a escrever em seus cadernos e diários, quando havia outros alunos de olho nela, mesmo que fossem apenas rabiscos, com o intuito de deixá-los nervosos. Os ataques contra Hannah, todos eles, simplesmente pararam na metade do terceiro ano.

Claro, os alunos da St. Michael ainda fofocavam a seu respeito, mas o faziam em segredo. Então a deixaram em paz.

Até agora.

Na manhã do dia do piquenique, Hannah saiu da cama e vestiu as roupas de ginástica: bermuda de moletom, um *top* esportivo e uma camiseta regata. A luz turva do alvorecer incidiu no quarto, colorindo-o com matizes de vermelho-claro. Enquanto fazia os pés deslizarem pelos chinelos, ela olhou pela janela e viu um horizonte róseo de nuvens, mas sem sol. Na rua onde morava, havia muito mais veículos estacionados do que o habitual, e avistou vultos sentados dentro deles, embora não conseguisse distinguir os rostos. Mas reconheceu todos os carros da escola.

Davidek tinha razão. Porém, ela ainda não estava com medo.

Hannah foi até o computador e digitou alguma coisa... pouco depois, a impressora começou a zumbir suavemente, enchendo a bandeja de páginas. Hannah entrou no quarto repleto de equipamentos médicos da irmã e esvaziou um fichário de plástico azul. Encontrou também um furador de três buracos e presilhas metálicas para papel e colocou tudo sobre a escrivaninha.

É isso, pensou. *Quase pronto*.

Ninguém sabia, mas, por causa do Menino no Telhado, Hannah mudara. A única pessoa da classe que havia sofrido tanto quanto ela fora Clink Vickler, e, quando ele se destruíra daquela maneira, aos olhos de Hannah aquilo pareceu uma covardia. Ela não estava disposta a desistir, obliterando-se e saindo de cena como um patético camicase. Tinha um ano de escola pela frente, e depois disso a St. Michael faria parte de seu passado. Ela iria para a universidade e a vida recomeçaria, com uma nova felicidade brotando dos horríveis fragmentos que deixaria para trás. Era uma pena o fato de nunca ter chegado a conhecer Lorelei, já que ambas tinham tantos sonhos parecidos.

À medida que o último ano chegava ao fim, Hannah começou a se preparar para sua metamorfose. Leu todos os livros que havia apenas folheado nas aulas de literatura, contratou um professor particular para o exame de admissão na universidade e passava os finais de semana em museus e bibliotecas (por que não? Não tinha amigos com quem sair). Até aquele momento, tinha sido uma aluna desprovida de brilho e precisava recuperar o tempo perdido.

Hannah ficou chateada quando o sr. Zimmer disse que não poderia mais ser seu tutor e levar adiante as aulas de reforço, e sabia que o beijo tinha sido um erro, que ela o havia deixado apavorado. Ou talvez simplesmente não o tivesse seduzido *o suficiente*.

Certa noite, no início daquele verão, Hannah se olhara no espelho e examinara o próprio corpo baixo e balofo, implicando com o cabelo loiro e crespo. Ela já havia mudado de visual antes. Era hora de fazer isso de novo, mas dessa vez faria *direito*. Debruçou-se sobre revistas de moda tentando encontrar a mulher mais linda que pudesse imaginar, até se dar conta de que a mulher em quem queria se transformar não estava em nenhuma revista.

Como presente de aniversário, Hannah pediu aos pais que esvaziassem uma parte do porão e instalassem equipamentos de ginástica, colchonetes, uma balança e uma esteira. Perdeu sete quilos no início do último ano da escola. A gordura se converteu em músculos, e os traços de seu rosto travesso e um tanto sinistro se suavizaram, até se transformarem em algo em que até ela reconhecia a delicadeza. Talvez até a beleza.

Os pais saudaram de bom grado a vigorosa transformação. Somente uma parte da mudança os deixou preocupados, o que se deu uma semana antes do início do último ano de Hannah na escola. Quando a menina voltou do cabeleireiro, seus cachos crespos e loiros estavam alisados e soltos na altura dos ombros. Isso não era incomum. Ela já havia mudado o estilo do cabelo antes. Mas dessa vez pedira à cabeleireira que os tingisse de vermelho-cereja — e voltara ruiva para casa.

Exatamente como Claudia.

Quando Hannah terminou seus exercícios na manhã do Piquenique do Trote, seus pais já estavam prontos e saindo pela porta. Em voz alta, o pai avisou à menina no porão que estavam indo tomar o desjejum com os Tollerson e que depois talvez fossem jogar uma partida de tênis. Ele disse:

— Divirta-se no seu piquenique, querida!

Hannah subiu correndo a escada, a tempo de ver o BMW preto saindo da garagem para descer a apinhada rua sem saída. Abriu a porta da frente para acenar, gesto que, contudo, servia somente para manter as aparências. Ela queria apenas que todos vissem que ainda estava na casa, para que ninguém incomodasse seus pais. Agora, a rua estava atravancada de carros, e Hannah avistou todos os colegas de classe da St. Michael, que esperavam pacientemente que ela saísse para brincar.

Que legal...

No quarto, a impressora ainda trabalhava, clicando, zumbindo e cuspindo páginas com tinta fresca. Hannah tomou um demorado banho de chuveiro, saboreando o calor nas costas, e não teve pressa em secar o cabelo e fazer escova, apenas para depois prendê-lo num rabo de cavalo. Nada muito caprichado.

Hannah saltou os degraus das escadas com uma pesada mochila dependurada no ombro. Suas pernas eram ágeis, num apertado *short* cáqui, e as mangas da camiseta vermelha estavam dobradas. Pegou uma banana na mesa da cozinha. Sobre o balcão havia um bilhete ("Divirta-se! Amor, mamãe!") e uma nota de cem dólares.

Encostada à parede dos fundos da garagem, Hannah encontrou uma caixa de resistentes sacos de lixo pretos numa prateleira abarrotada de ferramentas, e agarrou alguns cabides de arame empilhados sobre antigas peças de decoração de Dia das Bruxas. Um grosso cabo de extensão alaranjado jazia enrolado no chão feito uma cobra exótica.

Hannah abriu o zíper da mochila e pensou em todas as pessoas esperando por ela do lado de fora da porta da garagem. Nunca antes havia sentido tanto medo como agora e, pela primeira vez, não tinha tanta certeza de que escaparia ilesa.

45

Nada desperta tantas suspeitas quanto o bom comportamento de um encrenqueiro.

Davidek vinha se mostrando um santo desde que fora posto de castigo após o episódio da *minivan*. Nada de tevê, nada de telefonemas, nenhuma visita a amigos, período em que os pais não permitiram qualquer forma de contato com o mundo exterior. Se o garoto gostasse de ler, os livros também teriam sido tomados dele. A mãe vivia lembrando ao filho a sorte que ele tinha por não terem feito a polícia prendê-lo. O pai não se cansava de falar que ele era sortudo pelo fato de a lei proibir maus-tratos a crianças e adolescentes.

Nas semanas que se seguiram, a nova natureza angelical de Davidek irritou os pais; a mãe em especial esquadrinhou cada palavra e ação do menino em busca de alguma nova afronta. Sabia que ele estava tramando alguma coisa, embora Davidek insistisse em negar — o que, é claro, era mentira.

Ele queria dar um jeito de assegurar a permissão para ir ao Piquenique do Trote.

O plano de Davidek, de ser um bom menino para poder receber a suspensão temporária de sua sentença, envolvia também apelar para as antigas lembranças do próprio pai. Passara a semana inteira lhe fazendo perguntas sobre o evento, surpreendendo-se ao constatar a rapidez com que o pai aceitara a ideia de que se tratava de uma atividade curricular obrigatória a que o menino sem dúvida deveria comparecer.

— Hum, parece *divertido* — dissera June Davidek à mesa do café naquela manhã, num tom amargo que sugeria que "divertido" fosse algo proibido.

O pai de Davidek bufou pelo nariz.

— Na verdade não é *divertido* para os calouros, Juney. Os veteranos aprontam sacanagens e gozações com eles no palco, numa espécie de *show* de talentos. No meu ano, eles me detonaram — confessou, pousando a colher no prato, enrolando uma das mangas da camisa e roçando o dedo na pele macia e branca. — Ganhei um rasgo profundo aqui quando um cara me acertou com uma maldita barra da cerca de ferro.

— Isso é parte do *show de talentos*? — perguntou June. — E os professores permitem?

— Nãããããooo... — disse o marido, respondendo com uma sacudidela da mão à demonstração de burrice da mulher. — Olha só, eu e o Sinawski não aceitamos fazer o que aqueles babacas mandaram, subir no palco e dançar de um lado pro outro usando vestidos de mulherzinha ou alguma coisa do tipo. — Fitou o filho com um sorriso que era metade orgulho e metade fúria. — A gente disse pra eles: "Vão tomar no cu". Mas quando os professores não estavam de olho, *bam!* — Bateu as palmas das mãos, depois levou à boca outra porção colorida de cereais. — Covardes, filhos da puta — disse.

June Davidek absorveu a informação. De repente, alguma coisa rastejou sobre os dedos de Davidek, e ele abaixou os olhos e viu a mão da mãe. O rosto dela exprimia uma profunda compaixão.

— Talvez o Peter não devesse ir. Não me lembro do Charlie falando sobre isso...

Bill virou os olhos. Odiava até *ouvir* o nome do outro filho.

— Provavelmente não, porque o Charlie é um covarde — disse, e a esposa e o filho o fuzilaram com o olhar. O pai acrescentou: — O Peter vai. E fim de papo. Ele tem que ser durão nessa situação. Mostrar pra eles que é capaz de aguentar o tranco.

— Por que ele simplesmente não resiste? — perguntou a esposa. — O que você fez não foi resistir?

Bill franziu o cenho.

— Eu não saí correndo pra me *esconder*. Dei as caras lá e mandei os caras à merda. Isso é diferente.

June não estava impressionada.

— Então o nosso filho deveria ir ao piquenique para levar uma surra com uma barra de ferro? Genial, Bill. Pai do ano, mais uma vez.

Davidek levantou a voz.

— Não, é que... eu não sei *o quê* o meu veterano tinha planejado. Mas o piquenique não é mais desse jeito.

— Nosso filho *roubou um carro*, e você acha que ele tem que ir a um *piquenique*? — perguntou a mãe.

— Não, mas também não quero que ele seja um aleijado social pelos próximos três anos — alegou Bill. — Essa coisa... é uma obrigação. É como ir à missa todo domingo. Você não *quer* ir... mas se não for, bem...

— Você, basicamente, vai pro inferno — acrescentou Davidek, solícito.

— Talvez isso fosse bem feito para você — disse a mãe, mexendo o cereal, mas sem comê-lo.

— Ele *vai* — disse Bill Davidek em tom firme e decidido, acrescentando algo que surpreendeu até o menino. — E eu vou com ele.

Davidek e a mãe o fitaram com expressões simultâneas de "O que você acabou de dizer?"

— Eu fui convidado. Vou até lá, me certifico de que ele faz o que tem que fazer e depois o trago de volta para casa. Certo? — disse, dando de ombros.

— Convidado por quem? — Davidek quis saber.

O pai vociferou:

— Convidado por *não-te-interessa-quem*.

A mãe se retirou da mesa e jogou dentro da pia a tigela com o cereal intocado.

— Ótimo! Ele rouba um carro e ganha de brinde um sábado de diversão. Ele nunca vai aprender, Bill — berrou. — Você mima o garoto! Ele fica sentado numa boa, tirando sarro da gente!

Pai e mãe voltaram-se para o filho, que não estava rindo.

Mais ou menos no mesmo momento em que Bill Davidek revelava seu plano de comparecer ao Piquenique do Trote, a porta da garagem de Hannah se abria ruidosamente e revelava uma cena de pânico: os estudantes até então parados na calçada esperando que ela aparecesse correram para dentro dos respectivos carros, a fim de dar uma guinada neles e posicioná-los na rua sem saída, quando ela saiu com seu jipe.

Assim que foi detida pelo bloqueio, Hannah olhou para a casa, aliviada com o fato de o pai e a mãe já terem saído, e se perguntou o que ambos poderiam pensar e o que poderiam fazer se vissem aquilo. O atarracado Bilbo, Prager e Strebovich correram para cercar o jipe. Um pouco mais longe, Audra estava em pé ao lado de seu reluzente Mazda conversível branco (presente antecipado do pai, pela formatura), ao passo que Michael Crawford tamborilava com os dedos o painel de sua 4Runner. Os lerdos Mullen e Simms tinham estacionado a Máquina do Amor Verde-Ervilha no final da rua, e agora corriam a toda a velocidade para chegar perto da ação.

Hannah pôs a alavanca de câmbio em ponto morto e Morti e alguns de seus colegas da Galera da Ventilador abriram violentamente a porta e a puxaram para fora do carro.

— Ei, Puta, ouvi dizer que você tem uma surpresa pra nós todos hoje — disse Morti.

— Pode apostar, seu babaca do caralho — disse ela. — E espera só até você...

Ele agarrou o rosto de Hannah e o empurrou contra a lateral do jipe, enquanto os caras da Galera do Ventilador prenderam os braços da menina e a arrastaram na direção da 4Runner de Michael Crawford, onde Prager e Strebovich a enfiaram à força no banco de trás. Audra vigiava tudo, dizendo:

— Cuidado pra não machucarem ela!

— Eu vou machucar você! — retrucou Hannah. — Porra, vou arrancar seus olhos com as unhas!

Audra fechou com força a porta, e Hannah começou a dar chutes na janela. Michael Crawford deslizou do banco do motorista para o banco de trás, caindo por cima dela e imobilizando-a.

Strebovich abriu a porta do banco do passageiro da frente.

— Talvez ela esteja escondendo o fichário no corpo — disse ele, erguendo as sobrancelhas. — Por que a gente não faz uma revista corporal nela? — Estendeu o braço por cima do banco para agarrar a perna nua de Hannah, puxando-a para mais perto. Hannah se contorceu sob o peso de Crawford.

Audra abriu de chofre a porta traseira e estapeou a nuca de seu namorado idiota.

— Ela está de tênis e camiseta! Onde você acha que vai esconder um fichário?

Alex Prager abriu a porta do motorista, rindo de leve.

— Talvez tenha enrolado e enfiado na boceta.

Ainda esmagando os pulsos de Hannah contra o banco, Crawford olhou para a namorada.

— Você quer tentar segurar ela? Vá em frente!

Nas imediações do jipe, os preocupados estudantes-cidadãos da St. Michael estavam espalhando pela rua os pertences de Hannah. Amy Hispioli apoderou-se da mochila *jeans*, cujo conteúdo ela e Allissa Hardawicky despejaram no gramado. Bilbo arrancava mapas do porta-luvas. Hannah lutava para ver melhor o que estava acontecendo. Hannidy e Lee Raymond vasculhavam os bancos de trás. Carl LeRose estava de quatro, engatinhando e enfiando o rosto balofo nas calotas e rodas do carro.

— Achei! — berrou Mullen. Seu amigo Simms o estava ajudando a tirar o estepe do porta-malas, e, de sob o pneu, as mãos puxaram um pacote retangular embrulhado num saco de lixo preto e preso ali com um cabide de arame.

Mullen rasgou o plástico e ergueu o fichário no ar. As presilhas de metal reluziram ao sol.

— Porra, eu sou o Sherlock Holmes, sua vaca! — berrou ele para a aprisionada Hannah.

A garota tentou acertar uma joelhada nos testículos de Michael Crawford, mas Strebovich ainda estava prendendo suas pernas.

Audra se aproximou e tomou das mãos de Mullen as páginas recém-descobertas, folheou-as e se espantou com a mancha cinzenta de texto.

— Meu Deus, todas as folhas estão cheias.

— Por que estava escondido *aí*? — quis saber Amy Hispioli.

Sandy Burk respondeu para sua amiga não muito inteligente:

— Bom, *obviamente* ela viu a gente aqui.

Do carro, a voz abafada de Hannah soou:

— Não achei que nenhum de vocês, bando de idiotas, fosse capaz de saber como funciona uma chave de roda!

Hannidy estendeu o braço para tirar o calhamaço de Audra.

— Me deixe dar uma olhada nisso aí.

Mas a presidente do grêmio estudantil afastou o volume de folhas de seu sucessor.

— Não, a gente combinou: *ninguém* vai ler. Lembra?

— A gente precisa ter certeza — disse Morti.

— Leia uma página só, Audra. Só uma olhada de relance... — sugeriu Amy Hispioli.

Audra abriu o fichário numa página a esmo. No topo ela leu as seguintes palavras:

"Audra Banes — Uma vaca desvairada, que esconde sua reputação de completa puta atrás de refinadas..."

Ela fechou o fichário com violência, mas seus dedos continuaram no meio das folhas. Abriu de novo e esquadrinhou o longo trecho a seu respeito. Quando terminou, estava pronta para cometer um assassinato. Abaixo do verbete dedicado a ela havia uma seção sobre o namorado, que começava assim:

"Michael Crawford — Punheteiro compulsivo, com fetiche por meninas gorduchas..."

Audra leu a coisa toda, a mandíbula cerrada.

— Era pra você só dar uma olhada de relance! — berrou Prager.

Todo mundo começou a vaiá-la, e Bilbo arrancou o fichário de suas mãos. Ficou de posse dele tempo suficiente para ler as primeiras linhas do verbete sobre Audra antes que ela o retomasse à força.

— É o bagulho verdadeiro — ele confirmou.

Audra caminhou a passos rápidos e jogou o infame diário no porta-malas, fechando-o com estrondo.

— Ninguém mais lê. Já chega. Vou levar pro piquenique. E lá a gente vai destruir isso juntos... Combinado?

Todos se entreolharam. Aparentemente, não havia outro plano melhor.

O saco de lixo preto dentro do qual as folhas haviam sido embrulhadas voou ao sabor do vento rua afora.

Audra fez sinal para o namorado.

— Porra, sai de cima dela, Michael.

Hannah rastejou, livrando-se dele, com os olhos afogueados.

— Você é uma puta — disse Audra. — Sabia disso?

— Sabia — disse Hannah. — Sabia, sim.

Os outros alunos estavam se dispersando, afastando-se para longe do jipe dela, deixando as portas abertas; o estepe saiu rolando na direção do meio-fio, onde bateu e tombou de lado.

— Eu vou ao piquenique de qualquer jeito — disse Hannah, embora na verdade ninguém estivesse lhe dando ouvidos.

— Vá em frente — disse-lhe Amy. — Mas se você entrar de novo em casa, saiba que LeRose e alguns dos caras vão ficar aqui pra furar seus pneus. Nada de cópias, Hannah. Você perdeu.

A maior parte dos carros estava arrancando agora, e quando Mortinelli acelerou, o reluzente Mustang de LeRose parou atrás do jipe de Hannah, impedindo qualquer tentativa dela de dar ré e entrar de novo na garagem. Mullen e Simms se ofereceram como voluntários para ficar de plantão também, de olho em Hannah, e pararam ao lado de LeRose.

Hannah recolheu seus pertences esparramados, jogando-os dentro do jipe. Levou, fazendo-o rolar, o estepe até o carro e se esforçou para erguê-lo e encaixá-lo de novo no suporte traseiro. LeRose e Mullen apenas observaram.

Quando tudo estava de volta ao lugar — com exceção do fichário —, Hannah ligou o motor do jipe.

A luta tinha acabado.

Hannah seguiu em frente. E seus vigias a seguiram.

46

Davidek estava em silêncio no banco, ao lado do pai; a *minivan* percorria a estrada desprovida de sinalizações, semelhante a uma faixa de água de chuva descendo em curva por uma superfície de vidro. O carro serpeava a floresta do parque das colinas Harrison, onde o Piquenique do Trote anual era realizado desde sempre.

A *minivan* emergiu de entre as árvores ao longo de um campo de grama áspera salpicado de dentes-de-leão, onde alguns alunos do segundo ano estavam desenhando, com borrifos de cal, as linhas e marcações para a partida de futebol americano. Bexigas azuis e vermelhas pelejavam para escapar de todos os postes do enorme pavilhão de madeira. Meninas do último ano estavam prendendo com fita adesiva os cantos das toalhas de papel branco que cobriam uma dúzia de mesas de piquenique e organizando um grande bufê improvisado com os pratos de comida que cada um havia levado.

Contíguo ao pavilhão, havia um palco de madeira em cujo fundo via-se de fora a fora um arco do qual pendia uma espessa cortina preta. Todos os alunos que haviam passado um ano como calouros da St. Michael conheciam esse palco como o lugar em que um dia fizeram papel de idiotas. Poucos se lembravam dele com bom humor; alguns tentavam não se lembrar dele em hipótese alguma. Todo mundo, mais cedo ou mais tarde, aparecia para ver a mesma coisa acontecer com os outros.

Os Davidek estacionaram no gramado do final da estrada, ao longo de uma enorme rotatória. Havia mais árvores junto à margem bem acima do rio, e o pai de Davidek caminhou até lá para fitar o cânion abaixo.

— Não vá cair! — gritou uma voz na direção deles.

Davidek girou sobre os calcanhares e viu o escancarado e afetado risinho do estranho que ele conhecia como Texano Grandão — o homem que tinha convencido seus pais de que a St. Michael the Archangel High School era um bom lugar para matricular o filho. O homem assomou diante deles, dentes reluzindo, e estendeu a mão carnuda. O Texano Grandão parecia alguém à espera de elogios por conta de uma boa ação.

— Como vai o meu segundo aluno favorito? Bom ver você, garotão.

— Eu vou bem, senhor — disse Davidek, apertando a mão do homem. *Segundo aluno favorito?*

O pai de Davidek veio e se postou ao lado do filho. O sorriso do Texano Grandão ficou ainda mais largo. Ele disse ao menino:

— O seu pai já te contou como foi no nosso Piquenique do Trote? Porra, *choveu*. — Deixou que a última palavra se arrastasse no ar, como se ela ainda o afligisse. — Mesmo assim a gente se divertiu... Bom, talvez o seu pai não. Acho que aquele dia *traria* melhores lembranças para um veterano do que para um calouro... sem querer ofender.

A mente de Davidek começou a juntar as peças.

— *O senhor* foi... o veterano do meu pai?

O Texano Grandão sacudiu o ombro do menino.

— Eu *não* fui — riu ele. — E isso é uma coisa boa também! Quem ficou com ele foi um amigo meu, Lester Branshock, mas os dois não se davam bem. Não, senhor. Cão e gato! O seu pai era briguento, um casca-grossa!

O Texano Grandão cerrou os punhos, esmurrou o ar, depois gargalhou de novo. O pai de Davidek não.

— Naquela época, nós éramos só um bando de meninos — disse ele.

O Texano Grandão assentiu, como se isso o fizesse sofrer terrivelmente.

— Sim, éramos — disse, e deu um tapinha no ombro de Davidek. — Que bom que você veio, Billy. No telefone, achei que não viria. — Depois, piscando para o menino, prosseguiu: — O Carl deve chegar a qualquer momento. Ele está cuidando daquele problema com o qual você o ajudou.

Davidek pensou: *Carl?* E seu pai encaixou para ele a última peça do quebra-cabeça.

— Pete, de que problema o sr. LeRose está falando?

— É só aquela menina perturbada que infelizmente seu menino acabou pegando como veterana — adiantou-se o Texano Grandão, dando ao pai informações confidenciais sobre Hannah.

Davidek observou os dois conversando e pensou em LeRose caído e ensanguentado no estacionamento, e em como ele tinha corrido para salvá-lo, porque esperava que alguém fizesse o mesmo por ele. E aquela boa ação era o motivo pelo qual o pai do menino caído tinha ido até sua casa, a fim de pressionar o calouro agora já adulto — que ele e seus amigos outrora tinham atormentado — a mandar o filho para a mesma escola.

E o pai de Davidek havia aceitado.

Finalmente, o pai de Davidek ensinara ao filho algo que valia a pena aprender: há coisas de que abrimos mão quando jovens, e às quais continuamos renunciando pelo resto da vida.

Nesse exato instante uma procissão de veículos anunciada pela fanfarra de buzinas, gritos e assobios surgiu das colinas Harrison, encabeçada pelo conversível branco de Audra Banes e seguida por um cortejo de outros carros que, apenas uma hora antes, haviam armado uma emboscada para Hannah Kraut. Os alunos se penduraram nas janelas, saudando os veículos que rugiam na grama.

Um grupo de segundanistas que estava atiçando labaredas numa fogueira de pedra, bem em frente ao pavilhão, parou para olhar. A fogueira crepitava com uma demoníaca incandescência alaranjada, e os compridos galhos que tinham sido arrastados da floresta projetavam-se em meio às chamas que os consumia lentamente. Todo mundo presente ao piquenique se voltou para olhar a caravana de carros que acabara de chegar.

Audra desceu de um pulo de seu conversível e abriu o porta-malas, erguendo o fichário azul no ar como a cabeça cortada de um inimigo bárbaro. A multidão de admiradores a seguiu quando ela passou por Davidek a caminho da fogueira.

— Está comigo! — assegurou a todos. — Acabou.

Davidek fechou os olhos. Audra avistou-o do outro lado da fogueira ao erguer o calhamaço acima da cabeça.

— Oh, oi, Peter — disse ela. — Aliás, obrigado. Deu tudo certo!

Ato contínuo, ela jogou o fichário em meio às labaredas, levantando uma coluna de faíscas. Davidek conseguiu ler apenas algumas palavras no centro de uma das páginas: "Michael Crawford — Punheteiro compulsivo", antes de a tinta enegrecer e o fichário se dobrar sobre si mesmo. Todo mundo aplaudiu.

À distância, o jipe de Hannah surgia da floresta, seguido pelo Mustang de LeRose e por Mullen e Simms na Máquina do Amor Verde-Ervilha.

Hannah estacionou e caminhou tensa na direção dos balanços, onde se sentou e oscilou em vaivém para a frente e para trás, os tênis roçando a poeira.

Nesse momento, Davidek soube que era verdade. Teve vontade de ir falar com ela, mas todas as pessoas de quem ele queria se vingar estavam se aglomerando ao seu redor para parabenizá-lo.

A sra. Bromine estava com o padre Mercedes ao lado da mesa abarrotada de comida, observando a multidão cada vez maior de participantes do piquenique.

— Sinceramente — disse ela, com a boca cheia de um bocado de *tacos* —, é um aspecto muito positivo dos nossos estudantes o fato de terem se mobilizado para marcar posição e refreá-la por conta própria. O senhor deveria dizer isso ao Conselho Paroquial.

O padre Mercedes grunhiu. Ele estava observando os monitores da paróquia que zanzavam a esmo pela área ao redor do parque. Sentia-se decepcionado pelo fato de que eles não ouviriam as informações que Hannah tinha compilado. Decepcionado porque *ele* também não ouviria.

— Não vejo nada de positivo em estudantes agindo como justiceiros. Tenho certeza de que os monitores tomarão nota disso como mais uma evidência da inexistência de lei por aqui. — Ao menos, era isso que ele esperava.

A sra. Bromine mastigou seu *taco*. Às vezes, ela não conseguia entender o pároco. *Sinceramente, eu me pergunto de que lado o senhor está, padre*, pensou em dizer, mas não disse.

O religioso tinha desviado o olhar fixo para o sr. Zimmer, que estava instruindo os alunos na marcação das linhas do campo para a partida de futebol americano.

— A senhora já ouviu histórias sobre um professor desta escola que mantém contatos inapropriados com um dos alunos?

Um pedacinho de *taco* caiu da boca da sra. Bromine. Ela pensou no humilhante beijo de Noah Stein no ano anterior, mas concluiu que talvez não fosse sobre isso que o padre estava falando. Em todo caso, Stein já tinha ido embora de vez.

— Isso atrai uma porção de câmeras de tevê, não é? — perguntou o padre Mercedes.

— Coisas desse tipo... bem... — Ela não terminou a frase.

Dois alunos do último ano que estavam arremessando um para o outro uma bola de futebol americano perto do sr. Zimmer tinham tirado a camisa, e gotas de suor reluziam no peito de ambos. A sra. Bromine evitou olhar, mesmo que de relance, para eles.

Junto ao palco, Davidek viu Green conversando com alguns dos meninos que haviam instalado o equipamento de som. Green estava abrindo um estojo de guitarra para eles, que deram um passo para trás, admirados, quando ele empunhou o instrumento.

— É, o Bilbo disse que eu poderia tocar umas duas canções na minha parte do *show* de talentos — disse Green. — Eu sempre quis tocar em público, mas estou um pouco nervoso. — Ajeitou a alça do instrumento em volta do pescoço e começou a dedilhá-lo. Davidek não conseguia ouvir muito bem, mas os meninos do equipamento de som menearam a cabeça.

A multidão no piquenique não era composta apenas de alunos da St. Michael, mas por pais, quase todos os professores e uma porção de jovens de outras escolas que tinham ido até lá para passar o tempo com os amigos da St. Michael. Davidek viu o pai conversando com alguns outros caras mais velhos que usavam camisetas idênticas nas quais se lia: "EX-ALUNOS DA ARCHANGEL". Havia muitas camisetas dessas por toda parte. E um punhado de monitores da paróquia também, patrulhando o parque com expressão carrancuda e escrevendo nos seus blocos de anotações.

Depois do almoço, o primeiro evento foi a partida de futebol americano, Calouros contra Veteranos. O sr. Zimmer e o sr. Mankowski atuaram como árbitros, mas o jogo era uma fraude com o objetivo explícito de deixar os mais velhos massacrarem os mais novos, infringindo o maior número possível de regras. Durante a partida, Davidek passou a maior parte do tempo tentando evitar qualquer aproximação com Green.

Quando o jogo terminou, os calouros foram derrotados de lavada: 224 a 0.

Lorelei assistiu à partida sentada sozinha no pavilhão, às voltas com um pedaço de bolo tão grande que ela não deu conta de comê-lo todo.

Do outro lado da mesa de piquenique estava sentada outra menina de sua classe, mastigando um punhado de ursinhos de goma. Lorelei não a conhecia bem, mas nos últimos tempos vinha reparando com mais atenção nos párias. Agora que já não era um deles...

A outra menina solitária disse alguma coisa, e Lorelei perguntou:

— Desculpe, como é?

Sete-Oitavos pigarreou polidamente:

— Eu perguntei o que o seu veterano está obrigando você a fazer. Pro *show* de talentos...

Lorelei balançou a cabeça.

— Acho que nada. — Se Mullen e Simms tentassem, Lorelei agora tinha amigos suficientes para obrigar *aqueles* dois babacas a subirem no palco no lugar dela.

Sete-Oitavos ficou impressionada.

— Eu tinha um veterano, mas na verdade ele não pegou no meu pé desde o começo do ano... É esquisito me sentir *mal* por ninguém encher o meu saco.

— Sorte sua — disse Lorelei.

— Sorte nossa — respondeu Sete-Oitavos.

* * *

Por fim chegou o momento pelo qual todos eles estavam esperando...

Audra Banes caminhou até o microfone e ergueu os braços no ar, em direção aos rostos não-tão-carinhosos da plateia da "fila do gargarejo", rente ao palco, que assobiava e aplaudia sem muito entusiasmo.

— Senhoras e senhores, agora daremos início a uma tradição de oito décadas. O longamente aguardado... o muito temido... — Da plateia, ergueram-se alguns pesados *ohs*. — Show dos Calouros *Sem Talento* da St. Michael!

Algumas pessoas deram risadinhas abafadas e Audra se corrigiu:

— Opa! Eu quis dizer Show de *Talentos*!

O primeiro número era dela própria: os calouros de suas amigas Allissa, Sandra e Amy apareceram cantando "My guy" para Justin Teemo, o aluno de cara redonda, vestido como o *supernerd* Alfafa do filme *Os batutinhas* — a caracterização completa, com um topete bem alto e lambido. Depois disso, entrou em cena um grupo de garotos trajando saias havaianas de ráfia e chacoalhando enormes seios de bexiga ao ritmo dos tambores de alguma música de ilha tropical. Um dos caras era Smitty, que tirou a camisa e flexionou os consideráveis músculos para a multidão. A irmã Maria, bastante atenta e preocupada com as anotações dos monitores, aproximou-se de Audra e cochichou:

— Por favor, isto aqui não é um *show* de *striptease*...

Audra foi até o palco, e pediu a Smitty que vestisse novamente a camisa.

O *show* seguiu em frente nessa toada por cerca de uma hora. Boa parte das atrações era uma porcaria sem a menor graça. Um grupo de veteranos obrigou seus calouros a correr em círculos tentando pegar com a boca os confeitos que eles arremessavam no ar (a multidão vaiou). Mary Grough vestiu Zari de mendiga e não deixou a menina trocar de roupa enquanto não esmolasse ao público o valor total de um dólar em moedas de um centavo (neste meio-tempo, o restante do *show* continuou acontecendo).

Já perto do fim, Hannah passou roçando por Davidek e disse:

— Daqui a pouco é a nossa hora na programação... Prepare-se.

Davidek disse:

— Do que você está falando?

Mas ela se afastou, serpeando em meio à multidão na direção de Smitty, que a essa altura havia voltado para o meio da plateia, mas ainda estava usando sua saia de hula-hula e um chapéu de palha.

Hannah cochichou alguma coisa no ouvido de Smitty, que por sua vez argumentou alguma coisa brevemente e depois, relutante, a seguiu. Davidek se deslocou até um canto da plateia para enxergar melhor, e não era o único. Havia mais gente de olho em Hannah do que atenta ao que acontecia no palco.

Hannah enfiou um dos braços dentro do jipe e acionou uma alavanca que fez abrir o capô do veículo. Smitty estava plantado ao lado dela, com a cabeça inclinada, enquanto a menina fuçava sob o capô, de onde tirou um pacote frouxo preso à parte de baixo por um cabo de extensão alaranjado.

Hannah e Smitty caminharam de volta para a plateia; ela com o pacote enfiado debaixo do braço feito seminarista carregando sua Bíblia, e Smitty rente a ela como se fosse um guarda-costas — uma segurança necessária. De imediato, Amy Hispioli correu até Hannah e tentou agarrar o pacote, mas Smitty a fez tropeçar e cair de cara no chão, e ele e Hannah seguiram em frente.

LeRose irrompeu do meio da multidão e começou a xingar Hannah, numa demonstração de coragem para seus amigos veteranos, mas quando chegou perto demais foi agarrado pela camisa por Smitty, que o pôs a nocaute, fora do caminho.

Smitty não estava gostando de ajudar Hannah, mas não tinha escolha. John "Smitty" Smith morava no mesmo bairro que ela. Na verdade, certa vez ela lhe acertara um tabefe no rosto, derrubando-o no chão, como castigo por queimar insetos com uma lente de aumento. O segredo que ela sabia sobre ele era que Smitty parecia bem mais velho que seus colegas calouros porque de fato *era* mais velho. Tinha a idade dela, dezoito anos, mas havia sido reprovado várias vezes nos primeiros anos do ginásio. Smitty vinha fazendo tudo que Hannah pedia de modo a assegurar que ela jamais revelasse seu segredo. Agora, até onde ele sabia, a dívida estava paga.

Hannah acenou em direção a Davidek, convocando-o para a lateral do palco, enquanto Smitty se afastava.

Audra aproximou-se do microfone como se ele estivesse armado para explodir.

— A seguir... — disse ela, a voz aflita. — Há... apresentação musical, pelo calouro de Danny "Bilbo" Tomch...

Ela pretendia passar diretamente para a *performance* de guitarra de Green. Mas Hannah tirou de dentro do embrulho preto de plástico um fichário e berrou:

— Acho que você está saindo da ordem... Temos que seguir *as regras*, certo?

Audra não respondeu. Olhou para a plateia, que a encarou de volta, perplexa. Ninguém queria desafiar Hannah. Não quando ela tinha aquele calhamaço nas mãos.

— Não, Hannah — disse Audra no microfone. — Não! Eu *não* vou permitir isso!

Ela se afastou do microfone e bloqueou Hannah no fundo do palco, ao longo da cortina. Parecia pronta para a guerra, mas então murmurou:

— Eu deixo você ir... mas só se *jurar* que não vai obrigar o calouro a ler o que você escreveu a meu respeito.

Isso pegou Hannah de surpresa.

— E... quanto ao seu namorado? E seus outros amigos?

Audra engoliu em seco, depois repetiu:

— Nada sobre... *mim*.

Hannah cutucou a bochecha com a língua e inclinou o quadril.

— *É?* — disse ela, em tom mais de pergunta que de assentimento.

Audra voltou em silêncio para o microfone e parecia irritadíssima, superputa da vida, como se tivesse feito tudo ao seu alcance e a completa injustiça da coisa a deixasse simplesmente agoniada.

— Senhoras e senhores, o calouro de Hannah Kraut... Peter Davidek.

Em seguida, marchou para fora do palco, descendo os degraus da frente sob os olhares atônitos dos espectadores.

Atrás do palco, fora do campo de visão de todos, Hannah e Davidek se viram sozinhos em meio às mesas e acessórios de cena descartados das apresentações anteriores.

— Por que você não me contou que tinha uma cópia? — perguntou ele.

— Achei que eles tinham queimado...

— Aquela era falsa — explicou Hannah. — Aquelas páginas eram uma única e mesma página, impressa dezenas de vezes. Já que era tudo sobre a Audra e o namorado dela, eu sabia que eles não olhariam por muito tempo e muito menos deixariam *outra pessoa* verificar.

— Por que você simplesmente não imprimiu outra cópia de tudo? — Davidek quis saber, mas Hannah não respondeu. Isso ele descobriria muito em breve.

— Você vai levar adiante o esquema ou vai ficar fazendo um milhão de perguntas?

Davidek ergueu um dedo.

— Só mais uma pergunta. Como você conseguiu fazer aquele babaca do Smitty te obedecer?

— Eu não posso contar o segredo dele, assim como não posso contar o seu — disse Hannah, piscando o olho.

Ela pôs o fichário nas mãos de Davidek.

— Aconteça o que acontecer, venha falar comigo. Não se *preocupe*. Vou estar bem aqui.

Davidek tamborilou com dois dedos sobre o fichário.

— Agora já não sou eu a pessoa que precisa se preocupar — disse ele, e subiu os degraus para atravessar a cortina.

Foi recebido pelo que parecia ser um mar de mil rostos. Davidek imaginou todos eles com cicatrizes vermelhas pintadas nas bochechas. Hora de limpá-las todas.

Bromine estava se aproximando aos poucos da mesa de som, pronta para obrigar os estudantes lá posicionados a cortar o som do microfone no mesmo instante em que Davidek falasse demais, mas ele continuaria lendo, acontecesse o que acontecesse. Berraria até sua garganta arrebentar.

A multidão não dava um pio. No canto, junto à base do palco, ele viu os monitores da paróquia, cadernetas erguidas e a postos. Mullen e Simms se mantinham juntos, afastados dos outros, não faziam parte da turba, não faziam parte de nada. Green estava ao lado de Bilbo e seus amigos veteranos, protegendo sua guitarra contra os empurrões da plateia. O pai de Davidek estava lá, em algum lugar também... e Lorelei.

Davidek abriu o fichário, preparado para machucar todo mundo. Sua boca se moveu para mais perto do microfone e ele abaixou os olhos, para começar a ler. Mas a primeira página estava totalmente em branco.

Vazia.

Ele virou a página seguinte, mas ela também estava em branco.

E a seguinte. E a seguinte.

Todas elas.

47

Os momentos imediatamente seguintes existiram na mente de Davidek apenas como instantâneos e sons dispersos. A princípio tudo ficou branco, um total vazio de todos os lados. Depois a brancura diminuiu; provinha somente das páginas vazias que ele segurava, e estas eram insignificantes. Até a brisa as sacudia com indiferença.

Os rostos na multidão não eram pessoas, mas um punhado de cores em contraste com o fundo verde-limão dos campos das colinas Harrison.

Surgiu outro instantâneo. Hannah, as sobrancelhas formando um furioso V, dentes cerrados. Davidek abriu a boca, e foi nesse instante que o punho fechado dela acertou um murro no rosto dele. O mundo enegreceu, mas não porque ela havia batido nele. Davidek simplesmente fechara os olhos, esperando ser golpeado, mas Hannah desferiu uma pancada apenas no microfone, que voou para o outro lado do palco. O barulho do golpe soou nos alto-falantes como o ruído de um cortador de grama digerindo prataria.

Os olhos de Davidek se abriram de novo, e Hannah o estava conduzindo pelo braço através da porta dos bastidores, feito uma amante impaciente.

— É o diário errado — disse ele. E Hannah pediu que ele ficasse quieto, tomando das mãos dele o fichário inútil.

— Não é o diário errado, Peter. É o diário certo. É o único diário. Nunca existiu diário nenhum.

Tais noções pareciam discrepantes entre si. Ele não conseguia entender e começou a bombardeá-la com perguntas que ela não tinha tempo de responder. Hannah insistiu:

— Mais tarde vou explicar melhor pra você, mas por enquanto... você foi ótimo. Tudo saiu da maneira que eu esperava. Só tem mais uma coisa que preciso que você faça.

Davidek ouviu com atenção. Ela disse:

— Fique atrás de mim em cima do palco e não diga nada. Beleza?

Então Hannah se pôs em movimento de novo e Davidek a seguiu, passando pela cortina e de volta ao palco, onde ela pegou o microfone e, como todo grande orador, animou a multidão:

— Só pra que todos vocês saibam... a St. Michael é um lugar desgraçado e maldito nesta Terra, e vocês todos infestam os corredores da escola, chafurdando nas suas vidinhas doentias e cruéis. — Ergueu bem alto o fichário. — Isso não muda, tanto faz se o meu calouro ler isto aqui hoje ou não.

Praticamente todo mundo na plateia prendeu a respiração. A boca de Hannah tornou-se um sorrisinho tênue.

— O meu calouro aqui foi desobediente — prosseguiu ela. — Ele está me dizendo que *se recusa* a ler o que eu *mandei* ele ler.

Hannah olhou de novo para Davidek e ficou contente ao ver a expressão raivosa e confusa no rosto dele. Combinava perfeitamente com a história que ela estava apresentando. Fizera bem em esconder dele suas intenções, mantê-lo desinformado o tempo todo.

— Talvez o Davidek ame vocês e, de tão equivocado, tenha começado a ficar molenga com vocês.

A plateia começou a vaiar e gritar com ela. Alguém arremessou um tufo de grama, que desabou e rolou sobre o palco. Carl LeRose, em pé na primeira fila, ergueu no ar o dedo médio.

— Sai do palco, Puta! — berrou.

Outra pessoa gritou:

— Só calouros!

Outra voz:

— Cortem o microfone!

Esse sentimento começou a se alastrar e a barulheira se avolumou.

— O lance é o seguinte... eu gosto do meu calouro. Mesmo que ele esteja pegando muito leve com vocês. — Hannah jogou as páginas esvoaçantes nas mãos de Davidek. — Os segredos deles agora são seus, cara durão... caso você mude de ideia.

Hannah aproximou a boca do microfone, perscrutando através da cabeleira de outono caída sobre um olho azul e o outro verde, e se dirigiu uma última vez aos colegas de classe:

— Sugiro que vocês tratem ele melhor do que me trataram.

O vozerio hostil tornou-se uma onda que empurrou Hannah para fora do palco. A multidão berrou palavrões, arremessando mais alguns torrões de grama e restos de biscoitos mordidos, e vaiou, assobiou, praguejou e gargalhou quando ela saiu de cena.

Hannah voltou correndo para o jipe. Queria falar com Davidek, mas não perto dos outros, e supôs que ele demoraria algum tempo para conseguir alcançá-la. Se ela tivesse sorte, não muito tempo. Hannah não podia se dar ao luxo de se demorar ali, não naquele momento, em que já não contava com proteção.

Num canto da multidão ela avistou o sr. Zimmer, a cabeça fina avultando-se bem acima das outras, dando a impressão de que era uma espécie diferente, à parte. Ambos não se falavam desde que ele havia ido embora do baile de formatura, semanas antes. O professor nunca se dera ao trabalho de se explicar, mas em todo caso Hannah decidira perdoá-lo. Já não estava com raiva. Com relação a coisa nenhuma.

Quando ela passou por ele, o sr. Zimmer disse:

— Você fez a coisa certa.

Hannah olhou para trás na direção de Davidek, que segurava nas mãos as páginas em branco, rodeado por uma multidão que o cumprimentava.

— É — disse ela. — Mesmo que aquele menino *não* tenha dado as caras na formatura, como *prometeu*. — Deu de ombros. — Bom, no fim das contas nem aconteceu nada digno de merecer uma foto.

— Eu sinto muito, Hannah... Mas você e eu... — Ela deixou que ele lutasse com as palavras. Tudo o que o professor conseguiu articular foi: — Talvez o seu calouro possa tirar uma foto nossa na cerimônia de colação de grau, na semana que vem. Eu gostaria de ter como recordação uma fotografia sua vestida numa daquelas becas, para me lembrar de você.

— Tudo bem. Na colação de grau, então, sr. Zimmer — disse ela. — Vejo o senhor quando for hora de dizer adeus a este lugar. — E, em seguida, Hannah o abraçou, sem saber que esse seria, na verdade, o momento da despedida deles.

Davidek alcançou Hannah no momento em que ela abria a porta do jipe. Ela o viu atravessar correndo o campo; sozinho, felizmente. Antes que ele tivesse tempo de perguntar, ela tentou responder à pergunta óbvia:

— Eu inventei a história do diário com todos os segredos. Inventei isso muito tempo atrás.

Davidek ainda estava recuperando o fôlego. O rosto dele estava furioso. Ela disse:

— Você quer saber por quê, não quer?

— Vá se foder... — ele disse.

Hannah franziu a testa.

— Por que não tenta um "obrigado"? A história do diário me protegeu durante dois anos. Fez as pessoas sentirem medo. E graças a isso eu fiquei a salvo. Envolvi você porque queria te passar essa proteção. Você é o herói, Peter. Pra toda aquela gente, você matou o monstro. Tudo sozinho.

Davidek não estava impressionado.

— Eu não queria isto aqui... — ele disse, sacudindo o fichário no rosto de Hannah.

— Então conte a eles que foi tudo um truque. Diga a eles que você *não* me enfrentou e que na verdade queria muito ler em voz alta todas as piores sujeiras sobre eles. Isso vai acabar com os tapinhas nas costas que você está recebendo.

— *Por que você mentiu pra mim?* — ele exigiu saber. — Por que você não podia confiar em mim?

Hannah levou uma das mãos à cintura.

— Você vai mesmo subir naquele palco e dizer que não teria alertado todo mundo? Que não teria contado pra eles, *meses atrás*, que era tudo um truque? Naquela época em que você estava fazendo o Zimmer e a Bromine me ameaçarem? O que seria de mim se eu te contasse a verdade, modelo da *Playgirl*? Eu estaria desamparada. *Indefesa*.

Davidek atirou na cara dela:

— Caralho, Hannah, isso deveria servir pra... *consertar* as coisas. E quanto a todas aquelas histórias que você disse que sabia?

— Você acha que eu sou o Homem Invisível, *porra*? — disse Hannah. — Eu já te falei... Ouvi boatos, claro. E alguns talvez fossem verdade... mas ninguém me conta nada. O que todo mundo *imaginava* que eu sabia foi o truque que me protegeu. A melhor vingança possível é fazer as pessoas verem a pior parte de si mesmas.

Hannah enfiou a mão dentro do bolso do *short* e tirou a câmera fotográfica descartável.

— Tome aqui, você pode ficar com isto também.

Davidek apertou a câmera até os nós dos dedos ficarem brancos; depois, empurrou-a na direção de Hannah.

— E devo te agradecer também por aquilo, naquele dia debaixo da ponte? Você tinha que me humilhar daquele jeito?

Hannah ficou em silêncio. Ela não queria continuar brigando com ele. Queria ir embora.

— Eu precisava que você parasse de *resistir*. Precisava que você parasse de tomar o partido deles, contando coisas pros professores, ajudando a me enfraquecer. Vamos encarar os fatos... a principal razão pra você me alertar sobre o plano de emboscada na minha casa hoje foi a câmera. Você estava com medo. Medo de que eles pusessem as mãos nela. Ou de que eu imprimisse as fotos...

Davidek cerrou as mandíbulas.

— Eu avisei você porque *eu* queria o que *você* queria.

Hannah disse:

— Eu só queria que me deixassem em paz.

Os olhos ferozes de Davidek quase sentiram pena dela.

— Você queria machucar todos eles.

— Isso foi antes — disse Hannah, e sua mão pequena e macia afagou de leve o rosto dele.

Davidek fechou os olhos e deixou que a mão acarinhasse seu queixo, saboreando a quentura, tentando lembrar-se da sensação, porque sabia que não duraria.

— O que eu queria de verdade era salvar o garoto que me pediu pra ser a veterana dele... o cara que me achava legal demais pra ser a Hannah Kraut de que todo mundo falava. Você não consegue ver nada de bom nisso? Por favor? — pediu ela. — Eu fiz isso pra te proteger. Pra fazer de você o cara bonzinho. De agora em diante, todo mundo te deve uma.

Hannah forçou um sorriso maroto, mesmo que na verdade não sentisse vontade de sorrir.

— E quanto ao nosso incidente debaixo da ponte... não me diga que não foi nem um pouco divertido — disse ela.

Davidek a abraçou e apertou-a junto ao peito.

— Não — disse ele. — Não foi.

Então Davidek saiu andando e Hannah o viu diminuir de tamanho à medida que se afastava, em contraste com a planície de grama verde.

— Eu sinto muito por você, modelo da *Playgirl* — disse ela baixinho, numa voz miúda demais para que ele a ouvisse. — Você sempre se aferra ao pior lado das coisas... e perde todo o resto.

Davidek foi cercado por pessoas que o empurraram e se penduraram nele de bom grado e de bom humor.

— Você foi muito corajoso, cara — disse John Hannidy. — Unidos venceremos!

Todos os seus inimigos estavam agora ao seu redor, presenteando-o com o dom da amizade.

Ouviu-se uma salva de aplausos e gritos quando o jipe de Hannah desapareceu estrada abaixo. Alguém perguntou a Davidek o que ele planejava fazer com o diário; a pergunta partira de Mary Grough, com um vago tom de ameaça na voz. Todos os olhos estavam voltados para o fichário que ele apertava junto ao peito.

Davidek caminhou até a fogueira e soltou o fichário, que caiu com um bafejo de cinzas, e ele observou as chamas consumirem uma segunda porção de páginas inúteis. Depois, enfiou a mão no bolso, e foi a vez de a câmera descartável despencar dentro das labaredas. O calor converteu o plástico em bolhas fumegantes, soltando no ar minúsculos fantasmas arroxeados, feitos de fumaça. E logo a câmera desapareceu também.

Atrás dele, Audra se mantinha no palco, assegurando a todos os presentes que havia mais atrações por vir. A multidão estava expressando uma suprema insatisfação com a atual edição daquilo que deveria ser um *show* de talentos. Era por isso que todos tinham esperado o ano inteiro? Rostos desinteressados, pernas inquietas, olhos à procura de algum lugar melhor para estar. Os alunos do terceiro ano, amontoados em volta da fogueira, cutucaram os compridos galhos estendidos sobre a grama, empurrando-os para mais perto do esquecimento faiscante. Juraram que no ano seguinte, quando estivessem no comando, não organizariam um evento tão capenga como o daquela turma. Um ou dois números de cantoria? Alguns caras usando vestidos? Que merda sem graça.

Até o aparente enfrentamento entre Davidek e Hannah fora uma decepção. A multidão queria ver um banho de sangue, mesmo que o sangue derramado fosse o dela. E a plateia ainda estava sedenta disso.

Enquanto em cima do palco reinava a perda de tempo, um grupo de alunos do último ano começou a se agitar e discutir, cada vez mais frenéticos. O que eles poderiam fazer para salvar sua reputação de encrenqueiros?

— Por favor, tenham paciência... Algumas dificuldades técnicas aqui...! Ainda temos um monte de coisa legal pela frente! — grasnou Audra nos alto-falantes, enquanto um pequeno grupo de estudantes começou a se reunir atrás do palco, tentando elaborar um plano.

Carl LeRose passou impetuosamente por Davidek, acompanhado de um grupo de outros alunos bobocas do primeiro, do segundo e do terceiro ano, rumo ao pavilhão da comida.

— Você mostrou pra aquela vaca, meu velho — disse LeRose, o suor escorrendo pelo rosto. — Agora, pegue alguns destes biscoitos e venha comigo!

LeRose jogou nas mãos dele meia caixa de *cookies* e um enorme pedaço de bolo. Um dos meninos encheu um prato de papel com uma pirâmide de cachorros-quentes cobertos por uma camada de chucrute, e outro juntou um punhado de espigas de milho assadas.

— Peguem alguma coisa e voltem pra trás do palco! — berrou Alex Prager, apoderando-se de uma imensa tigela de salada de macarrão.

Audra estava de novo ao microfone, pedindo aos espectadores que esperassem um pouco mais:

— Já, já teremos o grande final!

Com a mão livre, LeRose arrastou Davidek até os fundos do palco, onde, acidentalmente, o calouro chutou um estojo aberto de guitarra. De dentro pulou um saquinho plástico cheio de palhetas.

A comprida mesa junto à cortina dos bastidores, outrora abarrotada de fantasias capengas, agora vergava sob o peso de bolos, gelatinas, uma montanha de biscoitos, pedaços de frango assado, hambúrgueres congelados, pratos de massa e três tortas de frutas parcialmente comidas e empilhadas numa coluna viscosa. Caminhando de um jeito gingado e com as pernas tortas, Mortinelli surgiu carregando meia melancia, que ergueu sobre a mesa do bufê, derrubando alguns *brownies* da ponta. LeRose acrescentou à pilha sua descomunal fatia de bolo e a caixa de *cookies* sorridentes de Davidek, e Hannidy jogou por cima uma de bola de bolo de sorvete de creme semiderretido.

— Mas que merda está acontecendo aqui? — perguntou Davidek enquanto um grupo de veteranos se perfilava ao redor da mesa transbordante de comida, tentando encontrar uma maneira de carregá-la pela escada dos fundos até o palco.

Um canto começou a ser entoado: *"Encha a cara de comida!... Encha a cara de comida!..."*

Agora eles estavam arrastando a vítima para os bastidores também.

Era Green.

O menino parrudo estava lá com a guitarra aninhada nos braços e suas bochechas chacoalharam quando ele balançou a cabeça para a frente e para trás, dizendo:

— Não, caras, não... — Dirigia-se aos veteranos que, morrendo de rir, enumeravam instruções ameaçadoras enquanto o empurravam para a frente.

Green implorou a seu velho amigo:

— Bilbo, qual é...?

Mas o veterano gorduchinho simplesmente deu um passo para o lado, impotente, fitando a grama a seus pés. Strebovich e Prager, companheiros de escadaria e colegas de banda de Green, também mal conseguiam olhar para o calouro.

Green apelou a quem pudesse ouvir.

— Não... Não... O Bilbo falou que eu podia *tocar*. — E então Mortinelli arrancou a guitarra das mãos dele.

Uma voz de menina soou:

— A gente não quer que você cante merda de *música* nenhuma. — Era Missy Dahnzer, uma colega caloura.

O pequeno Mortinelli sacudiu a guitarra no ar.

— Então tá, garotão! — disse. — Se você vai cantar, vai cantar pra porcaria do seu *jantar*.

O cântico estava se espalhando ao longo da frente do palco.

"Encha a cara de comida!... Encha a cara de comida!..."

— O trato é o seguinte — vociferou Michael Crawford para Green. — A gente vai te colocar em cima do palco e você tem cinco minutos pra comer *esta comida toda*. Tudo aquilo que você *não* comer...

Os rostos dos veteranos cúmplices da conspiração se abriram em risinhos maliciosos, de dentes arreganhados.

— Tudo aquilo que você *não* comer, ou pelo menos não tentar enfiar na cara e na boca, vai direto pra dentro da sua guitarra. Entendeu? Então... *Bon appétit!*

48

Green começou a citar os nomes dos meninos ao redor como se isso fosse capaz de trazer de volta os amigos que ele achava que conhecia.

— Bilbo... Alex, qual é...? Streb. Streb, cara. Por favor, caras... Por favor... Não, não façam isso... — Mas nenhum desses garotos foi capaz de olhar para ele. Ninguém ousou dar um passo à frente para defender o calouro favorito de todo mundo.

Os outros alunos do primeiro, segundo e terceiro anos eram todos sorrisos enquanto brincavam de um jogo de esconde-esconde com a guitarra de Green, passando-a de mão em mão. Em vão o infeliz Green ia atrás dela, dizendo alto:

— Tínhamos um *acordo*, caras... Eu andei ensaiando... Vocês disseram que eu ia poder cantar algumas músicas...

O cântico *"Encha a cara de comida!..."* revitalizara a minguada empolgação da multidão na frente do palco. Até o pai de Davidek ficou curioso para ver o grande final; ele estava a uma certa distância, junto aos balanços, bebendo cerveja e entoando-o, com alguns dos outros homens mais velhos com camisetas de ex-alunos da St. Michael.

Atrás do palco, o rosto de Green continuava balançando para expressar sua negativa. Smitty e Simms continuavam arrastando o calouro, agora para mais perto da escada, atrás da cortina. Davidek observava, mas seu rosto não demonstrava nenhum indício de entusiasmo. Os olhos dele encontraram os de Green. Então, Davidek começou a se afastar.

— Você não vai assistir? — quis saber Mortinelli, mas Davidek simplesmente passou ao lado dele, deixando para trás o restante da multidão dos bastidores.

"Encha a cara de comida!... Encha a cara de comida!..."

Davidek abriu caminho até o pavilhão, onde Raymond Lee, o terceiranista cujo pescoço era grosso como o de um leão-marinho, estava de pé junto da fogueira fumegante. Ele perguntou a Davidek:

— O que ele está dizendo? O menino negro?

Davidek encolheu os ombros. Lee esfregou o calcanhar do sapato contra um dos grossos galhos que se projetavam das chamas, atiçando as brasas.

Davidek sorriu para o terceiranista, chegando mais perto dele. Demonstrou a maior gentileza mesmo ao invadir o espaço pessoal do garoto parrudo, que cambaleou para trás, irritado, sacudindo o nariz de pelicano. Davidek colocou a mão sobre o peito de barril de Raymond e o empurrou para mais longe, meneando em seguida a cabeça num bem-educado gesto de agradecimento, e se inclinou e agarrou a extremidade fria e folhosa do galho de bordo. O toco tinha mais ou menos o comprimento e a espessura de um braço de músculos bem torneados. Davidek tirou-o do fogo com um arenoso estrépito de pedaços de carvão.

Ele ergueu o galho numa das mãos e saiu caminhando, desenhando no ar um rastro de fumaça. A cada passo os brotos de chamas na ponta crepitante do toco derrubavam salpicos flamejantes, e quando Davidek marchou em meio às pessoas atrás do palco elas saíram às pressas de seu caminho.

Ele passou por Green e cumprimentou-o com um aceno de cabeça, depois brandiu o galho ardente na direção de Smitty, que libertou Green e deu um pulo para trás, golpeando o ar esfumaçado quando o sentiu, quente, passar rente ao rosto. Por sua vez, Simms só viu Davidek quando já era tarde demais, e com a investida do calouro e os pelos do braço chamuscados pela tocha, ele soltou o outro braço de Green e cambaleou para trás, uivando.

Prager, Strebovich e Michael Crawford estavam perfilados ao redor da mesa de comida, prontos para carregá-la escada acima e passar com ela através da cortina dos bastidores, quando Crawford avistou Davidek.

— O que...? — começou, mas foi tudo o que conseguiu proferir.

Davidek ergueu o galho bem acima da cabeça. Faíscas tremeluzentes rasgaram o ar, em contraste com o céu branco ao fundo. Depois, num arco de fumaça azul, o galho chamejante desceu e vergastou a mesa repleta de comida.

A pilha de tortas explodiu. Davidek levantou o galho novamente e pôde ouvir as espessas e açucaradas vísceras de molho de cereja arfando contra os borralhos, gotejando da ponta do galho como sangue cozinhando numa panela.

Os três garotos em volta da mesa precipitaram-se na direção de Davidek, que os manteve longe com ocasionais sacudidelas do bastão flamejante. Ele golpeou novamente a mesa, dessa vez lateralmente, e a melancia se abriu como um crânio alvejado por um disparo de rifle à queima-roupa. Flocos frios da suculenta fruta respingaram na parte de trás da cortina preta.

Davidek ergueu novamente o galho, como um cara durão tentando atingir o sino no brinquedo do martelo de força dos antigos parques de diversões. A cada golpe sobre a mesa erguia-se uma nova linha de fumaça que lhe pairava sobre a cabeça, e agora havia fileiras delas deslizando na direção do rio. A mesa explodia com borrifos de biscoitos e flocos enegrecidos de madeira, todos jorrando para cima em gigantescos chafarizes de centelhas e migalhas. Cinza ardente caiu dentro da tigela plástica que continha salada de macarrão, levantando pequenas gavinhas de fumaça tóxica. As bandejas de frios absorviam as pancadas em baques surdos, mas os pratos de cerâmica com fatias de rosbife racharam em dois ou três cacos, até por fim se desintegrarem. Davidek desferiu uma nova pancada de lado, como um rebatedor de beisebol profissional, jogando por cima de alguns espectadores uma chuva de nacos pulverizados de hambúrgueres. Um prato estilhaçado de *rigatoni* regurgitou seu conteúdo na grama. Agora Davidek golpeava o centro da mesa, sentindo-a rachar, sentindo-a ceder... A mesa cuspiu lascas no ar, e ele a atingiu mais três vezes, em rápida sucessão. Na quarta pancada o compensado se partiu em dois e as pernas dobráveis da mesa bambolearam até que desabasse sobre si mesma. O último bolo remanescente, que tinha dado repetidos saltos sem ser atingido, agora deslizava, sendo esmagado no centro fendido da mesa. Davidek apunhalou-o como a um coração feito de creme de manteiga, extinguindo os últimos resquícios de sua tocha.

Davidek estava com os pulmões arfando, em pé no centro do raio formado pelos borrifos da comida arruinada, limpando de uma das sobrancelhas uma grossa gota de recheio de mirtilo. Um borrão de molho marinara escorria do ombro da camisa.

Erguendo o galho fumegante coberto de glacê, Davidek girou para fitar os rostos embasbacados, muitos deles salpicados de partículas de comida. Mullen e Simms estavam atrás do grupo, temendo que a seguir Davidek começasse a bater neles com o bastão. Talvez estivessem certos.

Green estava livre, mas em seu rosto estampava-se o mesmo medo de antes. Parada atrás cortina dos fundos do palco, Audra inclinou o corpo.

— Mas que porra aconteceu? — perguntou, o tom da voz subindo uma oitava a cada palavra.

Ninguém fez menção de se mover na direção de Davidek, o que o surpreendeu. As pessoas ainda estavam entoando: *"Encha a cara de comida!... Encha a cara de comida!..."*, esperando que alguma coisa surgisse no palco para fazê-las cair na gargalhada.

Davidek estendeu o galho na direção de Audra, como Babe Ruth apontando para onde planejava acertar seu próximo *home run*.

— Diga pra todo mundo que o *show* acabou.

Avançando devagar e sorrateiramente pelos fundos do palco, olhando para Davidek com uma espécie de afronta curiosa, surgiu a sra. Bromine, uma figura de jaqueta e saia azul-cobalto e sapatos de saltos grossos e quadrados, inapropriados para um piquenique, os braços cruzados na frente do peito largo. Todo o pessoal que estava nos bastidores encontrara algum outro lugar para onde ir, e ela começou a caminhar na direção de Davidek. Green estava imóvel ao lado dele, mas Davidek olhava somente para sua orientadora educacional.

Bromine diminuiu o passo quando chegou perto dele, apontando-lhe um dedo.

— Abaixe... *a arma!* — ordenou.

Davidek olhou para o galho que trazia nas mãos como se ele tivesse acabado de se materializar ali. Então sorriu quando escrutinou a cabeça da sra. Bromine e pensou no agradável som da melancia que ele tinha acabado de golpear sendo esmagada. E por fim deixou cair o bastão no chão.

Bromine correu para a frente e agarrou o braço de Davidek, as unhas enterrando-se na carne dele. Empurrou o menino para trás e chutou o galho para o lado. Depois, deu a volta pelo canto do palco e acenou em direção à equipe de monitores da paróquia, para que fossem lá fazer seu trabalho. Dessa vez ela queria que mais alguém documentasse o comportamento violento de Davidek.

Os monitores enxamearam-se em meio à multidão que já começava a se dispersar nos bastidores, caneta e papel na mão, mas tudo que havia para ver era uma pilha de comida desperdiçada ao redor de uma mesa destruída. Os monitores ficaram em silêncio, sem saber ao certo o que fazer.

Bromine voltou-se para Davidek, mas ele havia sumido. Ela o avistou junto às árvores; ele não estava correndo, mas também não caminhava a passos lentos. Ela saiu pisando duro atrás dele, enquanto Audra Banes voltava ao microfone no palco para anunciar seu engano: o espetáculo que os veteranos tinham prometido não iria acontecer.

O vigoroso cântico de *"Encha a cara de comida!..."* se dissolveu em resmungos de decepção.

Davidek passou através dos feixes de raios de luz do sol que se introduziam em meio às árvores, constatando que não fazia ideia de aonde aquele caminho na floresta o levaria. Havia um pitoresco ponto de observação à frente, uma clareira com um círculo de pedras retangulares que faziam as vezes de bancos e um pequeno deque de madeira projetando-se sobre o despenhadeiro. Na lateral havia um espinhaço íngreme, atapetado por moitas e árvores caídas de odor doce sendo lentamente digeridas pelo musgo. Mais adiante via-se um declive tão escarpado que fazia gelar o peito, terminando na superfície plana e plácida, cor de chocolate, do rio Allegheny, que cintilava em silêncio.

Davidek penetrou mais profundamente no despenhadeiro. O dossel de folhas criava uma escuridão improvável no radiante sol vespertino, e ocasionais pedras erguiam-se da terra como molares ancestrais. Não existia mais trilha, e a floresta cada vez mais densa silenciou a barulhenta área do piquenique atrás dele. Bromine avançou através da vegetação na direção de Davidek, perseguindo sozinha o calouro.

— Pare! — berrou ela e seguiu-o a duras penas, pelejando contra o terreno acidentado, a cabeça redonda e loira inclinada de modo a evitar os galhos que lhe cutucavam os olhos. — Você acabou de garantir para si mesmo dois meses de detenção!

As árvores eram mais delgadas ali, inclinadas num suave declive de seixos esmigalhados, revestidos por uma fina camada de terra negra. Davidek jamais saberia, mas era o mesmo lugar onde um dia o veterano de Hannah Kraut havia, na companhia dela, acendido um baseado.

O sol ardia através do dossel, tingindo o mundo de amarelo. Um filete de água escorria devagar através da encosta e caía do despenhadeiro numa armadilha mortal de galhos cortantes, brancos como ossos lavados com alvejante. Não havia mais para onde ir. Era o fim.

Uma mão carnuda agarrou a nuca de Davidek e puxou-o bruscamente para trás. A sra. Bromine enterrou os dedos no cabelo do garoto e o obrigou a encará-la.

— Há uma razão para chamarmos garotos como você de perdedores sem futuro — disse ela.

Todas as veias do corpo dela latejavam. O rosto estava arranhado pelas árvores, com pequenos vergões avermelhados, e no cabelo se engastara a mancha escura de uma teia de lagarta. O suor se acumulava em gotículas no rosto róseo e escorria pescoço abaixo. Ela puxou Davidek para perto de si, a ponto de sentir o hálito do menino.

— Quando eu mandar você "parar", é melhor me dar ouvidos. Mas você não tem o menor respeito. E é por isso que não recebe nenhum em troca.

— É *sábado* — ele disse em tom glacial, arrancando os dedos dela do cabelo. — Aqui não é a escola. A senhora não é *ninguém* aqui. Não tenho que respeitar a senhora *coisa nenhuma*...

Pequenas partículas de saliva atingiram o rosto dele.

— Eu *vi* você destruir aquela comida, meu amigo. *Doentio*... Só para dar umas risadas, certo? Você faz uma bagunça e arruína uma coisa que era para ser divertida. Bom, só que eu *vi*. E faz *muito tempo* que estou esperando você cometer um deslize na frente de todo mundo, como fez hoje. Para que assim todo mundo possa ver o que *eu* vejo.

Ela puxou de novo o cabelo dele, tentando machucá-lo. Tentando fazê-lo chorar da mesma maneira como *ela* havia chorado depois que ele e aquele amiguinho nojento dele, Stein, humilharam-na no estacionamento, na primeira vez em que ela os viu.

— Você vai ficar um século em detenção, seu pestinha. — Pareceu-lhe uma ameaça capenga, de modo que ela acrescentou: — E eu vou denunciar você para os monitores da paróquia e o para o padre Mercedes. Vou fazer com que você seja expulso da escola. *Que tal*?

Mais uma vez, Davidek riu dela.

— Se a senhora vai me fazer ser expulso... como vou cumprir a minha pena de... hã... "um século" de detenção?

Bromine sentiu-se prestes a infartar. Essa não era ela. Não era isso que ela fazia, não era assim que ela agia. Sentiu o autocontrole escapando, se esvaindo, assim como quase tinha ocorrido na noite do bailinho do Dias dos Namorados, quando torcera o braço de Noah Stein e o apertara com as unhas compridas e afiadas. Mas dessa vez não havia ninguém por perto para vê-la, e ninguém por perto para refreá-la.

— Você quer dar *risada*, é? Olha só o que me faz rir. — A mão dela desferiu uma bofetada que rasgou o rosto do menino.

Davidek deslizou em direção ao chão, mas Bromine ainda o segurava pelo cabelo. Ele olhou para cima a fim de encará-la, revelando os dentes brancos e reluzentes.

— Agora a senhora é que vai ser demitida — disse.

Bromine deu uma violenta sacudida na cabeça de Davidek. Seus dedos começaram a doer devido à força com que ela puxava o cabelo dele.

— Você adoraria isso — disse ela. — Para me humilhar. Mas eu *conheço* moleques como você...

Ela se sentia nauseada, tonta, respirava com dificuldade; o ar que sorvia era espesso feito água. Gretchen Bromine podia sentir o esforço do menino preso em seus braços lutando contra ela, todos os músculos retesados enquanto ela o trazia para junto de si.

— O seu amigo com cicatriz no rosto me ensinou um truquezinho. Lembra? Só sei que *eu* nunca vou esquecer... chama-se "Quem acreditaria em você?"

Os olhos de Bromine começaram a lacrimejar diante do sorriso de Davidek.

— Moleques como você nunca se importaram com a escola. Não como *eu* me importava. Tudo girava em torno de *vocês*... o que *vocês* queriam. Quando eu era menina, este lugar era agradável. — Ela mal conseguia terminar as frases. Começou a sufocar. — Moleques como *você*... fizeram de *mim*... a vilã. Vocês *me* transformaram... no monstro. Mas os monstros são vocês. São *vocês*.

Com a mão livre, ela limpou o suor do rosto.

— Você sabe como jogar "Quem acreditaria em você?" — perguntou, quase com doçura. Olhou para o rosto magro e jovem do adolescente, cujos olhos escuros a encaravam, os músculos dos braços presos contra seu corpo.

Ela se lembrava de meninos como ele. Mas houve uma época em que eles a olhavam de um jeito muito diferente.

A sra. Bromine pressionou os lábios contra os de Davidek, prendendo o rosto dele ao dela, deixando na boca do menino um forte gosto de batatas fritas e salsa quando sua língua se insinuou entre os lábios dele. O garoto se debateu, depois se aquietou, as mãos deslizando ao longo dos quadris dela, acariciando-a... até que...

Bromine emitiu um grito agudo e saltou para trás, enquanto Davidek se punha de pé, apertando punhados dos seios carnudos dela e torcendo-os como se estivesse arrancando duas rolhas de champanhe. Era o maior campeonato de Torção de Tetas de todos os tempos, uma manobra à qual ele apelava como último recurso, cortesia das inúmeras surras que levara de seu irmão mais velho, Charlie. Se Charlie havia deixado uma marca no mundo, ela estava agora estampada no peito de Bromine. Em pânico, a orientadora educacional agitou os braços e caiu para trás, braços e pernas esparramados, aterrissando sobre o próprio traseiro, a blusa azul formando tendas idênticas entre os dedos ao se afastar de Davidek.

A mulher desabou com um baque surdo, escoiceando com as pernas batutudas de modo a se arrastar para longe, roçando as ervas daninhas.

— A senhora tem razão — Davidek arfou, avultando-se diante dela. — Ninguém *vai* acreditar nisso.

— Você me agrediu! — berrou Bromine. — Saia daqui!

A mão dela se enfiou na folhuda vegetação rasteira e agarrou um pedaço de rocha mais ou menos do tamanho de uma laranja, mas pontuda. A pedra coube perfeitamente dentro de sua mão, e a mulher, num esforço, pôs-se de pé, pronta para, com ela, golpear o rosto do menino.

Atrás dela, uma voz disse:

— Pare...! *Agora*.

Havia folhas dependuradas no cabelo de Bromine e grudadas no suor de seu rosto. Ela fungou baixinho, os olhos concentrados em alguma coisa atrás de Davidek. Começou a chorar aos soluços, e lágrimas cristalinas lhe escorriam pelo rosto.

— Ele me atacou! — disse ela. — A senhora viu!

A pequena figura da irmã Maria estava parada em meio aos brotos de bordos. A boca da freira era um fio de navalha.

— Sim, eu vi — respondeu ela, que agora começara a andar e se movia entre Bromine e Davidek. — Parecia um tipo de joguinho.

— *Jogo*? — vociferou Bromine. — Eu não chamaria de...

— Sim — interrompeu a freira. — Acredito ter sido exatamente assim que ouvi a senhora descrever a coisa: "Um joguinho chamado... 'Quem acreditaria em você?'". Não é isso?

A expressão chorosa de Bromine se endureceu, tornando-se uma silenciosa declaração de guerra eterna.

— Talvez seja melhor a senhora ir embora agora, sra. Bromine — disse a diretora.

Bromine apontou um dedo acusador na direção de Davidek.

— Foi ele — disse ela, com a voz embargada. Repetiu a acusação, dessa vez mais alto, mas sua alegação era inútil. — Vou contar tudo para os monitores da paróquia! — declarou por fim, erguendo-se.

— A senhora vai *calar* essa boca e nunca mais vai abri-la para me contradizer *de novo*, Gretchen. Caso contrário, farei o que todos os professores tinham vontade de fazer quando a senhora era apenas uma aluna: *sumir com a senhora* daqui, expulsá-la por ser um pé no saco, uma mala sem alça infeliz e metida a sabichona. — A freira semicerrou os olhos e fitou a expressão embasbacada da orientadora educacional. — Oh, por favor. A sua mãe e o seu pai *imploraram* para que a escola a contratasse. E tudo o que a senhora fez nestes anos todos foi me contrariar, me desmentir, vezes e vezes sem conta... Antes, eu pensava que até os alunos *mais detestáveis* podiam, no fim das contas, mudar para melhor.

Davidek entrou na conversa.

— Talvez *eu* conte pros monitores da paróquia o que a senhora acabou de fazer comigo, sua vaca pervertida!

A freira girou sobre os calcanhares para encará-lo. Nos olhos dela havia ódio, mas também uma carência suplicante.

— *Ninguém* vai falar com os monitores da paróquia — disse ela. — Então, vamos combinar que o que acabou de acontecer nesta clareira... tudo... nunca aconteceu. Entendido? Se eu descobrir que *um dos dois* falou sobre isso, vou dar um jeito de revelar tudo o que houve. — Olhou com firmeza para Davidek. — Até o último detalhe.

A orientadora educacional recuou através das árvores, esmagada por partes iguais de medo e fúria, berrando que aquilo estava errado, que o que o menino tinha dito, fosse o que fosse, e o que a irmã Maria *achava* que tinha visto, fosse o que fosse... eram mentiras.

Mas ela não tinha mais forças para lutar.

Em silêncio, a religiosa e Davidek observaram a retirada de Bromine, tropeçando e resmungando em meio às árvores feito um touro sem rumo. Quando ela desapareceu, engolida pela floresta, Davidek voltou-se para a diretora.

— Se a senhora a odeia tanto, por que a está protegendo?

A irmã Maria começou a se afastar, rumando de novo na direção do piquenique, determinada a exibir um rosto sorridente para monitores e convidados ainda lá reunidos.

— Pela mesma razão por que estou protegendo você — disse.

Davidek tirou a terra e as folhas das roupas.

— Irmã! — chamou em voz alta, quando a silhueta da freira já ia diminuindo de tamanho em meio às árvores. — Irmã, me diga mais uma vez... quem está cuidando de *quem*? — Talvez ela não tivesse ouvido. Se ouviu, não se deu ao trabalho de responder.

Davidek sentou-se sobre uma das enormes pedras retangulares no mirante do rio.

Rio acima, uma barcaça carregada de cascalho e pedregulho enlameado fazia uma curva entre as colinas em câmera lenta. Nenhum pássaro cantava. O vento estava imóvel.

Depois de alguns minutos, ele ouviu passos na trilha que o circundava.

Green acomodou-se a seu lado no banco de pedra. O menino corpulento empunhava a guitarra, embalando-a cuidadosamente, e seus dedos começaram a deslizar ao longo das cordas, dedilhando uma canção acalentadora. Cerrando os lábios, Green entoou a letra sem de fato cantá-la. Vez ou outra surgia uma palavra, murmurada mais para si mesmo do que para Davidek. Por fim, Green disse:

— Escrevi esta canção, mas preciso trabalhar na letra. Talvez tenha sido melhor que não pude cantá-la hoje.

Davidek assentiu e disse:

— Sinto muito que não tenham deixado você cantar.

Green ainda estava dedilhando. Seu rosto balofo abriu-se num sorriso. Cantarolou mais alguns trechos da letra e os dois observaram a barcaça passar lá embaixo, pequenas ondas agarrando-se às laterais da embarcação.

— Eu sinto muito que... a gente tenha brigado — disse Green. — *Você* disse algumas coisas, *eu* disse algumas coisas... mas o que você fez ali... ainda agora...

— Não diga pra mim que você sente muito, Green. Nunca mais — interrompeu-o Davidek. — Você não me deve mais nenhum "sinto muito". Eu é que devo pedir desculpas. Agora. E devia ter dito isso muito tempo atrás. Sinto muito, Green. Me desculpe por aquilo que eu disse. Sinto muito por tudo.

Green apenas continuou dedilhando. Quando uma pessoa tem um talento particularmente extraordinário para a arte de tocar guitarra, o mundo ao redor dela deixa de existir por alguns momentos. A música flutuou por sobre a costa escarpada. Lá embaixo, o rio levava a barcaça para longe deles, silenciosamente.

— Eu queria que "sinto muito" fossem palavras mais fortes — disse Davidek. — Queria que fossem tão fortes quanto outras palavras, aquelas que fazem a gente *precisar* pedir desculpas. Como aquilo que eu te disse no telefone na outra noite... Porque eu sinto muito de verdade, Green. Eu estou t...

— Esse é o lance legal quando a gente é amigo de verdade — disse Green. — Se você está falando sério e sendo sincero, não precisa *ficar repetindo* que sente muito. Uma vez só já é suficiente, uma vez só já basta. Para bons amigos... quer dizer... como nós.

As silhuetas dos dois calouros permaneceram sentadas em contraste com o ensolarado vale do rio, contemplando por cima do despenhadeiro a água escura que se encrespava devagar lá embaixo.

De volta ao pavilhão, a maior parte dos alunos e convidados já tinha ido embora. O sol rastejava devagar na direção de um horizonte alaranjado, mas ainda faltava um par de horas até o crepúsculo. Nuvens de mosquitos zumbiam por sobre os campos gramados. Davidek encontrou o carro do pai, onde o velho estava batendo papo com o Texano Grandão.

Carl LeRose apertou o passo e alcançou Davidek.

— Ei, quer saber, se era pra você arrebentar todas aquelas coisas, podia pelo menos ter feito isso em cima do palco. Pela diversão da galera.

— Esta é a opinião de todo mundo? — Davidek perguntou.

LeRose ergueu as mãos — na defensiva.

— Ninguém tem opinião nenhuma, valentão. Estamos numa boa. Beleza?

— Beleza — confirmou Davidek, cansado demais para dizer qualquer outra coisa.

O pai de Davidek estava irritado. Assim que viu o filho se aproximando, abriu com um gesto brusco a porta do passageiro.

— Onde diabos *você* se meteu?

O pai de LeRose, o Texano Grandão, soltou uma sonora gargalhada e disse:

— Sossega, Bill! Esse menino fez uma coisa corajosa pra danar hoje. Uma coisa danada de boa...

A princípio Davidek achou que ele estava falando da comida destruída, mas o Texano Grandão se referia à aparente recusa do menino de ler o diário, o que agora parecia ter ocorrido fazia milênios.

— O seu menino tomou o próprio partido hoje — disse o sr. LeRose. — Ele tomou o nosso partido e defendeu todos nós da St. Michael.

Bill Davidek não gostava de ouvir ninguém lhe dizer o que deveria sentir em relação ao próprio filho. O Texano Grandão estendeu a mão.

— Nem sempre é fácil defender as pessoas... Mas você e eu sabemos disso, não é mesmo?

Bill Davidek hesitou, depois apertou a mão do outro, e a história secreta que ambos partilhavam, fosse qual fosse, ficou entre eles.

O Texano Grandão olhou para Davidek do outro lado do carro.

— Quero te agradecer mais uma vez, por tudo, Peter. Por ajudar meu filho aqui, quando ele precisou. Acho que precisamos de mais garotos como você aqui na St. Michael.

O pai de Davidek entrou no carro e ligou o motor.

— Saiba que não fui o único que ajudou o Carl naquele dia — disse Davidek.

O pai de LeRose olhou para o filho, e Carl encolheu o ombros num gesto que significava "ei-eu-estava-inconsciente".

— Tinha outro menino que me ajudou — disse Davidek, sentindo-se nervoso e falando rápido demais. — O nome dele é Noah Stein... Ele nunca recebeu crédito nenhum, mas o Stein é o cara que me ajudou a chegar até o Carl. Uma das professoras estava tentando me segurar, mas ele a impediu. Com um baita beijo molhado na boca.

— A Bromine? — perguntou Carl, cujo rosto se iluminou. — Então isso *é* verdade?

O Texano Grandão disse:

— Tudo bem, certo, mas onde está este herói misterioso? Vamos conhecê--lo. — Lançou um olhar expectante para o filho, que podia até ter sido um puxa-saco dos veteranos, mas nunca tinha desenhado uma cicatriz vermelha na bochecha.

— O Carl pode te contar o que aconteceu com o Stein... e o que fizeram com ele. Certo, Carl?

LeRose disse:

— Posso. Posso, claro. — Estava orgulhoso de ser útil.

O pai de Davidek manobrou a *minivan* e o carro passou pela Máquina do Amor Verde-Ervilha de Mullen, que tinha o tamanho de um barco e estava estacionada no gramado, junto ao campo de futebol americano. Davidek olhou pelo vidro traseiro e viu uma cena curiosa. Carl apontando para Mullen e Simms, que ainda estavam de bobeira junto aos balanços, e depois conduzindo o pai na direção da lata-velha verde. O sr. LeRose, o Texano Grandão, tirou do bolso do paletó um caderninho, examinou a traseira do carro e anotou alguma coisa.

Quando a floresta ficou mais densa ao redor da *minivan*, o pai de Davidek declarou:

— Nunca gostei daquele cara.

49

Foi unânime a decisão do Conselho Paroquial na votação que decidiu sobre fechar ou não a escola.

O padre Mercedes caminhava a passos largos de um lado para outro no corredor do lado de fora da biblioteca da St. Michael enquanto os dez membros debatiam a questão numa sala de aula do segundo andar. A maior parte das cadeiras na biblioteca ainda estava vazia, mas a essa reunião mensal do conselho haviam comparecido duas dezenas de pessoas a mais que o número habitual, a maioria formada por grupos de preocupados pais de alunos em meio aos cerca de vinte anciões enxeridos e encarquilhados que passavam seus últimos anos de vida no planeta debruçados obsessivamente sobre as minúcias dos assuntos da igreja. Em desconfortável silêncio, todos aguardavam que tivesse início a parte pública da reunião. Mas os trabalhos estavam atrasados.

O padre interpretou a demora como um bom sinal.

Não restava dúvida: a St. Michael seria fechada. Todo mundo sabia disso, porque o padre Mercedes queria isso. E o padre Mercedes, na condição de pároco nomeado pela Diocese de Pittsburgh, contava com cinco votos que pesavam em todas as decisões que os membros do conselho tomavam. Isso lhe dava margem de manobra para indeferir qualquer decisão dividida.

Mas a vitória por uma magra minoria não era suficiente para assegurar ao padre uma situação de segurança absoluta.

O padre Mercedes queria certeza. Se, em desacordo, a maioria do conselho se mostrasse a favor da manutenção da escola em funcionamento e o religioso revertesse por conta própria uma decisão tão controversa, poderiam ser suscitadas perguntas incômodas. A resistência de alguns membros influentes do conselho talvez atraísse a atenção indesejada da diocese. Ele não tinha feito um esforço tão grande para se blindar apenas para ser desbaratado por alguns rebeldes... *voluntários*. E a resistência deles protelaria o potencial fechamento da escola, o que aumentava as chances de que, nesse meio-tempo, os buracos nas finanças da paróquia fossem revelados.

Ele tinha que garantir que, da parte dos dez membros do conselho, o maior número possível votasse de acordo com seus planos. Por isso, enquanto eles estudavam com toda a atenção as pilhas de anotações do Programa de Monitoria e debatiam as finanças envolvidas na manutenção do segundo grau, o padre Mercedes tinha tomado providências para fazer a balança pender a seu favor.

O padre não queria fazer isso. Era um risco. Mas o piquenique fora inútil. Tinha sido, sem sombra de dúvida, um evento estranho, no qual, aparentemente, houvera comportamentos violentos e turbulentos que ele não entendeu, mas não ocorrera a catástrofe que ele esperava que os monitores da paróquia testemunhassem. O infame diário de Hannah Kraut fracassou no sentido de produzir um rebuliço perceptível, o que fora uma pena; ele tinha a esperança de que Hannah revelasse aquele sórdido boato sobre ela e o sr. Zimmer; desse modo, o pároco poderia fingir que estava tão surpreso quanto todos os demais, eximindo-se da responsabilidade do "você-já-deveria-saber". Mas a suspeita que Sete-Oitavos havia compartilhado com ele continuava sendo sua arma infalível, seu último recurso. Na manhã da votação, na esperança de apertar um último "botão do pânico", ele finalmente a usou.

Mercedes tinha passado o dia visitando cinco dos membros do conselho que, ele sabia, estavam indecisos (três outros já tendiam a votar a seu favor). Ele explicou que estava de posse de uma nova e repugnante informação. Algo de que acabara de ficar sabendo. Algo que o havia deixado tremendamente perturbado. Mas que, ainda assim, tratava-se de algo de que todos eles precisavam ser informados.

— Recebi essa inquietante notícia de uma aluna durante o sagrado sacramento da Confissão... por isso não posso revelar o nome dela... — repetiu ao longo do dia, batendo em portas e se acomodando em salas de estar, encenando uma personagem abalada por uma profunda angústia. — Essa aluna... ela confessou um relacionamento de natureza sexual com um dos professores mais estimados. — Era difícil referir-se a essa parte com uma expressão séria e impassível no rosto. O sr. Zimmer jamais havia demonstrado outra postura que não a de resistência contra o pároco. Era o pior membro do desobediente corpo docente da escola. Entretanto, ele seria a salvação do padre Mercedes.

Eles exigiram saber *quem*.

Então padre Mercedes lhes contou, fingindo extrema relutância.

— Essa revelação não repercutirá bem na igreja... — dissera o padre. Devemos considerar esse fato como mais uma razão para desvincular a nossa paróquia do relacionamento corrupto e danoso com a escola, extirpar relações.

Foram muitas perguntas: "Até que ponto foi a relação?" Padre Mercedes não sabia ao certo. "Havia mais alguém envolvido?" O padre disse apenas que rezava para que não houvesse. "A menina se apresentará para oferecer informações?" Improvável, pois podemos imaginar o estrago que isso causaria para ela e sua família. "O que o professor alegou em sua defesa?" Antes de acareá-lo, devemos pensar em nos proteger.

O sacerdote sabia que a imaginação desses membros do conselho preencheria as lacunas. E eles também ansiariam por proteção em relação às mesmas coisas que Mercedes temia: a longa investigação, um frenesi da mídia, potenciais processos judiciais, hostilidade pública para com os líderes da igreja, sem mencionar a humilhação que isso representaria para a diocese.

Felizmente, apontou o padre, eles tinham uma solução fácil à disposição. Fechar a escola, e o problema causado por um professor canalha se evaporaria inteiramente.

Satisfeito com o choque e a confusão que havia criado, o padre Mercedes permaneceu em pé na biblioteca e fitou a comprida mesa de carvalho na ponta da sala, repleta de cadeiras vazias, onde em breve o conselho anunciaria publicamente sua decisão.

Ele não tinha dúvidas. Aqueles eram os últimos momentos da existência da St. Michael.

A irmã Maria entrou pouco depois e se sentou, sozinha, nos fundos da sala. O padre Mercedes tinha arrancado dos membros do Conselho Paroquial a promessa de sigilo com relação ao sr. Zimmer. A religiosa não fazia ideia do que estava por vir.

Nem mesmo o padre Mercedes esperava uma decisão unânime; entretanto, foi exatamente isso que o sr. LeRose, secretário e presidente do conselho, anunciou quando deu início à reunião. LeRose era um dos dois membros do conselho que o padre *não* havia procurado, uma vez que ambos eram firmemente favoráveis à manutenção do funcionamento da escola de segundo grau. Ao que tudo indicava, esses dois também tinham sido voto vencido.

— É fato raro chegarmos todos a um mesmo entendimento — disse o homem conhecido por Davidek como O Texano Grandão. — Rezamos para que esta seja a decisão certa, decisão que foi tomada com os corações pesarosos e grande preocupação com o futuro da paróquia. Houve desacordos de ambos os lados, mas em última instância a votação foi unânime.

Então o sr. LeRose anunciou:

— A St. Michael the Archangel High School continuará aberta.

O padre teve a sensação de que dois punhos lhe comprimiam os pulmões dentro do peito. Ele estava em pé, e então suas costas encontraram a parede, sentindo a frieza da pedra sangrar através do casaco preto.

Mas, então, o alívio no rosto da irmã Maria logo se extinguiu assim que LeRose revelou o restante da decisão: o conselho continuava alarmado diante dos graves problemas comportamentais da escola. Dessa maneira, revisitariam a questão do fechamento dali a um ano. Até lá, haveria uma redução na alocação dos recursos destinados aos consertos dos problemas no telhado, dos tijolos deteriorados dos corredores e a outras calamidades na infraestrutura do prédio.

Uma senhora idosa, que era um dos membros mais velhos do conselho, levantou a voz para dizer:

— Acima de tudo, queremos reconstruir a *nossa* igreja e remover a nossa adoração ao Senhor do ridículo local que é uma quadra de basquete. — Os comentários dela receberam aplausos das outras múmias presentes na reunião.

Nada feliz, o sr. LeRose leu suas anotações:

— Haverá também outras restrições, incluindo uma drástica diminuição no orçamento operacional da escola para o ano que vem. Detalharemos essas questões nos meses vindouros, quando colocarmos em ordem nosso orçamento para o próximo ano fiscal, em julho.

O sr. LeRose ergueu os olhos, encontrando o rosto desolado da irmã Maria. A escola ainda estava viva — mas essa vida estava prestes a se tornar ainda mais difícil.

No estacionamento, o sr. LeRose abriu a reluzente porta de seu conversível prata, o mesmo modelo esportivo que Davidek tinha visto pela primeira vez estacionado na frente de sua casa, quase um ano antes. As lâmpadas dos postes da rua começavam a tremeluzir no ar morno da noite, enquanto o sol se punha, imerso numa piscina azul além das colinas.

Do outro lado do estacionamento, o padre Mercedes se lançou de chofre para atacá-lo, e sua mão enorme, fedendo a nicotina, agarrou o terno cinza do Texano Grandão.

— Depois de tudo o que vocês *viram*, depois de tudo o que *leram* das anotações dos monitores da paróquia, depois de todas as coisas que eu *pessoalmente lhes contei* a respeito de um dos professores desta escola... vocês decidem manter este lugar vivo?

O sr. LeRose retirou a mão do religioso de seu colarinho.

— É engraçado como um boato conveniente veio à tona justo no dia da votação. O senhor realmente achou que isso nos enganaria? Acha mesmo que *o senhor* nos engana?

O sr. LeRose era mais baixo que o padre Mercedes, mas estava escorando o homem mais velho.

— Graças à boataria que o senhor espalhou hoje, até as pessoas que queriam votar *contra* a escola mudaram de ideia. Elas finalmente viram quanto o senhor estava desesperado. Mesmo que acreditem que a escola está com problemas, não vão mais levar em conta apenas a sua palavra...

O sacerdote cambaleou à frente dele.

— E se eu estiver dizendo a verdade?

— Sobre o quê? O professor? — LeRose esquadrinhou brevemente o estacionamento, observando a movimentação dos últimos participantes da reunião, que caminhavam a passos trôpegos na direção dos seus carros. Depois, disse baixinho: — Já tomamos providências quanto a isso.

O padre Mercedes esperou que LeRose se estendesse no assunto, mas não ouviu nenhuma outra palavra.

— A culpa recairá sobre seus ombros — disse o religioso, sacudindo um dedo no rosto do outro. — Direi ao bispo que vocês não fizeram *nada*. Que protegeram um homem acusado de...

— Mas nós *fizemos* algo, padre. O professor não será mais problema.

— O quê? Vocês vão "investigar"? — zombou o pároco. — Arrastar esta paróquia para a *imundície* das primeiras páginas de todos os...

— O senhor não estava ouvindo? — perguntou o sr. LeRose. — O dinheiro está curto. A escola vai se adequar a um novo orçamento, mais enxuto. Infelizmente, a St. Michael vai precisar encolher o tamanho do corpo docente, dispensando exatamente um professor. Ele não foi demitido. Apenas tivemos que apertar o cinto, e ele caiu da beira do abismo de uma receita por demais estreita. Dessa maneira, não há perguntas. Nenhuma acusação... E, se o professor for inocente, teremos feito um favor a ele. Ele não tem que se defender contra o indefensável.

— Na St. Michael há problemas piores do que ele — retrucou o padre.

— E o senhor é *um* deles... não é, padre? — O rosto de LeRose estava impassível, mas sorridente. — Conheço alguns empreiteiros que dizem que o senhor andou fazendo perguntas sobre transformar a escola numa casa de repouso para idosos. O senhor foi muito barateiro com as ofertas iniciais, padre... Mas, pensando bem, assim sobraria mais para o senhor, não é?

Mercedes deu um tapa no porta-malas do Porsche de LeRose e mais uma vez sacudiu o dedo no rosto do homem.

— Com quem *diabos* você pensa que está falando?

— Com certeza não com um herdeiro da família Mercedes-Benz — disse LeRose, olhando para a marca que a palma da mão do padre imprimira em seu carro. — Dei uma investigada nisso também. Originalmente, o nome da família era Marcedi, certo? Mas o pai do senhor mudou para Mercedes, e alardeou esse nome para tirar vantagem... O mesmo artifício do qual o senhor lançou mão. Então, de onde vem todo o dinheiro, padre? Toda a grana que eu ouço dizer que o senhor aposta nos Steelers, e nos cavalos lá da Meadows, escolhendo azarões. Não é do salário de um pároco, disso estou certo.

O padre Mercedes não disse coisa alguma. Não foi capaz.

— Estou disposto a esperar por minha resposta — disse LeRose. — Os advogados e contadores da diocese vão acabar descobrindo, no fim das contas. — Passou a mão pela porta de linhas curvas do carro esporte prateado, cobrindo o dedo indicador com uma fina linha de poeira. — Por enquanto, o senhor pode ficar feliz, porque perdeu um inimigo. Sei que o sr. Zimmer era uma pedra no seu sapato. Mas não fique feliz demais...

A mão grossa e seca do Texano Grandão deu uma pancadinha agressiva no rosto de Mercedes, deixando uma mancha de sujeira nas bochechas do padre.

— ... pois o senhor acabou de fazer um *novo* inimigo.

Na sala de trabalho da irmã Maria Hest, nada se movia. Nem as pilhas de arquivos nas pastas de papel manilha que ameaçavam desabar por cima das almofadas do sofá de couro verde, nem a estátua da Virgem Maria, que, da prateleira do outro lado da sala, fitava com olhar doloroso, oscilando entre uma miscelânea de placas comemorativas de vidro e latão cuja maior parte tinha décadas de idade.

O fio espiralado do telefone preto da freira, que se esticava por cima da ponta da escrivaninha de aço — do tamanho de um tanque —, também não se mexia, e tampouco os braços chorosos da samambaia ou as lâminas de madeira das venezianas, que projetavam, sob forma de barras nítidas no piso, os raios claros de luz do sol da manhã.

A irmã Maria estava afundada de ombros encolhidos em sua cadeira giratória, as mãos cruzadas sobre o mata-borrão vazio. O padre Mercedes estava em pé no canto, o cotovelo pousado sobre um velho e desgastado arquivo de aço, um cigarro empoleirado entre os dedos, um halo de fumaça cobrindo-lhe o rosto. Eles estavam sozinhos, mas não por muito tempo.

Ele tinha se deleitado ao lhe contar a história sobre Zimmer.

A freira perguntou baixinho:

— Existe alguma outra maneira...?

O padre exalou pelo nariz duas colunas gêmeas de fumaça.

— Sim — disse ele. — Existe.

O próprio padre vinha ponderando sobre a questão. Apesar de sua acachapante derrota, havia ali uma oportunidade, ainda melhor do que tirar de cena o sr. Zimmer. O padre Mercedes pouparia o professor, diria ao Conselho Paroquial que a menina tinha mentido, que no fim ficara evidente que as acusações eram infundadas. Zimmer receberia carta branca para permanecer na escola, e talvez nunca sequer ficasse sabendo das acusações contra ele. O religioso aceitaria de bom grado essa barganha, mas somente se isso significasse eliminar um obstáculo ainda pior.

Dirigindo-se a irmã Maria, ele disse:

— Em vez disso, a senhora pode abdicar do cargo.

A data no calendário dos *Simpsons* do sr. Zimmer mostrava que era uma quarta-feira. A colação de grau estava marcada para a sexta, e naquela última semana os formandos do último ano haviam sido dispensados de aparecer na escola para as aulas normais; por isso, o professor tinha o período livre. De todo modo, o ano letivo havia de fato chegado ao fim. Agora era hora de os alunos que continuariam na escola limparem a bagunça e se prepararem para o ano seguinte.

Zimmer tinha se cercado de cestos de lixo e estava selecionando o que era necessário e o que não era, em meio às montanhas de papel sobre a escrivaninha.

— Sr. Zimmer...

Ele ergueu os olhos e viu a irmã Maria parada no vão da porta da sala de aula.

— Sim? — disse ele.

* * *

Zimmer sentou-se no sofá verde da sala da diretoria, as mãos fechadas unidas entre os joelhos altos, tomando cuidado para não derrubar as pilhas de pastas nas almofadas a seu lado. Quando a irmã Maria parou de falar, ele sentiu as vísceras rasgadas e abertas por um talho.

A irmã Maria olhou para sua escrivaninha. A silhueta do padre Mercedes, postado diante da janela, pairou sobre o ombro de Zimmer, no canto dos fundos.

Zimmer mal conseguia respirar — não desde que eles mencionaram o nome de Hannah Kraut. O ar parecia concreto endurecido em sua garganta.

— O que querem que eu diga? — perguntou ele por fim com voz trêmula, embora estivesse tentando passar uma impressão de energia. — Isso *não* é verdade. — Zimmer só foi capaz de repetir essas palavras. Não era verdade. Não era. Não havia mais nada a dizer.

— Não importa — disse Mercedes. — Não é por isso que o senhor está sendo dispensado.

— *Então por quê?* — Zimmer quis saber.

O pároco cutucou a pilhas de papéis no sofá ao lado do professor, tomando cuidado para não deixar a torre tombar — apenas testando.

— Nós simplesmente precisamos cortar as despesas da escola; esta é a razão pública de sua dispensa. O motivo *oficial*. Considere isso um gesto de bondade. Gostaríamos de poupar o senhor da humilhação dessas acusações. Se pudermos.

Zimmer olhou de novo para a irmã Maria, os olhos arregalados e assustados, esperando que ela interviesse e desse um basta àquilo.

— Contudo... se o senhor resolver nos desafiar — prosseguiu o padre. — Se o senhor resolver *lutar* contra essa decisão...

— Irmã Maria... — disse Zimmer, suplicante. — Irmã...

— O senhor vai achar o pacote de indenização e a verba rescisória... adequados — continuou o padre. — Antes que o senhor fique emotivo, sugiro que pense na escola. Pense em si mesmo, inclusive... Pense na *menina*...

— A menina? — disse Zimmer — O senhor está falando sério? Se Hannah está dizendo essas coisas, é mentira. Irmã... Ela está delirando... Está obcecada!

— Então o senhor admite que havia *de fato* um relacionamento? — quis saber o pároco.

— É *mentira*! — berrou o professor, erguendo-se da cadeira. Ele estendeu as mãos nodosas sobre a escrivaninha da diretora, avultando-se diante da freira, pedindo a ajuda dela. — Vamos trazer a menina aqui. Agora!

— Recomendo que o senhor não confronte a menina sobre essa questão — disse o padre Mercedes com voz exausta. — Se o senhor acareá-la, tomarei providências para que a polícia seja avisada imediatamente.

— Irmã... — disse o sr. Zimmer. — Irmã, por favor.

A irmã Maria voltou o rosto em sua direção. Andy Zimmer, seu velho aluno. Seu aluno favorito. A diretora sempre se perguntava o que seria dela sem a St. Michael, mas onde ela estaria sem Andrew Zimmer?

Ela o havia incumbido de estimular Green, o único aluno negro da escola, no início do ano. Na noite do baile de formatura ela o despachara para a casa de Stein a fim de aquietar Davidek... Zimmer tinha sido o responsável não apenas por salvar o Menino no Telhado como também havia forjado o acordo secreto que contentou a família do garoto e permitiu que a escola continuasse funcionando.

Isso... era apenas mais uma coisa que ela precisava que ele fizesse. Uma última coisa.

O padre Mercedes e a irmã Maria sabiam que o professor perderia o controle e não tentaram acalmá-lo. O sr. Zimmer ficou parado diante deles como um homem afundando em águas profundas, mergulhando escuridão adentro, os braços compridos cortando o espaço ao redor. Ele berrava, em vão. Arfava no silêncio sufocante. Até que, afinal, simplesmente ficou sem palavras. Seus braços aquietaram-se ao lado do corpo. Suas costas se arquearam, seus olhos sondaram o chão. Ele nada tinha feito de errado, e mesmo assim era o fim. Não era capaz de explicar a relação com Hannah. Nem mesmo a verdade o isentaria de culpa.

Assim como haviam permitido a barulheira de Zimmer, agora a irmã Maria e o padre Mercedes permitiam também o silêncio derrotado do professor.

— Não há nenhuma outra maneira? — perguntou Zimmer após longos minutos. Mas em sua voz não restava nenhum resquício de energia. No fim, ele aceitou o que os dois estavam dispostos a lhe oferecer.

50

Uma animada anarquia preenchia os ensolarados corredores de pedra da St. Michael. Era sexta-feira, o derradeiro dia do ano letivo. Com os veteranos ausentes, exceto pela cerimônia de colação de grau que aconteceria naquela noite, os alunos remanescentes do primeiro, segundo e terceiro anos aproveitavam um período que era mais de diversão do que de estudo. Os boletins tinham sido distribuídos naquela manhã. Os alunos de bom desempenho comemoravam o trabalho bem-feito, ao passo que os que tiveram desempenho ruim — Davidek incluído — simplesmente celebravam as últimas horas antes de encarar a ira decepcionada dos pais.

Do lado de fora da biblioteca, alguns segundanistas empurravam os colegas de um lado para outro dentro dos velhos carrinhos metálicos para transportar livros. O dia avançava, e fazia um calor tão escaldante que os meninos tiveram autorização para tirar os paletós. Camisas foram dobradas nas mangas, revelando adolescentes braços nus, e saias foram enroladas na cintura, as bainhas erguidas até lugares perigosos acima dos joelhos. Toda vez que soava o sinal anunciando o término de uma aula, mais estudantes saíam para ficar à toa nos corredores.

Davidek e Green estariam na sala de estudos, mas dois dias antes os alunos receberam a notícia de que o sr. Zimmer se vira às voltas com uma emergência familiar e por isso não estaria presente. A sra. Bromine também estava misteriosamente ausente, embora no caso dela a escola tivesse sido avisada de que era por motivo de doença. Sem nenhum professor para supervisionar as salas de aula, os calouros debandavam para outros lugares, misturando-se a grupos de segundanistas e terceiranistas, saboreando seu *status* (prestes a terminar) no ponto mais baixo da cadeia alimentar.

Na hora do almoço, um furgão branco apareceu no estacionamento e entregou a encomenda de dois paletes de anuários embrulhados em plástico, sobre os quais os alunos se precipitaram, rasgando-os como um bando de leões atacando brutalmente uma carcaça. Os livros passaram o resto do dia circulando de mão em mão, enquanto sinceras mensagens de amizade eram despachadas futuro afora por meio das páginas em branco da contracapa. Todos queriam que Davidek assinasse seus exemplares; afinal de contas, ele era o herói do Piquenique do Trote. O cara que enfrentara a Puta. O cara que havia protegido todo mundo.

Davidek não queria assinar. Ele nem queria ficar com um anuário para si mesmo. Mas os exemplares jorravam por cima do menino, que folheava as páginas pensando na busca que havia empreendido muito tempo antes, quando vasculhara o anuário do ano anterior à procura de uma fotografia de Hannah Kraut e encontrara apenas rostos raspados e desfigurados e a frase: "Vocês não conseguiriam se lembrar de mim se tentassem". A comissão de anuário desse ano havia feito a vontade dela: não havia foto nenhuma de Hannah Kraut. Seu nome sequer era mencionado.

À medida que mais e mais alunos entregavam seus anuários para o autógrafo, Davidek vasculhou os bolsos e encontrou um par de canetas das quais, porém não precisava. Ele tinha algumas moedas no bolso, mas eram rombudas demais. Por fim, sua mão encontrou o colarinho, desfazendo a gravata de clipe. Ele retirou o fecho de metal e correu o dedo ao longo da borda. Perfeito.

Davidek jamais tirara um retrato oficial da escola (no lugar onde deveria estar a fotografia havia apenas um quadrado preto). Porém, na seção de calouros, encontrou um instantâneo em que ele aparecia em pé, entre Lorelei e Stein, os três encostados numa parede coberta por um painel de madeira no Salão Palisade. Ele não fazia ideia de quando a foto havia sido tirada, mas provavelmente fora no início do ano anterior. Lorelei estava com a cabeça apoiada no ombro dele e Stein, em pé, com os braços cruzados e um sorrisinho afetado.

Depois que se afastava para assinar os anuários, Davidek sempre os devolvia com um sorriso. Mas a verdade é que não escrevia coisa nenhuma.

Somente mais tarde os donos dos anuários repararam naquela estranha foto dos três calouros — todos com o rosto raspado. Esses rostos haviam sido desfigurados em tantos exemplares que todo mundo deduziu tratar-se de um defeito de impressão.

Naquela tarde, os alunos da atual turma de calouros, agora em vias de se tornarem segundanistas, estavam no corredor, enchendo lixeiras com os cadernos usados durante o ano, cuidadosamente despedaçando bilhetinhos com indesejados recados de amor e arrancando da parte de dentro dos armários recortes de revistas com imagens das mais lindas e atraentes celebridades.

Na parte inferior do armário, Lorelei encontrou um pedaço de papel em que um dia escrevera as novas regras que pretendia seguir para fazer com que as pessoas gostassem dela: "Seja bonita... Tire boas notas... Não seja o palhaço da turma... Sente-se nas primeiras filas da classe... Faça amizade com um deficiente físico..."

Tentou se lembrar de quando a página estava em branco, sem dobras. Depois amassou o papel até formar uma bola e jogou-o no lixo.

Lorelei estava rodeada de amigas, e em dias como esse era boa a sensação de voltar a ser importante, de fazer diferença de novo. Todos queriam estar perto da bela e trágica menina. Zari sacou a câmera e insistiu em lhe pedir que posasse para fotos com todo mundo.

— Vou imprimir as fotos, e quando as férias começarem quem sabe a gente possa se reunir na sua casa pra colocá-las num álbum — disse Zari.

Algumas das outras meninas concordaram, ansiosas, mas Lorelei foi evasiva e relutante; não queria correr o risco de que nenhuma das amigas conhecesse sua mãe.

Então ela reparou numa figura solitária na outra ponta do corredor e pediu licença para se afastar do grupo. O boato de que ela havia se voltado contra Stein porque tinha sido espancada por ele ainda fazia Lorelei sentir uma espécie nauseante de culpa, mas não o bastante a ponto de revelar a verdade. Ela finalmente sentia-se a salvo. E se pudesse usar sua recém-descoberta popularidade para confortar outras meninas solitárias... talvez isso endireitasse as coisas, colocasse tudo no devido lugar.

Era como uma variação da regra nº 5 escrita naquele papel amassado: "Faça amizade com um deficiente físico..." A diferença é que, nesse caso, a deficiência era a impopularidade.

— Eu gostei de me sentar com você no Piquenique do Trote — disse Lorelei, o que fez o rosto muito magro de Sete-Oitavos cintilar. — Talvez a gente possa passar algum tempo juntas no verão. Talvez ir nadar na piscina de ondas, ou fazer as unhas, ou simplesmente papear sobre coisas de menina, sabe?

Sete-Oitavos vinha pensando em todas as confissões que ainda teria de fazer ao longo do verão. Agora que as aulas tinham acabado, ela começara a se preocupar se teria ou não que contar alguma novidade ao padre Mercedes, que ainda exigia saber tudo que fosse possível sobre os alunos da St. Michael.

A boquinha de peixe dela se abriu num sorrisinho abobalhado.

— Eu adoraria passar algum tempo com você e bater papo — disse. — E confie em mim... sou boa pra guardar segredos.

Alguém tinha arrombado o miolo da fechadura da máquina de refrigerantes no refeitório, e quando uma das cantineiras percebeu era tarde demais. Aos berros, ela correu atrás dos alunos ladrões, que fugiram às pressas pelos corredores do porão, os braços carregados de latinhas.

No momento do roubo, Davidek estava no andar de cima, abarrotando sua mochila com cadernos, provas e papéis, embora não precisasse mais deles. Ele ergueu a mochila — que estava a ponto de explodir — sobre o ombro, pensou durante um segundo e então simplesmente despejou tudo na lixeira. Do outro lado do corredor, ouviu Green gritar seu nome.

O menino corpulento vinha correndo, a gola da camisa branca escancarada. A gravata vermelha do uniforme, afrouxada, estava caída sobre seus ombros. Green ergueu os braços no ar, uma lata surrupiada de Cola-Cola em cada mão.

— Venha — disse, e conduziu Davidek corredor afora até o pé da escadaria sul.

Green entregou a Davidek uma lata e ambos se encostaram no corrimão de aço. Uma vez que os veteranos já não estavam por perto, esse lugar agora lhes pertencia. Green estava feliz por ter trocado aqueles amigos por Davidek.

Acima deles, no patamar intermediário, um mosaico de vitral da Virgem Maria reluzia no sol da tarde, braços abertos e raios multicoloridos incidindo obliquamente sobre os meninos. Refletida pela luz, a poeira que flutuava desde o espaço oco três andares acima tornava-se uma nuvem de vaga-lumes.

— Qual era o grande segredo deste lugar, afinal? — perguntou Davidek. — Por que eles ficavam aqui de bobeira o tempo todo?

Green não foi capaz de conter seu orgulhoso e sinistro risinho.

— Observe — disse ele, e abriu a latinha de refrigerante. — Mas você tem que manter a coisa só entre nós. Se muita gente ficar sabendo...

Davidek deu de ombros e abriu sua latinha também. Bebeu um gole do líquido efervescente.

— Paciência — disse Green, de olho nas portas do primeiro andar à frente deles e de ouvidos atentos aos passos vindos de cima.

Uma dupla de meninas do terceiro ano começou a descer do segundo andar, e quando elas apareceram no espelho da escada, acima dos meninos, Green jogou a cabeça para trás a fim de tomar um gole comprido e, com um gesto, instruiu Davidek a fazer o mesmo.

Quando Davidek inclinou a cabeça, o refrigerante lhe mordiscando a garganta, ele finalmente entendeu o encanto daquela escadaria como ponto de observação: ela propiciava uma visão perfeita do que existia sob a saia xadrez do uniforme da St. Michael. E beber o refrigerante era uma camuflagem.

Quando as meninas saíram de cena, Green gargalhou e apontou para o risonho e emudecido Davidek.

— Nunca vi olhos deste tamanho! — disse ele.

Davidek rebateu:

— Eu nunca vi uma calcinha daquele tamanho! — O comentário fez a risada do menino balofo ficar ainda mais estrondosa.

— Ela era grande, ela era grande — Green concordou. — A outra era razoável, mas a mais gostosa... Penny, acho que esse é o nome dela... é uma pena que ela estava do lado de dentro da escada. Por alguma razão, isso *sempre* acontece.

O sino da troca de aulas soou, mas Green e Davidek permaneceram naquele espaço vazio entre as escadas, conversando sobre suas expectativas para o verão: dormir até o meio da manhã, ficar acordado até de madrugada, talvez ir nadar na piscina de Melwood e passar algumas horas agradáveis na frente da tela brilhante na qual Green jogava Super Nintendo (Davidek não tinha um).

A porta atrás deles se abriu devagar com um leve rangido, e por ela entrou Lorelei Paskal, seguida de sua nova amiga, Sete-Oitavos. Nas mãos, elas carregavam tubos com mapas enrolados, os quais tinham sido incumbidas de levar para uma das salas de aula de história do andar de cima.

— Oi, caras — disse ela, mas os meninos não responderam. Ela deixou para lá o tratamento desdenhoso. De muitas maneiras, não os culpava. Entendia por que não gostavam dela. A própria Lorelei já não gostava muito de si mesma. — Espero que você tenha um ótimo verão, Davidek. E você também, Green. Vou sentir falta de vocês até o ano que vem. — E então começou a subir os degraus.

Nenhum dos meninos respondeu.

Ela ainda tentou sorrir para Davidek, mas ficou triste por ele não retribuir seu olhar. Quando a menina passou junto ao vitral, Davidek deu uma longa olhada. Com a cabeça jogada para trás, olhos calmos, ele acompanhou a graciosidade da ascensão de Lorelei; a curva elegante da panturrilha e a linha dos músculos de sua coxa à medida que ela subia cada vez mais alto. Lorelei era a pessoa que Davidek mais odiava no mundo, mas não conseguia tirar os olhos dela. As pernas dela giravam acima dele como um sonho lúcido, a bainha da saia atiçando as sombras abaixo.

Green entendeu os ressentimentos presentes ali e tentou tomar parte do desdém de Davidek.

— Ela é o diabo — resmungou, baixinho.

— É... — concordou Davidek, enxugando a boca enquanto seus olhos ainda acompanhavam Lorelei. — Mas sem dúvida o diabo é uma tentação.

Epílogo

Davidek estava passando a ferro uma camisa branca e uma calça cáqui para a colação de grau. A cerimônia seria realizada na noite de sábado na capela do ginásio, e uma vez que havia uma missa atrelada ao evento, a escola precisava de voluntários para fazer as vezes de coroinhas. Foi assim que Davidek, que ainda estava de castigo, conseguiu convencer os pais a deixá-lo ir. "É uma solenidade obrigatória da escola", explicou, temendo que essa desculpa tivesse ficado velha e desgastada. Além de ser verdade, contudo, dessa vez ele tinha documentação: uma lista impressa das atribuições durante a cerimônia. "Eu sou o ceroferário, vou carregar o castiçal."

Os pais de Davidek brigaram para decidir quem deveria levá-lo de carro até a igreja, e foi a vez de a mãe perder. Naquela noite ela queria ir ao cinema com as amigas — o filme em que Whoopi Goldberg fazia o papel de uma freira cantora tinha acabado de estrear — e ficou furiosa por ter de passar a noite numa igreja vendo os filhos de outras pessoas recebendo diplomas.

— Isto aqui acabou de chegar pelo correio — disse ela, jogando o envelope sobre a cama do filho enquanto ele passava a camisa. O nome e o endereço de Davidek estavam escritos em letra de forma. Havia um carimbo postal de Idaho, nada mais.

Ela aguardou até que ele abrisse o envelope.

Dentro havia uma única folha de papel com uma franja irregular ao longo da borda que revelava ter sido arrancada de um caderno. As palavras eram um amontoado de disparates que faziam todo o sentido para Davidek.

"Metade do tempo eu não sei quem eu sou, o que eu sou, onde estou. A outra metade, eu sei mas não quero. Eles me mandaram pra longe pra trazer meu cérebro de volta pra casa. Sinto muito não poder te informar um endereço. Ordens do médico. Estou te mandando isto às escondidas, mas não tenho como receber nada furtivamente.

Meus pensamentos estão voltando, um a um. Eu também estou. Aí então, meu amigo, comparado a um maluco como você — não serei mais 'o cara doido'.

Dê um beijo na Bromine por mim."

A mãe de Davidek leu por cima do ombro dele.
— Quem mandou isso aí?
O filho mentiu, erguendo a página para que ela lesse.
— Eu não sei... não está assinado.

O sr. Zimmer passou a manhã no cemitério, arrastando o cortador de grama ao redor do lote de sua família, usando tesouras para cortar os trevos e o capim dos túmulos do pai e da mãe. O verão ainda nem havia chegado de vez, e as sepulturas de que os parentes haviam descuidado já estavam em frangalhos, tão desmazeladas quanto os prados.

Zimmer sentou-se, encostado à lápide do pai, a camiseta empapada de suor, admirando seu trabalho. Agora desempregado, talvez pudesse abrir uma empresa de paisagismo. Gostava de estar ao ar livre, usando seu corpo, cuidando do jardim de casa. De todo modo, esse era um trabalho que ele fazia para os vizinhos idosos nas horas de folga durante as férias escolares de verão.

O pensamento tinha lá seus atrativos. *Talvez. Mas em algum outro lugar.*

O que acontecera com ele na St. Michael o enojava. Continuava tentando manter as mãos ocupadas, movendo velhas pedras ao lado de casa, podando árvores ou cortando a grama que crescia junto aos túmulos. Se não o fizesse, suas mãos tremiam.

Ele não queria ir à colação de grau naquela noite, e a direção da escola tampouco esperava que comparecesse. A bem da verdade, ele provavelmente não era bem-vindo. Mas Zimmer prometera a alguém que estaria lá. Os dois apareceriam em segredo. Com sorte, sequer seriam notados.

No mês seguinte, haveria um cartaz — "Vende-se" — na frente da casa do sr. Zimmer. Ele tinha alguns amigos no vale, além dos professores que conhecia da St. Michael, e todos acreditavam que estava saindo da escola para cuidar de um parente distante adoentado. Talvez no ano seguinte ouvissem boatos sórdidos sobre ele. Ou talvez acreditassem de fato que seu velho colega era simplesmente a vítima inocente do corte de custos. Não obstante, iria embora para longe.

— Sinto muito, mamãe... papai... — ele disse para o vazio ao redor. — De agora em diante, a grama vai ficar alta.

O local da cerimônia de coleção de grau já estava lotado, de modo que a mãe de Davidek só encontrou lugar no final de uma fileira de assentos no fundo.

— Não fique enrolando quando terminar — disse ela ao filho, quando se separaram para que ele fosse se juntar aos outros coroinhas que se preparavam na sacristia (que antigamente, quando a igreja não passava de um ginásio, era o vestiário das meninas). — A gente vai embora assim que acabar. Tenho que encontrar as minhas amigas, e nós vamos tentar pegar a sessão das nove e dez.

Os veteranos formandos estavam em fila no corredor da escola, que levava ao ginásio-igreja, resplandecentes em becas azuis e barretes angulosos, debatendo sobre de que lado a pequena borla dourada deveria ficar pendurada.

Os bancos da igreja estavam abarrotados de pais, mães, irmãos, irmãs, tios, tias, primos e primas. Havia amigos, amigas, namorados e namoradas de outras escolas. A maior parte dos calouros e alunos do segundo e terceiro anos da St. Michael também se comprimia para ver os colegas receberem o diploma. Davidek viu Lorelei num dos bancos dos fundos. Sete-Oitavos, sua nova amiga, estava sentada ao lado dela em silêncio, ouvindo-a tagarelar sem parar.

Green estava com o coro da escola do outro lado da igreja, sentado no que outrora haviam sido as arquibancadas, quando o lugar era uma quadra de basquete.

Durante a cerimônia, Hannah passou boa parte do tempo espiando por cima dos ombros dos colegas de classe mais altos, tentando chamar a atenção de Davidek. Mas ele não notou os acenos dela.

Os olhos do garoto pareciam fixos na galeria ao fundo da igreja, um balcão onde os marcadores de pontos monitoravam o placar das partidas de basquete ou os contrarregras manejavam holofotes nas ocasiões em que o ginásio era convertido em teatro para as peças encenadas pela escola. Agora, os tubos do órgão erguiam-se lá como uma medonha explosão de canos — tão ensurdecedores que ninguém assistia à missa dos bancos lá de cima.

Por essa razão, a figura no alto da galeria chamou a atenção de Davidek. Era um menino, sentado sozinho.

Davidek estava em pé no altar, agarrado a seu castiçal, ao lado de LeRose, que fazia as vezes de cruciferário da cerimônia, segurando uma alta cruz de latão. O padre Mercedes estava diante do atril lendo passagens do Eclesiastes sobre o tempo de viver, o tempo de morrer, o tempo de colher e o tempo de semear. Davidek não estava ouvindo. Fitava o menino, mas daquela distância não conseguia distinguir o rosto. Ainda assim, a figura lhe parecia familiar.

Seu cabelo era bem curto e o rosto, chupado e pálido — fantasmagórico. Os braços e pernas magros estavam enfiados numa camisa de botões branca e uma calça preta. As mãos, erguidas em oração diante do nariz, ocultavam ainda mais o rosto.

O menino tinha um aspecto enfermiço, como se estivesse doente havia muito tempo. E foi então que ocorreu a Davidek.

Stein.

LeRose cutucou-o com o cotovelo.

— Davidek, ei... — ele sussurrou, enquanto o padre Mercedes continuava falando em tom monótono no atril. — Eu queria te dizer... contei pro meu pai sobre o seu amigo, e toda aquela história com os veteranos. — LeRose deslizou o dedo pelo rosto, para indicar as falsas cicatrizes.

Davidek assentiu:

— Você também está vendo ele?

— Vendo quem?

Sem querer chamar a atenção, Davidek respondeu:

— Não... nada.

LeRose abriu um sorriso maroto e disse:

— O papai achou que aquilo que o Rich Mullen e o Frank Simms fizeram foi uma coisa escrota e terrível. Se você tivesse me contado antes que o Stein tinha me ajudado naquele dia lá no estacionamento, talvez eu pudesse ter entrado na história pra proteger ele, sabe?

Davidek olhou de novo para a figura esquelética na galeria. LeRose abriu um sorriso de quem sabe das coisas e disse:

— Eu só queria que você soubesse disso. — E deu-lhe uma piscadela. — Você entende o que estou te dizendo, certo?

— Certo — disse Davidek, sem fazer ideia do que fosse.

— Legal... — disse LeRose. — Vamos manter isso só entre nós.

Davidek estava bastante confuso agora. *LeRose estava vendo Stein na galeria ou não?*

Mas o menino mais velho estava tentando fazer com que Davidek percebesse outra coisa, completamente diferente: os dois assentos vazios em meio às fileiras de bancos dos veteranos formandos.

Mullen e Simms não tinham desfrutado de uma vida feliz na St. Michael, mas juntos encontraram alguma felicidade.

No dia da colação de grau, os dois meninos estavam sentados na varanda da casa de Mullen em West Tarentum, os pés encostados na cerca de madeira, refestelados em cadeiras de plástico. Era sua última noite como alunos da St. Michael, e ambos tentavam recordar os bons momentos vividos na escola. Não havia muitos. Tudo o que eles realmente tinham era o fato de terem esmagado Noah Stein, e ninguém mais lhes dava crédito por isso.

— Você acha que algum dia vai pra faculdade? — perguntou Mullen.

Dali a duas semanas ele se mudaria para a Virgínia Ocidental a fim de frequentar um curso de verão na Universidade Jesuíta Wheeling. Seus pais só aceitariam pagar uma faculdade religiosa, e a instituição só o aceitaria sob a condição de que cursasse aulas de reforço e cursos de nivelamento, para compensar suas notas medíocres no exame de admissão.

Simms deu de ombros.

— Claro que não... Talvez, se um dia eu quisesse saber alguma coisa sobre a Idade Média ou algo do tipo, eu faria um ou dois cursos. — Ele já tinha um emprego de meio período como empacotador num supermercado em New Kensington. Até que ganhava um salário razoável por enquanto, mas ainda estava morando na casa dos pais. — Talvez isso me leve a algo mais. A rede tem lojas em toda parte, todas as cidades. Posso ir pra um monte de lugares diferentes — disse ele.

Mullen confirmou num gesto de cabeça, o dedo roçando distraidamente a cicatriz-umbigo do rosto. Cara de Cu. Nome que ele esperava nunca mais ouvir de novo. Ergueu uma lata de Iron City roubada da geladeira do pai no porão e ambos brindaram com as cervejas. Na faculdade, Mullen entraria para alguma fraternidade, tiraria notas acima da média e conheceria uma porção de pessoas novas que não o julgariam automaticamente um fracassado. Contaria histórias sobre seus tempos de St. Michael, sobre as várias maneiras como ele e seu amigão Simms tinham sido mais espertos que os Poderes Estabelecidos. Com o passar dos anos, quando voltasse para visitar a casa da família, ele veria cada vez menos o velho amigo. Até que um dia tanto Mullen quanto Simms se perguntariam que fim havia levado o antigo companheiro. Mas Mullen já era capaz de dizer que esse dia chegaria. Ele já sabia ali mesmo na varanda, naquela noite. Simms ainda não sabia. Mas tudo bem.

Um carro preto e branco da polícia passou na rua, e os meninos esconderam as cervejas debaixo das cadeiras. Assim que a radiopatrulha sumiu da vista eles terminaram de beber e debateram sobre a ideia de roubar mais um par de latinhas, mas estava ficando tarde e dali a pouco teria início a cerimônia de colação de grau na igreja.

Foram para lá de carro, na Máquina do Amor Verde-Ervilha de Mullen, as janelas arriadas e as becas azuis esvoaçando em cabides no banco traseiro. O mesmo carro de polícia que havia passado em frente à casa de Mullen apareceu atrás deles. Os policiais tinham dado a volta no quarteirão algumas vezes, e lá estavam eles de novo; por isso, Mullen fui supercuidadoso, parando por completo em todos os semáforos, em vez de avançar devagar.

— O que será que está acontecendo pra polícia ficar zanzando por aqui hoje? — perguntou Simms.

Nesse exato momento as luzes vermelhas e brancas da radiopatrulha foram acionadas e a sirene emitiu um ganido curto. Mullen parou no acostamento, a Ponte de Tarentum assomando à frente deles. Estavam mais ou menos na metade do caminho até a escola.

Uma figura de uniforme preto saiu da radiopatrulha, e Mullen vasculhou os bolsos da calça para pegar sua carteira, ordenando a Simms que encontrasse os documentos do carro no porta-luvas, porque já estavam atrasados.

O policial vociferou:

— Mãos no volante!

Instintivamente, ambos os meninos ergueram as mãos contra o teto do carro.

Todo o espaço no vão da janela do lado do motorista foi ocupado pelo cinto do policial, equipado com spray de pimenta, cassetete e um revólver calibre .38 cinza-escuro, com o cão levantado. Um fio preto enrolado em um receptor de rádio subia até o peito do homem.

— Vi vocês furando um sinal vermelho ali atrás — disse o policial sem rosto.

— Não, não, a gente não passou sinal vermelho nenhum — protestou Simms, e Mullen pediu que o amigo ficasse quieto. Ele também achava que não havia desrespeitado o sinal vermelho, mas seu pai sempre dizia que ao lidar com um policial o melhor era pedir desculpas imediatamente e implorar para sair da situação apenas com uma bronca.

— Desculpe, senhor policial — disse Mullen. — Olha só, estamos indo pra uma colação de grau, e acho que não percebi que estava correndo. Isso não vai acontecer de novo. — Ele estendeu a carteira de habilitação, embora o policial ainda não tivesse pedido para vê-la.

O policial pediu para ver a carteira de identidade de Simms.

Simms se recusou:

— Eu não estou dirigindo.

Mullen, porém, fez sinal para que ele obedecesse à ordem do policial.

O policial examinou os documentos e disse os nomes em voz alta:

— Richard Charles Mullen e Frank John Simms. Vocês são da St. Michael, certo, meninos?

Ambos responderam que sim e assentiram educadamente, com sorrisos largos e nervosos.

O policial disse:

— Conheço um cara que tem um filho na St. Michael. Cara legal. Bom pra cidade. Um Bom Samaritano, sabe? Com certeza, ele me deu uma força no passado... Na verdade, ele me alertou que hoje eu corria o risco de encontrar alguns encrenqueiros nas ruas e estradas por aí, celebrando um pouco.

Mullen fez um gesto apontando para as becas no banco traseiro.

— Não é a gente — disse ele. A gente está só indo pra igreja.

O policial, cujo rosto continuava invisível, manteve-se em pé. Disse:

— Vocês andaram bebendo, meninos. — Não era uma pergunta.

A cor se esvaiu do rosto de Mullen, que replicou:

— Não, não...

O policial se abaixou e deu uma profunda fungada, depois tossiu. Ele perguntou:

— Meninos, vocês andaram fumando alguma substância ilegal hoje também?

— Não — eles responderam enfaticamente, as palavras tropeçando umas sobre as outras. — Não, de jeito nenhum. — O policial cheirou de novo, olhando de um rosto para o outro.

Tinha quarenta e poucos anos, com um bigode firme e espesso e olhos escondidos atrás de óculos escuros prateados. Seria uma longa noite para os meninos.

Os garotos tirariam fotografias, suas impressões digitais seriam coletadas, e seus pais teriam de comparecer à delegacia, as mães chorando, os pais falando palavrões na cara dos filhos. Os dois seriam acusados de delitos leves: infrações de trânsito e resistência às ordens de uma autoridade policial. O teor alcoólico por litro de sangue era baixo, mas havia alguma concentração de álcool no organismo deles. Ambos seriam autuados pelo crime mais leve de "embriaguez ao volante", mas já era o bastante para serem presos. Além disso, eram menores de idade. Teriam de pagar multas; e em dois meses um juiz determinaria que prestassem algumas horas de serviços comunitários; e depois o episódio seria registrado em seu histórico de antecedentes criminais, complicando as questões relativas a universidade e a emprego pelos anos vindouros. Mullen não começaria a cursar tão cedo a Universidade Jesuíta Wheeling.

Simms, as mãos já algemadas, começou a chorar e encostou o rosto contra o teto da Máquina do Amor Verde-Ervilha.

— Por favor — disse Mullen enquanto o policial fechava as argolas prateadas em volta dos punhos dele. — Olha só, seu guarda, o que foi que eu fiz...? Não entendo. A gente não pode... Por favor, seu guarda!

O tira agarrou seu distintivo e empurrou-o contra a orelha de Mullen. Numa pequena tarjeta de identificação presa logo abaixo lia-se: "Cap. Bellows".

— Não sou um guarda, Cara de Cu. Mostre um pouco de respeito, caralho!

O menino misterioso na galeria da igreja manteve-se ajoelhado durante toda a cerimônia, apenas um par de olhos atrás de um banco alto.

Quando não conseguiu mais conter a curiosidade, Davidek entregou seu castiçal de madeira com a vela vermelha oscilante para Justin Teemo, o outro ceroferário.

— Segure isto pra mim — disse, seu manto roçando e fazendo ruge-ruge quando ele atravessou o altar e desapareceu vestiário adentro, onde retirou o paramento de coroinha de sobre as roupas civis e escapou furtivamente pela porta dos fundos.

Correndo, Davidek contornou a lateral do edifício e foi até a entrada principal, onde penetrou de fininho no silencioso vestíbulo dos fundos da igreja. Um homem e uma mulher mais velhos estavam em pé no vão da porta interna, de costas para ele, atentos à cerimônia. O sr. Zimmer estava em pé junto a eles.

Davidek esgueirou-se ao longo da parede dos fundos e, disparando feito uma flecha, subiu os degraus que levavam à galeria. Seus passos atraíram a preocupada atenção do casal de idosos.

Havia outra porta que dava acesso à galeria, que gemeu quando Davidek a abriu com um empurrão.

Lá ele se viu frente a frente com o menino, mas não era Stein. Essa pessoa era mais velha, mais alta; não tinha uma cicatriz no rosto, e seu cabelo era escuro, mas cortado tão rente ao couro cabeludo que parecia cinza, translúcido. Davidek já o vira antes, mas eles nunca tinham sido apresentados, nunca haviam conversado. Conhecia aquele rosto somente de longe, de fotografias em velhos anuários.

Era Colin Vickler. Clink. O Menino no Telhado.

Naquela época ele era balofo, mas agora estava esquelético, tinha o rosto macilento com pele e rugas escuras, o cabelo longo e ensebado cortado tão rente que quase não sobrara nada. Seus olhos lacrimejaram quando ele viu Davidek, e sua cabeça começou a sacudir ao redor à procura de uma saída que não envolvesse uma queda livre de nove metros.

Davidek disse:

— Eu não... — Mas antes que pudesse terminar, a porta atrás dele mais uma vez se abriu de chofre, fazendo com que caísse, nocauteado, de costas no chão.

O sr. Zimmer estava lá parado, fazendo sinal para Clink — *Venha aqui* —, e o menino obedeceu, passando às pressas por Davidek e descendo a escada, seguido por Zimmer, que pousou uma das mãos em seu ombro.

Ninguém na igreja lá embaixo ouviu o estrépito. Estavam entregando os diplomas agora, e cada um suscitava um vagalhão de aplausos constantes, enquanto o órgão estrondeava uma ensurdecedora versão de "Panis angelicus" na galeria.

Davidek baixou os olhos para onde o menino estivera sentado e recolheu um pedaço de papel branco dobrado. Nele havia um desenho feito com giz de cera de um pote vazio, sem tampa, tombado de lado.

Ele desceu correndo os degraus e viu a gigantesca porta da igreja deslizando até fechar, interrompendo a entrada de um raio de sol dourado. Davidek rumou na direção da porta, quando sentiu uma mão agarrá-lo e puxá-lo para trás. Sua mãe estava mordendo o lábio inferior.

— Coroinha uma ova — disse ela. — Eu sabia que você estava usando isso como desculpa para espreitar por aí. A igreja inteira viu você abandonar seu posto no altar.

— Me *solta*, mamãe — disse Davidek, desvencilhando-se do aperto dela. — Eu tenho que ir lá fora.

— Ah, é? E por quê? — a mãe quis saber, elevando a voz.

— Porque eu *tenho* que ir — disse Davidek, e quando ela fez menção de dar o segundo bote para segurá-lo com a outra mão ele agarrou o pulso dela, e não soltou.

O filho de June Davidek encarou a mãe diretamente nos olhos, de modo fixo e penetrante.

— Preciso repetir pra senhora? — perguntou.

Quando Davidek finalmente passou pela porta, Zimmer estava acomodando o homem e a mulher mais velhos dentro do carro deles. O menino frágil estava no banco traseiro, e a mulher de cabelo grisalho se lamuriava dizendo que sabia que aquilo era um erro, um erro, um erro, enquanto Zimmer fechava a porta do sedã azul do casal.

Zimmer apontou para Davidek e ordenou que ele mantivesse distância enquanto o carro dava marcha a ré e saía da vaga no estacionamento para ganhar a rua. Na janela traseira, o menino conhecido como Clink se voltou para observar a St. Michael ir diminuindo de tamanho. Depois disso o carro desapareceu.

— Eu não sabia quem era — disse Davidek. — Achei que fosse...

Zimmer agarrou o ombro da camisa de Davidek.

— Caramba, você é mesmo um intrometido, hein? Não acha que aquele menino merecia um minuto de paz para assistir à sua própria colação de grau?

Davidek disse:

— Não, veja... eu sinto muito!

Zimmer soltou o menino e saiu andando para longe, como se não suportasse a visão do calouro.

— Ele está sozinho — disse o professor. — Ele sofreu muito. Está muito... teve um ano muito difícil, como você pode imaginar.

Zimmer pediu desculpas a Davidek por tê-lo agarrado. O garoto disse que estava tudo bem. Zimmer desculpou-se de novo, e Davidek disse:

— Então... o que o senhor quis dizer com a colação de grau dele?

Zimmer enterrou os dedos no cabelo. Guardara esse segredo o ano inteiro, mas agora uma parte dele estava desesperada para explicar tudo, especialmente porque em breve iria embora. Pelo menos alguém saberia, além dele mesmo — e da irmã Maria.

— Era parte do acordo para evitar que os Vickler processassem a escola. E foi uma maneira de tentar endireitar as coisas — disse. — Desde que Colin teve alta do hospital no verão passado, venho passando algumas horas com ele toda noite... aulas particulares, para ajudá-lo a conseguir o diploma. Ele está medicado e se submetendo a uma terapia pesada... Mas desse jeito ele ainda consegue meio que... tocar a vida adiante. Vai receber o diploma... e depois pode começar a pensar no próximo passo. — O professor fitou a rua onde o carro tinha desaparecido, ao longe. — Uma última chance merece outra. — Voltou-se de novo para o calouro. — Achei que seria bom para ele vir aqui assistir à cerimônia hoje, mesmo sem fazer parte dela. Todos de beca... A mãe queria que o filho ficasse em casa, mas uma hora ou outra é preciso encarar as coisas. Sabe? A pessoa tem que enfrentar as piores coisas na vida, caso contrário corre o risco de acabar se tornando uma dessas coisas.

Davidek disse que entendia. O professor meneou brevemente a cabeça, como se isso não importasse.

— Você não vai ajudar em nada se contar às pessoas o que viu. — Zimmer teve vontade de acrescentar: *Assim como eu nunca contei a ninguém sobre a sua noite na varanda da casa dos Stein*. Mas não disse mais nada. Às vezes é preciso enfrentar as coisas, ele acabou dizendo, e às vezes é necessário deixar para lá, esquecer.

Davidek mostrou o papel com o desenho do pote vazio.

— Ele deixou isto aqui. O senhor tem alguma ideia do que seja?

Zimmer abriu a folha, virando-a na mão antes de dobrá-la de novo e enfiá-la no bolso.

— Sinceramente, não faço ideia. Ele desenha isso o tempo todo.

Dentro do ginásio-igreja, o órgão começou a jorrar os crescendos de "Pompa e circunstância". Davidek olhou para trás e viu que a mãe o observava pelo vão da porta, mas logo os radiantes formandos começaram a sair em procissão ao redor da igreja. Câmeras dispararam seus *flashes*, as pessoas se abraçaram. Ladeado por dois coroinhas remanescentes, o padre Mercedes liderou a procissão, com Justin Teemo, o solitário ceroferário, que, desajeitado, balançava os dois castiçais incandescentes.

A irmã Maria estava em pé, na ponta da fileira de bancos dos professores, batendo palmas entusiasticamente, sorrindo para os formandos que passavam. Audra Banes saiu da fila e a abraçou, perdendo o barrete e depois tendo de procurá-lo pela coxia.

— A senhora é uma verdadeira inspiração, irmã. Obrigada por me mostrar como sempre lutar pelo que é certo — disse a menina.

A freira parecia esmagada pela emoção. Irrompeu em lágrimas, não porque estivesse tocada, mas por saber que isso era mentira.

Na fileira atrás da irmã Maria, a sra. Bromine estava no meio dos outros professores, mas, visivelmente, não aplaudia. Ela não seria capaz. Antebraços e mãos estavam embrulhados em pesadas bandagens brancas, o que lhes conferia a espessura dos membros de um boneco de neve. O informe da escola, de que a orientadora educacional estivera ausente por motivos de saúde, era verdadeiro. Acontece que as ervas daninhas sobre as quais ela havia rastejado durante a briga com Davidek eram sumagre venenoso, e cada centímetro de seus braços e pernas que haviam sido expostos agora estavam revestidos de uma explosiva urticária vermelha. Para Bromine, tratava-se de um agonizante lembrete de um momento que ela preferia que jamais tivesse acontecido. Para todos os demais, era apenas mais uma razão para manter distância dela.

Enquanto a igreja despejava porta afora os formandos cujas becas azuis assemelhavam-se a uma enxurrada de poliéster, Hannah Kraut permanecia invisível entre os colegas de classe. Sua expectativa era ser rechaçada; ela sabia que isso aconteceria depois de ter entregue seu lendário diário no piquenique. Mas já não doía mais. Alguns dos meninos mais nojentos haviam murmurado o velho apelido, "Puta", no ouvido dela enquanto os formandos se aglomeravam no estacionamento, depois de jogarem os barretes para o alto.

Na sua maior parte, os atormentadores de Hannah estavam preocupados demais consigo mesmos para reparar nela. A garota entreouviu planos para uma reunião de fim de noite em volta de uma fogueira às margens do rio Brackenridge, onde os pais de um dos meninos tinha uma cabana. As conversas e trocas de informações sobre o local sempre silenciavam toda vez que Hannah estava por perto, embora ela não tivesse a mínima intenção de ir às festas deles.

Ela estava à procura de alguém, e sua beca comprida demais se arrastava no chão a cada passo. Nas mãos, ela segurava um estreito pacote retangular embrulhado num papel brilhante e amarrado com uma fita prateada. Dentro, o retrato emoldurado que pretendera dar ao sr. Zimmer na noite do baile de formatura; a foto em que Hannah abria um largo sorriso, espremida ao lado da única pessoa da St. Michael capaz de fazê-la sorrir. Zimmer parecia apatetado, mas estava sorrindo também, enquanto ela segurava a câmera com um dos braços e punha o outro em volta dos ombros dele, seus rostos colados, lado a lado. No verso de papelão da moldura, ela havia escrito:

"Obrigada por ver algo bonito em mim."

Hannah tinha a intenção de entregar o retrato antes da cerimônia, mas não vira Zimmer entre os outros professores. Uma pessoa dissera que ele estava doente. Outra, que ele tinha ido visitar um parente. Desde o baile de formatura ela sabia que o sr. Zimmer não era a mais confiável das pessoas, mas não acreditava que ele fosse deixar de comparecer à colação de grau — a última noite de ambos, sua despedida. No Piquenique do Trote ele dissera até que queria uma foto com Hannah usando a beca. Ele havia prometido.

Por fim, a menina o avistou, escapando pela fímbria da multidão, caminhando na direção do estacionamento. Hannah correu atrás dele, erguendo no ar o presente enquanto se espremia em meio à aglomeração. Chamou-o em voz alta, mas teve a impressão de que ele apertava ainda mais o passo. No meio do caminho, ele foi parado por John Hannidy.

— Ei, como vai, sr. Z.? Tenha um ótimo verão, beleza? — O formando deu um tapinha no ombro dele e se afastou.

Foi quando Hannah alcançou Zimmer.

Ela estendeu o pacote, mas o professor estava olhando para outro lugar, esquadrinhando a multidão, na esperança de evitar a irmã Maria, o padre Mercedes, todo mundo... Ele já tinha sido visto por gente demais.

— A-lô? Planeta Terra chamando o sr. Zimmer — disse Hannah, cutucando-o no braço com o pacote. — Eu trouxe uma coisa pro senhor, pra dizer obrigada...

Ele ergueu uma das mãos e disse:

— Isso não será necessário, Hannah. — Sua voz estava estranha, formal. Ele olhava para todos os lados, menos para ela.

Hannah pressionou o pacote debaixo do braço dele.

— Ora, qual é, é um presente — disse ela. — Sei que o senhor vai gostar.

Zimmer pegou o pacote e o segurou junto à perna, como um agente secreto aceitando um microfilme roubado.

— Obrigado — agradeceu, de maneira não muito convincente.

— Não vai abrir? — ela perguntou, mas ele já estava desaparecendo novamente em meio à multidão.

Hannah voltou a segui-lo, mas nesse momento ela se viu cara a cara com Davidek, que estava simplesmente parado, com a expressão confusa de sempre. Ela ficou na ponta dos pés e viu Zimmer contornando a lateral da igreja.

— Ei! — disse, enquanto o abraçava. — Será que eu vi você, tipo, escapando de fininho no meio da cerimônia, coroinha? O que foi aquilo?

Ele resmungou alguma não explicação.

— Escuta, quer ir comigo à Kings? — Hannah propôs. — Talvez comer um hambúrguer ou algo assim? Comemorar a formatura com um daqueles "*sundaes* dentro da pia" que eles vendem lá? Vem com, tipo, uns seis sorvetes de sabores diferentes, e coberturas e bananas e morangos e calda... Enorme! Eu sempre quis pedir um, mas, você sabe... acho que sozinha eu não daria conta.

— Peter...! Peter! — Ouviu-se uma voz na multidão, um grito agudo como uma faca dando golpes cortantes em latão. Era a mãe de Davidek.

Ao redor deles, as pessoas estavam se empurrando e se acotovelando, mas ela avançou aos trancos e agarrou o braço do filho — porém, tudo o que ele precisou fazer foi olhar para o braço para que ela o soltasse de novo.

Hannah disse:

— Esta é a sua mãe? Oi, eu fui a veterana mentora do Peter este ano.

A mãe de Peter apertou brevemente a mão dela.

— Prazer — disse June Davidek, cujo rosto sugeria uma emoção oposta. — Vamos, Peter. Hora de ir embora.

Hannah enlaçou os dedos nos de Peter.

— Não vem comigo, modelo da *Playgirl*? A gente vai se divertir...

— Sinto muito, mas o meu filhinho ainda está de castigo — disse June Davidek. Ela consultou o relógio. Se saísse naquele momento, poderia deixar Peter em casa e ainda chegaria a tempo no Dingbats, para tomar mojitos com Celia e Kay antes do cinema.

O menino voltou-se para a mãe:

— Escute, vou sair pra tomar sorvete com a minha amiga Hannah. É noite de formatura. Então, dá um tempo, beleza? — Era estranho chamar Hannah de amiga depois de tudo por que tinham passado, e tudo o que ela o havia feito passar, mas alguma parte disso era verdade.

A mãe cerrou os dentes e chegou bem perto do filho, o suficiente para sussurrar ao ouvido dele:

— Você. Está. De. Castigo... Lembra de toda a merda que causou pra nós? — perguntou ela. — E eu não posso te obrigar a se mover. Mas posso te estapear. Posso berrar com você. Posso te puxar pela camisa e fazer uma cena tão escandalosa que todo mundo vai parar para assistir. É isso que você quer? Quer ser o menino que levou uma surra da mamãe no dia da colação de grau? Quer que a sua amiguinha aí veja isso? Porque é o que eu vou fazer, Peter. Vou te fazer de idiota de um jeito que você nunca imaginou.

Ela puxou o filho pelo braço de novo. Dessa vez, Peter se pôs a caminho.

Os pais de Hannah encontraram a filha na multidão à procura do sr. Zimmer, e insistiram em tirar algumas fotos.

— Você pode pedir a algum dos seus amigos para tirar uma de nós três juntos? — perguntou o pai.

— Vamos tirar uma em casa, com o *timer* — disse Hannah.

— Você não vai sair para comemorar com seus camaradas? — quis saber a mãe.

Hannah sorriu.

— Ninguém diz "camaradas", mamãe.

Ela disse aos pais que na verdade não estava se sentindo bem e sugeriu que fossem embora, assegurando que iria logo a seguir. O pai dela riu e disse:

— Ah, a nossa menininha está tentando se livrar de nós.

Ele enlaçou o braço da esposa, que beijou a filha na testa e, já se afastando, fez piada:

— Tente estar de volta em casa lá pela próxima quinta-feira.

Uma hora depois, pai e mãe ficariam tristes ao ver a filha chegar sozinha em casa.

Embora já não restasse quase ninguém do lado de fora do ginásio-igreja, Hannah continuou procurando. Ele não poderia ter ido embora sem dizer adeus. Mas quando ela foi falar com um punhado de professores que ainda conversavam junto à entrada da escola, ninguém desse grupo — que estava a caminho do Anchor Inn a fim de afogar as mágoas do ano letivo tomando cerveja — sabia do paradeiro do sr. Zimmer.

— Ele estava por aqui? — a sra. Arnarelli perguntou ao sr. Mankowski e à sra. Tunns.

Hannah foi a última aluna a deixar a escola. Caminhou ao longo da lateral do ginásio-igreja, tentando ver se o carro do sr. Zimmer estava estacionado na rua, e passou por uma lata de lixo da qual transbordavam invólucros plásticos de cravos, embalagens de chocolates, garrafas de refrigerante e cópias mimeografadas do programa da cerimônia de colação de grau. Uma ponta de fita prateada tremulou por sobre a tampa da lixeira, açoitando um papel de embrulho vermelho e brilhante, que tinha sido parcialmente rasgado.

Da lata de lixo sorria a fotografia de uma menina de tranças e seu professor favorito.

Hannah ergueu o retrato. Chegou até a cogitar a ideia de resgatá-lo. Mas agora o vidro estava estilhaçado. E o conteúdo de uma latinha de refrigerante Mountain Dew, que alguém bebera pela metade, havia entornado por toda a moldura, cobrindo-a com uma viscosidade verde-pálida. E o que ela ainda queria com essa merda de foto, afinal?

Hannah pressionou a palma da mão contra a moldura, empurrando-a mais para o fundo da lixeira, onde ninguém nunca mais a veria.

* * *

A mãe de Davidek estava guiando a *minivan* na direção da Ponte de Tarentum quando a 4Runner preta de Michael Crawford a ultrapassou pelo acostamento. Na porta traseira da picape havia uma escadinha metálica na qual Bilbo Tomch estava dependurado, a beca esvoaçando atrás dele feito a capa de um super-herói. Sua vida estava desesperadamente em jogo e dependia do braço enganchado com vigor na escadinha, enquanto ele dava berros e uivos de alegria.

— Deus. Ele vai se matar — disse a mãe de Davidek.

Mas o filho não respondeu. Estava olhando fixamente para seu tênue reflexo no vidro da janela, fitando o rio abaixo, no qual a longa sombra da ponte se estendia. A mancha escura do carro riscava a superfície da água.

— Não sei por que você tinha que brigar comigo lá — disse a mãe. — Mas que merda! Você não pode tentar ter uma conversa civilizada comigo uma única vez na vida?

Tá legal, e que tal este assunto aqui pra uma "conversa civilizada?" — ele teve vontade de dizer. *O modo como a senhora tentou me ameaçar e me constranger lá na igreja? Esta foi a última vez. Chega, já estou cansado de ser maltratado e humilhado por todo mundo — e isso inclui a senhora e o papai. Entendeu? Ou será que terei de dizer: "Preciso repetir pra senhora?" — de novo... e de novo... e de novo... até a ficha cair?*

Mas ele estava cansado de brigar. E, de qualquer maneira, em breve ela descobriria. A primeira regra de combate de Stein era o sigilo. *Não declare guerra, apenas faça a guerra.*

As coisas tinham mudado. Um menino aprende muita coisa em seu primeiro ano no colegial.

Uma delas era uma lição simples que muita gente descobre mais ou menos nessa idade. Surpresa, surpresa! Os mocinhos nem sempre vencem no final. Às vezes, eles têm sorte se simplesmente continuarem sendo caras legais.

Davidek não sabia ao certo se continuava sendo um deles. Esperava que sim.

Mas agora ele sabia também que não basta apenas dar um passo adiante, ficar na linha de tiro e ser alvejado pelas balas direcionadas a outras pessoas; você tem, além disso, de ser à prova de balas. É preciso ser mais duro e resistente do que qualquer coisa que qualquer pessoa possa atirar contra você, e às vezes, na tentativa de se salvar, você corre o risco de se perder.

Davidek podia se sentir nesse limiar agora, prestes a se tornar alguém que ele não reconhecia mais, e não gostava muito disso. Um ano antes, arriscara a vida correndo para salvar um garoto que ele sequer conhecia; e agora que conhecia uma porção de alunos da St. Michael, tudo o que queria era vê-los sofrer na pele o que teriam pela frente, o que estava por vir — recebendo tudo o que eles mesmos tinham infligido a todo mundo. Davidek sempre tinha achado que, quanto mais velha fica a pessoa, melhor ela se torna, porque aprende a ser corajosa, ou sábia, ou a fazer o que é melhor para os outros. Agora ele acreditava no contrário disso.

Davidek supunha que era dessa maneira que uma pessoa acabava se transformando numa sra. Bromine, ou talvez ficasse como seus próprios pais, que queriam tanto recomeçar, mas não tinham ideia de como fazê-lo. Era difícil para ele se lembrar de uma época em que a mãe e o pai pareciam felizes, ou pelo menos interessados em alguma coisa a respeito dos seus dois filhos, em vez de descarregar neles as próprias frustrações. Fosse a gravata de clipe, ou uma súplica por uma carona no meio da noite para descobrir o que tinha acontecido com Stein, eles nunca o ouviam quando ele pedia ajuda, nunca confiavam nele. E por isso ele desistira de pedir, e tinha desistido de confiar neles também. Essa parte era culpa dele, Davidek supunha. Tudo o que ele precisava era um amigo, mas é impossível fazer amizade com pessoas que odeiam o que elas mesmas se tornaram, mas ainda assim esperam que você siga os passos delas. Os alunos do último ano da St. Michael tinham provado isso.

Olhando agora para a mãe, Davidek sentiu pena. Tudo o que ela queria era ser amada, mas a questão é que tinha tão pouco para dar em troca... E então ela agora estava dando o melhor de si na tentativa de puxar conversa, mas um pai ou uma mãe não podem deixar um filho tanto tempo sozinho e depois esperar que uma gentileza ocasional tenha muito valor ou acrescente muita coisa. Esses laços se rompem de maneira muito mais rápida e permanente do que a maioria das pessoas gostaria de acreditar.

Ele queria contar tudo para ela. Simplesmente não conseguia.

Mas com Stein era muito pior. A mãe dele havia causado mais sofrimento para o filho do que qualquer outra pessoa que Davidek conseguia imaginar, e olha só o que Stein tinha sacrificado para salvá-la — mesmo depois que ela se fora. Talvez ninguém possa culpar uma pessoa pela dor que faz com que ela seja quem é. Talvez isso seja apenas mais uma bala na frente da qual você tem que entrar por alguém que você supostamente ama, mesmo que não queira fazer isso. Mesmo que isso machuque. Talvez isso seja amor.

— Responda quando eu falar com você, Peter... — disse June Davidek, cuja falsa cordialidade esmaecia a cada solavanco do carro na ponte. — Pode pelo menos me dizer que diabos estava acontecendo lá na escola pra você ter ficado todo perturbado?

A *minivan* parou num sinal vermelho no final da ponte, e Davidek pensou em desenganchar o cinto de segurança e dar um abraço na mãe. Em vez disso, meneou a cabeça e olhou pela janela.

— Não foi nada — disse. — Só coisa de criança.

Agradecimentos

Este é um livro sobre amizades, e ele não teria acontecido sem alguns amigos extraordinários na minha própria vida: Anil Kurian passou uma versão inicial para as mãos do meu editor, Brendan Deneen, que gostou o bastante para despender alguns anos de sua vida lutando pela sua publicação. Sem ele, ninguém mais teria acreditado no livro.

Helen Estabrook apresentou-me a Graham Moore, que me recomendou para seus formidáveis representantes da ICM, Jennifer Joel e Clay Ezell, e com eles veio Roxane Edouard, a agente guerreira que lutou para que o livro fosse traduzido para outras línguas.

Dentre as pessoas que deram a este calhamaço de papel um visual tão incrível estão o diretor de arte Rob Grom, que transformou um inocente uniforme escolar numa fervilhante metáfora da fúria adolescente, e o editor de produção Kenneth J. Silver, a preparadora de texto Eliani Torres e o revisor Steve Roman — que me pouparam de muitos erros estúpidos. Obrigado, caras.

Thomas Dunne deu sua bênção a este projeto, e com suas mãos hábeis de quem sabe das coisas, a editora associada Nicole Sohl guiou o livro até sua forma final. Na publicidade e no *marketing*, John Karle, Marie Estrada e Kerry McMahon foram incansáveis e veementes defensores e apoiadores.

Alguns colegas da revista *Entertainment Weekly* me propiciaram a melhor plataforma do mundo para apresentar *Juventude brutal* pela primeira vez: Tina Jordan, Stephan Lee, Steve Korn e Jeff Giles. E um exército de amigos e familiares compartilhou este livro pelos quatro cantos do mundo no Facebook e no Twitter.

Nenhum de nós vai a lugar algum sem alguém que nos endosse, e quero agradecer aos contadores de histórias que leram este romance e escreveram comentários elogiosos. Essas pessoas passaram a vida construindo sua reputação junto aos leitores e generosamente partilharam isso comigo. Jason Reitman foi o primeiro a elaborar uma apreciação crítica, um verdadeiro amigo que também me ofereceu refúgio quando precisei sair de cena e ficar afastado, reescrevendo.

Uma nota sobre música: o pai da personagem Stein é fã da banda They Might Be Giants, em cuja canção "Rabid child" ouvi pela primeira vez o termo "criança raivosa". Dou o devido crédito. Outra letra de música que ficou grudada na minha cabeça é a de uma canção de Elvis Costello, de 1994, chamada "Favorite hour": "*Now there's a tragic waste of brutal youth* [...]" [Agora há um trágico desperdício de brutal juventude]. Esse trecho resumiu à perfeição meus primeiros anos, e desde então me assombra. Devo a Declan MacManus tal fonte de inspiração.

Muitas pessoas de fora do meio editorial leram o livro na forma de manuscrito inicial, e um punhado deles passou horas me ajudando a melhorá-lo: Susanna Eng-Ziskin, Erica Canales, Thea Okonak, Dan Snierson e meu irmão Greg Breznican (que sugeriu a sucinta descrição "*O clube da luta* encontra *O clube dos cinco*"). Pouco antes de o livro ir para a gráfica, meu velho colega de escola James Elkins notou uma cena em que a cicatriz de Stein está do lado errado do rosto. Esse tipo de salvamento, do tipo Indiana-Jones-agarra-seu-chapéu-no-último-segundo, merece uma expressão pública de gratidão e reconhecimento.

Outro dos primeiros leitores foi John Carosella, meu ex-professor, meu atual professor. Quando eu tinha catorze anos e escrevi uma redação de calouro sobre querer ser escritor, ele começou a me incentivar e não parou mais. Não é o sr. Zimmer, mas é um daqueles raros espécimes de professor que encontra entre seus alunos pedaços de lixo e diz: "Isso vale alguma coisa. Eu posso dar um jeito nisso". Ele deu um jeito em mim. E sou apenas um dentre muitos.

Por fim, faço um brinde aos bibliotecários do mundo... vocês, seus desgraçados radicais e militantes. Minha esposa, Jill, é uma de vocês, e quando ela começou a trabalhar em seu mestrado em biblioteconomia, eu comecei a trabalhar neste romance. Vocês são os guardiões, protetores e compartilhadores de histórias, e as histórias são o modo pelo qual nos encontramos uns aos outros, numa existência que é tragicamente escassa em números de tombo.

Tudo o que eu sempre quis era dar a Jill um livro para sua estante que tivesse sido escrito única e exclusivamente para ela.

Aqui está, querida.